LE TROISIÈME JUMEAU

Ken Follett est né à Cardiff, Pays de Galles, en 1949.
Licence de philosophie (University College, Londres), puis reporter, d'abord au *South Wales Echo* puis au *London Evening News*. Tout en travaillant à l'*Evening News*, il écrit son premier roman, un roman à suspense qu'il publie sous un pseudonyme.
Ken Follett travaille ensuite dans une maison d'édition et publie une dizaine de romans, pour la plupart sous un pseudonyme, avant *L'Arme à l'œil* (1978) qui fait de lui le plus jeune auteur millionnaire du monde. Ce roman lui vaut également l'Edgar des Auteurs du Roman policier d'Amérique, et fut adapté pour le cinéma avec Donald Sutherland et Kate Nelligan dans les rôles principaux.
Par la suite, Ken Follett publia plusieurs autres romans qui arrivèrent en tête de la liste des best-sellers : *Triangle*, *Le Code Rebecca*, *L'Homme de Saint-Pétersbourg*, *Comme un vol d'aigles*, *Les Lions du Panshir*, *La Nuit de tous les dangers* et *Les Piliers de la terre*, une œuvre monumentale, dont l'intrigue, aux rebonds incessants, s'appuie sur un extraordinaire travail d'historien.
Il poursuit dans la lignée des romans historiques avec *La Marque de Windfield* et *Le Pays de la liberté*, avant de revenir au thriller contemporain avec *Le Troisième Jumeau*.
Amateur de rock et de blues, il vit aujourd'hui à Londres avec sa femme et ses enfants.

Paru dans Le Livre de Poche :

L'ARME À L'ŒIL

TRIANGLE

LE CODE REBECCA

LES LIONS DU PANSHIR

LES PILIERS DE LA TERRE

LA NUIT DE TOUS LES DANGERS

L'HOMME DE SAINT-PÉTERSBOURG

LA MARQUE DE WINDFIELD

COMME UN VOL D'AIGLES

LE PAYS DE LA LIBERTÉ

KEN FOLLETT

Le Troisième Jumeau

ROMAN TRADUIT DE L'ANGLAIS PAR JEAN ROSENTHAL

LAFFONT

Titre original :

THE THIRD TWIN

Ce livre est une œuvre de pure fiction. Les noms, les personnages, les lieux, les organisations et les incidents évoqués sont les produits de l'imagination de l'auteur, ou sont utilisés dans un contexte fictif. Toute ressemblance avec des événements réels, des organisations ou des personnages existant ou ayant existé relèverait de la pure coïncidence.

À mes belles-filles et beaux-fils :
Jann Turner, Kim Turner et Adam Broer
avec toute ma tendresse.

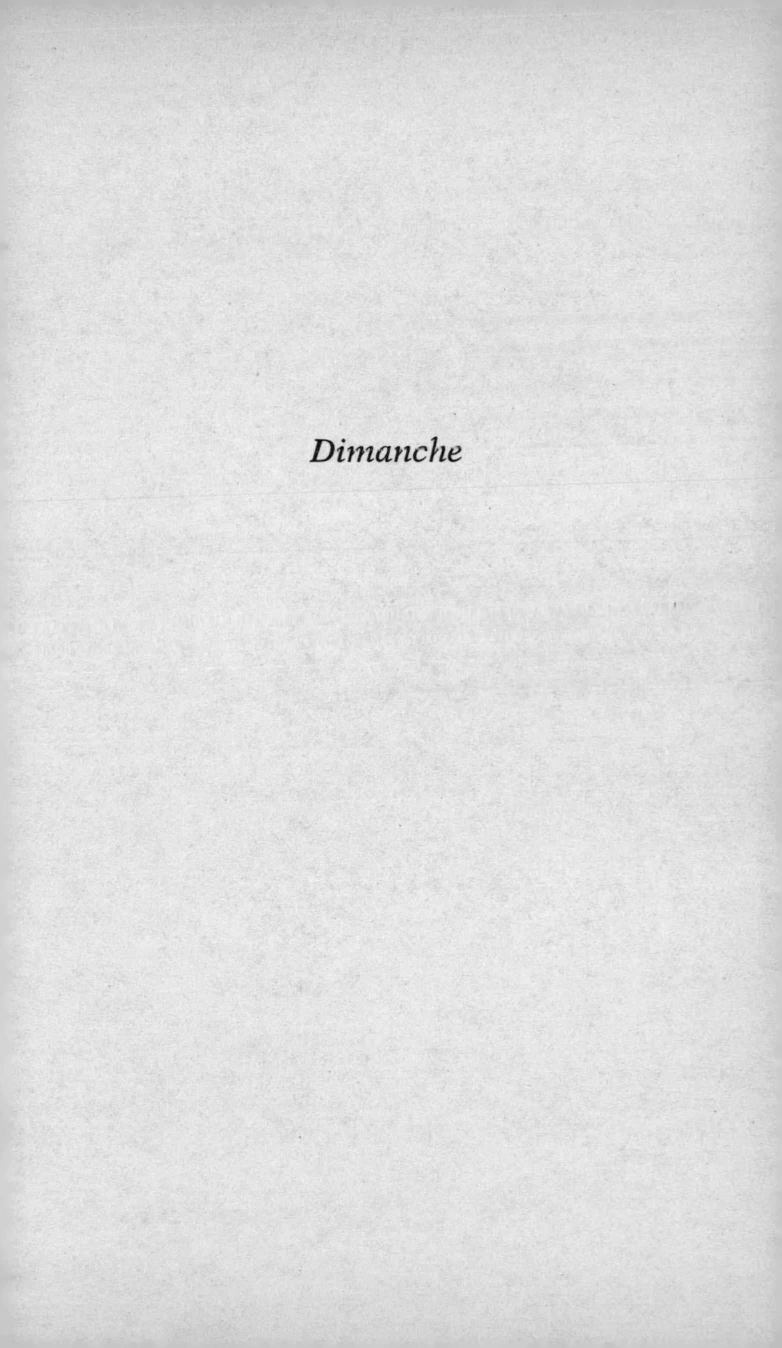

Dimanche

1

Une vague de chaleur pesait sur Baltimore comme un linceul. Par milliers, les systèmes d'arrosage venaient rafraîchir les pelouses des banlieues verdoyantes, et les gens riches qui habitaient là restaient chez eux, la climatisation poussée à plein régime. Sur North Avenue, les prostituées apathiques se terraient dans les coins d'ombre et transpiraient sous leurs postiches. Au coin des rues, des trafiquants en herbe tiraient des sachets de drogue des poches de leur short. On était à la fin septembre, mais l'automne semblait encore bien loin.

Une Datsun blanche à la carrosserie rouillée par endroits, le verre d'un des phares maintenu en place par une croix de chatterton, maraudait dans un quartier ouvrier. La voiture n'avait pas la climatisation et le conducteur avait ouvert toutes les vitres. C'était un beau garçon de vingt-deux ans, short en jean, T-shirt blanc tout propre et casquette de baseball rouge portant sur le devant le mot SÉCURITÉ en lettres blanches. Ses cuisses ruisselantes de transpiration glissaient sur le revêtement en plastique, mais ça ne le gênait pas. Il était d'humeur joyeuse. La radio de la voiture était branchée sur la station 92Q, Jazz à gogo ! À la place du passager, un classeur ouvert. Il y jetait de temps en temps un coup d'œil afin d'apprendre par cœur toute une liste de termes techniques pour l'examen du lendemain. Il avait une bonne mémoire ; encore quelques minutes et il connaîtrait son sujet à fond.

Au feu rouge, une femme blonde au volant d'une Porsche décapotable vint s'arrêter près de lui. Il lui sourit en disant :

— Belle bagnole !

Elle détourna les yeux sans répondre, mais il crut la voir esquisser un sourire. Derrière ses grosses lunettes de soleil, elle devait être deux fois plus âgée que lui ; comme la plupart des nanas qui conduisaient des Porsche.

— On fait la course jusqu'au prochain feu, proposa-t-il.

Elle eut un petit rire flirteur, puis elle passa en première et démarra au feu vert comme une fusée. Il haussa les épaules ; c'était pour s'entraîner, rien de plus.

Il longea le campus boisé de Jones Falls, une prestigieuse université de la côte est, beaucoup plus chic que celle qu'il fréquentait. En passant devant l'imposante grille d'entrée, il aperçut un groupe de huit ou dix femmes arriver au petit trot, en tenue d'athlétisme : short moulant, Nike aux pieds et maillot trempé de sueur. Sans doute une équipe de hockey à l'entraînement. La plus sportive, qui courait en tête, devait être leur capitaine.

Soudain il fut submergé par un fantasme si violent qu'il y voyait à peine pour conduire. Il les imaginait dans les vestiaires : la petite potelée se savonnant sous la douche, la rousse frictionnant avec une serviette ses longs cheveux couleur cuivre, la Noire passant une petite culotte de dentelle blanche, leur capitaine aux airs de gouine exhibant complaisamment ses muscles... Et puis arrivait quelque chose qui les terrifiait. Tout d'un coup, c'était la panique. Elles ouvraient de grands yeux affolés et hurlaient, au bord de la crise de nerfs. Elles couraient dans tous les sens en se bousculant. La petite grosse tombait et restait là à sangloter, impuissante, pendant que les autres la piétinaient dans leurs efforts désespérés pour se cacher, pour trouver la porte ou pour fuir.

Il se rangea sur le côté de la route et passa au point mort. Il avait le souffle court, son cœur battait à tout rompre. Quel fantasme ! Cependant, il manquait un petit quelque chose. De quoi avaient-elles peur ? Il chercha la réponse dans son imagination fertile. Soudain, il eut un halètement de plaisir : il avait trouvé. Un incendie ! Le vestiaire était en feu et les flammes les terrifiaient. La fumée les faisait tousser et s'étrangler tandis qu'elles tournaient frénétiquement en rond, à demi nues.

— Mon Dieu, murmura-t-il, le regard fixé droit devant lui.

Il voyait la scène comme si on projetait un film sur le pare-brise de la Datsun.

Au bout d'un moment, il se calma. Son désir était encore violent, mais le fantasme ne lui suffisait plus — c'était comme penser à une bière quand on mourait de soif. Il épongea la sueur de son visage avec le bord de son T-shirt. Il savait qu'il devrait s'efforcer de ne plus penser à ça et reprendre la route. Ce serait trop dangereux : s'il était pris, il passerait des années en prison. Mais jamais le danger ne l'avait arrêté. Il lutta pour résister à la tentation — pas plus d'une seconde.

— Oh ! j'ai envie.

Faisant demi-tour, il s'engouffra dans le campus par la grande entrée.

L'université s'étendait sur des dizaines d'hectares de pelouses, de jardins et de bois. Les bâtiments étaient en brique rouge, avec quelques rares édifices modernes de verre et de béton, reliés par un labyrinthe de petites routes bordées de parcmètres.

L'équipe des hockeyeuses avait disparu, mais il trouva sans mal le gymnase, un bâtiment bas près d'une piste d'athlétisme, avec sur le devant une grande statue représentant un discobole. Il se gara devant un parcmètre, sans mettre de pièce : il ne mettait jamais d'argent dans ces trucs-là. La robuste capitaine de l'équipe de hockey était debout sur les marches du gymnase, en train de bavarder avec un couple. Il monta les marches en courant, sourit au capitaine en passant devant elle et poussa la porte pour pénétrer à l'intérieur.

Le hall grouillait de jeunes hommes et de jeunes femmes en short, raquette à la main et sac de sport jeté sur l'épaule. De toute évidence, la plupart des équipes du collège s'entraînaient le dimanche. Derrière un bureau au milieu du hall, un gardien contrôlait les cartes d'étudiants. Tout un groupe de coureurs fit irruption et passa devant lui, les uns brandissant leur carte et les autres n'y pensant pas. Le gardien se contenta de hausser les épaules et se replongea dans sa bande dessinée.

L'inconnu s'absorba dans la contemplation des trophées en argent exposés dans une vitrine. Quelques instants plus tard, une équipe de football arriva — dix hommes et une petite bonne femme en chaussures à crampons. Il se glissa prestement parmi eux, traversa le hall comme s'il faisait partie de leur groupe et les suivit par un large escalier qui descendait au sous-sol. Ils discutaient de leur partie, riaient d'un but marqué par chance, s'indignaient d'une tricherie scandaleuse. Ils ne lui prêtèrent aucune attention.

Il avançait d'un pas nonchalant, mais l'œil aux aguets. Au pied de l'escalier, un petit vestibule avec un distributeur de Coca et un téléphone public sous une hotte acoustique. Le vestiaire des hommes donnait sur le vestibule. La femme de l'équipe de football s'engagea dans un long couloir — elle devait se diriger vers le vestiaire des femmes, probablement ajouté sur le tard par un architecte qui s'imaginait qu'il n'y aurait jamais beaucoup de filles à Jones Falls.

L'inconnu décrocha le combiné du téléphone et fit semblant de chercher une pièce dans sa poche. Les hommes entrèrent à la queue leu leu dans leur vestiaire. Il regarda la femme ouvrir une porte et disparaître, probablement dans le vestiaire des femmes. *Elles sont toutes là*, se dit-il, tout excité. *Elles se déshabillent, se douchent, se frictionnent avec des serviettes*. Ça le faisait transpirer, d'être si près d'elles. Pour réaliser son fantasme, il lui restait à leur flanquer la peur de leur vie.

Il s'obligea à se calmer. Surtout, ne pas tout gâcher par précipitation. La chose exigeait quelque préparation.

Une fois le vestibule déserté, il s'engagea à pas de loup dans le couloir à la suite de la femme.

Il y avait trois portes, une de chaque côté et une au fond. La femme avait franchi celle de droite ; celle du fond donnait sur une grande pièce poussiéreuse encombrée de chaudières et de filtres — le local technique de la piscine. Il entra et referma la porte derrière lui. On entendait un ronronnement électrique sourd et régulier. Il se représenta une fille en soutien-gorge et petite culotte à fleurs, gisant sur le sol, délirante de terreur et levant vers lui un regard épouvanté tandis qu'il débouclait sa ceinture. Il savoura un instant cette vision. La fille n'était qu'à quelques mètres de lui. À cet instant même, peut-être songeait-elle à la soirée qui l'attendait ; peut-être avait-elle un petit ami et envisageait-elle de le laisser aller jusqu'au bout. Et si c'était une étudiante de première année, esseulée et un peu timide, qui passait ses dimanches soir seule, à regarder *Colombo* à la télé ? Peut-être avait-elle un devoir à remettre le lendemain et comptait-elle veiller toute la soirée pour le terminer.

Oublie tout ça, bébé. C'est l'heure du cauchemar.

Il avait toujours adoré faire peur aux filles. Au lycée, il n'aimait rien tant qu'en isoler une et la menacer jusqu'à ce qu'elle éclate en sanglots. C'était pour ça qu'il avait dû sans cesse changer d'école. Parfois, il sortait avec une fille, histoire d'être comme les autres garçons, d'avoir quelqu'un à son bras pour entrer dans un bar. Si elles semblaient s'y attendre, il les sautait, mais ça lui paraissait plutôt inutile.

En matière de sexe, chacun son truc, estimait-il. Certains hommes aiment s'habiller en femme, d'autres ont besoin qu'une fille vêtue de cuir les piétine avec ses talons aiguilles. Un type qu'il connaissait trouvait que la partie la plus excitante chez une femme, c'étaient ses pieds. Il bandait rien qu'à regarder les femmes passer des escarpins et les retirer au rayon de chaussures d'un grand magasin.

Son truc à lui, c'était la peur. Ce qui l'excitait, c'était une femme qui tremblait de frayeur.

Inspectant méthodiquement les lieux, il remarqua une échelle fixée au mur, qui menait jusqu'à une trappe métallique fermée de l'intérieur. Il l'escalada rapidement, fit coulisser le verrou et souleva la trappe. Il se trouva en train de contempler les pneus d'une Chrysler New Yorker sur un parking. Il devait être à l'arrière du bâtiment. Il referma le panneau et redescendit.

Il sortit du local. Comme il remontait le couloir, une femme qui arrivait en sens inverse lui lança un regard noir. Il eut un moment d'angoisse : elle pourrait lui demander ce qu'il faisait à traîner du côté du vestiaire des femmes. Ça pourrait faire échouer son plan. À ce moment-là, elle leva les yeux vers la casquette qu'il portait et lut le mot SÉCURITÉ ; détournant le regard, elle pénétra dans le vestiaire.

Il eut un grand sourire. Il avait acheté la casquette 8,99 dollars dans une boutique de souvenirs. Les gens avaient l'habitude de voir des videurs en jean aux concerts de rock, des inspecteurs de police qui avaient tout de criminels jusqu'au moment où ils exhibaient leur plaque, des douaniers en T-shirt ; c'était trop compliqué de demander ses papiers à chaque type qui se présentait comme un agent de la sécurité.

La porte en face de celle du vestiaire des femmes donnait sur un petit débarras. Il la referma derrière lui et tourna le commutateur.

Tout autour de lui s'entassait du vieux matériel de gymnastique : de gros ballons de cuir noir, des tapis de caoutchouc usés, des haltères en bois, des gants de boxe couverts de moisissure et des chaises pliantes aux montants fissurés. Il y avait même un cheval d'arçons au capitonnage crevé, avec un pied cassé. Ça sentait le moisi. Un gros tuyau argenté courait le long du plafond ; sans doute pour assurer la ventilation du vestiaire de l'autre côté du couloir.

Il leva la main et tâta les boulons fixant le tuyau à ce qui ressemblait à un ventilateur. Il ne pouvait pas les desserrer avec ses doigts, mais il avait une clé à molette dans le coffre de la Datsun. S'il parvenait à détacher la canalisation, le ventilateur aspirerait l'air du débarras au lieu de le puiser à l'extérieur de l'immeuble.

Il allait allumer son feu juste sous le ventilateur. Il allait prendre un bidon d'essence, en verser un peu dans une bouteille de Perrier vide et l'apporter ici avec des allumettes et un journal, sans oublier la clé à molette.

Le feu prendrait rapidement et produirait des tourbillons de fumée. Il se nouerait un chiffon humide sur le nez et sur la bouche, et il attendrait que la pièce soit pleine de fumée. Alors, il détacherait la canalisation du ventilateur. La fumée serait aspirée par le tuyau et rejetée dans le vestiaire des femmes. Au début, elles n'y prêteraient pas attention. Et puis il y en aurait une ou deux qui renifleraient en disant : « Quelqu'un fume ? » Il ouvrirait la porte du débarras pour laisser le couloir s'emplir de fumée. Quand les filles se rendraient compte qu'il se passait quelque chose de vraiment anormal, elles ouvriraient la porte du vestiaire. Persuadées que tout le bâtiment était en feu, elles s'affoleraient.

Il entrerait alors dans le vestiaire. Une mer de soutiens-gorge, de collants, de seins, de sexes, de toisons exhibées. Certaines sortiraient des douches en courant, nues et trempées, cherchant à tâtons les serviettes. D'autres essaieraient d'enfiler leurs vêtements. La plupart courraient dans tous les sens, à demi aveuglées par la fumée. Il y aurait des hurlements, des sanglots, des cris de terreur. Il continuerait à faire semblant d'être un gardien et hurlerait des ordres : « Vous n'avez pas le temps de vous habiller ! Il y a urgence ! Sortez de là ! Tout le bâtiment est en feu ! Courez vite, courez ! » Il distribuerait des claques sur leurs fesses nues, les pousserait, leur arracherait leurs vêtements et les peloterait au passage. Elles se rendraient bien compte qu'il y avait quelque chose de bizarre, mais la plupart seraient trop affolées pour comprendre ce qui se passait. Si la capitaine musclée de l'équipe de hockey était toujours là, peut-être aurait-elle la présence d'esprit de l'interpeller, mais il se contenterait de l'assommer d'un coup de poing.

Circulant parmi elles, il choisirait sa principale victime : une jolie fille à l'air vulnérable. Il lui prendrait le bras en disant : « Par ici, je suis de la sécurité. » Il l'entraînerait dans le couloir puis prendrait la mauvaise direction, celle du local technique de la piscine. Là, au moment où elle se croirait presque en sûreté, il la giflerait, lui donnerait un coup de poing dans le ventre et la jetterait sur le ciment sale du sol. Il la regarderait rouler, se retourner puis se rasseoir, haletante et sanglotante, en le fixant d'un œil terrifié.

Alors, il sourirait et débouclerait sa ceinture.

2

— Je veux rentrer chez moi, dit Mme Ferrami.

— Ne t'inquiète pas, maman, fit sa fille Jeannie. Nous allons te faire sortir d'ici plus tôt que tu ne penses.

Patty, la sœur cadette de Jeannie, lui lança un regard qui signifiait : « Comment va-t-on y arriver ? »

L'assurance-maladie de leur mère permettait tout juste de payer le foyer du Crépuscule à Bella Vista, et ça n'était pas brillant. Dans la chambre, deux lits d'hôpital hauts sur pieds, deux placards, un canapé et un téléviseur. Le mur était peint dans un marron terne, le sol recouvert de carreaux de plastique crème striés d'orange. Des barreaux aux fenêtres, mais pas de rideaux, et la pièce donnait sur une station-service. Un lavabo dans un coin et les toilettes au bout du couloir.

— Je veux rentrer chez moi, répéta Mme Ferrami.

— Mais, maman, tu perds la mémoire, tu ne peux plus te débrouiller seule.

— Bien sûr que si, je peux ! Je te défends de me parler sur ce ton.

Jeannie se mordit la lèvre. En regardant l'épave qu'était devenue sa mère, elle eut envie de pleurer. Mme Ferrami avait des traits vigoureux — sourcils noirs, yeux sombres, nez droit, bouche large et menton énergique — qu'on retrouvait chez Jeannie et chez Patty. Mais elle était petite alors que les deux sœurs étaient grandes comme leur père. Toutes trois étaient aussi décidées qu'elles en avaient l'air — « formidables » était l'adjectif qu'on utilisait en général pour décrire les femmes Ferrami. Mais Mme Ferrami ne le serait plus jamais. Elle était atteinte de la maladie d'Alzheimer.

Elle n'avait pas encore soixante ans. Jeannie, qui en avait vingt-neuf, et Patty, vingt-six, avaient espéré qu'elle pourrait se débrouiller toute seule encore quelques années ; cet espoir s'était brisé le matin où, à cinq heures, un sergent de ville de Washington avait téléphoné pour annoncer qu'il l'avait trouvée marchant dans la 18e Rue en chemise de nuit crasseuse, pleurant et répétant qu'elle n'arrivait pas à se rappeler où elle habitait.

Jeannie avait sauté dans sa voiture et roulé jusqu'à Washington, à une heure de Baltimore, par un calme dimanche matin. Elle l'avait récupérée au commissariat, l'avait ramenée chez elle, l'avait lavée, habillée, puis elle avait appelé Patty. Les deux sœurs avaient pris les dispositions nécessaires pour faire entrer leur mère à Bella Vista. Le foyer était situé à Columbia, une petite ville entre Washington et Baltimore ; leur tante Rosa y avait passé les dernières années de sa vie. Elle souscrivait la même police d'assurance que leur mère.

— Je n'aime pas cet endroit, déclara Mme Ferrami.

— Nous non plus, fit Jeannie. Mais, pour l'instant, c'est tout ce que nous pouvons nous permettre.

Malgré son ton raisonnable et détaché, c'était dur à entendre. Patty eut un regard réprobateur.

— Allons, maman, nous avons connu des endroits pires.

C'était vrai. Quand leur père était allé en prison pour la seconde fois, elles avaient vécu dans une unique chambre avec un réchaud électrique sur la commode et une arrivée d'eau dans le couloir. C'étaient les années d'assistance sociale. Mais leur mère s'était révélée une lionne dans l'adversité. Elle avait trouvé une vieille femme digne de confiance pour s'occuper des filles quand elles rentraient de l'école ; elle avait pris un travail — elle avait été coiffeuse et ne se débrouillait encore pas mal, même si son style était un peu démodé — puis elle avait déménagé pour un petit appartement de deux chambres dans le quartier d'Addams-Morgan, un quartier ouvrier très convenable.

Elle préparait des toasts pour le petit déjeuner et envoyait Jeannie et Patty à l'école dans des robes immaculées. Elle se coiffait et se maquillait — il fallait être élégante quand on travaillait dans un salon de coiffure —, elle laissait toujours une cuisine impeccable et préparait une assiette de biscuits que les filles trouvaient à leur retour. Le dimanche, elles faisaient toutes les trois le ménage et la lessive.

Jeannie et Patty avaient toujours pu compter sur leur mère et ça leur brisait le cœur de la voir ainsi gémissant et perdant la mémoire.

Soudain, leur mère plissa le front, comme si elle était surprise, et dit :

— Jeannie, pourquoi as-tu un anneau dans le nez ?

Jeannie palpa le petit anneau d'argent et eut un pâle sourire.

— Maman, je me suis fait percer le nez quand j'étais gosse. Tu ne te souviens pas ? Tu étais furieuse. J'ai cru que tu allais me jeter à la rue.

— J'oublie quantité de choses...

— En tout cas, fit Patty, moi, je m'en souviens ! Je trouvais ça génial. Mais j'avais onze ans et toi quatorze. Pour moi, tout ce que tu faisais était culotté, avait du style, de l'élégance.

— Et c'est encore parfaitement vrai ! fit Jeannie en prenant un air exagérément fier.

Patty pouffa.

Je pourrais difficilement en dire autant de ton blouson orange.

— Oh ! mon Dieu, ce blouson ! Maman a fini par le brûler parce que j'avais dormi dedans dans un immeuble abandonné et que j'étais rentrée pleine de puces.

— Je me souviens, fit soudain leur mère. Les puces ! Ma propre fille !

Elle s'en indignait encore, quinze ans plus tard. L'ambiance se fit plus gaie. L'évocation du passé leur avait rappelé combien elles étaient proches...

— Il faut que j'y aille, dit Jeannie au bout d'un moment.

— Moi aussi, ajouta Patty. J'ai le dîner à préparer.

Ni l'une ni l'autre, pourtant, ne faisaient un geste vers la porte. Jeannie avait le sentiment d'abandonner sa mère, de la quitter au moment où celle-ci avait besoin d'elle. Personne ici ne l'aimait. Sa famille devrait s'occuper d'elle. Jeannie et Patty devraient rester avec elle, lui faire la cuisine, repasser ses chemises de nuit et allumer la télé pour qu'elle puisse regarder son émission préférée.

— Quand est-ce que vous revenez ?

Jeannie hésita. Elle aurait voulu dire : « Demain, je t'apporterai ton petit déjeuner et je passerai toute la journée avec toi. » Mais c'était impossible : elle avait une semaine chargée à son bureau. Le remords l'envahit. *Comment est-ce que je peux être aussi cruelle ?*

Patty vint à son secours.

— Je viendrai demain et j'amènerai les enfants, ça te distraira, non ?

Mme Ferrami n'allait pas laisser Jeannie s'en tirer si facilement.

— Tu seras là aussi, Jeannie ?

La voix étranglée, Jeannie se pencha pour l'embrasser.

— Je t'aime, maman. Tâche de ne pas l'oublier. Je viendrai dès que je le pourrai.

Dès qu'elles eurent franchi la porte, Patty éclata en sanglots.

Jeannie aussi avait envie de pleurer, mais elle était l'aînée ; elle avait depuis longtemps pris l'habitude de contrôler ses émotions tout en s'occupant de Patty. Elle passa un bras autour des épaules de sa sœur. Patty n'était pas faible, non, mais elle acceptait davantage les coups du sort que Jeannie, combative et volontaire. Leur mère critiquait sans cesse Jeannie, prétendant qu'elle devrait ressembler à sa sœur.

— J'aimerais bien pouvoir la prendre à la maison, mais ça n'est pas possible, murmura Patty d'un ton navré.

Jeannie acquiesça. Patty était mariée à un menuisier du nom de Zip. Ils habitaient un petit pavillon avec deux chambres. Leurs trois garçons se partageaient l'une d'elles ; Davey avait six ans, Mel quatre et Tom deux. Pas de place pour abriter une grand-mère.

Jeannie était célibataire. Maître-assistant à Jones Falls, elle gagnait trente mille dollars par an — beaucoup moins, elle en était persuadée, que le mari de Patty. Elle venait de souscrire son premier emprunt pour acheter un deux-pièces qu'elle meublait à crédit. Une salle de séjour avec un coin cuisine, une chambre avec une penderie et une minuscule salle de bains. Si elle laissait son lit à sa mère, elle devrait coucher sur le canapé. Et, durant la journée, sa mère resterait sans surveillance. Impensable pour une femme atteinte de la maladie d'Alzheimer.

— Je ne peux pas la prendre non plus, dit-elle.

Elle sentit la fureur de Patty percer à travers ses larmes.

— Alors pourquoi tu lui as raconté que nous allions la tirer de là ? C'est impossible !

Elles sortirent dans la chaleur torride.

— Demain, dit Jeannie, j'irai à la banque pour obtenir un prêt. Nous l'installerons dans un établissement plus agréable et je paierai le supplément que ça entraînera.

— Mais comment arriveras-tu à rembourser ?

— Je serai nommée professeur de faculté, et puis j'aurai ma chaire. On me demandera d'écrire un manuel scolaire et je serai engagée comme consultante par trois multinationales.

Patty sourit à travers ses larmes.

— Moi, je te crois, mais la banque ?

Patty avait toujours cru en Jeannie. Elle-même n'avait pas d'ambition. Elle n'avait jamais la moyenne au lycée, elle s'était mariée à dix-neuf ans et, sans regret apparent, élevait ses trois enfants. Jeannie, elle, avait été tête de classe, capitaine de toutes les équipes de sport, championne de tennis. Elle avait pu poursuivre des études universitaires grâce à des bourses sportives. Elle menait à bien tous ses projets.

Mais Patty avait raison : la banque ne lui consentirait jamais un nouveau prêt si peu de temps après avoir financé l'achat de son appartement. Et elle venait tout juste de commencer comme maître-assistant : elle ne bénéficierait d'aucun avancement avant trois ans. Comme elles arrivaient au parking, Jeannie dit d'un ton désespéré :

— Bon, je vais vendre ma voiture.

Sa voiture, elle l'adorait. C'était une Mercedes 230 C de vingt ans, un coupé rouge à deux portes aux sièges de cuir noir. Elle l'avait achetée huit ans auparavant grâce aux cinq mille dollars qu'elle avait touchés pour avoir remporté la coupe de tennis universitaire de Mayfair Lites. À cette époque, ce n'était pas encore le grand chic de posséder une vieille Mercedes.

— Elle doit sans doute valoir deux fois ce que je l'ai payée.

— Mais tu serais obligée d'acheter une autre voiture, rétorqua Patty, impitoyablement réaliste.

— Tu as raison. — Jeannie soupira. — Bah ! je peux donner des leçons particulières. C'est contraire aux principes de l'université, mais je peux sans doute me faire quarante dollars de l'heure en enseignant la lecture rapide aux étudiants bourrés d'argent qui se sont fait coller à l'examen d'entrée à d'autres universités. Je pourrais peut-être gagner trois cents dollars par semaine — sans impôts, si je ne les déclare pas.

Elle regarda sa sœur.

— Tu ne peux rien mettre de côté ?

Patty détourna la tête.

— Je ne sais pas.

— Zip gagne plus que moi.

— Il me tuerait s'il m'entendait, mais nous pourrions peut-être donner soixante-quinze ou quatre-vingts dollars par semaine. Je vais le pousser à demander une augmentation. Il n'ose jamais, mais je sais qu'il la mérite et son patron l'aime bien.

Jeannie commençait à se sentir un peu ragaillardie, même si la perspective de passer ses dimanches à donner des leçons à des cancres n'avait rien de réjouissant.

— Avec quatre cents dollars de plus par semaine, nous pourrions trouver pour maman une chambre indépendante avec salle de bains. Comme ça, elle pourrait avoir ses affaires autour d'elle : ses bibelots et peut-être quelques meubles.

— Renseignons-nous, tâchons de voir si quelqu'un connaît un endroit agréable.

— D'accord. — Patty était songeuse. — La maladie de maman est héréditaire, non ? J'ai vu une émission là-dessus à la télé.

Jeannie hocha la tête.

— Il y a un défaut génétique, l'AD3, qui est lié au déclenchement de l'Alzheimer.

Il était situé sur le chromosome 14 q 24.3, mais ça ne dirait rien à Patty.

— Ça veut dire que toi et moi, on finira comme maman ?

— Il y a de grands risques...

Elles restèrent un moment silencieuses ; l'idée de perdre l'esprit était un sujet par trop sinistre.

— Je suis contente d'avoir eu mes enfants de bonne heure. Quand ça m'arrivera, ils seront assez grands pour se débrouiller seuls.

Jeannie nota la pointe de reproche. Comme leur mère, Patty estimait que ça n'était pas normal de ne pas avoir d'enfant à vingt-neuf ans. Jeannie reprit :

— Le fait qu'on ait découvert le gène laisse place à l'espoir : quand nous aurons l'âge de maman, on pourra peut-être nous injecter une version modifiée de notre propre ADN qui ne portera pas le gène fatal.

— On en parlait à la télé. C'est la technologie de remodulation de l'ADN, non ?

Jeannie regarda sa sœur en souriant.

— C'est ça.

— Tu vois, je ne suis pas si bête.

— Je ne l'ai jamais pensé.

Patty reprit d'un ton songeur :

— Seulement, c'est notre ADN qui nous fait ce

que nous sommes ; alors, si tu changes mon ADN, est-ce que je deviendrai une personne différente ?

— L'ADN ne suffit pas à faire de toi ce que tu es. Ton éducation joue également un rôle. C'est tout le sujet de mes travaux.

— Comment ça marche, ton nouveau test ?

— C'est excitant. C'est une grande chance pour moi, Patty. Quantité de gens ont lu mon article sur la criminalité et sur la question de savoir si un gène pourrait en être responsable.

L'article, publié l'année précédente alors qu'elle était encore à l'université du Minnesota, portait au-dessus de son nom celui de son directeur de recherches, mais c'était elle qui avait accompli tout le travail.

— Je n'ai jamais réussi à comprendre si tu disais que la criminalité est héréditaire ou non.

— J'ai identifié quatre traits héréditaires qui amènent à un comportement criminel : l'impulsivité, l'intrépidité, l'agressivité et l'hyperactivité. Mais ma grande théorie c'est que certaines formes d'éducation neutralisent ces traits et transforment des criminels potentiels en bons citoyens.

— Comment pourrais-tu prouver une chose pareille ?

— En étudiant des vrais jumeaux élevés séparément. Des vrais jumeaux ont le même ADN. Quand ils sont adoptés à la naissance ou séparés pour une raison quelconque, ils reçoivent une éducation différente. Je recherche donc des jumeaux dont l'un est criminel et l'autre non. J'étudie alors comment ils ont été élevés.

— C'est un travail vraiment important...

— Je le crois.

— Il faut absolument découvrir pourquoi tant d'Américains tournent mal.

Jeannie acquiesça. C'était un excellent résumé du problème.

Patty se dirigea vers sa voiture, un vieux break

Ford. À l'arrière s'entassait tout un bric-à-brac de jouets aux couleurs vives — un tricycle, une poussette pliante, un assortiment de raquettes et de balles, et un gros camion en plastique avec une roue cassée.

— Tu feras un gros baiser aux garçons pour moi, dit Jeannie, d'accord ?

— Merci. Je t'appellerai demain après avoir vu maman.

Jeannie prit ses clés, hésita un instant, puis revint vers Patty et la serra dans ses bras.

— Je t'aime, sœurette.

— Moi aussi, je t'aime.

Jeannie monta dans sa voiture et démarra.

Elle se sentait nerveuse, agitée, envahie de sentiments contradictoires à propos de sa mère, de Patty, et de leur père toujours absent. Elle emprunta la I-70, roulant trop vite en se faufilant dans le flux de la circulation. Elle se demandait comment elle allait occuper la fin de sa journée quand elle se souvint qu'elle était censée jouer au tennis à six heures, puis aller prendre une pizza et une bière avec un groupe d'étudiants et de jeunes professeurs du département de psychologie de Jones Falls. Son premier réflexe fut d'annuler. Mais elle n'avait pas envie de rester chez elle à broyer du noir. *Je vais jouer au tennis*, décida-t-elle, *l'exercice me fera du bien*. Ensuite, elle passerait une heure au bar chez Andy, puis elle irait se coucher tôt.

Mais les choses ne se passèrent pas ainsi.

Son adversaire au tennis était Jack Budgen, le bibliothécaire en chef de l'université. Il avait joué à Wimbledon et, même s'il avait la cinquantaine et un début de calvitie, il était encore en forme et possédait quelques coups redoutables. Jeannie n'avait jamais joué à Wimbledon ; le sommet de sa carrière avait été une place dans l'équipe olympique quand elle était étudiante. Mais elle était plus robuste et plus rapide que Jack.

Ils disputèrent la partie sur un des courts en terre battue du campus. Ils étaient à peu près de la même force et la rencontre attira une petite foule de spectateurs. Il n'y avait pas de règles vestimentaires mais, par habitude, Jeannie jouait toujours en short et polo blancs. Elle avait de longs cheveux bruns, non pas raides et soyeux comme ceux de Patty, mais bouclés et impossibles à coiffer; elle les rentrait donc sous une casquette à visière.

Jeannie avait un service canon, et son smash de revers croisé à deux mains était redoutablc. Jack ne pouvait pas lutter contre son service mais, après les quelques premiers jeux, il veilla à ne pas lui laisser utiliser son smash de revers. Il jouait finement, ménageant son énergie et laissant Jeannie commettre des erreurs. Elle avait un jeu trop agressif, elle faisait des doubles fautes au service et montait trop vite au filet. Un jour normal, estimait-elle, elle pourrait le battre. Mais aujourd'hui, elle n'avait aucune concentration et elle était incapable d'anticiper le jeu de son adversaire. Ils remportèrent un set chacun. Jack menait 5-4 dans le troisième et elle se retrouva à servir pour rester dans la partie.

Ils allèrent deux fois à 40 partout, puis Jack prit l'avantage. Jeannie mit sa première balle dans le filet. On entendit dans la foule des exclamations étouffées. Au lieu de jouer une seconde balle moins fórte, elle oublia toute prudence et servit de nouveau comme si c'était une première balle. Jack se contenta de placer sa raquette dans la trajectoire et la renvoya sur son revers. Elle lâcha son smash et monta au filet. Mais Jack n'était pas aussi déséquilibré qu'il avait fait semblant de l'être, il renvoya un lob parfait qui passa par-dessus la tête de Jeannie pour atterrir sur la ligne de fond de court. Il gagna.

Plantée au milieu du court, les mains sur les hanches, à regarder la balle, Jeannie était furieuse contre elle-même. Même si elle avait cessé depuis des années de jouer sérieusement, elle conservait intact cet esprit de compétition qui lui faisait mal accepter la défaite. Elle se calma tout de même et se força à sourire.

— Joli coup ! lança-t-elle en se dirigeant vers le filet pour serrer la main de son adversaire.

Quelques applaudissements crépitèrent parmi les spectateurs. Un jeune homme s'approcha d'elle.

— Dites donc, c'était une partie formidable ! fit-il avec un grand sourire.

Jeannie le jaugea d'un coup d'œil. Le genre belle brute, grand et athlétique, des cheveux blonds, courts et bouclés, de beaux yeux bleus et un sacré numéro de rentre-dedans.

Elle n'était pas d'humeur.

— Merci, dit-elle sèchement.

Il sourit de nouveau : un sourire détendu, plein d'assurance, qui proclamait que la plupart des filles étaient ravies quand il leur adressait la parole.

— Vous savez, je joue un peu au tennis moi aussi et je me disais...

— Si vous ne jouez qu'*un peu* au tennis, vous n'êtes sans doute pas dans ma catégorie, déclara-t-elle en continuant son chemin.

Derrière elle, elle l'entendit lancer :

— Dois-je alors supposer qu'un dîner aux chandelles suivi d'une nuit de folle passion est hors de question ?

Elle ne put s'empêcher de sourire, ne serait-ce que de son insistance. Et puis elle avait été plus brusque que nécessaire. Elle tourna la tête et, sans s'arrêter, lança par-dessus son épaule :

— Tout à fait, mais merci de la proposition.

Elle quitta le court et se dirigea vers le vestiaire. Elle se demandait ce que sa mère était en train de faire. À cette heure-ci, elle avait dû dîner — il était sept heures et demie et on servait toujours les repas de bonne heure dans ce genre d'établissement. Sans doute regardait-elle la télé dans le salon. Peut-être allait-elle se trouver une amie, une femme de son âge qui supporterait ses absences de mémoire et qui s'intéresserait aux photos de ses petits-enfants. Mme Ferrami avait eu autrefois quantité d'amis : les autres coiffeuses du salon, certaines de ses clientes, des voisines, des personnes qu'elle connaissait depuis vingt-cinq ans. Mais ils trouvaient difficile de rester fidèles à une femme qui ne cessait d'oublier qui ils étaient.

En passant devant le terrain de hockey, Jeannie se trouva nez à nez avec Lisa Hoxton. Lisa était la première véritable amie qu'elle s'était faite depuis son arrivée à Jones Falls un mois plus tôt. Technicienne du laboratoire de psychologie, elle était licenciée en sciences mais n'avait aucune envie d'enseigner. Comme Jeannie, elle venait d'un milieu pauvre et elle était un peu intimidée par l'ambiance assez snob de Jones Falls. Elles avaient tout de suite sympathisé.

— Un gosse vient d'essayer de me draguer, annonça Jeannie avec un sourire.

— Comment était-il ?

— Il ressemblait à Brad Pitt, mais en plus grand.

— Tu ne lui as pas dit que tu avais une amie plus proche de son âge ?

Lisa n'avait que vingt-quatre ans.

— Non. — Jeannie jeta un coup d'œil par-dessus son épaule, mais elle ne vit pas trace du jeune homme. — Continue à marcher, au cas où il me suivrait.

— C'est si grave ?

— Allons, viens.

— Jeannie, ce sont les vieux vicelards qu'on fuit.

— Oh ! je t'en prie !

— Tu aurais pu lui donner mon numéro de téléphone.

— J'aurais dû lui glisser un bout de papier avec ta taille de soutien-gorge inscrite dessus, ça aurait fait l'affaire.

Lisa avait une forte poitrine. Elle s'arrêta. Jeannie

crut un moment qu'elle était allée trop loin et qu'elle l'avait vexée. Elle allait s'excuser quand Lisa s'exclama :

— Quelle idée formidable ! *Je fais un 90 B. Pour de plus amples renseignements, appelez ce numéro.* Et subtil avec ça !

— C'est de l'envie pure et simple, j'ai toujours voulu avoir de beaux nénés.

Elles éclatèrent de rire toutes les deux.

— Je t'assure, c'est vrai, je priais pour avoir des nichons. J'ai été pratiquement la dernière fille de ma classe à avoir mes règles, c'était horriblement gênant.

— Tu disais vraiment : « Mon Dieu, je Vous en prie, faites que mes nichons grossissent », agenouillée auprès de ton lit ?

— En fait, c'était la Vierge Marie que je priais. Je trouvais que c'était une affaire de filles. Et je ne disais pas « nichons », bien sûr.

— Qu'est-ce que tu disais, des seins ?

— Non, je pensais qu'on ne pouvait pas dire « seins » à la Sainte Vierge.

— Alors comment est-ce que tu les appelais ?

— Des roberts.

Lisa éclata de rire.

— Je ne sais pas où je suis allée pêcher ce mot-là ; j'ai dû surprendre une conversation entre hommes. Ça me paraissait un euphémisme poli. Je n'ai jamais raconté ça de ma vie à personne.

Lisa se retourna.

— Allons, je ne vois aucun beau garçon qui nous suive. Nous avons dû semer Brad Pitt.

— Tant mieux. Il est tout à fait mon type : beau, sexy, débordant d'assurance et à qui on ne peut absolument pas se fier.

— Comment le sais-tu ? Tu ne lui as parlé que vingt secondes.

— On ne peut se fier à aucun homme.

— Tu as sans doute raison. Tu viens chez Andy ce soir ?

— Oui, juste pour une heure. Il faut d'abord que je prenne une douche.

Son polo était trempé de sueur.

— Moi aussi. — Lisa était en short et en chaussures à pointe. — Je me suis entraînée avec l'équipe de hockey. Mais pourquoi rien qu'une heure ?

— J'ai eu une rude journée. — La partie de tennis avait changé les idées de Jeannie, mais elle se sentait de nouveau envahie par l'angoisse. — J'ai dû mettre ma mère en maison de santé.

— Oh ! Jeannie ! je suis désolée.

Jeannie lui raconta l'histoire tandis qu'elles entraient dans le bâtiment du gymnase et descendaient au sous-sol. Dans le vestiaire, Jeannie aperçut leur reflet dans la glace. Elles étaient si différentes qu'on aurait presque dit des duettistes de comédie. Lisa était d'une taille légèrement inférieure à la moyenne et Jeannie mesurait près d'un mètre quatre-vingts. Lisa était blonde avec des formes, tandis que Jeannie était brune et musclée, mais assez plate. Lisa avait un joli visage, criblé de taches de rousseur autour d'un petit nez effronté et d'une bouche pulpeuse. La plupart des gens trouvaient que Jeannie avait un physique spectaculaire, les hommes lui disaient parfois qu'elle était belle, mais personne ne l'avait jamais qualifiée de jolie.

Elles s'extirpaient de leur tenue de sport trempée de sueur quand Lisa dit :

— Et ton père ? Tu ne m'en as jamais parlé.

Jeannie soupira. C'était la question qu'elle avait appris à redouter, même quand elle était petite fille ; mais, tôt ou tard, on la lui posait. Pendant des années, elle avait menti, elle disait que son père était mort, ou bien qu'il avait disparu, qu'il s'était remarié et qu'il était allé travailler en Arabie Saoudite. Ces temps derniers, pourtant, elle disait la vérité.

— Mon père est en prison.

— Oh ! mon Dieu ! Je n'aurais pas dû te demander.

— Ça ne fait rien. Presque toute ma vie, je l'ai

connu en prison. Il est cambrioleur. C'est son troisième séjour à l'ombre.

— Il en a pour combien de temps ?

— Je ne me rappelle pas. Ça n'a pas d'importance. De toute façon, il ne nous aidera pas quand il sortira. Il ne s'est jamais occupé de nous, ce n'est pas maintenant qu'il va commencer.

— Il n'a jamais eu de travail régulier ?

— Seulement quand il voulait repérer les lieux. Il travaillait une semaine ou deux comme concierge, portier, gardien avant de cambrioler.

— C'est pour ça que tu t'intéresses à la génétique de la criminalité ?

— Peut-être...

— Sans doute pas, fit Lisa avec un geste désinvolte. De toute façon, j'ai horreur de la psychanalyse d'amateur.

Elles se rendirent aux douches. Jeannie resta longtemps sous le jet d'eau : elle se lavait les cheveux. Elle remerciait le ciel d'avoir trouvé une amie comme Lisa. Celle-ci était à Jones Falls depuis plus d'un an et, quand Jeannie était arrivée au début du semestre, elle lui avait fait faire le tour du propriétaire. Jeannie aimait bien travailler avec Lisa au labo ; on pouvait totalement lui faire confiance. Elle aimait aussi traîner avec elle après le travail car elle avait le sentiment de pouvoir lui raconter tout ce qui lui passait par la tête sans la choquer.

Jeannie se frictionnait les cheveux avec une lotion quand elle entendit des bruits bizarres. Elle s'arrêta et tendit l'oreille. Des cris de frayeur... Un frisson d'angoisse la parcourut, elle se mit à trembler. Elle se sentit soudain très vulnérable ainsi nue, toute mouillée, au fond d'un sous-sol. Elle hésita, puis se rinça rapidement les cheveux avant de sortir de la douche pour voir ce qui se passait.

À peine sortie de la cabine, elle sentit l'odeur de brûlé. Elle ne voyait pas de feu, mais il y avait d'épais nuages d'une fumée gris et noir à hauteur du plafond. Ça semblait venir du système de ventilation. *Un incendie!*

La peur la saisit.

Les femmes qui avaient le plus de sang-froid ramassaient leur sac et se dirigeaient vers la porte. D'autres s'affolaient, s'interpellaient avec des voix terrifiées et couraient dans tous les sens. Un abruti d'agent de la sécurité, avec un mouchoir à pois noué sur le nez et sur la bouche, les effrayait encore davantage en marchant de long en large au milieu d'elles, en les bousculant et en criant des ordres.

Jeannie savait qu'elle ne devrait pas perdre de temps à s'habiller, mais elle ne se décidait pas à sortir nue du bâtiment. La peur courait dans ses veines comme une eau glacée ; elle se força au calme. Elle retrouva son placard. Pas trace de Lisa. Elle empoigna ses vêtements, passa son jean et enfila son T-shirt.

Cela ne lui prit que quelques secondes durant lesquelles la pièce, désertée, s'était emplie de fumée. Elle ne distinguait plus la porte. Elle se mit à tousser. L'idée de ne plus pouvoir respirer l'affolait. *Je sais où se trouve la porte, il suffit que je garde mon calme.* Elle avait ses clés et son argent dans les poches de son jean. Elle saisit sa raquette de tennis. Retenant son souffle, elle avança rapidement en direction de la sortie.

L'épaisse fumée emplissait le couloir. Ses yeux larmoyaient et elle n'y voyait presque rien. Elle regrettait amèrement de ne pas être partie toute nue, ce qui lui aurait fait gagner quelques précieuses secondes. Ce n'était pas son jean qui l'aidait à voir ni à respirer dans cette fumée. Quelle importance d'être nue si on était morte ?

D'une main tremblante, elle suivait le mur à tâtons en retenant son souffle. Elle croyait qu'elle allait heurter d'autres femmes, mais toutes semblaient être sorties avant elle. Quand elle ne sentit plus de paroi, elle comprit qu'elle se trouvait dans le petit vestibule. L'escalier devait être droit devant. Elle avança et vint heurter le distributeur de Coca. *L'escalier est-il à gauche ou à droite ? À gauche.* Elle partit dans cette direction... et buta contre la porte du vestiaire des hommes. Elle avait fait le mauvais choix.

Avec un gémissement, elle aspira une goulée d'air. La fumée déclencha chez elle une toux convulsive. Elle se cogna contre le mur, secouée de quintes, les narines en feu, les yeux ruisselants de larmes, à peine capable de distinguer ses propres mains. De tout son être, elle désirait une seule bouffée de l'air que pendant vingt-neuf ans elle avait trouvé tout naturel de respirer.

Elle suivit la cloison jusqu'au distributeur de Coca et contourna l'appareil. Elle comprit qu'elle avait trouvé l'escalier quand elle buta sur une marche. Elle fit tomber sa raquette, qui disparut aussitôt. Elle y tenait beaucoup — c'était avec elle qu'elle avait remporté le tournoi de Mayfair Lites —, mais elle l'abandonna et se mit à grimper l'escalier à quatre pattes.

Quand elle atteignit le grand hall du rez-de-chaussée, la fumée se dissipa d'un coup ; elle apercevait les portes du bâtiment grandes ouvertes. Un type de la sécurité lui faisait signe en criant : « Par ici ! » Toussant et suffoquant, elle se précipita avec délices vers l'air frais.

Elle resta deux ou trois minutes sur les marches, pliée en deux, aspirant goulûment l'air, toussant pour chasser la fumée de ses poumons. Enfin, sa respiration commença à retrouver un rythme normal. Elle entendit alors dans le lointain le hululement d'une ambulance. Elle chercha Lisa des yeux, mais ne la vit nulle part.

Elle n'est tout de même pas restée à l'intérieur? Encore peu solide sur ses jambes, Jeannie se précipita dans la foule en scrutant les visages. Maintenant qu'elles étaient toutes hors de danger, on entendait des rires nerveux. La plupart des étudiantes étaient plus ou moins dévêtues, ce qui créait une atmosphère étrangement intime. Celles qui avaient réussi à sauver leur sac prêtaient des vêtements de rechange à d'autres moins chanceuses. Les femmes nues acceptaient avec reconnaissance les T-shirts maculés et trempés de sueur de leurs amies. Il y en avait plusieurs qui ne portaient pour tout vêtement qu'une serviette.

Lisa n'était pas dans la foule. De plus en plus inquiète, Jeannie revint vers le gardien.

— Je crois que mon amie est encore à l'intérieur.

Sa voix tremblait de peur.

— Ça n'est sûrement pas moi qui vais aller la chercher.

— Un vrai héros ! lui lança Jeannie.

Elle ne savait pas très bien ce qu'elle espérait de lui, mais elle ne s'attendait pas à le trouver aussi inutile.

Le ressentiment se peignit sur le visage de l'homme.

— C'est leur boulot, ajouta-t-il en désignant une voiture de pompiers qui débouchait dans l'allée.

Jeannie commençait à craindre pour la vie de Lisa, mais elle ne savait que faire. Impatiente et impuissante, elle regarda les pompiers sauter à bas de leur camion et passer leurs appareils respiratoires. Ils semblaient avoir des gestes si lents qu'elle avait envie de les secouer en hurlant : « Dépêchez-vous, dépêchez-vous ! » Une autre voiture de pompiers arriva, puis un fourgon blanc portant la bande bleu et argent de la police de Baltimore.

Les pompiers tiraient une lance à l'intérieur du bâtiment. Un sergent agrippa au passage le gardien et lui demanda :

— Où croyez-vous que ça ait pris ?

— Dans le vestiaire des femmes.

— Et où est-ce exactement ?

— Au sous-sol, tout au fond.

— Combien y a-t-il d'issues dans le sous-sol ?

— Une seule, l'escalier donne dans le hall principal, juste ici.

Un agent du service d'entretien qui se trouvait là apporta une précision.

— Il y a une échelle dans le local technique de la piscine qui mène à une trappe d'accès à l'arrière du bâtiment.

Jeannie appela le pompier :

— Je crois que mon amie est encore à l'intérieur.

— Un homme ou une femme ?

— Une femme de vingt-quatre ans, petite, blonde.

— Si elle est là, on la trouvera.

Un instant, Jeannie se sentit rassurée. Puis elle se rendit compte qu'il n'avait pas promis de la retrouver vivante.

L'homme de la sécurité qui se trouvait dans le vestiaire n'était plus en vue. Jeannie dit au pompier :

— Il y avait un autre gardien en bas, je ne le vois plus nulle part. Un grand type.

Le gardien du hall intervint :

— Il n'y a pas d'autre personnel de sécurité dans ce bâtiment.

— Enfin, il avait une casquette avec SÉCURITÉ écrit dessus et il disait aux gens d'évacuer le bâtiment.

— Je me fiche pas mal de ce qu'il avait sur sa casquette...

— Oh ! zut ! Cessez de discuter ! Peut-être que je m'imagine des choses, mais, si ce n'est pas le cas, il pourrait être en danger !

À côté d'eux, une fille en pantalon d'homme kaki aux revers retroussés sur ses chevilles les écoutait.

— Je l'ai vu, ce type, un vrai vicelard. Il m'a pelotée.

Le pompier intervint :

— Restez calme, on va retrouver tout le monde. Merci de votre coopération.

Et là-dessus, il s'éloigna.

Jeannie foudroya le gardien du regard. Elle avait l'impression que le pompier l'avait considérée comme une hystérique parce qu'elle avait engueulé le gardien. Elle se détourna, écœurée. Qu'allait-elle faire, maintenant ? Les pompiers se précipitaient à l'intérieur, avec casques et bottes. Elle était pieds nus et en T-shirt. Si elle essayait d'entrer avec eux, ils la jetteraient dehors. Désemparée, elle serra les poings. *Réfléchis, réfléchis ! Où pourrait se trouver Lisa ?*

Le gymnase était juste à côté du pavillon de psychologie Ruth W. Acorn. On l'avait baptisé ainsi en souvenir de l'épouse d'un bienfaiteur de l'université, mais même les professeurs l'appelaient « le pavillon des dingues ». Lisa avait-elle pu y entrer ? Le dimanche, les portes devaient être fermées, mais sans doute avait-elle une clé. Elle aurait pu se précipiter à l'intérieur pour trouver une blouse de laborantine afin de se couvrir ou bien simplement s'asseoir à son bureau pour retrouver ses esprits. Jeannie décida d'aller voir. Tout valait mieux que de rester plantée là sans rien faire.

Traversant la pelouse en courant, elle gagna l'entrée principale du pavillon des dingues et regarda par les portes vitrées. Personne dans le hall. Elle prit dans sa poche la carte en plastique qui faisait office de clé et l'introduisit dans la fente. La porte s'ouvrit. Elle grimpa l'escalier quatre à quatre en criant : « Lisa ! tu es là ? » Le laboratoire était désert. Le fauteuil de Lisa était soigneusement poussé sous son bureau, l'écran de son ordinateur éteint. Jeannie essaya les toilettes pour femmes au bout du couloir. Rien.

— Merde ! s'écria-t-elle, frénétique. Où es-tu ?

Hors d'haleine, elle ressortit précipitamment. Elle décida d'aller voir encore du côté du gymnase, au cas où Lisa serait assise par terre quelque part à reprendre son souffle. Elle contourna le bâtiment, traversa une cour encombrée de gigantesques poubelles. Au fond, un petit parking. Elle aperçut une silhouette qui s'éloignait en courant le long d'un sentier. Une silhouette trop haute pour que ce fût Lisa. *Un homme*. Est-ce que ce pourrait être le gardien introuvable ? Il disparut au coin de la Maison des étudiants avant qu'elle pût en être sûre.

Elle poursuivit son tour du bâtiment. Tout au bout, la piste d'athlétisme, abandonnée. Terminant son tour, elle arriva devant le gymnase.

La foule était plus dense, il y avait davantage de voitures de pompiers et de police, mais toujours pas trace de Lisa. Jeannie était persuadée qu'elle était encore dans le bâtiment en feu. Un terrible pressentiment l'envahit et elle s'efforça de le chasser. *Tu ne peux pas rester là sans rien faire !*

Elle repéra le pompier auquel elle avait parlé tout à l'heure. Elle l'attrapa par le bras.

— Je suis presque certaine que Lisa Hoxton est à l'intérieur. Je l'ai cherchée partout, dit-elle d'un ton pressant.

Il la dévisagea longuement, parut conclure qu'on pouvait lui faire confiance. Sans lui répondre, il approcha de sa bouche un émetteur-récepteur.

— Recherchez une jeune femme de race blanche qu'on croit être à l'intérieur du bâtiment, du nom de Lisa, je répète Lisa.

— Merci.

Il la salua brièvement de la tête et s'éloigna à grands pas.

Jeannie était contente qu'il l'eût écoutée, mais elle ne pouvait pas en rester là. Lisa était peut-être coincée là-dedans, bloquée dans des toilettes, prisonnière des flammes, appelant à l'aide sans qu'on l'entendît. Ou bien elle avait pu tomber, se cogner la tête et perdre conscience ou encore avoir été asphyxiée par la fumée et rester étendue sans connaissance, avec le feu qui approchait de seconde en seconde.

Jeannie se souvint du type de l'entretien indiquant qu'il y avait un autre accès au sous-sol. Elle ne l'avait pas vu en faisant le tour du bâtiment. Elle décida de regarder encore et revint sur la partie arrière du bâtiment.

Elle le repéra tout de suite. Le panneau était fixé

dans le sol près du bâtiment, en partie dissimulé par une Chrysler grise. La trappe d'acier, ouverte, était appuyée à la paroi de l'immeuble. Jeannie s'agenouilla auprès de l'orifice carré et se pencha pour regarder à l'intérieur.

Une échelle descendait jusqu'à une pièce en désordre éclairée par des tubes fluorescents. Elle apercevait des machines et des canalisations. Il y avait des traînées de fumée dans l'air, mais pas un nuage épais ; cette pièce devait être isolée du reste du sous-sol. L'odeur de fumée lui rappela à quel point elle avait toussé et suffoqué en cherchant à l'aveuglette l'escalier. À ce souvenir, son cœur battit plus vite.

— Il y a quelqu'un ? cria-t-elle.

Elle crut entendre un son. Elle cria plus fort. Pas de réponse.

Elle hésita. La raison lui commandait de regagner le devant du bâtiment et de réclamer l'aide d'un pompier. Mais quel temps perdu, surtout si le pompier décidait de lui poser des questions. L'autre solution : descendre l'échelle et aller jeter un coup d'œil.

À l'idée de pénétrer de nouveau dans le bâtiment, elle sentit ses jambes se dérober sous elle. Elle avait encore la poitrine endolorie après les violentes quintes de toux provoquées par la fumée. Mais Lisa était peut-être là-bas, blessée, incapable de bouger, coincée par une poutre, évanouie. Il lui fallait y aller.

Elle rassembla son courage et posa un pied sur le premier échelon. Elle avait les genoux en coton et faillit tomber. Au bout d'un moment, elle retrouva ses forces et descendit un barreau. Puis une bouffée de fumée la saisit à la gorge : elle se mit à tousser et ressortit à l'air libre.

Quand sa quinte se fut calmée, elle renouvela sa tentative.

Elle descendit un échelon, puis deux. *Si la fumée me fait tousser, je ressortirai.* Le troisième pas était plus facile et après cela elle descendit rapidement. Du dernier barreau, elle sauta sur le sol cimenté.

Elle se trouvait dans une grande salle pleine de pompes et de filtres, sans doute pour la piscine. L'odeur de fumée était forte, mais elle pouvait respirer normalement.

Elle vit immédiatement Lisa, et ce spectacle la fit sursauter.

Lisa était couchée sur le côté, recroquevillée dans la position du fœtus, nue. Elle avait sur la cuisse une traînée qui avait l'air d'être du sang. Elle ne bougeait pas.

Un moment, Jeannie resta pétrifiée de terreur.

Elle essaya de se reprendre.

— Lisa ! cria-t-elle.

Frappée du ton hystérique de sa propre voix, elle prit une profonde inspiration pour se calmer. *Je vous en prie, mon Dieu, faites qu'elle n'ait rien*. Elle se fraya un chemin au milieu de l'enchevêtrement de canalisations et vint s'agenouiller auprès de son amie.

— Lisa ?

Lisa ouvrit les yeux.

— Dieu soit loué, fit Jeannie. Je croyais que tu étais morte.

Lisa s'assit lentement. Elle évitait le regard de Jeannie. Elle avait les lèvres meurtries.

— Il... il m'a violée.

Le soulagement qu'éprouvait Jeannie à la retrouver en vie céda la place à un sentiment d'horreur qui lui serra le cœur.

— Mon Dieu ! Ici ?

Lisa acquiesça.

— Il m'a dit que la sortie était par là.

Jeannie ferma les yeux. Elle sentait la souffrance et l'humiliation de Lisa. Les larmes lui montèrent aux yeux ; elle les retint de toutes ses forces. Un moment, elle se sentit trop faible, trop au bord de la nausée pour prononcer un mot.

Puis elle essaya de se maîtriser.

— Qui était-ce ?
— Un type de la sécurité.
— Avec un mouchoir à pois sur le visage ?
— Il l'a ôté. — Lisa détourna la tête. — Il souriait tout le temps.

Ça se tenait. La fille en pantalon kaki avait dit qu'un agent de la sécurité l'avait pelotée. Celui qui était de service dans le hall était certain qu'il n'y avait pas d'autres gens de la sécurité dans le bâtiment.

— Ce n'était pas un gardien, dit Jeannie.

Elle l'avait vu s'éloigner en courant quelques minutes plus tôt. Une vague de rage déferla en elle à l'idée qu'il avait fait cette chose abominable ici même, sur le campus, dans le bâtiment du gymnase où elles avaient l'impression de pouvoir sans risque se déshabiller et prendre leur douche. Elle en avait les mains qui tremblaient. Elle aurait voulu le poursuivre et l'étrangler.

Elle entendit des bruits : des hommes qui criaient, des pas lourds et un déferlement d'eau. Les pompiers avaient mis leurs lances en batterie.

— Écoute, nous sommes en danger ici. Il faut sortir de ce bâtiment.

Lisa dit d'une voix sourde :

— Je n'ai plus de vêtement.

Nous pourrions mourir ici !

— Ne t'inquiète pas pour ça, dehors il y a plein de filles à moitié nues.

Jeannie jeta un rapide coup d'œil autour d'elle ; elle aperçut le soutien-gorge et la culotte de dentelle rouges de Lisa dans la poussière sous un réservoir. Elle les ramassa.

— Enfile ces machins. Ils sont sales, mais c'est mieux que rien.

Lisa restait assise par terre, le regard vide et fixe.

Jeannie réprima un sentiment de panique. Que faire si Lisa refusait de bouger ? Elle pourrait probablement la soulever de terre, mais pourrait-elle la porter jusqu'en haut de l'échelle ? Elle haussa la voix.

— Allons, debout !

Prenant Lisa par les mains, elle l'obligea à se lever. Lisa enfin la regarda.

— Tu sais, Jeannie, c'était horrible.

Jeannie passa les bras autour des épaules de Lisa et la serra très fort.

— Je sais, Lisa, je sais...

Malgré la lourde porte, la fumée devenait plus épaisse. La peur remplaça la pitié dans son cœur.

— Il faut sortir d'ici... le bâtiment est en feu. Dépêche-toi, passe ça !

Enfin, Lisa bougea. Elle enfila son slip et agrafa son soutien-gorge. Jeannie lui prit la main pour la guider jusqu'à l'échelle fixée au mur, puis la fit passer la première. Au même instant la porte s'effondra, un pompier entra dans un nuage de fumée. De l'eau tourbillonnait autour de ses bottes. Il avait l'air abasourdi de les voir.

— Nous sommes indemnes, nous sortons par là, lui cria Jeannie.

Puis elle monta l'échelle à la suite de Lisa. Quelques instants plus tard, elles étaient dehors, à l'air libre.

Jeannie avait les jambes coupées mais elle était soulagée : elle avait tiré Lisa du brasier. Maintenant, son amie avait besoin d'aide... Jeannie lui passa un bras autour des épaules et l'entraîna devant le bâtiment. Il y avait des voitures de pompiers et de police garées en travers de la route. La plupart des femmes avaient trouvé quelque chose pour couvrir leur nudité et Lisa était un peu voyante avec sa lingerie rouge.

— Personne n'a un pantalon de rechange ou quelque chose ? suppliait Jeannie tandis qu'elles se frayaient un chemin au milieu de la cohue.

Les gens avaient distribué tous leurs vêtements de rechange. Jeannie aurait bien donné à Lisa son propre chandail, mais elle n'avait pas de soutien-gorge.

Finalement, un grand Noir ôta sa chemise à pattes boutonnées et la tendit à Lisa.

— Vous me la rendrez, c'est une Ralph Lauren. Vous demanderez Mitchell Waterfield, département de maths.

— Je m'en souviendrai, fit Jeannie avec gratitude.

Lisa passa la chemise. Comme elle était petite, les pans lui arrivaient aux genoux.

Jeannie avait l'impression de commencer à surmonter le cauchemar. Elle dirigea Lisa vers les ambulances. Trois flics inoccupés étaient adossés à une voiture de patrouille. Jeannie s'adressa à l'aîné des trois, un gros type avec une moustache grise.

— Cette jeune femme s'appelle Lisa Hoxton. Elle a été violée.

Elle s'attendait à les voir électrisés à l'annonce qu'un pareil crime avait été commis, mais leur réaction fut étonnamment désinvolte. Ils mirent quelques secondes à digérer l'information, et Jeannie s'apprêtait à leur voler dans les plumes quand le policier moustachu se détacha du capot sur lequel il était appuyé et demanda :

— Où ça s'est passé ?

— Dans le sous-sol du bâtiment incendié, dans le local technique de la piscine, tout au fond.

Un des deux autres, un jeune Noir, déclara :

— Sergent, ces fichus pompiers doivent être en train d'arroser toutes les pièces à conviction.

— Tu as raison, Lenny, répondit l'autre. Tu ferais mieux de descendre et d'isoler le lieu du crime.

Lenny partit en courant. Le sergent se tourna vers Lisa.

— Connaissez-vous l'homme qui a fait cela, mademoiselle Hoxton ?

Lisa secoua la tête.

— C'est un Blanc de haute taille, coiffé d'une casquette de base-ball rouge avec le mot SÉCURITÉ sur le devant, dit Jeannie. Je l'ai vu dans le vestiaire des femmes peu après que l'incendie a éclaté et je crois l'avoir aperçu qui s'en allait en courant juste avant de retrouver Lisa.

Le policier plongea la main dans la voiture et en tira un radiotéléphone. Il dit quelques mots dans l'appareil puis raccrocha.

— S'il est assez bête pour garder cette casquette, on va peut-être le coincer.

Il se tourna vers le troisième policier.

— McHenty, conduis la victime à l'hôpital.

McHenty était un jeune gars à lunettes. Il demanda à Lisa :

— Vous préférez vous asseoir devant ou à l'arrière ?

Lisa ne répondit rien ; elle semblait pleine d'appréhension. Jeannie vint à son aide.

— Mets-toi devant. Tu ne veux pas avoir l'air d'une suspecte.

L'air terrifié, Lisa parla enfin.

— Tu ne viens pas avec moi ?

— Je viens si tu le veux. Ou bien je passe en vitesse chez moi prendre des vêtements pour toi et je te retrouve à l'hôpital.

Lisa regarda McHenty d'un air inquiet.

— Ça va aller, maintenant, Lisa, dit Jeannie.

McHenty ouvrit la portière de la voiture de police et fit monter Lisa.

— Quel hôpital ? lui demanda Jeannie.

— Santa Teresa.

Il monta à son tour.

— J'y serai dans quelques minutes, cria Jeannie à travers la vitre tandis que la voiture démarrait.

Elle se dirigea en courant vers le parking des professeurs, regrettant déjà de ne pas avoir accompagné Lisa. Celle-ci avait un air affolé et misérable. Bien sûr, il lui fallait des vêtements propres mais peut-être avait-elle davantage besoin d'une amie auprès d'elle pour lui tenir la main et la rassurer. La dernière chose dont elle avait sans doute envie c'était de rester seule avec un macho armé. Jeannie sauta dans sa voiture avec le sentiment d'avoir fait une gaffe.

— Bon sang, quelle journée, fit-elle, sortant en trombe du parking.

Elle n'habitait pas loin du campus. Son appartement était au premier étage d'un petit pavillon. Elle se gara en double file et s'engouffra dans l'escalier. Elle se lava précipitamment les mains et le visage puis jeta sur le lit quelques vêtements propres. Elle se demanda un moment lesquelles de ses affaires conviendraient à la petite silhouette potelée de Lisa. Elle prit un polo trop grand et un pantalon de survêtement avec une ceinture élastique. Les sous-vêtements, c'était plus difficile. Elle trouva bien un short d'homme un peu ample qui pourrait faire l'affaire, mais aucun de ses soutiens-gorge n'irait à Lisa. Jeannie ajouta des mocassins, fourra le tout dans un grand sac et repartit en courant.

Sur le chemin de l'hôpital, son humeur changea. Depuis que l'incendie avait éclaté, elle s'était concentrée sur ce qu'elle avait à faire ; maintenant, la rage commençait à l'envahir. Lisa était une jeune femme heureuse et bien dans sa peau, mais le choc et l'horreur avaient fait d'elle un zombi, une créature affolée à l'idée de se retrouver toute seule dans une voiture de police.

En suivant une rue commerçante, Jeannie se mit à chercher le type à la casquette rouge, s'imaginant que, si elle l'apercevait, elle roulerait sur le trottoir et l'écraserait. Mais, en vérité, elle ne le reconnaîtrait pas. Il avait dû enlever son foulard et sa casquette. *Que portait-il d'autre ?* Elle se rendit compte avec consternation qu'elle ne se le rappelait pas. *Une sorte de T-shirt, avec un jean ou peut-être un short.* De toute façon, il avait eu le temps de se changer.

Au fond, il pourrait s'agir de n'importe quel garçon blanc de haute taille qui passait dans la rue : ce livreur de pizzas en blouson rouge ; ce type chauve qui se dirigeait vers l'église avec sa femme, un livre de prières sous le bras ; ce bel homme barbu portant un étui à guitare. Même le flic qui parlait à un clochard devant le débit de boissons. Jeannie restait avec sa rage impuissante ; ses mains étreignirent le volant jusqu'au moment où elle en eut les jointures toutes blanches.

Santa Teresa était un grand hôpital juste à la sortie nord de la ville. Jeannie gara sa voiture au parking et trouva le service des urgences. Lisa était déjà dans un lit, vêtue d'une chemise de nuit gris pâle et regardant dans le vide. Un poste de télévision dont on avait coupé le son montrait la cérémonie de remise des Emmy's, les oscars de la télévision — des centaines de célébrités de Hollywood en tenue de soirée qui buvaient le champagne et se congratulaient. McHenty était assis auprès du lit, son carnet sur un genou.

Jeannie posa son sac par terre.

— Voilà tes vêtements. Qu'est-ce qui se passe ?

Lisa restait silencieuse, le visage fermé. Jeannie pensa qu'elle était encore en état de choc. Elle réprimait ses sentiments, elle luttait pour se maîtriser. Mais, à un moment ou à un autre, il faudrait bien qu'elle exhale sa rage. Tôt ou tard, il y aurait une explosion.

— Mademoiselle, reprit McHenty, il faut que je note les détails essentiels... vous voudrez bien nous excuser encore quelques minutes ?

— Oh ! bien sûr.

Puis elle surprit le regard de Lisa et hésita. Quelques instants plus tôt, elle se maudissait d'avoir laissé Lisa seule avec un homme. Et voilà qu'elle s'apprêtait à recommencer.

— Peut-être que Lisa préférerait que je reste, dit-elle.

Son intuition se confirma quand elle vit Lisa hocher imperceptiblement la tête. Jeannie s'assit sur le lit et prit la main de son amie. McHenty avait l'air agacé, mais il ne discuta pas.

— Je demandais à Mlle Hoxton si elle a essayé de résister à son agresseur. Lisa, avez-vous crié ?

— Une fois, quand il m'a jetée par terre. Puis il a tiré son couteau.

McHenty gardait un ton détaché et, tout en parlant, il tenait les yeux baissés sur son calepin.

— Avez-vous essayé de le repousser ?

Elle secoua la tête.

— J'avais peur qu'il me blesse avec son couteau.

— Donc vous n'avez opposé aucune résistance après ce premier cri ?

Elle hocha la tête et se mit à pleurer. Jeannie lui pressa la main. Elle aurait voulu crier à McHenty : « Bon sang, qu'est-ce qu'elle était censée faire ? », mais elle garda le silence. Aujourd'hui, elle s'était montrée désagréable avec un garçon qui ressemblait à Brad Pitt, elle avait fait une remarque déplaisante à propos des seins de Lisa et engueulé le gardien du gymnase. Sachant qu'elle n'avait pas de bons rapports avec les représentants de l'autorité, elle était bien déterminée à ne pas se faire un ennemi de ce policier qui essayait simplement de faire son travail.

McHenty poursuivit :

— Juste avant de vous pénétrer, vous a-t-il obligée à écarter les jambes ?

Jeannie tressaillit. Ce devrait tout de même être à des femmes de la police de poser ce genre de question...

— Il a appuyé la pointe de son couteau sur ma cuisse.

— Est-ce qu'il vous a coupée ?

— Non.

— Vous avez donc écarté volontairement les jambes.

— Si un suspect braque une arme sur un policier, en général vous l'abattez, non ? intervint Jeannie. Qualifiez-vous ce geste de *volontaire* ?

McHenty lui lança un regard furieux.
— Je vous en prie, mademoiselle, laissez-moi faire !
Il revint à Lisa.
— Est-ce que vous êtes blessée ?
— Oui, je saigne.
— Est-ce un résultat des rapports sexuels imposés de force ?
— Oui.
— Où exactement êtes-vous blessée ?
Jeannie n'en pouvait plus.
— Pourquoi ne laissons-nous pas le médecin établir ce point ?
Il la regarda comme si elle était idiote.
— Il faut que je rédige le rapport préliminaire.
Alors notez qu'elle a des blessures internes consécutives au viol.
— C'est moi qui mène cet interrogatoire.
— Et moi, je vous dis d'y aller doucement, fit Jeannie en maîtrisant l'envie qu'elle avait de hurler. Mon amie est en plein désarroi. Je ne pense pas qu'elle ait besoin de vous décrire ses blessures internes alors qu'elle va d'un instant à l'autre être examinée par un médecin.
McHenty avait l'air furieux, mais il continua.
— J'ai remarqué que vous portiez des sous-vêtements de dentelle rouge. Croyez-vous que cela ait eu une influence sur ce qui s'est passé ?
Lisa détourna la tête, les yeux pleins de larmes.
— Si je déclarais le vol de ma Mercedes rouge, lança Jeannie, est-ce que vous me demanderiez si j'ai provoqué le vol en conduisant une voiture aussi voyante ?
McHenty l'ignora.
— Croyez-vous avoir déjà rencontré l'auteur du viol, Lisa ?
— Non.
— Mais la fumée a dû vous empêcher de distinguer clairement ses traits. Et puis il portait une sorte de foulard sur le visage.

— Au début, j'étais pratiquement aveugle. Mais il n'y avait pas tellement de fumée dans la pièce où... il a fait ça. Je l'ai vu. — Elle hocha énergiquement la tête. — Je l'ai vu.

— Vous le reconnaîtriez ?

— Oh oui, fit Lisa en frissonnant.

— Mais vous ne l'avez jamais rencontré, dans un bar, par exemple.

— Non.

— Allez-vous dans des bars, Lisa ?

— Bien sûr.

— Des bars de célibataires, ce genre d'établissement ?

Jeannie explosa.

— Qu'est-ce que c'est que ce genre de question ?

— Le genre que posent les avocats de la défense.

— Lisa ne passe pas en jugement, ce n'est pas elle la coupable, c'est la victime !

— Lisa, étiez-vous vierge ?

Jeannie se leva.

— Ça suffit ! Je ne crois pas que les choses soient censées se passer de cette façon. Vous n'êtes pas supposé poser ces questions qui empiètent sur la vie privée.

McHenty haussa le ton.

— J'essaie d'établir sa crédibilité.

— Une heure après qu'elle a été violée ? Je vous en prie !

— Je fais mon travail...

— Je ne pense pas que vous connaissiez votre travail. Je pense que vous ne connaissez rien à rien, McHenty.

Il n'eut pas le temps de répondre : un médecin entra sans frapper. Jeune, il avait l'air harassé et épuisé.

— C'est le viol ? fit-il.

— Je vous présente Mlle Lisa Hoxton, dit Jeannie d'un ton glacé. Oui, elle a été violée.

— Il va me falloir un frottis vaginal.

Il n'était pas sympathique mais au moins il fournissait une excuse pour se débarrasser de McHenty. Jeannie regarda le policier. Il ne bougeait pas, comme s'il pensait qu'il allait surveiller l'opération. Elle déclara :

— Avant que vous ne commenciez, docteur, peut-être que l'agent McHenty voudra bien nous excuser ?

Le médecin marqua un temps et regarda McHenty. Le policier haussa les épaules et sortit.

Le médecin tira d'un geste brusque le drap qui recouvrait Lisa.

— Relevez votre chemise et écartez les jambes.

Lisa éclata en sanglots.

Jeannie n'en croyait pas ses yeux. Qu'est-ce qu'ils avaient donc, tous ces hommes ?

— Pardonnez-moi, monsieur, dit-elle au médecin.

Il la foudroya d'un regard impatient.

— Vous avez un problème ?

— Pourriez-vous, je vous prie, essayer d'être un peu plus poli ?

Il devint tout rouge.

— Cet hôpital est plein de gens atteints de blessures traumatisantes et de maladies qui mettent leur vie en danger. Il y a actuellement aux urgences trois enfants accidentés de la route et ils vont tous les trois mourir. Et vous, vous vous plaignez parce que je ne me montre pas *poli* envers une femme qui s'est mise au lit avec l'homme qu'il ne fallait pas ?

Jeannie était abasourdie.

— Qui s'est mise au lit avec l'homme qu'il ne fallait pas ? répéta-t-elle.

Lisa se redressa.

— Je veux rentrer chez moi.

— Ça me paraît une sacrément bonne idée ! dit Jeannie.

Elle fit coulisser la fermeture du sac et étala des vêtements sur le lit.

Le docteur resta un moment sans voix. Puis il déclara d'un ton furieux :

— Faites comme vous voulez.

Et il sortit. Jeannie et Lisa se regardèrent.

— Ça n'est pas croyable ! s'exclama Jeannie.

— Dieu merci, ils sont partis, murmura Lisa en se levant.

Jeannie l'aida à ôter sa chemise d'hôpital. Lisa s'empressa de passer des vêtements propres et d'enfiler ses chaussures.

— Je te raccompagne chez toi, dit Jeannie.

— Tu veux bien dormir à la maison ? Je ne veux pas être seule cette nuit.

— Bien sûr. Pas de problème.

McHenty attendait dans le hall. Il semblait avoir perdu de son assurance. Peut-être se rendait-il compte qu'il s'y était mal pris.

— J'ai encore quelques questions, dit-il.

Jeannie lui annonça d'un ton extrêmement calme :

— Nous partons, Lisa est trop bouleversée pour répondre à vos questions.

Il avait l'air affolé.

— Mais il faut qu'elle réponde ! Elle a porté plainte.

— Je n'ai pas été violée, lança Lisa. Tout cela était une erreur. Je veux simplement rentrer chez moi.

— Vous vous rendez compte que c'est un délit de faire une fausse déclaration ?

— Cette femme n'est pas une criminelle, dit Jeannie d'un ton furieux. Elle est la victime d'un crime. Si votre chef vous demande pourquoi elle retire sa plainte, dites que c'est parce qu'elle a été malmenée par l'agent McHenty de la police de Baltimore. Maintenant, je la raccompagne chez elle. Excusez-nous.

Elle prit Lisa par les épaules et la poussa vers la sortie. Derrière elles, McHenty murmura :

— Bon Dieu, mais qu'est-ce que j'ai fait ?

3

Berrington Jones regardait ses deux plus vieux amis.

— Je n'arrive pas à le croire ! Nous frisons la soixantaine. Aucun de nous n'a jamais gagné plus de deux cent mille dollars par an. Voilà qu'on nous offre soixante millions à chacun, et nous sommes assis à nous demander si nous n'allons pas refuser !

— Nous n'avons jamais fait ça pour l'argent, dit Preston Barck.

— Je ne comprends toujours pas, déclara le sénateur Proust. Si je possède un tiers d'une société qui vaut cent quatre-vingts millions de dollars, comment se fait-il que je me promène au volant d'une Buick vieille de trois ans ?

Les trois hommes possédaient une petite entreprise de biotechnologie, Genetico Inc. Preston s'occupait de la gestion, Jim faisait de la politique et Berrington était un universitaire. Mais la vente de l'entreprise était une idée de Berrington. À bord d'un avion qui l'emmenait à San Francisco, il avait rencontré le président de Landsmann, un conglomérat pharmaceutique allemand, et il l'avait persuadé de lui faire une offre. Il devait maintenant convaincre ses associés de l'accepter ; il n'aurait pas cru que ce serait aussi difficile.

Ils étaient dans le bureau d'un hôtel particulier de Roland Park, un quartier élégant de Baltimore. La maison appartenait à l'université Jones Falls qui la prêtait aux professeurs en visite. Berrington, qui avait une chaire à Berkeley et à Harvard aussi bien qu'à Jones Falls, utilisait cette résidence pour les six semaines de l'année qu'il passait à Baltimore. Il n'y avait pas grand-chose à lui dans la pièce : un ordinateur portable, une photo de son ex-femme et de leur fils, une pile d'exemplaires tout neufs de son dernier ouvrage, *L'Héritage du futur: comment le génie génétique va transformer l'Amérique*. Un téléviseur dont on avait baissé le son retransmettait la cérémonie des Emmy's.

Preston était un homme maigre à l'air sérieux. Il avait beau être l'un des savants les plus remarquables de sa génération, on l'aurait pris pour un comptable.

— Les cliniques ont toujours gagné de l'argent, commença-t-il.

Genetico possédait trois cliniques spécialisées dans la fécondation in vitro, rendue possible par les travaux de pointe de Preston dans les années soixante-dix.

— La fécondation artificielle est, dans la médecine américaine, le domaine qui connaît le taux de croissance le plus élevé, poursuivit-il. Genetico permettra à Landsmann d'accéder à cet énorme marché. Ils veulent que nous ouvrions cinq autres cliniques par an au cours des dix prochaines années.

Jim Proust était chauve, avec un visage hâlé, un grand nez, et de grosses lunettes. Ses traits marqués faisaient le bonheur des caricaturistes politiques. Berrington et lui étaient amis et collègues depuis vingt-cinq ans.

— Comment se fait-il que nous n'ayons jamais vu un sou ? demanda-t-il.

— Nous avons toujours tout investi dans la recherche.

Genetico possédait ses propres laboratoires et sous-traitait des travaux de recherche aux départements de biologie et de psychologie des universités. C'était Berrington qui s'occupait des rapports de l'entreprise avec les universités. Il déclara d'un ton exaspéré :

— Je me demande pourquoi vous n'arrivez pas à comprendre que c'est la chance de notre vie.

Jim désigna le téléviseur.

— Monte le son, Berry... c'est toi qui passes.

La remise des Emmy's avait cédé la place à l'émission de Larry King, dont l'invité était Berrington. Il détestait Larry King — selon lui, un libéral, un rouge —, mais son émission offrait l'occasion de s'adresser à des millions d'Américains.

Il se regarda sur l'écran ; ce qu'il vit lui plut. En réalité, il était petit mais, à la télévision, tous les gens semblaient de la même taille. Son costume bleu marine était impeccable, le bleu de sa chemise était assorti à celui de ses yeux et sa cravate était d'un rouge bordeaux qui ne paraissait pas trop vif à l'écran. Comme il avait l'esprit extrêmement critique, il trouva que ses cheveux argentés étaient trop bien coiffés, presque ondulés ; pour un peu, on l'aurait pris pour un évangéliste.

King, arborant ses célèbres bretelles, était d'humeur agressive et lançait de sa voix rocailleuse :

« Professeur, vous avez déclenché une fois de plus une controverse avec votre dernier ouvrage. Il y a pourtant des gens qui estiment qu'il ne s'agit pas de science mais de politique. Qu'avez-vous à répliquer à cela ? »

Berrington fut satisfait de s'entendre répondre d'une voix pondérée et raisonnable :

« Larry, j'essaie simplement de dire que les décisions politiques devraient se fonder sur une science saine. Laissée à elle-même, la nature favorise les bons gènes et élimine les mauvais. Notre politique sociale va à l'encontre de la sélection naturelle. C'est la raison pour laquelle nous sommes en train de former une génération d'Américains de seconde zone. »

Jim but une gorgée de scotch et dit :

— Bonne formule : une génération d'Américains de seconde zone. Il faudra la reprendre.

Larry King continuait :

« Si on vous laisse faire, qu'adviendra-t-il des enfants des pauvres ? Ils mourront de faim ? »

Sur l'écran, le visage de Berrington se fit grave.

« Mon père est mort en 1942, quand le porte-avions *Wasp* a été coulé par un sous-marin japonais à Guadalcanal. J'avais six ans. Ma mère a lutté pour m'élever et me faire faire des études. Larry, je suis un enfant de pauvres. »

Ce n'était pas trop éloigné de la vérité. Son père, un brillant ingénieur, avait laissé à sa mère un revenu modeste mais suffisant pour qu'elle ne fût pas obligée de se remarier. Elle avait envoyé son fils dans des collèges privés coûteux, puis à Harvard ; mais il est vrai que ça n'avait pas été facile.

— Tu n'es pas mal, Berry... dit Preston, sauf peut-être la coiffure un peu western.

Preston Barck, cinquante-cinq ans, le plus jeune du trio, avait des cheveux noirs et courts, plaqués sur son crâne comme une calotte.

Berrington eut un grommellement irrité. La même idée lui avait traversé l'esprit, mais ça l'agaçait de l'entendre dans la bouche d'un autre. Il se servit un peu de whisky, du Springbank, un pur malt.

Larry King reprenait :

« Philosophiquement parlant, en quoi vos opinions diffèrent-elles de celles, disons, des nazis ? »

Berrington prit la télécommande et éteignit le téléviseur.

— Voilà dix ans que je fais ce numéro. Trois livres et un million de débats télévisés plus tard, qu'est-ce qui a changé ? Rien.

— Beaucoup de choses ont changé, contesta Preston. Tu as fait de la génétique et de la race un vrai problème. Tu es simplement impatient.

— Impatient ? fit Berrington, exaspéré. Bien sûr que je suis impatient ! J'aurai soixante ans dans deux semaines. Nous vieillissons tous. Il ne nous reste pas beaucoup de temps !

— Il a raison, Preston. Tu ne te souviens pas comment c'était, quand nous étions jeunes ? Nous voyions l'Amérique aller à vau-l'eau : des droits civiques pour les nègres, l'invasion des Mexicains, les meilleures écoles envahies par les enfants de communistes juifs, nos gosses fumant du hasch et évitant la conscription. Et nous avions fichtrement raison ! Regarde ce qui est arrivé ! Jamais dans nos pires cauchemars nous n'aurions imaginé que le trafic de drogue deviendrait une des plus grosses industries d'Amérique et qu'un tiers des enfants naîtraient de mères vivant aux crochets de l'assistance sociale. Nous sommes les seuls à avoir le cran d'affronter les problèmes. Nous et quelques autres qui partagent nos idées. Le reste ferme les yeux en espérant que tout s'arrangera.

Ils ne changeaient pas, se dit Berrington. Preston, toujours prudent et craintif ; Jim, sûr de lui et beau parleur. Il les connaissait depuis si longtemps qu'il considérait leurs défauts avec tendresse, en tout cas la plupart du temps. Et il était habitué à son rôle de meneur qui les guidait vers le juste milieu.

— Preston, reprit-il, où en sommes-nous avec les Allemands ? Faisons le point.

— Nous sommes tout près de conclure. Ils veulent annoncer la prise de contrôle au cours d'une conférence de presse demain en huit.

— Demain en huit ? dit Berrington, tout excité. C'est formidable !

Preston secoua la tête.

— Je dois vous l'avouer, j'ai encore des doutes.

Berrington eut un petit grognement agacé.

— Nous avons subi un audit minutieux, continua Preston. Nous devons montrer nos livres aux comptables de Landsmann et leur parler de tout ce qui risquerait d'affecter nos bénéfices à venir, tels que des créanciers qui déposent leur bilan ou des procès en cours.

— Nous n'avons rien de tout cela, me semble-t-il, fit Jim.

Preston lui lança un regard menaçant.

— Nous savons tous que cette entreprise a des secrets.

Il y eut un silence dans la pièce. Puis Jim reprit :

— Bah ! c'était il y a longtemps.

— Et alors ? La preuve de ce que nous avons fait se promène librement.

— Mais il n'y a aucun moyen que Landsmann le découvre, surtout en une semaine.

Preston haussa les épaules comme pour dire « Qui sait ? ».

— Nous devons prendre ce risque, dit Berrington d'un ton ferme. L'apport de capital que nous obtiendrons de Landsmann nous permettra d'accélérer notre programme de recherche. D'ici deux ans, nous serons en mesure d'offrir aux riches Américains blancs qui fréquentent nos cliniques un bébé génétiquement parfait.

— Mais qu'est-ce que ça changera ? fit Preston. Les pauvres continueront à se reproduire plus vite que les riches.

— Tu oublies le programme politique de Jim, dit Berrington.

— Un taux d'imposition sur le revenu de dix pour cent uniformément, récita Jim, et des injections contraceptives obligatoires pour les femmes bénéficiant de l'assistance sociale.

— Pense un peu, Preston ! lança Berrington. Des bébés parfaits pour les classes moyennes et la stérilisation pour les pauvres. Nous pourrions commencer à rétablir l'équilibre racial de l'Amérique. Ça a toujours été notre objectif, depuis le début.

— Nous étions très idéalistes en ce temps-là, observa Preston.

— Nous avions raison ! fit Berrington.

— Oui, c'est vrai. Mais, en vieillissant, je commence de plus en plus à croire que le monde va continuer son bonhomme de chemin, même si je n'atteins pas tous les objectifs que je m'étais fixés quand j'avais vingt-cinq ans.

Ce genre de propos était de nature à saboter les grands projets.

— Mais nous pouvons atteindre nos objectifs ! affirma Berrington. Tout ce à quoi tendent nos efforts depuis trente ans est aujourd'hui à notre portée. Les risques que nous avons pris au début, toutes ces années de recherche, l'argent que nous avons dépensé... tout cela porte aujourd'hui ses fruits. Tu ne vas pas nous faire une crise de nerfs maintenant, Preston !

— Je ne suis pas nerveux, je souligne des problèmes pratiques et réels, dit Preston avec obstination. Jim peut toujours proposer son programme politique ; ça ne signifie pas qu'il va se réaliser.

— C'est là qu'intervient Landsmann, protesta Jim. L'argent que nous allons toucher en échange de nos parts dans l'entreprise va nous permettre de décrocher le cocotier.

— Comment ça ? fit Preston, l'air étonné.

Mais Berrington savait de quoi parlait son ami et il sourit.

— La Maison-Blanche, dit Jim. Je vais être candidat à la présidence.

4

Peu avant minuit, Steve Logan gara sa vieille Datsun rouillée sur Lexington Street, dans le quartier de Hollins Market, à l'ouest du centre de Baltimore. Il allait passer la nuit avec son cousin Ricky Menzies, étudiant en médecine à l'université de Maryland, à Baltimore. Ricky occupait une pièce dans une grande baraque un peu fatiguée louée à des étudiants.

Ricky était le plus grand chahuteur que Steve ait jamais connu. Il aimait boire, danser, faire la fête, et ses amis lui ressemblaient. Steve avait hâte de passer la soirée avec Ricky. L'ennui avec ce genre de fêtards, c'était qu'on ne pouvait absolument pas compter sur eux : à la dernière minute, Ricky s'était trouvé une nana toute chaude, il avait annulé son rendez-vous avec Steve et celui-ci avait passé la soirée seul.

Il descendit de voiture, portant un petit sac de voyage contenant des vêtements de rechange pour le lendemain. La nuit était tiède. Il ferma la portière à clé et se dirigea vers le coin de la rue. Une bande de jeunes, quatre ou cinq garçons et une fille, tous noirs, traînait devant un magasin de vidéo en fumant des cigarettes. Même s'il était blanc, Steve n'était pas nerveux : il avait l'air d'être chez lui dans ce quartier, avec sa vieille bagnole et son jean délavé. D'ailleurs, il mesurait quatre ou cinq centimètres de plus que le plus grand de ces types. Comme il passait, l'un d'eux lui dit d'une voix basse mais distincte :

— Tu veux de la blanche, tu veux du crack ?

Steve secoua la tête sans ralentir l'allure.

Une femme noire de très haute taille avançait à sa rencontre, superbe : jupe courte, escarpins à talons aiguilles, cheveux relevés sur la tête, lèvres bien rouges et yeux fardés de bleu. Il ne put s'empêcher de la dévisager. En le croisant, elle susurra d'une voix de basse :

— Salut, beau gosse.

Steve comprit que c'était un homme. Il sourit et passa son chemin.

Les gosses, au coin de la rue, saluèrent le travesti avec une familiarité bon enfant.

— Soir, Dorothy !

— Bonjour, les garçons.

Quelques instants plus tard, il entendit un crissement de pneus et jeta un coup d'œil derrière lui. Une voiture de police venait de s'arrêter au carrefour. Quelques-uns des gosses disparurent dans les rues sombres. D'autres restèrent. Deux policiers noirs descendirent, sans se presser. Steve se retourna pour observer la scène. En voyant le nommé Dorothy, un des policiers expédia un crachat sur la pointe d'un escarpin rouge. Steve fut choqué : c'était un acte gratuit et inutile. Dorothy ralentit à peine le pas.

— Va te faire mettre, trou du cul, murmura-t-il.

La remarque était à peine audible, mais le policier avait l'oreille fine. Il saisit Dorothy par le bras, le plaqua contre la vitrine du magasin. Dorothy trébucha sur ses hauts talons.

— Ne me parle jamais comme ça, espèce de merde ! hurla le flic.

Steve était indigné. Bon sang, à quoi pouvait-il s'attendre s'il s'amusait à cracher sur les gens ?

Une sonnette d'alarme retentit au fond de son esprit. *Ne te laisse pas entraîner dans une bagarre, Steve.*

Le coéquipier du policier était adossé à la voiture ; il regardait la scène, impassible.

— Qu'est-ce qui se passe, mon frère ? fit Dorothy d'un ton enjôleur. Je te trouble ?

Le policier lui donna un coup de poing au creux de l'estomac. C'était un robuste gaillard et il avait mis tout son poids dans ce coup-là. Dorothy se plia en deux, le souffle coupé.

Merde ! se dit Steve et il se dirigea à grands pas vers le carrefour.

Qu'est-ce que tu fiches, Steve ?

Dorothy était toujours plié en deux, cherchant à reprendre son souffle.

— Bonsoir, monsieur l'agent, fit Steve.

Le flic le regarda.

— Du vent, fils de pute.

— Non.

— Qu'est-ce que t'as dit ?

— J'ai dit non, monsieur l'agent. Laissez cet homme tranquille.

Barre-toi, Steve, pauvre crétin, barre-toi.

Son intervention rendit les gosses effrontés.

— Ouais, c'est vrai, lança un grand garçon efflanqué au crâne rasé. Y a pas de raison d'emmerder Dorothy, il a rien fait de mal.

Le flic braqua un doigt agressif vers l'adolescent.

— Si tu veux que je te fouille pour trouver de la came, tu n'as qu'à continuer à parler comme ça.

Le garçon baissa les yeux.

— Tout de même, fit Steve, il a raison. Dorothy ne fait rien de mal.

Le flic s'approcha de Steve.

Ne le frappe pas, surtout, ne le touche pas. Souviens-toi de Tip Hendricks.

— T'es aveugle ? dit le policier.

— Comment ?

— Hé, Lenny, cria son collègue, on s'en fout ! Tirons-nous !

Il semblait mal à l'aise.

Sans l'écouter, Lenny s'adressa à Steve.

— Tu vois pas ? T'es le seul visage blanc dans le tableau. T'as pas ta place, ici.

— Je viens d'être témoin d'un délit.

Le flic s'approcha de Steve. Il s'approcha très près.

— Tu veux venir faire un tour en ville ? Ou bien tu veux foutre le camp d'ici tout de suite ?

Steve n'avait aucune envie de faire un tour en ville. C'était si facile pour eux de lui glisser un peu de came dans les poches, ou bien de le tabasser et de prétendre qu'il avait résisté à une arrestation. Steve faisait son droit : s'il écopait d'une condamnation, il ne pourrait jamais exercer. Il regrettait d'être intervenu. Ça ne valait pas la peine de flanquer toute sa carrière en l'air parce qu'un agent de police houspillait un travelo.

Mais c'était quand même mal. Et ils étaient deux, maintenant, à se faire harceler : Dorothy et Steve. Le flic violait la loi. Steve ne se décidait pas à partir.

Il prit un ton conciliant.

— Je ne tiens pas à faire d'histoire, Lenny. Laissez donc partir Dorothy et j'oublierai que je vous ai vu l'agresser.

— Tu me menaces, tête de nœud ?

Un direct à l'estomac et une gauche en pleine tête. Un coup dans le buffet, deux pour la galerie. Ce flic s'effondrerait comme un cheval avec une patte cassée.

— C'était juste une proposition amicale.

Ce flic cherchait les ennuis. Mais comment désamorcer la situation ? Steve aurait voulu voir Dorothy s'éloigner tranquillement pendant que Lenny avait le dos tourné, mais le travesti restait là, à regarder. Il frictionnait doucement son estomac endolori, savourant la fureur du flic.

Là-dessus, coup de chance. La radio de la voiture de police se mit à crépiter. Les deux flics se figèrent, l'oreille tendue. Steve ne parvint pas à comprendre le bredouillement de mots et de numéros de code, mais l'équipier de Lenny lança :

— Un collègue a des ennuis. On se taille.

Lenny hésita. Il dévisageait Steve d'un air mauvais, mais celui-ci crut voir une lueur de soulagement dans ses yeux. Peut-être se sentait-il lui aussi tiré d'un mauvais pas. Cependant, il avait toujours un ton aussi désagréable.

— Souviens-toi de moi, lança-t-il à Steve. Parce que moi, je ne t'oublierai pas...

Là-dessus, il sauta dans le véhicule, claqua la portière et la voiture démarra en trombe.

Les gosses applaudirent.

— Nom de Dieu ! dit Steve, soulagé. On a eu chaud.

C'était idiot. Tu sais comment ça aurait pu tourner. Tu sais comment tu es.

Sur ces entrefaites, son cousin Ricky arriva.

— Qu'est-ce qui s'est passé ? demanda-t-il en regardant la voiture de police qui s'éloignait.

Dorothy s'approcha et posa les mains sur les épaules de Steve.

— Mon héros, fit-il, jouant les coquettes. John Wayne.

Gêné, Steve bafouilla :

— Allons, allons...

— Le jour où tu auras envie de faire des folies, John Wayne, viens me trouver. Pour toi, ce sera gratuit.

— Merci bien...

— Je te donnerais bien un baiser, mais je vois que tu es un grand timide, alors je vais simplement te dire au revoir.

Il agita ses doigts aux ongles rouges et tourna les

talons. Ricky et Steve s'éloignèrent dans la direction opposée.

— Je vois que tu t'es déjà fait des amis dans le quartier ! s'exclama Ricky.

Steve se mit à rire, soulagé.

— J'ai failli me mettre dans un sale pétrin. Un connard de flic a commencé à tabasser ce type en minijupe et j'ai fait la bêtise de lui dire d'arrêter.

Ricky était abasourdi.

— Tu as de la veine d'être encore ici.

— Je sais.

La maison où vivait Ricky sentait le fromage, ou le lait tourné. Les murs peints en vert étaient couverts de graffitis. Ils se frayèrent un chemin autour des bicyclettes enchaînées dans le couloir et grimpèrent l'escalier.

— Ça me rend fou, reprit Steve. Pourquoi est-ce que Dorothy recevrait un coup dans le bide ? Il aime bien les minijupes et le maquillage : qu'est-ce que ça peut foutre ?

— Tu as raison.

— Et pourquoi Lenny s'en tirerait-il sous prétexte qu'il est en uniforme ? Un policier devrait avoir plus de principes.

— Tu parles !

— C'est pour ça que je veux être avocat. Pour faire cesser ce genre de merde. Est-ce que tu as un héros dans la vie, quelqu'un à qui tu voudrais ressembler ?

— Casanova, peut-être.

— Moi, c'est Ralph Nader. Un avocat. C'est mon modèle. Il s'est attaqué aux plus grandes entreprises d'Amérique... et il a gagné !

Ricky se mit à rire et passa un bras autour des épaules de Steve tandis qu'ils entraient dans sa chambre.

— Mon cousin l'idéaliste.

— C'est ça, fiche-toi de moi !

— Tu veux du café ?

— Bien sûr.

La chambre de Ricky était minuscule et meublée à la diable : un lit une place, un bureau boiteux, un canapé défoncé et un gros poste de télé. Au mur, une affiche représentant une femme nue où étaient inscrits les noms de tous les os du squelette humain, depuis le pariétal du crâne jusqu'aux dernières phalanges des pieds. Il y avait un climatiseur, mais qui n'avait pas l'air de fonctionner.

Steve s'assit sur le canapé.

— Comment était ta nana ?

— Pas aussi terrible que l'annonçait l'extérieur. — Ricky versa de l'eau dans une bouilloire. — Elle est mignonne, Melissa, mais je ne serais pas à la maison d'aussi bonne heure si elle était aussi dingue de moi qu'on me l'avait fait croire Et toi ?

— J'ai traîné sur le campus de Jones Falls. Très chic là-bas. J'ai rencontré une fille aussi.

À ce souvenir, son visage s'éclaira.

— Je l'ai vue jouer au tennis. Formidable : grande, musclée, superbe. Un service canon, je te jure.

— Je n'ai jamais entendu personne s'amouracher d'une fille à cause de son jeu au tennis, fit Ricky avec un grand sourire. Jolie ?

— Elle a quelque chose... De grands yeux bruns, des sourcils noirs, une masse de cheveux bruns... et un petit anneau d'argent passé dans la narine gauche.

— Sans blague. Pas courant, hein ?

— Tu l'as dit.

— Comment elle s'appelle ?

— Aucune idée, fit Steve avec un sourire mélancolique. Elle m'a envoyé promener sans même ralentir le pas. Je ne la reverrai sans doute jamais.

Ricky servit le café.

— C'est peut-être pas plus mal : tu as une copine régulière, non ?

— Si on veut. — Steve se sentait un peu coupable

d'avoir été ainsi attiré par cette joueuse de tennis. — Elle s'appelle Céline. On fait les mêmes études.

Steve suivait des cours à Washington.

— Tu couches avec elle ?

— Non.

— Pourquoi ?

— Je ne me sens pas à ce niveau d'engagement.

Ricky eut l'air surpris.

— Voilà un langage que je ne comprends pas. Il faut que tu te sentes engagé envers une fille avant de te la faire ?

Steve était embarrassé.

— C'est ce que je ressens, tu comprends ?

— Tu as toujours ressenti ça ?

— Non. Quand j'étais au lycée, je faisais tout ce que les filles voulaient bien me laisser faire ; un peu comme un concours. Je me tapais n'importe quelle jolie nana qui voulait bien retirer sa culotte. Aujourd'hui, c'est différent. Je ne suis plus un gosse.

— Quel âge tu as, vingt-deux ?

— Exact.

— J'en ai vingt-cinq, mais je ne suis pas aussi mûr que toi.

Steve crut déceler une note de ressentiment.

— Hé, ça n'est pas une critique, tu sais !

— Non. — Ricky n'avait pas l'air sérieusement vexé. — Alors qu'est-ce que tu as fait quand elle t'a envoyé aux pelotes ?

— Je suis allé dans un bar et j'ai pris deux bières et un hamburger.

— Ça me fait penser... j'ai faim. Tu veux manger quelque chose ?

— Qu'est-ce que tu as ?

Ricky ouvrit un placard.

— De la gelée de groseilles, des Rice Crispies ou des flocons au chocolat.

— Oh, oh, chocolat, super !

Ricky disposa sur la table des bols et du lait puis ils s'installèrent.

Quand ils eurent terminé, ils rincèrent leurs bols de céréales et s'apprêtèrent à se coucher. Steve s'allongea sur le canapé en caleçon : il faisait trop chaud pour mettre une couverture. Ricky prit le lit. Avant de s'endormir, il demanda :

— Qu'est-ce que tu vas foutre à Jones Falls ?

— On m'a demandé de faire partie d'un groupe d'étude. Faut que je passe des tests psychologiques, des trucs comme ça.

— Pourquoi toi ?

— Je n'en sais rien. On m'a dit que j'étais un cas particulier et qu'on m'expliquerait tout ça quand je viendrais.

— Pourquoi tu as accepté ? Tu vas perdre ton temps, non ?

Steve avait une raison particulière, mais il n'avait pas l'intention d'en parler à Ricky. Sa réponse était en partie sincère.

— Oh, la curiosité, sans doute. Tu ne te poses pas des questions sur toi-même ? Par exemple, quel genre de personne est-ce que je suis vraiment, qu'est-ce que je veux dans la vie ?...

— Je veux être un chirurgien de première et gagner un million de dollars par an à faire des implants de seins. Au fond, je suis une âme simple.

— Tu ne te demandes pas à quoi tout ça rime ?

Ricky éclata de rire.

— Non, Steve, absolument pas. Mais toi, si. Tu as toujours été un penseur. Même quand on était gosse, tu posais des questions sur Dieu et tout ça.

C'était vrai. Vers l'âge de treize ans, Steve était passé par une phase religieuse. Il s'était rendu dans différentes églises, dans une synagogue, une mosquée : il avait gravement posé des questions à propos de leur foi à quantité d'hommes d'Église abasourdis. Ça avait laissé pantois ses parents, tous deux résolument agnostiques.

— Tu as toujours été un peu différent, poursuivit

Ricky. Je n'ai jamais vu quelqu'un décrocher d'aussi bonnes notes aux examens sans se fouler.

C'était également vrai. Steve avait toujours appris rapidement, parvenant sans effort en tête de la classe, sauf quand les autres élèves le taquinaient et qu'il faisait délibérément des fautes pour moins se faire remarquer.

Mais il avait une autre raison d'être intrigué par sa personnalité. Ricky l'ignorait. Personne à la faculté de droit n'était au courant. Seuls ses parents savaient.

Steve avait failli tuer quelqu'un.

Il avait quinze ans à l'époque. Déjà grand, maigre, il était capitaine de l'équipe de basket-ball. Cette année-là, le lycée de Hillsfield était arrivé en demi-finale du championnat de la ville. Ils jouaient contre une équipe de petits voyous appartenant à une école des faubourgs de Washington. Pendant toute la rencontre, un garçon de l'équipe adverse du nom de Tip Hendricks n'avait cessé d'asticoter Steve. Tip jouait bien, mais il utilisait tout son talent pour tricher. Et, chaque fois, il avait un grand sourire, comme pour dire : « Je t'ai encore eu, connard ! » Ça rendait Steve fou, mais il était bien obligé de maîtriser sa fureur. Malgré tout, il ne jouait pas bien. Son équipe fut battue, perdant toute chance de remporter le trophée.

Par un vrai coup de malchance, Steve tomba sur Tip dans le parking, où les cars attendaient pour ramener les équipes à leurs écoles respectives. La fatalité voulut qu'un des chauffeurs fût en train de changer une roue : il avait une trousse à outils ouverte sur le sol.

Steve ignora Tip, mais celui-ci lança son mégot dans la direction de Steve, qui le reçut sur son blouson.

Ce blouson-là comptait beaucoup pour lui. Il avait fait des économies sur ce qu'il gagnait en travaillant le samedi chez McDonald's, et il se l'était acheté la veille. Un superbe blouson de cuir souple couleur beurre frais. Et voilà qu'il avait une brûlure juste sur la poitrine, à un endroit où il était impossible de ne pas la voir. Fichu, le blouson. Alors Steve se mit à cogner Tip.

Celui-ci riposta violemment, décochant des coups de pied et des coups de tête, mais, aveuglé par la rage, Steve les sentait à peine. Tip avait le visage ruisselant de sang. Son regard tomba sur la trousse à outils du chauffeur de car. Il ramassa un démonte-pneu. Armé de cet outil, il frappa à deux reprises Steve en pleine face. Sous la douleur, Steve devint fou de rage. Il arracha le démonte-pneu des mains de Tip... Après ça, il ne se souvenait plus de rien. Il se retrouva planté au-dessus du corps de Tip, la barre de fer ensanglantée à la main. Quelqu'un disait :

— Mon Dieu, je crois qu'il est mort !

Tip n'était pas mort. Il mourut deux ans plus tard, tué par un trafiquant jamaïcain de marijuana à qui il devait quatre-vingt-cinq dollars. Mais Steve avait voulu le tuer. Il avait *essayé* de le tuer. Il n'avait pas de véritable excuse : même si c'était Tip qui avait ramassé le démonte-pneu, Steve l'avait utilisé sauvagement.

Steve fut condamné à six mois de prison avec sursis. Après le procès, il changea de lycée et passa tous ses examens sans problème. Comme il était mineur à l'époque de cette bagarre, on n'en garda pas trace sur son casier judiciaire ; cela ne l'empêcha donc pas de s'inscrire à la faculté de droit. Pour ses parents le cauchemar était aujourd'hui oublié. Mais Steve avait des doutes. Il savait que seules la chance et la résistance du corps humain l'avaient sauvé d'un procès pour meurtre. Tip Hendricks était un être humain, et Steve avait failli le tuer pour un *blouson*. Il écoutait le souffle régulier de Ricky à l'autre bout de la chambre. Allongé sur le canapé, il n'arrivait pas à trouver le sommeil et se demandait : *Mais que suis-je donc ?*

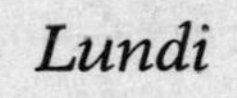

Lundi

5

— Est-ce qu'il t'est arrivé de rencontrer un homme que tu aies envie d'épouser ? demanda Lisa.

Attablées dans la cuisine de Lisa, elles buvaient une tasse de café. Tout était joli, comme Lisa : des imprimés à fleurs, des bibelots de porcelaine et un ours en peluche avec un gros nœud à pois.

Lisa allait prendre sa journée, mais Jeannie était prête à se rendre à son travail, revêtue d'une jupe bleu marine et d'un corsage de coton blanc. C'était un jour important et elle était un peu nerveuse : le premier de ses sujets venait au labo pour une journée d'examens. Allait-il confirmer sa théorie ou la démolir ? À la fin de la journée, ou bien elle se sentirait sur la bonne voie, ou bien elle procéderait à une douloureuse réévaluation.

Toutefois, elle voulait quitter son amie le plus tard possible. Lisa était encore très fragile. Jeannie estimait que la meilleure solution était de s'asseoir et de parler avec elle d'hommes et de sexe comme elles l'avaient toujours fait, pour l'aider à retrouver une vie normale. Elle aurait aimé rester ici toute la matinée ; c'était malheureusement impossible. Elle était vraiment navrée de ne pas avoir Lisa au labo pour l'aider aujourd'hui, mais c'était hors de question.

— Oui, il y en a eu un, lui répondit Jeannie. Un type que j'ai eu envie d'épouser, Will Temple. Il était anthropologue. Il l'est toujours.

Jeannie le revoyait : un grand gaillard avec une barbe blonde, en jean et chandail de pêcheur, portant sa bicyclette à dix vitesses dans les couloirs de l'Université.

— Tu m'as déjà parlé de lui. Comment était-il ?

— Formidable. Il me faisait rire, il me soignait quand j'étais malade, il repassait lui-même ses chemises et il était monté comme un âne.

Lisa ne sourit pas.

— Qu'est-ce qui a cloché ?

Jeannie gardait un ton désinvolte, mais ça lui faisait mal d'évoquer ces souvenirs.

— Il m'a quittée pour Georgina Tinkerton Ross.

En guise d'explication, elle ajouta :

— Des Tinkerton Ross, de Pittsburgh.

— Comment était-elle ?

La dernière chose dont Jeannie avait envie, c'était de se rappeler Georgina. Seulement cela aidait Lisa à oublier le viol, alors elle fit un effort.

— Parfaite. — Elle détestait le ton sarcastique qu'elle percevait dans sa voix. — Blonde un peu rousse, une poitrine superbe et une taille de guêpe, un goût sans défaut pour les cachemires et les chaussures en crocodile. Pas une once de cervelle mais riche à tuer.

— Quand est-ce que ça s'est passé ?

— Will et moi avons vécu ensemble une année quand je préparais mon doctorat. — C'était le plus heureux souvenir de son existence. — Il est parti pendant que j'étais en train de rédiger ma thèse sur les origines génétiques de la criminalité. *Tu as vraiment bien choisi ton moment, Will. Je voudrais pouvoir te détester encore plus.* Là-dessus, Berrington m'a proposé un poste à Jones Falls et j'ai sauté sur l'occasion.

— Les hommes sont des salauds.

— Will n'est pas vraiment un salaud. C'est un type superbe. Il s'est amouraché de quelqu'un d'autre, voilà tout. Je trouve qu'il a fait montre d'un très mauvais jugement dans son choix. Mais ça n'est pas comme si nous étions mariés. Il n'a manqué à aucune promesse. Il n'a même pas été infidèle, sauf peut-être une ou deux fois, et encore, il me l'a avoué. — Jeannie se rendit compte qu'elle était en train de répéter les propres paroles employées par Will pour se justifier. — Je ne sais pas, c'était peut-être un salaud après tout.

— Au fond, on devrait revenir à l'époque victorienne où un homme qui embrassait une femme se considérait comme fiancé. En ce temps-là, au moins, les filles savaient où elles en étaient.

Pour le moment, Lisa avait sur les relations avec les hommes un point de vue un peu déformé, mais Jeannie ne la contredit pas. Elle se contenta de demander :

— Et toi ? Tu n'en as jamais trouvé un que tu voulais épouser ?

— Jamais. Pas un.

— Toi et moi, nous sommes difficiles. Ne t'inquiète pas, quand nous rencontrerons l'homme de notre vie, il sera formidable.

L'interphone de l'entrée se mit à sonner, ce qui les fit sursauter toutes les deux. Lisa se leva d'un bond en renversant la table. Un vase en porcelaine tomba sur le sol et se brisa.

— Merde ! fit-elle.

Elle avait encore les nerfs à vif

— Je vais ramasser, dit Jeannie d'une voix apaisante. Va voir qui c'est.

Lisa décrocha le visiophone. Un pli soucieux lui assombrit le visage tandis qu'elle examinait l'image renvoyée par l'écran du moniteur.

— Bon, d'accord, dit-elle d'un ton hésitant en pressant le bouton qui ouvrait la porte de l'immeuble.

— Qui est-ce ? demanda Jeannie.

— Un inspecteur de la brigade des crimes sexuels.

Depuis le début, Jeannie redoutait qu'on envoie

quelqu'un harceler Lisa pour qu'elle accepte de coopérer à l'enquête. Elle était bien décidée à ne pas les laisser faire. Lisa n'avait vraiment pas besoin qu'on vienne l'embêter avec des questions déplacées.

— Pourquoi tu ne lui as pas dit d'aller se faire voir ?

— Peut-être parce qu'elle est noire.

— Sans blague ?

Lisa secoua la tête.

Ils sont malins, songea Jeannie tout en ramassant les éclats de porcelaine. *Les flics savaient que Lisa et moi en voulons à la police. Si on nous avait envoyé un inspecteur blanc, il n'aurait pas franchi la porte.* Alors, on leur avait dépêché une Noire, sachant que deux Blanches de la moyenne bourgeoisie allaient se mettre en quatre pour être polies avec elle. *Bah ! si elle essaie de houspiller Lisa, je la flanquerai quand même dehors.*

L'inspecteur était une femme trapue d'une quarantaine d'années, élégante : corsage crème, foulard de soie de couleurs vives, porte-documents à la main.

— Je suis le sergent Michelle Delaware, annonça-t-elle. On m'appelle Mish.

Jeannie se demanda ce qu'il y avait dans le porte-documents. En général, les inspecteurs avaient des armes, pas des dossiers.

— Je suis le docteur Jean Ferrami. — Elle exhibait toujours son titre lorsqu'elle pensait qu'elle allait se disputer avec quelqu'un. — Et voici Lisa Hoxton.

— Mademoiselle Hoxton, je tiens à vous dire combien je suis désolée de ce qui vous est arrivé hier. Mon service a en moyenne une affaire de viol par jour et chacune est pour la victime un terrible traumatisme. Je sais que vous avez mal, et je compatis.

Voilà qui nous change d'hier !

— J'essaie d'oublier, fit Lisa d'un ton ferme, mais les larmes qui lui montaient aux yeux la trahirent.

— Est-ce que je peux m'asseoir ?

— Bien sûr.

La femme s'installa à la table de cuisine. Jeannie l'examina d'un air méfiant.

— L'agent de police d'hier n'avait pas la même attitude...

Mish l'interrompit.

— Je suis absolument navrée de la façon dont s'est comporté McHenty. Comme tous les agents de police, il a suivi une formation sur la façon dont on doit traiter les victimes d'un viol, mais il m'a l'air d'avoir oublié ce qu'on lui a enseigné. J'en suis gênée pour toute la police.

— J'ai eu l'impression d'être violée une nouvelle fois, murmura Lisa, en larmes.

— Ça n'arrivera plus, déclara Mish, la colère vibrant dans sa voix. Voilà pourquoi tant d'affaires de viols finissent dans un tiroir avec la mention «classé». Ce n'est pas parce que les femmes mentent. C'est parce que le système judiciaire les traite si brutalement qu'elles retirent leur plainte.

— Ça, on n'a pas de mal à le croire! fit Jeannie.

Il lui fallait faire attention: Mish parlait peut-être comme une sœur, mais c'était un flic.

Mish prit une carte dans son sac.

— Voici le numéro d'un centre de bénévoles pour les victimes de viols et de sévices. Tôt ou tard, toute victime a besoin d'être conseillée.

Lisa prit la carte, mais elle dit:

— Pour l'instant, tout ce que je veux, c'est oublier.

Mish acquiesça.

— Écoutez-moi: mettez la carte dans un tiroir. Vos sentiments vont passer par des hauts et des bas et il viendra sans doute un moment où vous serez prête à chercher de l'aide.

— D'accord.

Jeannie décida que Mish méritait un petit effort de courtoisie.

— Voudriez-vous du café? proposa-t-elle.

— Avec plaisir.

— Je vais en faire.

— Vous travaillez ensemble ? demanda Mish.
— Oui, répondit Jeannie. Nous étudions les jumeaux.
— Les jumeaux ?
— Nous mesurons leurs ressemblances et leurs différences. Nous essayons de faire le tri entre ce qui est héréditaire et ce qui est dû à leur éducation.
— Quel est votre rôle, Lisa ?
— Mon travail consiste à trouver les jumeaux pour que les chercheurs les étudient.
— Comment vous y prenez-vous ?
— Je commence par les registres de naissances qui, dans la plupart des États, sont accessibles au public. Les cas de gémellité représentent environ un pour cent des naissances ; nous avons donc une paire de jumeaux tous les cent actes de naissance que nous examinons. Ce document nous donne la date et le lieu de naissance. Nous en faisons une photocopie, puis nous retrouvons la piste des jumeaux.
— Comment ?
— Nous possédons tous les annuaires téléphoniques des États-Unis sur CD-ROM. Nous pouvons aussi avoir recours aux fichiers des permis de conduire et des organismes de crédit.
— Vous retrouvez toujours les jumeaux ?
— Seigneur, non ! Notre taux de réussite dépend de leur âge. Nous repérons environ quatre-vingt-dix pour cent de ceux qui ont dix ans, mais seulement cinquante pour cent de ceux qui en ont quatre-vingts. Les gens âgés sont plus susceptibles d'avoir déménagé plusieurs fois, d'avoir changé de nom, quand ils ne sont pas morts.
Mish regarda Jeannie.
— Ensuite, vous les étudiez.
— Ma spécialité, ce sont les vrais jumeaux — les jumeaux monozygotes — qui ont été élevés séparément. Ils sont beaucoup plus difficiles à trouver.
Elle posa la cafetière sur la table et versa une tasse à Mish.

Si cette femme policier a l'intention de faire pression sur Lisa, elle prend son temps.

Mish but une gorgée, puis dit à Lisa :

— À l'hôpital, est-ce qu'on vous a prescrit un médicament ?

— Non, je n'y suis pas restée assez longtemps.

— On aurait dû vous proposer la pilule du lendemain. Vous n'avez pas envie de vous retrouver enceinte, j'imagine.

Lisa frissonna.

— Sûrement pas ! Je me suis demandé ce que je devrais faire dans ce cas-là.

— Allez voir votre médecin. À moins d'avoir des objections religieuses, il devrait vous donner cette pilule. Pour certains praticiens catholiques ça pose un problème. Dans ce cas, le centre de bénévoles dont je vous ai parlé vous proposera une autre solution.

— Ça fait du bien de parler à quelqu'un qui est au courant, fit Lisa.

— L'incendie n'était pas accidentel, reprit Mish. J'ai parlé au capitaine des pompiers. Quelqu'un a mis le feu dans une resserre voisine du vestiaire, puis a dévissé le conduit de ventilation pour être certain que la fumée serait refoulée dans le vestiaire. Voyez-vous, les violeurs ne s'intéressent pas vraiment au sexe. C'est la peur qui les excite. Je pense que l'incendie faisait partie du fantasme de ce salaud.

Jeannie n'avait pas envisagé cette possibilité.

— Je m'étais imaginé que c'était un opportuniste qui avait profité de l'incendie.

Mish secoua la tête.

— Le viol consécutif à une soirée en tête à tête est en général affaire d'occasion : un type s'aperçoit que la fille est trop dans les vapes ou trop ivre pour lui résister. Mais les hommes qui violent des inconnues, c'est différent. Ils prévoient. Ils fantasment sur l'événement, et puis ils s'arrangent pour le provoquer. Ils sont parfois très malins. Ça les rend d'autant plus redoutables.

Jeannie sentait sa colère monter.

— J'ai failli mourir dans ce foutu incendie !

— J'ai toute raison de croire que vous n'aviez jamais vu cet homme auparavant, poursuivit Mish à l'attention de Lisa. C'était un parfait inconnu ?

— Je crois l'avoir vu environ une heure plus tôt, alors que je faisais du jogging avec l'équipe de hockey : une voiture a ralenti et le conducteur nous a dévisagées. J'ai l'impression que c'était lui.

— Quel genre de voiture ?

— Elle était vieille, ça je le sais. Blanche, avec pas mal de rouille. Peut-être une Datsun.

Jeannie s'attendait à voir Mish noter ces détails, mais celle-ci continua.

— L'impression que j'ai, c'est celle d'un pervers intelligent et absolument impitoyable prêt à n'importe quoi pour prendre son pied.

Jeannie observa d'un ton amer :

— On devrait l'emprisonner jusqu'à la fin de ses jours.

Mish abattit alors son atout :

— Mais ce ne sera pas le cas. Il est libre. Et il recommencera.

— Comment pouvez-vous en être sûre ?

— La plupart des violeurs sont des violeurs en série. La seule exception, c'est celle dont je parlais tout à l'heure : le type qui profite de l'occasion pour violer la fille avec qui il est sorti. Ce genre de gars pourrait ne pas récidiver. Mais les hommes qui violent des inconnues recommencent, encore et encore... jusqu'à ce qu'on les prenne.

Mish dévisagea Lisa.

— Dans un délai de sept à dix jours, l'homme qui vous a violée fera subir le même supplice à une autre femme... à moins que nous ne l'arrêtions.

— Oh ! mon Dieu !

Jeannie voyait bien où Mish voulait en venir : comme elle l'avait prévu, l'inspectrice s'efforçait de persuader Lisa de coopérer avec la police. Jeannie était résolue à ne pas laisser Mish faire pression sur Lisa, mais il était difficile de récuser les arguments qu'elle avançait.

— Il nous faut un échantillon de son ADN, reprit Mish.

Lisa prit un air dégoûté.

— Vous voulez dire de son sperme ?

— Oui.

Lisa secoua la tête.

— J'ai pris une douche, un bain, j'ai fait une injection vaginale. J'espère qu'il ne reste rien de lui en moi !

Mish insista doucement.

— Il reste des traces dans le corps pendant quarante-huit à soixante-douze heures. Il nous faut un frottis vaginal, un peignage de la toison pubienne et une analyse de sang.

Jeannie intervint.

— Le médecin que nous avons vu à Santa Teresa hier était un vrai connard.

Mish hocha la tête.

— Les médecins ont horreur de s'occuper des victimes de viol. Ils doivent témoigner devant le tribunal, ça leur fait perdre du temps et de l'argent. Mais on n'aurait jamais dû vous emmener à Santa Teresa. Ça a été une des nombreuses erreurs de McHenty. Dans cette ville, trois hôpitaux sont reconnus comme centres pour les victimes de violences sexuelles, et Santa Teresa n'en fait pas partie.

— Où voulez-vous que j'aille ? fit Lisa.

— L'hôpital de la Miséricorde a un service de consultation pour les victimes de sévices sexuels.

Jeannie hocha la tête. La Miséricorde était le grand hôpital du centre de la ville.

— Là-bas, vous verrez quelqu'un qui est spécialisé dans ce domaine, reprit Mish. C'est toujours une femme. Elle a suivi une formation spéciale pour recueillir les preuves, ce qui n'est pas le cas du médecin que vous avez vu hier. De toute façon, il aurait probablement tout fait de travers.

Manifestement, Mish n'avait guère de respect pour les médecins.

Elle ouvrit son porte-documents. Jeannie se pencha, intriguée. À l'intérieur se trouvait un petit ordinateur portable. Mish souleva le couvercle et brancha l'appareil.

— Nous avons un programme que nous appelons TEIF, Technique électronique d'identification faciale. Nous aimons bien les sigles. — Elle eut un petit rire. — À vrai dire, il a été conçu par un inspecteur de Scotland Yard. Ça nous permet d'obtenir un portrait-robot du criminel sans avoir recours à un dessinateur.

Elle se tourna vers Lisa. Celle-ci regarda Jeannie.

— Qu'est-ce que tu en penses ?

— Pense d'abord à toi. C'est ton droit. Ne te sens surtout pas obligée, si tu estimes qu'on fait pression sur toi.

Mish lui lança un regard furibond, puis dit à Lisa :

— Je ne fais absolument pas pression sur vous ! Si vous voulez que je m'en aille, je pars. Mais je veux arrêter ce violeur, et j'ai besoin de votre aide. Sans vous, je n'ai pas une chance.

Jeannie était admirative. Depuis l'instant où elle avait mis le pied dans la pièce, Mish avait dominé et contrôlé la conversation ; pourtant elle y était parvenue sans brutalité ni manipulation. Elle savait de quoi elle parlait et elle savait ce qu'elle voulait.

— Je ne sais pas, dit Lisa.

— Si vous jetiez un coup d'œil à ces programmes informatiques ? Si ça vous gêne, on arrêtera. Sinon, j'aurai au moins un portrait de l'homme que je recherche. Ensuite, quand nous en aurons fini, vous pourrez décider si vous voulez aller à la Miséricorde.

Lisa eut une nouvelle hésitation, puis dit :

— D'accord.

— N'oublie pas que tu peux t'arrêter dès l'instant où ça ne va pas, répéta Jeannie.

Lisa acquiesça.

— Pour commencer, déclara Mish, nous allons tracer une esquisse approximative de son visage. Ça ne lui ressemblera peut-être pas, mais ce sera une base. Ensuite, nous peaufinerons les détails. J'ai besoin que vous vous concentriez sur le visage du criminel, puis que vous m'en donniez une description générale. Prenez votre temps.

Lisa ferma les yeux.

— C'est un Blanc de mon âge à peu près. Des cheveux courts châtain clair. Des yeux bleus, je crois. Le nez droit...

Mish manœuvrait une souris. Jeannie se leva pour se planter derrière l'inspectrice afin d'examiner l'écran. Dans le coin supérieur droit, un visage était divisé en huit sections. À mesure que Lisa énumérait des traits, Mish cliquait sur une section du visage, faisait apparaître un menu, puis en vérifiait les articles d'après les commentaires de Lisa : cheveux courts, yeux clairs, nez droit.

Lisa poursuivait :

— Le menton un peu carré, pas de barbe ni de moustache... Qu'est-ce que ça donne ?

Mish cliqua de nouveau et apparut sur l'écran le visage d'un homme blanc d'une trentaine d'années, aux traits réguliers. Monsieur Tout-le-Monde. Mish fit pivoter l'appareil pour que Lisa puisse voir l'écran.

— Maintenant, nous allons modifier peu à peu le visage. D'abord, je vais vous montrer cette tête avec toute une série de coiffures et de fronts différents. Dites-moi simplement oui, non ou peut-être. Prête ?

— Oui.

Mish cliqua. Le visage sur l'écran se modifia ; il avait soudain le front dégagé.

— Non, dit Lisa.

Mish cliqua encore. Cette fois, l'homme avait une frange bien droite.

— Non.

La coiffure suivante était ondulée. Lisa dit :

— C'est plutôt ça. Mais je crois qu'il avait une raie.

Sur le portrait suivant, il était bouclé.

— Encore mieux. Mieux que le dernier. Mais les cheveux sont trop foncés.

— Quand nous les aurons tous regardés, nous reviendrons à ceux que vous avez préférés et nous choisirons les meilleurs, expliqua Mish. Quand nous aurons l'ensemble du visage, nous pourrons continuer à l'améliorer en utilisant le système de retouches : foncer les cheveux ou les éclaircir, déplacer la raie, donner à l'ensemble du visage un air plus vieux ou plus jeune.

Jeannie était fascinée, mais tout cela allait prendre au moins une heure et elle avait du travail.

— Il faut que j'y aille, annonça-t-elle. Ça va, Lisa ?

— Très bien.

Jeannie constata que c'était vrai. Peut-être valait-il mieux que Lisa s'implique dans cette chasse à l'homme. Elle surprit le regard de Mish et y vit un éclair de triomphe. *Est-ce que j'avais tort de me montrer hostile envers Mish et de vouloir protéger Lisa ?* Mish était sympathique, elle trouvait les mots qu'il fallait. Cependant, sa priorité n'était pas d'aider Lisa, mais d'arrêter le violeur. Lisa avait encore besoin d'une véritable amie, de quelqu'un qui avant tout pensait à elle.

6

Steve se gara sur le grand parking réservé aux étudiants, au sud-ouest des quelque quarante hectares du campus de Jones Falls. Il était presque dix heures et le campus grouillait d'étudiants en tenue d'été qui se rendaient à leur premier cours. Au passage, il chercha des yeux la joueuse de tennis. Les chances de la voir étaient minces, il le savait, mais il ne pouvait s'empêcher de dévisager toutes les grandes femmes brunes qu'il rencontrait.

Le pavillon de psychologie Ruth W. Acorn était un édifice moderne de quatre étages construit dans la même brique rouge que les autres bâtiments plus anciens et plus traditionnels du collège. Steve donna son nom à la réception et on lui indiqua le chemin du laboratoire.

Au cours des trois heures suivantes, il fut soumis à une incroyable série d'examens. On prit son poids, sa taille, ses empreintes digitales. Des chercheurs, des techniciens et des étudiants photographièrent ses oreilles, mesurèrent la force de sa poigne et évaluèrent ses réactions émotives en lui montrant des photos de grands brûlés et de corps mutilés. Il répondit à des questions sur la façon dont il occupait ses loisirs, sur ses croyances religieuses, ses petites amies et ses espoirs professionnels. Il dut indiquer s'il savait réparer une sonnette, s'il se considérait comme bien élevé, s'il donnerait la fessée à ses enfants et si certaines musiques évoquaient pour lui des images ou des motifs colorés. Mais personne ne lui expliqua pourquoi on l'avait choisi pour cette étude.

Il n'était pas le seul sujet à être examiné. Étaient également présents dans le labo deux petites filles et un homme d'un certain âge en bottes de cow-boy, jean et chemise western. À midi, ils se retrouvèrent tous dans un salon avec des canapés et une télé. On leur servit de la pizza et des Coca. Steve se rendit alors compte qu'il y avait en fait deux hommes d'un certain âge en bottes de cow-boy: des jumeaux, vêtus de façon identique.

Il se présenta et apprit que les cow-boys s'appelaient Benny et Arnold, et les petites filles Sue et Elizabeth.

— Vous vous habillez toujours de la même façon

tous les deux ? demanda Steve aux deux hommes en train de déjeuner.

Ils se regardèrent, puis Benny répondit :

— Je ne sais pas. On vient de se rencontrer.

— Vous êtes jumeaux et vous venez de vous rencontrer ?

— Quand nous étions bébés, nous avons tous les deux été adoptés... mais par des familles différentes.

— C'est accidentellement que vous vous êtes habillés de la même façon ?

— On dirait...

Arnold ajouta :

— Nous sommes tous les deux menuisiers, nous fumons tous les deux des Camel *light* et nous avons tous les deux deux enfants, un garçon et une fille.

— Les deux filles s'appellent Caroline, précisa Benny. Mais mon garçon s'appelle John et le sien Richard.

— Je voulais appeler mon fils John, intervint Arnold, mais ma femme a insisté pour Richard.

— Incroyable ! fit Steve. Mais vous ne pouvez pas avoir un goût héréditaire pour les Camel *light*.

— Qui sait ?

Elizabeth, une des petites filles, demanda à Steve :

— Où est ton jumeau ?

— Je n'en ai pas. On étudie les jumeaux, ici ?

— Oui.

Toute fière, elle ajouta :

— Sue et moi sommes dizygotes.

Steve haussa les sourcils. Elles paraissaient avoir une dizaine d'années.

— Je ne crois pas connaître ce mot, déclara-t-il gravement, qu'est-ce que ça veut dire ?

— Nous ne sommes pas identiques. Nous sommes de fausses jumelles. C'est pour ça qu'on n'est pas pareilles. — Elle désigna Benny et Arnold. — Eux sont monozygotes. Ils ont le même ADN. C'est pour ça qu'ils se ressemblent tellement.

— Tu m'as l'air de savoir un tas de choses là-dessus, fit Steve. Je suis impressionné.

— Nous sommes déjà venues.

La porte s'ouvrit derrière Steve. Elizabeth leva les yeux et lança :

— Bonjour, docteur Ferrami.

Steve se retourna et aperçut la joueuse de tennis. Une blouse blanche de laborantine qui lui descendait au-dessous du genou dissimulait son corps musclé, mais elle traversa la pièce d'une démarche d'athlète. Elle arborait cet air concentré qui l'avait tant impressionné sur le court de tennis. Il la dévisageait, n'osant croire sa chance.

Elle dit bonjour aux petites filles et se présenta aux autres. En serrant la main de Steve, elle tressaillit.

— Alors, c'est vous, Steve Logan ?

— Vous jouez rudement bien au tennis.

— J'ai quand même perdu.

Elle s'assit. Ses épais cheveux bruns tombaient en cascade sur ses épaules, et Steve remarqua, sous l'éclairage impitoyable du laboratoire, qu'elle avait un ou deux cheveux blancs. Au lieu de l'anneau d'argent, elle avait un simple clou doré dans la narine. Elle était maquillée et le mascara donnait à ses yeux sombres un regard encore plus intense.

Elle les remercia de consacrer une partie de leur temps au service de la recherche scientifique et leur demanda si les pizzas étaient bonnes. Après quelques platitudes du même genre, elle envoya les fillettes et les cow-boys commencer leurs examens de l'après-midi et s'assit auprès de Steve. Il eut le sentiment qu'elle était gênée, comme si elle allait lui annoncer une mauvaise nouvelle.

— Vous devez commencer à vous demander à quoi tout ça rime, commença-t-elle.

— J'ai pensé qu'on m'avait choisi parce que j'ai toujours bien travaillé à l'école.

— Non. C'est vrai, vous avez de très bonnes notes pour toutes les épreuves intellectuelles. En fait, vos résultats scolaires minimisent vos capacités. Votre QI est largement au-dessus de la moyenne. Vous arrivez sans doute en tête de votre classe sans étudier très dur... Est-ce que je me trompe ?

— C'est vrai. Mais ce n'est pas pour ça que je suis ici.

— Non. Notre projet consiste à étudier dans quelle mesure le caractère des gens est prédéterminé par leur héritage génétique. — Sa gêne disparaissait à mesure qu'elle se passionnait pour son sujet. — Est-ce l'ADN qui décide si nous sommes intelligents, agressifs, romantiques, athlétiques ? Ou bien est-ce notre éducation ? Si les deux ont une influence, quelle est la part de chacune ?

— C'est une vieille controverse, observa Steve.

Il avait suivi un cours de philosophie au collège et ce débat l'avait passionné. « Suis-je comme je suis parce que je suis né comme ça ? Ou bien suis-je un produit de mon éducation et de la société dans laquelle j'ai été élevé ? » Il se rappela la formule qui résumait la discussion : qu'est-ce qui prédomine, l'inné ou l'acquis ?

Elle hocha la tête. Ses longs cheveux suivirent le mouvement comme les vagues de l'océan. Steve se demandait quel effet cela ferait de les caresser.

— Mais nous nous efforçons de résoudre le problème par des méthodes strictement scientifiques, reprit-elle. Vous comprenez, les jumeaux identiques ont les mêmes gènes, exactement les mêmes. Ce n'est pas le cas des faux jumeaux, mais d'ordinaire ils sont élevés exactement dans le même environnement. Nous étudions les deux cas et nous les comparons avec ceux de jumeaux élevés séparément, en mesurant à quel point ils sont semblables.

En quoi cela me concerne-t-il ? Il se demanda quel âge avait Jeannie. La veille, en la voyant courir sur le court de tennis, avec ses cheveux cachés sous une casquette, il avait pensé qu'elle avait son âge ; maintenant, il estimait qu'elle était plus proche de la trentaine. Cela ne changeait pas les sentiments qu'elle lui inspirait, mais jamais il n'avait été attiré par quelqu'un d'aussi âgé.

Elle poursuivit :

— Si l'environnement était plus important, des jumeaux élevés ensemble seraient très semblables et des jumeaux élevés loin l'un de l'autre seraient très différents, qu'il s'agisse de vrais jumeaux ou de faux jumeaux. En fait, c'est le contraire que nous observons. Des jumeaux identiques se ressemblent, quelle que soit la personne qui les a élevés. Bien mieux, des vrais jumeaux élevés séparément se ressemblent plus que des faux jumeaux élevés ensemble.

— Comme Benny et Arnold ?

— Exactement. Vous avez vu à quel point ils sont semblables, bien qu'ils aient grandi dans des familles différentes. C'est typique. Notre département a étudié plus d'une centaine de paires de jumeaux monozygotes élevés séparément. Sur ces deux cents personnes, deux étaient des poètes publiés, deux exerçaient une profession ayant un rapport avec les animaux de compagnie — l'un était dresseur de chiens et l'autre éleveur —, deux étaient musiciens — professeur de piano et guitariste. Mais ce ne sont là que les exemples les plus frappants. Comme vous l'avez constaté ce matin, nous procédons à des mesures scientifiques de la personnalité, du QI et de divers éléments d'ordre strictement physique. Ces mesures donnent souvent le même résultat : les vrais jumeaux sont extrêmement semblables, indépendamment de l'éducation qu'ils ont reçue.

— Alors que Sue et Elizabeth paraissent très différentes.

— Exact. Pourtant elles ont les mêmes parents, le même foyer, elles vont à la même école, elles ont suivi toute leur vie le même régime, etc. Sans doute que Sue n'a pas ouvert la bouche pendant tout le déjeuner mais qu'Elizabeth vous a raconté sa vie.

— À vrai dire, elle m'a expliqué la signification du mot « monozygote ».

Le docteur Ferrami éclata de rire, révélant des dents blanches et un bout de langue rose. Steve était ravi de l'avoir amusée.

— Mais vous ne m'avez toujours pas expliqué ce que je fais ici.

De nouveau elle eut un air gêné.

— C'est un peu délicat. Ça n'est encore jamais arrivé.

Tout d'un coup, il comprit. C'était évident, mais si surprenant que jusqu'à maintenant il n'avait pas deviné.

— J'ai un jumeau dont j'ignore l'existence ? fit-il d'un ton incrédule.

— Je ne vois pas comment vous l'annoncer moins brutalement, dit-elle, manifestement consternée. Oui, c'est ça.

— Ça alors !

Il était abasourdi ; c'était dur à encaisser.

— Je suis vraiment désolée.

— Oh ! ne vous excusez pas.

— Mais si. Normalement, les gens savent qu'ils ont un jumeau avant de venir chez nous. Toutefois, j'ai découvert une nouvelle méthode de recrutement des sujets pour cette étude, et vous êtes le premier. À vrai dire, le fait que vous ne sachiez pas que vous avez un jumeau est un formidable argument en faveur de ma thèse. Mais je ne prévoyais pas que nous risquerions d'annoncer aux gens une nouvelle qui pourrait les secouer.

— J'ai toujours voulu avoir un frère.

Il était fils unique, de parents qui frisaient la quarantaine à sa naissance.

— C'est un frère ?

— Oui. Vous êtes des vrais jumeaux.

— Un frère jumeau identique... Mais comment ça a pu se passer ?

Elle avait l'air embarrassé.

— Attendez, je peux trouver. On aurait pu m'adopter.

Elle hocha la tête. C'était une pensée encore plus bouleversante : son père et sa mère pourraient n'être pas ses parents.

— Ou bien c'est mon jumeau qui aurait pu être adopté.

— Exactement.

— Ou bien tous les deux, comme Benny et Arnold.

— Ou bien tous les deux, répéta-t-elle gravement.

Elle fixait sur lui le regard de ses yeux bruns. Malgré la tempête qui se déchaînait dans son esprit, il ne put s'empêcher de la trouver ravissante. Il aurait voulu qu'elle ne cesse jamais de le dévisager ainsi.

— D'après mon expérience, reprit-elle, même si un sujet ignore qu'il ou elle a un jumeau, ils savent qu'ils ont été adoptés. Malgré tout, j'aurais dû me douter que vous pourriez être différent.

Steve reprit d'un ton peiné :

— Je n'arrive pas à croire que papa et maman auraient gardé le secret sur mon adoption. Ce n'est pas leur genre.

— Parlez-moi de vos parents.

Il savait qu'elle le faisait parler pour l'aider à supporter le choc, mais ça lui faisait du bien. Il mit de l'ordre dans ses pensées.

— Maman est quelqu'un d'assez exceptionnel. Vous avez dû entendre parler d'elle : Lorraine Logan.

— La spécialiste du courrier du cœur ?

— Oui. Repris dans quatre cents journaux régionaux. Auteur de six best-sellers sur la santé des femmes. Elle est riche et célèbre, et elle le mérite.

— Pourquoi dites-vous cela ?

— Elle s'intéresse vraiment aux gens qui lui écrivent. Elle répond à des milliers de lettres. Vous savez, au fond, ils attendent d'elle un coup de baguette magique : pour les débarrasser d'une grossesse non souhaitée, pour que leurs gosses renoncent à la drogue, pour transformer des brutes en maris adorables et prévenants. Elle leur donne toujours la réponse dont ils ont besoin, elle leur dit que c'est à eux de décider : fiez-vous à vos sentiments et ne vous laissez houspiller par personne. C'est une bonne philosophie.

— Et votre père ?

— Oh ! papa est quelqu'un d'assez banal, je crois. Un militaire. Il travaille au Pentagone, il est colonel. Il s'occupe de relations publiques, il écrit des discours pour des généraux, ce genre de chose.

— Un homme sévère ?

Steve sourit.

— Il a un sens du devoir extrêmement développé. Mais ce n'est pas un violent. Il s'est un peu battu en Extrême-Orient avant ma naissance, mais ça ne lui a pas laissé de traces.

— Il fallait être sévère avec vous ?

Steve se mit à rire.

— À l'école, j'étais le plus insupportable de la classe. J'avais sans arrêt des ennuis.

— Pour quelles raisons ?

— Je ne respectais pas le règlement, je courais dans les couloirs. Je portais des chaussettes rouges. Je mâchonnais du chewing-gum en classe. À treize ans, j'embrassais Wendy Prasker derrière le rayonnage de biologie à la bibliothèque du lycée.

— Pourquoi ?

— Parce qu'elle était très jolie.

Elle rit à son tour.

— Je voulais dire : pourquoi ne respectiez-vous pas les règlements ?

— J'étais incapable d'obéir. Je n'en faisais qu'à ma tête. Le règlement me paraissait stupide et je m'ennuyais. On m'aurait bien flanqué à la porte, mais j'avais toujours de bonnes notes et en général j'étais capitaine d'une équipe sportive : football, basket-ball, base-ball, athlétisme. Je ne me comprends pas moi-même. Est-ce que je suis un type bizarre ?

— Chacun est bizarre à sa façon.

— Vous avez sans doute raison. Pourquoi portez-vous un bijou dans le nez ?

Elle haussa ses sourcils sombres comme pour dire : « Ici, c'est moi qui pose les questions », mais elle lui répondit quand même.

— Je suis passée par une phase punk quand j'avais quatorze ans : cheveux verts, collants déchirés, le grand jeu. L'anneau dans le nez en faisait partie.

— Si vous y renonciez, ça se refermerait et ça cicatriserait.

— Je sais. Je le garde parce que j'ai l'impression que l'absolue respectabilité est horriblement ennuyeuse.

Steve sourit. *Mon Dieu, comme cette femme me plaît, même si elle est trop vieille pour moi.* Puis ses pensées revinrent à ce qu'elle venait de lui révéler.

— Comment pouvez-vous être certaine que j'ai un jumeau ?

— J'ai mis au point un programme informatique qui recherche les jumeaux dans les archives médicales et autres banques de données. Les vrais jumeaux ont les mêmes ondes cérébrales, les mêmes électrocardiogrammes, le même nombre de sillons sur leurs empreintes digitales et la même denture. J'ai examiné une importante base de données de radiographies dentaires provenant d'une compagnie d'assurances et j'ai découvert quelqu'un dont les mesures et la configuration dentaires sont identiques aux vôtres.

— Ce n'est qu'à moitié convaincant...

— Peut-être, mais il a quand même des caries aux mêmes emplacements que vous.

— Et c'est qui ?

— Il s'appelle Dennis Pinker.

— Où il est actuellement ?

— À Richmond, en Virginie.

— Vous l'avez déjà rencontré ?

— Je pars demain pour le voir. Je vais lui faire subir un certain nombre des mêmes examens. Je vais prendre un échantillon sanguin pour que nous puissions comparer son ADN au vôtre. À ce moment-là, nous aurons une certitude.

Steve fronça les sourcils.

— Il y a un domaine de la génétique qui vous intéresse particulièrement ?

— Oui, la criminalité : est-elle ou non héréditaire ?

Steve hocha la tête.

— Je vois. Qu'est-ce qu'il a fait ?

— Je vous demande pardon ?

— Qu'est-ce qu'a fait Dennis Pinker ?

— Je ne comprends pas ce que vous voulez dire.

— Vous allez lui rendre visite au lieu de lui demander de venir ici : il est donc en prison.

Elle rougit un peu, comme si elle avait été prise en flagrant délit de mensonge. Quand ses joues se coloraient, elle paraissait encore plus sexy.

— Oui, vous avez raison.

— Pourquoi est-il en prison ?

Elle hésita.

— Pour meurtre.

— Seigneur ! — Il détourna les yeux, s'efforçant d'encaisser le choc. — Non seulement j'ai un frère jumeau, mais c'est un meurtrier !

— Je suis navrée. Je m'y suis très mal prise. Vous êtes le premier sujet de ce genre que j'étudie.

— Je suis arrivé ici dans l'espoir de découvrir quelque chose sur moi-même, mais j'en ai appris plus que je n'en avais envie.

Jeannie ne savait pas et ne saurait jamais qu'il avait failli tuer un jeune garçon du nom de Tip Hendricks.

— Vous êtes quelqu'un de très important pour moi.

— Comment ça ?

— Mes recherches portent sur le caractère héréditaire, ou non, de la criminalité. J'ai publié une communication disant qu'un certain type de personnalité est bien héréditaire : la combinaison des traits de caractère « impulsif », « audacieux », « agressif » et « hyperactif ». Mais que ces personnes deviennent ou non des criminels dépend de la façon dont leurs parents les éduquent. Pour prouver ma théorie, il faut que je trouve des paires de jumeaux monozygotes, dont l'un est un criminel et l'autre un honnête citoyen. Vous et Dennis êtes ma première paire de jumeaux de ce genre : lui est en prison et vous, pardonnez-moi, mais vous êtes le jeune Américain idéal. À dire vrai, ça m'excite tellement que j'ai du mal à rester assise.

La pensée de cette femme trop excitée pour rester assise rendait Steve nerveux. Il détourna les yeux, craignant que son désir ne se lise sur son visage. Mais ce qu'elle venait de lui dire était profondément troublant. Il avait le même ADN qu'un meurtrier. Qu'est-ce que cela faisait de lui ?

La porte s'ouvrit derrière Steve, et elle leva la tête.

— Salut, Berry. Steve, j'aimerais vous présenter au professeur Berrington Jones, le directeur de ce projet sur les jumeaux.

Le professeur était un bel homme de petite taille, à la cinquantaine bien sonnée, avec une chevelure argentée soigneusement peignée. Tiré à quatre épingles, il portait un costume de chez un bon faiseur en tweed irlandais à points gris et un nœud papillon rouge à pois blancs. Steve l'avait vu plusieurs fois à la télévision en train d'expliquer comment l'Amérique allait à vau-l'eau. Steve n'aimait pas ses opinions, mais on lui avait inculqué la politesse ; il se leva donc et lui tendit la main.

Berrington Jones sursauta comme s'il avait vu un fantôme.

— Bon Dieu ! s'exclama-t-il en pâlissant.

— Berry ! s'exclama le docteur Ferrami. Que se passe-t-il ?

— J'ai fait quelque chose ? demanda Steve.

Un moment, le professeur resta sans mot dire. Puis il parut retrouver ses esprits.

— Pardonnez-moi, ça n'est rien, bredouilla-t-il, mais il semblait encore profondément ébranlé. Je viens brusquement de me rappeler quelque chose... quelque chose que j'avais oublié, une terrible erreur. Je vous en prie, excusez-moi.

Il se dirigea vers la porte, marmonnant encore :

— Toutes mes excuses, pardonnez-moi.

Steve regarda le docteur Ferrami d'un air interrogatif.

Elle haussa les épaules et écarta les mains dans un geste d'impuissance.

— Je ne sais pas ce qui lui arrive.

7

Assis à son bureau, Berrington avait le souffle rauque.

Il occupait une grande pièce d'angle d'aspect monastique : sol carrelé de plastique, murs blancs, classeurs purement utilitaires, rayonnages bon marché. On ne s'attendait pas à voir les universitaires occuper des bureaux somptueux. Sur l'écran de son ordinateur tournait lentement un filament d'ADN reproduisant la célèbre forme de la double hélice. Sur sa table, des photos de lui avec Geraldo Rivera, Newt Gingrich et Rush Limbaugh. La fenêtre donnait sur le bâtiment du gymnase, fermé en raison de l'incendie de la veille. De l'autre côté de la route, deux garçons jouaient au tennis, malgré la chaleur.

Berrington se frotta les yeux.

— Bon sang de bon sang de bon sang, marmonna-t-il avec rage.

C'était lui qui avait persuadé Jeannie Ferrami de venir ici. Sa communication sur la criminalité avait ouvert de nouvelles perspectives en mettant l'accent sur les composants de la personnalité criminelle. La question était vitale pour le projet Genetico. Il tenait à ce qu'elle continue à travailler sous son aile. Il avait incité l'université de Jones Falls à lui offrir un poste et il s'était arrangé pour faire financer ses recherches grâce à une bourse octroyée par Genetico.

Grâce à lui, elle pourrait réaliser de grandes choses, et le fait qu'elle soit d'origine modeste ne rendait que plus impressionnante sa réussite. Ses quatre premières semaines à Jones Falls avaient confirmé Berrington dans son jugement. Elle avait rapidement démarré son projet. La plupart des gens l'aimaient bien, même si elle pouvait se montrer sévère : un laborantin arborant une queue de cheval qui croyait pouvoir s'en tirer en bâclant son travail s'était dès le deuxième jour fait passer un terrible savon.

Berrington la trouvait fascinante. Elle était aussi remarquable physiquement qu'intellectuellement. Il était partagé entre un besoin paternel de l'encourager, de la guider, et un violent désir de la séduire.

Et maintenant ça !

Il reprit son souffle, décrocha le téléphone et appela Preston Barck. Preston était son plus vieil ami : ils s'étaient rencontrés au Massachusetts Institute of Technology dans les années soixante, quand Berrington préparait sa thèse de psychologie et que Preston était un jeune et brillant embryologiste. À cette époque flamboyante, on les trouvait tous les deux bizarres avec leurs cheveux coupés en brosse et leurs costumes de tweed. Ils n'avaient pas tardé à découvrir qu'ils étaient d'accord sur toutes sortes de choses : le jazz moderne était une escroquerie, la marijuana était le premier pas sur la route de l'héroïne, le seul politicien honnête d'Amérique était Barry Goldwater. Leur amitié s'était révélée plus solide que leurs mariages respectifs. Berrington ne pensait plus aux raisons qui le faisaient aimer Preston : Preston était là, tout simplement.

Pour l'instant, il devait se trouver à la direction de

Genetico, un groupe de petits immeubles pimpants dominant un terrain de golf du comté de Baltimore, au nord de la ville. La secrétaire de Preston répondit qu'il était en réunion mais Berrington lui demanda de lui passer quand même la communication.

— Bonjour, Berry... que se passe-t-il ?

— Tu es seul ?

— Je suis avec Lee Ho, un des chefs comptables de chez Landsmann. Nous sommes en train de revoir les derniers détails du communiqué concernant l'audit de Genetico.

— Fais-le sortir.

La voix de Preston s'éloigna un instant tandis qu'il écartait le combiné.

— Pardonnez-moi, Lee, je vais en avoir pour un moment. Je vous rappellerai plus tard.

Il y eut un silence, puis il revint en ligne. Cette fois, il avait un ton agacé.

— Je viens de flanquer à la porte de mon bureau le bras droit de Michael Madigan. Au cas où tu l'aurais oublié, Madigan est le PDG de Landsmann. Si tu tiens autant à cette OPA que tu en avais l'air hier soir, nous ferions mieux de ne pas...

À bout de patience, Berrington l'interrompit.

— Steve Logan est ici.

Un moment de silence stupéfait.

— À Jones Falls ?

— Ici même, dans le pavillon de psychologie.

Preston oublia aussitôt Lee Ho.

— Comment ça se fait ?

— Il est ici dans le cadre du programme de recherche. Il passe toute une série de tests au laboratoire.

La voix de Preston monta d'une octave.

— Comment est-ce arrivé ?

— Je n'en sais rien. Je suis tombé sur lui il y a cinq minutes. Tu imagines ma surprise.

— Tu l'as reconnu ?

— Bien sûr !

— Pourquoi passe-t-il des tests ?
— Pour notre étude des jumeaux.
— Des jumeaux ? hurla Preston. *Des jumeaux ?* Qui est l'autre jumeau ?
— Je ne sais pas encore. Écoute, il devait tôt ou tard arriver quelque chose de ce genre.
— Précisément en ce moment ! Il va falloir annuler l'accord avec Landsmann.
— Pas question ! Je ne vais pas te laisser sauter sur cette excuse pour tergiverser à propos de l'OPA, Preston.

Berrington regrettait d'avoir passé ce coup de fil. Mais, sur le moment, il avait eu besoin de partager son émotion. Et puis Preston pouvait se montrer habile stratège.

— Il va simplement falloir trouver un moyen de contrôler la situation.
— Qui a fait venir Steve Logan à l'université ?
— Notre nouveau professeur, le docteur Ferrami.
— Le type qui a écrit ce texte formidable sur la criminalité ?
— Oui, sauf que c'est une femme. Une très jolie femme, d'ailleurs...
— Je me fous pas mal que ce soit Sharon Stone...
— J'imagine qu'elle a recruté Steve pour son projet. Elle était avec lui quand je l'ai rencontré. Je vais vérifier.
— C'est l'élément clé, Berry. — Preston se calmait, se concentrant sur la solution, pas sur le problème. — Tâche de savoir comment il a été recruté. Ensuite nous commencerons à évaluer quel danger il présente pour nous.
— Je vais la convoquer immédiatement.
— Tu me rappelles aussitôt, d'accord ?
— Bien sûr.

Berrington raccrocha. Toutefois, il n'appela pas Jeannie tout de suite. Il resta un moment à mettre de l'ordre dans ses pensées.

Sur son bureau se trouvait une vieille photo de

son père, superbe dans sa tenue blanche et sa casquette d'enseigne de vaisseau. Berrington avait six ans quand le *Wasp* avait été coulé. Comme tous les petits garçons d'Amérique, il détestait les Japonais et, dans ses jeux, il les massacrait par douzaines. Son père était un héros invincible, grand et magnifique, brave, fort et conquérant. Il croyait encore éprouver la rage écrasante qui s'était emparée de lui lorsqu'il avait appris que les Japs l'avaient tué. Il avait prié le ciel de faire durer la guerre assez longtemps pour qu'il ait l'âge de s'engager dans la marine et de tuer un million de Japs pour le venger.

Il n'avait jamais tué personne. Mais il n'avait jamais engagé d'employés japonais, il n'avait jamais admis d'étudiants japonais ni offert de poste à un psychologue japonais.

Nombre d'hommes, confrontés à un problème, se demandaient ce que leur père aurait fait. Lui était trop jeune à la mort de son père, il ignorait comment le lieutenant Jones aurait réagi à une crise. Il n'avait jamais vraiment eu de père, rien qu'un super-héros.

Il allait interroger Jeannie Ferrami sur ses méthodes de recrutement. *Ensuite, je l'inviterai à dîner.*

Il composa le numéro du poste de Jeannie. Elle décrocha immédiatement. Il baissa la voix et prit un ton que son ex-femme, Vivvie, qualifiait de velouté :

— Jeannie, c'est Berry.

Comme toujours, elle alla droit au fait.

— Que se passe-t-il ?

— Est-ce que je pourrais vous parler une minute ?

— Bien sûr.

— Ça ne vous ennuierait pas de venir jusqu'à mon bureau ?

— J'arrive.

En l'attendant, il se demanda vaguement combien de femmes il s'était envoyé. Ce serait trop long de se les rappeler une à une, mais peut-être pourrait-il arriver à une approximation. Plus d'une, assurément plus de dix. Était-ce plus de cent ? Ça ferait deux virgule cinq par an depuis l'âge de dix-neuf ans... Il y en avait certainement eu plus que cela. Un millier ? Vingt-cinq par an : une femme toutes les deux semaines depuis quarante ans ? Non, il n'avait pas fait aussi fort. Au cours des dix ans où il avait été marié à Vivvie Ellington, il n'avait sans doute pas eu plus de quinze ou vingt liaisons. Mais il s'était rattrapé ensuite. Oui, quelque chose entre cent et mille. Mais il n'avait pas l'intention de coucher avec Jeannie. Il allait tâcher de savoir comment elle était entrée en contact avec Steve Logan.

Jeannie frappa à la porte et entra. Par-dessus sa jupe et son corsage, elle portait une blouse blanche. Berrington aimait bien quand les jeunes femmes les utilisaient comme des robes, sans rien d'autre que leurs dessous. Il trouvait ça sexy.

— C'est gentil de venir, dit-il en lui avançant un fauteuil.

Puis il fit glisser le sien de l'autre côté du bureau afin qu'il n'y ait pas de barrière entre eux.

Sa première tâche fut de donner à Jeannie une explication plausible de son attitude en face de Steve Logan. Elle ne serait pas facile à duper. Il regretta de ne pas y avoir réfléchi davantage au lieu de faire le compte de ses conquêtes.

Il la gratifia de son sourire le plus désarmant.

— Je tiens à vous présenter mes excuses pour mon comportement bizarre. J'étais en train de charger des dossiers en provenance de l'université de Sydney, en Australie. — De la main il désigna l'ordinateur posé sur son bureau. — Juste au moment où vous alliez me présenter ce jeune homme, je me suis rendu compte que j'avais laissé mon ordinateur branché et que j'avais oublié de raccrocher le téléphone. Je me suis senti un peu idiot, voilà tout, mais j'ai été assez grossier.

L'explication était fragile, cependant Jeannie eut l'air de l'accepter.

— Je suis soulagée, dit-elle avec franchise. Je croyais que j'avais fait quelque chose qui vous avait déplu.

Jusque-là, ça se passe bien.

— J'étais venu vous parler de votre travail, poursuivit-il d'un ton suave. Vous avez démarré sur les chapeaux de roue. Vous n'êtes ici que depuis quatre semaines et votre projet est déjà bien lancé. Félicitations.

Elle acquiesça.

— J'ai eu de longues conversations avec Herb et Frank pendant l'été, avant de commencer officiellement. — Herb Dickson était directeur du département et Frank Demidenko professeur titulaire. — Nous avons réglé d'avance tous les détails pratiques.

— Dites-m'en donc un peu plus. Des problèmes se sont-ils posés ? Puis-je vous aider en quoi que ce soit ?

— Mon plus gros problème, c'est le recrutement. Si nos sujets sont des volontaires, ce sont alors, pour la plupart, de respectables Américains de la bonne bourgeoisie qui estiment que c'est leur devoir de bon citoyen de soutenir la recherche scientifique. Comme Steve Logan. Ne se présentent ni maquereaux, ni dealers...

— C'est un point que nos critiques de gauche n'ont pas manqué de souligner.

— Il n'est pas possible d'apprendre quoi que ce soit sur l'agressivité et la criminalité en étudiant des familles d'Américains moyens respectueux des lois. Il était donc absolument crucial pour mon projet que je résolve le problème du recrutement.

— Et vous y êtes parvenue ?

— Je le pense. L'idée m'est venue que des informations médicales concernant des millions de personnes se trouvent aujourd'hui dans d'énormes banques de données détenues par des compagnies d'assurances et des organismes gouvernementaux. Notamment le genre de données que nous utilisons pour déterminer si nous avons affaire à de vrais jumeaux ou à de faux jumeaux : ondes cérébrales, électrocardiogrammes, etc. Si nous pouvions rechercher, par exemple, des paires d'électrocardiogrammes similaires, ce serait un moyen d'identifier des jumeaux. Et si la banque de données était assez vaste, certains d'entre eux auraient été élevés séparément. En prime, nous pourrions découvrir des jumeaux qui pourraient ne même pas savoir qu'ils sont jumeaux.

— C'est remarquable. Simple, mais original et ingénieux.

Il le pensait. Des jumeaux monozygotes élevés séparément étaient très importants pour la génétique et les chercheurs se donnaient beaucoup de mal pour en trouver. Jusqu'à présent, la principale méthode pour les repérer avait été la publicité : des jumeaux lisaient des articles de magazines concernant des études sur la gémellité et se portaient volontaires pour y participer. Comme disait Jeannie, cette formule fournissait un échantillonnage où prédominaient les représentants de la bonne bourgeoisie, ce qui était un inconvénient en général et un problème de taille pour toute étude de la criminalité.

Pour lui personnellement, les propos de Jeannie étaient une catastrophe. Il la regarda dans les yeux en s'efforçant de dissimuler sa consternation. C'était pire que ce qu'il redoutait. Hier soir encore, Preston Barck avait dit : « Nous savons tous que cette entreprise a ses secrets. » Jim Proust avait affirmé que personne ne pourrait les découvrir. C'était compter sans Jeannie Ferrami.

Berrington était prêt à se raccrocher à n'importe quoi.

— Trouver des entrées similaires dans une banque de données n'est pas aussi simple que ça en a l'air.

— C'est vrai. Les images graphiques consomment un grand nombre de bits. Faire des recherches dans ce genre d'archives est infiniment plus difficile que faire un contrôle d'orthographe sur une thèse de doctorat.

— Ce doit être tout un problème de trouver un logiciel efficace. Comment vous y êtes-vous prise ?

— J'ai écrit mon propre logiciel.

Berrington était abasourdi.

— C'est vrai ?

— Bien sûr. Comme vous le savez, j'ai passé une maîtrise d'informatique à Princeton. Quand j'étais à l'université du Minnesota, j'ai travaillé avec un professeur sur un logiciel de reconnaissance de formes à base de réseaux de neurones.

Pouvait-elle être aussi astucieuse ?

— Comment est-ce que ça marche ?

— Ça utilise la logique floue pour accélérer la coïncidence de formes. Les paires que nous recherchons sont similaires, mais pas absolument identiques. Un exemple : les radiographies de dents identiques prises par des techniciens différents sur des appareils différents ne sont pas exactement les mêmes. Mais l'œil humain peut percevoir qu'elles sont les mêmes et, quand on balaie les radiographies, qu'on les digitalise et qu'on les emmagasine électroniquement, un ordinateur équipé d'une logique floue peut les reconnaître en tant que paires.

— J'imagine qu'il vous faudrait une machine de la taille de l'Empire State Building.

— J'ai trouvé un moyen de raccourcir le processus en n'examinant qu'une petite portion de l'image numérisée. Réfléchissez : pour reconnaître un ami, vous n'avez pas besoin d'examiner son corps tout entier, juste son visage. Les fanatiques d'automobiles peuvent identifier la plupart des modèles courants à partir de la photographie d'un phare. Ma sœur est capable de reconnaître n'importe quel thème de Madonna après en avoir écouté une dizaine de secondes.

— C'est une méthode qui laisse place à l'erreur.

Elle haussa les épaules.

— En n'examinant pas l'image tout entière, vous risquez de laisser passer les éléments de certaines paires. J'ai estimé qu'on pouvait abréger radicalement le processus de recherche avec seulement une faible marge d'erreur. C'est une pure question de statistiques et de probabilités.

— Mais comment le même programme peut-il examiner des radiographies, des électrocardiogrammes et des empreintes digitales ?

— Il reconnaît des modèles électroniques. Peu lui importe ce qu'ils représentent.

— Et votre programme fonctionne ?

— On dirait. J'ai obtenu l'autorisation de l'essayer sur une banque de données d'archives dentaires appartenant à une grande compagnie d'assurances. Ça m'a donné plusieurs centaines de paires. Mais, évidemment, je ne m'intéresse qu'aux jumeaux qui ont été élevés séparément.

— Comment les sélectionnez-vous ?

— J'ai éliminé toutes les paires ayant le même nom de famille, toutes les femmes mariées, puisque la plupart d'entre elles ont pris le nom de leur mari. Le solde représente des jumeaux qui n'ont apparemment aucune raison d'avoir des noms de famille différents.

Ingénieux. Il était partagé entre l'admiration et la crainte de ce que risquait de découvrir Jeannie.

— Combien en est-il resté ?

— Trois paires... un peu décevant. J'espérais davantage. Dans un cas, un des jumeaux avait changé de nom pour des motifs religieux : converti à l'islam, il avait pris un nom arabe. Une autre paire avait disparu sans laisser de trace. Heureusement, la troisième paire correspond parfaitement à ce que je cherchais : Steve Logan est un honorable citoyen et Dennis Pinker est un meurtrier.

Berrington le savait. Un soir, Dennis Pinker avait coupé le courant dans une salle de cinéma au beau milieu d'un film d'épouvante. Dans la panique qui s'était ensuivie, il avait violenté un certain nombre de femmes. L'une d'elles avait tenté de lui résister, il l'avait tuée.

Ainsi, Jeannie avait découvert Dennis. *Seigneur, elle est dangereuse ! Elle pourrait tout gâcher : l'OPA, la carrière politique de Jim, Genetico, ma réputation universitaire.* L'appréhension le rendait furieux : comment l'objet de tous ses efforts pouvait-il se trouver menacé par sa propre protégée ? Mais comment aurait-il pu se douter de ce qui allait se passer ?

Encore heureux qu'elle soit ici, à Jones Falls : au moins, il était prévenu de ce qu'elle mijotait. Toutefois, il ne voyait pas de solution. *Si seulement on pouvait détruire ses dossiers dans un incendie, ou si elle pouvait trouver la mort dans un accident de voiture.* Mais tout cela n'était que fantasmes.

Ne serait-il pas possible de saper la foi qu'elle avait dans son programme ?

— Steve Logan savait-il qu'il était adopté ? demanda-t-il avec une perfidie bien dissimulée.

— Non. — Un pli soucieux vint barrer le front de Jeannie. — Nous savons que les familles mentent souvent quand il s'agit d'adoption, mais il est persuadé que sa mère lui aurait dit la vérité. Il peut d'ailleurs y avoir une autre explication. Imaginez que, pour une raison quelconque, ils n'aient pas été en mesure de procéder à une adoption par les voies normales et qu'ils aient acheté un bébé. Ils pourraient mentir à ce propos.

— Ou bien votre système pourrait avoir une faille. Le fait que deux garçons aient des dents identiques ne garantit pas qu'ils soient jumeaux.

— Je ne pense pas que mon système ait de faille. Ce qui me préoccupe, c'est l'idée de révéler à des douzaines de personnes qu'elles ont pu être adoptées. Je ne suis même pas certaine d'avoir le droit de faire ainsi irruption dans leur vie. Je viens tout juste de me rendre compte de l'ampleur du problème.

Il consulta sa montre.

— Le temps me manque, mais j'aimerais beaucoup en discuter plus longuement. Êtes-vous libre pour dîner ?

— Ce soir ?

— Oui.

Il la vit hésiter. Ils avaient dîné ensemble une fois auparavant, au Congrès international d'étude des jumeaux, où ils s'étaient rencontrés. Depuis qu'elle était à JFU, il leur était arrivé de prendre un verre au bar du campus. Un samedi, ils s'étaient retrouvés accidentellement dans une rue commerçante de Charles Village, et Berrington lui avait fait visiter le musée des Beaux-Arts de Baltimore. Elle n'était pas amoureuse de lui, certes non, mais il savait que, ces trois fois-là, elle avait apprécié sa compagnie. Et puis il était son directeur de recherches ; c'était difficile pour elle de lui opposer un refus.

— Bien sûr, fit-elle.

— Voulez-vous que nous allions aux Hamptons, au Harbor Court Hotel ? Je crois que c'est le meilleur restaurant de Baltimore.

En tout cas, c'était le plus chic.

— Très bien, dit-elle en se levant.

— Alors, je passe vous prendre à huit heures ?

— Entendu.

Elle tourna les talons. Berrington eut la brusque vision de son dos nu, lisse et musclé, de son derrière bien plat et de ses jambes interminables. Un moment, il en eut la gorge desséchée de désir. Puis elle referma la porte derrière elle.

Il secoua la tête pour chasser ces fantasmes puis il rappela Preston.

— C'est pire que nous ne le pensions, déclara-t-il sans préambule. Elle a écrit un programme informatique qui balaie les banques de données médicales pour y retrouver des paires de jumeaux. La première fois qu'elle l'a essayé, elle est tombée sur Steve et Dennis.

— Merde.

— Il faut en parler à Jim.

— Nous devrions nous voir tous les trois pour décider de ce que nous allons faire. Pourquoi pas ce soir ?

— J'emmène Jeannie dîner.

— Tu crois que ça peut résoudre le problème ?

— Ça ne peut pas faire de mal.

— Je persiste à penser que nous allons être obligés de renoncer à l'accord avec Landsmann.

— Je ne suis pas de cet avis. Elle n'est pas bête, mais, seule, elle ne peut pas découvrir toute l'histoire en une semaine.

Toutefois, en raccrochant, il se demanda s'il devait en être si sûr.

8

Dans l'amphithéâtre de biologie humaine, les étudiants étaient nerveux. Ils avaient du mal à se concentrer, ils s'agitaient. Jeannie aussi avait les nerfs à vif. C'étaient l'incendie et le viol. Leur monde universitaire douillet avait été déstabilisé. L'attention de chacun vagabondait ; tous pensaient et repensaient à ce qui s'était passé.

— Les variations qu'on peut observer dans l'intelligence des êtres humains peuvent s'expliquer par trois facteurs, disait Jeannie. 1. Différence de gènes. 2. Différence d'environnement. 3. Erreur de mesure.

Elle marqua un temps. Ils prenaient tous des notes. Elle avait remarqué que chaque fois qu'elle proposait une liste numérotée, ils la notaient. Si elle s'était contentée de dire : « gènes différents, environnement différent et erreur expérimentale », la plupart d'entre eux n'auraient rien écrit. Depuis le jour où elle avait observé ce syndrome, elle incluait dans ses cours le plus grand nombre possible de listes.

Elle était un bon professeur, ce qui l'étonnait un peu. En général, elle trouvait ses dons de communication médiocres. Elle était impatiente, elle pouvait être désagréable, comme elle l'avait été ce matin avec le sergent Delaware. Mais elle savait s'exprimer de façon claire et précise, et elle aimait bien expliquer. Rien ne valait le plaisir de voir la compréhension poindre sur le visage d'un étudiant.

— Nous pouvons exprimer cela sous forme d'équation, poursuivit-elle.

Elle se retourna et écrivit à la craie sur le tableau :

$$Vt = Vg + Ve + Vm$$

— *Vt* représentant la variation totale, *Vg* l'élément génétique, *Ve* celui de l'environnement et *Vm* l'erreur de mesure.

Ils recopièrent tous l'équation.

— Le même principe peut s'appliquer à toute différence mesurable entre des êtres humains, depuis leur taille et leur poids jusqu'à leur tendance à croire en Dieu. Pas d'objection ?

Comme personne ne parlait, elle leur donna un indice :

— La somme peut être plus grande que les parties. Pourquoi ?

Un des jeunes gens prit la parole. C'étaient ordinairement les garçons qui intervenaient ; les filles étaient d'une timidité exaspérante.

— Parce que l'interaction entre les gènes et l'environnement multiplie les effets ?

— Exactement. Vos gènes vous entraînent vers certaines expériences et vous en font éviter d'autres. Les bébés au caractère original amènent leurs parents à les traiter différemment. Les jeunes enfants actifs connaissent des expériences autres que celles des petits pères tranquilles, fût-ce dans la même maison.

Des adolescents casse-cou sont plus enclins à prendre de la drogue que les enfants de chœur de la même ville. Il nous faut ajouter dans la partie droite de l'équation le terme *Cge*, signifiant co-variation gènes-environnement.

Elle l'inscrivit sur le tableau puis jeta un coup d'œil à la montre de l'armée suisse qu'elle portait au poignet. Quatre heures moins cinq.

— Pas de question ?

Pour changer, ce fut une femme qui prit la parole : Donna-Marie Dickson, une infirmière qui avait repris ses études à trente ans passés, intelligente mais timide.

— Et les Osmonds ? demanda-t-elle.

Les étudiants éclatèrent de rire, Donna-Marie rougit jusqu'aux oreilles. Jeannie fit doucement :

— Expliquez ce que vous voulez dire, Donna-Marie. Certains de vos condisciples sont peut-être trop jeunes pour se souvenir des Osmonds.

— C'était un groupe pop des années soixante-dix, tous frères et sœurs. Dans la famille Osmond, ils étaient tous musiciens. Mais ils n'ont pas les mêmes gènes, ils ne sont pas jumeaux. Il semble que ce soit l'environnement familial qui ait fait d'eux tous des musiciens. De même avec les Jackson Five.

Les autres, qui pour la plupart étaient plus jeunes, éclatèrent de rire une nouvelle fois et la femme ajouta avec un petit sourire intimidé :

— Là, je suis en train de trahir mon âge.

— Mademoiselle Dickson souligne un point important et je suis étonnée que personne d'autre n'y ait pensé, commença Jeannie. — Elle n'était pas étonnée du tout, mais il fallait redonner de l'assurance à Donna-Marie. — Les parents ayant un certain charisme peuvent rendre tous leurs enfants conformes à leur idéal, indépendamment de toute question de gènes ; de même, des parents abusifs peuvent produire toute une famille de schizophrènes. Mais ce sont là des cas extrêmes. Un enfant sous-alimenté sera de petite taille, même si ses parents et ses grands-parents sont tous grands. Un enfant suralimenté sera gros, même s'il a des ascendants maigres. Néanmoins, chaque nouvelle étude tend à le montrer de façon de plus en plus concluante : c'est, de façon prédominante, l'héritage génétique plutôt que l'environnement ou que l'éducation qui détermine le caractère. — Elle marqua un temps. — S'il n'y a pas d'autre question, veuillez, je vous prie, lire Bouchard et consorts dans *Science* du 12 octobre 1990 d'ici lundi prochain.

Jeannie rassembla ses papiers. Les étudiants commencèrent à ramasser leurs livres. Elle s'attarda quelques instants : cela donnait l'occasion à ceux qui étaient timides de l'aborder en privé. Les introvertis devenaient souvent des grands savants.

Donna-Marie s'approcha. Elle avait un visage rond, des cheveux blonds bouclés. *Elle a dû être une bonne infirmière, calme et efficace.*

— Je suis vraiment désolée pour Lisa, dit Donna-Marie. C'est terrible !

— Et la police n'a rien arrangé : le policier qui l'a conduite à l'hôpital était un vrai connard.

— Pauvre Lisa... Mais peut-être qu'ils vont arrêter le type qui a fait ça. On fait circuler son portrait sur tout le campus.

— Bonne nouvelle ! — Le portrait-robot avait dû être établi grâce au programme informatique de Mish Delaware. — Quand je l'ai quittée ce matin, Lisa y travaillait avec un inspecteur.

— Comment se sent-elle ?

— Sonnée et angoissée.

Donna-Marie hocha la tête.

— Elles passent par des phases, j'ai déjà vu ça. Le premier stade, c'est le refus. Elles disent : « Tout ce que je veux, c'est oublier et reprendre ma vie normale. » Mais ça n'est jamais si facile.

— Elle devrait vous parler. Avec votre expérience, vous pourriez l'aider.

— Je suis à sa disposition.

Jeannie traversa le campus pour se rendre au pavillon des dingues. Il faisait encore chaud. Elle se surprit à jeter autour d'elle des coups d'œil méfiants, comme un cow-boy nerveux dans un western ; on aurait dit qu'elle s'attendait à voir quelqu'un déboucher au coin du bâtiment pour l'agresser. Jusqu'à présent, Jones Falls lui avait paru une oasis de tranquillité un peu démodée dans le désert d'une ville américaine moderne. Le campus était comme une petite bourgade, avec ses magasins et ses banques, ses terrains de sport et ses parcmètres, ses bars et ses restaurants, ses bureaux et ses résidences. Il comptait une population de cinq mille personnes dont la moitié habitaient sur place. Mais c'était devenu un paysage inquiétant. *Ce type n'a pas le droit de faire ça,* pensa Jeannie avec amertume, *de faire que j'aie peur sur mon lieu de travail.* Peut-être un crime avait-il toujours cet effet-là : vous donner l'impression qu'un terrain solide se dérobe sous vos pieds.

En entrant dans son bureau, elle se mit à songer à Berrington Jones. C'était un homme séduisant, plein d'attentions pour les femmes. Chaque fois qu'elle avait passé un moment avec lui, elle y avait pris plaisir. Elle se sentait aussi une dette à son égard : c'était grâce à lui qu'elle avait obtenu ce poste.

D'un autre côté, il avait quelque chose d'un peu onctueux. Elle le soupçonnait de se montrer prévenant envers les femmes pour mieux les manipuler. Il lui faisait toujours penser à la vieille plaisanterie de l'homme qui dit à une femme : « Parlez-moi donc un peu de vous. Qu'est-ce que vous pensez de moi, par exemple ? »

À certains égards, il n'avait pas l'allure d'un universitaire. Mais Jeannie avait remarqué que les vrais arrivistes dans ce milieu n'avaient absolument pas l'air distrait et désemparé du professeur stéréotypé. Berrington avait la prestance et les façons d'un homme de pouvoir. Il n'avait pas fait de grands travaux scientifiques depuis quelques années, mais c'était normal : on devait généralement à des chercheurs de moins de trente-cinq ans les découvertes brillantes et originales, comme celle de la double hélice. Avec l'âge, les savants se servaient de leur expérience et de leur instinct pour aider et diriger des esprits jeunes et plus frais. Berrington y excellait. Il n'était toutefois pas aussi respecté qu'il aurait pu l'être : on lui reprochait ses engagements politiques. Pour sa part, Jeannie considérait ses travaux scientifiques comme excellents et ses opinions politiques comme de la foutaise.

Tout d'abord, elle avait volontiers cru à l'histoire de Berrington sur le téléchargement des dossiers en provenance d'Australie. Mais, à la réflexion, elle n'en était pas si convaincue. Quand Berry avait regardé Steve Logan, c'était un fantôme qu'il avait vu, pas une note de téléphone.

Bien des familles dissimulaient des secrets. Une femme mariée adultère était la seule à savoir qui était le véritable père de son enfant. Une jeune fille enceinte pouvait donner son enfant à sa mère et prétendre n'être que la sœur aînée, toute la famille conspirant pour garder le secret. Des enfants étaient adoptés par des voisins, des parents et des amis qui cachaient la vérité. Lorraine Logan n'était peut-être pas du genre à faire un sombre secret d'une simple adoption, mais elle pouvait avoir une douzaine d'autres raisons de mentir à Steve à propos de ses origines. Mais que venait faire Berrington dans tout ça ? Pourrait-il être le vrai père de Steve ? Cette idée fit sourire Jeannie. Berry était bel homme, mais il mesurait au moins quinze centimètres de moins que Steve. Certes, tout était possible, mais cette explication-là semblait peu vraisemblable.

Se trouver devant un mystère agaçait Jeannie. À tout autre égard, Steve Logan représentait pour elle une découverte triomphale : c'était un honnête citoyen respectueux des lois, doté d'un frère jumeau identique qui, lui, était un dangereux criminel. Steve était la preuve du bon fonctionnement de son programme de recherche informatique et la confirmation de sa théorie sur la criminalité. Bien sûr, il lui faudrait encore une centaine de paires de jumeaux comme Steve et Dennis avant de pouvoir parler de preuve. Malgré tout, elle n'aurait pu rêver d'un meilleur début pour ses travaux.

Demain, elle verrait Dennis. S'il se révélait être un nain aux cheveux bruns, elle saurait que quelque chose clochait vraiment dans son raisonnement. Mais si elle ne s'était pas trompée, il serait le double de Steve Logan.

Elle avait été ébranlée quand Steve Logan lui avait révélé ne pas se douter du tout qu'il avait pu être adopté. Elle allait devoir mettre au point une procédure pour régler cet aspect du problème. À l'avenir, elle contacterait les parents et s'assurerait, avant d'aborder les jumeaux, de ce qu'ils avaient révélé à leurs enfants. Cela ralentirait son travail, mais c'était nécessaire : elle ne pouvait pas s'amuser à exhumer des secrets de famille.

Il y avait sûrement une solution. Toutefois, elle ne parvenait pas à dissiper le sentiment de malaise que lui avaient laissé les questions de Berrington et l'incrédulité de Steve Logan. Et elle commençait à penser avec impatience à l'étape suivante de son projet. Elle espérait bien utiliser son programme pour balayer le dossier des empreintes du FBI.

Pour elle, c'était la source idéale. Un grand nombre des vingt-deux millions d'individus figurant dans ces archives avaient été soupçonnés ou reconnus coupables de crimes. Si son programme était au point, il devrait lui fournir des centaines de jumeaux, y compris plusieurs paires dont chaque élément avait été élevé séparément. Cela pourrait représenter un formidable progrès dans ses recherches. Mais il lui fallait d'abord obtenir l'autorisation du Bureau.

Sa meilleure amie au lycée était Ghita Sumra,

un petit génie des mathématiques d'ascendance indienne, qui occupait maintenant un poste important : elle gérait la technologie de l'information pour le FBI. Elle travaillait à Washington mais habitait à Baltimore. Ghita avait déjà accepté de demander à ses employeurs de coopérer avec Jeannie, à qui elle avait promis une décision pour la fin de cette semaine. Jeannie voulait la presser. Elle composa son numéro.

Ghita était née à Washington, mais sa voix gardait encore des traces du sous-continent indien dans la douceur de son ton et sa façon d'arrondir les voyelles.

— Alors, Jeannie, fit-elle, comment s'est passé ton week-end ?

— Un cauchemar ! Ma mère a fini par perdre la tête et j'ai dû la mettre dans une maison de repos.

— Oh ! je suis navrée de l'apprendre. Qu'est-ce qu'elle a fait ?

— Elle a oublié qu'on était au milieu de la nuit, elle a oublié de s'habiller, elle est sortie pour acheter une bouteille de lait et elle a oublié où elle habitait.

— Que s'est-il passé ?

— La police l'a trouvée. Par chance, elle avait dans son sac un chèque que je venais de lui faire : ça leur a permis de remonter jusqu'à moi.

— Comment te sens-tu ?

C'était bien une question de femme. Les hommes — Jack Budgen, Berrington Jones — lui avaient demandé ce qu'elle allait faire. Il fallait une femme pour lui demander comment elle se sentait.

— Mal, dit-elle. Si je dois m'occuper de ma mère, qui va s'occuper de moi ? Tu le sais ?

— Dans quel genre d'établissement est-elle ?

— Moche. C'est tout ce que son assurance peut nous permettre. Je l'en sortirai dès que j'aurai pu trouver l'argent. — Elle perçut un silence pesant à l'autre bout du fil et comprit que Ghita s'imaginait qu'elle allait lui emprunter de l'argent. — Je vais donner des leçons particulières pendant les week-ends, s'empressa-t-elle d'ajouter. Est-ce que tu as parlé à ton patron de ma proposition ?

— Justement, oui.

Jeannie retint son souffle.

— Tout le monde ici est très intéressé par ton logiciel.

Ce n'était ni un oui ni un non.

— Vous n'avez pas de programme de balayage ?

— Si, mais le tien est bien plus rapide. On parle ici de t'en acheter la licence.

— Eh bien ! Après tout, je n'aurai peut-être pas besoin de donner des leçons pendant les week-ends.

Ghita se mit à rire.

— Avant de sabrer le champagne, assurons-nous que le programme fonctionne.

— Quand pourrons-nous le faire ?

— Nous essaierons de nuit, pour gêner le moins possible l'utilisation normale de la banque de données. Il faudra que j'attende une soirée calme. Ça devrait arriver d'ici une semaine, deux tout au plus.

— Pas avant ?

— Il y a urgence ?

Il y avait urgence, mais Jeannie répugnait à faire part de ses inquiétudes à Ghita.

— C'est simplement que je suis impatiente.

— Je le ferai dès que possible, ne t'inquiète pas. Peux-tu m'envoyer le programme par modem ?

— Bien sûr. Mais tu ne crois pas qu'il faut que je sois présente quand tu vas faire l'essai ?

— Non, je ne crois pas, fit Ghita. On sentait qu'elle souriait.

— Évidemment, tu en sais beaucoup plus sur ce genre de choses que moi...

— Voilà où tu dois l'envoyer. — Ghita lui lut une adresse de messagerie électronique que Jeannie nota. — Je te ferai parvenir les résultats par la même voie.

— Merci. Dis donc, Ghita ?

— Quoi ?

— Est-ce qu'il va me falloir un truc pour échapper aux impôts ?

— Va te faire voir, fit Ghita en riant.

Jeannie cliqua sur America Online pour accéder à Internet. Tandis qu'elle chargeait son logiciel dans l'ordinateur du FBI, on frappa à sa porte. Steve Logan entra.

Elle le toisa du regard. Il avait reçu des nouvelles perturbantes et cela se voyait sur son visage, mais il était jeune, il avait du ressort et le choc ne l'avait pas abattu. Psychologiquement, il était très stable. S'il avait eu un caractère criminel — comme sans doute son frère Dennis —, il se serait déjà pris de querelle avec quelqu'un.

— Comment ça va ? lui demanda-t-elle.

Il referma du talon la porte derrière lui.

— J'ai tout terminé, annonça-t-il. J'ai passé tous les tests, subi tous les examens et rempli tous les questionnaires que peut concevoir l'ingéniosité humaine.

— Alors vous êtes libre de rentrer chez vous.

— Je pensais rester à Baltimore pour la soirée. À vrai dire, je me demandais si vous accepteriez de dîner avec moi.

Elle fut prise au dépourvu.

— Pour quoi faire ? demanda-t-elle d'un ton peu aimable.

La question le désarçonna.

— Eh bien, euh... tout d'abord, j'aimerais en savoir plus sur vos recherches.

— Oh ! je vois. Malheureusement je suis déjà prise pour dîner.

Il eut l'air très déçu.

— Vous me trouvez trop jeune ?

— Pour quoi ?

— Pour vous emmener dîner.

— Je ne savais pas que c'était un rendez-vous amoureux qui vous intéressait.

Il semblait gêné.

— Vous êtes plutôt lente à comprendre.

— Pardonnez-moi.

C'est vrai qu'elle était lente. Il lui avait fait des avances la veille, au tennis. Mais toute la journée, elle l'avait considéré comme un sujet d'étude. Pourtant, maintenant qu'elle y réfléchissait, elle le trouvait vraiment trop jeune pour l'inviter à dîner. Elle avait sept ans de plus que lui : une grosse différence.

— Quel âge a votre cavalier ? demanda-t-il.

— Cinquante-neuf ou soixante ans.

— Vous aimez les vieux !

Jeannie se sentit coupable de l'éconduire ainsi. Elle lui devait quelque chose, estima-t-elle, après ce qu'elle lui avait fait endurer. Son ordinateur émit une petite sonnerie pour lui annoncer que le programme était entièrement transmis.

— J'ai fini ici pour la journée, dit-elle. Voudriez-vous venir prendre un verre au club de la faculté ?

Son visage aussitôt s'éclaira.

— Bien sûr, avec plaisir. Ma tenue, ça ira ?

Il portait un pantalon kaki et une chemise de toile bleue.

— Vous serez mieux habillé que la plupart des professeurs que vous verrez là-bas, répondit-elle en souriant.

Elle sortit et alla éteindre son ordinateur.

— J'ai appelé ma mère, dit Steve. Je lui ai parlé de votre théorie.

— Elle était furieuse ?

— Elle a éclaté de rire. Elle a dit que je n'avais pas été adopté, pas plus que je n'avais de frère jumeau adopté.

— C'est étrange.

Jeannie était soulagée de constater que la famille Logan prenait cette histoire avec autant de calme. D'un autre côté, leur scepticisme obstiné l'amenait à se demander si Steve et Dennis étaient bien jumeaux.

— Vous savez...

Elle hésita. Elle lui avait assené suffisamment de

révélations bouleversantes pour la journée. Mais elle poursuivit :

— Il y a encore une autre possibilité pour que Dennis et vous soyez jumeaux.

— Je sais à quoi vous pensez. Un échange de bébés à l'hôpital.

Il était vraiment vif. Plus d'une fois ce matin elle avait remarqué avec quelle rapidité il pigeait les choses.

— C'est exact. La mère numéro un a des jumeaux, les mères deux et trois ont chacune un garçon. On donne les jumeaux aux mères deux et trois, et ce sont leurs bébés qu'on remet à la mère numéro un. Les enfants grandissent, et la mère numéro un en conclut qu'elle a mis au monde de faux jumeaux qui se ressemblent étonnamment peu.

— Et si les mères deux et trois ne se connaissent pas, personne ne remarque jamais la ressemblance stupéfiante entre les bébés deux et trois.

— C'est le ressort classique utilisé par les auteurs de romans-feuilletons, reconnut-elle. Mais ce n'est pas impossible.

— Existe-t-il un livre sur cette histoire de jumeaux ? demanda-t-il. J'aimerais en savoir plus.

— Oui, j'en ai un... — Elle inspecta son rayonnage. — Non, il est chez moi.

— Où habitez-vous ?

— Tout près.

— Vous pourriez m'inviter chez vous pour prendre ce verre.

Elle hésita. *Celui-ci*, se rappela-t-elle, *c'est le jumeau normal, pas le psychopathe.*

— Depuis aujourd'hui, vous en savez très long sur moi, dit-il. Je suis curieux de mieux vous connaître. J'aimerais voir où vous vivez.

Jeannie haussa les épaules.

— Bien sûr, pourquoi pas ? Allons-y.

Il était cinq heures, et la chaleur commençait enfin à tomber lorsqu'ils quittèrent le pavillon des dingues.

Steve émit un sifflement en voyant la Mercedes rouge.

— Belle caisse !

— Ça fait huit ans que je l'ai. Je l'adore.

— Ma voiture est au parking. Je vais me mettre derrière vous et je vous ferai un appel de phares.

Il partit. Jeannie monta dans sa voiture et démarra. Quelques minutes plus tard, elle aperçut des phares dans son rétroviseur et démarra.

En sortant du campus, elle vit une voiture de police se glisser derrière la voiture de Steve. Elle jeta un coup d'œil à son compteur de vitesse et ralentit à cinquante.

Steve Logan avait l'air de s'être entiché d'elle. Même si elle ne partageait pas ses sentiments, elle était plutôt contente : c'était flatteur d'avoir conquis le cœur d'un beau et robuste jeune homme.

Il la suivit jusque chez elle. Elle s'arrêta devant son immeuble et il se gara juste derrière elle.

Comme dans bien des vieilles rues de Baltimore, des arcades couraient sur toute la longueur du pâté de maisons ; les voisins s'y installaient pour se rafraîchir à l'époque où la climatisation n'existait pas. Elle s'arrêta devant sa porte pour prendre ses clés.

Deux policiers jaillirent de leur voiture, pistolet au poing. Les bras raides et tendus, ils braquèrent leurs armes sur Jeannie et Steve.

— Bon Dieu ! fit Steve, qu'est-ce que...

— Police ! ne bougez pas !

Jeannie et Steve levèrent tous deux les mains. Mais les policiers ne se détendaient pas pour autant.

— Par terre, fils de pute ! cria l'un d'eux. À plat ventre, les mains derrière le dos !

Jeannie et Steve s'allongèrent sur le sol.

Les policiers s'approchèrent aussi prudemment que s'ils avaient affaire à des bombes à retardement. Jeannie lança :

— Vous ne pensez pas que vous feriez mieux de nous dire de quoi il s'agit ?

— Vous pouvez vous relever, ma petite dame, dit un des policiers.

— Oh ! merci bien.

Elle se remit debout. Son cœur battait très fort, mais, de toute évidence, les flics venaient de faire une bourde.

— Maintenant que vous m'avez fait à moitié mourir de peur, voulez-vous m'expliquer ce qui se passe ?

Les deux hommes ne répondirent pas et gardèrent leur arme braquée sur Steve. L'un d'eux s'agenouilla auprès de lui et d'un geste vif lui passa les menottes.

— Tu es en état d'arrestation, salopard.

Jeannie intervint.

— J'ai l'esprit large, vous savez, mais est-ce que toutes ces insultes sont vraiment nécessaires ?

Personne ne lui accorda la moindre attention. Elle fit une nouvelle tentative.

— D'ailleurs, qu'est-ce que vous lui reprochez ?

Un coupé Dodge bleu clair s'arrêta dans un crissement de pneus derrière la voiture de police, et deux personnes en descendirent. L'une était Mish Delaware, l'inspectrice de la brigade des crimes sexuels. Elle avait la même jupe et le même corsage que ce matin, mais elle portait un blouson de toile qui ne dissimulait qu'en partie le pistolet passé à sa ceinture.

— Vous n'avez pas traîné, dit un des policiers.

— J'étais dans le quartier, répondit-elle. — Elle regarda Steve, allongé par terre. — Relevez-le.

L'agent prit Steve par le bras et l'aida à se remettre sur ses pieds.

— C'est bien lui, fit Mish. C'est le type qui a violé Lisa Hoxton.

— Steve ? s'exclama Jeannie, incrédule.

Mon Dieu ! Et moi qui allais le faire monter dans mon appartement.

— Violé ? fit Steve.

— Le sergent a repéré sa voiture qui quittait le campus, ajouta Mish.

Pour la première fois, Jeannie remarqua la voiture de Steve : une Datsun marron, vieille d'une quinzaine d'années. Lisa avait cru voir le violeur au volant d'une vieille Datsun blanche.

Le premier choc et son inquiétude passés, elle réfléchit plus calmement. La police le soupçonnait : ça ne faisait pas de lui un coupable. Quelle preuve avait-on ?

— Si vous vous mettez à arrêter tous les conducteurs de Datsun rouillées, dit-elle.

Mish tendit à Jeannie le portrait-robot informatique en noir et blanc d'un homme. Jeannie l'examina. Il ressemblait un peu à Steve.

— Ça pourrait être lui comme ça pourrait ne pas l'être.

— Qu'est-ce que vous faites avec lui ?

— Nous lui avons fait passer des tests au labo. Pour mes recherches. Je n'arrive pas à croire que ce soit lui le type en question !

Les résultats des tests montraient que Steve avait l'hérédité d'un criminel en puissance, mais qu'il n'était pas devenu un véritable criminel.

Mish demanda à Steve :

— Pouvez-vous justifier de vos faits et gestes hier entre sept et huit heures du soir ?

— Eh bien, j'étais à JFU.

— Qu'est-ce que vous faisiez ?

— Pas grand-chose. Je devais sortir avec mon cousin Ricky, mais il s'est décommandé. Je suis passé ici pour voir ou je devrais venir ce matin. Je n'avais rien d'autre à faire.

Même pour Jeannie, ça semblait un peu vaseux. *Peut-être Steve est-il bien le violeur*, pensa-t-elle avec consternation. Dans ce cas, toute sa théorie était par terre.

— Comment avez-vous passé votre temps ? interrogea Mish.

— J'ai regardé un moment le tennis. Puis je suis

allé dans un bar où j'ai passé deux heures. Je n'étais pas là au moment de l'incendie.

— Quelqu'un peut-il corroborer vos déclarations ?

— Eh bien, j'ai parlé au docteur Ferrami, mais à ce moment-là je ne savais pas qui elle était.

Mish se tourna vers Jeannie. Jeannie lut de l'hostilité dans son regard et se rappela combien elles s'étaient heurtées quand Mish avait voulu persuader Lisa de coopérer.

— C'était après ma partie de tennis, observa Jeannie, quelques minutes avant l'incendie.

— Vous ne pouvez donc pas nous affirmer où il se trouvait quand le viol a été commis ?

— Non. Mais j'ai passé la journée à faire passer à cet homme des tests psychologiques : il n'a pas le profil d'un violeur.

Mish prit un air méprisant.

— Ça n'est pas une preuve.

Jeannie tenait toujours le portrait-robot.

— Pas plus que ça, j'imagine.

Elle le roula en boule et le laissa tomber sur le trottoir. Mish fit un signe aux deux policiers.

— Allons-y.

Steve intervint d'une voix claire et calme.

— Attendez une minute.

Ils hésitèrent.

— Jeannie, je tiens à vous dire que je suis innocent et que jamais je ne ferais une chose pareille.

Elle le croyait. *Pourquoi ? Parce que j'ai besoin qu'il soit innocent pour ma théorie ?* Non. Les tests montraient qu'il n'avait aucune des caractéristiques d'un criminel. Mais il y avait autre chose : son intuition. Avec lui, elle se sentait en sécurité. Il n'émettait aucun signal inquiétant. Il écoutait quand elle parlait, il n'essayait pas de la houspiller, il ne la touchait pas d'une façon déplacée, il ne témoignait ni colère ni hostilité. Il aimait les femmes et il la respectait. Ce n'était pas un violeur.

— Voulez-vous que j'appelle quelqu'un ? vos parents ? demanda-t-elle.

— Non. Ils s'inquiéteraient. Cette affaire sera réglée en quelques heures. Je leur expliquerai à ce moment-là.

— Ils ne vous attendent pas à la maison ce soir ?

— J'ai dit que je resterais peut-être avec Ricky.

— Bon, fit-elle d'un ton hésitant, si vous êtes sûr.

— Certain.

— Allons-y, fit Mish avec impatience.

— Vous êtes pressée ? lança Jeannie. Vous avez encore des innocents à arrêter ?

Mish la foudroya du regard.

— Vous avez quelque chose à ajouter ?

— Qu'est-ce qui va se passer ?

— Il va y avoir une séance d'identification. Nous allons laisser Lisa Hoxton décider si c'est bien l'homme qui l'a violée. — Avec une déférence moqueuse, Mish ajouta : Est-ce que cela vous convient, docteur Ferrami ?

— Ça me semble parfait.

9

La Dodge bleu pâle emmena Steve jusque dans le centre. C'était l'inspectrice qui conduisait. Un autre policier, un Blanc corpulent avec une moustache, était assis auprès d'elle. Personne ne disait mot.

Steve bouillait de colère. Pourquoi se retrouvait-il dans cette voiture inconfortable, menottes aux poignets, alors qu'il devrait être installé dans l'appartement de Jeannie Ferrami, un verre bien frais à la main ?

Ils ont intérêt à régler cette affaire rapidement, en tout cas.

Le commissariat central était un immeuble de granit rose dans le quartier chaud de Baltimore, entre les bars à serveuses aux seins nus et les sex-shops. Ils montèrent une rampe et se garèrent dans le parking intérieur, bourré de voitures de police et de véhicules banalisés comme la Dodge.

On poussa Steve dans une pièce sans fenêtre, aux murs peints en jaune. On lui ôta ses menottes, puis on le laissa seul. Sans doute avait-on fermé la porte à clé ; il ne vérifia pas.

Il y avait une table et deux chaises en plastique. Sur la table, un cendrier avec deux mégots de cigarettes filtre, l'une tachée de rouge à lèvres. La porte était composée d'un panneau de verre opaque : Steve ne pouvait pas regarder dehors, mais on devait pouvoir l'observer de l'extérieur.

Il regarda le cendrier en regrettant de ne pas fumer : ça lui aurait donné quelque chose à faire dans cette cellule jaune. Il se contenta de marcher de long en large.

Il songea qu'il ne pouvait vraiment pas avoir d'ennuis : il avait réussi à jeter un coup d'œil au portrait-robot et, même s'il y avait une vague ressemblance, ce n'était pas lui. Quand il serait aligné avec plusieurs autres jeunes gens de haute taille, la victime ne le reconnaîtrait plus. Après tout, cette pauvre femme avait dû bien regarder le salaud qui l'avait violée, elle devait avoir son image gravée dans sa mémoire. Elle ne se tromperait pas.

Mais ces flics n'avaient aucun droit de le faire attendre ainsi. D'accord, ils devaient l'éliminer en tant que suspect, mais ils n'avaient pas besoin de toute la nuit pour ça.

Il s'efforça de voir le bon côté des choses : on lui offrait une vue en gros plan du système judiciaire américain. Il allait être son propre avocat ; ce serait un bon entraînement. Quand, plus tard, il représenterait un client accusé d'un crime, il saurait par quoi passait quelqu'un qui se trouvait entre les mains de la police.

Il avait déjà vu une fois l'intérieur d'un commissariat, mais c'était différent : il n'avait que quinze ans et était venu avec un de ses professeurs. Il avait aussitôt avoué et raconté franchement à la police tout ce qui s'était passé. On pouvait voir ses contusions : de toute évidence, le combat avait été équilibré. Ses parents étaient arrivés pour le ramener à la maison.

Ce moment avait été le plus pénible de sa vie. Quand son père et sa mère étaient entrés dans le commissariat, Steve aurait voulu être mort. Son père avait l'air vexé comme s'il avait subi une affreuse humiliation. Sa mère avait un air consterné. Tous deux semblaient abasourdis, blessés. Sur le moment, il avait eu le plus grand mal à ne pas éclater en sanglots, et sa gorge se serrait encore chaque fois qu'il y pensait.

Mais cette fois, c'était différent. Cette fois, il était innocent.

L'inspectrice entra, tenant à la main un classeur cartonné. Elle avait ôté son blouson, mais son pistolet était toujours passé à sa ceinture. C'était une Noire d'une quarantaine d'années, jolie, un peu forte, avec l'air de proclamer : « C'est moi qui commande. »

Steve la regarda, soulagé.

— Dieu soit loué, fit-il.

— Pourquoi ?

— Qu'il se passe quelque chose. Je n'ai pas envie de moisir toute la nuit ici.

— Voudriez-vous vous asseoir, s'il vous plaît !

Steve obtempéra.

— Je suis le sergent Michelle Delaware. — Elle prit une feuille dans le classeur et la posa sur la table. — Nom et adresse ?

Elle nota ses réponses sur le formulaire.

— Âge ?

— Vingt-deux ans.

— Degré d'instruction ?

— J'ai une licence.

Elle nota tout cela sur le formulaire puis le poussa vers lui. L'en-tête annonçait :

POLICE DE BALTIMORE
MARYLAND
EXPLICATION DES DROITS
Formulaire 69

— Veuillez lire les cinq phrases du formulaire puis apposer vos initiales dans l'espace prévu entre chaque phrase.

Elle lui passa un stylo. Il lut le formulaire et parapha.

— Vous devez lire tout haut, précisa-t-elle.

Il réfléchit un moment.

— Pour que vous soyez sûre que je ne suis pas analphabète ?

— Non. Pour que, plus tard, vous ne puissiez pas *prétendre* l'être et déclarer qu'on ne vous a pas informé de vos droits.

C'était le genre de chose qu'on ne vous enseignait pas à la faculté de droit.

Il lut donc :

— Vous êtes averti par la présente que : 1. Vous avez le droit absolu de garder le silence.

Il écrivit *SL* dans l'espace au bout de la ligne, puis continua sa lecture, en paraphant chaque phrase.

— 2. Tout ce que vous direz ou écrirez pourra être utilisé contre vous devant un tribunal. 3. Vous avez à tout moment le droit de vous entretenir avec un avocat avant tout interrogatoire, avant de répondre à toute question ou durant tout interrogatoire. 4. Si vous voulez un avocat et que vous n'ayez pas les moyens d'en engager un, on ne vous posera aucune question et le tribunal devra vous en désigner un d'office. Si vous acceptez de répondre aux questions, vous pouvez vous arrêter à tout moment et réclamer un avocat et on ne vous posera aucune autre question.

— Maintenant, veuillez signer de votre nom ici et ici.

Elle désigna le formulaire. Le premier espace réservé à la signature se trouvait sous la phrase :

J'AI LU L'EXPLICATION CI-DESSOUS DE MES DROITS ET JE LA COMPRENDS PLEINEMENT.

Signature

Steve signa.

— Et juste en dessous.

Je suis disposé à répondre aux questions et je ne veux pas d'avocat pour l'instant. La décision de répondre aux questions sans la présence d'un avocat est de ma part délibérée et sans contrainte.

Signature

Il signa et demanda :

— Comment obtenez-vous des *coupables* qu'ils signent ça ?

Sans lui répondre, elle inscrivit son nom en capitales, puis signa le formulaire.

Elle le remit dans le classeur et regarda le jeune homme.

— Vous êtes dans le pétrin, Steve. Mais vous m'avez l'air d'un type réglo. Pourquoi ne me racontez-vous pas ce qui s'est passé ?

— Je ne peux pas. Je n'étais pas là. Je pense simplement que je ressemble au malade qui a fait ça.

Elle se renversa sur sa chaise, croisa les jambes et lui adressa un sourire amical.

— Je connais les hommes, dit-elle d'un ton complice : ils ont des besoins.

Si je ne connaissais pas la musique, je penserais qu'elle me fait des avances.

Elle continua :

— Laissez-moi vous dire ce que je crois. Vous êtes un homme séduisant, vous lui avez tapé dans l'œil.

— Sergent, je n'ai jamais rencontré cette femme.

Elle ne releva pas. Se penchant sur la table, elle posa sa main sur celle de Steve.

— Je pense qu'elle vous a provoqué.

Steve regarda la main de l'inspectrice. Elle avait des ongles bien faits, soignés, pas trop longs, avec un vernis transparent. Mais la main était ridée : cette femme avait plus de quarante ans, peut-être quarante-cinq.

Elle reprit sur le même ton, comme pour laisser entendre « c'est juste entre vous et moi » :

— C'est elle qui en avait envie, alors vous avez cédé. Je me trompe ?

— Pourquoi croyez-vous ça ? fit Steve, agacé.

— Je sais comment sont les filles. Elle vous a mené en bateau et puis, à la dernière minute, elle a changé d'avis. Mais c'était trop tard. Un homme ne peut pas s'arrêter comme ça, pas un vrai.

— Oh ! attendez un peu, je comprends ! Le suspect est d'accord avec vous, s'imaginant qu'ainsi les choses se présenteront mieux pour lui. Mais, en fait, il vient d'avouer que des relations sexuelles ont eu lieu et voilà la moitié de votre boulot de faite.

Le sergent Delaware se carra sur sa chaise, l'air irrité. Il avait deviné juste.

Elle se leva.

— Très bien, petit malin, venez avec moi.

— Où allons-nous ?

— Aux cellules.

— Attendez un peu. Quand a lieu la séance d'identification ?

— Dès que nous aurons pu contacter la victime.

— Vous ne pouvez pas me retenir indéfiniment sans une procédure judiciaire.

— Nous pouvons vous retenir vingt-quatre heures sans procédure, alors fermez-la et allons-y.

Elle lui fit prendre un ascenseur puis franchir une porte qui débouchait dans un vestibule peint dans un brun orangé. Un avis placardé au mur rappelait aux policiers de laisser les menottes aux suspects pendant qu'on les fouillait. Le geôlier, un policier noir d'une cinquantaine d'années, était debout derrière un comptoir.

— Tiens, Spike, dit le sergent Delaware. J'ai un petit malin d'étudiant pour toi.

Le geôlier eut un grand sourire.

— S'il est si astucieux, comment se fait-il qu'il soit ici ?

Ils rirent tous les deux. Steve nota mentalement de ne jamais révéler, à l'avenir, à des flics qu'il avait deviné leurs intentions. C'était un défaut chez lui : il s'était mis à dos bien des professeurs de cette façon. Personne n'aimait les petits malins.

Le nommé Spike était petit et sec avec des cheveux gris et une fine moustache. Il arborait un air désinvolte, mais une lueur froide brillait dans ses yeux. Il déverrouilla une porte d'acier.

— Tu viens jusqu'aux cellules, Mish ? Dans ce cas, il faut que je te demande de laisser ton arme.

— Non, j'en ai fini avec lui pour l'instant. Il va y avoir plus tard une séance d'identification.

Elle tourna les talons et sortit.

— Par ici, mon garçon, dit le geôlier à Steve.

Il franchit la porte.

Il était dans les locaux disciplinaires. Les parois et le sol étaient de la même couleur boueuse. Steve croyait que l'ascenseur s'était arrêté au premier étage, mais comme il n'y avait pas de fenêtre il eut l'impression de se trouver dans une caverne souterraine et qu'il lui faudrait un long moment pour remonter à la surface.

Dans une petite antichambre où se trouvaient un bureau et un appareil photo sur un trépied, Spike prit un formulaire dans un casier. En le déchiffrant à l'envers, Steve put lire l'en-tête.

POLICE DE BALTIMORE
MARYLAND
REPORT D'ACTIVITÉ DU PRISONNIER
FORMULAIRE 92/12

L'homme ôta le capuchon d'un stylo à bille et se mit à remplir la feuille. Quand il eut terminé, il désigna un emplacement sur le sol.

— Plante-toi là.

Steve s'immobilisa devant l'appareil photo. Spike pressa un bouton ; il y eut un éclair.

— Tourne-toi de côté.

Nouvel éclair.

Spike prit ensuite une fiche carrée qui portait un en-tête à l'encre rouge.

FBI
MINISTÈRE DE LA JUSTICE DES ÉTATS-UNIS
WASHINGTON, D.C.20 537

Spike encra les doigts et les pouces de Steve sur un tampon puis les appuya sur des carrés de la fiche marqués 1. POUCE D, 2. INDEX D, etc. Steve remarqua que, malgré sa petite taille, Spike avait de grosses mains aux veines gonflées. Tout en opérant, Spike dit sur le ton de la conversation :

— Nous avons une nouvelle installation au fichier central de la prison municipale de Greenmount Avenue : un ordinateur qui prend les empreintes sans encre. C'est comme une grosse machine à photocopier : on presse simplement les mains sur la vitre. Mais ici, on utilise encore le vieux système salissant.

Steve se rendit compte qu'il commençait à se sentir honteux, même s'il n'avait commis aucun crime. Cela tenait en partie à l'environnement sinistre, mais surtout à un sentiment d'impuissance. Depuis l'instant où les flics avaient jailli de leur voiture devant chez Jeannie, on l'avait trimbalé d'un endroit à un autre comme une pièce de viande, sans qu'il ait le moindre contrôle sur ses mouvements. Ça suffisait à vous faire perdre rapidement tout amour-propre.

Quand on eut pris ses empreintes, on l'autorisa à se laver les mains.

— Si monsieur veut bien me permettre de lui montrer sa suite, lança Spike d'un ton jovial.

Il conduisit Steve le long d'un corridor bordé de cellules. Du côté qui donnait sur le couloir, pas de paroi, juste des barreaux ; ainsi, chaque centimètre carré de la cellule était bien visible de l'extérieur. Steve put constater que chacune contenait une couchette métallique fixée au mur ainsi que des toilettes et un lavabo en acier inoxydable. Les murs et les couchettes étaient peints dans un brun orangé et couverts de graffitis. Pas de couvercle sur les toilettes. Dans trois ou quatre des cellules, un homme était affalé sur la couchette, mais la plupart étaient vides.

— Le lundi, c'est un jour creux ici, au Holiday Inn de Lafayette Street, fit Spike.

Même si sa vie en avait dépendu, Steve aurait été incapable de rire.

Spike s'arrêta devant une cellule vide. Steve examina l'intérieur tandis que le policier déverrouillait la porte. Aucune intimité. Steve comprit que, s'il avait besoin d'utiliser les toilettes, il devrait le faire devant quiconque, homme ou femme, passerait alors dans le couloir. Cela lui parut plus humiliant que tout.

Spike ouvrit une porte aménagée dans les barreaux et fit entrer Steve. La porte se referma avec fracas et Spike la verrouilla.

Steve s'assit sur la couchette.

— Quel endroit ! murmura-t-il.

— Tu t'y feras, dit Spike gaiement, et il s'éloigna.

Dix minutes plus tard, il revint, avec un paquet dans un emballage plastique.

— Il me reste un dîner. Du poulet frit. Tu en veux ?

Steve regarda l'emballage, puis les toilettes béantes, et secoua la tête.

— Merci, mais je n'ai pas faim.

10

Berrington commanda du champagne.

Après la journée qu'elle avait vécue, Jeannie aurait aimé une bonne lampée de Stolichnaya glacée ; mais boire de l'alcool sec n'était pas la meilleure façon d'impressionner son employeur. Elle décida donc de garder son envie pour elle.

Le champagne, ça vous sentait la sérénade. Lors de leurs précédentes rencontres, Berrington s'était montré charmant plutôt qu'amoureux. Allait-il maintenant lui faire la cour ? Voilà qui la mettait mal à l'aise. Elle n'avait encore jamais rencontré d'homme qui accepte de bonne grâce de se voir repousser. Et cet homme-là, c'était son patron.

Elle ne lui parla pas de Steve. À plusieurs reprises au cours du dîner, elle fut sur le point de le faire, mais quelque chose la retint. Si, contre toute attente, Steve se trouvait être bel et bien un criminel, sa théorie chancellerait quelque peu sur ses bases. Mais elle n'aimait pas anticiper de mauvaises nouvelles. Avant que la culpabilité de Steve ne soit prouvée, elle ne nourrirait pas le moindre doute. Et elle était persuadée que cette histoire se révélerait être une consternante erreur.

Elle en avait parlé à Lisa. « Ils ont arrêté Brad Pitt ! » Lisa était horrifiée à l'idée que l'homme avait passé toute la journée au pavillon des dingues, là où elle travaillait, et que Jeannie était sur le point de l'emmener chez elle. Jeannie lui avait expliqué combien elle était certaine que Steve n'était pas le violeur. Elle comprit plus tard qu'elle n'aurait sans doute pas dû donner ce coup de téléphone : on pourrait l'interpréter comme une tentative pour influencer un témoin. Non pas, d'ailleurs, que ça changerait quoi que ce soit. Lisa allait observer une rangée de jeunes gens : ou bien elle verrait l'homme qui l'avait violée, ou bien elle ne le verrait pas. Elle ne risquerait pas de se tromper.

Jeannie avait également parlé à sa mère. Patty était allée lui rendre visite ce jour-là, avec ses trois fils, et Mme Ferrami raconta avec animation à sa fille comment les garçons avaient fait la course dans les couloirs du foyer. Heureusement, elle semblait avoir oublié qu'elle n'était installée à Bella Vista que depuis la veille. À l'entendre, on aurait cru qu'elle y vivait depuis des années. Elle reprocha à Jeannie de ne pas lui rendre plus souvent visite. Après cette conversation, Jeannie se sentit un peu réconfortée.

— Comment était le bar ? demanda Berrington, interrompant le cours de ses pensées.

— Délicieux. Très fin.

Du bout de son index droit, il se lissa les sourcils. Bizarrement, Jeannie l'interpréta comme un geste d'autosatisfaction.

— Maintenant je vais vous poser une question et il faut que vous me répondiez franchement.

Il sourit, pour qu'elle ne le prenne pas trop au sérieux.

— D'accord.

— Aimez-vous les desserts ?

— Oui. Me prenez-vous pour le genre de femme capable de feindre sur un sujet pareil ?

Il secoua la tête.

— Je vous crois incapable de feindre.

— Sans doute pas assez. On m'a souvent reproché mon manque de tact.

— C'est votre plus gros défaut ?

— Je pourrais sans doute trouver pire en réfléchissant. Quel est votre plus grave défaut ?

Berrington répondit sans hésitation :

— Tomber amoureux.

— C'est un défaut ?

— Oui, si ça vous arrive trop souvent.

— Ou si c'est de plus d'une personne à la fois.

— Je devrais peut-être écrire à Lorraine Logan pour lui demander son avis.

Jeannie se mit à rire, mais elle ne voulait pas voir la conversation dévier sur Steve.

— Quel est votre peintre favori ? demanda-t-elle.

— Voyons si vous pouvez le deviner.

Berrington était un super-patriote ; il devait donc être sentimental, estima-t-elle.

— Norman Rockwell ?

— Certainement pas ! — Il semblait sincèrement horrifié. — Un vulgaire illustrateur ! Non, si je pouvais me permettre de collectionner des tableaux, j'achèterais des impressionnistes américains. Des paysages d'hiver de John Henry Twachtman. J'adorerais posséder *Le Pont Blanc*. Et vous ?

— À vous de deviner.

Il réfléchit un moment.

— Miró.

— Pourquoi ?

— J'imagine que vous aimez les taches de couleur qui tranchent.

Elle hocha la tête.

— Perspicace. Mais pas tout à fait juste. Miró, c'est trop fatras. Je préfère Mondrian.

— Ah oui, bien sûr. Les lignes droites.

— Exactement. Vous êtes très fort.

Il haussa les épaules, et elle comprit qu'il avait sans doute joué aux devinettes avec bien des femmes.

Elle plongea sa cuillère dans son sorbet à la mangue. De toute évidence, il ne s'agissait pas d'un dîner de travail. Bientôt, il lui faudrait prendre une décision ferme sur ce qu'allaient être ses rapports avec Berrington.

Elle n'avait pas embrassé un homme depuis un an

et demi. Depuis que Will Temple l'avait plaquée. Non pas que Will comptât encore pour elle, mais elle se méfiait.

Elle était tout de même folle de mener une vie de nonne. Elle avait envie de dormir à côté d'un corps d'homme, de respirer des odeurs masculines — l'huile de moteur, les maillots de football trempés de sueur et le whisky. Faire l'amour lui manquait. Quand les féministes disaient que l'ennemi, c'était le pénis, Jeannie avait envie de leur répliquer : « Parle pour toi, ma petite. »

Elle jeta un coup d'œil à Berrington qui savourait délicatement des pommes caramélisées. Elle éprouvait de la sympathie pour lui, malgré ses déplaisantes opinions politiques. Il n'était pas bête — il fallait à Jeannie des hommes intelligents — et il avait des manières séduisantes. Elle respectait son œuvre scientifique. Il était mince et il avait l'air en forme. C'était sans doute un amant habile et expérimenté et il avait de beaux yeux bleus.

Quand même, il était trop âgé. Elle aimait bien les hommes mûrs, mais pas à ce point-là.

Comment le repousser sans ruiner sa carrière ? La meilleure solution pourrait être de faire semblant d'interpréter ses attentions comme bienveillantes et paternelles. De cette façon, elle éviterait peut-être de l'éconduire.

Elle avala une gorgée de champagne. Le serveur n'arrêtait pas de remplir sa coupe et elle ne savait pas très bien quelle quantité elle avait bue, mais elle était contente de ne pas avoir à conduire.

Ils commandèrent du café. Jeannie demanda un double *espresso* pour se dégriser. Berrington régla l'addition, ils prirent l'ascenseur jusqu'au parking et montèrent dans sa Lincoln argentée.

Berrington longea le port puis s'engagea sur l'autoroute de Jones Falls.

— Voilà la prison municipale, dit-il en désignant un bâtiment aux airs de forteresse qui occupait tout un pâté de maisons. C'est là que se trouve la lie de la terre.

Steve pourrait bien être là-dedans, pensa Jeannie.

Comment avait-elle pu imaginer de coucher avec Berrington ? Elle n'éprouvait pas pour lui la moindre chaleur, pas la moindre affection. Elle avait honte d'avoir même envisagé cette idée. Comme il s'arrêtait le long du trottoir devant sa maison, elle dit d'un ton ferme :

— Berry, merci de cette charmante soirée.

Va-t-il me serrer la main ou essayer de m'embrasser? S'il essayait, elle lui tendrait la joue.

Mais il ne fit ni l'un ni l'autre.

— Mon téléphone à la maison est en dérangement et j'ai besoin de passer un coup de fil avant de me coucher. Puis-je utiliser le vôtre ?

Elle pouvait difficilement répliquer : « Absolument pas. Arrêtez-vous donc à une cabine. » Elle allait, semblait-il, avoir à faire face à une tentative de séduction en règle.

— Bien sûr, répondit-elle en réprimant un soupir. Montez donc.

Pourrait-elle éviter de lui offrir du café ?

Elle sauta hors de la voiture et le précéda sous les arcades. La porte de la rue donnait sur un minuscule vestibule desservant deux portes. L'une était celle de l'appartement du rez-de-chaussée, occupé par M. Oliver, un docker retraité. L'autre, la porte de Jeannie, donnait sur l'escalier qui menait à l'appartement qu'elle occupait au premier étage.

Elle s'arrêta, interloquée : sa porte était ouverte.

Elle entra et précéda Berrington dans l'escalier. Il y avait de la lumière chez elle. C'était curieux : elle était partie avant la tombée de la nuit.

L'escalier débouchait directement dans son salon. Elle entra et poussa un cri.

Il était planté devant le réfrigérateur, une bouteille de vodka à la main. Débraillé, pas rasé et l'air un peu ivre.

Derrière elle, Berrington demanda :

— Que se passe-t-il ?

— Tu n'es vraiment pas protégée ici, Jeannie. J'ai forcé ta serrure en dix secondes.

— Qui est cet homme ? fit Berrington.

Jeannie dit d'une voix atterrée :

— Papa, quand es-tu sorti de prison ?

11

La pièce où avait lieu la séance d'identification était au même étage que les cellules.

Dans l'antichambre se trouvaient six autres hommes ayant à peu près l'âge et la stature de Steve. *Des flics*, se dit-il. Ils ne lui adressèrent pas la parole et évitèrent son regard. Ils le traitaient comme un criminel. Il avait envie de leur crier : « Hé ! les gars ! je suis de votre côté, je ne suis pas un violeur. Je suis innocent. »

Ils durent tous retirer leur montre-bracelet et leur chevalière et passer par-dessus leurs vêtements une combinaison de papier blanc. Quand ils furent prêts, un jeune homme en civil entra et demanda :

— Lequel d'entre vous est le suspect ?

— C'est moi.

— Je suis Lew Tanner, l'avocat commis d'office. Je suis ici pour m'assurer que l'identification se fait dans les règles. Avez-vous des questions ?

— Ensuite, combien de temps me faudra-t-il pour sortir d'ici ?

— À supposer que ce ne soit pas vous qu'on identifie, à peu près deux heures.

— Deux heures ! fit Steve avec indignation. Il faudra que je retourne dans cette foutue cellule ?

— Je le crains.

— Merde !

— Je leur demanderai de vous faire relâcher le plus vite possible. Rien d'autre ?

— Non. Merci.

— Bon.

Il sortit.

Un geôlier ouvrit une porte et fit monter les sept hommes sur une estrade. Sur un rideau de fond de scène étaient dessinés une échelle graduée et des emplacements numérotés de 1 à 10. L'éclairage était cru, et un écran séparait l'estrade du reste de la pièce. Les hommes ne pouvaient pas voir à travers, mais ils pouvaient entendre ce qui se passait de l'autre côté.

Pendant quelque temps, ne leur parvinrent que des bruits de pas et quelques murmures ; uniquement des voix d'hommes. Puis Steve perçut le bruit reconnaissable de pas de femme. Au bout de quelques instants, on entendit une voix masculine qui semblait lire une fiche ou répéter quelque chose appris par cœur.

— Sept personnes vont comparaître devant vous. Vous ne les connaîtrez que par leur numéro. Si l'un de ces individus vous a agressée ou a commis un acte répréhensible en votre présence, je vous demande d'appeler son numéro, et seulement son numéro. Si vous souhaitez que l'un d'eux parle, prononce des mots précis, nous le demanderons. Si vous souhaitez qu'ils se retournent ou qu'ils se mettent de profil, ils le feront en groupe. Reconnaissez-vous l'un d'eux comme s'étant livré à une agression contre votre personne ou comme ayant commis un acte répréhensible en votre présence ?

Silence. Steve avait les nerfs tendus comme des cordes, même s'il était certain de ne pas être identifié.

Une voix de femme étouffée dit :

— Il avait quelque chose sur la tête.

La voix d'une femme de la moyenne bourgeoisie ayant fait des études et d'à peu près mon âge, pensa-t-il.

La voix d'homme dit :

— Nous avons des chapeaux. Voudriez-vous qu'ils mettent tous un chapeau ?

— Plutôt une casquette. Une casquette de base-ball.

Steve perçut l'angoisse et la tension dans la voix de la femme, mais aussi la détermination. Pas trace de fausseté. On sentait le genre de personne qui dirait la vérité, même si elle était désemparée. Cela le réconforta.

— Dave, va donc voir si nous avons sept casquettes de base-ball dans ce placard.

Une pause de quelques minutes. Steve grinçait des dents d'impatience. Une voix murmura :

— Seigneur ! Je ne savais pas qu'on avait tout ce bazar... des monocles, des moustaches...

— Dave, je t'en prie, dit le premier homme, on n'est pas là pour bavarder. Il s'agit d'une formalité légale.

Un inspecteur finit par monter sur la scène et remit une casquette de base-ball à chacun des hommes alignés. Ils s'en coiffèrent tous et le policier repartit.

De l'autre côté de l'écran, une femme se mit à pleurer.

La voix masculine répéta la formule utilisée précédemment.

— Reconnaissez-vous l'un d'eux comme s'étant livré à une agression contre votre personne ou comme ayant commis un acte répréhensible en votre présence ? Si oui, énoncez son numéro et seulement son numéro.

— Numéro quatre, déclara-t-elle, un sanglot dans la voix.

Steve se retourna pour regarder le rideau derrière lui. Il avait le numéro quatre.

— Non ! cria-t-il. Ce n'est pas possible ! Ça n'était pas moi !

La voix masculine énonça :

— Numéro quatre, vous avez entendu ?

— Bien sûr que j'ai entendu, mais ce n'est pas moi qui ai fait ça !

Les autres hommes quittaient déjà l'estrade.

— Bon sang ! dit Steve en contemplant l'écran opaque, les bras écartés dans un geste de supplication. Comment avez-vous pu m'identifier ? Je ne sais même pas à quoi vous ressemblez !

De l'autre côté la voix d'homme reprit :

— Ne dites rien, madame, je vous en prie. Merci beaucoup de votre coopération. Pour sortir, c'est par ici.

— Il y a quelque chose qui ne va pas, vous comprenez ? hurla Steve.

Spike, le geôlier, apparut.

— C'est fini, mon garçon, allons-y.

Steve le dévisagea. Un moment, la tentation le traversa de lui casser la figure. Spike vit son regard et son expression se durcit.

— Ne fais pas d'histoires, tu n'as nulle part où t'enfuir.

Il saisit le bras de Steve dans une poigne d'acier ; inutile de protester.

Steve avait l'impression d'avoir reçu un coup sur la tête. Un coup venu de nulle part. Il courba les épaules et se sentit envahi d'une fureur impuissante.

— Comment est-ce que c'est arrivé ? fit-il. Comment est-ce que c'est arrivé ?

12

— Papa ? fit Berrington.

Jeannie aurait voulu se mordre la langue. C'était vraiment ce qu'elle aurait pu dire de plus idiot : « Quand est-ce que tu es sorti de prison, papa ? »

Dire que, seulement quelques minutes plus tôt,

Berrington avait décrit les gens qui se trouvaient dans la prison municipale comme étant la lie de la terre…

Elle était vexée. C'était déjà assez pénible que son patron découvre qu'elle avait un père cambrioleur ; qu'il fasse sa connaissance n'arrangeait rien.

Son père avait dû se meurtrir le visage dans une chute et sa barbe avait plusieurs jours. Ses vêtements étaient sales et il émanait de lui une odeur légèrement écœurante. Elle avait tellement honte qu'elle n'osait pas regarder Berrington.

Voilà bien des années, elle n'avait pas honte de lui. Au contraire : c'étaient les pères des autres filles qui semblaient assommants. Lui était beau, il aimait bien s'amuser, il arrivait à la maison dans un costume neuf, les poches bourrées de billets. Il y avait les séances de cinéma, les robes neuves, les glaces à gogo. Sa mère achetait une jolie chemise de nuit et se mettait au régime. Mais il repartait toujours et, vers l'âge de neuf ans, elle découvrit pourquoi. Ce fut Tammy Fontaine qui le lui apprit. Jamais elle n'oublierait cette conversation.

« Ton pull est horrible, avait déclaré Tammy.

— Ton nez est horrible, et tu ne peux pas en changer », avait répliqué Jeannie.

Les autres filles avaient éclaté de rire.

« Ta mère t'achète des vêtements vraiment moches.

— La tienne est grosse.

— Ton père est en prison.

— Pas du tout.

— Mais si.

— Absolument pas !

— J'ai entendu mon père le dire à ma mère. Il était en train de lire le journal. "Je vois que ce vieux Pete Ferrami est retourné en taule", qu'il a dit.

— Menteuse, oh ! la menteuse ! » avait chantonné Jeannie, mais au fond de son cœur elle croyait Tammy.

Ça expliquait tout : la soudaine richesse, les disparitions toutes aussi soudaines, les longues absences.

Jeannie n'avait plus jamais eu de ces cinglantes conversations d'écolière. Il suffisait pour lui clouer le bec de mentionner l'existence de son père. À neuf ans, elle avait l'impression d'avoir une infirmité. À l'école, chaque fois que quelque chose était égaré, elle sentait que tout le monde la regardait d'un air accusateur. On ne se débarrasse pas d'un tel sentiment de culpabilité. Si une fille fouillait dans son sac en disant : « Tiens, je croyais avoir un autre billet de dix dollars », Jeannie rougissait jusqu'aux oreilles. Elle devint d'une honnêteté qui frisait l'obsession : elle faisait un kilomètre à pied pour rendre un malheureux stylo à bille, terrifiée à l'idée que, si elle le gardait, son propriétaire déclarerait qu'elle était une voleuse comme son père.

Et voilà qu'il était là, planté devant son patron, sale, pas rasé et sans doute fauché.

— Voici le professeur Berrington Jones, dit-elle. Berry, je vous présente mon père, Pete Ferrami.

Berrington se montra fort affable. Il serra la main du père de Jeannie.

— Ravi de vous rencontrer, monsieur Ferrami. Votre fille est une femme pleine de qualités.

— Ça, on peut le dire, fit son père avec un sourire ravi.

— Eh bien ! Berry, vous connaissez maintenant mon secret de famille, déclara-t-elle d'un ton résigné. Papa a été envoyé en prison pour la troisième fois le jour ou je suis sortie de Princeton avec mention très bien. Il a passé ces huit dernières années en détention.

— Ça aurait pu être quinze, intervint son père. Pour ce coup-là, on était armés.

— Merci de cette précision, papa. Ça ne manquera pas d'impressionner mon directeur de recherches.

Son père prit un air vexé ; elle avait beau lui en vouloir, il lui faisait pitié. Il souffrait de sa faiblesse autant que celle-ci faisait souffrir sa famille. Il était l'exemple même d'un de ces échecs de la nature : le fabuleux système grâce auquel se reproduisait la race humaine — le mécanisme complexe de l'ADN qu'étudiait Jeannie — était programmé pour que chaque individu soit unique. Comme une photocopieuse avec un système d'erreur intégré. Parfois, le résultat était bon : on avait un Einstein, un Louis Armstrong, un Andrew Carnegie. Et, parfois, un Pete Ferrami.

Il fallait que Jeannie se débarrasse rapidement de Berrington.

— Berry, si vous voulez passer ce coup de fil, vous pouvez vous servir du téléphone de la chambre.

— Oh ! ça attendra...

Dieu soit loué.

— Eh bien, merci pour cette excellente soirée.

Elle lui tendit la main.

— Ça a été un plaisir. Bonne nuit.

Il lui serra maladroitement la main et sortit. Jeannie se tourna vers son père.

— Qu'est-ce qui s'est passé ?

— J'ai eu une remise de peine pour bonne conduite. Je suis libre. Et, naturellement, la première chose dont j'ai eu envie, ça a été de voir ma petite fille.

— Juste après t'être saoulé pendant trois jours.

Il était d'un manque de sincérité si flagrant que c'en était insultant. Elle sentit monter en elle une rage qu'elle connaissait bien. Pourquoi ne pouvait-elle pas avoir un père comme les autres ?

— Allons, fit-il, sois gentille.

La colère céda la place à la tristesse. Jamais elle n'avait eu un vrai père et elle n'en n'aurait jamais.

— Donne-moi cette bouteille. Je vais préparer du café.

À contrecœur, il lui tendit la vodka qu'elle replaça au congélateur. Elle versa de l'eau dans la cafetière électrique et la mit en marche.

— Tu as vieilli, déclara-t-il. Je vois un peu de gris dans tes cheveux.
— Ah ! merci.
Elle sortit des tasses, du lait, du sucre.
— Ta mère a grisonné de bonne heure.
— J'ai toujours pensé que c'était à cause de toi.
— Je suis allé chez elle, dit-il d'un ton un peu indigné. Elle n'habite plus là-bas.
— Maintenant, elle est à Bella Vista.
— C'est ce que m'a dit la voisine, Mlle Mendoza. C'est elle qui m'a donné ton adresse. Je n'aime pas que ta mère soit dans un endroit pareil.
— Alors, retire-la de là ! s'exclama Jeannie, indignée. C'est ta femme. Trouve du travail, un appartement convenable et commence à t'occuper d'elle !
— Tu sais bien que je ne peux pas. Je ne pourrai jamais.
— Alors, ne me reproche pas de ne pas le faire.
Son ton se fit patelin.
— Je ne t'ai accusée de rien, ma chérie. J'ai simplement dit que je n'aimais pas savoir ta mère dans un foyer, voilà tout.
— Moi non plus, et Patty pas davantage. Nous allons essayer de trouver l'argent pour la sortir de là.
Jeannie sentit une vague d'émotion monter en elle. Elle dut lutter pour retenir ses larmes.
— Bon Dieu, papa, c'est déjà assez dur sans t'avoir là à geindre.
— Bon, bon, fit-il.
Je ne devrais pas le laisser me mettre dans cet état. Elle changea de sujet.
— Qu'est-ce que tu comptes faire maintenant ? Tu as des projets ?
— Il faut que je voie un peu.
Il voulait signifier par là qu'il allait se mettre en quête d'une adresse à cambrioler. Jeannie se tut. Il était un voleur et elle ne pourrait pas le changer. Il toussota.

— Tu pourrais peut-être me passer quelques dollars pour m'aider à démarrer.

Cela la mit de nouveau en fureur.

— Je vais te dire ce que j'ai l'intention de faire ! Je vais te laisser prendre une douche et te raser pendant que je mets tes affaires dans la machine à laver. Si tu acceptes de ne pas toucher à cette bouteille de vodka, je te ferai des œufs et un toast. Je peux te prêter un pyjama et tu pourras dormir sur le canapé. Mais ne compte pas sur moi pour te donner de l'argent. J'essaie désespérément d'en trouver pour que maman puisse aller dans un foyer où on la traitera comme un être humain, et je n'ai pas un dollar de trop.

— Très bien, mon petit, dit-il avec un air de martyr. Je comprends.

Elle l'observa. Finalement, une fois passé le tourbillon de honte, de colère et de pitié, elle éprouvait de la nostalgie. Elle aurait tant voulu qu'il puisse se débrouiller tout seul, qu'il puisse rester plus de quelques semaines au même endroit, qu'il puisse garder un travail normal, être quelqu'un d'affectueux et de stable, un soutien. Elle avait envie d'un père qui serait un vrai père. Et elle savait que jamais, jamais son souhait ne serait exaucé. Il y avait dans son cœur une place pour un père ; elle resterait à jamais vide.

Le téléphone sonna. Jeannie décrocha.

— Allô.

C'était Lisa, bouleversée.

— Jeannie, c'était lui !

— Qui ça ? Quoi ?

— Ce type qu'on a arrêté avec toi. Je l'ai reconnu à l'identification. C'est lui qui m'a violée. Steve Logan.

— Lui, le violeur ? Tu es sûre ?

— Sûre et certaine, Jeannie. Oh ! mon Dieu, c'était horrible de revoir son visage. Tout d'abord, je ne l'ai pas reconnu parce que, tête nue, il avait un autre air. Et puis l'inspecteur leur a fait mettre à tous une casquette de base-ball et, là, j'ai été certaine.

— Lisa, ça ne peut pas être lui.
— Qu'est-ce que tu veux dire ?
— Ses tests ne collent pas du tout avec la personnalité d'un violeur. Et j'ai passé du temps avec lui, je ne le sens pas comme ça.
— Mais je l'ai reconnu !
Lisa semblait contrariée.
— Je suis stupéfaite. Je ne comprends pas.
— Ça fiche ta théorie par terre, hein ? Tu voulais qu'un jumeau soit bon et l'autre mauvais.
— Oui. Mais il ne suffit pas d'un contre-exemple pour réfuter une théorie.
— Je suis navrée si tu as l'impression que ça menace ton projet.
— Ce n'est pas pour cette raison que je dis que ce n'est pas lui. — Jeannie soupira. — Et puis peut-être que si, après tout. Je ne sais plus. Où tu es en ce moment ?
Chez moi.
— Ça va ?
— Oui, ça va, maintenant qu'il est sous les verrous.
— Il a l'air si gentil.
— Ce sont les pires, m'a expliqué Mish. Ceux qui ont l'air parfaitement normal sont les plus malins et les plus impitoyables. Ils adorent faire souffrir les femmes.
— Mon Dieu !
— Je suis épuisée, je vais me coucher. Je voulais simplement te le dire. Comment s'est passée ta soirée ?
— Couci-couça. Je te raconterai demain.
— Je tiens toujours à aller à Richmond avec toi.
Jeannie avait prévu d'emmener Lisa pour l'aider à interroger Dennis Pinker.
— Tu te sens de taille ?
— Oui, je veux absolument continuer à mener une vie normale. Je ne suis pas malade, je n'ai pas besoin de convalescence.

— Dennis Pinker va sans doute être le double de Steve Logan.

— Je sais. Je peux le supporter.

— Si tu es sûre...

— Je t'appellerai de bonne heure.

— Entendu. Bonne nuit.

Jeannie se rassit pesamment. Le naturel attirant de Steve pourrait-il n'être qu'un masque ? *Si c'est ça, je dois être un bien mauvais juge des caractères. Et peut-être une piètre chercheuse, aussi. Peut-être tous les jumeaux monozygotes vont-ils se révéler être des criminels.* Elle soupira. Sa propre ascendance criminelle était assise auprès d'elle.

— C'est un bel homme, ce professeur, mais il doit être plus âgé que moi ! observa-t-il. Tu as une histoire avec lui, ou quoi ?

Jeannie fronça le nez.

— Papa, la salle de bains est par là.

13

Steve se retrouva dans la salle des interrogatoires aux murs jaunes. Les mêmes deux mégots étaient toujours dans le cendrier. La pièce n'avait pas changé, mais lui, si. Il y a trois heures, il était un honorable citoyen. Désormais, il était un violeur, arrêté, identifié par la victime et inculpé. Il était pris dans l'engrenage de la machine judiciaire. Il était un criminel. Il avait beau se répéter qu'il n'avait rien fait de mal, il ne parvenait pas à chasser cette impression d'ignominie.

Un peu plus tôt, il avait vu l'inspectrice, le sergent Delaware. C'était maintenant son collègue, l'homme, qui arrivait, portant lui aussi un classeur bleu. Il avait à peu près la taille de Steve, mais il était plus large et plus massif, avec des cheveux gris fer coupés court et une petite moustache. Il s'assit et prit un paquet de cigarettes. Sans prononcer un mot, il en tapota une sur la table, l'alluma et laissa tomber l'allumette dans le cendrier. Puis il ouvrit le dossier. À l'intérieur, encore un autre formulaire. Celui-ci avait pour en-tête :

TRIBUNAL D'INSTANCE DE MARYLAND
JURIDICTION DE... (Ville/Comté)

La partie supérieure était divisée en deux colonnes portant respectivement la mention PLAIGNANT et ACCUSÉ. Un peu plus bas on pouvait lire :

ÉNONCÉ DES CHEFS D'ACCUSATION

L'inspecteur se mit à remplir le formulaire toujours sans parler. Quand il eut écrit quelques mots, il souleva la feuille blanche du dessus et vérifia chacune des copies carbone annexées : une verte, une jaune, une rose et une beige.

En lisant à l'envers, Steve vit que la victime s'appelait Lisa Margaret Hoxton.

— De quoi a-t-elle l'air ? demanda-t-il.

— Ta gueule.

L'inspecteur tira sur sa cigarette et continua à écrire. Steve se sentait avili. L'homme l'injuriait et lui ne pouvait pas répliquer. C'était une nouvelle étape dans le processus d'humiliation qu'on lui imposait : on voulait lui donner le sentiment d'être insignifiant, impuissant. *Espèce de salaud, j'aimerais bien te retrouver dehors, sans ton foutu pistolet.*

Le policier se mit à inscrire les chefs d'accusation. Dans la première case, il écrivit la date de dimanche, puis « au gymnase de l'université Jones Falls, Dr Balto ». En dessous, il inscrivit « viol avec préméditation ». Dans la case suivante, il nota de nouveau le lieu et la date puis « voies de fait et viol avec préméditation ».

Il prit une autre feuille et ajouta deux autres chefs d'accusation : « coups et blessures » et « sodomie ».

— Sodomie ? fit Steve, ahuri.

— Ta gueule.

Steve était prêt à lui envoyer son poing dans la figure. *Il le fait exprès. Ce type cherche à me provoquer. Si je lui flanque un coup de poing, il a une excuse pour faire venir ici trois autres types pour me tenir pendant qu'il me flanque une volée. Calme-toi, calme-toi.*

Quand il eut fini d'écrire, l'inspecteur fit pivoter les deux formulaires et les poussa vers Steve.

— T'es dans un sale pétrin, Steve. Tu as battu, violé et sodomisé une femme...

— Non.

— Ta gueule.

Steve se mordit la lèvre et garda le silence.

— Tu es de la racaille. Tu es une merde. Des gens convenables ne veulent même pas être dans la même pièce que toi. Tu as battu, violé et sodomisé une fille. Je sais que ça n'est pas la première fois. Tu es sournois et tu prépares ton coup. Jusqu'à maintenant, tu t'en es toujours tiré. Mais cette fois, on t'a pincé. Ta victime t'a identifié. D'autres témoins te situent à proximité des lieux du crime à ce moment-là. D'ici une heure, dès que le sergent Delaware aura obtenu un mandat du commissaire de service, on t'emmènera à l'hôpital de la Miséricorde pour te faire une prise de sang, te peigner la toison pubienne et montrer que ton ADN correspond à ce que nous avons trouvé dans le vagin de la victime.

— Combien de temps est-ce que ça prend... l'analyse de l'ADN ?

— Ta gueule. Tu es coincé, Steve. Tu sais ce qui va t'arriver ?

Steve ne dit rien.

— Le viol avec préméditation, c'est la prison à vie. Tu vas aller en taule. Et tu sais ce qui va se passer, là-bas ? Tu vas pouvoir goûter à tout ce que tu as généreusement distribué. Un beau jeune homme comme toi ? Pas de problème. Tu vas être battu, violé et sodomisé. Tu vas comprendre ce qu'a éprouvé Lisa. Seulement, dans ton cas, ça durera des années, des années et des années.

Il marqua un temps, prit le paquet de cigarettes et en offrit une à Steve. Étonné, Steve secoua la tête.

— Au fait, je suis l'inspecteur Brian Allaston. — Il alluma une cigarette. — Je ne sais pas pourquoi je te raconte ça, mais il y a un moyen d'améliorer ta situation.

Steve fronça les sourcils, intrigué. Qu'est-ce qui allait venir maintenant ?

L'inspecteur Allaston se leva, contourna la table et vint s'asseoir sur le bord du plateau, un pied posé sur le sol, tout près de Steve. Il se pencha en avant et reprit d'un ton plus doux :

— Laisse-moi t'expliquer le topo. Le viol, c'est un rapport vaginal imposé par la force ou la menace, contre la volonté ou sans le consentement de la femme. Pour un viol avec préméditation, il faut une circonstance aggravante comme enlèvement, défiguration ou viol par deux ou plusieurs personnes. Les peines pour un viol simple sont moins lourdes. Si tu arrives à me persuader que ce que tu as fait n'était qu'un viol simple, tu pourrais arranger tes affaires.

Steve se taisait.

— Tu me dis comment ça s'est passé ?

Steve parla enfin.

— Ta gueule.

Allaston réagit très vite. Il sauta à bas de la table, empoigna Steve par le devant de sa chemise, le souleva de sa chaise et le plaqua contre le mur. La tête de Steve partit en arrière et vint heurter la cloison avec un bang ! douloureux.

Il s'immobilisa, les poings crispés. *Ne fais pas ça, ne riposte pas.* C'était dur. Allaston était trop gros et pas en forme : Steve savait qu'il pouvait l'envoyer au tapis en moins de rien. Mais il devait se contrôler. Se cramponner à son innocence. S'il rossait un flic, malgré toutes les provocations, il se rendrait coupable d'un crime. À ce moment-là, il pourrait aussi bien renoncer. Il perdrait courage s'il n'éprouvait pas un sentiment d'indignation qui le ragaillardissait. Alors il resta immobile, tout raide, les dents serrées, tandis qu'Allaston le tirait en avant et l'envoyait de nouveau contre le mur, deux fois, trois fois, quatre fois.

— Ne me parle plus jamais comme ça, ordure ! cria Allaston.

Steve sentit sa rage se dissiper. Allaston ne lui faisait même pas mal : c'était du cinéma.

Allaston jouait un rôle, et il le jouait mal. Il était le méchant, Mish était la gentille. Dans un moment, elle allait venir lui proposer du café et faire semblant d'être son amie. Mais elle poursuivrait le même but qu'Allaston : persuader Steve d'avouer le viol d'une femme qu'il n'avait jamais rencontrée et qui s'appelait Lisa Margaret Hoxton.

— Assez déconné, inspecteur, déclara-t-il. Je sais que vous êtes un dur avec du poil au nez et vous savez que, si nous étions ailleurs et sans ce revolver, je vous flanquerais une raclée. Alors, pas la peine d'essayer de nous impressionner mutuellement.

Allaston eut l'air surpris. Il s'attendait sans doute à voir son détenu trop effrayé pour ouvrir la bouche. Il lâcha la chemise de Steve et se dirigea vers la porte.

— On m'a dit que tu étais un petit futé. Eh bien, laisse-moi t'expliquer ce que je vais faire pour ton éducation : tu vas retourner un moment en cellule, mais cette fois tu auras de la compagnie. Tu comprends, les quarante et une cellules vides sont pratiquement hors d'usage, alors il va falloir que tu en partages une avec un type qui s'appelle Rupert Butcher, surnommé Porky. Tu te prends pour un drôle de costaud, mais lui est plus fort. Il sort de trois jours de séances de crack, alors il a la migraine. La nuit dernière, à peu près à l'heure où tu mettais le feu au gymnase et où tu farfouillais dans la culotte de la pauvre Lisa Hoxton, Porky Butcher massacrait son amant à coups de fourche. Vous êtes faits pour vous entendre. Allons-y.

Steve eut peur. Tout son courage l'abandonna, comme si on avait coupé un interrupteur : il se sentait sans défense, vaincu d'avance. L'inspecteur l'avait humilié mais n'avait jamais menacé de lui faire vraiment mal. Une nuit avec un psychopathe, c'était vraiment dangereux. Ce Butcher avait déjà commis un meurtre ; s'il était capable d'une pensée rationnelle, il comprendrait qu'il ne risquait pas grand-chose à en commettre un second.

— Attendez une minute, fit-il d'une voix tremblante.

Allaston se retourna lentement.

— Alors ?

— Si j'avoue, j'ai droit à une cellule pour moi tout seul ?

On lisait le soulagement sur le visage du policier.

— Bien sûr, dit-il, d'un ton soudain amical.

Ce changement enflamma la rancœur de Steve.

— Sinon, je me fais tuer par Porky Butcher ?

Allaston ouvrit les mains dans un geste d'impuissance. La peur de Steve se changea en haine.

— Dans ce cas, inspecteur, allez vous faire mettre.

Allaston reprit un air stupéfait.

— Espèce de salaud ! On va voir si tu fais toujours le mariolle dans deux heures. Viens !

Il escorta Steve jusqu'aux locaux disciplinaires. Spike y était toujours.

— Colle-moi cette ordure avec Porky, lui dit Allaston.

Spike haussa les sourcils.

— À ce point-là ?

— Oui. Et, au fait... ce Steve, il a des cauchemars.

— Ah oui ?

— Si tu l'entends crier... ne t'en fais pas, c'est simplement qu'il rêve.

— Compris, fit Spike.

Allaston s'en alla et Spike conduisit Steve à sa cellule.

Porky était allongé sur la couchette. Il avait à peu près la taille de Steve, mais il était beaucoup plus massif. On aurait dit un culturiste qui aurait eu un accident de voiture : son T-shirt taché de sang moulait ses muscles saillants. Il était allongé sur le dos, la tête tournée vers le fond de la cellule, les pieds pendants à l'extrémité de la couchette. Il ouvrit les yeux quand Spike déverrouilla la porte.

Elle se referma avec fracas derrière Steve, et Spike tourna la clé dans la serrure.

Porky ouvrit les yeux et dévisagea Steve. Steve soutint quelques instants son regard.

— Fais de beaux rêves ! lança Spike.

Porky referma les yeux.

Assis par terre, le dos au mur, Steve regarda Porky dormir.

14

Berrington Jones rentra chez lui sans se presser. Il se sentait tout à la fois déçu et soulagé. Comme quelqu'un qui, en plein régime, lutte contre la tentation pendant tout le trajet jusque chez le pâtissier et qui trouve le magasin fermé. Il avait l'impression que lui avait été épargné quelque chose d'interdit.

Toutefois, il n'était pas plus avancé : restaient le problème du projet de Jeannie et ce qu'il risquait de révéler. Peut-être aurait-il dû passer plus de temps à poser des questions à la jeune femme et moins à s'amuser. Perplexe, il se gara devant chez lui et entra.

Tout était silencieux. Marianne, la domestique, avait dû aller se coucher. Il pénétra dans son bureau et mit en marche le répondeur. Il y avait un seul message.

« Professeur, ici le sergent Delaware de la section des crimes sexuels. Nous sommes lundi soir. Je tenais à vous remercier de votre coopération. »

Berrington haussa les épaules. Il n'avait guère fait plus que de confirmer que Lisa Hoxton travaillait au pavillon des dingues. La femme continuait :

« Comme vous êtes l'employeur de Mlle Hoxton et que le viol a eu lieu sur le campus, j'ai estimé normal de vous annoncer que nous avons arrêté un homme. Aujourd'hui, votre laboratoire l'a soumis à un certain nombre de tests. Son nom est Steve Logan. »

— Bon Dieu ! s'exclama Berrington.

« La victime l'a reconnu lors d'une séance d'identification. Je suis convaincue que l'analyse de l'ADN confirmera qu'il est bien le coupable. Je vous prie de transmettre cette information aux membres de l'université que vous jugerez opportun de prévenir. Je vous remercie. »

— Non ! murmura Berrington en se laissant tomber dans un fauteuil. Non, répéta-t-il plus doucement.

Puis il éclata en sanglots.

Au bout d'un moment, il se leva, pleurant toujours, et alla fermer la porte du bureau, de crainte que la domestique n'entre. Puis il revint à sa table et se prit la tête à deux mains.

Quand enfin les larmes s'arrêtèrent, il décrocha le téléphone et composa un numéro qu'il connaissait par cœur.

— Mon Dieu, faites que ce ne soit pas le répondeur, prononça-t-il tout haut en écoutant la sonnerie.

Un jeune homme répondit.

— Allô ?

— C'est moi.

— Tiens, comment ça va ?

— Je suis consterné.

— Oh !

C'était le ton d'un coupable. Si Berrington avait des doutes, cette intonation eut tôt fait de les balayer.

— Tu sais à propos de quoi je t'appelle, n'est-ce pas ?

— Dis-moi.

— Ne fais pas le malin avec moi. Je parle de dimanche soir.

Le jeune homme soupira.

— D'accord.

— Espèce de crétin ! Tu es allé au campus, n'est-ce pas ? Tu... — Il se rendit compte qu'il ne devrait pas en dire trop au téléphone. — Tu as recommencé.

— Je suis désolé...

— Tu es désolé !

— Comment tu as su ?

— Tout d'abord, je ne t'ai pas soupçonné... je pensais que tu avais quitté la ville. Et puis on a arrêté quelqu'un qui est ton sosie.

— Merde ! Ça veut dire que je...

— Que tu es tiré d'affaire.

— Quel coup de bol ! Écoute...

— Quoi ?

— Tu ne diras rien. Ni à la police ni à personne.

— Non, acquiesça Berrington, le cœur lourd. Je ne dirai pas un mot. Tu peux compter sur moi.

Mardi

15

La ville de Richmond avait des airs de grandeur perdue et Jeannie trouva que les parents de Dennis Pinker faisaient très bien dans le tableau. Charlotte Pinker, une rousse en robe de soie froufroutante, avait l'allure d'une grande dame de Virginie, même si elle habitait un pavillon en bois sur un petit lopin. Elle avouait cinquante-cinq ans ; Jeannie estimait qu'elle en avait probablement pas loin de soixante. Son mari, qu'elle appelait « le Commandant », avait à peu près le même âge, mais il avait l'apparence moins soignée et les gestes plus lents d'un homme qui avait depuis longtemps pris sa retraite. Il lança un clin d'œil coquin à Jeannie et à Lisa en disant :

— Mesdemoiselles, aimeriez-vous un cocktail ?

Sa femme avait un accent du Sud distingué et parlait un peu trop fort, comme si elle s'adressait perpétuellement à une assemblée.

— Au nom du ciel, Commandant, il est dix heures du matin !

Il haussa les épaules.

— J'essayais simplement de mettre un peu d'ambiance.

— Ce n'est pas le moment : ces dames sont ici pour nous étudier, parce que notre fils est un meurtrier.

Elle dit « notre fils ». Mais ça ne signifie pas grand-chose. Il peut quand même avoir été adopté. Elle tenait absolument à les questionner sur les origines de Dennis. Si les Pinker avouaient qu'il était adopté, cela résoudrait la moitié de l'énigme. Mais elle devait se montrer prudente. C'était une question délicate. Si elle la posait trop brutalement, ils lui mentiraient probablement. Elle se força donc à attendre le moment opportun.

Elle avait hâte aussi de connaître l'aspect physique de Dennis. Était-il ou non le double de Steve ? Elle s'empressa de regarder les photographies qui parsemaient le petit palier. Elles avaient toutes été prises des années auparavant. On voyait le petit Dennis dans une poussette, juché sur un tricycle, en tenue de joueur de base-ball et serrant la main de Mickey Mouse à Disneyland. Pas de photo de lui adulte. Ses parents voulaient sans doute se rappeler le petit garçon innocent — avant qu'il soit devenu un meurtrier. Les photographies n'apprirent donc rien à Jeannie. Le petit garçon de douze ans aux cheveux blonds devrait ressembler trait pour trait à Steve Logan ; mais, en grandissant, il pourrait aussi bien être devenu laid, rabougri et brun.

Charlotte et le Commandant avaient rempli d'avance plusieurs questionnaires et ils allaient maintenant subir chacun un interrogatoire d'environ une heure. Lisa emmena le Commandant dans la cuisine et Jeannie se chargea de Charlotte.

Jeannie avait du mal à se concentrer sur les questions de routine. Ses pensées revenaient sans cesse à Steve. Elle n'arrivait toujours pas à croire qu'il puisse être un violeur. Pas seulement parce que cela flanquerait sa théorie par terre. Elle aimait bien ce garçon : il était intelligent, séduisant, et il semblait gentil. Il avait aussi un côté vulnérable ; sa stupéfaction et son désarroi en apprenant qu'il avait un jumeau psychopathe avaient donné à Jeannie l'envie de le prendre dans ses bras pour le réconforter.

Quand elle demanda à Charlotte si d'autres membres de la famille avaient eu maille à partir avec la justice, Charlotte braqua vers Jeannie son regard impérieux et déclara d'une voix traînante :

— Les hommes de ma famille ont toujours été terriblement violents. — Ses narines frémirent. — Je suis une Marlowe de naissance, et nous avons le sang chaud dans la famille.

Voilà qui laissait entendre que Dennis n'était pas adopté ou bien qu'on n'admettait pas son adoption. Jeannie dissimula sa déception. Charlotte allait-elle nier que Dennis puisse avoir un jumeau ?

Il fallait poser la question.

— Madame Pinker, y a-t-il une chance pour que Dennis puisse avoir un jumeau ?

— Aucune.

La réponse était catégorique. Pas d'indignation, pas de balbutiement ; elle énonçait un fait.

— Vous êtes certaine ?

Charlotte se mit à rire.

— Ma chère, sur ce point, une mère ne peut guère se tromper !

— Il n'a pas été adopté ?

— J'ai porté cet enfant dans mon ventre, que Dieu me pardonne.

Jeannie sentit le découragement l'envahir. *Charlotte Pinker mentirait plus volontiers que Lorraine Logan, mais tout de même, c'est étrange, et inquiétant, de les entendre nier toutes deux que leurs fils soient jumeaux.*

Quand elle prit congé des Pinker, elle était pessimiste. Elle avait l'impression que Dennis ne ressemblerait pas du tout à Steve.

La Ford de location était garée devant la porte. Il faisait une chaleur épouvantable. Jeannie portait une robe sans manches avec une jaquette par-dessus pour faire plus sérieux. Le climatiseur de la Ford se mit à pomper en gémissant un air tiède. Jeannie ôta ses collants et pendit sa veste au crochet de la banquette arrière.

C'était Jeannie qui conduisait. Elles s'engagèrent sur l'autoroute en direction de la prison.

— Ça m'ennuie vraiment que tu croies que je me suis trompée à la séance d'identification, dit Lisa.

— Ça m'ennuie aussi. Je sais que tu n'aurais pas désigné Steve Logan si tu n'étais pas sûre de toi.

— Comment peux-tu être si certaine que je me trompe ?

— Je ne suis certaine de rien. J'ai simplement une intuition le concernant.

— Entre ton intuition et la conviction d'un témoin oculaire tu ne devrais pas hésiter... Tu devrais faire confiance à ce dernier.

— Je sais bien... Est-ce que tu as vu ce film d'Alfred Hitchcock ? Un film en noir et blanc, on le redonne de temps en temps sur le câble...

— Je sais duquel tu parles. De celui où quatre personnes sont témoins d'un accident de la route et où chacune voit quelque chose de différent.

— Tu es vexée ?

Lisa poussa un soupir.

— Je devrais l'être, mais je t'aime trop pour t'en vouloir.

Jeannie prit la main de Lisa et la serra.

— Merci.

Après un long silence, Lisa reprit :

— J'ai horreur que les gens me trouvent faible.

Jeannie fronça les sourcils.

— Je ne trouve pas que tu sois faible.

— La plupart des gens le pensent. C'est parce que je suis petite, que j'ai un joli petit nez et des taches de rousseur.

— Oh ! c'est vrai, tu n'as pas l'air d'une dure.

— Je le suis, pourtant. Je vis seule, je subviens à mes besoins, j'ai une situation et personne ne vient m'emmerder. C'est du moins ce que je croyais jusqu'à dimanche. Maintenant, j'ai l'impression que les gens ont raison : c'est vrai, je suis faible. Je suis incapable de me débrouiller toute seule : le premier psychopathe qui traîne dans les rues peut m'empoigner, me brandir un couteau sous le nez et faire ce qu'il veut de mon corps en laissant son sperme en moi.

Jeannie se tourna pour regarder son amie. Lisa était toute pâle. Jeannie espérait que ça lui faisait du bien d'exprimer ses sentiments.

— Non, répéta-t-elle, tu n'es pas faible.

— Toi, tu es une dure.

— J'ai le problème contraire : les gens s'imaginent que je suis invulnérable. Parce que je mesure un mètre quatre-vingts, que je porte un anneau dans la narine et que j'ai l'air désagréable, on s'imagine qu'on ne peut pas m'atteindre.

— Tu n'as pas l'air désagréable.

— Alors, je dois me relâcher.

— Qui te croit invulnérable ? Pas moi.

— La femme qui dirige Bella Vista, le foyer où est ma mère. Elle m'a déclaré carrément : « Votre mère n'atteindra jamais soixante-cinq ans. » Tel quel. Et elle a ajouté : « Je sais que vous préférez que je vous parle franchement. » J'avais envie de lui balancer que ça n'est pas parce que j'ai un anneau dans le nez que je n'ai aucun sentiment.

— Mish Delaware prétend que les violeurs ne s'intéressent pas vraiment au sexe. Ce qu'ils aiment, c'est manifester leur pouvoir sur une femme, la dominer, la terroriser, lui faire mal. Il a choisi quelqu'un qui lui semblait facile à terroriser.

— Qui ne le serait pas ?

— Quand même, ce n'est pas toi qu'il a choisie. Tu l'aurais probablement assommé.

— J'aimerais en avoir l'occasion.

— En tout cas, tu aurais lutté plus que moi, tu ne serais pas restée là, terrifiée. Ce n'est donc pas toi qu'il a choisie.

Jeannie voyait bien où tout cela menait.

— Peut-être, Lisa. Mais ça ne te rend pas responsable du viol, d'accord ? Tu n'as pas de reproches à te faire. Pas le moindre. C'est comme si tu t'étais trouvée dans un accident de chemin de fer : ça aurait pu arriver à n'importe qui.

— Tu as raison.

Elles parcoururent une quinzaine de kilomètres et quittèrent l'autoroute à la sortie « Pénitencier de Greenwood ».

C'était une vieille prison, un ensemble de constructions de pierre grise entourées de hauts murs couronnés d'éclats de verre. Elles garèrent la voiture à l'ombre d'un arbre, au parking des visiteurs. Jeannie remit sa veste mais pas ses collants.

— Tu es prête ? À moins que ma méthodologie ne soit complètement erronée, Dennis va être le portrait craché du type qui t'a violée.

Lisa hocha la tête d'un air résolu.

— Je suis prête.

La grande porte s'ouvrit pour laisser passer un camion de livraison et elles entrèrent sans qu'on leur demande rien. Malgré les hauts murs, la sécurité n'était pas très stricte. On les attendait. Un gardien vérifia leur identité et leur fit traverser une cour brûlante où un groupe de jeunes Noirs en combinaison de prisonnier jouaient au basket-ball.

Le bâtiment de l'administration était climatisé. On les fit entrer dans le bureau du directeur, John Temoigne. Il portait une chemise à manches courtes avec une cravate et il y avait des mégots de cigares dans son cendrier. Jeannie lui serra la main.

— Je suis le docteur Jean Ferrami de l'université Jones Falls.

— Enchanté de vous connaître, Jeannie.

Manifestement, Temoigne était le genre d'homme qui avait du mal à appeler une femme par son nom de famille. Jeannie s'abstint délibérément de lui donner le prénom de Lisa.

— Et voici mon assistante, Mlle Hoxton.

— Bonjour, ma jolie.

— Monsieur le directeur, je vous ai expliqué notre travail dans la lettre que je vous ai envoyée.

Mais si vous avez d'autres questions, je me ferai un plaisir d'y répondre.

Jeannie se sentait obligée de le proposer, même si elle brûlait d'envie de voir enfin Dennis Pinker.

— Comprenez bien que Pinker est un homme violent et dangereux, déclara Temoigne. Connaissez-vous les détails de son dossier ?

— Je crois qu'il a tenté de se livrer à des violences sexuelles sur une femme dans une salle de cinéma et qu'il l'a tuée quand elle l'a repoussé.

— Vous n'êtes pas loin. C'était au vieux cinéma Eldorado, à Greensburg. On donnait je ne sais quel film d'horreur. Pinker s'est introduit dans le sous-sol et a coupé le courant. Puis, pendant la panique qui s'est ensuivie, il a parcouru la salle en pelotant toutes les femmes.

Jeannie échangea avec Lisa un regard stupéfait. Ça ressemblait tellement à ce qui s'était passé dimanche à l'université. On trouvait également dans les deux agressions le même relent de fantasmes d'adolescent : peloter toutes les femmes d'une salle plongée dans l'obscurité et voir des femmes toutes nues sortir en courant du vestiaire. Steve Logan et Dennis Pinker avaient apparemment commis des crimes très similaires.

Temoigne poursuivit :

— Une femme a eu le malheur de vouloir lui résister, il l'a étranglée.

Jeannie se rebiffa.

— S'il vous avait peloté, monsieur le directeur, auriez-vous eu le malheur de vouloir lui résister ?

— Je ne suis pas une femme, fit Temoigne de l'air de quelqu'un qui abat un atout maître.

Lisa intervint avec tact.

— Docteur Ferrami, nous devrions commencer : nous avons beaucoup de travail.

— Vous avez raison.

Temoigne ajouta :

— Normalement, vous ne devriez interroger le prisonnier qu'à travers une grille. Vous avez demandé à être dans la même pièce que lui et j'ai reçu de mes supérieurs l'ordre d'accéder à votre demande. Je vous prie toutefois instamment de reconsidérer votre requête : Pinker est un criminel violent et dangereux.

Jeannie sentit un frisson d'angoisse la parcourir, mais elle resta calme.

— Il y aura un garde armé dans la pièce pendant tout l'entretien.

— Certainement. Mais je serais plus rassuré si un grillage vous séparait du prisonnier. — Il eut un pâle sourire. — Un homme n'a pas besoin d'être un psychopathe pour éprouver des tentations devant deux jeunes femmes aussi séduisantes.

Jeannie se leva brusquement.

— Monsieur le directeur, je suis sensible à votre sollicitude, mais je dois suivre certaines procédures : prendre un échantillon sanguin, photographier le sujet, etc., ce qui est impossible à travers des barreaux. En outre, certaines parties de notre interrogatoire portent sur des questions très intimes et nous estimons que ce genre de barrière artificielle entre le sujet et nous risquerait de compromettre nos résultats.

Il haussa les épaules.

— Enfin, j'espère que tout se passera bien. — Il se leva. — Je vous accompagne jusqu'aux cellules.

Ils sortirent du bureau et traversèrent une cour en terre battue jusqu'à un blockhaus en ciment de deux étages. Un gardien ouvrit une porte en métal pour les laisser entrer. Il faisait aussi chaud à l'intérieur qu'à l'extérieur. Temoigne dit :

— Robinson que voici va désormais s'occuper de vous. Si vous avez besoin de quoi que ce soit, mesdames, vous n'avez qu'à crier.

— Merci, monsieur le directeur, fit Jeannie. Nous vous sommes reconnaissantes de votre coopération.

Robinson était un Noir d'une trentaine d'années à la stature rassurante. Il avait un pistolet dans un étui et une matraque impressionnante. Il fit entrer les deux jeunes femmes dans une petite salle d'interrogatoire contenant une table et une demi-douzaine de chaises entassées les unes sur les autres. Il y avait un cendrier sur la table, une fontaine dans le coin ; à cela près, la pièce était nue. Le sol était recouvert de carreaux de plastique gris et les murs peints dans la même couleur. Pas de fenêtre.

— Pinker va être ici dans une minute, annonça Robinson.

Il aida Jeannie et Lisa à disposer la table et les chaises. Puis elles s'assirent.

Un instant plus tard, la porte s'ouvrit.

16

Berrington Jones retrouva Jim Proust et Preston Barck au Monocle, un restaurant proche du Sénat, à Washington. S'y retrouvaient pour déjeuner les hommes de pouvoir et l'établissement était plein de personnalités qu'ils connaissaient : membres du Congrès, chroniqueurs politiques, journalistes, conseillers. Berrington avait décidé qu'il était inutile d'essayer d'être discret. Ils étaient trop connus, surtout le sénateur Proust, avec son crâne chauve et son grand nez. S'ils s'étaient retrouvés dans un endroit perdu, quelque reporter les aurait repérés et aurait rédigé un écho demandant à quoi rimait ce rendez-vous secret. Mieux valait aller là où trente personnes les reconnaîtraient et supposeraient qu'ils avaient une discussion banale à propos de leurs mutuels intérêts.

Le but de Berrington était de maintenir sur les rails l'affaire Landsmann. Ç'avait toujours été une entreprise risquée et Jeannie Ferrami l'avait rendue carrément dangereuse. Devraient-ils renoncer à leurs rêves : faire changer de cap l'Amérique et la remettre sur la voie de l'intégrité raciale ? Il n'était pas trop tard ; pas tout à fait. Une Amérique blanche, respectueuse des lois, pratiquante et ayant le sens de la famille pouvait devenir une réalité. Mais ils avaient tous trois la soixantaine : s'ils laissaient passer cette chance, ils n'en auraient pas d'autre.

Jim Proust avait une forte personnalité : il parlait haut et fort. Mais on arrivait d'ordinaire à le convaincre. Avec ses manières douces, Preston était beaucoup plus sympathique, mais il était très entêté.

Berrington avait de mauvaises nouvelles à leur annoncer et il le fit dès qu'ils eurent commandé.

— Jeannie Ferrami est à Richmond pour voir Dennis Pinker.

Jim fronça les sourcils.

— Pourquoi est-ce que tu ne l'en as pas empêchée ? Il avait la voix grave et rauque à force d'aboyer des ordres depuis des années. Comme toujours, les manières autoritaires de Jim exaspérèrent Berrington.

— Qu'est-ce que j'étais censé faire : la ligoter ?

— Tu es le patron, non ?

— C'est l'université, Jim, pas l'armée.

Preston intervint d'un ton nerveux :

— Parlons plus bas, mes amis. — Il arborait des petites lunettes à monture noire inchangées depuis 1959 ; un modèle qui revenait à la mode, avait remarqué Berrington. — Nous savions que ça pourrait arriver. Je propose que nous avouions tout immédiatement.

— Avouer ? fit Jim d'un ton incrédule. Sommes-nous censés avoir mal agi ?

— Il y a des gens qui pourraient comprendre les choses ainsi...

— Laisse-moi te rappeler que, quand la CIA a rédigé « Nouveaux développements de la science soviétique », le rapport qui a tout déclenché, le président Nixon lui-même a dit que c'était l'information en provenance de Moscou la plus inquiétante depuis que les Soviétiques avaient réalisé la fission de l'atome.

— Le rapport était peut-être erroné, fit Preston.

— Mais ce n'est pas ce que nous avons pensé. Plus important, notre président y a cru dur comme fer. Tu ne te souviens pas de la trouille qu'il avait à cette époque ?

Berrington s'en souvenait fort bien. Les Soviétiques avaient un programme d'élevage d'êtres humains, avait annoncé la CIA. Ils projetaient de produire des savants parfaits, des joueurs d'échecs parfaits, des athlètes parfaits — et des soldats parfaits. Nixon avait ordonné à la Direction des recherches médicales de l'armée américaine, comme on l'appelait alors, de mettre sur pied un programme parallèle pour trouver un moyen de produire des soldats américains parfaits. C'était à Jim Proust qu'on avait confié cette tâche.

Il avait aussitôt demandé de l'aide à Berrington. Quelques années auparavant, ce dernier avait choqué tout le monde, et surtout sa femme, Vivvie, en s'enrôlant dans l'armée au moment où les sentiments antimilitaristes bouillonnaient parmi les Américains de son âge. Il était parti travailler à Fort Detrick, à Frederick, dans le Maryland, pour étudier les effets de la fatigue chez les soldats. Au début des années soixante-dix, il était le principal spécialiste mondial des études sur le caractère héréditaire de tendances comme l'agressivité et la résistance physique. Les sujets d'expérimentation étaient les soldats. Pendant ce temps, à Harvard, Preston avait fait toute une série de découvertes sensationnelles sur les mécanismes de la fécondation humaine. Berrington l'avait persuadé de quitter l'université pour participer avec lui et Proust à cette grande expérience.

Ç'avait été le grand moment de Berrington.

— Je me souviens combien c'était excitant, dit-il.

Nous étions à la pointe du progrès scientifique. Nous remettions l'Amérique sur le droit chemin et c'était notre président qui nous avait demandé d'accomplir cette mission.

Preston chipotait dans sa salade.

— Les temps ont changé. Ça n'est plus une excuse de dire : « Je l'ai fait parce que le président des États-Unis me l'a demandé. » Des hommes se sont retrouvés en prison pour ça.

— Quel mal y avait-il ? fit Jim, sur la défensive. C'était secret, d'accord. Mais qu'est-ce qu'il y a à avouer, bon sang ?

— Nous agissions dans la clandestinité, déclara Preston.

Jim rougit sous son hâle.

— Nous avons transféré notre projet dans le secteur privé.

Quel sophisme ! songea Berrington. Mais il ne voulait pas heurter Jim de front en le disant. Ces clowns du Comité pour la réélection du président s'étaient fait prendre alors qu'ils pénétraient par effraction dans les bureaux du Watergate et tout Washington s'était affolé. Preston avait fait de Genetico une SARL et Jim lui avait obtenu suffisamment de contrats militaires juteux pour en faire une entreprise financièrement viable. Au bout de quelque temps, les cliniques de fécondation étaient devenues lucratives et les bénéfices de l'entreprise payaient le programme de recherche sans l'aide des militaires. Berrington reprit sa carrière universitaire. Jim quitta l'armée pour la CIA puis fut élu au Sénat.

— Je ne dis pas que nous avions tort, reprit Preston, même si certaines des choses que nous avons faites au début étaient contraires à la loi.

Berrington ne voulait pas les voir prendre tous deux des positions diamétralement opposées. Il intervint donc en déclarant d'un ton calme :

— L'ironie, c'est qu'il s'est révélé impossible de *produire* des Américains parfaits. Nous nous étions engagés sur une mauvaise voie: la reproduction naturelle est trop aléatoire. Mais nous avons eu l'intelligence de déceler les possibilités du génie génétique.

— Personne n'avait même entendu ces mots-là à l'époque, grommela Jim en découpant son steak.

Berrington acquiesça.

— Jim a raison, Preston. Nous devrions être fiers de ce que nous avons fait et non pas honteux. Quand tu y penses, nous avons accompli un miracle. Nous nous sommes fixé pour tâche de découvrir si l'intelligence et l'agressivité, par exemple, sont génétiques. Puis d'identifier les gènes responsables. Et enfin de les créer chez des embryons produits en éprouvette. Et nous sommes sur le point d'y parvenir!

Preston haussa les épaules.

— Toute la communauté des chercheurs en biologie humaine travaille sur les mêmes problèmes.

— Pas tout à fait. Nous étions plus concentrés et nous avons fait très attention à nos mises.

— C'est vrai.

Chacun à sa façon, les deux amis de Berrington avaient décoléré. Jim s'était emporté et Preston avait geint ; maintenant, ils devaient être assez calmes pour examiner froidement la situation.

— Voilà qui nous ramène à Jeannie Ferrami, reprit Berrington. D'ici un an ou deux, elle pourra peut-être nous dire comment rendre les gens agressifs sans les transformer en criminels. Les dernières pièces du puzzle se mettent en place. L'OPA Landsmann nous offre l'occasion d'accélérer tout le programme et de faire entrer Jim à la Maison-Blanche. Ce n'est pas le moment de faire machine arrière.

— Tout cela est bien beau, fit Preston. Mais qu'allons-nous faire? Ces emmerdeurs de chez Landsmann ont un comité d'éthique, vous savez.

Berrington avala une bouchée de poisson.

— Il faut tout d'abord comprendre que nous ne nous trouvons pas devant une crise, mais tout simplement devant un problème. Et le problème n'est pas Landsmann. En fouillant pendant cent ans dans nos livres, leurs comptables ne découvriraient pas la vérité. Notre problème, c'est Jeannie Ferrami. Il faut l'empêcher d'en apprendre davantage, du moins avant lundi prochain, jour où nous signons les accords d'OPA.

— Mais tu ne peux pas le lui ordonner, fit Jim d'un ton sarcastique, parce que vous travaillez pour une université et non pas pour l'armée.

Berrington acquiesça. Il les avait tous deux amenés là où il voulait.

— C'est vrai, reprit-il avec calme. Je ne peux pas lui donner d'ordre. Mais il y a des façons plus subtiles de manipuler les gens que celles employées par les militaires, Jim. Si vous voulez bien tous les deux me laisser régler cette affaire, je vais m'occuper d'elle.

Cela ne suffisait pas à Preston.

— Comment ?

Voilà quelque temps que Berrington tournait et retournait la question dans son esprit. Il n'avait pas de plan, mais il avait une idée.

— Je crois que son utilisation des banques de données médicales pose un problème éthique. Je pense pouvoir l'obliger à arrêter.

— Elle a dû se couvrir.

— Je n'ai pas besoin d'une raison valable, simplement d'un prétexte.

— Comment est-elle, cette fille ? demanda Jim.

— La trentaine. Grande, très sportive. Cheveux bruns, un anneau dans le nez, elle a une vieille Mercedes rouge. Longtemps, j'ai eu très bonne opinion d'elle. Hier soir, j'ai découvert qu'il y avait des tares dans sa famille. Son père est un criminel. Mais elle est intelligente, dynamique et entêtée.

— Mariée, divorcée ?

— Célibataire. Pas de petit ami.

— Un chien ?

— Non. C'est un beau brin de fille. Mais pas commode à manier.

Jim hocha la tête d'un air songeur.

— Nous avons encore bien des amis fidèles aux Renseignements. Ça ne devrait pas être très difficile de faire disparaître une fille comme ça.

Preston prit un air affolé.

— Pas de violence, Jim, au nom du ciel !

Un serveur vint débarrasser et ils gardèrent le silence jusqu'à ce qu'il fût reparti. Berrington savait qu'il devait leur parler du message laissé hier soir sur son répondeur par le sergent Delaware. Le cœur lourd, il dit :

— Il y a autre chose : dimanche soir, une fille a été violée au gymnase. La police a arrêté Steve Logan. La victime l'a reconnu lors d'une séance d'identification.

— C'est lui qui a fait le coup ? fit Jim.

— Non.

— Tu sais qui ?

Berrington le regarda droit dans les yeux.

— Oui, Jim, je sais.

— Oh, merde !

— Peut-être faudrait-il faire disparaître les garçons, suggéra Jim.

Berrington sentit sa gorge se serrer, comme s'il s'étranglait, et il savait qu'il était tout rouge. Il se pencha et braqua un doigt vers Jim.

— Que je ne t'entende jamais plus dire ça ! siffla-t-il en approchant son index si près des yeux de Jim que celui-ci tressaillit — pourtant il était beaucoup plus costaud.

— Restez tranquilles, vous deux, déclara Preston. Les gens vont vous remarquer !

Berrington n'en avait pas encore terminé. S'ils s'étaient trouvés dans un lieu moins fréquenté, il aurait pris Jim à la gorge. Il se contenta de l'attraper par les revers de son veston.

— C'est nous qui avons donné vie à ces garçons.

Nous qui les avons mis au monde. Bons ou mauvais, ils sont notre responsabilité.

— Bon, bon ! fit Jim.

— Comprends-moi bien. S'il arrive quoi que ce soit à l'un d'eux, je te ferai sauter la cervelle, Jim.

Un serveur apparut en demandant :

— Souhaiteriez-vous un dessert, messieurs ?

Berrington lâcha le revers de Jim. Jim lissa sa veste avec des gestes furieux.

— Bon Dieu, marmonna Berrington. Bon Dieu !

— S'il vous plaît, apportez-moi l'addition, dit Preston au serveur.

17

Steve Logan n'avait pas fermé l'œil de la nuit.

Porky Butcher avait dormi comme un bébé, émettant de temps en temps un léger ronflement. Assis sur le sol, Steve l'observait, guettant avec appréhension le moindre mouvement, le plus léger soubresaut, songeant à ce qui se passerait quand l'homme s'éveillerait. Porky allait-il lui chercher querelle ? essayer de le violer ? le rosser ?

Il avait de bonnes raisons de trembler. En prison, les hommes se faisaient battre sans arrêt. Il y avait des blessés, parfois des tués. À l'extérieur, le public s'en moquait éperdument. On se disait que, si ces gibiers de potence s'estropiaient et se massacraient entre eux, ils seraient moins en mesure de voler et de tuer d'honnêtes citoyens.

Je dois à tout prix m'efforcer de ne pas avoir l'air d'une victime, ne cessait de se répéter Steve en tremblant. Les gens se trompaient facilement sur son compte, il le savait : Tip Hendricks avait commis cette erreur. Steve avait l'air gentil. Il avait beau être costaud, on l'aurait cru incapable de faire du mal à une mouche.

Il devait maintenant sembler prêt à riposter mais sans se montrer provocant. Avant tout, il ne fallait surtout pas que Porky le prenne pour un bon petit étudiant. Ça voudrait dire des plaisanteries, des coups, des injures et pour finir une raclée en règle. Il devait, si possible, lui donner l'impression d'être un criminel endurci. À défaut, il faudrait surprendre et déconcerter Porky en émettant des signaux insolites.

Et si rien de tout cela ne marchait?

Porky était plus grand et plus fort que Steve et pourrait bien être rompu au combat de rues. Steve était en meilleure forme et avait sans doute une plus grande vitesse de déplacement, mais cela faisait sept ans qu'il n'avait pas délibérément frappé quelqu'un. Dans un endroit plus vaste, Steve aurait pu tout de suite casser la figure de Porky et s'en tirer sans blessure grave. Mais ici, dans cette cellule, quel que soit le vainqueur, ce serait sanglant. Si l'inspecteur Allaston avait dit vrai, Porky avait prouvé au cours des dernières vingt-quatre heures qu'il avait l'instinct d'un tueur. *Est-ce que j'ai l'instinct d'un tueur? D'ailleurs, est-ce que ça existe, l'instinct de tueur? J'ai bien failli tuer Tip Hendricks. Est-ce que ça me met dans le même panier que Porky?*

En songeant à ce que ça représenterait de sortir vainqueur d'une bagarre avec Porky, Steve frémit. Il s'imaginait le grand gaillard gisant ensanglanté sur le sol de la cellule, Steve planté au-dessus de lui comme il s'était planté au-dessus de Tip Hendricks, et la voix de Spike, le geôlier, disant: « Mon Dieu! je crois bien qu'il est mort. » Il préférait se faire rosser.

Peut-être devrait-il se montrer passif. Ce serait peut-être plus prudent de se recroqueviller sur le sol et de laisser Porky le cribler de coups de pied jusqu'à ce qu'il en ait assez. Mais Steve ne savait pas s'il en serait capable. Il restait donc là, la gorge sèche, le cœur battant, fixant le psychopathe endormi, livrant dans son imagination un combat après l'autre, des combats qu'il perdait toujours.

Les flics devaient souvent faire ce coup-là. Spike, le geôlier, n'avait pas l'air de trouver ça inhabituel. Peut-être, au lieu de tabasser les gens dans les salles d'interrogatoire pour les faire avouer, les policiers laissaient-ils d'autres suspects accomplir le travail à leur place. Steve se demandait combien de gens avouaient des crimes qu'ils n'avaient pas commis juste pour éviter de passer une nuit en cellule avec des types comme Porky.

Je ne l'oublierai jamais, se jura-t-il. *Quand je serai devenu avocat et que je défendrai des personnes accusées de crimes, jamais je n'accepterai des aveux comme preuve.* Il se voyait déjà devant un jury. « On m'a accusé un jour d'un crime que je n'avais pas commis, mais j'ai bien failli l'avouer, déclarerait-il. Je suis passé par là, je *sais*. »

Puis il se rappela que, s'il était reconnu coupable de ce viol, il serait expulsé de la faculté de droit et qu'il ne défendrait jamais personne.

Il continuait à se répéter qu'on n'allait pas l'inculper. Le test de l'ADN allait l'innocenter. Vers minuit, on l'avait extrait de sa cellule. On lui avait passé les menottes pour le conduire à l'hôpital de la Miséricorde, à quelques blocs du commissariat. Là, on lui avait prélevé un échantillon de sang à partir duquel on allait analyser son ADN. Il avait demandé à l'infirmière combien de temps cela prenait : il avait été consterné d'apprendre que les résultats ne seraient pas connus avant trois jours. Il avait regagné sa cellule, découragé. On l'avait remis avec Porky qui, bienheureusement, dormait toujours.

Il estimait qu'il pourrait rester éveillé vingt-quatre heures. On ne pouvait pas le garder plus longtemps sans décision du tribunal. On l'avait arrêté vers dix-huit heures ; il pourrait donc être retenu ici jusqu'à la même heure ce soir. À ce moment-là, sinon plus tôt, on devrait lui donner la possibilité de demander à être libéré sous caution.

Il fit un effort pour se rappeler ses cours de droit sur la liberté sous caution. « La seule question que peut se poser le tribunal, c'est de savoir si l'accusé se présentera au procès », avait psalmodié le professeur Rexam. À l'époque, ça lui avait paru aussi assommant qu'un sermon ; aujourd'hui, c'était plus important que tout. Les détails commencèrent à lui revenir. On tenait compte de deux éléments. L'un était la sentence éventuelle. Si le chef d'accusation était grave, c'était plus risqué d'accorder la liberté sous caution : l'accusé serait plus enclin à fuir une inculpation de meurtre qu'une accusation de vol à la tire. Même chose s'il avait un casier judiciaire et se trouvait confronté à une peine de longue durée. Steve n'avait pas de casier judiciaire : même s'il avait été jadis condamné pour voies de fait graves, c'était avant sa majorité et on ne pouvait pas utiliser ce précédent contre lui. Il se présenterait devant la Cour avec un casier vierge. Toutefois, les accusations qui pesaient sur lui étaient très graves.

Le second élément, il s'en souvenait, c'étaient les « liens de communauté » du prisonnier : famille, domicile et travail. Un homme qui habitait depuis cinq ans à la même adresse avec sa femme et ses enfants et qui travaillait au coin de la rue obtiendrait d'être libéré sous caution ; pour quelqu'un qui n'avait pas de famille dans la ville, qui venait d'emménager dans son appartement et qui déclarait comme profession « musicien au chômage », c'était moins sûr. Sur ce point, Steve était confiant. Il vivait chez ses parents et il était en seconde année de droit : il avait beaucoup à perdre en s'enfuyant.

Les tribunaux n'étaient pas censés considérer si l'accusé représentait ou non un danger pour la communauté. Ce serait préjuger de sa culpabilité. Cependant, en pratique, ils le faisaient. En fait, un homme qui ne cessait d'être impliqué dans de violentes disputes risquait plus de se voir refuser la liberté sous caution que quelqu'un qui ne s'était qu'une seule fois rendu coupable de voies de fait. Si Steve avait été accusé d'une série de viols, plutôt que d'un incident isolé, ses chances de libération auraient été quasiment nulles.

Étant donné la situation, estimait-il, la balance pouvait pencher d'un côté ou de l'autre. Sans quitter Porky des yeux, il répétait dans sa tête des discours de plus en plus éloquents adressés au juge.

Il était toujours bien décidé à assurer lui-même sa défense. Il n'avait pas donné le coup de téléphone auquel il avait droit. Il tenait désespérément à cacher cette histoire à ses parents jusqu'au moment où il pourrait leur annoncer qu'il avait été innocenté. L'idée de leur révéler qu'il était en prison était trop pénible : ils seraient bouleversés, accablés. Bien sûr, ce serait un réconfort de partager cette épreuve avec eux. Mais, chaque fois qu'il était tenté de les appeler, il se souvenait de leur visage quand ils étaient entrés au commissariat sept ans auparavant, après la bagarre avec Tip Hendricks. Il savait que leur parler lui ferait encore plus mal que tout ce que Porky Butcher parviendrait à lui infliger.

Au cours de la nuit, on avait amené d'autres hommes dans les cellules. Les uns étaient apathiques et dociles. D'autres protestaient bruyamment de leur innocence. L'un d'eux se battit même avec les flics, ce qui lui valut un tabassage en règle.

Vers cinq heures du matin, les choses s'étaient un peu calmées. Vers huit heures, le remplaçant de Spike apporta dans des récipients en plastique le petit déjeuner venant d'un restaurant voisin. L'arrivée de la nourriture tira de leur torpeur les occupants des autres cellules, et toute cette agitation réveilla Porky. Steve resta où il était, assis par terre, le regard perdu dans le vide, mais surveillant avec angoisse Porky du coin de l'œil. Toute manifestation d'amitié serait considérée comme un signe de faiblesse, supposait-il. L'attitude à adopter, c'était l'hostilité passive.

Porky se redressa sur sa couchette en se tenant la tête et dévisagea Steve, mais sans prononcer un mot. Il devait le jauger. Au bout d'une minute ou deux, il dit :

— Qu'est-ce que tu fous là ?

Steve prit un air renfrogné, puis laissa son regard glisser lentement jusqu'à croiser celui de Porky. Il le regarda ainsi quelques instants. Porky était plutôt bel homme, mais avec un visage un peu gras et un air agressif. De ses yeux injectés de sang, il contempla Steve d'un air rêveur. C'était un être délabré, un perdant, mais dangereux, estima Steve. Il détourna les yeux, feignant l'indifférence. Il ne répondit pas. Plus il faudrait de temps à Porky pour comprendre qui il était, plus il serait en sûreté.

Quand le geôlier poussa le repas par la fente entre les barreaux, Steve l'ignora.

Porky prit un plateau. Il engloutit le bacon, les œufs, le toast, avala le café, puis, sans aucune gêne, utilisa bruyamment les toilettes.

Quand il eut terminé, il remonta son pantalon, s'assit sur la couchette, regarda Steve et demanda :

— T'es ici pour quoi, mon petit Blanc ?

C'était le moment le plus dangereux. Porky essayait de prendre sa mesure. Steve devait sembler être tout sauf ce qu'il était : un étudiant vulnérable de la moyenne bourgeoisie qui ne s'était pas battu depuis qu'il était gosse.

Il tourna la tête et regarda Porky, comme s'il remarquait sa présence pour la première fois. Il le dévisagea un long moment avant de répondre, d'un ton un peu pâteux :

— Un enfant de salaud a commencé à m'emmerder, alors je lui ai fait son affaire, mais bien.

Porky le dévisagea à son tour. Steve était incapable de deviner si l'homme le croyait ou non. Au bout d'un long moment, Porky dit :

— Tu l'as tué ?
— Je veux !
— Moi, c'est pareil.
Porky avait gobé l'histoire de Steve. S'enhardissant, Steve ajouta :
— Ce fils de pute ne va plus me faire chier.
— Eh oui, fit Porky.
Il y eut un long silence. Porky semblait réfléchir. Il finit par dire :
— Pourquoi ils nous ont mis ensemble ?
— Ces fils de pute n'ont rien contre moi. Ils s'imaginent que, si je te bute, ils me tiennent.
Porky était blessé dans son orgueil.
— Et si c'est moi qui te bute ?
— Alors, dit Steve en haussant les épaules, ils te tiennent.
Porky hocha lentement la tête.
— Ouais, murmura-t-il. Ça se pourrait.
Il semblait à court de sujets de conversation. Au bout d'un moment, il se rallongea.
Steve attendit. Est-ce que c'était fini ?
Après quelques minutes, Porky parut se rendormir. Quand il se mit à ronfler, Steve s'adossa au mur, soulagé.
Après cela, il ne se passa rien pendant plusieurs heures.
Personne n'adressa la parole à Steve, personne ne l'informa de ce qui se passait. Il aurait voulu savoir quand il pourrait demander à être libéré sous caution, mais personne ne le lui dit. Il essaya de parler au nouveau geôlier ; l'homme l'ignora purement et simplement.
Porky dormait toujours quand le gardien vint ouvrir la porte de la cellule. Il passa à Steve des menottes et des fers aux pieds, puis il réveilla Porky et en fit autant avec lui. Enchaînés à deux autres hommes, on leur fit faire quelques pas jusqu'au bout du couloir puis on les poussa dans une petite pièce.
À l'intérieur, deux tables, chacune avec un ordi-

nateur et une imprimante laser. Devant, des rangées de chaises en plastique gris. Un bureau était occupé par une Noire d'une trentaine d'années vêtue avec soin. Elle leva les yeux.

— Asseyez-vous, s'il vous plaît, dit-elle en continuant à travailler, ses doigts bien manucurés courant sur le clavier.

Ils avancèrent en traînant les pieds jusqu'à la rangée de chaises et s'assirent. Steve inspecta les lieux. Une pièce ordinaire, avec des classeurs métalliques, des tableaux de service, un extincteur et un vieux coffre-fort. Après les cellules, ça lui parut superbe.

Porky ferma les yeux et parut se rendormir. L'un des deux autres hommes fixait d'un air incrédule sa jambe droite, qui était plâtrée. L'autre arborait un sourire vague et n'avait manifestement pas la moindre idée de l'endroit où il se trouvait ; il avait l'air camé jusqu'aux trous de nez, ou bien atteint de troubles mentaux, ou peut-être les deux.

La femme finit par se détourner de son écran.

— Quel est votre nom ? dit-elle.

Steve était le premier de la rangée. Il répondit donc :

— Steve Logan.

— Monsieur Logan, je suis le commissaire Williams.

Bien sûr : elle était commissaire juridique. Il se rappelait maintenant cette partie de son cours de procédure criminelle. Un commissaire juridique était un magistrat occupant un rang bien plus modeste qu'un juge. Il était chargé des mandats d'arrêt et autres détails de procédure. Il avait le pouvoir d'accorder la libération sous caution, se souvint-il. Son moral remonta. Peut-être était-il sur le point de sortir.

Elle reprit :

— Je suis ici pour vous dire de quoi vous êtes accusé, la date, l'heure et le lieu de votre procès, si vous allez bénéficier d'une libération sous caution, ou bien d'une libération conditionnelle et, si c'est le cas, dans quelles conditions.

Elle parlait très vite, mais Steve entendit l'allusion à la caution qui vint confirmer ses souvenirs. C'était elle qu'il devait persuader qu'elle pouvait compter sur lui pour se présenter au procès.

— Vous comparaissez devant moi avec comme chefs d'accusation viol avec préméditation, violences avec intention de viol, voies de fait et sodomie.

Tout en énumérant les horribles crimes dont il était accusé, elle gardait un visage impassible. Elle lui donna ensuite une date pour son procès — trois semaines plus tard — et il se rappela qu'on devait fixer à tout suspect une date dans un délai n'excédant pas trente jours.

— Pour l'accusation de viol, vous encourez une peine d'emprisonnement à vie. Pour les violences avec intention de violer, une peine de deux à quinze ans.

Le violeur, se rappela-t-il, avait aussi mis le feu au gymnase. Pourquoi n'y avait-il pas d'accusation d'incendie volontaire ? Peut-être parce que la police n'avait aucune preuve pour établir un lien direct entre lui et le feu.

Elle lui tendit deux feuilles de papier. L'une précisait qu'on l'avait informé de son droit de se faire représenter. La seconde lui donnait les modalités à suivre pour contacter un avocat commis d'office. Il dut signer les exemplaires de chaque formulaire.

Elle lui posa toute une série de questions à un rythme de mitrailleuse et tapa les réponses sur son ordinateur.

— Vos nom et prénom. Adresse ? Numéro de téléphone ? Depuis quand êtes-vous à cette adresse ? Quel était votre précédent domicile ?

Steve commençait à reprendre espoir : il répondit au commissaire qu'il habitait chez ses parents, qu'il était en seconde année de droit et qu'il avait un casier judiciaire vierge. Elle lui demanda s'il prenait régulièrement de l'alcool ou une drogue et il put lui affirmer que non. Il se demandait si on lui laisserait l'occasion de faire une sorte de déclaration pour demander à être libéré sous caution, mais elle parlait vite et semblait suivre un modèle.

— Pour l'accusation de sodomie, je ne trouve pas de fortes présomptions. — Elle se détourna de son écran pour le regarder. — Cela ne signifie pas que vous n'ayez pas commis ce crime, mais il n'y a pas assez d'informations dans le rapport de l'inspecteur pour que je puisse confirmer ce chef d'accusation.

Steve se demanda pourquoi les policiers l'avaient mentionné. Peut-être espéraient-ils qu'il nierait avec indignation et qu'il se trahirait en disant : « C'est dégoûtant : je l'ai sautée, mais je ne l'ai pas sodomisée, pour qui me prenez-vous ? »

Le commissaire reprit :

— Mais on doit quand même vous juger pour ça.

Steve n'y comprenait plus rien. À quoi bon préciser ce point s'il devait tout de même passer en jugement ? Si lui, un étudiant en seconde année de droit, trouvait tout cela difficile à suivre, quelle chance avait un individu quelconque d'y comprendre quoi que ce soit ?

— Avez-vous des questions ? fit le commissaire.

Steve prit une profonde inspiration.

— Je voudrais faire une demande de libération sous caution. Je suis innocent…

Elle l'interrompit.

— Monsieur Logan, vous comparaissez devant moi pour des chefs d'accusation portant sur des actes criminels qui tombent sous le coup de l'article 638 B du code de procédure criminelle. Cela signifie que, en tant que commissaire juridique, je ne peux pas prendre à votre égard une décision de libération sous caution. Cette décision est du ressort d'un juge.

C'était comme un coup de poing en pleine figure.

Steve était si déçu qu'il se sentit mal. Il la dévisagea, incrédule.

— Alors, à quoi rime toute cette comédie ?

— Pour l'instant, votre statut de détention ne prévoit pas de libération sous caution.

Il éleva le ton.

— Alors pourquoi m'avez-vous posé toutes ces questions et m'avez-vous donné des espoirs ? Je croyais que j'allais pouvoir sortir d'ici !

Impassible, elle répondit avec calme :

— Les renseignements que vous m'avez fournis concernant votre adresse et autres détails seront vérifiés par un enquêteur qui fera son rapport au tribunal. Demain, vous comparaîtrez pour une éventuelle libération sous caution et c'est le juge qui prendra la décision.

— On me garde dans une cellule avec lui ! fit Steve en désignant Porky endormi.

— Le choix des cellules n'entre pas dans mes responsabilités...

— Ce type est un meurtrier ! La seule raison pour laquelle il ne m'a pas encore tué, c'est qu'il est incapable de rester éveillé ! Je porte officiellement plainte devant vous, en votre qualité de magistrat : je déclare que je suis soumis à une torture mentale et que ma vie est en danger.

— Quand les cellules sont pleines, vous devez partager...

— Les cellules ne sont pas pleines : regardez derrière vous et vous le verrez. La plupart sont vides. On m'a mis avec lui pour qu'il me flanque une raclée. Et, s'il le fait, je vous en rendrai personnellement responsable.

Elle se radoucit quelque peu.

— Je vais examiner la question. En attendant, je vous remets un certain nombre de documents. — Elle lui tendit la récapitulation des chefs d'accusation, le rapport des fortes présomptions et plusieurs autres papiers. — Veuillez signer chacun d'eux et garder un exemplaire.

Déçu, découragé, Steve prit le stylo à bille qu'elle lui tendait et signa les formulaires. Là-dessus, le geôlier secoua Porky pour le réveiller. Steve rendit les documents au commissaire. Elle les rangea dans un dossier. Puis elle se tourna vers Porky.

— Quel est votre nom ?

Steve s'enfouit la tête entre les mains.

18

L'homme qui entra était le sosie de Steve Logan.

Auprès d'elle, Jeannie entendit le hoquet de surprise de Lisa.

Dennis Pinker ressemblait tant à Steve que Jeannie ne parviendrait jamais à les distinguer l'un de l'autre.

Je ne me suis pas trompée ! se dit-elle, triomphante. Les faits venaient confirmer sa théorie. Même si les parents niaient avec vigueur que leurs enfants puissent avoir un jumeau, les deux jeunes gens se ressemblaient comme deux gouttes d'eau.

Leurs cheveux blonds et bouclés étaient coupés de la même façon : courts, avec une raie. Dennis retroussait les manches de sa combinaison de prisonnier avec le même soin que Steve roulait les manches de sa chemise de toile bleue. Dennis referma la porte derrière lui d'un coup de talon, tout comme Steve quand il était entré dans le bureau de Jeannie au pavillon des dingues. En s'asseyant, il lui fit un charmant sourire juvénile, tout comme Steve.

Elle avait du mal à croire que ce n'était pas lui.

Elle regarda Lisa. Celle-ci dévisageait Dennis avec des yeux ronds, le visage blême de peur.

— C'est lui, murmura-t-elle.

Dennis regarda Jeannie et annonça :

— Vous allez me donner votre culotte.

Jeannie se sentit glacée par la froide certitude avec laquelle il s'exprimait ; mais elle éprouvait aussi une excitation intellectuelle. Steve ne dirait jamais une chose pareille. Un matériel génétique identique avait produit deux individus radicalement différents : un charmant étudiant et un psychopathe. Mais la différence était-elle purement superficielle ?

Robinson, le gardien, déclara doucement :

— Pinker, tiens-toi bien et sois gentil, sinon tu vas avoir des ennuis.

Dennis sourit de nouveau d'une façon juvénile, mais ses paroles étaient terrifiantes.

— Robinson ne s'en rendra pas compte, mais vous allez le faire. Vous sortirez d'ici avec le vent qui soufflera sur votre cul nu.

Jeannie s'obligea à se calmer. Ce n'était là que vantardise. Elle était intelligente et costaude : Dennis aurait du mal à l'attaquer même si elle était seule. Avec un solide gardien de prison planté auprès d'elle, armé d'une matraque et d'un pistolet, elle ne risquait absolument rien.

— Ça va ? murmura-t-elle à Lisa.

Lisa était pâle, mais un pli déterminé crispait sa bouche et elle répliqua d'un ton ferme :

— Très bien.

Comme ses parents, Dennis avait rempli d'avance plusieurs formulaires. Lisa s'attaqua aux questionnaires plus compliqués, qu'on ne pouvait pas remplir en cochant simplement des cases. Pendant ce temps, Jeannie examinait les résultats et comparait Dennis avec Steve. Les similitudes étaient stupéfiantes : profil psychologique, sujets d'intérêt et passe-temps, goûts, aptitudes physiques... tous les mêmes. Dennis, en outre, avait le même QI étonnamment élevé que Steve.

Quel gâchis, songea-t-elle. *Ce jeune homme pour-*

rait devenir un savant, un chirurgien, un ingénieur, un informaticien. Au lieu de cela, il est ici.

La grande différence entre Dennis et Steve, c'était leur degré d'intégration à la société. Steve était un garçon mûr avec une faculté d'adaptation au-dessus de la moyenne, il n'avait pas de problème dans ses rapports avec les inconnus, il était prêt à accepter l'autorité légitime, à l'aise avec ses amis, heureux de faire partie d'une équipe. Les rapports qu'entretenait Dennis avec autrui étaient ceux d'un enfant de trois ans : il s'emparait de tout ce dont il avait envie, il avait du mal à partager, il avait peur des inconnus et, s'il ne pouvait pas obtenir ce qu'il voulait, il perdait son calme et devenait violent.

Jeannie se rappelait comment elle était à trois ans. Elle se voyait penchée sur le petit lit où dormait sa nouvelle petite sœur. Patty portait une jolie barboteuse rose avec des fleurs bleu pâle brodées sur le col. Jeannie se rappelait encore la haine qui s'était emparée d'elle devant le visage minuscule. Patty lui avait volé son papa et sa maman. Jeannie aurait voulu de tout son être tuer cette intruse qui avait accaparé l'amour et l'attention jusqu'alors réservés à elle seule. Tante Rosa avait dit : « Tu aimes ta petite sœur, n'est-ce pas ? » et Jeannie avait répliqué : « Je la déteste, je voudrais qu'elle soit morte. » Tante Rosa l'avait giflée et Jeannie s'était sentie doublement maltraitée.

Jeannie avait évolué, tout comme Steve ; mais Dennis, jamais. Pourquoi Steve était-il différent de Dennis ? Avait-il été sauvé par son éducation ? Ou bien avait-il seulement l'air différent ? Ses talents d'adaptation sociale n'étaient-ils qu'un masque sous lequel se dissimulait le psychopathe ?

Tout en observant et en écoutant, Jeannie constata qu'il existait une autre différence : elle avait peur de Dennis. Elle ne pouvait pas mettre le doigt sur la cause exacte, mais il se dégageait de lui comme une menace latente. Elle avait le sentiment qu'il pourrait faire n'importe quoi, sans se soucier des conséquences. Jamais Steve ne lui avait donné cette impression.

Jeannie photographia Dennis et prit des gros plans de ses deux oreilles. Chez les jumeaux monozygotes, les oreilles présentaient en général de très grandes similitudes, surtout dans l'attache des lobes.

Elles avaient presque terminé. Lisa préleva un échantillon du sang de Dennis. Jeannie avait hâte de comparer les ADN. Elle était certaine que Steve et Dennis avaient les mêmes gènes : cela prouverait qu'ils étaient des vrais jumeaux.

Suivant la procédure habituelle, Lisa scella le flacon et apposa sa signature sur le cachet. Puis elle alla le porter jusqu'à la glacière qui se trouvait dans le coffre de la voiture, laissant Jeannie poursuivre seule l'interrogatoire.

En terminant la dernière série de questions, Jeannie regretta de ne pas pouvoir avoir Steve et Dennis ensemble au laboratoire durant une semaine. Mais ce ne serait pas possible pour un grand nombre des jumeaux qu'elle avait sélectionnés. En étudiant des criminels, elle se heurterait sans cesse au même problème : certains des sujets qu'elle examinait étaient en prison. On ne pratiquerait sur Dennis les tests plus sophistiqués — impliquant l'usage d'instruments de laboratoire — que quand il serait libéré de prison, si cela arrivait un jour. Elle devait l'accepter. Elle aurait une foule d'autres données sur lesquelles travailler.

Elle arriva au bout du dernier questionnaire.

— Merci de votre patience, monsieur Pinker.

— Vous ne m'avez pas encore donné votre petite culotte.

— Allons, Pinker, fit Robinson. Tu t'es bien conduit tout l'après-midi, ne gâche pas tout.

Dennis lança au gardien un regard de pur mépris. Puis il dit à Jeannie :

— Robinson a peur des rats, vous saviez ça, madame la psychologue ?

Soudain, Jeannie se sentit angoissée. Il se passait quelque chose qu'elle ne comprenait pas. Elle se mit à ranger précipitamment ses papiers.

Robinson avait l'air gêné.

— J'ai horreur des rats, c'est vrai, mais ils ne me font pas peur.

— Pas même le gros tout gris là-bas, dans le coin ? fit Dennis en montrant du doigt le fond de la pièce.

Robinson pivota sur lui-même. Il n'y avait pas de rat dans le coin mais, pendant que Robinson avait le dos tourné, Dennis fouilla dans sa poche et en tira brusquement un paquet bien ficelé. Ses gestes étaient si rapides que Jeannie ne devina que trop tard ce qu'il faisait. Il déplia un mouchoir à pois bleus pour libérer un gros rat gris avec une longue queue rose. Jeannie frissonna. Elle n'était pas une petite nature, mais il y avait quelque chose qui vous donnait la chair de poule dans le spectacle de ce rat tendrement blotti au creux de ces mains qui avaient étranglé une femme.

Robinson n'avait pas eu le temps de se retourner que Dennis avait lâché le rat. Il traversa la salle en trottinant.

— Là, Robinson, là ! cria Dennis.

Robinson tourna la tête, aperçut le rat et pâlit.

— Merde, marmonna-t-il en prenant sa matraque.

Le rat courait le long de la plinthe, cherchant un endroit où se cacher. Robinson le poursuivit à coups de matraque. Il laissa sur le mur une série de traces noires mais manqua l'animal.

Jeannie observait Robinson avec une inquiétude croissante. Quelque chose n'allait pas, quelque chose d'incompréhensible. La chose avait l'air d'une plaisanterie. Mais Dennis n'était pas un farceur ; c'était un pervers sexuel et un meurtrier. Ce qu'il avait fait ne lui ressemblait pas. *À moins*, pensa-t-elle avec un frémissement d'horreur, *que ce ne soit une diversion et que Dennis n'ait un autre but...*

Quelque chose lui toucha les cheveux. Elle se retourna sur sa chaise et son cœur s'arrêta.

Dennis s'était déplacé : il était planté tout près d'elle. Il brandissait ce qui ressemblait à une sorte de couteau rudimentaire : une cuillère en étain dont le creux était aplati et aiguisé en forme de pointe.

Elle aurait voulu hurler, mais elle avait la gorge serrée. Une seconde plus tôt, elle s'était crue parfaitement en sûreté ; maintenant, elle était menacée par un meurtrier armé d'un couteau. *Comment ça a pu arriver aussi vite ?* Elle eut la sensation que le sang se retirait de sa tête et qu'elle pouvait à peine réfléchir.

Dennis lui saisit les cheveux de la main gauche et approcha la pointe du couteau si près de son œil qu'elle n'arrivait pas à fixer son regard dessus. Il se pencha et lui parla à l'oreille. Son souffle chaud lui balayait la joue. Il sentait la transpiration. Il parlait si bas que c'était à peine si elle parvenait à l'entendre avec le vacarme que faisait Robinson.

— Fais ce que je te dis, ou je te crève les yeux.

Elle fondit de terreur.

— Oh ! mon Dieu ! non, vous n'allez pas m'aveugler, supplia-t-elle.

Le fait d'entendre sa propre voix s'exprimer sur un ton si bizarre, vibrant d'une terreur si abjecte, lui fit quelque peu retrouver ses esprits. Elle essaya désespérément de se reprendre et de réfléchir. Robinson poursuivait toujours le rat, ne se doutant absolument pas de ce que fabriquait Dennis. Jeannie avait du mal à croire à ce qui était en train de se passer. Ils étaient au cœur d'un pénitencier, elle avait un gardien armé auprès d'elle, et pourtant elle était à la merci de Dennis. Et dire qu'il y a quelques instants elle s'était imaginé qu'elle lui donnerait une bonne leçon si jamais il l'attaquait ! Elle se mit à trembler.

Dennis lui tira violemment les cheveux pour l'obliger à se lever et elle bondit sur ses pieds.

— Je vous en prie ! — Tout en parlant, elle s'en voulait de le supplier ainsi, mais elle était trop terrifiée pour s'arrêter. — Je ferai n'importe quoi !

Elle sentit les lèvres de Dennis contre son oreille.

— Enlève ta culotte.

Elle resta pétrifiée. Pour lui échapper, elle était prête à faire tout ce qu'il voulait, si humiliant que ce fût. Mais ôter sa culotte pourrait être aussi dangereux que de le défier. Elle ne savait pas quoi faire. Elle chercha du regard Robinson. Il était hors de son champ visuel, derrière elle ; elle n'osait pas tourner la tête à cause du couteau tout près de son œil. Pourtant, elle l'entendait invectiver le rat en donnant de grands coups de matraque.

— Je n'ai pas beaucoup de temps, murmura Dennis d'une voix coupante comme une bise glacée. Si je n'ai pas ce que je veux, tu ne reverras jamais la lumière du soleil.

Elle le croyait. Elle venait de terminer trois heures d'interrogatoire psychologique avec lui : elle savait qu'il n'avait pas de conscience, n'éprouvait aucun sentiment de culpabilité, aucun remords. Si elle contrecarrait ses désirs, il la mutilerait sans hésitation.

Mais que ferait-il lorsqu'elle aurait enlevé sa culotte ? se demanda-t-elle, désespérée. S'en contenterait-il et éloignerait-il la lame de son visage ? La frapperait-il quand même ? Ou bien exigerait-il d'avantage ?

Pourquoi Robinson n'arrive-t-il pas à tuer ce fichu rat ?

— Vite ! siffla Dennis.

Que pouvait-il y avoir de pire que d'être aveugle ?

— Très bien, gémit-elle.

Elle se pencha maladroitement, tandis que Dennis lui tenait toujours les cheveux et pointait le couteau sur elle. À tâtons, elle retroussa la jupe de son tailleur de toile et fit glisser son slip de coton blanc. Lorsqu'il tomba sur ses chevilles, Dennis poussa un gémissement rauque. Elle avait honte de ce qu'elle venait de faire, même si elle se répétait que ce n'était pas sa faute. Elle s'empressa de rajuster sa jupe pour couvrir sa nudité. Puis elle se débarrassa de sa petite culotte et d'un coup de pied l'envoya à l'autre bout de la pièce.

Elle se sentait horriblement vulnérable.

Dennis la lâcha, s'empressa de ramasser le slip et le pressa contre son visage pour le humer, les yeux fermés, en pleine extase.

Jeannie le dévisageait, horrifiée de cette intimité forcée. Il avait beau ne pas la toucher, elle frémissait de dégoût.

Qu'allait-il faire ensuite ?

La matraque de Robinson fit un bruit mou et répugnant. Jeannie se retourna et constata qu'enfin il avait touché le rat. Il lui avait brisé la colonne vertébrale et une tache rouge maculait le gris du carrelage. L'animal ne pouvait plus courir, mais il vivait encore : il avait les yeux ouverts et son corps bougeait au rythme de sa respiration. Robinson le frappa de nouveau, lui fracassant la tête. Le rat s'immobilisa et une matière visqueuse et grise se mit à suinter du crâne éclaté.

Jeannie se retourna vers Dennis. Elle fut surprise de le voir assis derrière la table, comme s'il n'avait jamais bougé. Il arborait un air innocent. Le couteau et la petite culotte avaient disparu.

Était-elle hors de danger ? Était-ce fini ?

Robinson était tout essoufflé. Il lança à Dennis un regard méfiant et dit :

— Ça n'est pas toi qui as apporté cette vermine ici, Pinker, hein ?

— Non, monsieur, fit Dennis sans vergogne.

Jeannie formait dans son esprit les mots « mais si, c'est lui ! ». Elle ne les prononça pas.

— Parce que, si je croyais que tu as fait une chose

pareille, je... — Le gardien lança un regard en coulisse du côté de Jeannie et décida de ne pas préciser ce qu'il ferait à Dennis. — Tu le regretterais.

— Oui, monsieur.

Jeannie comprit qu'elle était sauvée. Mais le soulagement céda aussitôt la place à la colère. Scandalisée, elle dévisagea Dennis. Allait-il prétendre que rien ne s'était passé ?

— Eh bien, tu peux toujours aller chercher un seau d'eau pour nettoyer tout ça, poursuivit Robinson.

— Tout de suite, monsieur.

— Enfin, si le docteur Ferrami en a fini avec toi.

Jeannie essaya de dire : « Pendant que vous étiez en train de tuer le rat, Dennis m'a volé ma culotte », mais les mots ne voulaient pas sortir. Ils paraissaient si stupides. Et elle imaginait déjà les conséquences que cela aurait de les prononcer. Elle serait coincée ici une heure durant pendant qu'on enquêterait sur cette allégation. On fouillerait Dennis et on découvrirait le sous-vêtement. Il faudrait le montrer à Temoigne, le directeur de la prison. Elle l'imaginait en train d'examiner la pièce à conviction, tripotant sa culotte et l'inspectant sur toutes les coutures avec une drôle d'expression...

Non. Elle ne dirait rien.

Elle ressentit un aiguillon de remords. Elle avait toujours méprisé les femmes qui se faisaient violenter et qui n'en parlaient pas, laissant le coupable s'en tirer. Voilà maintenant qu'elle adoptait la même attitude.

Elle comprit que Dennis comptait là-dessus. Il avait prévu sa réaction et parié qu'il pourrait s'en tirer sans histoire. Cette idée l'emplit d'une telle indignation qu'elle envisagea un moment de se plier à toutes ces tracasseries rien que pour l'embêter. Puis elle se représenta Temoigne, Robinson et tous les autres hommes de cette prison en train de la regarder en se disant : Tiens, elle n'a pas de culotte, et elle se rendit compte que ce serait trop humiliant.

Il était malin, ce Dennis, aussi malin que l'homme qui avait mis le feu au gymnase et violé Lisa, aussi malin que Steve...

— Vous avez l'air un peu secoué, lui dit Robinson. J'imagine que vous n'aimez pas les rats plus que moi.

Elle se reprit. C'était fini. Elle avait survécu à cet épisode sans perdre la vie ni même la vue. *Que m'est-il arrivé de si terrible ? J'aurais pu être mutilée ou violée. Au lieu de cela, j'ai simplement perdu ma culotte. Je remercie le ciel.*

— Ça va bien, merci, dit-elle.

— Dans ce cas, je vais vous raccompagner.

Ils quittèrent tous les trois la pièce.

Devant la porte, Robinson dit :

— Va chercher une serpillière, Pinker.

Dennis sourit à Jeannie, un long sourire complice, comme s'ils étaient des amants qui avaient passé l'après-midi ensemble au lit. Puis il disparut dans les entrailles de la prison. Jeannie le vit s'en aller avec un immense soulagement, mais teinté d'une révulsion qui se prolongeait, à cause de la culotte qu'il avait dans sa poche. Allait-il dormir en la pressant contre sa joue, comme un enfant avec un ours en peluche ? Ou bien allait-il l'enrouler autour de son sexe en se masturbant et en s'imaginant qu'il était en train de la sauter ? Quelle que fût la solution qu'il choisirait, elle avait l'impression d'y participer contre son gré, le sentiment d'avoir son intimité violée et sa liberté compromise.

Robinson la raccompagna jusqu'à la porte principale et lui serra la main. Elle traversa le parking brûlant pour regagner la Chevrolet en songeant : *Je serai bien contente de sortir d'ici.* Elle avait un échantillon de l'ADN de Dennis ; c'était le plus important.

Lisa était au volant. Elle avait mis la climatisation pour rafraîchir la voiture. Jeannie s'effondra à la place du passager.

— Tu as l'air vanné, dit Lisa en démarrant.

— Arrête-toi au premier centre commercial.
— Bien sûr. De quoi as-tu besoin ?
— Je vais te le dire. Mais tu ne vas pas le croire.

19

Après le déjeuner, Berrington se rendit dans un bar discret et commanda un Martini.

La façon dont Jim Proust avait nonchalamment suggéré un meurtre l'avait secoué. Berrington savait qu'il s'était rendu ridicule en empoignant Jim par le revers de son veston et en vociférant. Mais il ne regrettait pas sa réaction. Ainsi était-il sûr que Jim savait exactement ce qu'il pensait.

Ça leur arrivait souvent de se disputer. Il se rappelait encore leur première grande crise, au début des années soixante-dix, quand le scandale du Watergate avait éclaté. Ç'avait été une période terrible : les conservateurs étaient discrédités, les hommes politiques qui défendaient la loi et l'ordre se révélaient être des canailles, et toute activité clandestine, si bien intentionnée qu'elle fût, était soudain considérée comme un complot contre la Constitution. Preston Barck était terrifié et voulait renoncer. Jim Proust l'avait traité de lâche, avait affirmé avec colère qu'il n'y avait aucun danger, il avait proposé de poursuivre le travail en en faisant un projet commun CIA-armée, peut-être avec une sécurité renforcée. Il aurait sans aucun doute été prêt à assassiner le premier journaliste d'investigation qui viendrait mettre son nez dans leurs affaires. C'était Berrington qui avait suggéré de créer une société privée et de prendre leurs distances par rapport au gouvernement. Une fois de plus c'était à lui de trouver un moyen de sortir de leurs difficultés.

La salle était sombre et fraîche. Un téléviseur au-dessus du comptoir diffusait un feuilleton, mais on avait baissé le son. Le Martini bien frais calma Berrington. Sa colère contre Jim se dissipa peu à peu et il concentra son attention sur Jeannie Ferrami.

La peur l'avait amené à faire une promesse téméraire : il avait imprudemment assuré à Jim et à Preston qu'il s'occuperait de Jeannie. Maintenant, il fallait agir. Il devait l'empêcher de poser des questions sur Steve Logan et Dennis Pinker.

C'était extrêmement difficile. Même s'il l'avait engagée et lui avait obtenu une bourse, il ne pouvait pas lui donner d'ordre ; comme il l'avait dit à Jim, l'université n'était pas l'armée. Elle était employée par JFU et Genetico avait déjà versé une année de subvention. À long terme, bien sûr, il pourrait sans mal lui faire interrompre ses recherches, mais ce n'était pas suffisant. Il fallait l'arrêter tout de suite, aujourd'hui ou demain, avant qu'elle en apprenne assez pour causer leur perte à tous.

Du calme, se dit-il, *du calme.*

Elle avait eu le tort d'utiliser des banques de données médicales sans l'autorisation des patients. C'était le genre de chose dont les journaux pouvaient faire toute une histoire, sans se soucier de savoir s'il y avait vraiment intrusion dans la vie privée de qui que ce soit. Les universités avaient la hantise du scandale, rien de plus mauvais pour se procurer des fonds.

C'était navrant de saborder un projet scientifique aussi prometteur. Cela allait à l'encontre de tout ce que défendait Berrington. C'était lui qui avait encouragé Jeannie et il se trouvait contraint de saper ses efforts. Elle en aurait le cœur brisé, et avec raison. Il se disait qu'elle avait de mauvais gènes et que, tôt ou tard, elle se serait attiré des ennuis, mais tout de même il regrettait de devoir être à l'origine de sa chute.

Il essaya de ne pas penser à son corps. Il avait toujours eu un faible pour les femmes. C'était son seul vice : il buvait avec modération, ne jouait jamais et n'arrivait pas à comprendre pourquoi des gens se droguaient. Il avait adoré sa femme, Vivvie, mais, même alors, il avait été incapable de résister à la tentation et Vivvie avait fini par le quitter parce qu'elle en avait assez de ses incessantes aventures. Maintenant, quand il pensait à Jeannie, il l'imaginait faisant glisser ses doigts dans sa chevelure en murmurant : « Vous avez été si bon avec moi, je vous dois tant, comment pourrai-je jamais vous remercier ? »

De telles pensées lui faisaient honte. Il était censé être son mécène et son mentor, pas son séducteur.

En même temps que du désir, il éprouvait une violente rancœur. Bon sang, ce n'était qu'une femme, comment pouvait-elle présenter une telle menace ? Comment une gosse avec un anneau dans le nez pourrait-elle les mettre en péril, lui, Preston et Jim, au moment où ils étaient sur le point de réaliser l'ambition de toute leur vie ? C'était impensable de voir leur projet anéanti maintenant. Cette seule idée lui donnait le vertige. Quand il ne s'imaginait pas en train de faire l'amour à Jeannie, il était la proie de fantasmes où il l'étranglait.

Malgré tout, il répugnait à déclencher contre elle un tollé général. Difficile de contrôler la presse. C'était risqué de voir les journalistes se mettre à enquêter sur Jeannie et finir par enquêter sur lui : une stratégie dangereuse. Mais, à part les propos insensés de Jim qui parlait de la supprimer, il n'en voyait pas d'autre.

Il vida son verre. Le barman lui proposa un autre Martini, mais il refusa. Il regarda autour de lui et aperçut un téléphone public auprès des toilettes pour hommes. Il passa sa carte American Express dans la fente et appela le bureau de Jim. Ce fut un de ses effrontés d'assistants qui répondit :

— Bureau du sénateur Proust.

— Ici Berrington Jones...

— Malheureusement, le sénateur est actuellement en réunion.

Jim devrait vraiment dresser ses acolytes à être un peu plus aimables.

— Alors, voyons si nous pouvons éviter de le déranger, dit-il. A-t-il des rendez-vous avec les médias cet après-midi ?

— Je ne suis pas sûr. Puis-je demander pourquoi vous avez besoin de le savoir, monsieur ?

— Non, jeune homme, vous ne le pouvez pas, répliqua Berrington, exaspéré. — Les assistants parlementaires gonflés de leur importance étaient la plaie du Capitole. — Vous pouvez répondre à ma question, vous pouvez me passer Jim Proust, ou vous pouvez perdre votre foutue place, qu'est-ce que vous choisissez ?

— Ne quittez pas, je vous prie.

Il y eut une longue pause. Berrington songea que souhaiter voir Jim enseigner à ses collaborateurs à être charmants, c'était comme espérer qu'un chimpanzé allait apprendre à ses petits à se tenir à table. Le style du patron déteignait sur l'équipe, un malappris avait toujours des employés grossiers.

Une autre voix retentit dans l'appareil.

— Professeur Jones, dans un quart d'heure, le sénateur doit assister à une conférence de presse pour le lancement du livre du représentant Dinkey, *Un nouvel espoir pour l'Amérique.*

Parfait.

— Où ça ?

— À l'hôtel Watergate.

— Dites à Jim que j'y serai et assurez-vous, s'il vous plaît, que mon nom figure sur la liste des invités.

Berrington raccrocha sans attendre de réponse.

Il quitta le bar et prit un taxi jusqu'à l'hôtel. Il allait falloir manœuvrer avec délicatesse. Manipuler les médias était toujours une entreprise aléatoire, un bon journaliste pouvait fort bien regarder plus loin que l'information qui sautait aux yeux et commencer à se demander pourquoi on la lançait. Mais chaque fois qu'il pensait aux risques, il se rappelait ce qui était en jeu et il s'armait de courage.

Il trouva la salle où se tenait la conférence de presse. Son nom n'était pas sur la liste — les assistants gonflés de leur propre importance n'étaient jamais efficaces —, mais l'attaché de presse qui s'occupait du livre reconnut son visage et vit en lui une attraction supplémentaire pour les photographes. Berrington se félicita d'avoir mis sa chemise à rayures de chez Turnbull & Asser qui faisait si distinguée en photo.

Il prit un verre de Perrier et inspecta la salle. Il y avait une petite estrade devant un agrandissement de la couverture du livre et, sur une petite table, une pile de communiqués de presse. Les équipes de télé réglaient leurs éclairages. Berrington aperçut un ou deux journalistes qu'il connaissait, mais aucun à qui il se fiait vraiment.

Toutefois, il ne cessait d'en arriver d'autres. Il circula dans la salle, en faisant la conversation ici et là mais en gardant un œil sur la porte. La plupart des journalistes le connaissaient, il était une petite célébrité. Il n'avait pas lu le livre, mais Dinkey défendait un programme de droite traditionnel, version édulcorée des opinions que Berrington partageait avec Jim et Preston. Berrington se fit donc un plaisir de confier aux reporters qu'il approuvait pleinement le message du livre.

Peu après trois heures, Jim arriva avec Dinkey. Sur leurs talons, Hank Stone, un important journaliste du *New York Times*. Chauve, le nez rouge, sa brioche dépassant par-dessus la ceinture de son pantalon, le col déboutonné, la cravate dénouée, les chaussures marron au cuir éraillé, il était assurément le plus piètre représentant de la presse accréditée à la Maison-Blanche.

Hank fera-t-il l'affaire? se demanda Berrington.

L'homme n'avait pas d'opinion politique. Berrington l'avait rencontré quand il préparait un article sur Genetico, voilà quinze ou vingt ans. Depuis qu'il avait été nommé à Washington, il avait écrit une ou deux fois des papiers sur les idées de Berrington et à plusieurs reprises sur celles de Jim Proust. Comme la plupart de ses confrères, il faisait du journalisme à sensation plutôt qu'intellectuel, mais il ne moralisait jamais comme ses hypocrites confrères de gauche.

Hank traiterait un tuyau selon les mérites qu'il présentait ; s'il estimait que c'était une bonne histoire, il écrirait l'article. Mais pouvait-on lui faire confiance pour ne pas creuser plus profond ? Berrington n'en était pas certain.

Il salua Jim et serra la main de Dinkey. Ils bavardèrent quelques minutes tandis que Berrington cherchait désespérément un interlocuteur plus attrayant. Mais aucun ne se présenta, et la conférence de presse commença.

Berrington pesta pendant tous les discours, maîtrisant son impatience. Le problème était qu'il n'avait pas assez de temps devant lui. En disposant de quelques jours, il pourrait trouver mieux que Hank, mais, ces quelques jours, il ne les avait pas — il n'avait que quelques heures. Et une rencontre apparemment fortuite comme celle-ci inspirerait au journaliste beaucoup moins de méfiance qu'une invitation à déjeuner.

Les discours terminés, il n'avait toujours pas mieux sous la main que Hank. Comme les journalistes se dispersaient, Berrington le cueillit au passage.

— Hank, content de vous voir. J'ai peut-être un sujet d'article pour vous.

— Ah bon !

— C'est à propos de l'utilisation abusive d'informations médicales figurant dans des banques de données.

Hank fit la grimace.

— Ça n'est pas vraiment mon domaine, Berry, mais dites toujours.

Berrington maîtrisa un grognement, Hank ne semblait pas d'humeur réceptive. Il poursuivit quand même, usant de tout son charme :

— Je suis persuadé que c'est votre truc, parce que vous y verrez des possibilités qu'un journaliste ordinaire pourrait négliger.

— Bon, voyons toujours.

— Tout d'abord, nous n'avons jamais eu cette conversation.

— Voilà qui est déjà plus alléchant.

— Ensuite, vous vous demanderez peut-être pourquoi je vous donne cette histoire, mais vous n'allez pas me poser la question.

— De mieux en mieux, fit Hank.

Mais il ne fit aucune promesse. Berrington décida de ne pas insister.

— À l'université Jones Falls, au département de psychologie, le docteur Jean Ferrami, une jeune chercheuse en quête de sujets convenant à son étude, consulte des banques de données médicales sans l'autorisation des personnes dont les dossiers se trouvent dans ces archives.

Hank gratta son nez rouge.

— Est-ce que c'est une histoire d'ordinateur ou d'éthique scientifique ?

— Je ne sais pas, c'est vous le journaliste.

L'autre n'avait pas l'air enthousiaste.

— Je ne peux pas dire que ce soit un scoop.

Ne commence pas à faire ta sucrée, salopard. Berrington posa une main amicale sur le bras de Hank.

— Faites-moi plaisir, renseignez-vous, dit-il d'un ton persuasif. Appelez donc le président de l'université, il s'appelle Maurice Obell. Appelez le docteur Ferrami. Dites-leur que c'est un sujet important et voyez ce qu'ils racontent. Je suis convaincu que vous obtiendrez des réactions intéressantes.

— Je ne sais pas.

— Je vous promets, Hank, vous ne le regretterez pas.

Dis oui, espèce de salaud, dis oui !

Hank hésita, puis annonça :

— D'accord, je vais tenter le coup.

Berrington s'efforça de dissimuler sa satisfaction derrière un air grave, mais il ne put retenir un petit sourire de triomphe. Hank s'en aperçut et prit un air méfiant.

— Dites donc, Berry, vous n'essayez pas de vous servir de moi ? Pour effrayer quelqu'un, peut-être ?

Berrington sourit et passa un bras autour des épaules du journaliste.

— Hank, dit-il, faites-moi confiance.

20

Jeannie acheta un paquet de trois petites culottes de coton blanc à Walgreen, un centre commercial juste à la sortie de Richmond. Elle alla en passer une aux toilettes pour dames du McDonald's voisin. Alors, elle se sentit mieux.

C'est bizarre à quel point, sans dessous, elle avait eu le sentiment d'être sans défense. Elle n'arrivait pas à penser à autre chose. Pourtant, quand elle était amoureuse de Will Temple, elle aimait se promener sans culotte. Dans la journée, cela lui donnait l'impression d'être sexy. Assise à la bibliothèque, travaillant au labo ou simplement en marchant dans la rue, elle imaginait dans ses fantasmes Will surgissant à l'improviste, pris d'une passion frénétique et disant : « Nous n'avons pas beaucoup de temps, mais il faut que je te prenne ici même. » Et elle était prête. Mais maintenant qu'elle n'avait pas d'homme dans sa vie, il lui fallait des dessous comme elle avait besoin de chaussures.

De nouveau convenablement vêtue, elle regagna la voiture. Lisa les ramena à l'aéroport de Richmond-Williamsburg où elles rendirent la voiture de location et prirent l'avion pour rentrer à Baltimore.

La clé du mystère doit se trouver à l'hôpital où sont nés Dennis et Steve, songea Jeannie tandis que l'appareil décollait. *Pour je ne sais quelle raison, des vrais jumeaux se sont retrouvés avec des mères différentes. C'est un scénario de conte de fées, mais il a dû se produire quelque chose comme ça.*

Elle consulta ses papiers et vérifia les informations dont elle disposait sur la naissance des deux sujets. Steve était né le 25 août. Elle constata avec horreur que la date de naissance de Dennis était le 7 septembre, près de deux semaines plus tard.

— Il doit y avoir une erreur. Je me demande pourquoi je ne l'ai pas vérifiée plus tôt.

Elle montra à Lisa les documents contradictoires.

— Nous pouvons revérifier, dit Lisa.

— Aucun de nos questionnaires ne demande à quel hôpital le sujet est né ?

Lisa eut un petit rire.

— Je crois que c'est une question que nous avons négligée.

— Dans ce cas, il doit s'agir d'un hôpital militaire. Le colonel Logan est dans l'armée et sans doute « le Commandant » l'était-il aussi à la naissance de Dennis.

— Nous allons vérifier.

Lisa ne partageait pas l'impatience de Jeannie. Pour elle, il s'agissait simplement d'un projet de recherches comme un autre. Pour Jeannie, c'était essentiel.

— J'aimerais le faire tout de suite. Y a-t-il un téléphone dans cet avion ?

Lisa la regarda en fronçant les sourcils.

— Tu envisages d'appeler la mère de Steve ?

Jeannie perçut une certaine désapprobation dans le ton de Lisa.

— Oui. Pourquoi pas ?

— Sait-elle qu'il est en prison ?

— Bien raisonné. Je l'ignore. Bon sang, je n'ai pas l'intention de lui annoncer la nouvelle.

— Il a peut-être déjà téléphoné chez lui.

— Je vais aller voir Steve en prison. C'est permis, non ?

— Je pense que oui. Mais il doit y avoir des heures de visite, comme dans les hôpitaux.

— Je vais me présenter en espérant que ça marchera. De toute façon, je peux appeler les Pinker. — Elle héla une hôtesse qui passait. — Y a-t-il un téléphone dans cet avion ?

— Non, je suis désolée.

— Dommage.

L'hôtesse sourit.

— Tu ne te souviens pas de moi, Jeannie ?

Jeannie la regarda pour la première fois et la reconnut aussitôt.

— Penny Watermeadow ! — Penny avait préparé son doctorat d'anglais à l'université du Minnesota en même temps qu'elle. — Comment vas-tu ?

— Très bien. Et toi ?

— Je suis à Jones Falls, je travaille sur un projet qui me cause des soucis. Je croyais que tu cherchais un poste à l'université.

— C'est vrai, mais je n'en ai pas trouvé.

Jeannie était gênée d'avoir si bien réussi là où son amie avait échoué.

— C'est bête.

— Aujourd'hui, je suis ravie. J'aime bien ce travail et ça paie mieux que la plupart des universités.

Jeannie n'en croyait pas un mot. Elle trouvait choquant de voir une femme avec un doctorat travailler comme hôtesse de l'air.

— J'ai toujours pensé que tu ferais un très bon professeur.

— J'ai enseigné quelque temps au lycée. J'ai reçu un coup de couteau d'un élève qui n'était pas d'accord avec moi à propos de *Macbeth*. Je me suis demandé pourquoi je risquais ma vie pour enseigner Shakespeare à des gosses qui n'avaient qu'une hâte : retourner dans les rues pour se remettre à voler de l'argent et acheter du crack.

Jeannie se rappela le nom du mari de Penny.

— Comment va Danny ?

— Il est directeur des ventes d'un secteur complet. Il voyage beaucoup, mais ça en vaut la peine.

— En tout cas, ça me fait plaisir de te revoir. Tu es installée à Baltimore ?

— Washington.

— Donne-moi ton numéro de téléphone, je t'appellerai.

Jeannie lui tendit un stylo à bille et Penny inscrivit son numéro de téléphone sur un des dossiers de Jeannie.

— On pourra déjeuner ensemble, dit Penny. Ce sera drôle.

— Et comment !

Penny s'éloigna vers l'avant.

— Elle avait l'air en forme, fit Lisa.

— Elle est très intelligente. Je suis horrifiée. Il n'y a rien de mal à être hôtesse de l'air, mais c'est quand même gaspiller vingt-cinq ans d'éducation.

— Tu vas lui téléphoner ?

— Sûrement pas. Je ne ferais que lui rappeler ce qu'elle espérait devenir. Ce serait affreux.

— Tu as sans doute raison. Je la plains.

— Moi aussi.

À peine avaient-elles atterri que Jeannie se précipita vers une cabine téléphonique pour appeler les Pinker à Richmond, mais la ligne était occupée.

— La barbe ! fit-elle avec agacement.

Elle attendit cinq minutes puis essaya de nouveau : la même tonalité exaspérante.

— Charlotte doit appeler tous les membres de sa

famille pour leur parler de notre visite. J'essaierai plus tard.

La voiture de Lisa était au parking. Elles gagnèrent la ville et Lisa déposa Jeannie chez elle. Avant de descendre de voiture, Jeannie demanda :

— Est-ce que je pourrais te demander un grand, grand service ?

— Bien sûr. Mais je ne dis pas que je te le rendrai, fit Lisa en souriant.

— Commence l'extraction de l'ADN ce soir.

Le visage de Lisa se décomposa.

— Oh ! Jeannie, nous avons été absentes toute la journée. Il faut que je fasse des courses pour le dîner...

— Je sais. Et moi que j'aille faire une visite à la prison. Retrouvons-nous au labo plus tard : disons neuf heures ?

— D'accord. — Lisa eut un sourire. — Je suis assez curieuse de savoir ce que va donner l'analyse.

— Si nous commençons ce soir, nous pourrons avoir un résultat après-demain.

Lisa semblait sceptique.

— En prenant quelques raccourcis, oui.

— À la bonne heure !

Jeannie descendit et Lisa démarra.

Jeannie aurait aimé sauter tout de suite dans sa voiture et se rendre au commissariat. Mais elle décida qu'elle devrait d'abord voir ce que faisait son père ; elle entra donc dans l'immeuble.

Il regardait « La Roue de la fortune ».

— Salut, Jeannie, tu rentres tard.

— J'ai eu du travail, et je n'ai pas encore fini. Comment s'est passée ta journée ?

— Un peu assommant. J'étais tout seul ici.

Elle le plaignait. Il semblait ne pas avoir d'amis. Toutefois, il avait l'air bien mieux que la veille au soir. Il était propre, rasé, reposé. Pour son déjeuner, il s'était fait réchauffer une pizza congelée ; la vaisselle sale était entassée dans l'évier. Elle allait lui demander qui, à son avis, allait la mettre dans le lave-vaisselle, mais elle ravala ses paroles. Elle posa son porte-documents et se mit à ranger. Lui restait vissé devant le téléviseur.

— Je suis allée à Richmond, en Virginie.

— C'est bien, mon chou. Qu'est-ce qu'il y a pour dîner ?

Non, ça ne peut pas durer. Il ne va pas me traiter comme maman.

— Pourquoi tu ne préparerais pas quelque chose ? demanda-t-elle.

Cette remarque attira son attention. Il se détourna de la télé pour regarder sa fille.

— Je ne sais pas faire la cuisine.

— Moi non plus, papa.

Il se rembrunit, puis sourit.

— Alors, on va dîner dehors !

Son visage arborait une expression qu'elle ne connaissait que trop bien. Jeannie crut se retrouver vingt ans en arrière. Patty et elle portaient des jeans à pattes-d'éléphant. Elle revoyait son père avec ses cheveux bruns et ses favoris lançant : « Allons à la fête foraine ! Si on achetait de la barbe à papa ? Sautez dans la voiture ! »

C'était l'homme le plus merveilleux du monde. Puis elle fit un bond en avant de dix ans dans ses souvenirs. Elle portait un jean noir et des santiags, son père avait les cheveux plus courts et grisonnants et il disait : « Je vais te conduire à Boston avec tout ton bazar : je vais trouver une camionnette. Ça nous donnera une occasion de passer un peu de temps ensemble : on s'arrêtera pour manger un morceau en route, on va bien s'amuser ! Sois prête à dix heures ! » Elle avait attendu toute la journée, mais il n'était jamais venu et le lendemain elle avait pris un car.

En revoyant dans les yeux de son père cette même lueur « on va bien s'amuser », elle regrettait de tout son cœur de ne pas pouvoir se retrouver âgée de neuf ans et croyant tout ce qu'il disait. Mais elle était une grande personne désormais, alors elle répliqua :

— Combien as-tu d'argent ?

Il prit un air maussade.

— Je n'ai pas un sou, je te l'ai dit.

— Moi non plus. Alors pas question de dîner dehors.

Elle ouvrit le réfrigérateur — une laitue croquante, des épis de maïs, un citron, des côtes d'agneau, une tomate, une boîte à moitié vide de riz Uncle Ben's. Elle prit le tout et le posa sur le plan de travail.

— Tiens, nous allons faire du maïs frais au beurre fondu comme hors-d'œuvre, suivi de côtes d'agneau avec un zeste de citron accompagnées d'une salade et d'un peu de riz, et de la glace comme dessert.

— Formidable !

— Tu n'as qu'à commencer pendant que je sors. Je serai de retour peu après dix heures.

Il se leva et regarda les produits qu'elle avait étalés.

— Je ne sais pas faire cuire ces machins-là !

Sur l'étagère au-dessus du réfrigérateur, elle prit le *Sachez cuisiner avec le Reader's Digest* et le lui tendit.

— Regarde là-dedans.

Elle lui planta un baiser sur la joue et sortit. Elle monta dans sa voiture et se dirigea vers le centre. Elle espérait qu'elle n'avait pas été trop dure. Il appartenait à une autre génération : de son temps, on vivait différemment. Cependant, elle ne pouvait tout de même pas lui servir de gouvernante : elle devait conserver son emploi. En lui offrant un endroit où poser sa tête la nuit, elle en faisait déjà plus pour lui qu'il n'en avait fait pour elle pendant le plus clair de son existence. Elle regrettait quand même de ne pas l'avoir quitté sur une note plus chaleureuse. Il n'était pas à la hauteur, mais c'était le seul père qu'elle avait.

Elle gara sa voiture et traversa le quartier chaud pour se rendre au commissariat central. Le hall, prétentieux, était meublé avec des bancs de marbre et décoré d'une fresque évoquant des scènes de l'histoire de Baltimore. Elle déclara à la réceptionniste qu'elle venait voir Steve Logan, qui était en détention préventive. Elle s'attendait à devoir discuter mais, après quelques minutes d'attente, une jeune femme en uniforme la fit entrer et l'introduisit dans une pièce grande comme un placard. Rien qui accrochât le regard à l'exception d'une petite fenêtre ouvrant dans le mur au niveau du visage et d'un panneau isolant percé de trous juste en dessous. La fenêtre donnait sur une autre cellule semblable. Aucun moyen de passer quoi que ce soit d'une pièce à l'autre sans faire un trou dans la cloison.

Elle regarda par la vitre. Au bout de cinq minutes, on amena Steve. Quand il entra, elle vit qu'il avait des menottes et les pieds enchaînés, comme un dangereux criminel. Il s'approcha de la vitre et regarda. En la reconnaissant, il eut un large sourire.

— Quelle bonne surprise ! À vrai dire, c'est la seule chose agréable qui me soit arrivée de toute la journée.

Malgré sa gaicté apparente, il avait un air épouvantable, les traits tirés, l'air épuisé.

— Comment ça va ? demanda-t-elle.

— Oh ! c'est un peu dur. On m'a mis dans une cellule avec un meurtrier qui a la gueule de bois parce qu'il a pris du crack. Je n'ose pas m'endormir.

Elle eut un élan vers lui. Puis elle se rappela qu'il était censé être l'homme qui avait violé Lisa. Mais elle n'arrivait pas à y croire.

— Combien de temps pensez-vous que vous allez rester ici ?

— Je dois comparaître demain devant un juge pour savoir si on peut m'accorder la liberté sous caution. Si on me la refuse, je risque de rester sous les verrous jusqu'à ce qu'on ait le résultat de l'analyse de l'ADN. Apparemment, ça prend trois jours.

Cette allusion à l'ADN lui rappela le but de sa visite.

— J'ai vu votre jumeau aujourd'hui.
— Et alors ?
— Ça ne fait aucun doute. C'est votre sosie.
— C'est peut-être lui qui a violé Lisa Hoxton.
Jeannie secoua la tête.
— S'il s'était échappé de prison pendant le week-end, oui. Mais il est toujours là-bas.
— Pensez-vous qu'il aurait pu s'échapper puis revenir pour se faire un alibi ?
— C'est trop invraisemblable. Si Dennis était sorti de prison, rien ne l'inciterait à y revenir.
— Vous avez sans doute raison, fit Steve d'un ton sombre.
— J'ai deux ou trois questions à vous poser.
— Allez-y.
— D'abord, il faut que je vérifie votre date de naissance.
— Le 25 août.
C'était ce que Jeannie avait noté. Peut-être s'était-elle trompée pour la date de naissance de Dennis.
— Et savez-vous où vous êtes né ?
— Oui. À l'époque, papa était en poste à Fort Lee, en Virginie, et j'y suis né, à l'hôpital militaire.
— Vous en êtes sûr ?
— Certain. Maman en a parlé dans son livre *Avoir un bébé*.
Il plissa les yeux, avec une expression que Jeannie commençait à bien connaître : il essayait de suivre son raisonnement.
— Où est né Dennis ?
— Je ne le sais pas encore.
— Mais nous avons le même anniversaire.
— Malheureusement, il prétend être né le 7 septembre. Mais ça pourrait être une erreur. Il faut que je fasse une nouvelle vérification. J'appellerai sa mère dès que je serai rentrée à mon bureau. Vous n'avez pas encore parlé à vos parents ?
— Non.
— Voudriez-vous que je les appelle ?

— Non ! Je vous en prie. Je ne veux pas qu'ils soient au courant avant de pouvoir leur dire qu'on m'a innocenté.

Elle fronça les sourcils.

— D'après tout ce que vous m'avez dit d'eux, ils m'ont l'air d'être le genre de personnes qui vous soutiendraient.

— Certainement. Mais je ne veux pas leur imposer cette épreuve.

— Ce serait assurément pénible pour eux. Mais peut-être préféreraient-ils savoir, afin de pouvoir vous aider.

— Non. Je vous en prie, ne les appelez pas.

Jeannie haussa les épaules. Il lui dissimulait quelque chose. Mais c'était à lui de décider.

— Jeannie... comment est-il ?

— Dennis ? En apparence, comme vous.

— Est-ce qu'il a les cheveux longs, courts, une moustache, les ongles sales, de l'acné, est-ce qu'il boite... ?

— Il a les cheveux courts exactement comme vous, le visage imberbe, il a les mains propres et le teint clair. Ç'aurait très bien pu être vous.

— Seigneur !

Steve avait l'air profondément mal à l'aise.

— En revanche, son comportement est complètement différent du vôtre. Il est incapable de communiquer avec les autres.

— C'est très bizarre.

— Je ne trouve pas. À vrai dire, ça confirme ma théorie. Vous étiez tous les deux ce que j'appelle des enfants sauvages. J'ai volé cette formule à un film français. Je l'utilise pour le genre d'enfants qui n'ont peur de rien, qui sont incontrôlables, hyperactifs. Ces sujets-là ont beaucoup de mal à avoir des relations simples avec les autres. Charlotte Pinker et son mari ont échoué avec Dennis. Vos parents ont réussi avec vous.

Cela ne le rassura pas pour autant.

— Mais, au fond, Dennis et moi sommes pareils.
— Vous êtes tous les deux nés sauvages.
— Mais moi, j'ai un mince vernis de civilisation.
Elle voyait bien qu'il était extrêmement troublé.
— Pourquoi ça vous tracasse à ce point ?
— J'ai envie de me considérer comme un être humain, pas comme un gorille à qui on a appris à être propre.

Elle ne put s'empêcher de rire malgré son air grave.

— Les gorilles doivent avoir des rapports sociaux eux aussi. Comme tous les animaux qui vivent en groupe. C'est à l'origine de la criminalité.

Il eut l'air intéressé.

— Ça vient de la vie en groupe ?

— Bien sûr. Commettre un crime, c'est enfreindre une règle sociale importante. Les animaux solitaires n'ont pas de règle. Un ours va tout mettre en l'air dans la grotte d'un congénère, voler ses provisions et tuer ses petits. Les loups n'agissent pas ainsi : s'ils le faisaient, ils ne pourraient pas vivre en meute. Les loups sont monogames. Ils peuvent s'occuper du petit d'un autre couple et chacun respecte le territoire de l'autre. Si un individu enfreint les règles, ils le punissent. S'il insiste, ou bien ils l'expulsent de la meute, ou bien ils le tuent.

— Et s'il s'agit d'infraction à des règles sociales sans importance ?

— Comme lâcher un pet dans un ascenseur ? Nous appelons ça de mauvaises manières. Le seul châtiment, c'est la désapprobation d'autrui. Vous seriez surpris de voir à quel point c'est efficace.

— Pourquoi vous intéressez-vous tant aux gens qui enfreignent les règles ?

Elle pensa à son père. Elle ignorait si elle avait ou non ses gènes criminels. Cela aurait peut-être aidé Steve de savoir qu'elle aussi avait des problèmes d'héritage génétique. Mais elle avait si longtemps menti à propos de son père qu'elle avait maintenant du mal à parler de lui.

— C'est un grand problème, fit-elle d'un ton évasif. Tout le monde s'intéresse au crime.

La porte s'ouvrit derrière elle et la jeune femme sergent de police passa la tête.

— Il est l'heure, docteur Ferrami.

— J'arrive, fit-elle par-dessus son épaule. Steve, saviez-vous que Lisa Hoxton est ma meilleure amie à Baltimore ?

— Non, je l'ignorais.

— Nous travaillons ensemble ; elle est technicienne.

— Comment est-elle ?

— Pas le genre de personne qui lancerait une accusation à la légère.

Il hocha la tête.

— Malgré tout, je tiens à ce que vous sachiez que je ne vous crois pas coupable.

Un moment, elle crut qu'il allait éclater en sanglots.

— Merci, dit-il d'une voix un peu rauque. Je ne peux pas vous dire ce que ça représente pour moi.

— Appelez-moi quand vous serez sorti. — Elle lui donna son numéro personnel. — Vous vous le rappellerez ?

— Pas de problème.

Jeannie répugnait à s'en aller. Elle lui lança un sourire qu'elle espérait encourageant.

— Bonne chance.

— Merci, j'en ai besoin ici.

Elle tourna les talons et sortit.

La femme policier l'accompagna jusqu'au hall d'entrée. La nuit tombait quand elle regagna le parking. Elle s'engagea sur l'autoroute Jones Falls et alluma les phares de la vieille Mercedes. Elle prit la direction du nord. Elle roulait trop vite, dans sa hâte d'arriver à l'université. Elle roulait toujours trop vite. Elle conduisait bien, mais de façon un peu imprudente, elle le savait. Cependant elle n'avait pas la patience de ne pas dépasser le 90.

La Honda blanche de Lisa était déjà garée devant le pavillon des dingues. Jeannie rangea sa voiture à côté et entra dans le bâtiment. Lisa venait d'allumer l'éclairage du labo. La boîte isotherme contenant l'échantillon du sang de Dennis Pinker était posée sur le plan de travail carrelé.

Le bureau de Jeannie était juste de l'autre côté du couloir. Elle ouvrit sa porte en glissant sa carte en plastique dans le lecteur et entra. Elle s'assit à sa table et appela le domicile des Pinker à Richmond. Ce fut Charlotte qui répondit.

— Comment va mon fils ? demanda-t-elle.

— Il est en bonne santé.

Il n'avait guère l'air d'un psychopathe, jusqu'au moment où il m'a menacée d'un couteau et m'a volé ma culotte.

Elle essaya de trouver quelque chose de positif à dire.

— Il s'est montré très coopératif.

— Il a toujours été très bien élevé, dit Charlotte, avec cet accent traînant du Sud qu'elle employait pour tenir ses propos les plus insensés.

— Madame Pinker, puis-je vérifier avec vous sa date de naissance ?

— Il est né le 7 septembre.

À l'entendre, on aurait cru que ce devrait être une fête nationale.

Ce n'était pas la réponse que Jeannie espérait.

— Et à quel hôpital avez-vous accouché ?

— À l'époque, nous étions à Fort Bragg, en Caroline du Nord.

Jeannie réprima une exclamation déçue.

— Le Commandant formait des conscrits pour le Viêt-nam, déclara fièrement Charlotte. La Direction du service de santé de l'armée a un grand hôpital à Bragg. C'est là que Dennis est venu au monde.

Jeannie ne trouvait rien de plus à ajouter. Le mystère était plus épais que jamais.

— Madame Pinker, je tiens à vous remercier encore de votre aimable coopération.

— Je vous en prie.

Elle retourna au labo et annonça à Lisa :

— Apparemment Steve et Dennis sont nés à treize jours d'écart et dans des États différents. Je n'y comprends rien à rien.

Lisa ouvrit un carton de tubes à essai.

— Tu sais, la validité du test d'ADN est incontestable. S'ils ont le même ADN, ce sont des jumeaux monozygotes, malgré tout ce qu'on peut raconter sur leur naissance.

Elle prit deux des petits tubes de verre ; d'environ cinq centimètres de long, ils étaient fermés par un couvercle et avaient un fond conique. Elle ouvrit un paquet d'étiquettes, écrivit « Dennis Pinker » sur l'une, « Steve Logan » sur l'autre, puis les colla sur les tubes qu'elle disposa dans un râtelier.

Elle brisa les scellés sur l'échantillon de sang de Dennis et y préleva une seule goutte qu'elle fit tomber dans un tube. Puis elle prit dans le réfrigérateur un flacon contenant du sang de Steve et répéta l'opération.

Utilisant une pipette de précision, elle ajouta dans chaque éprouvette une toute petite dose de chloroforme. Puis elle prit une pipette propre et ajouta une quantité exactement égale de phénol.

Elle referma les deux tubes et les disposa dans le mélangeur pour les agiter quelques secondes. Le chloroforme allait dissoudre les graisses et le phénol allait faire éclater les protéines, mais le long cordon des molécules d'acide désoxyribonucléique demeurerait intact.

Lisa remit les tubes dans le râtelier.

— C'est tout ce que nous pouvons faire pour les quelques heures à venir.

Le phénol en solution aqueuse allait lentement se

séparer du chloroforme. Un ménisque allait se former dans le tube à la limite des deux. L'ADN se trouverait dans la partie aqueuse que l'on pourrait extraire avec une pipette pour l'étape suivante de l'analyse. Mais il faudrait attendre le matin.

Une sonnerie de téléphone retentit. Jeannie fronça les sourcils, cela semblait venir de son bureau. Elle traversa le couloir et décrocha.

— Oui ?

— Docteur Ferrami ?

Jeannie avait horreur des gens qui lui demandaient son nom avant même de se présenter. Autant frapper à la porte de quelqu'un en disant : « Qui êtes-vous ? » Elle se retint de lancer un sarcasme et répondit :

— Je suis Jeannie Ferrami. Qui est à l'appareil, je vous prie ?

— Naomi Freelander, du *New York Times*. — Elle avait la voix d'une femme d'une cinquantaine d'années qui fumait beaucoup. — J'ai quelques questions à vous poser.

— À cette heure-ci ?

— Je travaille à toute heure. Vous aussi, semble-t-il.

— Pourquoi m'appelez-vous ?

— Je fais des recherches pour un article sur l'éthique scientifique.

— Oh !

Jeannie pensa aussitôt à Steve ignorant qu'il avait pu être adopté. C'était en effet un problème d'éthique, encore qu'il ne fût pas insoluble, mais le *Times* ne devait pas être au courant.

— Qu'est-ce qui vous intéresse ?

— Je crois que vous scannez des banques de données pour découvrir des sujets qui conviendraient à votre étude.

— Oh oui. — Jeannie se détendit. En ce qui concernait cette question, elle n'avait aucune raison de s'inquiéter. — J'ai conçu un logiciel de recherche qui balaie des banques de données informatiques pour trouver des paires assorties. Mon but est de trouver des vrais jumeaux. On peut l'utiliser sur n'importe quel genre de banque de données.

— Vous avez eu accès à des dossiers médicaux...

— Il est important de définir ce que vous entendez par accès. J'ai pris grand soin de n'empiéter sur la vie privée de personne. Je ne vois jamais les détails médicaux concernant qui que ce soit. Ce logiciel n'imprime pas les dossiers.

— Qu'est-ce qu'il imprime ?

— Les noms de deux individus avec leur adresse et leur numéro de téléphone.

— Mais il imprime les noms par paires.

— Bien sûr, c'est tout l'intérêt.

— Donc, si vous l'utilisez sur, disons, une banque de données d'électro-encéphalogrammes, cela vous apprendrait que les ondes cérébrales de John Doe sont les mêmes que celles de Jim Smith.

— Qu'elles sont les mêmes ou similaires. Mais cela ne me révélerait rien sur l'état de santé d'aucun des deux.

— Toutefois, si vous avez précédemment appris que John Doe est un schizophrène paranoïaque, vous pourrez en conclure que Jim Smith l'est aussi.

— Nous serions dans l'impossibilité de savoir une chose pareille.

— Vous pourriez connaître John Doe.

— Comment ?

— Il pourrait être votre concierge, n'importe quoi.

— Oh ! allons !

— C'est quand même possible.

— Ça va être ça, le thème de votre article ?

— Peut-être.

— D'accord, en théorie, c'est possible, mais les possibilités sont si faibles que personne de raisonnable n'en tiendrait compte.

— C'est discutable.

Cette journaliste semble déterminée à lever un lièvre

en dépit des faits. Jeannie commença à s'inquiéter. Elle avait assez de problèmes sans avoir la presse sur le dos.

— Sur quels faits vous appuyez-vous? répliqua-t-elle. Avez-vous réellement trouvé quelqu'un qui estime qu'on a violé sa vie privée?

— C'est la *possibilité* qui m'intéresse.

Une pensée frappa soudain Jeannie.

— Au fait, qui vous a dit de m'appeler?

— Pourquoi me le demandez-vous?

— Pour la même raison qui vous a poussée à me poser des questions. J'aimerais connaître la vérité.

— Je ne peux pas vous le révéler.

— Voilà qui est intéressant. Je vous ai parlé de mes recherches et de mes méthodes. Je n'ai rien à cacher. Mais vous ne pouvez pas en dire autant. Vous avez l'air... vous avez l'air d'avoir honte. Avez-vous honte de la façon dont vous avez découvert mon projet?

— Je n'ai honte de rien, riposta la journaliste.

Jeannie commençait à s'énerver. *Pour qui se prend-elle, cette nana?*

— En tout cas, quelqu'un a honte. Sinon, pourquoi ne voulez-vous pas me dire qui il ou elle est?

— Je dois protéger mes sources.

— De quoi? — Jeannie savait qu'elle devrait laisser tomber. On ne gagnait jamais rien à se mettre la presse à dos. Mais l'attitude de cette femme était intolérable. — Comme je vous l'ai expliqué, il n'y a rien de mal dans mes méthodes et elles ne menacent la vie privée de personne. Alors pourquoi votre informateur fait-il tant de cachotteries?

— Les gens ont leurs raisons...

— Votre informateur paraît mal intentionné, vous ne trouvez pas?

Au moment même où elle prononçait ces mots Jeannie pensait: *Pourquoi quelqu'un voudrait-il me nuire?*

— Je ne peux pas faire de commentaire là-dessus.

— Pas de commentaire, hum ? fit-elle d'un ton mordant. Il faudra que je me rappelle cette formule-là.

— Docteur Ferrami, je vous remercie de votre coopération.

— Je vous en prie, fit Jeannie, et elle raccrocha. Qu'est-ce que c'est que cette histoire ? murmura-t-elle.

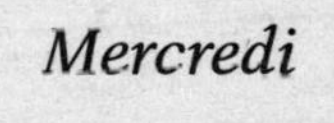

Mercredi

21

Berrington Jones avait mal dormi.

Il avait passé la nuit avec Tippa Hartenden. Tippa était secrétaire au département de physique, et une foule de professeurs l'avaient déjà invitée à dîner, y compris plusieurs hommes mariés, mais Berrington était le seul avec qui elle sortait. Il s'était habillé avec soin, l'avait emmenée dans un restaurant à l'ambiance intime et avait commandé un vin exquis. Il avait savouré les regards envieux d'hommes de son âge en train de dîner avec leurs affreuses vieilles épouses. Il l'avait ensuite invitée chez lui, avait allumé des bougies, passé un pyjama de soie, puis il lui avait fait l'amour avec une savante lenteur jusqu'à la faire haleter de plaisir.

Mais il s'était réveillé à quatre heures du matin en pensant à tout ce qui pourrait mal tourner dans son plan. Hank Stone s'était imbibé hier après-midi du vin exécrable servi au cocktail de l'éditeur, il pourrait fort bien tout oublier de sa conversation avec Berrington. S'il s'en souvenait, la rédaction du *New York Times* pourrait encore décider de ne pas y donner suite. On pourrait faire quelques investigations et s'apercevoir qu'il n'y avait rien de bien méchant dans les recherches de Jeannie. Ou bien peut-être le journal allait-il réagir trop lentement et commencer à se pencher sur cette histoire la semaine prochaine, trop tard. Il se tourna et se retourna, et Tippa finit par murmurer :

— Ça va, Berry ?

Il caressa sa longue chevelure blonde et elle émit quelques grognements ensommeillés mais encourageants. En temps normal, faire l'amour à une belle femme le consolait de tous les ennuis, mais il sentait que, cette fois-ci, ça ne marcherait pas. Il était trop préoccupé. Ç'aurait été un soulagement de parler à Tippa de ses problèmes — elle était intelligente et elle se montrerait compréhensive, compatissante — mais il ne pouvait révéler ce secret à personne.

Au bout d'un moment, il se leva pour aller courir. Quand il revint, elle était partie ; elle avait laissé un petit mot enveloppé dans un bas de Nylon noir.

La domestique arriva peu avant huit heures et lui prépara une omelette. Marianne était une femme mince et nerveuse, originaire de la Martinique. Elle parlait à peine anglais et était terrifiée à l'idée d'être renvoyée dans son pays, ce qui la rendait extrêmement docile. Elle était jolie, et Berrington était persuadé que, s'il lui demandait une fellation, elle penserait que cela faisait partie de ses devoirs d'employée de maison. Bien entendu, il n'en faisait rien : coucher avec le personnel n'était pas son style.

Il prit une douche, se rasa. Il passa un austère costume gris anthracite à fines rayures, une chemise blanche et une cravate noire avec des petits points rouges. Il mit des boutons de manchette en or gravés à ses initiales, glissa dans sa poche de poitrine une pochette blanche, puis cira la pointe de ses richelieus noirs jusqu'à les faire étinceler.

Il se rendit en voiture au campus, gagna son bureau et alluma son ordinateur. Comme la plupart des superstars universitaires, il enseignait très peu. Ici, à Jones Falls, il donnait un cours par an. Son rôle était d'orienter et de superviser les travaux des chercheurs du département et d'ajouter le prestige de son nom aux communications qu'ils publiaient.

Mais, ce matin-là, il n'arrivait à se concentrer sur rien, il s'approcha donc de la fenêtre pour regarder quatre jeunes gens disputer un double acharné sur le court de tennis, en attendant que le téléphone sonne.

Il n'eut pas longtemps à attendre.

À neuf heures et demie, le président de l'université Jones Falls, Maurice Obell, appela.

— Nous avons un problème.

Berrington se crispa.

— Que se passe-t-il, Maurice ?

— Une petite garce du *New York Times* vient de m'appeler. Elle affirme qu'une personne de votre service viole la vie privée d'autrui. Un certain docteur Ferrami.

Dieu soit loué! se dit Berrington, enchanté. *Hank Stone est intervenu.*

Il prit un ton grave.

— Je craignais quelque chose de ce genre. J'arrive tout de suite.

Il raccrocha et resta un moment à réfléchir. *Trop tôt encore pour crier victoire.* Il n'avait fait qu'amorcer le processus. Il lui fallait maintenant amener tout à la fois Maurice et Jeannie à se comporter exactement comme il l'entendait.

Maurice semblait préoccupé. *Bon début.* Berrington devait s'assurer que son inquiétude ne se dissiperait pas. Il fallait absolument que Maurice estime que ce serait une catastrophe si Jeannie ne cessait pas immédiatement d'utiliser son logiciel de recherche pour balayer les banques de données. Dès l'instant où Maurice aurait pris une décision ferme, Berrington n'aurait plus qu'à s'assurer qu'il n'en démordrait pas.

Il fallait empêcher tout compromis. Il le savait, Jeannie n'était guère d'humeur à transiger et, avec son avenir dans la balance, elle tenterait sans doute le tout pour le tout. Il lui faudrait alimenter son indignation et la maintenir d'une humeur combative. Et cela en paraissant plein de bonnes intentions. S'il montrait qu'il cherchait à saper les travaux de Jeannie, Maurice pourrait se douter qu'il y avait anguille sous roche. Berrington devrait avoir l'air de la défendre.

Il quitta le pavillon des dingues, traversa le campus, passant devant le théâtre Barrymore et la faculté des arts jusqu'à Hillside Hall. Jadis résidence campagnarde du premier bienfaiteur de l'université, le bâtiment abritait maintenant l'administration. Le président de l'université avait installé son bureau dans le magnifique salon de la vieille demeure. Berrington salua aimablement la secrétaire du docteur Obell et dit :

— Il m'attend.

— Entrez donc, professeur, je vous prie.

Maurice était assis derrière la grande baie vitrée qui dominait la pelouse. Petit, avec un torse puissant, il était revenu du Viêt-nam dans un fauteuil roulant, paralysé depuis la taille jusqu'aux pieds. Berrington entretenait de bons rapports avec lui, peut-être parce qu'ils avaient en commun un passé dans l'armée. Ils partageaient aussi une passion pour la musique de Mahler.

Maurice avait souvent l'air harassé. Pour assurer le fonctionnement de JFU, il devait trouver chaque année dix millions de dollars auprès de bienfaiteurs privés et d'entreprises disposées à faire du mécénat ; il redoutait donc toute publicité de mauvais aloi.

Il fit pivoter son fauteuil et roula jusqu'à son bureau.

— Elle dit qu'ils préparent un grand article sur l'éthique scientifique. Berry, il n'est pas question que Jones Falls figure en tête de cet article comme exemple de science sans conscience. La moitié de mes gros donateurs en seraient malades. Il faut faire quelque chose.

— Qui est cette journaliste ?

Maurice consulta son bloc.

— Naomi Freelander. Elle dirige la rubrique

d'éthique. Vous saviez que les journaux avaient des rubriques d'éthique ? Pas moi.

— Ça ne m'étonne pas du *New York Times*.

— Ça ne les empêche pas de se conduire comme la Gestapo. Ils sont sur le point de publier cet article, disent-ils, mais hier ils ont eu un tuyau à propos de votre Ferrami.

— Je me demande d'où venait ce tuyau, fit Berrington.

— Oh ! on trouve toujours quelques salopards sans loyauté.

— Certes.

Maurice poussa un soupir.

— Dites que ce n'est pas vrai, Berry. Assurez-moi qu'elle ne viole pas la vie privée.

Berrington croisa les jambes, en essayant d'avoir l'air à son aise, mais il était tendu comme un arc.

— Je suis persuadé qu'elle n'a rien fait de mal. Elle balaie des banques de données médicales pour trouver des personnes qui ignorent qu'elles ont un jumeau. C'est très astucieux, d'ailleurs...

— Est-ce qu'elle consulte les dossiers médicaux sans l'autorisation des personnes concernées ?

Berrington fit semblant de répondre à contrecœur.

— Eh bien... en quelque sorte.

— Alors, il faut qu'elle cesse.

— Le malheur, c'est qu'elle a vraiment besoin de ces informations pour son projet.

— Nous pouvons peut-être lui offrir une compensation.

Berrington n'avait pas songé à l'acheter. Il ne pensait pas que ça marcherait, mais pourquoi ne pas essayer ?

— Bonne idée.

— Est-elle titularisée ?

— Elle a commencé ce semestre comme maître-assistante. Elle ne peut pas être titularisée avant six mois, au moins. Mais nous pourrions lui accorder une augmentation. Je sais qu'elle a besoin d'argent, elle me l'a dit.

— Combien gagne-t-elle ?

— Trente mille dollars par an.

— Que devrions-nous lui offrir, à votre avis ?

— Il faudrait que ce soit substantiel. Huit ou dix mille de plus.

— Que nous financerions comment ?

Berrington sourit.

— Je crois que je pourrais persuader Genetico.

— Alors, c'est ce que nous allons faire. Convoquez-la tout de suite, Berry. Si elle est sur le campus, faites-la venir immédiatement. Nous allons régler cette histoire avant que les défenseurs de la morale rappellent.

Berrington décrocha le téléphone de Maurice et appela le bureau de Jeannie. On répondit aussitôt.

— Jeannie Ferrami.

— Ici Berrington.

— Bonjour.

Elle avait un ton méfiant. Avait-elle senti son désir de la séduire lundi soir ? Peut-être se demandait-elle s'il avait l'intention de renouveler sa tentative. Ou peut-être avait-elle déjà eu vent du problème du *New York Times*.

— Est-ce que je peux vous voir tout de suite ?

— Dans votre bureau ?

— Je suis dans celui du docteur Obell à Hillside Hall.

Elle eut un soupir exaspéré.

— C'est à propos d'une certaine Naomi Freelander ?

— Oui.

— Tout ça, c'est de la foutaise, vous le savez.

— Je le sais, mais il faut régler cette affaire.

— J'arrive.

Berrington raccrocha.

— Elle arrive, dit-il à Maurice. On dirait qu'elle a déjà eu des nouvelles du *Times*.

Les quelques minutes suivantes allaient être cruciales. Si Jeannie se défendait bien, Maurice pourrait modifier sa stratégie. Berrington devait le soutenir sans paraître hostile à Jeannie. C'était une fille autoritaire, coléreuse, pas du tout le genre à se montrer conciliante, surtout quand elle croyait être dans son droit. Sans l'aide de Berrington, elle se ferait probablement un ennemi de Maurice. Mais au cas où, contrairement à son habitude, elle se montrerait douce et persuasive, il avait besoin d'un plan de rechange.

Frappé d'une soudaine inspiration, il déclara :

— En attendant, nous pourrions rédiger un communiqué pour la presse.

— Excellente idée.

Berrington prit un bloc et se mit à griffonner. Il fallait un texte qui blesserait l'orgueil de Jeannie et la rendrait furieuse. Il écrivit donc que l'université Jones Falls reconnaissait que des erreurs avaient été commises. Que l'université présentait ses excuses à ceux dont on avait violé la vie privée, et promettait qu'à compter d'aujourd'hui le programme allait être interrompu.

Il tendit le fruit de son travail à la secrétaire de Maurice et lui demanda de le taper aussitôt sur sa machine à traitement de texte.

Jeannie arriva, bouillonnante d'indignation. Elle portait un ample T-shirt vert émeraude, un jean noir moulant et le genre de chaussures qu'on appelait autrefois des brodequins mais qui étaient aujourd'hui le dernier cri. Un anneau d'argent était passé dans sa narine et ses épais cheveux sombres étaient tirés en arrière. Berrington la trouva jolie, mais ce n'était pas sa tenue qui allait impressionner le président de l'université : à ses yeux, elle apparaîtrait comme une jeune universitaire irresponsable, susceptible d'attirer des ennuis.

Maurice l'invita à s'asseoir et lui parla du coup de téléphone qu'il avait reçu du journal ; il manquait de décontraction. *Il est à l'aise avec des hommes mûrs,* pensa Berrington. *Des jeunes femmes en jean moulant, ça n'est pas du tout son style.*

— Cette même femme m'a téléphoné, dit Jeannie d'un ton irrité. C'est ridicule.

— Mais vous avez bien accès à des banques de données médicales ? demanda Maurice.

— Je n'examine pas les données : c'est l'ordinateur qui le fait. Aucun être humain ne voit les dossiers médicaux. Mon programme me donne des listes de noms et d'adresses groupés par paires.

— Quand même...

— Nous n'allons pas plus avant sans demander au préalable l'autorisation des intéressés. Nous ne leur révélons même pas qu'ils ont un jumeau avant qu'ils aient accepté de participer à notre étude. Alors, quelle vie privée violons-nous ?

Berrington fit semblant de la soutenir.

— Je vous l'ai dit, Maurice, le *Times* se trompe.

— Ils ne voient pas les choses du même œil. Je dois penser à la réputation de l'université.

— Croyez-moi, déclara Jeannie, mes travaux vont la grandir, cette réputation.

Elle se pencha en avant et Berrington perçut dans sa voix cette passion de la connaissance qui poussait tous les vrais savants.

— C'est un projet d'une importance capitale. Je suis la seule à avoir trouvé comment étudier la génétique de la criminalité. Quand nous publierons les résultats, ça fera sensation.

— Elle a raison, intervint Berrington.

C'était vrai. Son étude aurait été passionnante. C'était navrant de l'étouffer dans l'œuf. Mais il n'avait pas le choix. Maurice secoua la tête.

— Protéger l'université du scandale fait partie de ma fonction.

— Défendre la liberté des chercheurs aussi, lança témérairement Jeannie.

Elle n'adoptait pas la bonne tactique. Autrefois,

certes, des présidents d'université s'étaient battus pour défendre le droit à la libre poursuite de la connaissance, mais cette époque était révolue. Aujourd'hui, ils étaient purement et simplement des collecteurs de fonds. Elle ne ferait que vexer Maurice en parlant de liberté de la recherche.

Celui-ci se hérissa aussitôt.

— Jeune femme, dit-il d'un ton pincé, je n'ai pas besoin que vous me fassiez la leçon sur mes devoirs de président.

Au grand ravissement de Berrington, Jeannie ne saisit pas l'allusion.

— Vraiment? lança-t-elle en s'échauffant. Nous sommes en présence d'un conflit bien net. D'un côté, un journal apparemment lancé sur une piste erronée. De l'autre, une chercheuse en quête de vérité. Si un président d'université doit plier devant ce genre de pression, quel espoir reste-t-il?

Berrington exultait. Elle était superbe, le rouge aux joues et le regard flamboyant, mais elle était en train de creuser sa propre tombe. Chacune de ses paroles lui aliénait la sympathie de Maurice.

Soudain, Jeannie parut s'en rendre compte, car elle changea de tactique.

— D'un autre côté, aucun de nous n'a envie d'une mauvaise publicité pour l'université, reprit-elle d'un ton plus calme. Je comprends fort bien votre préoccupation, docteur Obell.

À la consternation de Berrington, Maurice s'adoucit aussitôt.

— Je conçois que cela vous place dans une situation difficile. L'université est prête à vous offrir une compensation, sous la forme d'une augmentation de dix mille dollars par an.

Jeannie parut stupéfaite.

— Cela devrait vous permettre de retirer votre mère de cet établissement qui ne vous plaît pas du tout, fit Berrington.

Jeannie n'hésita qu'un instant.

— Je vous suis profondément reconnaissante, mais ça ne résoudrait pas le problème. Pour mes recherches j'ai besoin de découvrir des jumeaux criminels, sinon, elles n'ont plus de raison d'être.

Jamais Berrington n'avait sérieusement cru qu'on pourrait acheter Jeannie.

— Mais, reprit Maurice, il doit bien y avoir un autre moyen de trouver des sujets convenant à votre étude ?

— Non, il n'y en a pas. Il me faut des vrais jumeaux, élevés séparément, dont l'un au moins soit un criminel. Ça n'est pas facile à dénicher. Mon programme informatique repère des individus qui ne savent même pas qu'ils ont un jumeau. Il n'existe aucune autre méthode pour y parvenir.

— Je ne m'en étais pas rendu compte, murmura Maurice.

La conversation prenait un tour dangereusement amical. À ce moment-là, la secrétaire de Maurice entra et lui tendit le communiqué dont Berrington avait rédigé le brouillon. Maurice le montra à Jeannie en disant :

— Nous voulons étouffer cette histoire dans l'œuf ; il faudrait que nous puissions publier aujourd'hui quelque chose dans ce genre.

Elle parcourut rapidement le texte et sa colère reprit de plus belle.

— Mais c'est de la foutaise ! tonna-t-elle. Aucune erreur n'a été commise. La vie privée de personne n'a été violée, il n'y a même pas eu une seule plainte !

Berrington dissimula sa satisfaction. Cette fille était vraiment un paradoxe vivant : impétueuse et douée en même temps de la patience et de la persévérance qu'il fallait pour se livrer à des travaux scientifiques interminables et assommants. Il l'avait vue travailler : jamais ses sujets ne paraissaient l'irriter ni la lasser, même quand ils manquaient complètement les tests. Avec eux, elle trouvait la mauvaise conduite aussi intéressante que la bonne. Elle se contentait de noter ce qu'ils disaient et à la fin les remerciait sincèrement. Et pourtant, en dehors du labo, elle s'enflammait à la moindre provocation.

Il assuma le rôle du pacificateur.

— Mais, Jeannie, le docteur Obell estime que nous devons faire une déclaration ferme.

— Vous ne pouvez pas dire qu'on a cessé l'utilisation de mon programme informatique ! Ça reviendrait à l'annulation de tout mon projet !

Le visage de Maurice se durcit.

— Je ne peux pas laisser le *New York Times* publier un article affirmant que les chercheurs de Jones Falls violent la vie privée, déclara-t-il. Cela nous coûterait des millions en donations perdues.

— Trouvez une solution intermédiaire, insista Jeannie. Dites que vous examinez le problème. Installez une commission. Si besoin est, nous mettrons au point de nouvelles procédures de protection de la vie privée.

Oh, surtout pas ! songea Berrington. Voilà qui était dangereusement raisonnable.

— Nous avons bien un comité d'éthique, intervint-il, cherchant à gagner du temps. Une sous-commission du Sénat.

Le Sénat était le conseil de gestion de l'université qui regroupait tous les professeurs titulaires, mais c'étaient les commissions qui faisaient véritablement le travail.

— Vous pourriez annoncer que vous les chargez d'étudier le problème.

— Ça ne marchera pas, dit brutalement Maurice. Tout le monde comprendra qu'il s'agit d'un moyen de gagner du temps.

Jeannie protesta.

— Ne voyez-vous pas qu'en insistant sur des mesures immédiates vous écartez pratiquement toute possibilité de discussion réfléchie !

Le moment serait bien choisi pour mettre un terme

à l'entretien, décida Berrington. Ils étaient tous les deux en total désaccord, chacun retranché sur ses positions. Il fallait interrompre la discussion avant qu'ils se mettent de nouveau à envisager un compromis.

— Bien vu, Jeannie. J'aimerais faire une proposition... si vous permettez, Maurice.

— Bien sûr. Nous vous écoutons.

— Nous avons deux problèmes différents. L'un est de trouver un moyen de faire avancer les travaux de Jeannie sans attirer le scandale sur l'université. C'est un point que Jeannie et moi allons étudier tout à loisir plus tard. L'autre est de savoir comment le département et l'université vont présenter la question à l'extérieur. C'est à vous et à moi d'en discuter, Maurice.

Maurice parut soulagé.

— Très raisonnable.

— Jeannie, poursuivit Berrington sur sa lancée, merci d'être venue nous rejoindre aussi rapidement.

Elle comprit qu'on la congédiait. Elle se leva, l'air étonné. Elle savait qu'elle s'était fait manœuvrer, mais elle n'arrivait pas très bien à comprendre comment.

— Vous m'appellerez ? dit-elle à Berrington.

— Bien sûr.

— Très bien.

Elle hésita, puis sortit.

— Elle n'est pas commode, fit Maurice.

Berrington se pencha en avant, les mains jointes, la tête baissée, dans une attitude de parfaite humilité.

— Je me sens coupable, Maurice. — Celui-ci secoua la tête, mais Berrington poursuivit : — C'est moi qui ai engagé Jeannie Ferrami. Naturellement, je ne me doutais absolument pas qu'elle concevrait cette méthode de travail. Mais c'est tout de même ma responsabilité et j'estime que je dois vous en décharger.

— Que proposez-vous ?

— Je ne peux pas vous demander de ne pas diffuser ce communiqué. Je n'en ai pas le droit. Vous ne pouvez pas faire passer un projet de recherche au-dessus des intérêts de l'université tout entière. Je m'en rends bien compte.

Il releva la tête. Maurice hésita. Une fraction de seconde, Berrington se demanda avec appréhension si celui-ci se doutait qu'il était en train de se faire manipuler. Mais, si l'idée lui en traversa l'esprit, ce ne fut que de façon fugitive.

— Merci de le dire, Berry. Mais qu'allez-vous faire pour Jeannie ?

Berrington se détendit. Il avait réussi, semblait-il.

— J'estime que c'est mon problème, déclara-t-il. Laissez-moi m'occuper d'elle.

22

Mercredi matin, à l'aube, Steve finit par s'endormir. Tout était silencieux dans la prison. Porky ronflait. Steve n'avait pas dormi depuis quarante-deux heures. Il essaya de rester éveillé en se répétant le discours qu'il allait tenir au juge le lendemain pour demander à être libéré sous caution. Mais il ne cessait de glisser dans un rêve éveillé où le juge lui adressait un sourire bienveillant en disant : « Libération sous caution accordée, relâchez cet homme », et il sortait du tribunal pour se retrouver dans la rue ensoleillée. Assis sur le sol de la cellule, dans sa position habituelle, le dos contre le mur, il se surprit à dodeliner de la tête pour se réveiller brusquement à plusieurs reprises. Mais la nature finit par l'emporter sur sa volonté.

Il était plongé dans un profond sommeil quand il en fut brutalement tiré par un douloureux coup dans les côtes. Il sursauta et ouvrit les yeux. Porky venait de lui assener un coup de pied. Penché sur lui, le regard fou, il hurlait :

— Tu m'as piqué ma came, fils de pute ! Où est-ce que tu l'as planquée, où ça ? Rends-la-moi tout de suite ou tu es un homme mort !

Steve réagit sans réfléchir. Il jaillit comme un ressort, le bras droit tendu devant lui, et enfonça deux doigts dans les yeux de Porky. Celui-ci poussa un cri de douleur et recula. Steve le suivit, s'efforçant d'enfoncer ses doigts jusqu'au cerveau de Porky. Quelque part au loin, il entendait une voix qui ressemblait beaucoup à la sienne lancer un torrent d'injures.

Porky fit encore un pas en arrière et tomba assis sur les toilettes, se couvrant les yeux de ses mains.

Steve empoigna Porky par la nuque, lui attira la tête en avant et lui donna un coup de genou en plein visage. Du sang gicla de la bouche de Porky. Steve l'attrapa par sa chemise, l'arracha au siège des toilettes et le laissa tomber sur le sol. Il allait le frapper à coups de pied quand il commença à retrouver ses esprits. Il hésita, contemplant Porky tout ensanglanté sur le sol, et la brume rouge de rage commença à se dissiper.

— Oh non, dit-il. Qu'est-ce que j'ai fait ?

La porte de la cellule s'ouvrit toute grande et deux flics firent irruption, brandissant des matraques.

Steve leva les mains devant lui.

— Du calme, lança un des policiers.

— Je suis calme.

Les gardiens lui passèrent les menottes et le firent sortir de la cellule. L'un d'eux lui donna un violent coup de poing au creux de l'estomac. Il se plia en deux, le souffle coupé.

— Juste au cas où tu penserais faire encore des histoires, dit le policier.

Il entendit le fracas de la porte de la cellule qui se refermait et les propos humoristiques de Spike.

— Tu as besoin de soins, Porky? Il y a un vétérinaire sur East Baltimore Street.

Il se mit à rire de sa propre plaisanterie.

Steve se redressa. Il récupérait après le coup de poing. Il avait encore mal, mais il pouvait respirer. Il regarda Porky à travers les barreaux : assis sur le sol, il se frottait les yeux. Remuant ses lèvres ensanglantées, il répliqua à Spike :

— Va te faire mettre, trou du cul.

Steve fut soulagé : Porky n'était pas grièvement blessé.

— De toute façon, mon garçon, il était temps de te tirer de là. Ces messieurs sont venus t'emmener au tribunal. — Il consulta une feuille de papier. — Voyons, qui y a-t-il d'autre pour le tribunal du district nord? M. Robert Sandilands, dit la Reniflette...

Il fit sortir trois autres hommes des cellules et les enchaîna tous à Steve. Deux policiers les emmenèrent alors au garage et les firent monter dans un car.

Steve espérait ne jamais avoir à revenir dans cet endroit.

Dehors il faisait encore sombre. Steve estima qu'il devait être environ six heures du matin. Les tribunaux ne recommençant pas à fonctionner avant neuf ou dix heures, il aurait donc longtemps à attendre. Ils roulèrent quinze ou vingt minutes à travers la ville, puis entrèrent au palais de justice par une porte de garage. Ils descendirent du car et on les conduisit au sous-sol.

Huit cages étaient disposées autour d'une zone centrale. Chacune contenait un banc et des toilettes, mais elles étaient plus grandes que celles du commissariat. On poussa les quatre prisonniers dans l'une d'elles où se trouvaient déjà six hommes. On leur ôta leurs chaînes qu'on posa sur une table au milieu de la pièce. Il y avait plusieurs geôliers sous la direction d'une grande femme noire en uniforme de sergent qui n'avait pas l'air commode.

Durant l'heure suivante, il arriva encore une trentaine de prisonniers. On les entassa à raison de douze par cellule. Il y eut des cris et des sifflets quand on amena un petit groupe de femmes. On les enferma dans une cellule tout au fond.

Ensuite, il ne se passa pas grand-chose pendant plusieurs heures. On apporta un petit déjeuner, mais une fois de plus Steve refusa toute nourriture : il n'arrivait pas à se faire à l'idée de manger dans les toilettes. Certains prisonniers parlaient bruyamment, mais la plupart semblaient mornes et silencieux. Un grand nombre d'entre eux paraissaient avoir la gueule de bois. Les plaisanteries qui s'échangeaient entre gardiens et prisonniers n'étaient pas tout à fait aussi ordurières que là d'où il venait. Steve se demanda vaguement si c'était parce que c'était une femme qui commandait.

Les prisons ne ressemblent pas du tout à ce qu'on voit à la télé, songea-t-il. *Dans les reportages et dans les films, elles ressemblent à des hôtels de basse catégorie : jamais on ne montre les toilettes sans paravent, les propos injurieux ou les rossées infligées à ceux qui se conduisent mal.*

Aujourd'hui, ce pourrait bien être son dernier jour en prison. S'il avait cru en Dieu, il aurait prié de tout son cœur.

Il devait être environ midi, estima Steve, quand on commença à faire sortir les prisonniers des cellules.

Steve faisait partie de la seconde fournée. On leur remit les menottes et on enchaîna dix hommes ensemble. Puis ils montèrent jusqu'au tribunal.

La salle d'audience avait l'air d'une chapelle méthodiste. Les murs étaient peints en vert jusqu'à une ligne droite à la hauteur de la taille, et puis en crème au-dessus.

Le sol était couvert d'une moquette verte et il y avait neuf rangées de bancs en bois clair, comme dans une église.

Au dernier rang étaient assis le père et la mère de Steve.

Il sursauta.

Son père était en uniforme de colonel, son képi sous le bras. Il était assis très droit, presque au garde-à-vous. Il avait le teint coloré, les yeux bleus, les cheveux bruns et l'ombre d'une barbe drue sur ses joues rasées de près. Crispé par une émotion contenue, il gardait une expression impassible. Sa mère était assise auprès de lui, petite et boulotte, son joli visage rond bouffi par les larmes.

Steve aurait voulu pouvoir passer à travers le plancher. Pour échapper à cette épreuve, il serait volontiers revenu dans la cellule de Porky. Il s'arrêta net, immobilisant toute la file des prisonniers, et dévisagea avec angoisse ses parents jusqu'au moment où le geôlier le poussa par l'épaule et le fit avancer en trébuchant jusqu'au banc du premier rang.

Une greffière était assise devant le tribunal, faisant face aux prisonniers. Un geôlier gardait la porte. Le seul autre fonctionnaire présent était un Noir à lunettes d'une quarantaine d'années avec veste de costume, cravate et jean. Il demanda son nom à chacun des prisonniers et pointa sur une liste.

Steve regarda par-dessus son épaule. Il n'y avait personne à l'exception de ses parents sur les bancs réservés au public. Il était content d'avoir une famille qui se souciait assez de lui pour être là ; ce n'était le cas pour aucun des autres prisonniers. Malgré tout, il aurait préféré subir sans témoin cette humiliation.

Son père se leva et s'avança. L'homme en jean s'empressa de lui adresser la parole.

— Oui, monsieur ?

— Je suis le père de Steve Logan, j'aimerais lui parler, dit-il d'un ton autoritaire. Puis-je savoir qui vous êtes.

— David Purdy. Je suis l'enquêteur, je vous ai téléphoné ce matin.

Voilà donc comment ses parents avaient été mis

au courant, comprit Steve. Il aurait dû s'en douter. Le commissaire juridique lui avait dit qu'un enquêteur procéderait à des vérifications. La façon la plus simple de s'y prendre était d'appeler ses parents. Il tressaillit en pensant à ce coup de téléphone. Qu'avait dit l'enquêteur ? « J'ai besoin de vérifier l'adresse de Steve Logan qui est en détention préventive à Baltimore, sous une accusation de viol. Vous êtes sa mère ? »

Le père de Steve lui serra la main et déclara :

— Enchanté, monsieur Purdy.

Mais Steve sentait bien que son père détestait cet homme.

— Vous pouvez parler à votre fils, dit Purdy. Allez-y, pas de problème.

Son père inclina sèchement la tête. Il se glissa le long du banc et vint s'asseoir juste derrière Steve. Il lui mit une main sur l'épaule et la pressa doucement. Steve sentit des larmes lui monter aux yeux.

— Papa, je suis innocent.

— Je sais, Steve.

Cette confiance sans réserve, c'en était trop pour Steve : il se mit à pleurer. Affaibli par la faim et le manque de sommeil, accablé par la tension et l'horreur de ces deux derniers jours, il ne parvenait plus à s'arrêter. Il ne cessait d'avaler sa salive et de se tamponner le visage de ses mains retenues par les menottes.

Au bout d'un moment, son père dit :

— Nous voulions te prendre un avocat, mais c'était trop court : nous avons tout juste eu le temps d'arriver ici.

Steve hocha la tête. Si seulement il parvenait à se maîtriser, il assurerait sa propre défense.

Une geôlière amena deux filles sans menottes. Elles s'assirent en riant sous cape. Elles semblaient avoir dans les dix-huit ans.

— Et comment est-ce arrivé ? demanda son père à Steve.

Essayer de répondre à la question aida Steve à cesser de pleurer.

— Je dois ressembler au type qui a fait le coup. — Il renifla et ravala ses larmes. — La victime m'a désigné à une séance d'identification. Et puis j'étais dans les parages au moment du crime : je l'ai dit à la police. Le test de l'ADN va m'innocenter, mais ça prend trois jours. J'espère être libéré sous caution aujourd'hui.

— Dis au juge que nous sommes ici. Ça te servira sans doute.

Steve avait l'impression d'être un enfant que son père tente de consoler. Cela lui rappela un souvenir doux-amer du jour où il avait eu sa première bicyclette. Ce devait être pour ses cinq ans. Le modèle possédait une aire de stabilisateurs à l'arrière pour l'empêcher de tomber. Leur maison avait un grand jardin avec deux marches qui descendaient jusqu'à un patio. « Pédale autour de la pelouse et évite les marches », avait dit son père. Le petit Stevie avait aussitôt essayé de les descendre à bicyclette. Il était tombé, endommageant la bicyclette, et il s'était fait mal. Il était persuadé que son père allait se mettre en colère parce qu'il avait désobéi. Mais celui-ci l'avait ramassé, avait lavé doucement ses écorchures et réparé la bicyclette. Steve attendait l'explosion ; elle ne se produisit pas. Il n'y eut même pas un « Je t'avais prévenu ». Quoi qu'il arrivât, les parents de Steve étaient toujours de son côté.

Le juge entra. Une femme blanche séduisante d'une cinquantaine d'années, élégante et menue. Elle était vêtue d'une robe noire et tenait à la main une boîte de Coca *light* qu'elle posa sur le bureau en s'asseyant.

Steve essaya de déchiffrer son visage. Était-elle cruelle ou bienveillante ? Dans de bonnes dispositions ou d'une humeur de chien ? Était-ce une femme au cœur généreux, à l'esprit ouvert, une femme qui avait une âme, ou bien un vrai gendarme obsédé par la discipline qui aurait voulu en secret pouvoir tous les envoyer à la chaise électrique ? Il examina ses yeux bleus, son nez pointu, ses cheveux bruns striés de gris. Avait-elle un mari rhumatisant, un grand fils qui lui donnait des soucis, un petit-fils adoré avec lequel elle se roulait sur le tapis ? Ou bien vivait-elle seule dans un somptueux appartement plein de meubles modernes sévères et anguleux ? Ses cours de droit lui avaient enseigné les raisons théoriques pour accorder ou refuser la liberté sous caution : maintenant, elles lui semblaient presque sans intérêt. Tout ce qui comptait vraiment, c'était de savoir si cette femme était bien disposée ou non.

Elle parcourut du regard la rangée de prisonniers et dit :

— Bonjour. Nous allons examiner si vous pouvez être libérés sous caution.

Elle parlait d'une voix un peu sourde mais distincte. Sa diction était bonne. Tout chez elle semblait net et précis — à l'exception de cette boîte de Coca, une touche d'humanité qui donna quelque espoir à Steve.

— Avez-vous tous reçu votre acte d'accusation ?

Ils acquiescèrent. Elle leur lut leurs droits et leur expliqua les moyens de trouver un avocat. Ensuite, elle dit :

— À l'appel de votre nom, veuillez lever la main droite. Ian Thompson.

Un prisonnier leva la main. Elle récita à voix haute les chefs d'accusation et les peines qu'il encourait. Ian Thompson avait apparemment cambriolé trois maisons dans l'élégant quartier de Roland Park. C'était un jeune homme de type hispanique, avec un bras en écharpe. Il semblait ne s'intéresser nullement à son sort et tout cela avait l'air de l'ennuyer profondément.

Elle lui annonça qu'il avait droit à une audience préliminaire et à une comparution devant un jury. Steve attendait avec impatience de voir si on allait le libérer sous caution.

L'enquêteur se leva. Parlant très vite, il déclara que Thompson habitait depuis un an à l'adresse qu'il avait donnée, qu'il avait une femme et un bébé, mais pas de travail. Qu'il se droguait à l'héroïne et qu'il avait un casier judiciaire. Steve n'aurait jamais relâché un homme pareil.

Le juge toutefois fixa à vingt-cinq mille dollars le montant de sa caution. Cela réconforta Steve. Il savait que normalement l'accusé ne devait verser que dix pour cent de la somme en espèces ; Thompson serait donc libre s'il pouvait trouver deux mille cinq cents dollars. Cela lui parut indulgent.

Vint ensuite le tour d'une des filles. Elle s'était battue avec une autre fille et était accusée de voies de fait. L'enquêteur déclara au juge qu'elle habitait chez ses parents et travaillait comme caissière dans un supermarché du quartier. Le juge lui accorda la liberté sur parole, ce qui voulait dire qu'elle n'avait pas un sou à verser.

Encore une décision clémente : le moral de Steve remonta d'un cran.

L'accusée s'entendit aussi intimer l'ordre de ne pas se rendre à l'adresse de la fille avec laquelle elle s'était battue. Cela rappela à Steve qu'un juge pouvait fixer des conditions à la libération sous caution. Peut-être devrait-il proposer spontanément d'éviter Lisa Hoxton. Il ne savait absolument pas où elle habitait ni à quoi elle ressemblait, mais il était prêt à déclarer n'importe quoi susceptible de l'aider à sortir de prison.

L'accusé suivant était un Blanc entre deux âges qui avait exhibé son sexe aux clientes du rayon hygiène féminine d'un drugstore. Il avait un long passé de délits similaires. Il vivait seul, mais cela faisait cinq ans qu'il habitait à la même adresse. Steve fut surpris et consterné d'entendre le juge refuser la liberté sous caution. L'homme était petit et malingre ; Steve avait l'impression que c'était un dingue inoffensif. Peut-être ce juge, une femme, se montrait-il particulièrement sévère pour les crimes sexuels.

Elle consulta sa feuille et annonça :

— Steve Charles Logan.

Steve leva la main. *Je vous en prie, faites que je sorte d'ici, je vous en prie.*

— Vous êtes accusé de viol avec préméditation, ce qui peut entraîner une peine d'emprisonnement à vie.

Derrière lui, Steve entendit sa mère étouffer un cri. Le juge continua à lire tout haut les autres accusations et les peines qu'elles entraînaient, puis l'enquêteur se leva. Il récita l'âge, l'adresse et la profession de Steve, puis déclara que celui-ci n'avait pas de casier judiciaire et qu'il ne se droguait pas. Steve trouvait qu'il faisait figure de citoyen modèle auprès de la plupart des autres accusés. Elle avait bien dû le remarquer, non ?

Quand Purdy eut terminé, Steve demanda :

— Votre Honneur, m'autorisez-vous à parler ?

— Oui, mais souvenez-vous que ce n'est peut-être pas dans votre intérêt de me dire quoi que ce soit à propos du crime.

Il se leva.

— Je suis innocent, Votre Honneur, mais il semble que je présente une certaine ressemblance avec le violeur. Si donc vous m'accordez la liberté sous caution, je suis prêt à promettre de ne pas approcher de la victime si vous voulez m'imposer cette condition.

— Je ne manquerai certainement pas de le faire.

Il aurait voulu plaider devant elle pour obtenir sa liberté, mais tous les éloquents discours qu'il avait composés dans sa cellule lui étaient maintenant sortis de l'esprit et il ne trouva rien à ajouter. Profondément déçu, il se rassit.

Derrière lui, son père se leva.

— Votre Honneur, je suis le père de Steve, le colonel Charles Logan. Je serais heureux de répondre à toute question que vous voudrez bien me poser.

Elle lui lança un regard glacial.
— Ce ne sera pas nécessaire.
Steve se demanda pourquoi elle avait l'air offusquée de l'intervention de son père. Peut-être voulait-elle seulement bien faire entendre que son grade ne l'impressionnait pas. Peut-être voulait-elle signifier : « Dans mon tribunal, tous sont égaux, bourgeoisie respectable ou non. »
Charles se rassit.
Le juge regarda Steve.
— Monsieur Logan, cette femme était-elle connue de vous avant qu'ait eu lieu le crime présumé ?
— Je ne l'ai jamais rencontrée.
— L'aviez-vous jamais vue ?
Elle se demande sans doute si je n'ai pas furtivement suivi Lisa Hoxton pendant quelque temps avant de l'attaquer. Il répondit :
— Je ne peux pas dire : je ne sais pas de quoi elle a l'air.
Le juge parut réfléchir quelques secondes. Steve avait l'impression d'être cramponné par le bout des doigts au bord d'une falaise. Il suffirait d'un mot d'elle pour le sauver. Mais, si elle refusait la caution, ce serait comme tomber dans un gouffre. Elle parla enfin :
— La liberté sous caution est accordée pour un montant fixé à deux cent mille dollars.
Le soulagement déferla sur Steve comme une vague de fond et il sentit son corps se détendre.
— Dieu soit loué ! murmura-t-il.
— Vous n'approcherez pas de Lisa Hoxton, pas plus que du 1321 Vine Avenue.
Steve sentit une nouvelle fois les doigts de son père lui étreindre l'épaule. Il leva ses mains emprisonnées par les menottes pour toucher ses phalanges osseuses.
Il ne serait pas libéré avant encore une heure ou deux, il le savait. Mais cela ne le dérangeait pas maintenant qu'il était sûr de retrouver la liberté. Il

allait dévorer six Big Mac et faire le tour du cadran. Il avait envie d'un bain chaud, de vêtements propres et de récupérer sa montre. Il avait envie de se prélasser en compagnie de gens qui ne disaient pas « fils de pute » à chaque phrase.

Mais, non sans surprise, il se rendit compte qu'il avait surtout envie d'appeler Jeannie Ferrami.

23

Jeannie était de méchante humeur quand elle regagna son bureau. Maurice Obell était un lâche. Une journaliste agressive avait fait quelques insinuations sans fondement, voilà tout, et, pourtant, l'homme avait craqué. Et Berrington était trop faible pour prendre efficacement sa défense.

Son programme de recherche était sa plus grande réussite. Elle avait commencé à le mettre au point quand elle s'était rendu compte que ses travaux sur la criminalité n'avanceraient jamais bien si elle ne trouvait pas de nouveaux moyens de découvrir des sujets d'étude. Elle y avait passé trois ans. C'était incontestablement son plus remarquable exploit, sans compter les championnats de tennis. Si elle possédait un talent intellectuel particulier, c'était pour ce genre de casse-tête logique. Elle étudiait la psychologie de l'imprévisible, les êtres humains irrationnels mais en manipulant des masses de données portant sur des centaines et des milliers d'individus : c'était un travail statistique et mathématique. Si son programme n'était pas bon, estimait-elle, elle-même ne valait rien. Autant renoncer et devenir hôtesse de l'air comme Penny Watermeadow.

Elle fut surprise de voir Annette Bigelow qui attendait devant sa porte. Annette était une étudiante dont

Jeannie supervisait les travaux. Elle se rappelait maintenant que la semaine précédente Annette lui avait soumis son projet pour ses travaux de l'année et qu'elles avaient rendez-vous ce matin pour en discuter. Jeannie décida d'annuler le rendez-vous : elle avait des choses plus importantes à faire. Puis elle vit l'expression pleine d'espoir de la jeune femme et elle se rappela combien ces rendez-vous étaient importants quand on était étudiante. Elle se força à sourire et à dire :

— Je suis désolée de vous avoir fait attendre. Mettons-nous tout de suite au travail.

Heureusement, elle avait lu avec attention le projet et pris des notes. Annette envisageait de filtrer les données existantes sur les jumeaux pour voir si elle pouvait découvrir des corrélations dans le domaine des opinions politiques et des attitudes morales. C'était une idée intéressante qui s'appuyait sur de solides bases scientifiques. Jeannie suggéra quelques améliorations mineures et lui donna le feu vert.

Annette s'en allait quand Ted Ransome passa la tête par l'entrebâillement de la porte.

— On dirait que tu t'apprêtes à couper les couilles de quelqu'un, dit-il.

— Mais pas les tiennes. — Jeannie sourit. — Viens prendre une tasse de café.

Le beau Ransome était son préféré dans le département. Professeur de faculté spécialisé dans la psychologie de la perception, il était heureusement marié et père de deux jeunes enfants. Jeannie savait qu'il la trouvait séduisante, mais il ne lui avait jamais fait aucune avance. Il y avait entre eux un agréable frisson de tension sexuelle qui ne menaçait jamais de poser un problème.

Elle brancha la cafetière électrique près de son bureau et lui parla du *New York Times* et de Maurice Obell.

— Mais la grande question, conclut-elle, c'est : qui a passé le tuyau au *Times* ?

— Ce doit être Sophie.

Sophie Chapple était le seul autre professeur femme du département de psychologie. Elle avait beau friser la cinquantaine et être titularisée, elle considérait Jeannie comme une rivale et n'avait cessé de lui manifester de la jalousie depuis le début du trimestre. Elle n'avait que doléances à son propos, depuis ses minijupes jusqu'à la façon dont elle garait sa voiture.

— Elle ferait une chose pareille ?

— Je pense.

— Tu as peut-être raison.

Jeannie ne cessait de s'étonner de la mesquinerie des grands savants. Elle avait un jour vu un mathématicien respecté donner un coup de poing au plus brillant physicien d'Amérique qui avait resquillé dans la queue à la cafétéria.

— Je vais peut-être lui poser la question.

Il haussa les sourcils.

— Elle mentira.

— Mais elle aura l'air coupable.

— Ça va faire des histoires.

— Il y en a déjà.

Le téléphone sonna. Jeannie décrocha et fit signe à Ted de servir le café.

— Allô.

— Ici Naomi Freelander.

Jeannie hésita.

— Je ne sais pas si je devrais vous parler.

— Il paraît que vous avez cessé d'utiliser des banques de données médicales pour vos recherches.

— Non.

— Comment ça : non ?

— Je veux dire que je n'ai pas cessé. Vos coups de téléphone ont déclenché certaines discussions, mais aucune décision n'a été prise.

— J'ai ici un fax provenant du bureau du président de l'université. Dans ce texte, l'université présente ses excuses aux personnes dont on a violé la vie privée et leur assure que le projet a été interrompu.

Jeannie était horrifiée.

— Ils ont envoyé ce communiqué ?

— Vous ne le saviez pas ?

— J'ai vu un brouillon, mais je n'étais pas d'accord.

— Il semble qu'ils ont annulé votre projet sans vous en informer.

— Ils ne peuvent pas.

— Comment ça ?

— J'ai un contrat avec cette université. Ils ne peuvent absolument pas n'en faire qu'à leur tête.

— Êtes-vous en train de me dire que vous allez braver les responsables de l'établissement ?

— Il ne s'agit pas de braver qui que ce soit. Ils n'ont pas le pouvoir de me donner des ordres.

Jeannie surprit le regard de Ted. Il leva une main et l'agita dans un geste de dénégation. Il avait raison, Jeannie le comprit : ce n'était pas ainsi qu'on parlait à la presse. Elle changea de tactique.

— Écoutez, reprit-elle d'un ton raisonnable. Vous avez dit vous-même que dans cette affaire la violation de la vie privée était une *possibilité*.

— Oui...

— Vous n'avez pas réussi à trouver quiconque prêt à se plaindre de mon projet. Pourtant vous n'avez aucun scrupule à le faire annuler.

— Je ne juge pas, je rends compte.

— Savez-vous sur quoi portent mes recherches ? J'essaie de découvrir ce qui rend les gens criminels. Je suis la première personne à concevoir une méthode vraiment prometteuse pour étudier ce problème. Si tout se passe bien, ce que je découvrirai pourrait faire de l'Amérique un pays ou vous seriez plus heureuse de voir grandir vos petits-enfants.

— Je n'ai pas de petits-enfants.

— C'est votre excuse ?

— Je n'ai pas besoin d'excuse...

— Peut-être pas, mais ne feriez-vous pas mieux de découvrir un véritable cas de violation de la vie privée au lieu de vous en tenir aux suppositions ? Ça ne ferait pas un article encore meilleur ?

— C'est à moi d'en juger.

Jeannie soupira. Elle avait fait de son mieux. Serrant les dents, elle essaya de conclure la conversation sur une note aimable.

— Eh bien, bonne chance.

— Je vous remercie de votre coopération, docteur Ferrami.

— Au revoir... La garce !

Ted lui tendit une tasse de café.

— On a annoncé l'annulation de ton projet ?

— Je n'arrive pas à le comprendre. Berrington disait que nous allions discuter de la marche à suivre.

Ted baissa la voix.

— Tu ne connais pas Berry aussi bien que moi. Crois-moi : c'est une vipère. Je ne lui ferais pas confiance.

— Il y a peut-être eu une erreur, dit Jeannie, se raccrochant à ce qu'elle pouvait. Peut-être la secrétaire du docteur Obell a-t-elle envoyé le communiqué par erreur.

— C'est possible. Mais je parierais sur la théorie de la vipère.

— Crois-tu que je devrais appeler le *Times* et dire que c'est un imposteur qui a répondu pour moi au téléphone ?

Il se mit à rire.

— Je crois que tu devrais aller trouver Berry pour lui demander s'il comptait bien publier ce communiqué avant de t'en avoir parlé.

— Bonne idée.

Elle termina son café et se leva.

— Bonne chance. Tu as tout mon soutien.

— Merci.

Elle faillit lui planter un baiser sur la joue, puis décida de s'abstenir.

Elle s'engagea dans le couloir et monta un étage jusqu'au bureau de Berrington. La porte était fermée. Elle alla trouver la jeune femme qui assurait le secrétariat de tous les professeurs.

— Salut, Julie, où est Berry ?

— Il est parti pour la journée, mais il m'a demandé de vous fixer un rendez-vous pour demain.

Flûte. Le salaud l'évitait. La théorie de Ted était juste.

— Quelle heure demain ?

— Neuf heures trente ?

— J'y serai.

Elle redescendit à son étage et entra au labo. Lisa était devant ses instruments, à contrôler la concentration de l'ADN de Steve et de Dennis. Elle avait mélangé deux microlitres de chaque échantillon avec deux millilitres d'un colorant fluorescent. Ce produit devenait lumineux au contact de l'ADN et la luminosité était proportionnelle à la quantité d'ADN : on la mesurait avec un fluoromètre dont le cadran donnait en nanogrammes la concentration d'ADN par microlitre de l'échantillon.

— Comment ça va ? demanda Jeannie.

— Ça va.

Jeannie dévisagea longuement Lisa. Elle était encore en phase de refus, c'était évident. Concentrée sur son travail, elle gardait une expression impassible, mais on sentait la tension.

— Est-ce que tu as parlé à ta mère ?

Les parents de Lisa habitaient Pittsburgh.

— Je ne veux pas l'inquiéter.

— Elle est là pour ça. Appelle-la.

— Peut-être ce soir.

Pendant que Lisa travaillait, Jeannie lui raconta l'histoire de la journaliste du *New York Times*. La jeune technicienne mélangeait les échantillons d'ADN avec une enzyme appelée endonucléase de réduction. Ces enzymes détruisaient l'ADN étranger susceptible de s'introduire dans le corps. Elles procédaient en coupant en milliers de petits fragments la longue molécule d'ADN. Ce qui les rendait si utiles pour les généticiens, c'était qu'une endonucléase coupait toujours l'ADN au même point précis. On pouvait ainsi comparer les fragments de deux échantillons de sang. S'ils correspondaient, le sang provenait du même individu ou de jumeaux monozygotes. Si les fragments étaient différents, ils provenaient d'individus différents.

C'était comme découper deux centimètres de bande sur la cassette d'un opéra. On prenait un fragment prélevé cinq minutes après le départ de deux bandes différentes : si la musique des deux fragments de bande est un duo qui dit « *Se a caso madama* » ! c'est que tous deux proviennent du *Mariage de Figaro*. Pour éviter la possibilité que deux opéras complètement différents puissent avoir la même séquence de notes à ce point précis, il fallait comparer plusieurs fragments, et ne pas se contenter d'un seul.

Le processus de fragmentation prenait plusieurs heures et on ne pouvait pas l'accélérer ; si l'ADN n'était pas totalement fragmenté, le test ne donnerait rien.

Lisa fut choquée par le récit que lui fit Jeannie, mais elle ne se montra pas aussi compatissante que celle-ci l'aurait cru. Peut-être parce qu'elle-même avait subi un choc terrible trois jours plus tôt et que le problème de Jeannie lui semblait mineur en comparaison.

— Si tu dois laisser tomber ton projet, quelle direction vas-tu donner à tes recherches ?

— Je n'en ai aucune idée. Je n'arrive pas à imaginer que je le laisse tomber.

Lisa est insensible à ce besoin de comprendre qui pousse une chercheuse. Pour Lisa, une technicienne, un projet en vaut bien un autre.

Jeannie regagna son bureau et appela le foyer de

Bella Vista. Avec tous ces événements, elle avait un peu négligé sa mère.

— Voudriez-vous me passer Mme Ferrami, s'il vous plaît ?

La réponse fut sèche.

— Elle est en train de déjeuner.

Jeannie hésita.

— Bien. Voudriez-vous, je vous prie, lui dire que sa fille Jeannie a téléphoné et que je la rappellerai plus tard.

— Entendu.

Jeannie eut le sentiment que la femme ne notait rien.

— Jeannie, J-E-A-N-N-I-E, répéta-t-elle. Sa fille.

— Oui, d'accord.

— Je vous remercie.

— Pas de quoi.

Jeannie raccrocha. Elle devait absolument faire sortir sa mère de là. Et elle n'avait encore rien fait pour trouver des leçons à donner pendant le week-end.

Elle regarda sa montre, à peine midi passé. Elle s'installa devant son ordinateur, mais cela lui semblait bien inutile de se mettre au travail alors que son projet risquait d'être annulé. Furieuse et désemparée, elle décida de s'arrêter pour la journée.

Elle éteignit son ordinateur, ferma son bureau à clé et quitta le bâtiment. Au moins, elle avait encore sa Mercedes rouge ; elle monta dans la voiture et caressa affectueusement le volant.

Elle essaya de se réconforter. Elle avait un père, c'était un privilège rare. Peut-être devrait-elle passer un peu de temps avec lui, savourer cette surprise de le voir resurgir dans sa vie. Ils pourraient descendre jusqu'au port et se promener tous les deux. Elle pourrait lui acheter une nouvelle veste de sport chez Brooks Brothers. Elle n'avait pas d'argent, mais elle paierait avec sa carte. Après tout, la vie était tellement courte.

Cette idée lui fit du bien. Elle rentra et se gara devant sa maison.

— Papa, cria-t-elle en montant l'escalier, c'est moi !

En entrant dans le salon, elle sentit que quelque chose n'allait pas. Au bout d'un moment, elle remarqua qu'on avait déplacé le téléviseur. Peut-être son père l'avait-il installé dans la chambre pour regarder une émission. Elle jeta un coup d'œil dans la pièce voisine : son père n'était pas là. Elle revint dans le salon.

— Oh non ! fit-elle. — Son magnétoscope aussi avait disparu. — Oh ! papa, tu n'as pas fait ça !

Sa chaîne stéréo n'était plus là, tout comme l'ordinateur sur son bureau.

— Non ! Non, je ne veux pas y croire !

Elle se précipita dans sa chambre et ouvrit son coffret à bijoux. L'anneau avec le diamant d'un carat que Will Temple lui avait offert avait disparu.

Le téléphone sonna ; elle décrocha machinalement.

— C'est Steve Logan. Comment allez-vous ?

— C'est le jour le plus épouvantable de toute ma vie.

Et elle éclata en sanglots.

24

Steve Logan raccrocha.

Il s'était douché, rasé, il s'était changé et avait l'estomac plein des lasagnes de sa mère. Il avait raconté à ses parents dans ses moindres détails l'épreuve qu'il venait de subir. Ils avaient insisté pour qu'il consulte un avocat, même s'il leur avait expliqué qu'on allait certainement laisser tomber les poursuites dès que seraient connus les résultats du test de l'ADN. Il irait donc en voir un le lendemain matin. Pendant tout le trajet de Baltimore à Washington, il avait dormi à l'arrière de la Lincoln de son père ; même si cela ne compensait guère sa nuit et demie d'insomnie, il se sentait néanmoins en forme.

Et il avait envie de voir Jeannie.

Voilà les dispositions dans lesquelles il se trouvait avant de l'avoir appelée. Maintenant qu'il connaissait ses ennuis, il était encore plus impatient de la voir. Il voulait la prendre dans ses bras et lui dire que tout allait s'arranger.

Il avait aussi le sentiment qu'il devait exister un rapport entre leurs problèmes. Il lui semblait que tout s'était mis à aller mal pour eux deux dès l'instant où Jeannie l'avait présenté à Berrington.

Il voulait en savoir plus sur le mystère de ses origines. Il n'en avait pas parlé à ses parents. C'était trop bizarre et trop troublant. Mais il avait besoin d'en discuter avec Jeannie.

Il décrocha de nouveau le combiné pour la rappeler, puis changea d'avis. Elle prétendrait n'avoir envie de voir personne. Les gens déprimés réagissaient d'ordinaire de cette façon, même s'ils avaient vraiment besoin d'une épaule sur laquelle pleurer. Peut-être devrait-il tout simplement sonner à sa porte en disant : « Allons, essayons de nous réconforter mutuellement. »

Il passa dans la cuisine. Sa mère nettoyait le plat de lasagnes avec une éponge métallique. Son père était allé à son bureau pour une heure. Steve se mit à entasser des assiettes dans le lave-vaisselle.

— Maman, commença-t-il, ça va sûrement te paraître un peu bizarre, mais...

— Tu vas aller voir une fille.

Il sourit.

— Comment as-tu deviné ?

— Je suis ta mère : c'est de la télépathie. Comment s'appelle-t-elle ?

— Jeannie Ferrami. *Docteur Ferrami.*

— Tu me prends pour qui ? Je suis censée être impressionnée parce qu'elle est médecin ?
— C'est une chercheuse, pas un médecin.
— Si elle a déjà son doctorat, elle doit être plus âgée que toi.
— Vingt-neuf.
— Hmm. Comment est-elle ?
— Comment est-elle ? Eh bien, elle est assez étonnante, tu sais : grande, très sportive — c'est une sacrée joueuse de tennis — avec une masse de cheveux bruns, des yeux marron et un petit anneau d'argent dans la narine. Et elle est, comment dirais-je, énergique, elle dit ce qu'elle veut, carrément, mais elle rit beaucoup aussi. Je l'ai fait rire deux ou trois fois, mais ce qu'elle a surtout c'est... — il chercha un mot — c'est de la présence : quand elle est là, on ne peut pas regarder ailleurs...
Il s'interrompit, l'air rêveur. Sa mère le dévisagea.
— Bon sang, tu es fichtrement mordu.
— Oh ! pas vraiment... — Il s'arrêta. — Mais si, tu as raison. Je suis fou d'elle.
— Et elle ?
— Pas encore.
Sa mère sourit tendrement.
— Allons, va la voir. J'espère qu'elle te mérite.
Il l'embrassa.
— Comment as-tu fait pour être quelqu'un d'aussi bon ?
— La pratique.
La voiture de Steve était garée devant la maison, la police l'avait récupérée sur le campus de Jones Falls et sa mère l'avait ramenée à Washington. Il s'engagea sur la I-95 et reprit la route de Baltimore.
Jeannie était prête pour un peu d'affection. Quand il l'avait appelée, elle lui avait raconté comment son père l'avait cambriolée et comment le président de l'université l'avait trahie. Elle avait besoin de quelqu'un pour la dorloter et il se sentait tout à fait de taille à le faire.

Tout en roulant, il l'imaginait assise à côté de lui sur un canapé, riant et disant des choses comme : « Je suis si contente que vous soyez venu. Vous m'avez fait tellement de bien. Si on se mettait au lit ? »

Il s'arrêta à un centre commercial dans le quartier de Mount Washington pour acheter une pizza aux fruits de mer, une bouteille de chardonnay, un sorbet et dix œillets jaunes. Son regard fut attiré par la une du *Wall Street Journal* : un gros titre à propos de Genetico Inc. Il se rappela que c'était la société qui finançait les recherches de Jeannie sur les jumeaux. Il semblait qu'elle allait être acquise par Landsmann, un conglomérat allemand. Il acheta le journal.

Ses charmants fantasmes se trouvèrent assombris par l'idée déplaisante que Jeannie était peut-être sortie depuis qu'il lui avait parlé. Ou qu'elle pourrait être là, mais qu'elle n'ouvrirait pas la porte. Ou qu'elle avait de la visite.

Il fut rassuré de voir la Mercedes rouge garée près de chez elle. Puis il se dit qu'elle était peut-être partie à pied. Ou en taxi. Ou dans la voiture d'un ami.

Il pressa la sonnette de l'interphone et fixa le haut-parleur, comme pour lui imposer d'émettre un son. Rien. Il sonna de nouveau. Il y eut un crépitement. Son cœur bondit dans sa poitrine. Une voix irritée lança :

— Qui est-ce ?

— Steve Logan. Je suis venu vous remonter le moral.

Un long silence.

— Steve, je n'ai pas envie de recevoir de visite.

— Laissez-moi au moins vous offrir mes fleurs.

Elle ne répondit pas. *Elle a peur*, songea-t-il.

Et il se sentit amèrement déçu. Elle avait dit qu'elle croyait à son innocence : mais, alors, il était derrière des barreaux. Maintenant qu'il se trouvait sur le pas de sa porte et qu'elle était seule, ce n'était pas si facile.

— Vous n'avez pas changé d'avis à mon sujet, n'est-ce pas ? fit-il. Vous me croyez toujours innocent ? Sinon, je m'en vais.

La sonnette retentit et la porte s'ouvrit.

C'est vraiment une femme incapable de résister à un défi.

Il pénétra dans un minuscule vestibule. La porte qui donnait sur une volée de marches était ouverte. Jeannie l'attendait sur le palier, dans un T-shirt vert.

— Vous feriez mieux de monter, fit-elle.

Ce n'était pas un accueil bien enthousiaste, mais Steve sourit et grimpa l'escalier, ses cadeaux dans un sac en papier. Elle le fit entrcr dans un petit studio avec un coin-cuisine. Elle aimait bien le noir et blanc avec des taches de couleur, remarqua-t-il. Sur le canapé noir étaient étalés des coussins orange, une pendule bleu électrique était accrochée à un mur, les abat-jour étaient d'un jaune vif. La cuisine était séparée du séjour par un bar blanc sur lequel étaient disposées des tasses à café rouges. Il posa son sac sur le bar.

— Écoutez, vous avez besoin de manger quelque chose : vous vous sentirez mieux ensuite. — Il exhiba la pizza. — Et puis un verre de vin pour dissiper la tension. Ensuite, quand vous serez prête à vous accorder une petite douceur, vous pourrez manger cette glace à même le carton ; pas la peine de la mettre sur un plat. Et quand vous en aurez fini, il vous restera encore les fleurs. Vous voyez ?

Elle le dévisageait comme s'il débarquait de la planète Mars. Il ajouta :

— D'ailleurs, j'ai pensé que vous aviez besoin que quelqu'un vienne jusqu'ici pour vous dire que vous êtes une femme formidable, merveilleuse.

Les yeux de Jeannie s'emplirent de larmes.

— Oh ! merde ! Je ne pleure jamais !

Il posa les mains sur ses épaules. C'était la première fois qu'il la touchait. D'un geste hésitant, il l'attira vers lui. Elle ne résista pas. Croyant à peine à sa chance, il passa les bras autour d'elle. Elle était presque aussi grande que lui. Elle posa la tête sur son épaule et il sentit son corps secoué de sanglots. Il lui caressa les cheveux ; ils étaient lourds et doux. Il eut aussitôt une érection et il s'écarta un peu, en espérant qu'elle n'avait rien remarqué.

— Ça va aller, murmura-t-il. Tout va s'arranger.

Elle resta effondrée dans ses bras un long et délicieux moment. Il sentait la chaleur de son corps, il humait son parfum. Il se demanda s'il allait l'embrasser. Il hésita, craignant que, s'il la bousculait, elle ne le repousse. Puis le moment passa et elle se libéra.

Elle s'essuya le nez avec l'ourlet de son ample T-shirt, lui révélant brièvement un délicieux ventre plat et bronzé.

— Merci, déclara-t-elle. J'avais besoin d'une épaule sur laquelle pleurer.

Son ton détaché le déçut. Pour lui, cet instant avait été d'une grande intensité ; pour elle, rien de plus qu'une tension qui se dissipait.

— C'est compris dans le service, dit-il en plaisantant, puis il regretta ces mots.

Elle ouvrit un placard et en sortit des assiettes.

— Je me sens déjà mieux, annonça-t-elle. Mangeons.

Il se jucha sur un tabouret devant le petit bar. Elle découpa la pizza, déboucha la bouteille de vin. Il aimait la voir évoluer dans son appartement, fermer un tiroir d'un coup de hanche, inspecter un verre pour voir s'il était propre, prendre un tire-bouchon de ses longs doigts habiles. Il se souvint de la première fille dont il était tombé amoureux. Elle s'appelait Bonnie et elle avait sept ans, comme lui. Il avait contemplé ses boucles d'un blond ardent et ses yeux verts en pensant quel miracle c'était que quelqu'un d'aussi parfait puisse exister dans la cour de récréation de son école. Il s'était imaginé quelque temps qu'elle pourrait bien être un ange.

Il ne pensait pas que Jeannie fût un ange, mais il

y avait dans ses mouvements une grâce fluide qui l'intimidait de la même façon.

— Vous avez du ressort, observa-t-elle. La dernière fois que je vous ai vu, il y a seulement vingt-quatre heures, vous étiez dans un triste état, mais vous m'avez l'air d'avoir complètement récupéré.

— Je m'en suis tiré à bon compte. J'ai la nuque endolorie là où l'inspecteur Allaston m'a cogné la tête contre le mur et un gros bleu à l'endroit où Porky Butcher m'a donné un coup de pied dans les côtes à cinq heures ce matin. Mais ça va aller dès lors que je n'aurai jamais à remettre les pieds dans cette prison.

Il chassa cette idée de son esprit. Pas question d'y retourner, les tests de l'ADN allaient l'innocenter.

Il inspecta son rayonnage. Un tas d'ouvrages de référence, des biographies de Darwin, d'Einstein et de Francis Bacon. Certaines romancières qu'il n'avait jamais lues : Erica Jong et Joyce Carol Oates. Cinq ou six Edith Wharton. Des classiques modernes.

— Tiens, vous avez mon roman préféré ! s'exclama-t-il.

— Laissez-moi deviner : *To Kill a Mockingbird.*

Il resta pantois.

— Comment avez-vous deviné ?

— Voyons. Le héros est un avocat qui brave les préjugés sociaux pour défendre un innocent. Ça n'est pas votre rêve ? D'ailleurs, je ne pensais pas que vous choisiriez *Toilettes pour femmes*.

Il secoua la tête d'un air résigné.

— Vous en savez tellement long sur moi. C'est déroutant.

— À votre avis, quel est mon livre préféré ?

— Ça fait partie des tests ?

— Et comment !

— Oh… euh… *Middlemarch*.

— Pourquoi ?

— Il y a une héroïne forte, à l'esprit indépendant.

— Mais elle ne fait absolument rien ! D'ailleurs, le

livre auquel je pense n'est pas un roman. Vous avez droit à encore une réponse.

Il secoua la tête.

— Un ouvrage non romanesque... Puis l'inspiration lui vint. — Je sais. L'histoire d'une élégante et brillante découverte scientifique qui a expliqué un élément essentiel de la vie humaine. Je parie que c'est *La Double Hélice.*

— Hé ! très bon !

Ils attaquèrent leur repas. La pizza était encore chaude. Jeannie observa quelques instants un silence songeur, puis elle déclara :

— J'ai vraiment tout gâché aujourd'hui, je m'en rends compte maintenant. Il fallait traiter toute cette crise calmement, j'aurais dû répéter : « Eh bien, peut-être que nous pouvons en discuter, ne prenons pas de décision précipitée. » Au lieu de cela, j'ai bravé l'université et puis j'ai encore aggravé les choses en le disant à la presse.

— Vous me semblez être du genre intransigeant.

Elle acquiesça.

— Il y a *intransigeant*, et puis il y a *idiot.*

Il lui montra le *Wall Street Journal.*

— Ceci explique peut-être pourquoi votre département est actuellement hypersensible. Votre mécène est sur le point de se faire racheter.

Elle regarda le premier paragraphe.

— Cent quatre-vingts millions de dollars !

Elle continua sa lecture tout en mastiquant sa pizza. Quand elle eut fini l'article, elle secoua la tête.

— Votre théorie est intéressante, mais je n'y crois pas.

— Pourquoi ?

— C'était Maurice Obell qui semblait être contre moi, pas Berrington. Même si, à ce qu'on prétend, Berrington peut être sournois. En tout cas, je ne suis pas si importante que ça. Je ne représente qu'une infime fraction des recherches financées par Genetico. Même si mon travail violait véritablement la vie privée, ça ne constituerait pas un scandale suffisant pour menacer une OPA portant sur des millions et des millions de dollars.

Steve s'essuya les doigts sur une serviette en papier et prit une photo encadrée d'une femme avec un bébé. La femme ressemblait un peu à Jeannie avec les cheveux raides.

— C'est votre sœur ?

— Oui. Patty. Elle a trois enfants maintenant... tous des garçons.

— Je n'ai ni frère ni sœur, commença-t-il. — Puis il se souvint. — À moins de compter Dennis Pinker.

L'expression de Jeannie changea et il dit :

— Vous me regardez comme un sujet d'expérience.

— Je suis navrée. Vous voulez goûter la glace ?

— Et comment !

Elle posa le carton sur la table et prit deux cuillères. Ce geste lui plut. Piocher dans le même récipient, c'était un pas de plus vers un baiser. Elle mangeait avec délectation. Il se demanda si elle faisait l'amour avec le même enthousiasme gourmand. Il avala une cuillerée de sorbet et dit :

— Ça me fait tellement plaisir que vous croyiez en moi. Ça n'est pas le cas des flics.

— Si vous êtes un violeur, toute ma théorie s'écroule.

— Tout de même, il n'y a pas beaucoup de femmes qui m'auraient laissé entrer ce soir. Surtout en croyant que j'ai les mêmes gènes que Dennis Pinker.

— J'ai hésité. Mais vous m'avez prouvé que j'avais raison.

— Comment ?

D'un geste, elle désigna les reliefs de leur dîner.

— Si Dennis Pinker est attiré par une femme, il dégaine un couteau et lui ordonne de retirer sa culotte. Vous, vous apportez une pizza.

Steve éclata de rire.

— Ça peut paraître drôle, mais ça fait un monde de différence.

— Il y a une chose que vous devriez savoir sur moi, dit Steve. Un secret.

Elle reposa sa cuillère.

— Quoi donc ?

— Une fois, j'ai failli tuer quelqu'un.

— Comment ça ?

Il lui raconta sa bagarre avec Tip Hendricks.

— C'est pour cette raison que toute cette histoire à propos de mes origines me tracasse tellement. Je ne peux pas vous exprimer à quel point c'est dérangeant d'entendre que ma mère et mon père ne sont peut-être pas mes parents. Et si mon vrai père était un tueur ?

Jeannie hocha la tête.

— Vous vous êtes trouvé entraîné dans une dispute de collégiens qui a dégénéré. Ça ne fait pas de vous un psychopathe. Et l'autre garçon, Tip ? Qu'est-ce qu'il est devenu ?

— Quelqu'un l'a tué deux ou trois ans plus tard. À cette époque-là, il trafiquait de la drogue. Il a eu une discussion avec son fournisseur et le type lui a tiré une balle dans la tête.

— À mon avis, c'est lui le psychopathe. Ils sont incapables d'éviter les ennuis. Un grand et solide garçon comme vous peut avoir une fois un accrochage avec la police, mais vous y survivez et continuez à mener une vie normale. Tandis que Dennis passera sa vie à être jeté en prison et à en sortir jusqu'au jour où quelqu'un le tuera.

— Quel âge avez-vous, Jeannie ?

— Ça ne vous plaît pas que je vous appelle un grand et solide garçon ?

— J'ai vingt-deux ans.

— J'en ai vingt-neuf. Ça fait une grande différence.

— Pour vous, je suis un gosse ?

— Écoutez, je ne sais pas, mais un homme de

trente ans ne ferait probablement pas le trajet depuis Washington rien que pour m'apporter une pizza. C'est un geste un peu impulsif.

— Vous le regrettez ?

— Mais non. — Elle lui toucha la main. — Ça me fait vraiment plaisir.

Il ne savait toujours pas où il en était avec elle. Mais elle avait pleuré sur son épaule. *On ne fait pas ça avec un gosse.*

— Quand serez-vous fixée en ce qui concerne mes gènes ? demanda-t-il.

Elle regarda sa montre.

— Le séchage est sans doute fini. Lisa tirera le film demain matin.

— Vous voulez dire que l'analyse est terminée ?

— Pratiquement.

— Est-ce qu'on ne peut pas regarder les résultats maintenant ? J'ai hâte de savoir si j'ai le même ADN que Dennis Pinker.

— Moi aussi, je suis pressée de savoir.

— Alors, qu'est-ce qu'on attend ?

25

Berrington Jones possédait une carte en plastique qui ouvrait toutes les portes du pavillon des dingues. Tous l'ignoraient. Même les professeurs titulaires s'imaginaient naïvement que leur bureau était propriété privée. Ils savaient que l'équipe de nettoyage avait des passes, ainsi que les gardes de sécurité du campus, mais l'idée ne leur était jamais venue que ça ne devait pas être bien difficile de se procurer une clé qu'on distribuait même aux femmes de ménage.

Malgré tout, Berrington n'avait jamais utilisé son

passe. Mettre son nez dans les affaires des autres n'était pas son genre. Pete Watlingson avait sans doute des photos de jeunes garçons dans son tiroir. Ted Ransome planquait certainement un peu de marijuana quelque part. Sophie Chapple avait peut-être un vibromasseur pour ses longs après-midi de solitude, mais Berrington ne voulait pas le savoir. Le passe n'était que pour les urgences.

C'en était une.

L'université avait donné l'ordre à Jeannie de cesser d'utiliser son logiciel de recherche et avait annoncé que le projet était interrompu, mais comment s'assurer que c'était vrai ? Il ne voyait pas les messages électroniques courir le long des lignes téléphoniques d'un terminal à un autre. Durant toute la journée, l'idée le tracassa qu'elle était peut-être en train d'inspecter une nouvelle banque de données. Dieu sait ce qu'elle pourrait y découvrir.

Il était donc retourné à son bureau et il était maintenant assis à sa table, tandis que la douceur du crépuscule achevait de chauffer la brique rouge des bâtiments du campus. Il tapotait une carte en plastique contre la souris de son ordinateur et s'apprêtait à commettre un acte qui allait à l'encontre de tous ses principes.

Sa dignité était pour lui un bien précieux. Il l'avait acquise de bonne heure. Il était le plus petit garçon de la classe, sans père pour lui indiquer comment se débrouiller face à des brutes, avec une mère trop occupée à tenter de joindre les deux bouts pour se soucier de son bonheur, il s'était peu à peu créé un air de supériorité, une réserve qui le protégeaient. À Harvard, il avait furtivement étudié un camarade appartenant à une vieille et riche famille de la côte est, il avait examiné tous les détails de ses ceintures de cuir et de ses mouchoirs de batiste, de ses costumes de tweed et de ses écharpes en cachemire. Il avait appris à déplier sa serviette et à tenir les dossiers des chaises pour les dames. Il avait admiré ce mélange d'aisance et de respect avec lequel son camarade traitait les professeurs, le charme superficiel et la profonde froideur des relations qu'il entretenait avec ses inférieurs dans la hiérarchie sociale. Lorsque Berrington commença à travailler à sa thèse de doctorat, tout le monde était persuadé qu'il venait d'un milieu d'intellectuels.

C'était difficile de se débarrasser de ce manteau de dignité. Certains professeurs pouvaient tomber la veste pour participer à une rencontre de football avec un groupe de jeunes étudiants, mais pas Berrington. Ses élèves ne lui racontaient jamais d'histoires drôles, ils ne l'invitaicnt pas à leurs soirées; d'un autre côté, ils n'étaient jamais impertinents avec lui, ils ne bavardaient pas pendant ses cours pas plus qu'ils ne mettaient en doute ses diplômes. Au fond, toute sa vie depuis la création de Genetico n'avait été qu'une supercherie, mais il l'avait fait passer avec audace et panache. Seulement il n'y avait pas de façon élégante de s'introduire subrepticement dans le bureau de quelqu'un d'autre pour le fouiller.

Il consulta sa montre. Le labo devait être fermé maintenant. La plupart de ses collègues étaient partis pour rejoindre leur domicile en banlieue ou le bar du club de l'université. Le moment n'était pas plus mal choisi qu'un autre. On ne pouvait jamais être certain que le bâtiment était désert, les chercheurs travaillaient quand l'envie leur en prenait. Si on le voyait, il s'en tirerait en bluffant.

Il quitta son bureau, descendit les escaliers et suivit le couloir jusqu'à la porte de Jeannie. Personne dans les parages. Il glissa la carte dans la fente de lecture et la porte s'ouvrit. Il entra, alluma les lumières et referma derrière lui.

C'était le plus petit bureau du bâtiment. En fait, c'était autrefois une resserre, mais Sophie Chapple avait méchamment insisté pour qu'elle devienne le bureau de Jeannie sous le fallacieux prétexte qu'une pièce plus grande était indispensable au rangement des cartons de questionnaires imprimés utilisés par le département. Ce n'était donc qu'un recoin avec une petite fenêtre. Jeannie, toutefois, l'avait égayé en y installant deux chaises en bois peint d'un rouge vif, une plante maigrichonne et la reproduction d'une gravure de Picasso : une scène de tauromachie dans des tons vifs de jaune et d'orange.

Il inspecta la photo encadrée posée sur son bureau. Un cliché en noir et blanc représentant un assez bel homme avec des favoris et une large cravate, en compagnie d'une jeune femme à l'expression déterminée. *Sans doute les parents de Jeannie dans les années soixante-dix.* Rien d'autre sur son bureau, cette fille avait de l'ordre.

Il s'assit et alluma l'ordinateur. Pendant que l'appareil se chargeait, Berrington inspecta les tiroirs. L'un contenait des stylos à bille et des blocs de papier. Dans un autre, il trouva une boîte de tampons périodiques et des collants dans un sachet intact. Berrington avait horreur des collants. Il gardait tendrement des souvenirs d'adolescent pleins de porte-jarretelles et de bas à couture. D'ailleurs, les collants, c'était malsain, comme les slips de Nylon. Si le président Proust le nommait secrétaire à la Santé, il comptait bien mettre les femmes en garde contre les risques que représentaient les collants. Dans le tiroir suivant, un petit miroir et une brosse avec quelques-uns des longs cheveux bruns de Jeannie pris dans les soies. Dans le dernier, un petit dictionnaire et un livre de poche intitulé *Mille arpents*. Jusque-là, aucun secret.

Le menu apparut sur l'écran. Berrington cliqua sur « Agenda ». Des rendez-vous prévisibles : cours et conférences, temps passé au laboratoire, parties de tennis, rendez-vous pour prendre un verre ou aller au cinéma. Samedi, elle irait à Oriole Park pour assister au match de base-ball. Ted Ransome et sa femme l'avaient invitée dimanche pour le brunch. Lundi, elle devait conduire sa voiture au garage pour une révision. Aucune entrée annonçant: « Examen des dossiers médicaux des assurances ». Sa liste de choses à faire était tout aussi banale: « Acheter des vitamines, téléphoner Ghita, cadeau d'anniversaire Lisa, vérifier modem. »

Il sortit de l'agenda et se mit à consulter ses fichiers. Elle avait des masses de statistiques sur des tableaux. Ses dossiers de traitement de texte étaient moins importants, un peu de correspondance, des projets de questionnaires, le brouillon d'un article. Utilisant la clé Chercher, il parcourut toute la liste des dossiers pour découvrir le mot « banque de données ». Il le trouva à plusieurs reprises dans l'article, de nouveau dans des copies de trois lettres à expédier, mais aucune des références ne lui indiqua dans quelle banque de données elle avait désormais l'intention d'utiliser son logiciel.

— Allons, dit-il tout haut, il doit bien y avoir quelque chose, bon sang.

Elle avait un classeur métallique, mais pas grand-chose dedans, elle n'était ici que depuis quelques semaines. Au bout d'un an ou deux, il serait bourré de questionnaires remplis, des éléments de base de ses recherches en psychologie. Pour l'instant, le classeur ne contenait que quelques lettres, des notes de service, des photocopies d'articles.

Dans un placard vide, il découvrit une photo encadrée de Jeannie avec un grand barbu, tous deux à bicyclette au bord d'un lac. Comme la photo était posée face à l'envers, Berrington en conclut à une histoire d'amour terminée.

Son inquiétude augmentait. C'était le bureau d'une personne organisée et prévoyante: elle classait les lettres qu'elle recevait et gardait des copies de toutes celles qu'elle envoyait. Il devait bien y avoir trace ici de ses prochains projets. Elle n'avait aucune raison d'en faire un secret: rien n'avait indiqué qu'elle eût honte de quoi que ce soit.

Elle devait préparer un autre balayage d'une

banque de données. La seule explication possible pour l'absence de tout indice, c'était qu'elle avait pris des arrangements par téléphone ou de vive voix, peut-être avec quelqu'un qu'elle connaissait bien. Si c'était le cas, il ne trouverait rien en fouillant son bureau.

Il entendit un bruit de pas dans le couloir et se crispa. Un déclic, on faisait glisser une carte dans le lecteur. Berrington fixa désespérément la porte. Il ne pouvait rien faire, il était pris en flagrant délit, assis au bureau de Jeannie avec son ordinateur allumé. Il ne pouvait pas prétendre être entré accidentellement.

La porte s'ouvrit. Il s'attendait à voir Jeannie : ce n'était qu'un garde de sécurité. L'homme le connaissait.

— Oh ! bonsoir, professeur. J'ai vu de la lumière, alors je me suis dit que j'allais vérifier. Le docteur Ferrami laisse généralement sa porte ouverte quand elle est ici.

Berrington fit un effort pour ne pas rougir.

— Très bien, dit-il. — *Jamais d'excuses. Jamais d'explications.* — Je veillerai à refermer la porte quand j'en aurai terminé.

— Parfait.

Le garde resta silencieux, attendant une explication. Berrington n'en donna aucune. L'homme finit par prononcer :

— Eh bien, bonne nuit, professeur.

— Bonne nuit.

Le garde sortit.

Berrington se détendit. *Pas de problème.*

Il s'assura que le modem était branché, puis cliqua sur America On Line pour accéder à la boîte aux lettres électronique de Jeannie. La machine était programmée pour lui donner automatiquement le mot de passe. Elle avait trois messages. Le premier était un avis d'augmentation des tarifs pour l'utilisation d'Internet. Le deuxième provenait de l'université du Minnesota et annonçait :

JE SERAI À BALTIMORE VENDREDI ET J'AIMERAIS BIEN PRENDRE UN VERRE AVEC TOI EN SOUVENIR DU BON VIEUX TEMPS. AFFECTIONS, WILL.

Berrington se demanda si Will était le barbu de la photo avec les bicyclettes. Il mit la lettre dans la corbeille et déchiffra le troisième message.

Cette lecture l'électrisa.

TU SERAS SOULAGÉE D'APPRENDRE QUE JE PROCÈDE CE SOIR AU BALAYAGE DE NOTRE DOSSIER D'EMPREINTES DIGITALES. APPELLE-MOI. GHITA.

Cela venait du FBI.

— Bon sang, murmura Berrington. Avec ça, on est foutus.

26

Berrington n'osait pas parler au téléphone de Jeannie et du dossier des empreintes du FBI. Des agences de renseignements surveillaient les conversations téléphoniques. La surveillance était effectuée par des ordinateurs programmés pour écouter des mots et des phrases clés. Si quelqu'un disait « plutonium » ou bien « héroïne » ou encore « tuer le président », l'ordinateur enregistrerait la conversation et alerterait un technicien. La dernière chose dont Berrington avait besoin, c'était qu'un membre du service des écoutes de la CIA se demande pourquoi le sénateur Proust s'intéressait tant aux archives des empreintes du FBI.

Il sauta donc dans sa Lincoln argent et se précipita à cent quarante à l'heure sur l'autoroute Baltimore-Washington. Ça lui arrivait souvent de ne pas respecter les limitations de vitesse. En fait, tous les règlements l'agaçaient. C'était chez lui une contradiction, il en convenait. Il détestait les gens qui faisaient des marches pour la paix, les drogués, les homosexuels et les féministes, les musiciens de rock et tous les non-conformistes qui bafouaient les traditions américaines. Pourtant, il en voulait aussi à quiconque essayait de lui dire où garer sa voiture, quel salaire il lui fallait verser à ses employés ou combien d'extincteurs il devait faire placer dans son laboratoire.

Tout en roulant, il s'interrogeait sur les contacts de Jim Proust dans la communauté du renseignement. S'agissait-il seulement d'une bande de vieux grognards qui se retrouvaient pour se raconter comment ils avaient fait chanter les responsables d'un mouvement de protestation contre la guerre du Viêt-nam ou fait assassiner des présidents sud-américains ? Ou bien avaient-ils encore un certain pouvoir ? S'entraidaient-ils comme les membres de la mafia et considéraient-ils comme une obligation quasi sacrée de renvoyer l'ascenseur ? Ou bien ces temps-là étaient-ils révolus ? Cela faisait un long moment que Jim avait quitté la CIA, même lui pourrait ne plus être dans le coup.

Malgré l'heure tardive, Jim attendait Berrington dans son bureau au Capitole.

— Bon Dieu, que s'est-il passé que tu n'aies pas pu me dire au téléphone ?

— Elle s'apprête à utiliser son programme de recherche sur les archives d'empreintes digitales du FBI.

Jim devint tout pâle.

— Ça marchera ?

— Ça a marché sur des archives dentaires, pourquoi pas sur des empreintes digitales ?

— Nom de Dieu ! s'exclama Jim, atterré.

— Combien d'empreintes ont-ils en archives ?
— Plus de vingt millions de jeux, pour autant que je me souvienne. Il ne peut pas s'agir que de criminels. Il y en a tant que ça en Amérique ?
— Je ne sais pas, peut-être qu'ils conservent aussi les empreintes des morts. Bon sang, Jim, concentre-toi. Est-ce que tu peux empêcher ça ?
— Qui est son contact au Bureau ?
Berrington lui tendit la sortie imprimante qu'il avait faite du courrier électronique de Jeannie. Tout en laissant Jim l'étudier, Berrington promena son regard dans la pièce. Aux murs étaient suspendues des photographies de Jim en compagnie de tous les présidents américains suivant Kennedy : le capitaine Proust en uniforme saluant Lyndon Johnson ; le commandant Proust, avec ses cheveux blonds coupés en brosse serrant la main de Dick Nixon ; le colonel Proust contemplant d'un air sinistre Jimmy Carter ; le général Proust échangeant une plaisanterie avec Ronald Reagan, tous deux riant aux larmes ; Proust en costume sombre, directeur adjoint de la CIA, en grande conversation avec un George Bush soucieux ; le sénateur Proust, chauve et portant des lunettes, menaçant du doigt Bill Clinton. On le voyait aussi dansant avec Margaret Thatcher, jouant au golf avec Bob Dole et faisant du cheval avec Ross Perot. Berrington possédait quelques photos de ce genre, mais Jim en avait toute une collection. Qui cherchait-il à impressionner ? Lui-même, sans doute. Se voir constamment avec les grands de ce monde confirmait à Jim qu'il était un personnage important.
— Je n'ai jamais entendu parler de Ghita Sumra, dit Jim. Elle ne doit pas être très haut placée.
— Mais qui connais-tu au FBI ? fit Berrington avec impatience.
— As-tu rencontré les Creane, David et Hilary ?
Berrington secoua la tête.
— Il est directeur adjoint, elle est une ancienne alcoolique. Ils ont tous les deux une cinquantaine

d'années. Il y a dix ans, quand je dirigeais la CIA, David surveillait pour moi toutes les ambassades étrangères et leurs services d'espionnage. Je l'aimais bien. Bref, un après-midi, Hilary a trop bu. Elle est partie au volant de sa Honda Civic et a tué une gosse de six ans, une petite Noire, à Beulah Road, à la sortie de Springfield. Elle a continué son chemin, s'est arrêtée à un centre commercial et a appelé Dave à Langley. Il a foncé là-bas dans sa Thunderbird, l'a prise dans sa voiture et l'a ramenée chez eux, puis a signalé le vol de la Honda.

— Mais quelque chose a mal tourné.

— Il y avait un témoin de l'accident qui était certain que la conductrice était une Blanche d'un certain âge, et un inspecteur de police entêté qui savait que peu de femmes volent des voitures. Le témoin a formellement identifié Hilary. Elle a craqué et a tout avoué.

— Que s'est-il passé ?

— Je suis allé trouver le district attorney. Il voulait les jeter tous les deux en prison. J'ai juré qu'il s'agissait d'une importante affaire concernant la sécurité nationale et je l'ai convaincu de renoncer aux poursuites. Hilary a commencé à aller chez les Alcooliques anonymes et depuis elle ne boit plus une goutte d'alcool.

— Quant à David, il a été nommé au Bureau où il a fait carrière.

— Je peux te dire qu'il me doit une fière chandelle.

— Est-ce qu'il peut empêcher cette Ghita de fouiller les archives ?

— Il est un des neuf directeurs adjoints sous les ordres du directeur général. Ce n'est pas lui qui est responsable de la division des empreintes, mais c'est un type puissant.

— Il peut faire quelque chose ?

— Je n'en sais rien ! Je vais demander, d'accord ? Si c'est faisable, il le fera pour moi.

— Très bien, Jim. Décroche ce foutu téléphone et demande-le-lui.

27

Jeannie alluma les rampes du labo de psychologie et Steve la suivit.

— Le langage génétique comprend quatre lettres, dit-elle. A, C, G et I.

— Pourquoi ces quatre-là ?

— Adénine, cytosine, guanine et thymine. Ce sont les éléments chimiques attachés aux longs filaments centraux de la molécule d'ADN. Ils forment des mots et des phrases, comme « Mets cinq orteils à chaque pied ».

— Mais l'ADN de tout le monde doit dire : « Mets cinq orteils à chaque pied. »

— Bien raisonné. Votre ADN est très similaire au mien et à celui de n'importe qui d'autre dans le monde. Nous avons même beaucoup en commun avec les animaux parce qu'ils sont composés des mêmes protéines que nous.

— Alors comment décelez-vous la différence entre l'ADN de Dennis et le mien ?

— Entre les mots, il y a des séquences qui ne veulent rien dire, du charabia. Comme des espaces dans une phrase. On les appelle des oligonucléotides, mais tout le monde dit « oligos ». Dans l'espace entre « cinq » et « orteils », il peut y avoir un oligo qui donne TATAGAGACCCC répété.

— Tout le monde a TATAGAGACCCC ?

— Oui, mais le nombre de répétitions varie. Là où vous avez trente et un oligos TATAGAGACCCC entre « cinq » et « orteils », je pourrais en avoir deux cent quatre-vingt-sept. Peu importe combien parce que l'oligo ne signifie rien.

— Comment comparez-vous mes oligos avec ceux de Dennis ?

Elle lui montra une plaque rectangulaire qui avait à peu près les dimensions et la forme d'un livre.

— Nous recouvrons cette plaque d'un gel, nous traçons des encoches à la surface et nous y laissons tomber des échantillons de votre ADN et de celui de Dennis. Puis nous posons la plaque ici. — Sur la table carrelée se trouvait un petit bac en verre. — On fait passer pendant deux ou trois heures un courant électrique dans le gel. Cela amène les fragments d'ADN à filtrer à travers le gel suivant des lignes droites. Mais les petits fragments passent plus vite que les gros. Par conséquent votre fragment, avec trente et un oligos, aura passé avant le mien qui en a deux cent quatre-vingt-sept.

— Comment peut-on voir jusqu'où ils se sont déplacés ?

— On utilise des produits chimiques qu'on appelle des sondes. Elles se fixent à des oligos précis. À supposer que nous ayons un oligo qui attire TATAGAGACCCC. — Elle lui montra un morceau de chiffon. — On prend une membrane en Nylon trempée dans une solution sonde et on la pose sur le gel pour faire ressortir les fragments. En outre, les sondes sont lumineuses, si bien qu'elles impressionnent une pellicule photographique. — Elle regarda dans un autre bac. — Je vois que Lisa a déjà tendu le Nylon sur la pellicule. — Elle l'inspecta. — Je pense que le dessin s'est formé. Il suffit maintenant de fixer le film.

Steve essaya de voir l'image qui s'était imprimée sur la pellicule tandis qu'elle la lavait dans une cuvette contenant un produit chimique, puis la rinçait sous un robinet. C'est son histoire qui était écrite sur cette page. Tout ce qu'il pouvait voir sur le plastique transparent, c'était un motif semblable à une échelle. Elle termina de le sécher puis l'accrocha devant une table lumineuse.

Steve l'examina. Le film était strié du haut en bas de lignes droites larges d'environ un demi-centimètre, comme des traces grises. Les traces étaient numérotées au bas du film de un à dix-huit. Entre elles, des marques noires bien nettes comme des traits d'union. Tout cela ne signifiait rien pour lui.

— Les marques noires, expliqua Jeannie, montrent jusqu'où vos fragments ont voyagé le long des traits.

— Mais il y a deux marques noires sur chaque trait.

— C'est parce que vous avez deux filaments d'ADN, l'un provenant de votre père et l'autre de votre mère.

— Bien sûr : la double hélice.

— Exact. Et vos parents avaient des oligos différents. — Elle consulta une liasse de notes, puis leva les yeux. — Vous êtes certain d'être prêt, quel que soit le résultat ?

— Certain.

— Bon. — Elle regarda de nouveau. — Le troisième trait, c'est votre sang.

À mi-hauteur de la pellicule, il y avait deux marques séparées par un intervalle d'un peu plus de deux centimètres.

— Le quatrième trait est un contrôle. C'est probablement mon sang ou celui de Lisa. Les marques devraient être dans une position totalement différente.

— Elles le sont.

Les deux traits étaient très rapprochés, tout en bas du film, près des numéros.

— Le trait numéro cinq, c'est Dennis Pinker. Est-ce que les marques sont dans la même position que les vôtres ou disposées différemment ?

— Elles correspondent exactement.

— Steve, vous et Dennis êtes jumeaux.

Il ne voulait pas y croire.

— Est-ce qu'il y a une possibilité d'erreur ?

— Bien sûr. Il y a une chance sur cent pour que deux individus sans aucun lien de parenté puissent avoir un fragment identique aussi bien dans l'ADN maternel que dans l'ADN paternel. Nous faisons normalement un test sur quatre fragments différents, en utilisant différents oligos et différentes sondes. Cela réduit le risque d'erreurs à un sur cent millions. Lisa fera trois tests supplémentaires, chacun prend une demi-journée. Mais je sais quel en sera le résultat. Et vous aussi, n'est-ce pas ?

— Je crois que oui. — Steve soupira. — Je ferais mieux de commencer à y croire... Mais d'où est-ce que je peux bien venir ?

Jeannie semblait songeuse.

— Vous avez prononcé une phrase qui m'est restée dans l'esprit : « Je n'ai pas de frère ni de sœur. » D'après ce que vous m'avez raconté, vos parents me paraissent être le genre de personnes à vouloir une maison pleine de gosses, trois ou quatre.

— Vous avez raison. Mais ma mère avait du mal à être enceinte. Elle avait trente-trois ans et elle était mariée à mon père depuis dix ans quand je suis venu au monde. Elle a écrit un livre là-dessus : *Que faire quand on n'arrive pas à être enceinte.* Ça a été son premier best-seller. Avec ses droits, elle a acheté un chalet de vacances en Virginie.

— Charlotte Pinker avait trente-neuf ans quand Dennis est né. Je parie qu'elle avait le même genre de problème. Je me demande si ça a une signification.

— Comment cela se pourrait-il ?

— Je ne sais pas. Votre mère a-t-elle suivi un traitement particulier ?

— Je n'ai jamais lu son livre. Voulez-vous que je l'appelle ?

— Ça ne vous ennuie pas ?

— De toute façon, il est temps que je parle à mes parents de ce mystère.

Jeannie lui montra un bureau.

— Utilisez le téléphone de Lisa.

Ce fut sa mère qui répondit.

— Salut, maman.

— A-t-elle été contente de te voir ?

— Pas au début. Mais je suis toujours avec elle.

— Alors, elle ne te déteste pas.

Steve regarda Jeannie.

— Elle ne me déteste pas, maman, mais elle me trouve trop jeune.

— Elle écoute ?

— Oui, et je crois que je la gêne, ce qui est bien la première fois. Maman, nous sommes au laboratoire et nous nous trouvons devant un problème. Mon ADN semble être identique à celui d'un autre sujet qu'elle étudie, un nommé Dennis Pinker.

— Ça ne peut pas être le même, il faudrait que vous soyez des vrais jumeaux.

— Ce ne serait possible que si j'avais été adopté.

— Steve, tu n'as pas été adopté, si c'est ce que tu penses. Tu n'avais pas de jumeau. Dieu sait comment j'aurais pu faire face à deux diables comme toi.

— As-tu suivi un traitement gynécologique particulier avant ma naissance ?

— Oui, en effet. Le médecin m'a recommandé une adresse à Philadelphie où un certain nombre d'épouses d'officiers étaient allées, la clinique de l'Aventin. J'ai suivi un traitement hormonal.

Steve répéta ces informations à Jeannie, qui les nota sur une feuille.

Sa mère continua :

— Le traitement a donné des résultats et te voilà, le fruit de tous ces efforts, à Baltimore, en train de harceler une jolie femme de sept ans ton aînée alors que tu devrais être ici, à Washington, à t'occuper de ta vieille mère.

Steve éclata de rire.

— Merci, maman.

— Dis-moi Steve ?

— Oui.

— Ne sois pas en retard. Tu dois voir un avocat demain matin. Tirons-nous de ce pétrin juridique avant que tu commences à t'inquiéter de ton ADN.

— Je ne serai pas en retard. Au revoir.

— Je vais appeler Charlotte Pinker immédiatement, déclara Jeannie. J'espère qu'elle ne dort pas.

Elle trouva le numéro sur le fichier de Lisa et le composa. Au bout d'un moment, elle dit :

— Bonsoir, madame Pinker, c'est le docteur Ferrami, de l'université Jones Falls... Je vais très bien, merci. Et vous-même ?... J'espère que vous ne verrez pas d'inconvénient à ce que je vous pose encore une question... eh bien, c'est très aimable à vous. Oui... Avant d'être enceinte de Dennis, avez-vous suivi un traitement gynécologique ? — Un long silence, puis le visage de Jeannie rayonna d'excitation. — À Philadelphie ? Oui, j'en ai entendu parler... un traitement hormonal. Très intéressant... c'est un renseignement précieux pour moi. Merci encore. Bonsoir.

Elle reposa le combiné.

— Bingo, dit-elle. Charlotte est allée à la même clinique.

— Fantastique ! Mais qu'est-ce que ça veut dire ?

— Je n'en ai aucune idée.

Elle décrocha de nouveau et appela les renseignements.

— Pour avoir les renseignements de Philadelphie ?... Merci. — Elle composa un nouveau numéro. — La clinique de l'Aventin. — Un silence. Elle regarda Steve et ajouta : — Elle a probablement fermé voilà des années.

Il l'observait, fasciné. Elle avait le visage rayonnant d'enthousiasme. Elle était ravissante. Il aurait voulu pouvoir en faire plus pour l'aider. Soudain, elle prit un crayon et griffonna un numéro.

— Je vous remercie ! dit-elle dans l'appareil. — Elle raccrocha. — Elle existe encore !

Steve était cloué sur place. Le mystère de sa naissance allait peut-être être élucidé.

— Les archives, dit-il. La clinique doit bien avoir des archives. Il pourrait y avoir des indices là-bas.

— Il faut que j'aille là-bas, déclara Jeannie. —

Elle plissa le front d'un air songeur. — J'ai une décharge signée de Charlotte Pinker — nous demandons à chaque personne que nous interrogeons d'en signer une — et cela me donne l'autorisation de consulter n'importe quel dossier médical. Pourriez-vous obtenir de votre mère qu'elle m'en signe une ce soir et qu'elle me la faxe à JFU ?

— Bien sûr.

Elle reprit l'appareil, tapant fébrilement les numéros.

— Bonsoir, c'est la clinique de l'Aventin ?... Avez-vous un responsable de garde ?... Je vous remercie.

Un long silence. Elle frappait nerveusement le bureau avec son crayon. Steve l'observait, en adoration. Pour lui, ça pouvait durer toute la nuit.

— Bonsoir, monsieur Ringwood, ici le docteur Ferrami, du département de psychologie de l'université Jones Falls. Deux des sujets sur lesquels je fais des recherches ont fréquenté votre clinique il y a vingt-trois ans et cela m'aiderait beaucoup de consulter leurs dossiers. J'ai des décharges signées par elles que je peux vous faxer d'avance... Ça me rend un grand service. Est-ce que demain ce serait trop tôt ? Voulez-vous que nous disions quatorze heures ?... Vous êtes très aimable... Je n'y manquerai pas. Je vous remercie. Bonsoir.

— Une clinique pour femmes stériles, murmura Steve. Est-ce que je n'ai pas lu dans le *Wall Street Journal* que Genetico possède des cliniques pour femmes stériles ?

Jeannie le dévisagea, bouche bée.

— Oh ! mon Dieu, fit-elle d'une voix étouffée. Mais bien sûr.

— Je me demande s'il y a un rapport...

— Je le parierais.

— Si c'est le cas, alors...

— Alors Berrington Jones en sait sans doute bien plus long sur vous et sur Dennis qu'il ne veut bien le laisser paraître.

28

Ç'a vraiment été une sale journée, mais elle s'est bien terminée, pensa Berrington en sortant de sa douche.

Il s'examina dans la glace. Il était en grande forme pour cinquante-neuf ans : mince, droit comme un I, avec une peau légèrement hâlée et un ventre presque plat. Sa toison pubienne était brune : il en teignait les poils gris, gênants au moment de se déshabiller devant une femme.

Il avait commencé la journée en croyant qu'il avait coincé Jeannie Ferrami, mais elle s'était révélée plus coriace qu'il ne s'y attendait. *Désormais, je ne la sous-estimerai plus.*

En rentrant de Washington, il était passé par la maison de Preston Barck pour le mettre au courant des derniers développements. Comme toujours, Preston s'était montré encore plus inquiet et pessimiste que la situation ne le justifiait. Affecté par l'humeur de Preston, Berrington était rentré chez lui en ruminant de sombres pensées. Mais, au moment où il mettait le pied dans la maison, le téléphone sonna : Jim, s'exprimant dans un code improvisé, lui avait confirmé que David Creane allait empêcher le FBI de coopérer avec Jeannie. Il avait promis de donner ce soir même les coups de fil nécessaires.

Berrington se sécha longuement, puis passa un pyjama de coton bleu et un peignoir de bain à rayures bleues et blanches. Marianne, la domestique, avait la soirée libre, mais il y avait un plat préparé dans le réfrigérateur : du poulet à la provençale, à en croire le mot qu'elle lui avait laissé de son écriture appliquée d'enfant. Il mit le plat au four et se versa un petit verre de scotch. Il buvait sa première gorgée quand le téléphone sonna.

C'était son ex-femme, Vivvie.

— Le *Wall Street Journal* prétend que tu vas être riche, dit-elle.

Il se l'imagina ; une blonde mince de soixante ans, assise sur la terrasse de sa maison de Californie, à regarder le soleil se coucher sur le Pacifique.

— J'imagine que tu veux me revenir.

— J'y ai songé, Berry. J'y ai songé très sérieusement pendant au moins dix secondes. Puis je me suis rendu compte que cent quatre-vingts millions de dollars, ça n'était pas suffisant.

Cela le fit rire.

— Sérieusement, Berry, je suis contente pour toi.

Il savait qu'elle était sincère. Elle avait beaucoup d'argent. Après l'avoir quitté, elle s'était lancée dans l'immobilier à Santa Barbara et avait fort bien réussi.

— Je te remercie.

— Qu'est-ce que tu vas faire de cet argent ? Le laisser au petit ?

Leur fils faisait des études pour être expert-comptable.

— Il n'en aura pas besoin, il fera fortune comme comptable. Je pourrais donner un peu de cet argent à Jim Proust. Il va être candidat à la présidence.

— Qu'auras-tu en retour ? Tu veux être ambassadeur des États-Unis à Paris ?

— Absolument pas, mais je ne dirais pas non à un poste de secrétaire à la Santé.

— Dis donc, Berry, tu as l'air de parler sérieusement. Mais je pense que tu ne devrais pas en dire trop au téléphone.

— Exact.

— Il faut que j'y aille, mon cavalier vient de sonner à la porte. Mais je pense à toile à matelas.

C'était une vieille plaisanterie familiale. Il lui répliqua comme il convenait :

— Moi au scie à métaux.

Ça lui parut quelque peu déprimant que Vivvie eût un rendez-vous pour la soirée — il n'avait aucune idée avec qui — alors qu'il était seul chez lui avec son whisky. Avec la mort de son père, le départ de Vivvie avait été le grand chagrin de sa vie. Il ne lui reprochait pas d'être partie, il avait été abominablement infidèle. Mais il l'avait aimée et elle continuait de lui manquer, treize ans après leur divorce. Le fait qu'il en fût responsable ne le peinait que davantage. Plaisanter avec elle au téléphone lui rappelait combien ils s'étaient amusés tous les deux.

Il alluma la télé et regarda un débat pendant que son dîner chauffait. La cuisine était envahie du parfum des herbes qu'utilisait Marianne. C'était une excellente cuisinière. Peut-être parce que la Martinique était un département français.

Il était en train de sortir le plat du four quand le téléphone sonna. Cette fois, c'était Preston Barck. Il semblait secoué.

— Je viens d'avoir un coup de fil de Dick Minsky à Philadelphie. Jeannie Ferrami a pris rendez-vous à la clinique de l'Aventin. Elle y va demain.

Berrington se laissa pesamment tomber sur son fauteuil.

— Merde ! Comment a-t-elle déniché la clinique ?

— Je ne sais pas. Dick n'était pas là, c'est le médecin de garde qui a pris la communication. Elle a expliqué que certains des sujets de ses recherches avaient été traités là voilà des années et qu'elle voulait consulter leur dossier médical. Elle a faxé leur décharge et annoncé qu'elle serait là-bas à quatorze heures. Dieu merci, Dick passait par hasard à propos de tout autre chose et le médecin de garde l'a prévenu.

Dick Minsky avait été une des premières personnes engagées par Genetico, dans les années soixante-dix. Il était alors coursier ; aujourd'hui, il était directeur général des cliniques. Il n'avait jamais fait partie du petit groupe des dirigeants — seuls Jim, Preston et Berrington pourraient jamais appartenir à ce club —, mais il savait qu'il y avait des secrets dans le passé de la compagnie. Chez lui, la discrétion était une seconde nature.

— Qu'est-ce que tu as dit à Dick de faire ?

— D'annuler le rendez-vous, évidemment. Si elle vient quand même, de l'éconduire. De lui dire qu'elle ne peut pas consulter les dossiers.

Berrington secoua la tête.

— Ça ne suffit pas.

— Pourquoi ?

— Ça ne fera qu'aiguiser sa curiosité. Elle essaiera de trouver un autre moyen d'accéder aux archives.

— Par exemple ?

Berrington poussa un soupir. Parfois, Preston manquait vraiment d'imagination.

— Eh bien, si j'étais elle, j'appellerais Landsmann. J'aurais au téléphone la secrétaire de Michael Madigan et je dirais qu'il devrait regarder les dossiers de la clinique de l'Aventin depuis vingt-trois ans avant de signer. Ça l'amènerait à se poser des questions, tu ne crois pas ?

— Alors, qu'est-ce que tu suggères ? fit Preston d'un ton bougon.

— Je crois qu'il va falloir détruire toutes les fiches depuis les années soixante-dix.

Il y eut un silence.

— Berry, ces dossiers sont uniques. Pour la science, ils n'ont pas de prix.

— Tu crois que je ne le sais pas ? riposta Berrington.

— Il doit y avoir un autre moyen.

Berrington soupira. Il était aussi navré que Preston. Il s'était naïvement imaginé qu'un jour, dans bien des années, quelqu'un écrirait l'histoire de leurs expériences d'avant-garde et révélerait au monde leur audace et leurs brillantes intuitions scientifiques. Ça lui brisait le cœur de devoir supprimer les preuves historiques de leur exploit. Mais c'était inévitable.

— Tant que les dossiers existent, ils constituent

pour nous une menace. Il faut les détruire. Sur-le-champ.

— Qu'allons-nous raconter au personnel ?

— Merde, je n'en sais rien, Preston. Invente quelque chose, bon sang. Une nouvelle stratégie de gestion des documents. Pourvu qu'ils se mettent à les détruire dès demain matin, je me fiche de ce que tu leur racontes.

— Tu as sans doute raison. Je rappelle Dick tout de suite. Peux-tu téléphoner à Jim pour le mettre au courant ?

— Bien sûr.

— Adios.

Berrington composa le numéro personnel de Jim Proust. Sa femme, une petite créature aux airs de martyre, lui passa Jim.

— Je suis au lit, Berry, qu'est-ce qui se passe maintenant ?

Ils commençaient tous les trois à s'énerver.

Berrington raconta à Jim ce que lui avait rapporté Preston et lui expliqua les mesures qu'ils avaient prises.

— Excellente idée. Mais ça ne suffit pas. Cette petite Ferrami pourrait encore nous empoisonner de bien d'autres façons.

Berrington sentit une vague d'irritation le parcourir. Jim n'était jamais content. Chaque fois qu'on proposait quelque chose, il réclamait une action plus énergique, des mesures plus extrêmes. Puis Berrington maîtrisa son agacement. *Cette fois, Jim a raison.* Jeannie s'était révélée être un vrai limier, que rien ne détournait de la piste qu'elle suivait. Ce n'était pas une déconvenue qui allait la faire renoncer.

— Je suis d'accord, dit-il à Jim. Steve Logan est sorti de prison, je l'ai appris dans la journée, elle n'est donc pas seule. Il faut régler son problème une bonne fois pour toutes.

— Il faut lui faire peur.

— Jim, au nom du ciel...

— Je sais que tu n'aimes pas ça, Berry, mais il faut le faire.

— Je ne pense pas.

— Écoute...

— Jim, si tu veux bien m'écouter une minute, j'ai une meilleure idée.

— Bon, je t'écoute.

— Je vais la faire flanquer dehors.

Jim réfléchit un moment.

— Je ne sais pas... Est-ce que ça suffira ?

— Bien sûr. Elle s'imagine être tombée sur une anomalie biologique. C'est le genre de découverte qui pourrait assurer la carrière d'une jeune chercheuse. Elle ne se doute absolument pas de ce qu'il y a derrière tout cela, elle est persuadée que l'université redoute simplement une mauvaise publicité. Si elle perd sa place, elle n'aura pas les moyens de poursuivre ses recherches et aucune raison de s'y accrocher. D'ailleurs, elle sera trop occupée à chercher un autre poste. Il se trouve que je sais qu'elle a besoin d'argent.

— Tu as peut-être raison.

Berrington était méfiant, Jim acquiesçait trop facilement.

— Tu n'envisages pas de faire quelque chose de ton côté, n'est-ce pas ?

Jim éluda la question.

— Tu peux obtenir ça, tu peux la faire flanquer dehors ?

— Évidemment.

— Mais, mardi, tu m'as expliqué que l'université n'était pas l'armée...

— C'est vrai, on ne peut pas se contenter d'engueuler les gens pour qu'ils obéissent aux ordres. Mais cela fait près de quarante ans que j'évolue dans le monde universitaire. Je sais comment actionner le mécanisme. Quand c'est vraiment nécessaire, je peux me débarrasser d'un maître-assistant sans que ça fasse un pli.

— Bon.

Berrington fronça les sourcils.

— Nous sommes bien d'accord là-dessus, n'est-ce pas, Jim ?

— Tout à fait.

— Bon. Dors bien.

— Bonne nuit.

Berrington raccrocha. Son poulet à la provençale était froid. Il le jeta à la poubelle et alla se coucher.

Il resta un long moment éveillé, à penser à Jeannie Ferrami. À deux heures du matin, il se leva pour prendre un somnifère. Puis, enfin, il s'endormit.

29

À Philadelphie, c'était une nuit brûlante. Dans l'HLM, toutes les portes et fenêtres étaient ouvertes, aucune des chambres n'était climatisée. La rumeur de la rue montait jusqu'à l'appartement 5A, au dernier étage : klaxons, rires, bribes de musique. Sur un méchant bureau de bois blanc, tout éraillé et criblé de brûlures de cigarettes, un téléphone sonnait.

Il décrocha. Une voix aboya :

— Ici Jim.

— Tiens, oncle Jim, comment ça va ?

— Je m'inquiète à ton sujet.

— Comment ça ?

— Je sais ce qui s'est passé dimanche soir.

Il hésita, ne sachant trop que répondre.

— On a arrêté quelqu'un pour ça.

— Sa petite amie pense qu'il est innocent.

— Et alors ?

— Elle vient à Philadelphie demain.

— Pour quoi faire ?

— Je ne sais pas trop. Mais, à mon avis, elle présente un danger.

— Merde.

— Il va peut-être falloir que tu fasses quelque chose à ce propos.

— Par exemple ?

— Ça dépend de toi.

— Comment est-ce que je la trouverai ?

— Tu connais la clinique de l'Aventin ? C'est dans ton quartier.

— Bien sûr, c'est sur Chestnut, je passe devant tous les jours.

— Elle y sera à quatorze heures.

— Comment est-ce que je la reconnaîtrai ?

— Grande, brune, une narine percée, dans les trente ans.

— Ça manque de précision.

— Elle conduira sans doute une vieille Mercedes rouge.

— C'est déjà mieux.

— Maintenant, n'oublie pas, l'autre type est en liberté sous caution.

Il se rembrunit.

— Et alors ?

— Alors, si elle avait un accident, après qu'on l'a vue avec toi…

— Compris. On s'imaginera que c'était lui.

— Tu as toujours eu l'esprit vif, mon garçon.

Il se mit à rire.

— Vous avez toujours eu mauvais esprit, mon oncle.

— Encore une chose.

— J'écoute.

— Elle est très belle. Alors profites-en.

— Au revoir, oncle Jim. Et merci.

Jeudi

30

Jeannie rêvait une nouvelle fois de la Thunderbird.

La première partie du rêve concernait un événement qui s'était passé quand elle avait neuf ans, que sa sœur en avait six et que leur père vivait — momentanément — avec elles. À l'époque, il avait plein d'argent — des années plus tard, Jeannie comprit qu'il avait dû se le procurer grâce à un cambriolage réussi — et était revenu à la maison au volant d'une Ford Thunderbird neuve à la carrosserie turquoise et au cuir intérieur assorti. La plus belle des voitures pour une fillette de neuf ans. Ils étaient tous allés faire un tour, Jeannie et Patty assises sur la banquette avant entre leurs parents. Comme ils roulaient à petite allure sur l'autoroute du George Washington Memorial, papa avait mis Jeannie sur ses genoux et l'avait laissée prendre le volant.

Dans la réalité, elle avait conduit la Thunderbird sur la voie rapide et elle avait été terrifiée quand une voiture qui essayait de doubler avait donné un grand coup de klaxon ; son père lui avait arraché le volant des mains et repris le contrôle de la Thunderbird. Dans son rêve, son père n'était plus là, elle conduisait seule. Sa mère et Patty étaient assises auprès d'elle, impassibles, même si toutes les deux savaient qu'elle ne pouvait pas voir par-dessus le tableau de bord. Et elle serrait, serrait le volant de plus en plus fort, en attendant l'accident, tandis que les autres voitures freinaient derrière elle de plus en plus énergiquement.

Elle s'éveilla, les ongles enfoncés dans les paumes de ses mains ; on sonnait à la porte avec insistance. Six heures du matin. Elle resta un moment immobile, savourant le soulagement qui l'envahissait à l'idée qu'il ne s'agissait que d'un rêve. Puis elle sauta hors du lit et se précipita vers l'interphone.

— Oui ?

— C'est Ghita, réveille-toi et ouvre-moi.

Ghita habitait Baltimore et travaillait à la direction du FBI à Washington. *Sans doute est-elle partie tôt pour être de bonne heure au bureau.* Elle pressa le bouton qui ouvrait la porte.

Jeannie enfila un T-shirt beaucoup trop grand qui lui arrivait presque aux genoux ; suffisamment décent pour une copine. Ghita monta l'escalier, l'image même du jeune cadre dynamique en tailleur de toile bleu marine, les cheveux noirs coupés au carré, avec de grosses boucles d'oreilles, d'énormes lunettes sans monture et le *New York Times* sous le bras.

— Bon sang, fit Ghita sans préambule, qu'est-ce qui se passe ?

— Je ne sais pas, je viens de me réveiller.

Apparemment, il lui fallait se préparer à de mauvaises nouvelles.

— Mon patron m'a appelée chez moi tard hier soir en me disant qu'il ne voulait plus avoir affaire à toi.

— Oh non !

Jeannie avait besoin des résultats du FBI pour prouver que son hypothèse était juste, malgré l'énigme de Steve et de Dennis.

— La barbe ! Il a expliqué pourquoi ?

— Il a prétendu que tes méthodes violaient la vie privée.

— Ça n'est pas le genre du FBI de se préoccuper d'un tel détail.

— Il semble que le *New York Times* ait la même réaction.

Ghita montra le journal à Jeannie. En première page s'étalait un article intitulé :

RECHERCHE GÉNÉTIQUE ET MORALE :
DOUTES, CRAINTES ; UNE POLÉMIQUE EST OUVERTE

Le mot « polémique » était une allusion à sa propre situation.

Jean Ferrami est une jeune femme déterminée. Malgré l'opposition de ses collègues et du président de l'université Jones Falls à Baltimore, Maryland, elle s'obstine à poursuivre son balayage d'archives médicales pour y retrouver des jumeaux.

« J'ai un contrat, dit-elle. On n'a pas d'ordres à me donner. » Et les doutes émis quant à la morale de ses travaux n'ébranlent pas sa résolution.

L'estomac de Jeannie se contracta.

— Mon Dieu ! C'est terrible.

L'article évoquait alors un autre sujet : les recherches sur l'embryon humain ; Jeannie dut aller jusqu'à la page 19 avant de trouver une autre allusion à ses travaux.

Le cas du docteur Jean Ferrami, du département de psychologie de Jones Falls, crée un nouveau problème pour les autorités du collège. Bien que le président de l'université, le docteur Maurice Obell, et le grand psychologue, le professeur Berrington Jones, reconnaissent tous deux que ses recherches violent le code de l'éthique scientifique, elle refuse de les interrompre. Et peut-être est-il impossible de l'y obliger...

Jeannie lut l'article jusqu'au bout, mais le quotidien ne la citait pas quand elle affirmait que ses travaux étaient éthiquement irréprochables. On ne mettait l'accent que sur son geste de défi.

Être attaquée de cette façon était choquant et pénible. Jeannie se sentait tout à la fois blessée et scandalisée comme quand un voleur, voilà des années, l'avait fait tomber pour lui voler son portefeuille dans un supermarché de Minneapolis. Elle avait beau savoir que la journaliste était malveillante et sans scrupules, elle avait honte comme si elle avait vraiment mal agi. Elle avait l'impression d'être clouée au pilori, vouée au mépris général.

— Désormais, je vais avoir du mal à trouver des personnes qui m'autorisent à balayer une banque de données, dit-elle d'un ton abattu. Tu veux du café ? J'ai besoin de me remonter le moral. Peu de journées commencent aussi mal.

— Je suis désolée, Jeannie, mais je suis dans le pétrin pour avoir impliqué le Bureau.

Jeannie mit la cafetière en marche. Soudain, une idée la frappa.

— Cet article est injuste, mais, si ton patron t'a parlé hier soir, ça ne peut pas être ça qui a provoqué son coup de fil.

— Il savait peut-être que l'article allait paraître.

— Je me demande qui l'a renseigné.

— Il ne m'a pas expliqué, mais il m'a dit qu'il avait reçu un coup de téléphone du Capitole.

Jeannie fronça les sourcils.

— Une histoire politique ? Pourquoi un membre du Congrès ou un sénateur s'intéresserait-il suffisamment à ce que je fais pour exiger du FBI qu'il ne collabore pas avec moi ?

— C'était peut-être juste un conseil d'ami venant de quelqu'un qui connaissait l'existence de l'article.

Jeannie hocha la tête.

— L'article ne mentionne pas le Bureau. Personne ne sait que je travaille sur les archives du FBI. Je ne l'ai même pas révélé à Berrington.

— Je vais tâcher de savoir qui a téléphoné.

Jeannie regarda dans son congélateur.

— Tu as pris ton petit déjeuner ? J'ai des beignets à la cannelle.

— Non, merci.

— Je n'ai pas faim non plus.

Elle referma la porte du réfrigérateur. Elle sentait le désespoir la gagner. Ne pouvait-elle donc rien faire ?

— Ghita, j'imagine que tu n'as pas pu faire mon balayage à l'insu de ton patron ?

Elle n'avait pas beaucoup d'espoir de voir Ghita acquiescer. Mais sa réponse la surprit. Ghita plissa le front.

— Tu n'as pas reçu mon courrier électronique d'hier ?

— Je suis partie de bonne heure. Qu'est-ce que tu me disais ?

— Que j'allais balayer la banque de données hier soir.

— Et tu l'as fait ?

— Oui. C'est pour cette raison que je suis venue te voir. Je l'ai fait hier soir, avant que mon patron m'appelle.

Jeannie soudain retrouva espoir.

— Quoi ? Et tu as les résultats ?

— Je te les ai envoyés par Internet.

Jeannie était aux anges.

— Mais c'est formidable ! Tu as regardé ? Il y avait beaucoup de jumeaux ?

— Pas mal : vingt ou trente paires.

— C'est sensationnel ! Ça veut dire que le système marche !

— Mais j'ai déclaré à mon patron que je ne l'avais pas fait. J'avais peur et j'ai menti.

Jeannie se rembrunit.

— C'est embêtant : imagine qu'il s'en aperçoive dans quelque temps ?

— Justement. Jeannie, il faut que tu détruises cette liste.

— Quoi ?
— Si jamais il l'apprend, je suis finie.
— Mais je ne peux pas la détruire ! Pas si ça prouve que j'ai raison !
Ghita avait l'air décidé.
— Il le faut.
— C'est épouvantable, fit Jeannie, consternée. Comment est-ce que je peux détruire quelque chose qui pourrait me sauver ?
— Je me suis fichue dans ce pétrin pour te rendre service. C'est à toi de m'en sortir !
Jeannie ne se sentait pas entièrement responsable. D'un ton un peu acerbe, elle riposta :
— Ça n'est pas moi qui t'ai dit de mentir à ton patron.
Cela mit Ghita en fureur.
— J'avais peur !
— Attends un peu. Restons calmes.
Elle versa le café dans des tasses et en tendit une à Ghita.
— Imagine que tu arrives au travail aujourd'hui et que tu expliques à ton patron qu'il y a eu un malentendu. Tu avais laissé des instructions pour qu'on annule le balayage, mais tu as découvert par la suite qu'il avait déjà été effectué et que les résultats avaient été envoyés par courrier électronique...
Ghita prit sa tasse, mais sans la boire. Elle semblait au bord des larmes.
— Tu te rends compte de ce que c'est que de travailler pour le FBI ? J'ai affaire aux hommes les plus machistes d'Amérique. Ils cherchent n'importe quelle excuse pour prétendre que les femmes sont des incapables.
— Mais on ne va pas te flanquer à la porte.
— Tu m'as coincée.
C'était vrai : Ghita ne pouvait pas contraindre Jeannie. Celle-ci reprit :
— Allons, ça n'est pas si grave.

— Si, c'est grave. Je te demande de détruire cette liste.

— Je ne peux pas.

— Alors, il n'y a plus rien à dire.

Ghita se dirigea vers la porte.

— Ne pars pas comme ça ! protesta Jeannie. Nous sommes amies depuis trop longtemps...

Ghita sortit.

— Merde, fit Jeannie. Merde.

La porte de la rue claqua.

Est-ce que je viens de perdre une de mes plus anciennes amies ? Ghita l'avait laissée tomber. Jeannie comprenait ses raisons : une jeune femme qui essayait de faire carrière était soumise à toutes sortes de pressions. Mais tout de même, c'était Jeannie qu'on attaquait, pas Ghita. L'amitié de Ghita n'avait pas survécu à l'épreuve d'une crise.

Est-ce qu'il se passera la même chose avec toutes mes amies ?

Très déprimée, elle prit rapidement une douche et s'habilla en hâte. Puis elle s'obligea à s'arrêter pour réfléchir. Elle se lançait dans la bataille : mieux valait avoir la tenue appropriée. Elle ôta son jean noir et son T-shirt rouge, elle se lava et se sécha les cheveux, se maquilla soigneusement : fond de teint, poudre, mascara, rouge à lèvres. Elle passa un tailleur noir avec un corsage gris colombe, des bas très fins et des escarpins vernis. Elle remplaça l'anneau qu'elle avait à la narine par une simple pierre.

Elle s'inspecta dans la glace. Elle se sentait dangereuse et se trouvait redoutable.

— Tue Jeannie, tue, murmura-t-elle.

Puis elle sortit.

31

Tout en roulant vers l'université, Jeannie pensait à Steve Logan. Elle avait dit que c'était un grand gosse costaud mais, en fait, il était plus mûr que bien des hommes. Elle avait pleuré sur son épaule : elle devait donc, au fond, lui faire confiance. Elle avait bien aimé son odeur, qui lui rappelait celle du tabac. Malgré sa détresse, elle n'avait pas pu s'empêcher de remarquer son érection, même s'il s'était efforcé de la dissimuler. C'était flatteur de le voir aussi excité rien qu'à la serrer contre lui, et elle sourit à ce souvenir. Dommage qu'il n'ait pas dix ou quinze ans de plus.

Steve lui rappelait son premier amour, Bobby Springfield. Elle avait treize ans, lui quinze. Elle ne savait presque rien de l'amour ni du sexe, lui était tout aussi ignorant et ils s'étaient embarqués tous les deux dans un voyage de découverte. Elle rougissait en se rappelant les choses qu'ils avaient faites au dernier rang du cinéma, le samedi soir. Ce qu'il y avait d'excitant chez Bobby, comme chez Steve, c'était cette impression de passion contenue. Bobby avait tellement envie d'elle, cela le mettait dans un tel état de lui caresser les seins ou de toucher sa culotte qu'elle se sentait douée d'un pouvoir fabuleux. Pendant quelque temps, elle en avait abusé : elle l'excitait et l'embarrassait rien que pour se prouver qu'elle en était capable. Mais elle se rendit bientôt compte, même à l'âge de treize ans, que ce jeu était stupide. Jamais, pourtant, elle n'avait perdu son goût pour les défis, le délice qu'elle éprouvait à jouer avec un géant enchaîné. Et c'était cela qu'elle ressentait avec Steve.

Il était le seul élément positif de sa vie actuelle. Car elle était vraiment dans le pétrin. Elle ne pouvait pas démissionner de son poste à JFU. Après l'article du *New York Times* qui l'avait rendue célèbre pour avoir défié son patron, elle aurait du mal à trouver un autre travail. *Si j'étais professeur, je n'engagerais pas quelqu'un qui cause ce genre d'ennui.*

Mais il était trop tard pour se montrer plus prudente. Son seul espoir était de continuer obstinément, en utilisant les données fournies par le FBI, et de produire des résultats scientifiques convaincants.

Il était neuf heures quand elle se gara à sa place habituelle. Elle ferma la voiture et se dirigea vers le pavillon des dingues, avec une sensation de brûlure à l'estomac : trop de tension et le ventre creux.

À peine eut-elle mis le pied dans son bureau qu'elle sut que quelqu'un y était venu. Ce n'étaient pas les femmes de ménage. Elle connaissait bien les changements qu'elles faisaient : les sièges déplacés de quelques centimètres, un coup de chiffon sur les ronds laissés par les tasses, la corbeille à papiers du mauvais côté du bureau. Cette fois-ci, c'était différent. Quelqu'un s'était assis devant son ordinateur. Le clavier n'était pas sous son angle habituel : machinalement, l'intrus l'avait installé dans la position dont il était coutumier. La souris était restée au milieu du tapis, alors qu'elle-même la rangeait toujours soigneusement contre le bord du clavier. En regardant autour d'elle, elle remarqua une porte de placard entrebâillée et un bout de papier qui dépassait du bord d'un classeur métallique. On avait fouillé la pièce.

Du moins, est-ce du travail d'amateur. Ce n'était pas comme si la CIA la surveillait. Cependant, cela la mettait profondément mal à l'aise, et elle avait l'estomac noué quand elle s'assit pour allumer son PC. Qui était venu ici ? Un professeur ? Un étudiant ? Un gardien qu'on avait acheté ? Quelqu'un de l'extérieur ? Et pourquoi ?

On avait glissé une enveloppe sous sa porte. Elle contenait une décharge de Lorraine Logan faxée par Steve au pavillon des dingues. Elle prit dans un dossier la décharge de Charlotte Pinker et mit les deux dans sa serviette. Elle les emporterait avec elle à la clinique de l'Aventin.

Elle s'assit à son bureau et dépouilla son courrier électronique. Il n'y avait qu'un seul message : les résultats des recherches sur les archives du FBI.

— Alléluia, murmura-t-elle.

Avec un immense soulagement, elle déchargea la liste des noms et des adresses. Le balayage du fichier avait bien révélé des paires. Elle avait hâte de procéder aux vérifications pour voir s'il y avait d'autres anomalies comme le cas de Steve et de Dennis.

Ghita lui avait envoyé un message par Internet pour l'informer qu'elle allait procéder au balayage. Où était-il passé ? Avait-il été déchargé par le visiteur de la nuit dernière ? Voilà qui pourrait expliquer l'appel affolé du patron de Ghita, la veille au soir.

Elle s'apprêtait à regarder les noms sur la liste quand le téléphone sonna.

— Ici Maurice Obell. Je crois que nous ferions bien de discuter de cet article du *New York Times*, vous ne trouvez pas ?

Jeannie sentit son estomac se serrer. *Nous y voilà. Ça commence.*

— Bien sûr. Quelle heure vous conviendrait ?

— J'espérais que vous pourriez venir tout de suite dans mon bureau.

— J'y serai dans cinq minutes.

Elle copia les résultats du FBI sur une disquette, puis sortit d'Internet. Elle retira la disquette de son ordinateur et prit un stylo. Elle réfléchit un moment, puis écrivit sur l'étiquette LISTE DE COURSES. C'était probablement une précaution inutile, mais ça la rassurait. Elle glissa la disquette dans le boîtier contenant ses sauvegardes et sortit.

La journée s'annonçait orageuse : en traversant le campus, elle se demanda ce qu'elle voulait obtenir de ce rendez-vous avec Obell. Son seul objectif : qu'on l'autorise à continuer ses recherches. Elle devrait se montrer résolue et laisser clairement entendre qu'elle n'était pas prête à céder. Cependant, la solution idéale serait d'apaiser la colère des dirigeants de l'université et de calmer le jeu.

Elle se félicitait d'avoir mis son tailleur noir, même si elle transpirait dedans : il lui donnait un air plus âgé et davantage d'autorité.

On la fit immédiatement entrer dans le somptueux bureau du président. Berrington Jones y était assis, un exemplaire du *New York Times* à la main. Elle lui sourit, heureuse d'avoir un allié. Il lui fit un petit signe de tête sans grande chaleur.

— Bonjour, Jeannie.

Maurice Obell était dans son fauteuil roulant derrière son imposante table de travail. Avec sa brusquerie habituelle, il déclara :

— Docteur Ferrami, l'université ne peut pas tolérer cela.

Il ne lui proposa pas de s'asseoir, mais elle n'allait pas se laisser réprimander comme une collégienne. Elle choisit donc un fauteuil, le déplaça et s'y assit en croisant les jambes.

— C'est dommage que vous ayez annoncé à la presse l'annulation de mon projet avant de vous assurer que vous aviez le droit de le faire, dit-elle avec tout le calme dont elle était capable. Je suis tout à fait d'accord avec vous : ça a rendu le collège ridicule.

Il se rebiffa.

— Ce n'est pas moi qui nous ai rendus ridicules.

Assez joué les filles pas commodes, décida-t-elle. *Le moment est venu de lui montrer que nous sommes dans le même camp.* Elle décroisa les jambes.

— Bien sûr que non. En vérité, nous nous sommes tous les deux un peu trop précipités et la presse en a profité.

Berrington intervint :

— Le mal est fait. Inutile de s'excuser.

— Je ne m'excusais pas. — Elle se tourna de nouveau vers Obell en souriant. — Je pense toutefois que nous devrions cesser de nous chamailler.

Une fois de plus, ce fut Berrington qui lui répondit :

— Il est trop tard.

— Je suis certaine que non.

Pourquoi Berrington a-t-il dit ça ? Ce n'est pas son intérêt de jeter de l'huile sur le feu. Elle continua à regarder le président en souriant.

— Nous sommes des gens raisonnables. Nous devons pouvoir trouver un compromis qui me permettrait de poursuivre mes travaux tout en sauvegardant la dignité de l'université.

Manifestement, cette idée plaisait à Obell, même s'il fronça les sourcils.

— Je ne vois pas très bien comment...

— Tout cela est une perte de temps, fit Berrington avec impatience.

C'était la troisième fois qu'il intervenait avec agressivité. Jeannie ravala une réplique cinglante. *Pourquoi cette attitude ?* Tenait-il vraiment à la voir arrêter ses recherches, s'opposer à l'université et être discréditée ? Elle aurait pu le penser.

Et si c'était Berrington qui s'était introduit dans son bureau, qui avait chargé son courrier électronique et averti le FBI ? Et s'il avait commencé par alerter le *New York Times* et déclenché toute cette histoire ? Elle était si abasourdie par la logique perverse de cette idée qu'elle resta silencieuse.

— Nous avons déjà décidé de la ligne de conduite de l'université, ajouta Berrington.

Elle se rendit compte qu'elle s'était trompée sur la structure du pouvoir dans ce bureau : le patron, ici, c'était Berrington, pas Obell. Berrington était l'intermédiaire par lequel arrivaient les millions de dollars que Genetico consacrait à la recherche et dont Obell avait besoin. Berrington n'avait rien à craindre d'Obell ; c'était le contraire. Elle n'avait cessé d'observer le singe au lieu du joueur d'orgue de Barbarie.

Berrington avait maintenant renoncé à prétendre que c'était le président de l'université qui commandait.

— Nous ne vous avons pas fait venir ici pour vous demander votre avis, dit-il.

— Alors, pourquoi m'avez-vous fait venir ?

— Pour vous congédier.

Elle resta assommée. Elle s'attendait à une menace de renvoi, mais pas à la décision elle-même. Elle avait du mal à encaisser le coup.

— Que voulez-vous dire ? fit-elle stupidement.

— Vous êtes congédiée, répéta Berrington.

Il se lissa les cils du bout de l'index droit, signe qu'il était content de lui.

Jeannie avait l'impression d'avoir reçu un coup de poing. *On ne peut pas me renvoyer. Je ne suis ici que depuis quelques semaines. Ça marchait bien, je travaillais dur. Je croyais qu'ils m'aimaient tous, sauf Sophie Chapple. Comment est-ce arrivé si vite ?*

Elle essaya de remettre de l'ordre dans ses pensées.

— Vous ne pouvez pas me mettre à la porte, dit-elle.

— Nous venons de le faire.

— Non.

Une fois passé le choc initial, elle commençait à se sentir bouillir de colère et de défi.

— Vous n'êtes pas des chefs de tribu. Il y a une procédure à suivre.

Les universités ne pouvaient pas renvoyer leurs enseignants sans les entendre. C'était mentionné dans son contrat, mais elle n'avait jamais vérifié les détails. Cela prenait soudain pour elle une importance capitale.

Maurice Obell lui fournit le renseignement.

— Bien entendu, vous comparaîtrez devant le conseil de discipline du sénat de l'université. Normalement, le préavis est de quatre semaines. Mais, compte tenu de la mauvaise publicité qui entoure cette affaire, j'ai, en tant que président, invoqué la procédure d'urgence : la séance aura lieu demain matin.

Jeannie était stupéfaite de la rapidité avec laquelle ils avaient agi. *Le conseil de discipline. Une procédure d'urgence. Demain matin.* Il ne s'agissait pas d'une discussion, plutôt d'une arrestation. Elle s'attendait à entendre Obell lui lire ses droits.

Il le fit presque : il poussa un dossier vers elle.

— Vous y trouverez les règlements de procédure du conseil. Vous pouvez vous faire représenter par un avocat ou tout autre défenseur à condition d'en avertir au préalable le président du conseil de discipline.

Jeannie réussit enfin à poser une question raisonnable.

— Qui est le président ?

— Jack Budgen.

Berrington releva brusquement la tête.

— C'est déjà décidé ?

— Le président est nommé pour un an, dit Obell. Jack a été désigné au début du semestre.

— Je l'ignorais.

Berrington semblait contrarié et Jeannie savait pourquoi : Jack Budgen était son partenaire au tennis. C'était encourageant. Il se montrerait équitable avec elle. Tout n'était pas perdu. Elle allait avoir une chance de plaider sa cause et de défendre ses méthodes de recherche devant un groupe d'universitaires. Il y aurait une discussion sérieuse ; rien à voir avec les raisonnements spécieux du *New York Times*.

Et puis elle avait les résultats de son balayage des archives du FBI. Elle commençait à voir comment elle allait présenter sa défense. Elle montrerait au comité les données du FBI. Avec un peu de chance, il y aurait une ou deux paires d'individus qui ignoraient qu'ils étaient jumeaux. Ce serait impressionnant. Elle expliquerait ensuite les précautions qu'elle prenait pour protéger la vie privée des sujets...

— Nous en avons terminé, déclara Maurice Obell.

Cela signifiait pour Jeannie la fin de l'entretien. Elle se leva.

— Quel dommage que nous en soyons arrivés là, dit-elle.

Berrington répliqua aussitôt :

— C'est bien votre faute !

On aurait dit un enfant raisonneur. Elle n'avait pas la patience de se lancer dans de vaines arguties. Elle lui jeta un regard dédaigneux et quitta la pièce.

En traversant le campus, elle songea avec tristesse qu'elle n'était absolument pas parvenue à atteindre ses objectifs. Elle voulait un arrangement négocié et elle avait eu un affrontement de gladiateurs. Mais Berrington et Obell avaient pris leur décision avant même son arrivée. La réunion n'avait été qu'une formalité.

Elle retourna au pavillon des dingues. En approchant de son bureau, elle remarqua avec agacement que les femmes de ménage avaient laissé un sac-poubelle en plastique noir juste devant sa porte. Elle allait les appeler sur-le-champ. Mais, quand elle essaya d'ouvrir sa porte, elle n'y parvint pas. Elle passa à plusieurs reprises sa carte dans la fente du lecteur, mais rien ne bougea. Elle s'apprêtait à aller jusqu'à la réception pour appeler un responsable de l'entretien quand une horrible pensée lui vint.

Elle regarda à l'intérieur du sac-poubelle : il n'était pas bourré de vieux papiers ni de gobelets de café utilisés. La première chose qu'elle aperçut, ce fut son sac en tapisserie : on y avait mis sa boîte de kleenex, l'édition de poche de *Mille Arpents* de Jane Smiley, ses photos encadrées et sa brosse à cheveux.

On avait vidé son bureau et on lui en avait interdit l'accès.

Elle était consternée. C'était un coup plus rude que ce qui s'était passé dans le bureau de Maurice Obell. Là-bas, ce n'étaient que des mots. Mais, avec cette dernière manœuvre, elle se sentait privée d'une grande partie de son existence. *C'est mon bureau. Comment osent-ils m'en interdire l'accès?*

— Les salauds! s'exclama-t-elle.

Le service de sécurité avait dû entrer en action pendant qu'elle se trouvait dans le bureau d'Obell. Évidemment, on ne l'avait pas prévenue: cela lui aurait donné le temps d'emporter ce dont elle avait besoin. Une fois de plus, leur brutalité l'avait surprise.

C'était comme une amputation: on lui avait retiré ses informations, ses travaux. Elle ne savait plus quoi faire, où aller. Elle faisait de la recherche depuis onze ans, et voilà que, tout d'un coup, elle n'était plus rien.

Elle passa de la consternation au désespoir quand elle se souvint de la disquette avec les données recueillies dans les archives du FBI. Elle fouilla le contenu du sac-poubelle: pas de disquette. Le résultat de ses travaux, l'ossature même de sa défense, était enfermé à clé dans son bureau.

Elle martela vainement la porte avec son poing. Un de ses étudiants qui suivait son cours de statistique lui lança un regard étonné.

— Professeur, je peux vous aider?

Elle se rappela son prénom.

— Salut, Ben. Vous pourriez enfoncer pour moi cette foutue porte.

Il inspecta la porte d'un air hésitant.

— Je ne parlais pas sérieusement, fit-elle. Ça va bien, merci.

Il haussa les épaules et poursuivit son chemin.

Inutile de rester plantée là à contempler la porte fermée. Elle ramassa le sac-poubelle et passa dans le labo. À son bureau, Lisa entrait des données dans un ordinateur.

— J'ai été virée, lui annonça Jeannie.

Lisa la dévisagea.

— Quoi?

— On a fermé mon bureau à clé et fourré mes affaires dans ce sac-poubelle.

— Je ne peux pas y croire!

Jeannie sortit sa serviette du sac-poubelle et en tira le *New York Times*.

— À cause de ça.

Lisa lut les deux premiers paragraphes.

— Mais c'est de la foutaise !

— Je sais, fit Jeannie en s'asseyant. Alors, pourquoi Berrington fait-il semblant de le prendre au sérieux ?

— Tu crois qu'il fait semblant ?

— J'en suis sûre. Il est trop malin pour se laisser ébranler par ce genre de bla-bla. Il a autre chose en tête.

Désemparée, Jeannie tapotait des pieds sur le sol.

— Il est prêt à n'importe quoi. Il doit jouer gros...

Peut-être trouverait-elle la réponse dans les archives médicales de la clinique de l'Aventin à Philadelphie. Elle regarda sa montre. Elle avait rendez-vous là-bas à deux heures : il serait bientôt temps de partir.

Indignée, Lisa ne comprenait pas.

— Ils ne peuvent pas te virer comme ça !

— Il y a une réunion du conseil de discipline demain matin.

— Mon Dieu ! ils ne plaisantent pas.

— Ça, on peut le dire.

— Est-ce que je peux faire quelque chose ?

La réponse était oui, mais Jeannie n'osait pas le lui demander. Elle regarda Lisa. Malgré la chaleur, celle-ci portait un corsage à col montant avec un chandail : elle dissimulait son corps, une réaction au viol, certainement. Elle avait l'air grave, comme quelqu'un qui vient de subir un deuil.

Son amitié allait-elle se révéler aussi fragile que celle de Ghita ? Jeannie était terrifiée à cette idée. Si Lisa la laissait tomber, qui lui resterait-il ? Mais, même si c'était le plus mauvais moment pour le faire, il lui fallait la mettre à l'épreuve.

— Tu pourrais essayer de t'introduire dans mon

bureau, fit-elle d'un ton hésitant. Les résultats du FBI sont là.

Lisa ne répondit pas tout de suite.

— Qu'est-ce qu'ils ont fait ? Ils ont changé la serrure ?

— C'est plus facile que ça. Ils modifient le code électronique, si bien que ta carte ne fonctionne plus. Je parierais que je ne pourrais pas non plus entrer dans le bâtiment en dehors des heures de bureau.

— C'est dur à encaisser : ça s'est passé si vite.

Jeannie avait horreur d'obliger Lisa à prendre des risques. Elle se creusait la cervelle pour trouver une solution.

— Peut-être que je pourrais m'y introduire moi-même. Une femme de ménage pourrait me laisser entrer mais, à mon avis, leurs cartes n'ouvriront pas la serrure non plus... D'ailleurs, si je n'utilise pas le bureau, il n'y a aucune raison d'y faire le ménage. Mais la sécurité doit pouvoir y pénétrer.

— Ça ne marchera pas. Ils doivent savoir qu'on t'en interdit l'accès.

— C'est vrai. Mais toi, ils pourraient te laisser entrer. Tu pourrais expliquer que tu as besoin de quelque chose qui est dans mon bureau.

Lisa semblait songeuse.

— Je suis navrée de te demander ça, fit Jeannie.

L'expression de Lisa changea.

— Bon sang, oui ! Bien sûr que je vais essayer.

Jeannie avait la gorge serrée.

— Merci, dit-elle. — Elle se mordit la lèvre. — Tu es une véritable amie.

Elle se pencha et pressa la main de Lisa. Gênée par l'émotion de Jeannie, Lisa revint aux détails pratiques.

— À quel endroit se trouve la liste du FBI ?

— Sur une disquette étiquetée LISTE DE COURSES, dans un boîtier qui est dans le tiroir de mon bureau.

— Vu. — Lisa plissa le front. — Je n'arrive pas à comprendre pourquoi ils t'en veulent à ce point.

— Tout a commencé avec Steve Logan. Depuis que Berrington l'a rencontré ici, je n'ai eu que des ennuis. Mais je suis peut-être en train de comprendre pourquoi.

Elle se leva.

— Qu'est ce que tu vas faire maintenant? demanda Lisa.

— Je vais à Philadelphie.

32

Berrington regardait par la fenêtre de son bureau. Ce matin-là, personne n'utilisait le court de tennis. Il s'imaginait Jeannie là-bas. Il l'avait vue le premier ou le second jour du semestre, courant dans sa courte jupe, avec ses jambes brunes, ses chaussures d'un blanc étincelant... C'était alors qu'il s'était entiché d'elle. Il plissa le front, se demandant pourquoi ses qualités athlétiques l'avaient à ce point frappé. Pour lui, ça n'avait rien de particulièrement excitant de voir des femmes pratiquer un sport. Il ne regardait jamais « *American Gladiators* », contrairement au professeur Gormley du département d'égyptologie, qui avait toutes les émissions sur cassettes et qui, à en croire la rumeur, se les repassait le soir, dans son bureau, chez lui. Mais, lorsque Jeannie jouait au tennis, elle y mettait une grâce particulière. C'était comme regarder un lion courir : les muscles jouaient sous la peau, les cheveux volaient au vent, le corps bougeait, s'arrêtait, tournait et virevoltait avec une rapidité stupéfiante, quasi surnaturelle. Elle était fascinante à observer, et il avait été captivé. Et voilà qu'elle menaçait l'œuvre de toute sa vie ; pourtant, il aurait voulu la regarder jouer au tennis encore une fois.

C'était exaspérant de ne pas pouvoir la congédier, alors que c'était essentiellement lui qui payait son traitement. Elle était employée par l'université Jones Falls, et Genetico avait déjà versé l'argent à l'établissement. Malheureusement, l'université ne pouvait pas renvoyer un professeur comme un restaurant pourrait le faire avec un serveur incompétent. Alors il devait se plier à tout ce cirque.

— Qu'elle aille au diable !

L'entretien du matin s'était bien passé, jusqu'à la révélation à propos de Jack Budgen. Berrington avait pris soin d'énerver d'avance Maurice pour empêcher toute réconciliation. Mais que le président du conseil de discipline soit le partenaire de Jeannie au tennis était une mauvaise nouvelle. Berrington avait cru qu'il aurait une certaine influence sur le choix du président et il avait été contrarié d'apprendre que la nomination était déjà faite.

Il y avait de gros risques de voir Jack accepter la version que Jeannie donnerait de l'histoire.

Il se gratta la tête d'un air soucieux. Berrington ne fréquentait jamais ses collègues de l'université ; il préférait la compagnie plus brillante des hommes politiques et des gens des médias. Mais il connaissait le passé de Jack Budgen. Jack avait abandonné le tennis professionnel à trente ans, et il était retourné à l'université pour passer son doctorat. Trop âgé pour commencer une carrière dans la chimie — sa matière —, il était devenu administrateur. Gérer le complexe de bibliothèques de l'université et répondre aux demandes contradictoires des départements rivaux exigeaient du tact et beaucoup d'amabilité, et Jack s'en tirait fort bien.

Comment influencer Jack ? Ce n'était pas un esprit tortueux : tout au contraire, son caractère accommodant allait de pair avec une sorte de naïveté. Il s'offusquerait si Berrington faisait ouvertement pression sur lui ou s'il s'efforçait de l'acheter. Mais peut-être serait-il possible d'agir discrètement.

Berrington lui-même s'était une fois laissé acheter. Il avait encore l'estomac noué chaque fois qu'il y pensait. C'était au début de sa carrière, avant qu'il devienne professeur titulaire. Une jeune étudiante avait été surprise à tricher : elle avait payé une de ses camarades pour rédiger son devoir de fin de trimestre. Elle s'appelait Judy Gilmore et elle était vraiment mignonne. Elle aurait dû être expulsée de l'université, mais le chef du département avait le pouvoir d'infliger un châtiment moins sévère. Judy était venue trouver Berrington dans son bureau pour « discuter du problème ». Elle n'avait cessé de croiser et de décroiser les jambes en lui jetant des regards langoureux et de se pencher en avant pour qu'il puisse plonger son regard dans son décolleté et apercevoir son soutien-gorge en dentelle. Il s'était montré compatissant et avait promis d'intercéder en sa faveur. Elle s'était mise à pleurer, elle l'avait remercié, puis elle lui avait pris la main, l'avait embrassé sur les lèvres et pour finir avait ouvert sa braguette.

Elle n'avait jamais parlé ouvertement d'un marché. Elle ne s'était pas offerte avant qu'il eût accepté de l'aider : après qu'ils eurent fait l'amour sur le plancher, elle s'était calmement rhabillée et repeignée, elle l'avait embrassé et elle était repartie. Mais le lendemain il avait persuadé le chef du département de la laisser s'en tirer avec un blâme.

Il s'était laissé acheter parce qu'il avait réussi à se convaincre qu'il ne s'agissait pas de corruption. Judy était venue lui demander d'intervenir, il avait accepté de l'aider, elle n'avait pas pu résister à son charme et ils avaient fait l'amour. Avec le temps, il en était venu à considérer ce raisonnement comme un pur sophisme. Tout dans les manières de la jeune femme avait laissé entendre qu'elle s'offrait et, quand il lui avait promis ce qu'elle demandait, elle avait eu la sagesse de conclure le marché. Il aimait à se considérer comme un homme de principes ; il avait pourtant commis un acte abominable.

Corrompre quelqu'un, c'était presque aussi mal que de se laisser corrompre. Malgré tout, s'il le pouvait, il achèterait Jack Budgen. Cette idée le faisait grimacer de dégoût, mais il le fallait. Il était aux abois. Il s'y prendrait comme Judy: en laissant à Jack la possibilité de se faire des illusions.

Berrington réfléchit encore quelques minutes, puis il décrocha son téléphone et appela Jack.

— Merci de m'avoir fait parvenir un exemplaire de votre mémo sur l'extension de la bibliothèque de biophysique, commença-t-il.

Il y eut un silence surpris.

— Oh oui. Il y a un moment de ça... Mais je suis heureux que vous ayez trouvé le temps de le lire.

C'était à peine si Berrington avait jeté un coup d'œil au document.

— Je trouve votre proposition très intéressante. Je vous appelle simplement pour vous apprendre que je vous soutiendrai quand elle passera devant la commission du budget.

— Merci. J'y suis très sensible.

— À vrai dire, je pourrai peut-être persuader Genetico d'assurer une partie du financement.

Jack sauta aussitôt sur cette proposition.

— Nous pourrions l'appeler « la bibliothèque de biophysique Genetico ».

— Bonne idée. Je vais leur en parler.

Berrington aurait voulu entendre Jack aborder le sujet de Jeannie. Peut-être pourraient-ils y parvenir par le biais du tennis...

— Comment s'est passé votre été ? Vous êtes allé à Wimbledon ?

— Pas cette année. Trop de travail.

— Dommage... — Tremblant d'agacement, il fit semblant de s'apprêter à raccrocher. — À plus tard.

Comme il l'avait espéré, Jack le devança.

— Dites-moi, Berry, que pensez-vous de ces âneries, dans les journaux, à propos de Jeannie ?

Berrington dissimula son soulagement et fit d'un ton évasif :

— Oh, ça... une tempête dans un verre d'eau.

— J'ai essayé de l'appeler, mais elle n'est pas dans son bureau.

— Ne vous inquiétez pas pour Genetico, dit Berrington, bien que Jack n'eût pas mentionné le nom de la société. Ils ont une attitude très sereine à propos de cette histoire. Heureusement, Maurice Obell a réagi vite et pris la décision qui s'imposait.

— Vous parlez de la réunion du conseil de discipline ?

— J'imagine que ce sera une pure formalité. Jeannie Ferrami met l'université dans une situation gênante, elle a refusé d'arrêter ses recherches et la voilà qui s'adresse à la presse ! Je doute qu'elle se donne même la peine de se défendre. J'ai expliqué aux gens de Genetico que nous avions la situation bien en main. Il n'y a actuellement aucune menace concernant les relations du collège avec eux.

— Tant mieux.

— Évidemment, si, pour on ne sait quelle raison, le conseil prenait le parti de Jeannie contre Maurice, nous serions dans le pétrin. Mais je ne pense pas que ça risque d'arriver... et vous ?

Berrington retint son souffle.

— Vous savez que je préside ce conseil ?

Jack avait éludé la question. *Quelle barbe !*

— Oui, et je suis enchanté que ce soit une tête aussi froide qui mène les débats.

Il cita un professeur de philosophie au crâne rasé :

— Si Malcolm Barnet avait été à votre place, Dieu sait ce qui aurait pu arriver.

Jack éclata de rire.

— Le sénat n'est pas si fou. On ne confierait pas à Malcolm la responsabilité du comité du parking : il essaierait de l'utiliser comme un instrument de réforme sociale.

— Mais avec vous à sa tête, je présume que le conseil de discipline soutiendra le président.

Une fois de plus la réponse de Jack fut d'une ambivalence exaspérante.

— On ne peut pas prédire la réaction de tous les membres du conseil.

Espèce de salaud, tu fais ça pour me torturer?

— Mais leur président n'est pas un irresponsable, j'en suis convaincu.

Berrington essuya une gouttelette de sueur sur son front.

Un silence.

— Berry, ce ne serait pas bien de ma part de préjuger du résultat...

Va te faire voir!

— ... Mais je crois pouvoir dire que Genetico n'a pas d'inquiétude à se faire à ce propos.

Enfin!

— Merci, Jack. J'apprécie votre attitude.

— Naturellement, c'est strictement entre nous.

— Naturellement.

— Alors, à demain.

— Au revoir.

Berrington raccrocha. *Seigneur, ça n'avait pas été facile!*

Jack ne savait-il vraiment pas qu'il venait de se faire acheter? Se faisait-il des illusions? Ou bien comprenait-il très bien mais faisait-il simplement semblant de ne pas s'en apercevoir?

Peu importait, dès l'instant qu'il orientait le conseil dans la bonne direction.

Bien sûr, les choses ne s'arrêteraient peut-être pas là. La décision du conseil de discipline devrait être ratifiée par le sénat réuni en assemblée plénière. Jeannie pourrait engager un crack du barreau et réclamer à l'université toutes sortes de dédommagements. L'affaire pourrait traîner des années. Mais cela mettrait un terme à ses recherches et c'était tout ce qui importait.

Toutefois, la décision du conseil n'était pas encore dans la poche. Si les choses tournaient mal demain matin, à midi Jeannie pouvait être de retour à son bureau, de nouveau lancée sur la piste des coupables secrets de Genetico. Berrington frissonna. *Dieu nous en préserve !* Il prit un bloc et écrivit les noms des membres du conseil.

Jack Budgen — Bibliothèque
Tenniel Biddenham — Histoire de l'art
Milton Power — Mathématiques
Mark Trader — Anthropologie
Jane Edelsborough — Physique

Biddenham, Power et Trader étaient des hommes conventionnels, de vieux universitaires dont la carrière était liée à Jones Falls, à la pérennité de son prestige et de sa prospérité. On pouvait compter sur eux pour soutenir le président de l'université, Berrington en était convaincu. L'inconnu, c'était la femme, Jane Edelsborough.

C'était d'elle qu'il allait s'occuper.

33

En roulant sur l'I-95 en direction de Philadelphie, Jeannie se surprit à penser de nouveau à Steve Logan.

Il l'avait embrassée pour lui dire au revoir la veille au soir, sur le parking des visiteurs du campus de Jones Falls. Elle regrettait que ce baiser ait été si fugitif. Il avait les lèvres pleines et sèches, la peau tiède. Recommencer ne lui aurait pas déplu.

Pourquoi lui reprochait-elle son âge ? Qu'y avait-il de si formidable chez les hommes plus âgés ? Will Temple, à trente-neuf ans, l'avait laissée tomber pour une héritière à la tête vide. Autant pour les hommes mûrs.

Elle chercha un peu de musique sur sa radio et trouva le groupe Nirvana qui interprétait *Come As You Are.* Chaque fois qu'elle pensait à sortir avec un homme de son âge ou plus jeune, elle éprouvait un sentiment d'affolement, un peu comme le frisson de danger qu'évoquait toujours pour elle un air de Nirvana. Les hommes plus âgés étaient plus rassurants : ils savaient s'y prendre.

Est-ce que ça tient à moi ? se demanda-t-elle. *Jeannie Ferrami, la femme qui n'en fait qu'à sa tête et qui envoie le monde se faire voir ? Moi, avoir besoin d'être rassurée ? Allons donc !*

Pourtant, c'était vrai. Peut-être à cause de son père. Après lui, elle n'avait jamais plus voulu dans sa vie un homme irresponsable. Son père était la preuve vivante que les hommes âgés pouvaient être tout aussi irresponsables que les jeunes.

Sans doute son père dormait-il dans quelque hôtel minable de Baltimore. Quand il aurait bu et joué l'argent que lui avaient rapporté l'ordinateur et la télé qu'il lui avait volés — ce qui ne prendrait pas longtemps — ou bien il volerait autre chose, ou bien il viendrait implorer la miséricorde de son autre fille, Patty. Jeannie lui en voulait d'avoir commis ce vol. L'incident toutefois avait permis de mettre en valeur les qualités de Steve Logan. Il s'était conduit comme un prince. *Tiens, la prochaine fois que je le verrai, je l'embrasserai encore, et cette fois ce sera pour de bon.*

Elle sentait la tension monter tandis qu'elle pilotait la Mercedes dans les encombrements du centre de Philadelphie. Elle allait peut-être accomplir un grand pas en avant ; peut-être était-elle sur le point de découvrir la solution de l'énigme de Steve et de Dennis.

La clinique de l'Aventin était située dans le quartier universitaire. C'était une jolie construction des années cinquante, pas très haute et entourée d'arbres. Jeannie se gara dans la rue et entra.

Il y avait quatre personnes dans la salle d'attente : un jeune couple, la femme avec un air tendu et l'homme nerveux, et deux autres patientes à peu près de l'âge de Jeannie, toutes assises sur des canapés bas et occupées à feuilleter des magazines. Une pimpante réceptionniste demanda à Jeannie de s'asseoir. Elle prit une superbe brochure sur Genetico Inc. Elle la garda ouverte sur ses genoux sans la lire : elle fixait les toiles abstraites accrochées au mur du hall tandis que ses pieds tapotaient avec impatience la moquette.

Elle avait horreur des hôpitaux. Elle n'y avait eu recours qu'une fois : à vingt-trois ans, elle s'était fait avorter. Le père était un metteur en scène plein d'avenir. Elle avait cessé de prendre la pilule parce qu'ils avaient rompu, mais il était revenu au bout de quelques jours : il y avait eu une tendre réconciliation, ils avaient fait l'amour sans protection et elle s'était retrouvée enceinte. L'opération s'était passée sans histoire, mais Jeannie avait pleuré pendant des jours et perdu toute affection pour le metteur en scène, même s'il n'avait cessé de la soutenir pendant cette crise.

Il venait de tourner son premier film à Hollywood, un film d'action. Jeannie était allée le voir toute seule au cinéma Charles à Baltimore. La seule touche d'humanité dans cette histoire d'hommes qui se tiraient dessus, c'était quand la petite amie du héros faisait une dépression après un avortement et le flanquait dehors. L'homme, un inspecteur de police, était désemparé, il avait le cœur brisé. Jeannie avait pleuré.

Ce souvenir était encore douloureux. Elle se leva et se mit à marcher de long en large. Une minute plus tard, un homme apparut au fond du hall et lui lança : « Docteur Ferrami ! » d'une voix forte. C'était un personnage à la gaieté un peu forcée, d'une cinquantaine d'années, avec un début de calvitie et une frange de cheveux roux coupée au bol.

— Bonjour, bonjour, enchanté de vous rencontrer, dit-il avec un enthousiasme que rien ne justifiait.

Jeannie lui serra la main.

— Hier soir, j'ai parlé à M. Ringwood.

— Mais oui, mais oui ! Je suis un de ses collègues, je m'appelle Dick Minsky. Comment allez-vous ?

Dick avait un tic nerveux qui le faisait violemment cligner des paupières toutes les deux secondes ; Jeannie en était navrée pour lui.

Il la guida vers un escalier.

— Qu'est-ce qui a provoqué votre requête, si je puis vous poser la question ?

— Un mystère médical. Les deux femmes ont des fils qui semblent être des jumeaux monozygotes, et pourtant elles paraissent n'avoir aucun lien de parenté. Le seul rapport que j'ai réussi à découvrir, c'est que les deux femmes ont suivi un traitement ici avant leur grossesse.

— Vraiment ? fit-il, comme s'il n'écoutait pas.

Jeannie était étonnée : elle s'attendait à le trouver intrigué.

Ils entrèrent dans un bureau d'angle.

— On peut avoir accès à toutes nos archives par ordinateur, à condition d'avoir le bon code, dit-il.

Il s'assit devant un écran.

— Voyons, les patientes qui nous intéressent sont... ?

— Charlotte Pinker et Lorraine Logan.

— Il y en a pour une minute.

Il commença à taper les noms. Jeannie maîtrisa son impatience. Ces archives pourraient bien ne rien révéler. Elle inspecta la pièce. C'était un bureau trop imposant pour un simple archiviste. *Dick doit être plus qu'un simple « collègue » de M. Ringwood.*

— Quel est votre rôle ici à la clinique, Dick ? demanda-t-elle.

— Je suis le directeur général.

Elle haussa les sourcils, mais il ne leva pas le nez de son clavier. *Pourquoi est-ce un personnage aussi important qui traite ma demande?* Un sentiment de malaise s'installa sournoisement en elle.

Il fronça les sourcils.

— C'est bizarre : l'ordinateur dit que nous n'avons de dossier à aucun de ces noms.

Le malaise de Jeannie se précisa. *On va me raconter des bobards.* La possibilité de résoudre l'énigme s'éloignait de nouveau. La déception l'envahit.

Il fit pivoter son écran pour le lui montrer.

— J'ai correctement orthographié les noms ?

— Oui.

— Quand pensez-vous que ces patientes ont été traitées à la clinique ?

— Il y a environ vingt-trois ans.

Il la regarda.

— Oh, mon Dieu ! fit-il en clignant énergiquement des paupières. Alors je crains que vous n'ayez fait le voyage pour rien.

— Pourquoi ?

— Nous ne conservons pas d'archives remontant aussi loin. C'est notre politique de gestion des documents.

Jeannie le regarda en plissant les yeux.

— Vous jetez les vieux dossiers ?

— Oui, nous détruisons les fiches au bout de vingt ans, à moins, évidemment, que le patient n'ait fait un nouveau séjour chez nous, auquel cas le dossier est transféré sur l'ordinateur.

C'était une poignante déception et de précieuses heures de perdues dont elle aurait eu grand besoin afin de préparer sa défense pour le lendemain. Elle reprit d'un ton amer :

— C'est curieux que M. Ringwood ne m'en ait pas informé quand je lui ai parlé hier soir.

— Il aurait vraiment dû. Vous ne lui avez peut-être pas mentionné les dates.

— Je suis absolument sûre de lui avoir dit que les deux femmes avaient été traitées ici voilà vingt-trois ans.

Jeannie se souvenait d'avoir ajouté un an à l'âge de Steve pour tomber sur la bonne période.

— Alors, c'est difficile à comprendre.

Au fond, Jeannie n'était pas totalement surprise de la tournure que prenaient les choses. Dick Minsky, avec son amabilité forcée, son tic nerveux, était la caricature d'un homme qui a mauvaise conscience.

Il fit pivoter son écran. D'un ton qui semblait plein de regrets, il conclut :

— J'ai bien peur de ne pas pouvoir en faire plus pour vous.

— Pourrions-nous voir M. Ringwood et lui demander pourquoi il ne m'a pas parlé de la destruction des fiches ?

— Malheureusement, Peter est absent aujourd'hui. Il est souffrant...

— Quelle remarquable coïncidence !

Il tenta de prendre un air vexé, mais sans y parvenir.

— J'espère que vous ne sous-entendez pas que nous essayons de vous cacher quelque chose.

— Pourquoi le croirais-je ?

— Je l'ignore. — Il se leva, mettant fin à l'entretien. — Et maintenant, je suis malheureusement assez bousculé.

Jeannie se leva à son tour et gagna la porte. Il la suivit dans l'escalier jusqu'au hall d'entrée.

— Je vous souhaite une bonne journée, déclara-t-il d'un ton guindé.

— Au revoir.

Sur le seuil, elle hésita. Elle se sentait d'humeur combative. La tentation lui vint de faire quelque chose de provocant, de leur montrer qu'on ne pouvait pas totalement la manipuler. Elle décida de fureter un peu dans les parages.

Le parking était plein de voitures de médecins,

des Cadillac et des BMW dernier modèle. Elle flâna le long du bâtiment. Un Noir à la barbe blanche balayait les feuilles mortes. Rien de remarquable ni même d'intéressant par là. Elle arriva devant un mur et revint sur ses pas.

À l'entrée, derrière la porte vitrée, elle aperçut Dick Minsky, toujours dans le hall, qui bavardait avec la réceptionniste. Il suivit Jeannie d'un regard inquiet.

Contournant le bâtiment dans l'autre direction, elle tomba sur le dépôt d'ordures. Trois hommes avec de gros gants chargeaient des détritus sur un camion. *Je suis stupide. Je me conduis comme un détective dans un vieux polar.* Elle allait tourner les talons quand quelque chose l'intrigua. Les hommes soulevaient sans effort, comme s'ils ne pesaient rien, de gros sacs en plastique. Qu'est-ce qu'une clinique pouvait bien jeter qui fît du volume mais sans peser grand-chose ?

Elle entendit la voix affolée de Dick Minsky.

— Voudriez-vous partir maintenant, je vous prie, docteur Ferrami ?

Elle se retourna. Il débouchait au coin du bâtiment, accompagné par un homme dans un de ces uniformes de style policier comme en portent les gardiens. Elle s'approcha rapidement d'une pile de sacs.

— Hé ! cria Dick Minsky.

Les éboueurs la dévisagèrent, mais elle ne leur prêta aucune attention. Elle ouvrit une brèche dans un sac, plongea la main à l'intérieur et tira une poignée du contenu. Elle tenait une liasse de bandes de mince carton beige. En les examinant de plus près, elle constata qu'on y voyait des traces d'écriture, les unes à la plume, les autres à la machine. Des fiches de dossiers hospitaliers fraîchement passés à la déchiqueteuse...

Elle ne voyait qu'une seule raison pour avoir rempli aujourd'hui un si grand nombre de sacs-poubelle : ils avaient décidé de faire disparaître leurs archives quelques heures seulement après son coup de téléphone.

Elle laissa tomber les lambeaux de carton sur le sol et s'éloigna. Un des éboueurs l'interpella d'une voix indignée, mais elle n'en tint aucun compte.

Plus de doute maintenant. Elle se planta devant Dick Minsky, les poings sur les hanches. Il lui avait menti et c'était pour cette raison qu'il était si nerveux.

— Vous avez ici un secret dont vous n'êtes pas fier, n'est-ce pas ? cria-t-elle. Quelque chose que vous cherchez à dissimuler en détruisant ces archives ?

Il était terrifié.

— Absolument pas ! réussit-il à dire. Je trouve votre suggestion blessante.

— Mais si !

Sa colère l'emporta. Elle braqua vers lui la brochure sur Genetico qu'elle tenait à la main.

— Cette enquête est très importante pour moi et je vous prie de croire que quiconque me raconte des craques va le regretter, mais alors amèrement, avant que j'en aie fini.

— Partez, je vous prie.

Le gardien la saisit par le coude gauche.

— Je m'en vais, dit-elle. Inutile de m'empoigner.

Il ne la lâcha pas.

— Par ici.

C'était un homme entre deux âges aux cheveux grisonnants et avec un peu de ventre. Jeannie n'était pas d'humeur à se laisser malmener par lui. De sa main droite, elle pinça le bras qui la tenait. L'homme avait les muscles plutôt flasques.

— Lâchez-moi ! insista-t-elle, et elle serra.

Le garde essaya de maintenir son emprise, mais la douleur était trop forte et, au bout d'un moment, il la lâcha.

— Merci, lui lança-t-elle en s'éloignant.

Elle se sentait mieux. Elle ne s'était donc pas trompée en pensant qu'il y avait une piste dans cette clinique. Leurs efforts pour l'empêcher de découvrir quoi que ce soit étaient la meilleure confirmation possible qu'ils dissimulaient un secret coupable. La solution du mystère avait un rapport avec cet endroit. Mais à quoi cela l'avançait-il ?

Elle se dirigea vers sa voiture mais n'y monta pas aussitôt. Il était deux heures et demie et elle n'avait pas déjeuné. Elle était trop excitée pour manger beaucoup, mais elle avait besoin d'une tasse de café. De l'autre côté de la rue, elle avisa une cafétéria auprès d'un temple évangéliste. L'établissement avait l'air propre et sans prétention. Elle traversa et entra.

Ses menaces proférées contre Dick Minsky étaient vaines : elle ne pouvait rien contre lui. Elle n'avait obtenu aucun résultat en s'emportant. Au contraire, elle avait révélé ses intentions en montrant clairement qu'elle savait qu'on lui mentait. Maintenant, ils étaient sur leurs gardes.

À l'exception de quelques étudiants qui terminaient leur déjeuner, la cafétéria était calme. Jeannie commanda un café et une salade. En attendant, elle ouvrit la brochure qu'elle avait prise dans le hall de la clinique.

LA CLINIQUE DE L'AVENTIN A ÉTÉ FONDÉE EN 1972 PAR GENETICO INC. C'EST UN CENTRE DE RECHERCHES AVANCÉES SUR LA FÉCONDATION D'EMBRYONS HUMAINS IN VITRO : LA CRÉATION DE CE QUE LA PRESSE APPELLE DES « BÉBÉS-ÉPROUVETTES ».

Et soudain tout devint clair.

34

Jane Edelsborough était une veuve d'une cinquantaine d'années. Sculpturale mais peu soignée, elle arborait en général des vêtements vagues et un peu folkloriques et portait des sandales. Elle était d'une remarquable intelligence mais, à la regarder, personne ne s'en serait douté. Berrington trouvait ce genre de personne déconcertante. Si on était intelligent, estimait-il, pourquoi se déguiser en idiot ? Les universités regorgeaient pourtant de pareils personnages : à vrai dire, il faisait plutôt exception en s'attachant comme il le faisait à son aspect physique.

Il avait aujourd'hui particulièrement soigné sa tenue : veste de toile bleu marine et gilet assorti avec pantalon à petits carreaux. Il inspecta son image dans la glace fixée à la porte avant de quitter son bureau pour aller voir Jane.

Il se dirigea vers l'Union des étudiants. Les professeurs y déjeunaient rarement — Berrington n'y avait jamais mis les pieds — mais, à en croire la bavarde secrétaire du département de physique, c'est là que Jane était allée prendre un déjeuner tardif.

Le hall était plein de jeunes en short qui faisaient la queue devant les distributeurs pour retirer de l'argent. Il entra dans la cafétéria et regarda autour de lui. Jane était dans un coin, à lire un journal en grignotant des frites avec ses doigts.

C'était un de ces restaurants comme on en trouve dans les aéroports et dans les centres commerciaux. Berrington prit un plateau et s'approcha. Derrière une vitrine, quelques sandwiches fatigués et des petits gâteaux à la triste mine. Il frémit : en temps normal, il aurait fait cent kilomètres plutôt que de manger ici.

Ça n'allait pas être facile. Jane n'était pas son type de femme. Il était donc d'autant plus probable que, lors de la réunion du conseil de discipline, elle allait pencher du mauvais côté. Il fallait sans tarder s'en faire une alliée. Il devrait pour cela déployer tout son charme. Il choisit une part de gâteau au fromage, une tasse de café, et emporta le tout jusqu'à la table de Jane. Il se sentait nerveux, mais il s'obligea à prendre un air et un ton détachés.

— Jane, quelle bonne surprise ! Je peux m'asseoir ?

— Bien sûr, dit-elle aimablement en reposant son journal.

Elle ôta ses lunettes, révélant des yeux très bruns plissés aux commissures par de petites rides. Elle était fagotée comme l'as de pique : ses longs cheveux gris étaient noués dans une sorte de chiffon sans couleur, et elle portait un corsage informe d'un gris verdâtre avec des auréoles de sueur aux aisselles.

— Je ne crois pas vous avoir jamais vu ici, dit-elle.

— Je ne suis jamais venu, en effet. Mais, à notre âge, c'est important de ne pas s'encroûter... vous ne trouvez pas ?

— Je suis plus jeune que vous, fit-elle doucement. Même si personne ne s'en douterait.

— Allons donc !

Il mordit une bouchée de son gâteau au fromage. La pâte était dure comme du carton et le mélange dont elle était fourrée avait un goût de crème à raser parfumée au citron. Il déglutit non sans effort.

— Que pensez-vous du projet de bibliothèque de biophysique de Jack Budgen ?

— C'est pour cette raison que vous êtes venu me voir ?

— Je ne suis pas venu vous voir, je suis venu goûter la cuisine et je le regrette. C'est épouvantable. Comment pouvez-vous déjeuner ici ?

Elle plongea sa cuillère dans une sorte de dessert.

— Je ne fais pas attention à ce que je mange, Berry, je pense à mon accélérateur de particules. Parlez-moi un peu de la nouvelle bibliothèque.

Berrington jadis avait été comme elle, obsédé par son travail. Jamais il ne s'était laissé aller pour autant à avoir l'air d'un épouvantail ; néanmoins, quand il était jeune chercheur, il avait vécu pour la passion de la découverte. Sa vie toutefois avait pris un cours différent. Ses livres n'étaient qu'une version populaire des travaux des autres : il n'avait pas écrit depuis quinze ou vingt ans une communication originale. Il se demanda un instant s'il aurait pu être plus heureux en choisissant une autre voie. Sous sa défroque, Jane mangeait n'importe quoi tout en ruminant avec un air de paisible contentement des problèmes de physique nucléaire.

Il ne parvenait pas à la charmer. Elle était trop astucieuse. Peut-être devrait-il la flatter.

— Je pense que vous devriez vous y intéresser davantage. Vous êtes la plus brillante physicienne du campus, une des chercheuses les plus distinguées de JFU : vous devriez vous impliquer dans ce projet de bibliothèque.

— Va-t-il même se matérialiser ?

— Je crois que Genetico va le financer.

— Ah, voilà une bonne nouvelle ! Mais en quoi cela vous intéresse-t-il ?

— Il y a trente ans, je me suis fait un nom quand j'ai commencé à me demander quels traits de caractère sont héréditaires et lesquels sont acquis. Grâce à mes travaux et à ceux de collègues, nous savons aujourd'hui que l'héritage génétique d'un être humain compte plus que son éducation et que son environnement pour toute une série de traits psychologiques.

— C'est la nature qui importe et non pas les nourritures intellectuelles.

— Exactement. J'ai prouvé qu'un être humain est son ADN. La jeune génération s'intéresse au fonctionnement de ce processus. Quel est, par exemple, le mécanisme qui fait qu'une combinaison d'éléments chimiques me donne les yeux bleus et qu'une autre vous donne les yeux d'un marron sombre et profond, presque chocolat, dirais-je.

— Berry ! fit-elle avec un sourire narquois. Si j'étais une petite secrétaire de trente ans aux seins insolents, je pourrais m'imaginer que vous flirtez.

Voilà qui est mieux. Elle s'adoucissait enfin.

— Insolents ? dit-il en souriant.

Il fixa délibérément son buste, puis releva les yeux vers son visage.

— Je parierais que ce n'est pas l'insolence qui vous manque.

Elle se mit à rire, mais il sentait qu'elle n'était pas mécontente. Enfin il arrivait quelque part. Là-dessus, elle déclara :

— Il faut que j'y aille.

Zut ! Il fallait très vite retenir son attention. Il se leva pour partir avec elle.

— Il va probablement y avoir un comité pour surveiller la création de la nouvelle bibliothèque, expliqua-t-il tandis qu'ils quittaient la cafétéria. J'aimerais avoir votre opinion sur ceux qui devraient en faire partie.

— Fichtre ! il va falloir que j'y réfléchisse. Pour l'instant, je dois donner un cours sur l'antimatière.

Bon sang, je suis en train de la perdre.

Elle dit alors :

— Est-ce qu'on peut en reparler ?

Berrington sauta sur l'occasion.

— Pourquoi pas en dînant ?

Elle parut surprise.

— Très bien, fit-elle au bout d'un moment.

— Ce soir ?

Elle eut un air étonné.

— Pourquoi pas ?

Voilà au moins qui lui donnerait une nouvelle chance. Soulagé, il proposa :

— Je passerai vous prendre à huit heures.

— Entendu.

Elle lui donna son adresse qu'il nota sur un petit bloc.

— Quel genre de cuisine aimez-vous ? Oh, ne me répondez pas : je me souviens, vous pensez à votre accélérateur de particules.

Ils émergèrent dans le brûlant soleil. Il lui serra légèrement le bras.

— À ce soir.

— Berry, vous n'auriez pas une idée derrière la tête ?

Il lui fit un clin d'œil.

— Qui sait ?

Elle s'éloigna en riant.

35

Les bébés-éprouvettes. La fécondation in vitro. C'était ça, le lien : Jeannie comprenait tout.

Charlotte Pinker et Lorraine Logan avaient toutes deux été traitées à la clinique de l'Aventin car elles n'arrivaient pas à avoir d'enfant. La clinique était à la pointe pour la fécondation in vitro : grâce à ce procédé on rapproche en laboratoire le sperme du père et un ovule de la mère ; ensuite l'embryon qui en a résulté est implanté dans la matrice de la femme.

On obtient des jumeaux monozygotes quand un embryon se scinde en deux dans la matrice pour donner deux individus séparés. Si cela s'était produit dans l'éprouvette, on aurait alors implanté les jumeaux chez deux femmes différentes. Voilà comment des jumeaux identiques pouvaient être nés de deux mères sans aucun lien de parenté. Bingo !

La serveuse apporta sa salade à Jeannie, mais celle-ci était trop excitée pour la manger.

Au début des années soixante-dix, les bébés-éprouvettes n'étaient guère plus qu'une théorie, elle en était certaine. Mais, de toute évidence, Genetico avait des années d'avance dans ses recherches.

Lorraine tout comme Charlotte avaient dit qu'on leur avait fait suivre une thérapie aux hormones. Il semblait bien que la clinique leur avait menti sur la nature du traitement.

C'était déjà inquiétant mais, en réfléchissant aux

implications, Jeannie prit conscience de quelque chose de pire encore : l'embryon qui s'était scindé pouvait être l'enfant biologique de Lorraine et de Charles, ou bien de Charlotte et du Commandant, mais pas des deux. Une des femmes s'était vu implanter l'enfant d'un autre couple.

Jeannie fut horrifiée à l'idée qu'on aurait pu donner à toutes les deux les bébés nés de parfaits étrangers. Pourquoi Genetico avait-il trompé ses patientes de façon aussi épouvantable ? La technique n'était pas encore au point : peut-être leur fallait-il des cobayes humains. Peut-être avaient-ils demandé l'autorisation et la leur avait-elle été refusée. Ou bien auraient-ils pu avoir une autre raison d'opérer dans le secret ?

Quels qu'aient pu être les motifs de mentir à ces femmes, Jeannie comprenait maintenant pourquoi. Genetico était aussi affolé par ses travaux. Féconder à son insu une femme avec un embryon étranger était contraire à toute éthique. Pas étonnant que ces gens essaient désespérément de le cacher... Si jamais Lorraine Logan découvrait ce qu'on lui avait fait, la note à payer serait salée.

Elle but une gorgée de café. Au fond, ce voyage à Philadelphie n'avait pas été vain. Elle n'avait pas encore toutes les réponses, mais elle avait résolu l'énigme centrale. C'était profondément satisfaisant.

Levant la tête, elle fut stupéfaite de voir Steve entrer. Il portait un pantalon kaki et une chemise bleue à col boutonné. Il referma la porte derrière lui d'un coup de talon.

Elle eut un grand sourire et se leva pour l'accueillir.

— Steve ! fit-elle, ravie.

Se rappelant sa résolution, elle l'entoura de ses bras et l'embrassa sur les lèvres. Il avait une odeur différente aujourd'hui : moins de tabac et plus d'épices. Il la serra contre lui et lui rendit son baiser. Elle entendit la voix d'une femme plus âgée qui disait : « Mon Dieu, je me souviens quand j'étais comme ça ! », et plusieurs personnes se mirent à rire. Elle le lâcha.

— Asseyez-vous donc. Vous voulez manger quelque chose ? Partager ma salade ? Qu'est-ce que vous faites ici ? Je n'en crois pas mes yeux. Vous avez dû me suivre. Non, non, vous connaissiez le nom de la clinique et vous avez décidé de me rejoindre.

— J'ai simplement eu envie de vous parler.

Il se lissa les sourcils du bout de son index. Quelque chose dans ce geste troubla Jeannie — *Qui ai-je vu faire ça ?* — mais elle chassa cette idée.

— Vous avez le goût des surprises.

Il parut soudain énervé.

— Vraiment ?

— Vous aimez surgir à l'improviste, non ?

— C'est possible.

Elle lui sourit.

— Je vous trouve un peu bizarre aujourd'hui. Qu'est-ce que vous avez ?

— Écoutez, vous m'avez mis dans un drôle d'état. Est-ce qu'on peut sortir d'ici ?

— Bien sûr.

Elle posa sur la table un billet de cinq dollars et se leva.

— Où est votre voiture ? demanda-t-elle quand ils se retrouvèrent dans la rue.

— Prenons la vôtre.

Dans la Mercedes rouge, elle boucla sa ceinture de sécurité, mais pas lui. À peine eut-elle démarré qu'il se glissa tout près d'elle, lui souleva les cheveux et se mit à l'embrasser dans le cou. Elle aimait bien, mais elle se sentait gênée et dit :

— Il me semble que nous avons passé l'âge de faire ça dans une voiture.

— Vous avez raison.

Il s'arrêta et se tourna pour regarder devant lui, mais il garda un bras passé autour des épaules de

Jeannie. Elle continuait sur Chestnut Avenue. Comme ils arrivaient au pont, il déclara :

— Prenez l'autoroute... Je veux vous montrer quelque chose.

Suivant les indications du panneau, elle s'engagea à droite sur Schuylkill Avenue et s'arrêta à un feu rouge.

La main posée sur son épaule descendit plus bas. Il commença à lui caresser le sein. Elle sentit son sein se durcir à ce contact mais, malgré tout, elle était mal à l'aise. Elle avait l'étrange impression de se faire peloter dans une rame de métro.

— Steve, je vous aime bien, mais vous allez un peu trop vite pour moi.

Il ne répondit rien, mais ses doigts pincèrent brutalement le bouton de sein.

— Ouïe ! Vous me faites mal ! Qu'est-ce qui vous prend ?

Elle le repoussa de sa main droite. Le feu passa au vert et elle s'engagea sur la rampe d'accès à l'autoroute.

— Je ne sais pas où j'en suis avec vous, dit-il d'un ton plaintif. Vous commencez par m'embrasser comme une nymphomane, et puis vous êtes de glace.

Et moi qui m'imaginais que ce garçon était mûr !

— Écoutez, une fille vous embrasse parce qu'elle en a envie. Ça ne vous autorise pas pour autant à lui faire tout ce dont vous avez envie.

— Certaines filles aiment ça, dit-il en posant une main sur son genou.

Elle la repoussa.

— Au fait, dit-elle pour changer de sujet, qu'est-ce que vous voulez me montrer ?

— Ça, fit-il en lui prenant la main droite.

Quelques instants plus tard, elle sentit entre ses doigts un sexe raide et brûlant.

Elle se dégagea. Eh bien, on pouvait dire qu'elle s'était trompée sur ce garçon !

— Rhabillez-vous, Steve, et cessez de vous conduire comme un adolescent impossible.

Brutalement, elle reçut un coup violent sur le côté du visage. Elle poussa un cri et fit une embardée. Un klaxon retentit tandis que sa voiture s'engageait sur la voie voisine, faisant une queue de poisson à un énorme camion. Elle avait le visage en feu et un goût de sang dans la bouche. Luttant contre la douleur, elle reprit le contrôle de son véhicule. Il lui avait envoyé un coup de poing ! Personne ne l'avait jamais traitée ainsi.

— Espèce de salaud ! cria-t-elle.

— Maintenant, vous allez me faire une gâterie. Sinon, je vous flanque une raclée.

— Allez vous faire voir ! hurla-t-elle.

Du coin de l'œil, elle le vit prendre son élan pour lui assener un nouveau coup de poing. Sans réfléchir, elle écrasa la pédale de frein.

Il fut projeté en avant et son poing la manqua. Sa tête vint heurter violemment le pare-brise. Il y eut de furieux crissements de pneus, une longue limousine blanche fit un brusque écart pour éviter la Mercedes.

Au moment où il retrouvait son équilibre, elle lâcha la pédale de frein. La voiture continua sur son élan. *Si je m'arrête quelques secondes sur la voie rapide, il aura tellement peur qu'il me suppliera de continuer.* Elle freina brutalement de nouveau, le projetant encore en avant.

Cette fois, il récupéra plus rapidement. La voiture s'immobilisa. D'autres automobiles, des camions donnaient des coups de volant pour l'éviter, klaxon hurlant. Jeannie était terrifiée : à tout moment un autre véhicule pouvait emboutir l'arrière de la Mercedes. Mais son plan avait échoué : il n'avait pas l'air d'avoir peur. Il glissa la main sous la jupe de Jeannie, saisit la ceinture de son collant et tira. Il y eut un bruit de déchirure et l'élastique céda.

Elle essaya de le repousser, mais il s'acharnait sur

elle. Il n'allait quand même pas essayer de la violer là, sur l'autoroute? Dans son désespoir, elle ouvrit sa portière, mais ne put sortir: elle avait bouclé sa ceinture. Elle essaya de la détacher, mais elle ne parvint pas à atteindre la boucle à cause de Steve.

Sur sa gauche, des voitures en provenance d'une autre bretelle rejoignaient l'autoroute, débouchant directement sur la voie rapide à près de cent kilomètres à l'heure. N'y avait-il donc pas un seul conducteur qui allait s'arrêter pour venir au secours d'une femme qui se faisait attaquer?

Comme elle se débattait pour le repousser, son pied quitta la pédale de frein et la voiture avança un peu. *Peut-être vais-je parvenir à lui faire perdre l'équilibre.* Elle gardait le contrôle de sa voiture: c'était son seul avantage. Désespérée, elle posa le pied sur la pédale d'accélérateur et appuya à fond.

La voiture repartit dans une embardée, tandis qu'un car dans un hurlement de frein manquait de peu son pare-chocs. Steve fut plaqué en arrière sur son siège et cela le déconcerta brièvement mais, quelques secondes plus tard, il la pétrissait de nouveau, faisant jaillir ses seins de son soutien-gorge et plongeant la main dans sa culotte tandis qu'elle essayait de conduire. Elle était affolée. Il n'avait pas l'air de s'inquiéter une seconde à l'idée qu'ils allaient se faire tuer tous les deux. *Que puis-je faire pour l'arrêter?*

Elle donna un violent coup de volant à gauche, qui l'envoya valser contre la portière côté passager. Elle faillit emboutir une benne à ordures et, l'espace d'un instant, elle aperçut le visage pétrifié du chauffeur, un homme d'un certain âge avec une moustache grise. Mais, de justesse, la Mercedes évita l'accrochage.

Steve l'empoigna de nouveau. Elle freina à mort, puis écrasa la pédale d'accélérateur. Il riait aux éclats, ballotté d'un côté à l'autre, comme s'il faisait un tour d'auto tamponneuse dans une fête foraine. Puis il reprit son attaque.

Elle le frappa du coude droit et du poing mais, comme elle ne lâchait pas le volant, ses coups manquaient de force. Elle ne réussit à l'occuper que quelques secondes. *Combien de temps cela va-t-il encore durer ? N'y a-t-il donc pas de voiture de police dans cette ville ?*

Elle vit par-dessus son épaule qu'elle passait devant une rampe de sortie. Sur sa droite, à quelques mètres derrière elle, il y avait une vieille Cadillac bleu ciel. Au dernier moment, elle donna un brusque coup de volant. Dans un hurlement de pneus, la Mercedes se retrouva sur deux roues et Steve fut projeté contre elle. La Cadillac bleue fit une embardée pour l'éviter, il y eut un concert de coups de klaxon, puis elle entendit un fracas de voitures qui s'emboutissaient et le bruit de xylophone du verre brisé. Elle se retrouva sur quatre roues et la voiture heurta la chaussée avec un choc qui lui ébranla les os. Elle était sur la rampe de sortie. La voiture fit une queue de poisson, frôlant le parapet de ciment, mais Jeannie parvint à la redresser.

Elle accéléra. Sitôt que la voiture se fut stabilisée, Steve lui fourra sa main entre les jambes et tenta d'introduire ses doigts à l'intérieur de sa culotte. Elle se débattit. Elle jeta un coup d'œil à son visage. Il souriait, les yeux grands ouverts, haletant et transpirant d'excitation sexuelle. Il s'amusait. C'était dingue.

Il n'y avait plus de voiture ni devant ni derrière elle. La rampe se terminait à un feu qui était au vert. À sa gauche, un cimetière. Elle vit un panneau à droite sur lequel on lisait « Civic Center Blvd ». Elle fonça dans cette direction, espérant apercevoir un bâtiment municipal avec une foule de gens sur le trottoir. À sa consternation, la rue était une sinistre enfilade de bâtiments désaffectés et de ronds-points déserts. Devant elle, un feu passa au rouge. Si elle s'arrêtait, elle était fichue.

Steve parvint à introduire une main dans sa culotte et ordonna :

— Arrêtez la voiture !

Comme elle, il avait compris que, s'il la violait ici, il avait de bonnes chances de ne pas être dérangé.

Il lui faisait mal : il la pinçait, il enfonçait ses doigts. Mais, pire que la douleur, il y avait la peur de ce qui allait arriver. Elle accéléra à fond vers le feu rouge.

Une ambulance déboucha sur sa gauche et fit un crochet devant elle. Elle freina brutalement pour l'éviter en se disant : *Si je lui rentre dedans, au moins nous aurons des secours sur place.*

Soudain, Steve retira ses mains. Elle eut un moment de soulagement. Puis il saisit le levier de changement de vitesse et le poussa au point mort. La voiture perdit brutalement de son élan. Jeannie repassa en troisième et écrasa la pédale d'accélérateur, manquant de peu l'ambulance.

Combien de temps est-ce que ça peut encore durer ? Il fallait arriver dans un quartier peuplé avant que la voiture s'arrête ou percute un mur. Mais Philadelphie s'était transformée en paysage lunaire.

Il saisit le volant et essaya de faire monter la voiture sur le trottoir. Jeannie réagit aussitôt. Les roues arrière patinèrent et l'ambulance klaxonna avec indignation.

Il fit une nouvelle tentative, plus habile. De sa main gauche, il poussa le levier de vitesse au point mort et, de la droite, il empoigna le volant. La voiture ralentit et monta sur le trottoir.

Jeannie lâcha le volant, posa les deux mains sur la poitrine de Steve et poussa de toutes ses forces. Surpris par sa vigueur, il bascula en arrière. Elle remit la voiture en troisième et appuya à fond sur l'accélérateur. La Mercedes fit un nouveau bond en avant, mais Jeannie savait qu'elle ne pouvait pas résister encore bien longtemps. D'une seconde à l'autre, il allait réussir à arrêter la voiture et elle serait coincée. Au moment où elle amorçait un virage à gauche, il retrouva son équilibre. Il posa les deux mains sur le volant et elle pensa : *C'est la fin, je n'en peux plus.* Puis la voiture franchit le virage et le paysage changea brusquement.

Ils se retrouvèrent dans une rue animée, avec un hôpital et des gens plantés devant la porte, une station de taxis et un éventaire où l'on vendait de la nourriture chinoise.

— Oui ! cria Jeannie, triomphante.

Elle freina à mort. Steve donna un coup de volant, elle contre-braqua. Après un dernier zigzag, la voiture s'arrêta dans un hurlement de pneus au milieu de la chaussée. Une douzaine de chauffeurs de taxi plantés devant l'éventaire se retournèrent.

Steve ouvrit sa portière, jaillit de la voiture et s'enfuit en courant.

— Dieu soit loué, murmura Jeannie.

Quelques instants plus tard, il avait disparu.

Jeannie était assise à son volant, hors d'haleine. Il n'était plus là. Le cauchemar était terminé.

Un des chauffeurs s'approcha et passa la tête par la portière côté passager. Jeannie se rajusta précipitamment.

— Ça va, ma petite dame ? demanda-t-il.

— Je crois que oui, répondit-elle, encore tout essoufflée.

— Mais, bon sang, qu est-ce qui s'est passé ?

Elle secoua la tête.

— Je voudrais bien le savoir.

36

Assis sur un muret près de l'immeuble de Jeannie, Steve l'attendait. La chaleur était accablante, mais il s'était abrité à l'ombre d'un grand érable. Elle habitait un vieux quartier ouvrier où s'alignaient des rangées de pavillons. Des garçons et des filles d'une quinzaine d'années rentraient de l'école voisine, riant, se querellant et mangeant des bonbons. Il n'y a pas si longtemps — huit ou neuf ans —, il leur ressemblait.

Mais ce jour-là, il était inquiet, désespéré. Dans l'après-midi, son avocat avait parlé au sergent Delaware de la brigade des crimes sexuels de Baltimore. Elle lui avait annoncé qu'elle avait les résultats de l'analyse. L'ADN provenant des traces de sperme prélevées dans le vagin de Lisa Hoxton correspondait exactement à l'ADN de Steve. Il était consterné. Il avait cru que l'analyse d'ADN mettrait un terme à son supplice.

Il sentait bien que son avocat ne croyait plus à son innocence. Ses parents continuaient de lui faire confiance, mais ils étaient déconcertés : tous deux savaient que l'analyse d'ADN était un test extrêmement fiable.

Dans ses pires moments, il se demandait s'il ne souffrait pas d'une sorte de schizophrénie. Peut-être existait-il un autre Steve qui prenait le dessus et violait des femmes avant de lui rendre son corps. De cette façon, impossible de savoir ce qu'il avait fait. Il se rappelait avec inquiétude les quelques secondes de sa lutte avec Tip Hendricks dont il n'avait jamais pu retrouver le souvenir. Et il avait bien failli enfoncer ses doigts jusque dans le cerveau de Porky Butcher. Était-ce son alter ego qui agissait ainsi ? Il ne le pensait pas vraiment. Il devait y avoir une autre explication.

Le seul rayon d'espoir était le mystère qui les entourait, lui et Dennis Pinker. Dennis avait le même ADN. Il y avait là quelque chose qui n'allait pas. Et la seule personne capable de débrouiller cette pelote d'interrogations était Jeannie Ferrami.

Les gosses disparurent. Le soleil plongea derrière la rangée de pavillons de l'autre côté de la rue. Vers six heures, la Mercedes rouge s'arrêta le long du trottoir, à une cinquantaine de mètres. Jeannie en descendit. Tout d'abord, elle ne vit pas Steve. Elle ouvrit le coffre et en tira un gros sac-poubelle en plastique noir. Puis elle ferma la voiture et suivit le trottoir en marchant dans sa direction. Elle avait un élégant tailleur noir, mais elle semblait échevelée et il y avait dans sa démarche une lassitude qui lui alla droit au cœur. Que s'était-il passé pour qu'elle ait cet air épuisé ? Malgré tout, elle était superbe, et il l'observait, le cœur serré.

Comme elle approchait, il se leva en souriant et fit un pas vers elle. Elle lui jeta un coup d'œil, croisa son regard et le reconnut. Unc expression d'horreur se peignit sur son visage. Elle ouvrit la bouche et se mit à crier.

Il s'arrêta net. Horrifié, il dit :

— Jeannie, qu'est-ce qu'il y a ?

— N'approchez pas ! hurla-t-elle. Ne me touchez pas ou j'appelle la police !

Abasourdi, Steve leva les mains dans un geste de défense.

— Bon, bon, comme vous voulez. Je ne vous touche pas, d'accord ? Qu'est-ce qui vous prend ?

Un voisin sortit de la maison de Jeannie. *Probablement l'occupant de l'appartement au-dessous de celui de Jeannie,* pensa Steve. Un vieux Noir avec une chemise à carreaux et une cravate.

— Tout va bien, Jeannie ? J'ai cru entendre crier.

— C'était moi, monsieur Oliver, dit-elle d'une voix tremblante. Ce salaud m'a attaquée dans ma voiture à Philadelphie cet après-midi.

— Attaquée ? fit Steve, incrédule. Je ne ferais jamais ça !

— Espèce de salaud, vous l'avez fait il y a deux heures.

Steve était furieux. Il en avait par-dessus la tête d'être accusé de brutalité.

— Oh, merde ! Ça fait des années que je n'ai pas mis les pieds à Philadelphie !

M. Oliver intervint.

— Jeannie, ce jeune homme est assis sur ce mur depuis près de deux heures. Il n'était sûrement pas à Philadelphie cet après-midi.

Jeannie avait l'air indignée et semblait prête à accuser de mensonge son brave homme de voisin.

Steve remarqua qu'elle ne portait pas de bas : des jambes nues, c'était bizarre avec une tenue aussi soignée. Elle avait un côté du visage un peu enflé et tout rouge. Sa fureur se dissipa. *Quelqu'un l'a bien attaquée.* Il avait envie de la prendre dans ses bras pour la réconforter. La crainte qu'il lui inspirait ne lui en paraissait que plus insupportable.

— Il vous a fait du mal, dit-il. Le salaud.

Jeannie changea d'expression. Son air terrifié disparut. Elle s'adressa au voisin.

— Ça fait deux heures qu'il est ici ?

L'homme haussa les épaules.

— Une heure et quarante, peut-être cinquante minutes.

— Vous êtes certain ?

— Jeannie, s'il était à Philadelphie il y a deux heures, il a dû venir ici en Concorde.

Elle regarda Steve.

— Alors c'était Dennis.

Il se dirigea vers elle. Elle ne recula pas. Il tendit la main et palpa du bout des doigts sa joue gonflée.

— Pauvre Jeannie.

— J'ai cru que c'était vous, fit-elle, et les larmes lui vinrent aux yeux.

Il la prit dans ses bras. Lentement, il la sentit se détendre et elle s'appuya sur lui, confiante. Il lui caressa la tête, enfonça ses doigts dans les lourdes vagues de cheveux bruns. Il ferma les yeux, songeant combien elle avait un corps mince et musclé. *Je parierais que Dennis aussi a quelques bleus. Je l'espère en tout cas.*

M. Oliver toussota.

— Jeunes gens, voudriez-vous une tasse de café ?

Jeannie se dégagea de l'étreinte de Steve.

— Non, merci. J'ai envie de me débarrasser de ces vêtements.

On lisait la tension sur son visage, mais cela ne la rendait que plus attirante. *Je suis en train de tomber amoureux de cette femme. Ce n'est pas seulement que j'aie envie de coucher avec elle, même s'il y a de ça aussi. Je veux qu'elle soit mon amie. Je veux regarder la télé avec elle, l'accompagner au supermarché, lui donner une cuillerée de sirop quand elle tousse. Je veux la voir se brosser les cheveux, passer son jean et beurrer son toast. Je veux qu'elle me demande si le rouge à lèvres orange lui va, si elle doit acheter un rasoir et à quelle heure je rentrerai.* Aurait-il le cran de le lui avouer ?

Elle traversa la véranda jusqu'à sa porte. Steve hésitait. Il avait envie de la suivre, mais il lui fallait une invitation. Sur le seuil, elle se retourna.

— Venez.

Il la suivit dans l'escalier et pénétra derrière elle dans le salon. Elle laissa tomber sur le tapis le sac de plastique noir. Elle passa dans le coin-cuisine et, d'un coup de pied, se débarrassa de ses chaussures, puis, à la stupéfaction de Steve, les laissa tomber dans la poubelle.

— Je ne porterai plus jamais ces saletés, déclara-t-elle avec rage.

Elle ôta sa veste de tailleur et lui fit suivre le même chemin. Puis, sous le regard incrédule de Steve, elle déboutonna son corsage, l'ôta et le fourra également dans la poubelle.

Elle portait un simple soutien-gorge de coton noir. *Elle ne va tout de même pas l'enlever devant moi !* Mais elle passa les mains derrière son dos, le dégrafa et le jeta aux ordures. Elle avait deux petits seins fermes aux boutons bruns proéminents. Une légère marque rouge sur l'épaule, là où la ceinture de sécurité l'avait trop serrée. Steve sentit sa gorge se dessécher.

Elle fit coulisser la fermeture de sa jupe et la laissa tomber sur le sol. Elle portait un simple slip noir. Steve la regardait, bouche bée. Elle avait un corps parfait : des épaules robustes, de jolis seins, le ventre plat et de longues jambes sculpturales. Elle fit glisser son slip, le roula en boule avec la jupe et jeta le tout dans la poubelle. Sa toison pubienne était une masse touffue de boucles noires.

Un moment, elle tourna vers Steve un regard vide, comme si elle ne savait pas très bien ce qu'il faisait là. Puis elle annonça :

— Il faut que je prenne une douche.

Toute nue, elle passa devant lui. Il contempla avidement son dos, savourant le spectacle de ses omoplates délicates, de sa taille fine, les courbes de ses hanches et les muscles de ses jambes. Elle était si ravissante que ça faisait mal.

Elle quitta la pièce. Quelques instants plus tard, il entendit l'eau couler.

— Seigneur ! murmura-t-il.

Il s'assit sur le canapé noir. Qu'est-ce que ça signifiait ? Était-ce une sorte de mise à l'épreuve ? Que cherchait-elle à lui dire ?

Il sourit. Quel corps superbe, si mince, si fort et si admirablement proportionné ! Quoi qu'il arrive, jamais Steve n'oublierait ce spectacle.

Elle prit une longue douche. Soudain, il se rendit compte que, bouleversé par l'accusation qu'elle lui avait jetée au visage, il ne lui avait pas fait part de l'étonnante nouvelle qu'il avait reçue. L'eau finit par s'arrêter. Une minute plus tard, elle revint dans le salon, enveloppée dans un gros peignoir de bain rose fuchsia, les cheveux trempés. Elle s'assit auprès de lui sur le canapé et demanda :

— J'ai rêvé, ou bien je viens de me déshabiller devant vous ?

— Ce n'était pas un rêve. Vous avez jeté vos vêtements à la poubelle.

— Mon Dieu, je ne sais pas ce qui m'a prise.

— Vous n'avez aucune raison de vous excuser. Je suis heureux que vous me fassiez à ce point confiance. Je ne peux pas vous dire ce que ça signifie pour moi.

— Vous devez penser que je suis devenue folle.

— Pas du tout, mais je crois que vous devez être secouée après ce qui vous est arrivé à Philadelphie.

— Ça doit être ça. Je me souviens simplement d'avoir eu l'impression qu'il fallait que je me débarrasse de tout ce que j'avais sur moi.

— C'est peut-être le moment d'ouvrir la bouteille de vodka que vous gardez au congélateur.

Elle secoua la tête.

— Ce dont j'ai vraiment envie, c'est de thé au jasmin.

— Laissez, je vais le préparer.

Il se leva et passa derrière le comptoir.

— Pourquoi trimbalez-vous un sac-poubelle avec vous ?

— J'ai été virée aujourd'hui. On a fourré toutes mes affaires dans ce sac, on a changé la serrure de mon bureau.

— Quoi ? fit-il, incrédule. Comment ça se fait ?

— Un article a paru dans le *New York Times* d'aujourd'hui expliquant que mon utilisation des banques de données constitue une violation de la vie privée. Mais, à mon avis, Berrington Jones s'est simplement servi de cela comme prétexte pour se débarrasser de moi.

Il bouillait d'indignation. Il aurait voulu protester, voler à son secours, la sauver de cette persécution.

— Ils peuvent vous renvoyer comme ça ?

— Non, je comparais demain matin devant le conseil de discipline du sénat de l'université.

— Vous et moi avons vraiment une semaine incroyable.

Il allait lui parler de l'analyse d'ADN, quand elle décrocha le téléphone.

— J'ai besoin du numéro du pénitencier de Greenwood, près de Richmond, en Virginie.

Tandis que Steve emplissait la bouilloire, elle griffonna un numéro et appela de nouveau.

— Puis-je parler au directeur, M. Temoigne? Je suis le docteur Ferrami... Oui, je ne quitte pas... Merci... Bonsoir, monsieur le directeur, comment allez-vous?... Très bien. Cela peut vous paraître une question stupide, mais est-ce que Dennis Pinker est toujours en prison?... Vous êtes certain?... Vous l'avez vu de vos propres yeux?... Je vous remercie... Vous aussi. Au revoir. — Elle leva les yeux vers Steve. — Dennis est toujours en prison. Le directeur lui a parlé il y a une heure.

Steve mit dans la théière deux cuillerées de thé au jasmin et trouva deux tasses.

— Jeannie, la police a le résultat de l'analyse d'ADN.

Elle s'immobilisa.

— Et...?

— L'ADN prélevé dans le vagin de Lisa correspond à mon ADN.

Abasourdie, elle demanda:

— Est-ce que vous pensez ce que je pense?

— Quelqu'un qui a le même physique que moi et qui a mon ADN a violé Lisa Hoxton dimanche. Le même type qui vous a attaquée à Philadelphie aujourd'hui. Et ce n'était pas Dennis Pinker.

Ils échangèrent un regard. Puis Jeannie déclara:

— Vous êtes trois.

— Merde! s'exclama-t-il, désespéré. C'est encore plus invraisemblable. Les flics n'y croiront jamais. Comment une chose pareille pourrait-elle arriver?

— Attendez, fit-elle, tout excitée. Vous ne savez pas ce que j'ai découvert cet après-midi, avant de tomber sur votre double. J'ai l'explication.

— Mon Dieu, faites que ce soit vrai.

Elle avait un air soucieux.

— Steve, ça va être un choc.

— Ça m'est égal, tout ce que je veux, c'est comprendre.

Elle fouilla dans le sac-poubelle en plastique noir et en retira un fourre-tout en tapisserie.

— Regardez ça.

Elle prit une brochure sur papier glacé ouverte à la première page et la tendit à Steve, qui lut le premier paragraphe :

LA CLINIQUE DE L'AVENTIN A ÉTÉ FONDÉE EN 1972 PAR GENETICO INC. C'EST UN CENTRE DE RECHERCHES AVANCÉES SUR LA FÉCONDATION D'EMBRYONS HUMAINS IN VITRO ; LA CRÉATION DE CE QUE LA PRESSE APPELLE DES « BÉBÉS-ÉPROUVETTES ».

— Vous croyez que Dennis et moi sommes des bébés-éprouvettes ?

— Oui.

Il eut comme une sensation de nausée au creux de l'estomac.

— C'est bizarre. Mais qu'est-ce que ça explique ?

— On pourrait concevoir au laboratoire des jumeaux identiques et les implanter ensuite dans la matrice de femmes différentes.

Le malaise de Steve se précisa.

— Mais le sperme et l'ovule venaient de papa et de maman ou des Pinker ?

— Je ne sais pas.

— Les Pinker pourraient donc être mes vrais parents. Seigneur !

— Il y a une autre possibilité.

À l'expression inquiète de Jeannie, Steve comprit qu'elle craignait que cette nouvelle ne le choque aussi. Devançant sa pensée, il déclara :

— Peut-être que le sperme et l'ovule ne venaient ni de mes parents ni des Pinker. Je pourrais être l'enfant de parfaits étrangers.

Elle ne répondit pas, mais son air grave lui confirma qu'il avait raison. Il était complètement désorienté. C'était comme un cauchemar dans lequel il se trouvait soudain précipité.

— C'est dur à encaisser.

La bouilloire s'arrêta. Pour s'occuper les mains, Steve versa l'eau dans la théière.

— Je n'ai jamais beaucoup ressemblé ni à papa ni à maman. Est-ce que je ressemble à un des Pinker ?

— Non.

— Alors, il s'agit fort probablement d'étrangers.

— Steve, rien de tout cela ne change le fait que vos parents vous ont aimé, vous ont élevé et seraient encore prêts à donner leur vie pour vous.

D'une main tremblante, il servit le thé. Il tendit une tasse à Jeannie et s'assit près d'elle sur le canapé.

— Et le troisième jumeau ?

— S'il y avait des jumeaux dans l'éprouvette, il aurait pu y avoir des triplés. C'est le même processus : un des embryons se fractionne encore une fois. Ça arrive dans la nature, alors ça doit pouvoir arriver en laboratoire.

Steve avait toujours la sensation de tournoyer dans le vide, mais il commençait à éprouver un autre sentiment : du soulagement. C'était une histoire bizarre que Jeannie lui racontait, mais du moins expliquait-elle de façon rationnelle pourquoi on l'avait accusé de deux horribles crimes.

— Est-ce que mes parents sont au courant ?

— Je ne pense pas. Votre mère et Charlotte Pinker ont déclaré qu'elles étaient allées suivre un traitement hormonal dans cette clinique. La fécondation in vitro ne se pratiquait pas, à cette époque-là. Genetico devait avoir des années d'avance dans cette technique. Et, à mon avis, ils l'ont expérimentée sans le révéler à leurs patientes.

— Pas étonnant qu'ils soient affolés, chez Genetico. Je comprends pourquoi Berrington s'acharne à vous discréditer.

— Oui. Ce qu'ils ont fait est contraire à toute

morale. À côté de ça, la violation de la vie privée fait figure de bagatelle.

— En outre, votre découverte pourrait ruiner Genetico.

Elle semblait excitée.

— Ça expliquerait beaucoup de choses. Mais comment est-ce que ça pourrait les ruiner ?

— Ils ont commis un acte dommageable : un délit. Nous l'avons étudié l'année dernière à la fac.

Tout en parlant, il songeait : *Pourquoi est-ce que je lui parle d'acte dommageable ? Ce que j'ai envie de lui dire, c'est combien je l'aime.*

— Si Genetico a proposé à une femme un traitement hormonal, puis l'a fécondée délibérément en lui implantant le fœtus de quelqu'un d'autre sans l'en avertir, il y a rupture frauduleuse d'un contrat implicite.

— Mais ça s'est passé voilà très longtemps. Il n'y a pas prescription ?

— Si, mais le délai court à partir du moment où l'on a découvert la fraude.

— Je ne vois toujours pas comment ça pourrait ruiner Genetico.

— C'est un cas idéal pour faire payer des dommages-intérêts à titre répressif : ça signifie qu'il ne s'agit pas seulement d'offrir une compensation à la victime, disons pour lui avoir fait élever l'enfant de quelqu'un d'autre ; il s'agit également de punir les responsables et de s'assurer qu'eux et d'autres n'oseront pas commettre de nouveau le même délit.

— Ça représenterait combien ?

— Genetico a délibérément abusé du corps d'une femme pour des motifs connus d'eux seuls. Je suis sûr que n'importe quel bon avocat réclamerait cent millions de dollars.

— Selon cet article du *Wall Street Journal* d'hier, la société ne vaut pas plus de cent quatre-vingts millions.

— Ce serait donc la ruine.

— Ça pourrait prendre des années avant d'en arriver au procès.

— Mais vous ne voyez donc pas ? Rien que la *menace* saboterait l'OPA !

— Comment ça ?

— Le danger de voir Genetico être obligée de payer une fortune en dommages-intérêts réduit la valeur des actions. L'OPA serait à tout le moins remise en attendant que Landsmann puisse évaluer le montant du risque.

— Ce n'est donc pas seulement leur réputation qui est en jeu : ils pourraient aussi perdre tout cet argent.

— Exactement.

Les pensées de Steve revinrent à ses propres problèmes.

— Tout ça ne m'avance pas beaucoup. Il faut que je puisse apporter la preuve de l'existence d'un troisième jumeau. La seule façon d'y parvenir, c'est de le trouver.

Une idée le frappa soudain.

— Pourrait-on utiliser votre logiciel de recherche ? Vous voyez ce que je veux dire ?

— Bien sûr.

— Si une recherche nous a fait sortir, Dennis et moi, une autre pourrait faire ressortir moi et le troisième, ou bien Dennis et le troisième, ou bien tous les trois à la fois.

— Oui.

Elle n'avait pas l'air aussi enthousiaste qu'elle aurait dû.

— Pouvez-vous le faire ?

— Après toute cette mauvaise publicité, je vais avoir du mal à obtenir de qui que ce soit l'autorisation d'utiliser leurs banques de données.

— Merde !

— Il y a quand même une possibilité. J'ai déjà procédé à un balayage des empreintes digitales archivées au FBI.

Le moral de Steve remonta.

— Dennis est sûrement dans leurs dossiers. Si jamais on a les empreintes du troisième, le balayage va le repérer ! C'est formidable !

— Mais les résultats sont sur une disquette dans mon bureau.

— Oh non ! Et on a changé la serrure !

— Oui.

— Je vais enfoncer la porte. Allons-y tout de suite, qu'est-ce qu'on attend ?

— Vous pourriez vous retrouver en prison. Il y a peut-être un moyen plus facile.

Au prix d'un grand effort, Steve se calma.

— Vous avez raison. Il doit y avoir une autre façon de se procurer cette disquette.

Jeannie décrocha le téléphone.

— J'ai demandé à Lisa Hoxton d'essayer d'entrer dans mon bureau. Voyons si elle y a réussi.

Elle composa un numéro.

— Lisa, comment ça va... Moi ? pas fort. Écoute, ça va te paraître incroyable. — Elle lui résuma ce qu'elle avait découvert. — Je sais que c'est difficile à croire, mais je peux le prouver à condition de mettre la main sur cette disquette... Tu n'as pas pu entrer dans mon bureau ? Merde ! — Le visage de Jeannie s'assombrit. — Enfin, merci d'avoir essayé. Je sais que tu as pris un risque. J'apprécie vraiment... Oui. Salut.

Elle raccrocha.

— Lisa a essayé de persuader un gardien de la laisser entrer. Elle allait réussir, mais il a consulté son chef et il a failli se faire virer.

— Qu'est-ce qu'on va essayer maintenant ?

— Si je récupère ma place demain matin devant le conseil de discipline, je pourrai entrer dans mon bureau.

— Qui est votre avocat ?

— Je n'ai pas d'avocat, je n'en ai jamais eu besoin.

— Je parie que le collège aura le meilleur avocat de la ville.

— Je n'ai pas les moyens d'en prendre un.

C'est à peine si Steve osait dire ce à quoi il pensait.

— Eh bien... moi, je suis avocat.

Elle le regarda d'un air songeur.

— Dans nos exercices pratiques de plaidoirie, j'ai obtenu les meilleures notes de ma classe.

Il était fasciné à l'idée de la défendre contre la puissante université Jones Falls. Mais n'allait-elle pas le trouver trop jeune et inexpérimenté ? Il essaya de lire ses pensées, en vain. Elle le regardait toujours. Il soutint son regard, plongeant le sien dans ses yeux sombres. *Je pourrais faire ça indéfiniment.*

Puis elle se pencha et lui posa sur les lèvres un petit baiser furtif.

— Steve, vous êtes un sacré numéro !

Ce fut un baiser très bref, mais qui l'électrisa. Il ne savait pas très bien ce qu'elle entendait par « un sacré numéro », mais ça devait être bien.

Maintenant, il lui fallait justifier la confiance qu'elle mettait en lui. Il commença à se préoccuper de l'audience du lendemain.

— Avez-vous la moindre idée du règlement du conseil de discipline, de la procédure d'audience ?

Elle fouilla dans son fourre-tout et lui tendit un dossier cartonné.

Il en parcourut le contenu. Le règlement était un mélange de traditions universitaires et de jargon juridique moderne. On énumérait les fautes pour lesquelles on pouvait congédier un professeur — le blasphème et la sodomie —, mais celle qui semblait le mieux s'appliquer à Jeannie était plus traditionnelle : porter préjudice à la réputation de l'université.

En fait, le conseil de discipline n'avait pas le dernier mot ; il se contentait de faire une recommandation au sénat, l'organisme directeur de l'université. C'était bon à savoir : si Jeannie perdait, le sénat pourrait jouer le rôle d'une cour d'appel.

— Avez-vous un exemplaire de votre contrat ?

— Bien sûr.

Jeannie s'approcha d'un petit bureau et ouvrit un tiroir où se trouvaient des dossiers suspendus.

— Tenez.

Steve le lut rapidement. Selon l'article 12, elle acceptait de se plier aux décisions du sénat de l'université. Ce ne serait pas facile pour elle de contester valablement le verdict.

Il revint au règlement du conseil de discipline.

— On dit là que vous devez avertir d'avance le président si vous souhaitez être représentée par un avocat ou par toute autre personne.

— J'appelle tout de suite Jack Budgen... Il est huit heures... il sera chez lui.

Jeannie décrocha le téléphone.

— Attendez ! Réfléchissons d'abord à ce que vous allez lui dire.

— Oui, vous avez raison. Vous pensez stratégie et moi pas.

Steve était assez content de lui. Le premier conseil qu'il lui avait donné en tant qu'avocat était le bon.

— Cet homme détient votre sort entre ses mains. Comment est-il ?

— Il est bibliothécaire en chef et mon partenaire au tennis.

— C'est le type avec qui vous jouiez dimanche ?

— Oui. Un administrateur plutôt qu'un universitaire. Un joueur qui a une bonne tactique, mais à mon avis il n'a jamais eu l'instinct de tueur qui lui aurait permis de figurer parmi les premiers joueurs mondiaux.

— Bon. Il a donc avec vous des rapports de compétition.

— Il me semble.

— Voyons, quelle impression voulons-nous lui donner ? — Il compta sur ses doigts. — 1. Nous voulons paraître confiants et sûrs de notre succès. Vous attendez avec impatience de passer devant le conseil de discipline. Vous êtes innocente et ravie d'avoir l'occasion de le prouver. Vous êtes convaincue que le conseil, sous la sage direction de Budgen, discernera la vérité.

— D'accord.

— 2. Vous n'êtes pas la plus forte. Vous êtes une faible femme sans défense...

— Vous plaisantez ?

Il eut un grand sourire.

— Oubliez ça. Vous êtes une débutante dans la carrière universitaire et vous vous heurtez à Berrington et Obell, deux vieux renards qui ont l'habitude de faire leurs quatre volontés à JFU. Tenez, vous n'avez même pas les moyens d'avoir un véritable avocat. Est-ce que Budgen est juif ?

— Je n'en sais rien. Peut-être.

— Je l'espère. Les minorités ont davantage tendance à s'opposer à l'etablissement. 3. Il faut révéler les raisons qui ont amené Berrington à vous persécuter de cette façon. C'est une histoire choquante, mais il faut l'utiliser.

— En quoi ça m'aide-t-il d'en parler ?

— Ça introduit l'idée que Berrington pourrait avoir quelque chose à cacher.

— Bon. Rien d'autre ?

— Je ne pense pas.

Jeannie composa le numéro et lui tendit le combiné.

Steve le saisit d'une main tremblante. C'était son premier appel d'avocat. *Mon Dieu, faites que je ne bousille pas tout.*

Tout en écoutant la sonnerie, il essaya de se rappeler comment Jack Budgen jouait au tennis. Steve, évidemment, s'était concentré sur Jeannie ; il se souvenait pourtant d'un homme chauve mais en forme, d'une cinquantaine d'années, qui pratiquait un jeu habile et bien rythmé. Budgen avait battu Jeannie et pourtant elle était plus jeune et plus robuste. Steve se promit de ne pas le sous-estimer.

Une voix calme et cultivée répondit.

— Professeur Budgen, je m'appelle Steve Logan.

Il y eut un bref silence.

— Est-ce que je vous connais, monsieur Logan?

— Non, monsieur. Je vous appelle en votre qualité de président du conseil de discipline de l'université Jones Falls pour vous informer que j'accompagnerai demain le docteur Ferrami. Elle attend avec impatience cette audition et elle a hâte de balayer ces accusations.

Budgen demanda froidement:

— Vous êtes avocat?

Steve se sentait un peu essoufflé, comme s'il venait de courir, et il fit un effort pour garder son calme.

— Je suis à la faculté de droit. Le docteur Ferrami n'a pas les moyens de prendre un avocat. Je vais toutefois faire de mon mieux pour l'aider à présenter clairement son dossier et, si je n'y parviens pas, je devrai faire appel à votre miséricorde.

Il marqua un temps pour laisser à Budgen l'occasion de placer une remarque amicale ou d'émettre un grognement compatissant. Mais il n'y eut qu'un froid silence. Steve poursuivit.

— Puis-je vous demander qui représentera le collège?

— J'ai cru comprendre qu'on avait engagé Henry Quinn, du cabinet Harvey Horrocks et Quinn.

Steve était abasourdi. C'était un des plus anciens cabinets d'avocats de Washington. Il tenta de prendre un ton détaché.

— Un cabinet extrêmement respectable, observa-t-il avec un petit rire.

— N'est-ce pas?

De toute évidence, le charme de Steve n'opérait pas sur son interlocuteur. Le moment était venu de passer à l'offensive.

— Il y a une chose que je devrais peut-être révéler: la raison pour laquelle Berrington Jones s'est conduit de cette façon envers le docteur Ferrami.

Nous n'accepterons sous aucun prétexte une annulation de l'audience. Cela laisserait des soupçons peser sur elle. Je crois malheureusement que la vérité doit sortir au grand jour.

— Je ne suis au courant d'aucune proposition pour annuler l'audience.

Bien sûr que non. Personne n'avait proposé cela. Steve continua avec fougue :

— Mais, s'il devait y en avoir une, sachez que le docteur Ferrami ne saurait en aucun cas l'accepter. — Il décida de s'en tenir là. — Professeur, je vous remercie de votre courtoisie et j'attends avec impatience de vous voir demain matin.

— Au revoir.

Steve raccrocha.

— Quel iceberg !

Jeannie avait l'air étonnée.

— En général, il n'est pas comme ça. Peut-être qu'il était simplement formel.

Steve était convaincu que Budgen s'était déjà forgé une opinion et qu'il était hostile à Jeannie, mais il n'allait pas le lui avouer.

— En tout cas, j'ai exposé nos trois points. Et j'ai découvert que JFU avait engagé Henry Quinn.

— C'est un bon avocat ?

Un personnage de légende. Steve avait froid dans le dos à l'idée qu'il allait devoir l'affronter. Mais il ne voulait pas déprimer Jeannie.

— Quinn était très bon autrefois, mais il a peut-être perdu la main.

Elle accepta ce jugement.

— Qu'est-ce qu'on fait, maintenant ?

Steve la regarda. Le peignoir rose était entrebâillé, et il apercevait l'amorce d'un sein blotti dans les plis du tissu éponge.

— Nous devrions passer en revue les questions qu'on va vous poser à l'audience, répondit-il à regret. Nous avons beaucoup de travail.

37

Jane Edelsborough était beaucoup mieux nue qu'habillée.

Elle était allongée sur un drap rose pâle, éclairée par la flamme d'une bougie parfumée. Sa peau claire et douce était plus attirante que les couleurs ternes dont elle s'affublait d'ordinaire. Les amples vêtements dont elle s'enveloppait avaient tendance à dissimuler son corps ; elle avait pourtant quelque chose d'une amazone, avec une ample poitrine et des hanches larges. Elle était un peu lourde, mais il aimait ça.

Étendue sur le lit, elle tournait un sourire langoureux vers Berrington qui enfilait son caleçon à rayures bleues.

— C'était mieux que ce à quoi je m'attendais, déclara-t-elle.

Berrington pensait la même chose, mais il n'était pas assez goujat pour l'exprimer. Jane connaissait des choses qu'il devait en général enseigner aux femmes plus jeunes qui étaient habituellement ses partenaires. Il se demandait vaguement où elle avait acquis de tels talents. Elle avait été mariée une fois ; son mari, un gros fumeur, était mort d'un cancer du poumon dix ans auparavant. Ils avaient dû avoir une vie sexuelle formidable.

Ça lui avait tellement plu qu'il n'avait pas recouru à son fantasme préféré : faire l'amour à une beauté célèbre, Cindy Crawford, Bridget Fonda ou la princesse Diana, qui lui murmurait à l'oreille : « Merci, Berry, ça n'a jamais été aussi bon pour moi. Vous êtes formidable, merci. »

— Je me sens coupable, fit Jane. Ça faisait longtemps que je n'avais rien fait d'aussi pervers.

— Pervers ! lança-t-il en laçant ses chaussures. Je

ne vois pas en quoi. Vous êtes une femme libre, blanche, majeure et vaccinée, comme on disait.

Il la vit tressaillir : la phrase « libre, blanche, majeure et vaccinée » était aujourd'hui politiquement incorrecte.

— D'ailleurs, vous êtes célibataire, s'empressa-t-il d'ajouter.

— Oh, ça n'est pas baiser qui était pervers, répliqua-t-elle d'une voix alanguie. Simplement, je sais que vous ne l'avez fait que parce que je vais siéger au conseil de discipline demain.

Il cessa brusquement de nouer sa cravate à rayures. Elle reprit :

— Je suis censée croire que vous m'avez aperçue au restaurant universitaire et que vous avez été fasciné par mon magnétisme sexuel ? — Elle lui fit un sourire attristé. — Berry, je n'ai aucun magnétisme sexuel, pas pour quelqu'un d'aussi superficiel que vous. Il vous fallait un autre mobile et ça m'a pris environ cinq secondes pour deviner de quoi il s'agissait.

Berrington se sentit stupide.

— Vous, en revanche, c'est vrai que vous possédez un magnétisme sexuel. Des tonnes. Vous avez du charme, un corps agréable, vous vous habillez bien et vous sentez bon. Et, surtout, on voit tout de suite que vous aimez vraiment les femmes. Peut-être que vous les manipulez et que vous les exploitez, mais vous les adorez aussi. Vous êtes le coup d'un soir parfait, et je vous remercie.

Là-dessus, elle tira le drap sur son corps nu, roula sur le côté et ferma les yeux.

Berrington finit de s'habiller aussi rapidement qu'il en était capable. Avant de partir, il s'assit au bord du lit. Elle ouvrit les yeux. Il dit :

— Vous me soutiendrez demain ?

Elle se redressa et l'embrassa affectueusement.

— Il faudra que j'écoute les preuves avant de me décider.

Il grinça des dents.

— C'est terriblement important pour moi, plus que vous ne vous en doutez.

Elle acquiesça d'un air compatissant, mais sa réponse était implacable.

— Je pense que c'est aussi important pour Jeannie Ferrami.

Il pressa son sein gauche, doux et lourd.

— Mais qui est plus important pour vous... Jeannie ou moi ?

— Je sais ce que c'est que d'être une jeune enseignante dans une université à prédominance masculine. Je ne l'oublierai jamais.

— Merde !

Il retira sa main.

— Vous pourriez rester pour la nuit, vous savez. Comme ça, nous pourrions recommencer demain matin.

Il se leva.

— J'ai trop de choses en tête.

Elle ferma les yeux.

— Dommage...

Il sortit. Sa voiture était garée auprès de la Jaguar de Jane, devant la maison qu'elle occupait dans la banlieue de Baltimore. *Cette Jaguar aurait dû être un avertissement pour moi. Le signe qu'elle cache bien son jeu.* Elle s'était servie de lui, mais ça lui avait plu. Il se demanda si des femmes éprouvaient parfois cela après qu'il les avait séduites.

Tout en rentrant chez lui, il songeait avec inquiétude à l'audience du lendemain. Les quatre hommes du conseil étaient de son côté, mais il n'avait pas arraché à Jane la promesse d'un soutien. Pouvait-il faire autre chose ? À ce stade, c'était peu probable.

En arrivant, il trouva un message de Jim Proust sur son répondeur. *Faites que ce ne soit pas d'autres mauvaises nouvelles.* Il s'assit à son bureau et appela Jim chez lui.

— Ici Berry.

— Le FBI a déconné, annonça Jim sans autre préambule.

Berrington sentit son cœur se serrer.

— Raconte.

— L'ordre d'annuler la recherche de Ferrami n'est pas arrivé à temps.

— Nom de Dieu !

— On lui a envoyé les résultats par courrier électronique.

La peur le saisit.

— Qui y avait-il sur la liste ?

— Nous n'en savons rien. Le Bureau n'a pas gardé de copie.

— Il faut le savoir !

— Tu peux peut-être le découvrir. La liste devrait être dans le bureau de la petite.

— Elle n'y a plus accès. — Une lueur d'espoir vint frapper Berrington. — Peut-être qu'elle n'a pas récupéré son courrier.

Il se sentit un peu réconforté.

— Tu peux faire ça ?

— Bien sûr. — Berrington jeta un coup d'œil à sa Rolex en or. — Je file sur-le-champ au département.

— Appelle-moi dès que tu sauras.

— Tu penses bien !

Il reprit sa voiture et fonça jusqu'à l'université. Le campus était sombre et désert. Il se gara devant le pavillon des dingues et entra. Il se sentait moins gêné de s'introduire furtivement pour la seconde fois dans le bureau de Jeannie. Bon sang, l'enjeu était trop gros pour qu'il se soucie de sa dignité !

Il alluma l'ordinateur de Jeannie et accéda à sa boîte aux lettres. Elle n'avait qu'un message. *Mon Dieu, faites que ce soit la liste du FBI.* À sa vive déception, il provenait encore de son ami de l'université du Minnesota :

AS-TU REÇU MON COURRIER HIER ? JE SERAI À BALTIMORE DEMAIN ET J'AIMERAIS BIEN TE REVOIR, NE SERAIT-

CE QUE QUELQUES MINUTES. APPELLE-MOI, JE T'EN PRIE. TENDRESSES, WILL.

Elle n'avait pas reçu le message de la veille parce que Berrington l'avait effacé. Elle n'aurait pas celui-là non plus. *Mais où est la liste du FBI ?* Elle avait dû la copier la veille, avant que le service de sécurité ne lui interdise l'accès de son bureau.

Où l'avait-elle sauvegardée ? Berrington chercha sur son disque dur les mots « FBI », F.B.I. avec des points et « Federal Bureau of Investigation ». Rien. Il fouilla une boîte de disquettes posée sur son bureau, mais ce n'étaient que des copies de dossiers de son ordinateur.

— Elle garde même une copie de secours de sa foutue liste de courses ! marmonna-t-il.

Il utilisa le téléphone de Jeannie pour rappeler Jim.

— Rien, déclara-t-il brutalement.

— Nous devons découvrir qui est sur cette liste ! aboya Jim.

— Qu'est-ce que tu veux que je fasse, Jim ? Que je l'enlève et que je la torture ?

— Elle doit bien avoir la liste, non ?

— Elle n'est pas dans son courrier. Elle a dû la décharger.

— Alors, si elle ne l'a pas dans son bureau, elle doit l'avoir chez elle.

— Logique. — Berrington voyait où il voulait en venir. — Est-ce que tu peux faire... — Il n'osait pas dire au téléphone « perquisitionner par le FBI ». — Est-ce que tu peux faire vérifier ?

— Je pense que oui. David Creane n'a pas tenu parole, alors il me doit encore un service. Je vais l'appeler.

— Ce serait bien de le faire demain matin. L'audience est à dix heures : elle sera retenue pendant environ deux heures.

— Compris. Je vais m'en occuper. Mais imagine

qu'elle la garde dans son sac ? Qu'est-ce qu'on fait alors ?

— Je ne sais pas. Bonsoir, Jim.

— Bonsoir.

Après avoir raccroché, Berrington resta un moment à inspecter la petite pièce, égayée par les couleurs vives dont l'avait décorée Jeannie. Si les choses tournaient mal demain, à l'heure du déjeuner elle pourrait se retrouver à ce bureau, avec sa liste du FBI, poursuivant ses recherches, bien décidée à causer la ruine de trois hommes honorables.

Il ne faut pas que ça arrive, pensa-t-il, au désespoir. *Il ne faut pas.*

Vendredi

38

Jeannie s'éveilla dans sa petite salle de séjour aux murs blancs, sur son canapé noir, dans les bras de Steve, n'ayant pour tout vêtement que son peignoir en tissu éponge rose fuchsia.

Comment est-ce que je suis arrivée ici ?

Ils avaient passé la moitié de la nuit à répéter pour l'audience. Jeannie sentit son cœur se serrer : c'était ce matin qu'on allait décider de son sort.

Mais comment se fait-il que je sois couchée sur ses genoux ?

Vers trois heures, elle s'était mise à bâiller et avait fermé les yeux un moment.

Et alors... ?

Elle avait dû s'endormir.

À un moment, il avait dû entrer dans la chambre pour prendre sur le lit l'édredon à rayures bleues et rouges et l'enrouler autour d'elle car elle en était enveloppée.

Mais Steve ne pouvait pas être responsable de la façon dont elle était allongée, la tête sur la cuisse du jeune homme et un bras autour de sa taille. Elle avait dû s'installer ainsi toute seule dans son sommeil. C'était un peu gênant : elle avait le visage tout près de son entrejambe. Elle se demanda ce qu'il pensait d'elle. Elle avait eu un comportement assez inhabituel. Se déshabiller sous ses yeux, puis tomber endormie sur lui ; elle se conduisait comme avec un amant de longue date.

Bah, j'ai des excuses pour me comporter de façon bizarre : j'ai eu une semaine agitée.

Elle avait été malmenée par l'agent McHenty, cambriolée par son père, accusée par le *New York Times*, menacée avec un couteau par Dennis Pinker, renvoyée de l'université et attaquée dans sa voiture. Elle avait eu son compte.

Son visage était un peu endolori là où elle avait reçu un coup de poing la veille, mais ses blessures n'étaient pas seulement d'ordre physique. L'agression l'avait meurtrie psychologiquement. Quand elle se rappelait la lutte dans la voiture, sa colère la reprenait et elle avait envie d'empoigner l'homme à la gorge. Même quand elle n'évoquait pas ces souvenirs, elle sentait peser sur elle une sourde ambiance de malheur, comme si sa vie avait perdu un peu de sa valeur à cause de cette agression.

C'était étonnant qu'elle puisse faire confiance à un homme après cela, stupéfiant qu'elle puisse s'endormir sur un canapé auprès de quelqu'un qui ressemblait trait pour trait à son agresseur. Désormais, elle ne pouvait plus douter de Steve : ni Dennis ni l'inconnu n'auraient pu passer la nuit seuls avec une femme sans la violer.

Elle fronça les sourcils. Steve avait fait quelque chose durant la nuit, elle s'en souvenait vaguement : quelque chose de gentil. Mais oui : elle se rappelait confusément des grandes mains lui caressant régulièrement les cheveux pendant qu'elle sommeillait, aussi à l'aise qu'un chat dont on lisse la fourrure. Elle sourit et s'agita. Aussitôt il demanda :

— Vous êtes réveillée ?

Elle bâilla et s'étira.

— Je suis désolée de m'être endormie sur vous. Ça va ?

— L'irrigation sanguine de ma jambe gauche

s'est interrompue vers cinq heures du matin, mais, dès l'instant où je m'y suis fait, ça allait très bien.

Elle se redressa pour mieux l'observer. Ses vêtements étaient froissés, ses cheveux en désordre et son dernier rasage remontait à vingt-quatre heures, mais il était mignon à croquer.

— Avez-vous dormi ?

Il secoua la tête.

— Ça me faisait trop plaisir de vous regarder.

— Ne me dites pas que je ronfle.

— Non, vous ne ronflez pas. Vous bavez un peu, c'est tout.

Il essuya une tache humide sur son pantalon.

— Oh ! c'est dégoûtant !

Elle se redressa. Son regard s'arrêta sur la pendule murale.

Huit heures et demie. Elle s'affola.

— Nous n'avons pas beaucoup de temps ! L'audience commence à dix heures.

— Allez vous doucher pendant que je prépare le café.

Elle le dévisagea. Il n'était pas vrai, ce garçon.

— C'est le père Noël qui vous a envoyé ?

Il se mit à rire.

— Selon votre théorie, je viens d'une éprouvette. — Puis son expression redevint grave. — Qu'est-ce qu'on en sait, d'ailleurs ?

L'humeur de Jeannie s'assombrit. Elle passa dans la chambre, laissa tomber ses vêtements sur le sol et passa sous la douche. Tout en se lavant les cheveux, elle songea à tous les efforts qu'elle avait accomplis au cours des dix dernières années : le concours pour obtenir un bourse ; l'entraînement intensif au tennis en même temps que les longues heures d'étude ; le pinaillage de son directeur de thèse. Elle avait travaillé comme un robot pour en arriver là parce qu'elle voulait faire de la recherche et aider la race humaine. Et voilà que Berrington Jones s'apprêtait à réduire ses efforts à néant.

La douche lui fit du bien. Elle se séchait les cheveux quand le téléphone sonna. Elle décrocha le poste près de son lit.

— Jeannie, c'est Patty.

— Salut, sœurette, qu'est-ce qui se passe ?

— Papa a débarqué.

Jeannie s'assit sur le lit.

— Comment va-t-il ?

— Fauché, mais en bonne santé.

— Il est venu chez moi. Lundi. Mardi, il s'est un peu énervé parce que je ne lui ai pas préparé à dîner. Mercredi, il a décampé avec mon ordinateur, ma télé et ma chaîne stéréo. Il a déjà dû dépenser ou perdre au jeu ce qu'il en a tiré.

Patty en avait le souffle coupé.

— Oh ! Jeannie, c'est épouvantable !

— Alors, mets sous clé tout ce qui a de la valeur chez toi.

— Voler sa propre famille ! Oh ! mon Dieu, si Zip apprend ça, il va le jeter dehors.

— Patty, j'ai des problèmes plus graves. Je vais peut-être être virée de mon poste aujourd'hui.

— Jeannie, mais pourquoi ?

— Je n'ai pas le temps de t'expliquer, mais je te rappellerai plus tard.

— Entendu.

— Tu as parlé à maman ?

— Tous les jours.

— Ah ! ça me rassure. Je ne l'ai eue qu'une fois au téléphone et, quand j'ai rappelé, elle déjeunait.

— Les standardistes sont odieuses. Il va vraiment falloir la sortir de cet endroit...

Elle y restera encore un moment si on me vire aujourd'hui.

— Je te parlerai plus tard.

— Bonne chance !

Jeannie raccrocha. Elle remarqua une tasse de café fumant sur la table de chevet et secoua la tête, ébahie. Ça n'était qu'une tasse de café, d'accord, mais la façon dont Steve devinait ses besoins la stupéfiait. Et il agissait si naturellement, sans rien exiger en échange... D'après sa propre expérience, quand un homme faisait passer les besoins d'une femme avant les siens, il s'attendait à la voir exprimer sa reconnaissance pendant une éternité.

Steve était différent. *Si j'avais su qu'on trouvait des hommes de ce modèle-là, voilà des années que j'en aurais commandé un.*

Pendant toute sa vie d'adulte, Jeannie s'était débrouillée seule. Jamais son père ne l'avait soutenue. Sa mère avait toujours été forte, mais sa force posait presque autant de problèmes que la faiblesse de son père : lorsqu'elle avait des projets pour sa fille, elle n'acceptait pas d'y renoncer. Elle voulait que Jeannie soit coiffeuse. Elle lui avait même trouvé une place, deux semaines avant son seizième anniversaire, pour faire des shampooings et balayer le carrelage au salon Alexis, sur Adams-Morgan. Elle ne comprenait absolument pas le désir de Jeannie de faire de la recherche. « Tu pourrais être une styliste qualifiée avant que les autres soient sorties du collège ! » lui avait-elle déclaré. Elle n'avait jamais compris pourquoi Jeannie avait piqué une terrible colère et refusé de jeter ne serait-ce qu'un coup d'œil au salon de coiffure.

Aujourd'hui, elle n'était pas seule. Steve l'aidait. Peu importe qu'il n'ait pas encore son diplôme ; après tout, un grand avocat de Washington n'impressionnerait pas nécessairement cinq professeurs. *L'important, c'est que Steve soit là.* Elle enfila son peignoir et l'appela.

— Vous voulez prendre une douche ?

— Bien sûr. — Il entra dans la chambre. — Je regrette de ne pas avoir une chemise propre.

— Je n'ai pas de chemise d'homme... Attendez un peu, mais si !

Elle venait de se rappeler la chemise Ralph Lauren à col boutonné appartenant à un garçon du département de mathématiques que Lisa avait empruntée après l'incendie. Jeannie l'avait envoyée au blanchissage, et elle se trouvait maintenant dans la penderie, sous son emballage. Elle la tendit à Steve.

— Ma taille. Parfait !

— Ne me demandez pas d'où elle vient, c'est une longue histoire... je crois bien que j'ai aussi une cravate.

Elle ouvrit un tiroir et y prit une cravate de soie bleue à pois qu'elle portait parfois avec un corsage blanc.

— Tenez.

— Merci.

Il passa dans la minuscule salle de bains. Elle fut un peu déçue : elle avait espéré le voir ôter sa chemise. *Ah ! Les hommes ! Les salauds s'exhibent sans qu'on leur demande rien. Les beaux garçons sont timides comme des nonnes.*

— Est-ce que je peux vous emprunter votre rasoir ? cria-t-il.

— Bien sûr !

Mémo : faire l'amour avec ce type avant qu'il devienne trop fraternel.

Elle chercha son plus beau tailleur et se rappela l'avoir jeté à la poubelle la veille.

— Idiote ! murmura-t-elle.

Elle pouvait sans doute le récupérer, mais il serait froissé et taché. Elle avait une veste bleu électrique : elle pourrait la mettre avec un T-shirt blanc et un pantalon noir. C'était un peu vif, mais ça ferait l'affaire.

Elle s'assit devant son miroir pour se maquiller. Steve sortit de la salle de bains, superbe avec sa chemise et sa cravate.

— Il y a des beignets à la cannelle dans le congélateur, dit-elle. Si vous avez faim, vous pouvez les passer au micro-ondes.

— Formidable. Vous voulez quelque chose ?

— Je suis trop tendue pour manger. Mais je prendrais bien une autre tasse de café.

Il apporta le café pendant qu'elle achevait de se maquiller. Elle l'avala rapidement et s'habilla. Quand elle entra dans le salon, il était assis au bar de la cuisine.

— Vous avez trouvé les beignets ?

— Bien sûr.

— Qu'est-ce qu'il leur est arrivé ?

— Vous m'aviez dit que vous n'aviez pas faim, alors je les ai tous mangés.

— Tous les quatre ?

— Euh... à vrai dire, il y en avait deux paquets.

— Vous avez mangé huit beignets à la cannelle ?

Il avait l'air gêné.

— J'avais faim.

Elle éclata de rire.

— Allons-y !

Comme elle tournait les talons, il lui prit le bras.

— Une minute.

— Quoi donc ?

— Jeannie, c'est amusant d'être copains, mais il faut que vous compreniez que je ne vais pas m'en contenter.

— Je le sais.

— Je suis en train de tomber amoureux de vous.

Elle le regarda dans les yeux. Il était sincère.

— Moi aussi, je commence à m'attacher à vous, fit-elle d'un ton léger.

— J'ai envie de vous faire l'amour, une telle envie que ça fait mal.

Je pourrais l'écouter parler ainsi toute la journée.

— Vous savez, si vous faites l'amour comme vous mangez, je suis toute à vous.

Son visage s'assombrit et elle se rendit compte qu'elle avait commis une gaffe.

— Pardonnez-moi. Je ne voulais pas en faire une plaisanterie.

Il eut un petit haussement d'épaules. Elle lui prit la main.

— Écoutez. D'abord, nous allons me sauver. Ensuite, nous allons vous sauver. Après, on s'amusera.

Il lui pressa la main.

— D'accord.

Ils sortirent dans la rue.

— Allons-y ensemble, proposa-t-elle, je vous ramènerai à votre voiture plus tard.

Ils montèrent dans sa Mercedes. La radio de bord s'alluma dès l'instant où elle démarra. Elle se glissait dans le flot de la circulation sur la 41e Rue quand elle entendit mentionner au bulletin d'information le nom de Genetico. Elle augmenta le volume. « Le sénateur Jim Proust, un ancien directeur de la CIA, doit confirmer aujourd'hui s'il va briguer la nomination républicaine aux élections présidentielles de l'an prochain. Il promet une baisse de dix pour cent des impôts, payée par la suppression de l'aide sociale. Il n'aura pas de mal à financer sa campagne, disent les commentateurs politiques, car il s'apprête à toucher soixante millions de dollars grâce à une OPA amicale sur sa société de recherche médicale Genetico. Dans le domaine sportif, les Béliers de Philadelphie... » Jeannie éteignit la radio.

— Qu'en dites-vous ?

Steve hocha la tête d'un air consterné.

— Les enjeux montent. Si nous révélons la véritable histoire de Genetico et que l'OPA soit annulée, Jim Proust ne pourra pas financer une campagne présidentielle. Et Proust est un sale type : un espion, un ancien de la CIA, opposé au contrôle des armes à feu, et tout ça. Vous vous dressez contre des gens dangereux, Jeannie.

Elle serra les dents.

— Ça vaut d'autant plus la peine de les combattre. J'ai été élevée grâce à l'assistance sociale, Steve. Si Proust devient président, les filles comme moi finiront toujours coiffeuses.

39

Il y avait une petite manifestation devant Hillside Hall, le bâtiment administratif de l'université. Trente ou quarante étudiants, pour la plupart des femmes, étaient groupés devant le perron — un groupe de protestataires calmes et disciplinés. S'approchant, Steve put lire sur une pancarte :

RÉINTÉGREZ FERRAMI MAINTENANT !

Cela lui parut de bon augure.

— On vous soutient, dit-il à Jeannie.

Elle regarda de plus près et rougit de plaisir.

— C'est vrai. Mon Dieu, il y a des gens qui m'aiment, après tout.

Sur un autre panneau on lisait :

VOUS
NE POUVEZ PAS
FAIRE ÇA
À
JF

Les vivats éclatèrent quand on aperçut Jeannie. Elle s'approcha en souriant. Steve la suivit, fier d'elle. Ce n'étaient pas tous les professeurs qui auraient obtenu un soutien aussi spontané de leurs étudiants. Elle serra la main des hommes et embrassa les femmes. Steve remarqua une jolie femme qui le dévisageait.

Jeannie étreignit dans la foule une femme plus âgée.

— Sophie !

— Bonne chance, dit la femme.

Jeannie, rayonnante, se détacha de la foule, et ils entrèrent dans le bâtiment.

— Eh bien, dit Steve, eux pensent que vous devriez garder votre poste.

— Je ne peux pas vous expliquer ce que ça représente pour moi. Cette femme plus âgée, c'est Sophie Chapple, un professeur du département de psychologie. Je pensais qu'elle me détestait. Je n'arrive pas à croire qu'elle manifeste pour moi.

— Qui était la jolie fille au premier rang ?

Jeannie lui lança un regard étonné.

— Vous ne la reconnaissez pas ?

— Je suis pratiquement sûr de ne jamais l'avoir vue, mais elle ne me quittait pas des yeux. — Puis il devina. — Oh ! mon Dieu, ce doit être la victime.

— Lisa Hoxton.

— Ça ne m'étonne pas qu'elle m'ait dévisagé.

Il ne put s'empêcher de se retourner pour lui jeter un coup d'œil : une jolie fille à l'air vif, petite et un peu rondelette. C'était son double qui l'avait attaquée, jetée à terre et violée. Steve sentit le dégoût lui crisper l'estomac. Cette jeune femme comme les autres avait vécu un cauchemar qui la hanterait toute sa vie.

Le bâtiment administratif était une superbe vieille résidence. Jeannie lui fit traverser le vestibule dallé de marbre, franchir une porte au-dessus de laquelle on pouvait lire « Ancienne salle à manger » et pénétrer dans une pièce un peu sombre au décor seigneurial : haut plafond, étroites fenêtres gothiques et meubles de chêne aux pieds épais. Une longue table était posée devant une cheminée de pierre sculptée.

Quatre hommes et une femme entre deux âges étaient assis d'un côté de la table. Steve reconnut l'homme chauve installé au milieu : c'était le partenaire de Jeannie au tennis, Jack Budgen. *Ça doit être le conseil de discipline. Le groupe qui tient le sort de Jeannie entre ses mains*. Il prit une profonde inspiration, puis il se pencha sur la table pour serrer la main de Jack Budgen.

— Bonjour, docteur Budgen. Je suis Steve Logan. Nous nous sommes parlé hier.

Instinctivement, il afficha un air confiant et détendu à l'opposé de ce qu'il ressentait. Il serra la main de chacun des membres du conseil.

Deux hommes étaient assis tout au bout de la table. Le petit en costume bleu trois pièces était Berrington Jones, que Steve avait rencontré lundi dernier. Le maigre aux cheveux roux en costume anthracite à veston croisé devait être Henry Quinn. Steve leur serra la main. Quinn le toisa d'un air dédaigneux et demanda :

— Quels diplômes possédez-vous, jeune homme ?

Steve lui fit un aimable sourire et lui murmura si bas que personne ne put entendre :

— Allez vous faire foutre, Henry.

Quinn sursauta comme si on l'avait giflé.

Vieux salaud, c'est la dernière fois que tu me regardes de haut.

Steve avança un siège pour Jeannie et tous deux s'installèrent.

— Eh bien, peut-être devrions-nous commencer, déclara Jack. Ces débats n'ont aucun caractère formel. Je crois que chacun d'entre vous a reçu un exemplaire de la procédure, nous connaissons donc le règlement. L'accusation est formulée par le professeur Berrington Jones qui propose que le docteur Jean Ferrami soit congédiée pour avoir porté atteinte à la réputation de l'université.

Tandis qu'il parlait, Steve observait les membres du conseil, à l'affût de tout signe de compassion. Cela ne le rassura pas. Seule la femme, Jane Edelsborough, avait les yeux fixés sur Jeannie. Les autres évitaient son regard. *Quatre contre, une pour. Pas brillant.*

Jack conclut :

— M. Berrington est représenté par M. Quinn.

Quinn se leva et ouvrit son porte-documents. Steve remarqua qu'il avait les doigts jaunis par le tabac. Il exhiba une liasse d'agrandissements de l'article du *New York Times* sur Jeannie et en remit un à chacun des assistants ; la table se trouva couverte de feuilles de papier proclamant PROBLÈMES MORAUX DANS LÀ RECHERCHE GÉNÉTIQUE : DES DOUTES, DES CRAINTES ET UNE QUERELLE. C'était un frappant rappel visuel des ennuis causés par Jeannie. Steve regretta de ne pas avoir apporté des documents à distribuer pour pouvoir recouvrir ceux de Quinn.

Cette ouverture simple et efficace de l'avocat intimida Steve. Comment allait-il pouvoir rivaliser avec un homme qui avait trente ans d'expérience des tribunaux ? *Je ne peux pas gagner*, pensa-t-il, brusquement affolé.

Quinn prit la parole. Il avait une voix sèche et précise, sans le moindre accent. Il s'exprimait lentement et non sans pédanterie. Steve espérait que ce serait une erreur devant ce jury d'intellectuels qui n'aimaient pas qu'on leur fasse la leçon. Quinn résuma l'histoire du conseil de discipline et précisa son rôle dans la gestion de l'université. Il définit l'expression « atteinte à la réputation » et montra une copie du contrat de Jeannie. Steve commença à se rassurer tandis que Quinn poursuivait son interminable monologue.

Il conclut enfin son préambule et se mit à interroger Berrington. Il lui demanda quand il avait entendu parler du programme de recherche de Jeannie pour la première fois.

— Lundi après-midi, répondit Berrington.

Il rappela sa conversation avec Jeannie — sa version et celle de Jeannie correspondaient. Puis il ajouta :

— Dès que j'ai clairement compris sa technique, je l'ai informée de ce que, à mon avis, elle était dans l'illégalité.

Jeannie éclata :

— Quoi ?

Sans se soucier d'elle, Quinn demanda à Berrington :

— Quelle a été sa réaction ?

— Elle s'est mise en colère...

— Menteur ! fit Jeannie.

Berrington rougit. Jack Budgen intervint.

— Pas d'interruption, je vous prie.

Steve gardait l'œil sur le conseil. Tous les regards étaient tournés vers Jeannie. Il posa une main sur le bras de la jeune femme comme pour la calmer.

— Il ment effrontément ! protesta-t-elle.

— À quoi vous attendiez-vous ? lui chuchota Steve. Il ne plaisante pas.

— Je suis désolée, murmura-t-elle.

— Mais non, lui souffla-t-il à l'oreille. Tenez bon. Ils ont bien vu que votre colère était sincère.

Berrington reprit :

— Elle est devenue agressive, tout comme maintenant. Elle m'a jeté au visage qu'elle était libre de faire ce qui lui plaisait, qu'elle était sous contrat.

Un des hommes du conseil, Tenniel Biddenham, prit un air sombre. De toute évidence, il n'aimait pas l'idée qu'une jeune enseignante puisse invoquer son contrat devant son professeur. Berrington était malin : il savait comment retourner à son avantage un point marqué contre lui.

Quinn demanda à Berrington :

— Qu'avez-vous fait ?

— Eh bien, j'ai pensé que je m'étais peut-être trompé. N'étant pas juriste, j'ai décidé de demander le conseil d'un avocat. Si mes craintes se confirmaient, je pourrais montrer à Mlle Ferrami l'opinion d'un tiers. S'il s'avérait que ses recherches ne présentaient aucun danger, j'abandonnerais l'affaire en évitant une confrontation.

— Et avez-vous pris conseil ?

— En fait, j'ai été dépassé par les événements.

Avant que j'aie eu l'occasion de consulter un avocat, le *New York Times* avait pris l'affaire en main.

Jeannie murmura :

— Mensonges !

— Vous êtes certaine ? lui demanda Steve.

— Absolument.

Il prit une note.

— Racontez-nous, je vous prie, ce qui s'est passé mercredi, demanda Quinn à Berrington.

— Mes pires craintes se sont réalisées. Le président de l'université, Maurice Obell, m'a convoqué dans son bureau et m'a demandé de lui expliquer pourquoi il recevait des coups de fil agressifs de la presse à propos de recherches menées dans mon département. Nous avons rédigé le brouillon d'un communiqué comme base de discussion et convoqué le docteur Ferrami. Elle a refusé de discuter du communiqué. Une nouvelle fois, elle s'est emportée. Elle a affirmé qu'elle pouvait agir comme bon lui semblait et elle est sortie en claquant la porte.

Steve lança à Jeannie un coup d'œil interrogateur. Elle dit à voix basse :

— Il ment. Ils m'ont présenté le communiqué comme un fait accompli.

Steve hocha la tête mais décida de ne pas aborder ce point dans le contre-interrogatoire. Le conseil estimerait probablement que Jeannie n'aurait pas dû sortir en claquant la porte.

— La journaliste nous a dit qu'elle avait jusqu'à midi pour remettre son article, poursuivit calmement Berrington. Le docteur Obell a estimé que l'université devait prendre position, et je dois dire que j'étais d'accord avec lui à cent pour cent.

— Votre déclaration a-t-elle eu l'effet que vous escomptiez ?

— Non. Le docteur Ferrami en a sapé la portée. Elle a informé la journaliste de son intention de ne tenir aucun compte de nos remontrances.

— En dehors de l'université, quelqu'un a-t-il commenté cet article ?

— Absolument.

Quelque chose dans la façon dont Berrington répondit déclencha une sonnette d'alarme dans la tête de Steve.

— J'ai reçu un coup de téléphone de Preston Barck, le président de Genetico. C'est un important donateur de l'université ; il finance notamment tout le programme de recherche sur les jumeaux. Il était naturellement préoccupé de la façon dont nous dépensions son argent. L'article donnait l'impression que les autorités de l'université étaient impuissantes. Preston m'a demandé : « Dites-moi, qui dirige ce foutu collège ? » C'était très gênant.

— Être défié par une jeune chercheuse était-il votre principal souci ?

— Assurément pas. Le principal problème, c'était le tort que les travaux du docteur Ferrami causeraient à Jones Falls.

Jolie manœuvre, pensa Steve. Au fond, tous les membres du conseil auraient horreur de voir un maître-assistant leur tenir tête, et Berrington s'était attiré leur sympathie. Mais Quinn s'était empressé de placer le débat à un niveau plus élevé : ainsi, ils pourraient se dire qu'en renvoyant Jeannie ils protégeaient l'université et ne se contentaient pas de punir une subordonnée indocile.

— Une université doit être sensible aux problèmes de vie privée, déclara Berrington. Les donateurs nous apportent de l'argent et les étudiants se battent pour s'inscrire ici parce qu'il s'agit d'une des plus vénérables institutions d'enseignement du pays. Laisser entendre que nous ne nous soucions pas des droits d'autrui est extrêmement dommageable.

La formulation était d'une éloquence discrète ; le conseil approuverait. Steve hocha la tête pour montrer qu'il était d'accord, en espérant qu'on le remarquerait et que l'on conclurait que là n'était pas l'objet de la discussion.

Quinn demanda à Berrington :

— Quels choix s'offraient alors à vous ?

— Un seul. Il nous fallait prouver que nous ne cautionnions pas la violation de la vie privée, fût-ce par des chercheurs. Il nous fallait également montrer que nous possédions l'autorité suffisante pour faire appliquer nos propres règles. Pour ce faire, nous devions congédier le docteur Ferrami.

— Professeur, je vous remercie, dit Quinn, et il se rassit.

Steve était pessimiste. Quinn était habile, Berrington s'était révélé redoutablement enjôleur. Il avait donné l'image d'un homme raisonnable, respectueux des droits d'autrui et faisant de son mieux pour s'arranger d'une subordonnée insouciante et coléreuse. Son argumentation était d'autant plus crédible qu'elle contenait un soupçon de vérité : Jeannie était bel et bien coléreuse.

Mais il mentait. Jeannie était dans son droit. À lui d'en apporter la preuve.

— Monsieur Logan, dit Jack Budgen, avez-vous des questions ?

— Certainement.

Il resta un instant silencieux, à rassembler ses idées.

Il nageait en plein rêve : il n'était pas dans un tribunal, il n'était même pas un véritable avocat ; pourtant, il défendait une opprimée contre l'injustice d'une puissante institution. Les chances étaient contre lui, mais la vérité était de son côté.

Il se leva et lança à Berrington un regard noir. Si la théorie de Jeannie était juste, l'homme devait effectivement être dans ses petits souliers — le docteur Frankenstein interrogé par le monstre qu'il avait créé. Steve décida de jouer un peu là-dessus pour ébranler l'assurance de Berrington.

— Vous me connaissez, n'est-ce pas, professeur ? commença-t-il.

Berrington semblait dérouté.

— Oh... je crois que nous nous sommes rencontrés lundi, oui.

— Vous savez tout de moi.

— Je... je ne vous suis pas.

— J'ai subi toute une journée des tests dans votre laboratoire : vous devez donc posséder pas mal de renseignements me concernant.

— Je vois ce que vous voulez dire, en effet.

Berrington paraissait extrêmement embarrassé. Steve passa derrière le fauteuil de Jeannie — ainsi tous devraient la regarder. C'était beaucoup plus difficile de penser du mal de quelqu'un qui soutenait sans crainte votre regard.

— Professeur, permettez-moi de commencer par votre première affirmation selon laquelle vous comptiez consulter un avocat à la suite de votre conversation de lundi avec le docteur Ferrami.

— Oui.

— En fait, vous n'avez pas vu d'avocat.

— Non, j'ai été dépassé par les événements.

— Vous n'avez pas pris rendez-vous pour en voir un.

— Je n'ai pas eu le temps...

— Deux jours se sont écoulés entre votre conversation avec le docteur Ferrami et votre entretien avec le docteur Obell à propos du *New York Times*. Durant ces deux jours, vous n'avez pas demandé à votre secrétaire de prendre rendez-vous avec un avocat.

— Non.

— Pas plus que vous ne vous êtes renseigné, ni que vous vous êtes adressé à l'un de vos collègues pour connaître le nom de quelqu'un que vous pourriez consulter.

— Non.

— En fait, vous êtes incapable d'établir le bien-fondé de cette affirmation.

Berrington eut un sourire plein d'assurance.

— J'ai toutefois la réputation d'un honnête homme.

— Le docteur Ferrami garde un souvenir très précis de cette conversation. D'après elle, vous n'avez fait aucune allusion à des problèmes juridiques ni à votre inquiétude concernant une violation de la vie privée. Votre seul souci était de savoir si son logiciel fonctionnait.

— Elle a peut-être oublié.

— Ou peut-être ne vous souvenez-vous pas bien.

Ayant l'impression d'avoir remporté un point, Steve changea brusquement de tactique.

— La journaliste du *New York Times*, Mme Freelander, a-t-elle révélé la façon dont elle avait entendu parler des travaux du docteur Ferrami ?

— Si elle l'a fait, le docteur Obell ne m'en a pas informé.

— Vous n'avez donc pas posé la question.

— Non.

— Vous ne vous êtes pas demandé comment elle était au courant ?

— J'ai sans doute supposé que les journalistes ont leurs sources.

— Comme le docteur Ferrami n'a rien publié concernant ce projet, la source a dû être un individu.

Berrington hésita et se tourna vers Quinn. Celui-ci se leva.

— Monsieur, dit-il en s'adressant à Jack Budgen, je propose que le témoin ne se permette pas de hasarder une hypothèse.

Budgen acquiesça.

— Il s'agit d'une audience informelle, rétorqua Steve. Nous n'avons pas à nous plier à la procédure rigide d'un tribunal.

Jane Edelsborough prit la parole.

— Ces questions me semblent intéressantes et pertinentes, Jack.

Berrington lui lança un regard noir et elle eut un petit haussement d'épaules comme pour s'excuser.

Cet échange avait quelque chose de personnel, et Steve se demanda quelle était la nature de leurs relations.

Budgen attendit, espérant peut-être entendre un autre membre du conseil avancer une opinion contraire. Mais personne n'intervint.

— Très bien, dit-il après un silence. Poursuivez, monsieur Logan.

Steve avait du mal à croire qu'il avait remporté la victoire dans cette première escarmouche. Les professeurs n'aimaient pas voir un brillant avocat leur dire ce qui constituait ou non une question légitime. Il avait la gorge sèche. D'une main tremblante, il se versa un peu d'eau. Il but une gorgée, se tourna de nouveau vers Berrington et dit :

— Mme Freelander connaissait plus que la nature générale des travaux du docteur Ferrami, n'est-ce pas ?

— Oui.

— Elle savait précisément comment le docteur Ferrami recherchait des jumeaux élevés séparément en balayant des banques de données. C'est une technique nouvelle, mise au point par elle, et que seuls vous et quelques-uns de vos collègues du département de psychologie connaissez.

— Si vous le dites.

— Il semble donc que ces informations venaient de l'intérieur du département.

— Peut-être.

— Quel mobile pourrait pousser un collègue à déclencher une mauvaise publicité autour du docteur Ferrami et de ses travaux ?

— Je ne saurais vous le dire.

— Cela semble être l'œuvre d'un rival malveillant, peut-être jaloux... Vous ne trouvez pas ?

— Peut-être.

Steve avait l'impression de trouver son rythme. Il commençait à se dire que peut-être, après tout, il allait sortir vainqueur de cet affrontement.

Pas de complaisance. Marquer des points, ce n'est pas gagner l'affaire.

— Permettez-moi de revenir à votre seconde affirmation. Quand M. Quinn vous a demandé si des personnes extérieures à l'université avaient émis des commentaires sur cet article, vous avez acquiescé. Vous vous en tenez à cette assertion ?

— Oui.

— Combien de coups de téléphone exactement avez-vous reçus de donateurs, hormis celui de Preston Barck ?

— Eh bien, j'ai parlé avec Herb Abrahams...

Steve le sentait démonté.

— Pardonnez-moi de vous interrompre, professeur. — Surpris, Berrington s'arrêta. — Est-ce M. Abrahams qui vous a appelé ou le contraire ?

— Euh, je crois que c'est moi qui ai appelé Herb...

— Nous y reviendrons dans un moment. Dites-nous tout d'abord combien de donateurs vous ont appelé pour exprimer leur inquiétude à propos des allégations du *New York Times*.

Berrington semblait désemparé.

— Je ne suis pas certain que quiconque m'ait appelé précisément pour me parler de cela.

— Combien d'appels avez-vous reçus d'étudiants ?

— Aucun.

— Plus précisément, quelqu'un vous a-t-il appelé pour vous parler de l'article ?

— Je ne pense pas.

— Avez-vous reçu du courrier à ce propos ?

— Pas encore.

— Alors, cela ne semble pas avoir causé de bien grands remous.

— Je ne pense pas que vous puissiez en tirer cette conclusion.

La réponse était un peu faible. Steve marqua un temps pour la laisser produire son effet. Berrington avait l'air embarrassé. Les membres du conseil ne manquaient rien de cet échange. Steve regarda Jeannie ; son visage rayonnait d'espoir. Il reprit :

— Parlons un peu de l'unique coup de téléphone que vous avez reçu de Preston Barck, le président de Genetico. À vous entendre, il s'agissait simplement d'un donateur préoccupé de la façon dont on utilise son argent. Mais il est plus que cela, n'est-ce pas ? Quand l'avez-vous rencontré pour la première fois ?

— Quand j'étais à Harvard, il y a quarante ans.

— Il doit être l'un de vos plus vieux amis.

— En effet.

— Par la suite, vous et lui avez fondé ensemble Genetico.

— Oui.

— Il est donc aussi votre associé.

— Oui.

— La société est sur le point d'être absorbée par Landsmann, le conglomérat allemand de produits pharmaceutiques.

— Oui.

— Sans doute M. Barck va-t-il gagner beaucoup d'argent dans cette opération.

— Sans doute.

— Combien ?

— J'estime que c'est confidentiel.

Steve décida de ne pas insister. La répugnance de Berrington à révéler la somme était assez éloquente.

— Un autre de vos amis va également faire une belle affaire : le sénateur Proust. À en croire les informations d'aujourd'hui, il va utiliser ces fonds pour financer sa campagne aux prochaines élections présidentielles.

— Je n'ai pas regardé les nouvelles ce matin.

— Mais Jim Proust est l'un de vos amis, n'est-ce pas ? Vous devez savoir qu'il envisage de se porter candidat à la présidence.

— Je crois que tout le monde le savait.

— Cette OPA va-t-elle vous rapporter de l'argent ?
— Oui.
Steve se déplaça pour s'approcher de Berrington : ainsi, tous les regards allaient se fixer sur celui-ci.
— Vous êtes donc un actionnaire, pas seulement un consultant.
— Il est assez fréquent d'être les deux à la fois.
— Professeur, combien cette OPA va-t-elle vous rapporter ?
— Je crois que c'est du domaine privé.
Cette fois, Steve n'allait pas le laisser s'en tirer comme ça.
— Selon le *Wall Street Journal*, le montant de l'OPA sur la société s'élève à cent quatre-vingts millions de dollars.
— Oui.
Steve répéta :
— Cent quatre-vingts millions de dollars.
Il marqua un temps assez long pour provoquer un lourd silence. C'était le genre de somme que des professeurs ne voyaient jamais. Il voulait donner aux membres du conseil le sentiment que Berrington n'était pas du tout l'un des leurs, qu'il appartenait au contraire à une tout autre espèce.
— Vous êtes une des trois personnes qui vont se partager cent quatre-vingts millions de dollars.
Berrington acquiesça.
— Vous avez donc dû être un peu nerveux quand vous avez pris connaissance de l'article du *New York Times*. Votre ami Preston vend sa société, votre ami Jim se présente aux élections présidentielles et vous êtes sur le point d'empocher une fortune. Êtes-vous bien sûr que c'était à la réputation de Jones Falls que vous pensiez quand vous avez congédié le docteur Ferrami ? Soyons francs, professeur... vous vous êtes affolé.
— Je peux vous assurer...
— Vous avez lu un article hostile dans la presse, vous avez imaginé que l'OPA allait échouer et vous

avez réagi précipitamment. Vous vous êtes laissé affoler par le *New York Times*.

— Jeune homme, il en faut plus que le *New York Times* pour me faire peur. J'ai agi vite et avec détermination, mais pas de façon précipitée.

Vous n'avez fait aucune tentative pour découvrir à quelle source le journal avait puisé ses informations.

— Non.

— Combien de jours avez-vous passés à rechercher si ces allégations étaient fondées ou non ?

— Il n'a pas fallu longtemps...

— Nous parlons d'heures plutôt que de jours ?

— Oui...

— Ou bien s'est-il en fait écoulé moins d'une heure avant que vous approuviez un communiqué annonçant que le programme de recherche du docteur Ferrami était annulé ?

— Je suis tout à fait certain que c'était plus d'une heure.

Steve eut un haussement d'épaules éloquent.

— Soyons généreux et disons deux heures. Était-ce suffisant ? — Il se tourna et désigna Jeannie. — Au bout de deux heures, vous avez décidé de saborder le programme de recherche d'une jeune chercheuse ?

La souffrance se lisait clairement sur le visage de Jeannie. Steve éprouva pour elle un torturant élan de pitié ; mais, dans son intérêt, il devait jouer la corde de l'émotion. Il retourna le couteau dans la plaie.

— Au bout de deux heures, vous en saviez assez pour décider d'anéantir un travail de plusieurs années ? Suffisamment pour mettre un terme à une carrière prometteuse ? Suffisamment pour ruiner la vie d'une femme ?

— Je lui ai demandé de se défendre, dit Berrington avec indignation. Elle a perdu patience et elle a quitté la pièce !

Steve hésita, puis se décida pour l'emphase.

— Elle est sortie de la pièce ! répéta-t-il avec une stupeur feinte. Elle est sortie de la pièce ! Vous lui avez montré un communiqué annonçant l'annulation de son programme de recherche. Sans enquêter sur les sources de cet article, sans examiner la valeur de ces allégations, sans en débattre, vous avez déclaré à cette jeune chercheuse que sa vie était ruinée. Et sa seule réaction a été de sortir de la pièce ?

Berrington allait répliquer, mais Steve ne lui en laissa pas le temps.

— Quand je pense à ce qu'il y a d'injuste, d'illégal, voire de stupide dans votre comportement de mercredi matin, professeur, j'ai du mal à imaginer comment le docteur Ferrami a pu faire preuve d'une telle maîtrise de soi et se limiter à une protestation aussi simple et aussi éloquente.

Il regagna sa place sans rien dire, puis se tourna vers le conseil et déclara :

— Plus de question.

Jeannie avait baissé les yeux, mais elle lui serra le bras. Il se pencha et murmura :

— Comment ça va ?

— Ça va.

Il lui tapota la main. Il aurait voulu dire : « Je crois que nous l'avons emporté », mais ç'aurait été tenter le sort.

Henry Quinn se leva, impassible. Il aurait dû paraître furieux après que Steve eut ainsi réduit en poussière les arguments de son client. Mais une partie de son talent consistait à ne jamais perdre son calme, même quand l'affaire prenait mauvaise tournure.

— Professeur, dit-il, si l'université n'avait pas interrompu le programme de recherche du docteur Ferrami, si elle ne l'avait pas congédiée, cela aurait-il changé quoi que ce soit à l'OPA de Landsmann sur Genetico ?

— Pas le moins du monde, répondit Berrington.

— Je vous remercie. Plus de question.

Bien joué, se dit Steve avec amertume. Voilà qui dégonflait l'effet de son contre-interrogatoire. Il s'efforça de ne pas montrer sa déception à Jeannie.

C'était au tour de Jeannie. Elle était calme et lucide quand elle décrivit son programme de recherche et qu'elle expliqua combien il était important de découvrir des jumeaux élevés séparément qui étaient des criminels. Elle énuméra les précautions qu'elle prenait pour s'assurer qu'on n'accédait jamais à un dossier médical avant que l'intéressé eût signé une décharge.

Il s'attendait à voir Quinn procéder à un contre-interrogatoire et s'efforcer de démontrer qu'il existait un risque — même minime — de voir accidentellement révélées des informations confidentielles. Jeannie avait répété ce point la nuit dernière, Steve jouant le rôle d'avocat de l'accusation. Étonnamment, Quinn ne posa aucune question. Craignait-il de voir Jeannie se défendre trop brillamment ? Ou bien était-il convaincu que le conseil de discipline s'était déjà forgé une opinion ?

Quinn plaida le premier. Il revint longuement sur le témoignage de Berrington, se montrant une fois de plus un peu trop ennuyeux. Sa conclusion toutefois fut brève.

— Voilà une crise qui n'aurait jamais dû éclater. La direction de l'université n'a cessé d'avoir une attitude raisonnable. C'est l'impétuosité, c'est l'intransigeance du docteur Ferrami qui ont provoqué ce drame. Bien sûr, elle est sous contrat, et ce contrat régit ses relations avec son employeur. Mais on compte sur les professeurs titulaires pour surveiller les jeunes enseignants. Ceux-ci, s'ils ont quelque bon sens, écoutent les sages conseils de leurs aînés. L'entêtement du docteur Ferrami a fait d'un problème une crise, et la seule solution de cette crise c'est qu'elle quitte l'université.

Il se rassit. Au tour de Steve de prendre la parole. Toute la nuit il avait répété sa plaidoirie. Il se leva.

— Quel est le but de l'université Jones Falls ? — Il marqua une pause théâtrale. — La réponse tient en un seul mot : la connaissance. Si l'on voulait définir en une formule le rôle de l'université dans la société américaine, on pourrait dire que sa fonction est de chercher la connaissance et de répandre la connaissance.

Il regarda chacun des membres du conseil, quêtant leur approbation. Jane Edelsborough hocha la tête. Les autres demeurèrent impassibles.

Il reprit :

— De temps en temps, cette fonction essuie des attaques. Pour une raison ou pour une autre, certaines personnes tiennent à dissimuler la vérité : pour des motifs politiques, en raison de préjugés religieux — il regarda Berrington — ou pour préserver des avantages matériels. Je crois que nous sommes tous d'accord pour affirmer que l'indépendance intellectuelle constitue un élément capital pour la réputation d'une université. Évidemment, il faut mesurer cette indépendance à l'aune des autres obligations. Le respect des droits des individus, par exemple. Toutefois, défendre avec vigueur le droit de l'université à la poursuite de la connaissance ne ferait que rehausser sa réputation.

D'un geste large, il désigna les lieux.

— Jones Falls est importante pour tous ceux qui se trouvent ici. La réputation d'un universitaire varie en fonction de l'établissement dans lequel il travaille. Je vous demande de réfléchir à l'effet que votre verdict aura sur la réputation de JFU en tant qu'institution universitaire libre et indépendante. L'université va-t-elle se laisser intimider par les attaques sans fondement d'un quotidien ? Va-t-on annuler un programme de recherche scientifique pour sauvegarder le résultat d'une OPA ? J'espère que non. J'espère que le conseil renforcera la réputation de l'université Jones Falls en montrant qu'elle est attachée à ce qui est pour elle plus qu'une simple valeur : la vérité.

Il laissa ces mots faire leur effet. À voir leurs expressions, il aurait été incapable de dire si sa harangue les avait touchés.

— Je vous remercie, dit Jack Budgen. À l'exception des membres du conseil, tous les assistants pourraient-ils sortir pendant que nous délibérons ?

Steve suivit Jeannie dans le hall. Ils sortirent du bâtiment pour faire quelques pas à l'ombre des arbres. Jeannie était pâle et tendue.

— Qu'en pensez-vous ? demanda-t-elle.

— Nous devons gagner. Nous avons le droit pour nous.

— Qu'est-ce que je vais faire si nous perdons ? Partir pour le Nebraska ? Prendre un poste d'institutrice ? Devenir hôtesse de l'air comme Penny Watermeadow ?

— Qui est Penny Watermeadow ?

Elle allait lui répondre quand elle aperçut pardessus l'épaule de Steve quelque chose qui la fit hésiter. Steve se retourna et aperçut Henry Quinn qui fumait une cigarette.

— Vous avez été très bon, dit Quinn. J'espère que vous ne prendrez pas cela pour de la condescendance si je vous dis que j'ai apprécié cette passe d'armes.

Jeannie eut un grognement écœuré et tourna les talons.

Steve parvint à se montrer plus détaché. Les avocats étaient censés être ainsi aimables avec leurs adversaires en dehors du tribunal. D'ailleurs, il retrouverait peut-être Quinn un jour.

— Je vous remercie.

— Vous aviez les meilleurs arguments, reprit Quinn avec une franchise qui étonna Steve. Mais, dans ce genre d'affaire, les gens votent en fonction de leur intérêt personnel. Tous les membres de ce conseil sont des professeurs titulaires ; quels que soient les arguments, ils auront du mal à soutenir une jeune débutante contre quelqu'un qui appartient à leur groupe.

— Ce sont des intellectuels ! protesta Steve. Ils sont du côté de la raison.

Quinn acquiesça.

— Vous avez peut-être raison. — Il lança à Steve un regard songeur, puis reprit : — Avez-vous une idée de ce dont il s'agit réellement ?

— Que voulez-vous dire ?

— De toute évidence, Berrington est terrifié par quelque chose et pas simplement par la mauvaise publicité. Je me demandais si le docteur Ferrami et vous vous en rendiez compte.

— Oui. Mais nous ne pouvons pas encore le prouver.

— Continuez à chercher. — Il laissa tomber sa cigarette et l'écrasa sous sa semelle. — Dieu nous garde d'avoir Jim Proust comme président.

Il tourna les talons. Jack Budgen apparut à l'entrée et leur fit signe de venir. Steve prit Jeannie par le bras et ils regagnèrent la salle d'audience.

Steve scruta le visage des membres du conseil. Jack Budgen croisa son regard. Jane Edelsborough lui fit un petit sourire. C'était bon signe. Il reprit espoir.

Tout le monde s'assit. Jack Budgen déplaça machinalement ses papiers.

— Nous remercions les deux parties de nous avoir permis de conduire ces débats dans la dignité... — Avec gravité, il marqua un temps. — Notre décision est unanime : nous recommandons au sénat de cette université de congédier le docteur Ferrami. Je vous remercie.

Jeannie s'enfouit la tête dans ses mains.

40

Quand enfin Jeannie se retrouva seule, elle se jeta sur son lit et éclata en sanglots. Elle pleura longtemps. Elle frappa du poing ses oreillers, invectiva les murs et lança les pires jurons qu'elle connaissait. Puis elle enfouit son visage dans l'édredon et pleura encore. Ses draps étaient mouillés de larmes et maculés de traînées noires de mascara.

Au bout d'un moment, elle se leva, se lava le visage et prépara du café. *Ce n'est pas comme si tu avais un cancer. Allons, secoue-toi.* C'était tout de même trop dur. D'accord, elle n'allait pas mourir, mais elle avait perdu sa raison de vivre.

Elle se revit à vingt et un ans. La même année, elle avait passé son diplôme avec mention très bien et remporté le trophée Mayfair Lites. Elle se revoyait sur le court de tennis, brandissant la coupe dans un geste de triomphe. Le monde était à ses pieds. Avec le recul, elle avait l'impression que c'était quelqu'un d'autre qui levait au ciel cette coupe.

Elle s'assit sur le canapé pour boire son café. Son père, ce vieux salaud, lui avait volé sa télé. Elle ne pouvait même pas regarder un feuilleton stupide pour oublier ses malheurs. Elle se serait bien gavée de chocolat si elle en avait eu. Elle pensa à boire, mais cela la déprimerait davantage. Aller s'acheter quelque chose ? Elle éclaterait sans doute en sanglots dans le salon d'essayage, et d'ailleurs elle était encore plus fauchée qu'auparavant.

Vers deux heures, le téléphone sonna. Jeannie ne répondit pas. Mais la sonnerie insistait. Elle finit par en avoir assez et se leva pour décrocher.

C'était Steve. Après l'audience, il était retourné à Washington consulter son avocat.

— Je suis à son cabinet. Nous voulions que vous

intentiez une action contre Jones Falls pour récupérer votre liste du FBI. Ma famille paiera les frais. Mes parents estiment que ça nous permettra peut-être de retrouver le troisième jumeau.

— Je me fous pas mal du troisième jumeau !

Il y eut un silence, puis il dit :

— C'est important pour moi.

Elle soupira. *Avec tous mes ennuis, il faudrait encore que je me préoccupe de Steve ?* Puis elle se reprit. *Lui s'est bien occupé de moi, non ?* Elle eut honte.

— Steve, pardonnez-moi. Je m'apitoie sur mon sort. Bien sûr que je vais vous aider. Que faut-il que je fasse ?

— Rien. L'avocat va s'en charger à condition que vous donniez votre accord.

Elle réfléchit un moment.

— Ça n'est pas un peu dangereux ? Je veux dire, je présume qu'il faudra avertir JFU. Berrington saura alors où se trouve la liste. Et il mettra la main dessus avant nous.

— Vous avez raison. Laissez-moi lui expliquer cela.

Quelques instants plus tard, une autre voix reprit la ligne.

— Docteur Ferrami, ici Runciman Brewer. Nous sommes actuellement en conférence avec Steve. Où se trouve exactement ce document ?

— Dans un tiroir de mon bureau, sur une disquette marquée LISTE DE COURSES.

— Nous pouvons demander à avoir accès à votre bureau sans préciser ce que nous recherchons.

— Ils pourraient effacer tout ce qu'il y a sur mon ordinateur et mes disquettes.

— Je n'ai pas de meilleure idée pour l'instant.

— Ce qu'il nous faut, dit Steve, c'est un cambrioleur.

— Oh ! mon Dieu ! fit Jeannie.

— Quoi ?

Papa.

L'avocat dit :

— Qu'y a-t-il, docteur Ferrami ?

— Pouvez-vous attendre un peu pour déposer cette demande ?

— Oui. De toute façon, nous ne pourrions sans doute rien obtenir avant lundi. Pourquoi ?

— Je viens d'avoir une idée. Laissez-moi voir si elle peut marcher. Sinon, nous utiliserons les voies légales la semaine prochaine. Steve ?

— Je suis toujours là.

— Rappelez-moi.

— Bien sûr.

Jeannie raccrocha. Son père pouvait s'introduire dans son bureau. Il était chez Patty. Comme il était fauché, il ne s'en irait pas de sitôt. Il lui devait un service. Oh ! ça, oui !

Si elle pouvait découvrir le troisième jumeau, Steve serait innocenté. Et si elle révélait au monde les actes que Berrington et ses amis avaient commis dans les années soixante-dix, peut-être retrouverait-elle son poste.

Pouvait-elle demander à son père de faire ça ? C'était contre la loi. Si les choses tournaient mal, il se retrouverait en prison. Bien sûr, c'était un risque qu'il courait constamment. Mais cette fois, ce serait sa faute à elle.

On ne se fera pas prendre.

On sonna à la porte. Elle décrocha l'interphone.

— Oui ?

— Jeannie ?

La voix était familière.

— Oui. Qui est là ?

— Will Temple.

— Will ?

— Je t'ai envoyé deux courriers électroniques. Tu ne les as pas reçus ?

Qu'est-ce que Will Temple fichait ici ?

— Entre.

Il portait un pantalon de toile beige et un polo bleu marine. Ses cheveux étaient plus courts. Il arborait toujours la barbe blonde qu'elle avait tant aimée mais, au lieu d'être en bataille, elle était soigneusement taillée en bouc. L'héritière l'avait toiletté.

Elle ne pouvait pas se décider à le laisser l'embrasser sur la joue. Il lui avait fait trop de mal. Elle lui tendit la main.

— Quelle surprise ! dit-elle.

— Je participe à une conférence à Washington. J'ai loué une voiture pour venir te voir.

— Tu veux du café ?

— Bien sûr.

— Assieds-toi.

Il regarda autour de lui.

— Très joli, ton appartement.

— Merci.

— Différent.

— Tu veux dire : différent de là où nous habitions ?

La salle de séjour de leur appartement de Minneapolis était un grand espace mal rangé, encombré de profonds canapés, de roues de bicyclette, de raquettes de tennis et de guitares. En comparaison, cette pièce-ci était impeccable.

— Je crois que j'en avais assez de tout ce fatras.

— À l'époque, tu avais l'air d'aimer ça.

— C'est vrai. On évolue.

Il hocha la tête et changea de sujet.

— J'ai lu ce qu'on disait de toi dans le *New York Times*. Cet article était de la pure foutaise.

— Pourtant, il a atteint son objectif : j'ai été virée aujourd'hui.

— Non !

Elle servit le café, s'assit en face de lui et lui raconta ce qui s'était passé à l'audience. Quand elle eut terminé, il demanda :

— Ce Steve... c'est du sérieux pour toi ?

— Je ne sais pas. Je n'y ai pas réfléchi.

— Tu ne sors pas avec lui ?

— Non, mais il en a envie et je l'aime vraiment bien. Et toi ? Tu es toujours avec Georgina Pinkerton Ross ?

— Non... Jeannie, si je suis venu ici, c'est pour te dire que de rompre avec toi a été la plus grosse erreur de ma vie.

Son air triste toucha Jeannie. Une partie d'elle-même n'était pas mécontente qu'il regrette de l'avoir perdue, mais elle ne voulait pas le voir malheureux.

— Tu as été la plus belle rencontre de ma vie, poursuivit-il. Tu es forte, mais tu es bonne. Et tu es intelligente. J'ai besoin de quelqu'un d'intelligent. Nous étions faits l'un pour l'autre. Nous nous aimions.

— Sur le coup, ça m'a fait très mal. Mais je m'en suis remise.

— En ce qui me concerne, je n'en suis pas sûr.

Elle le détailla. C'était un grand gaillard, pas mignon comme Steve, mais séduisant dans un style plus rude. Elle sonda sa libido comme un médecin palpe une meurtrissure : aucune réaction, plus rien de l'irrésistible attirance physique qu'elle avait éprouvée jadis pour le corps robuste de Will.

Il était venu lui demander de revenir avec lui. Elle savait ce qu'elle allait répondre. Elle ne voulait plus de lui. Il arrivait une semaine trop tard. Ce serait plus charitable de ne pas lui infliger cette humiliation. Elle se leva.

— Will, j'ai quelque chose d'important à faire et il faut que j'y aille. Je regrette de ne pas avoir reçu tes messages, nous aurions pu passer plus de temps ensemble.

Il lut entre les lignes et son visage s'assombrit.

— Dommage.

Il se leva à son tour. Elle lui tendit la main.

— Merci d'être passé.

Il l'attira à lui pour l'embrasser. Elle lui offrit sa joue. Il y posa un tendre baiser, puis la lâcha.

— Je regrette de ne pas pouvoir réécrire notre histoire, dit-il. Ça se terminerait mieux.

— Au revoir, Will.
— Au revoir, Jeannie.
Elle le regarda descendre l'escalier et sortir. Son téléphone sonna. Elle décrocha.
— Se faire virer n'est pas le pire.
C'était un homme, la voix un peu étouffée comme s'il parlait à travers quelque chose pour la déguiser.
— Qui est à l'appareil ?
— Cessez de fourrer votre nez dans des affaires qui ne vous regardent pas.
Qui était-ce ?
— Quelles affaires ?
— Celui que vous avez rencontré à Philadelphie était censé vous tuer.
Jeannie en eut le souffle coupé. Soudain, elle eut très peur. La voix reprit :
— Il s'est laissé emporter, il a tout gâché. Mais il pourrait vous rendre une nouvelle visite.
Jeannie murmura :
— Oh, mon Dieu...
— Prenez garde.
Un déclic, puis la tonalité. On avait raccroché.
Jeannie serrait toujours le combiné et gardait les yeux fixés sur le téléphone. Elle n'avait jamais reçu de menaces de mort. C'était horrible de savoir qu'un autre être humain voulait la supprimer.
Qu'est-ce que tu es censée faire ?
S'asseyant sur le canapé, elle fit un effort pour retrouver sa volonté. Elle avait envie de renoncer. Elle était trop meurtrie, trop sonnée pour continuer à lutter contre ces puissants et mystérieux ennemis. *Ils sont trop forts pour moi.* Ils pouvaient la faire renvoyer, la faire attaquer, fouiller son bureau, voler son courrier. Ils semblaient capables de tout. Peut-être pourraient-ils vraiment la tuer.
C'était injuste. Quels droits avaient-ils donc ? Elle était une bonne chercheuse et ils avaient ruiné sa carrière. Ils étaient prêts à faire jeter Steve en prison pour le viol de Lisa. Ils menaçaient de la sup-

primer. Elle sentit monter la colère. Pour qui se prenaient-ils ? Elle n'allait pas laisser ces arrogants salopards qui croyaient pouvoir tout manipuler dans leur propre intérêt ruiner sa vie. Plus elle y pensait, plus elle sentait la rage monter en elle.

Je ne vais pas les laisser gagner ! J'ai le pouvoir de leur nuire. Je dois l'avoir, sinon ils n'éprouveraient pas le besoin de me menacer. Ce pouvoir, je vais l'utiliser. Peu m'importe les conséquences tant que je leur rends la vie impossible.

Je suis intelligente, je suis déterminée. Je suis Jeannie Ferrami. Attention, espèces de salauds, j'arrive.

41

Le père de Jeannie était assis sur le canapé dans le salon en désordre de Patty. Une tasse de café sur ses genoux, il regardait « Hôpital général » à la télévision tout en dévorant une tranche de gâteau aux carottes. En l'apercevant, Jeannie perdit son calme.

— Comment as-tu pu faire ça ? s'écria-t-elle. Comment as-tu pu voler ta propre fille ?

Il se leva d'un bond, renversant son café et faisant tomber son gâteau. Patty arriva sur les pas de Jeannie.

— Je t'en prie, pas de scène. Zip ne va pas tarder à rentrer.

— Jeannie, je suis désolé. Honteux.

Patty s'agenouilla et se mit à essuyer la tache de café avec une poignée de Kleenex. Sur l'écran, un beau docteur en blouse de chirurgien embrassait une jolie femme.

— Tu sais que je suis fauchée, hurla Jeannie. Tu sais que j'essaie de trouver assez d'argent pour payer une maison de retraite convenable à maman — à ta femme ! Et malgré ça, tu voles ma putain de télé !

— Jeannie, ne parle pas comme ça...

— Seigneur, donnez-moi la force...

— Je te demande pardon.

— Je ne comprends pas. Je n'arrive pas à comprendre.

— Jeannie, dit Patty, laisse-le tranquille.

— Il faut que je sache. Comment as-tu pu faire une chose pareille ?

— Bon, je vais t'expliquer, fit son père dans un brusque accès d'énergie qui la surprit. Je vais te dire pourquoi je l'ai fait. Parce que j'ai perdu la main. — Les larmes lui montèrent aux yeux. — J'ai volé ma propre fille parce que je suis trop vieux et trop peureux pour voler quelqu'un d'autre. Maintenant tu sais la vérité.

Il était si pitoyable que la colère de Jeannie se dissipa.

— Oh ! papa, je suis désolée. Assieds-toi, je vais chercher l'aspirateur.

Elle ramassa la tasse et l'emporta dans la cuisine. Elle revint avec l'aspirateur et fit disparaître les miettes de gâteau. Patty acheva d'éponger le café.

— Je ne vous mérite pas, mes petites filles, je le sais, murmura leur père en se rasseyant.

— Je vais t'apporter une autre tasse de café, dit Patty.

À la télé, le chirurgien déclarait : « Partons ensemble, rien que nous deux, dans un endroit merveilleux », et la femme répondait : « Mais, et ta femme ? » et le docteur prenait un air boudeur. Jeannie éteignit le poste et vint s'asseoir auprès de son père.

— Comment ça, tu as perdu la main ? Qu'est-ce qui s'est passé ?

Il poussa un grand soupir.

— Quand je suis sorti de prison, j'ai repéré un immeuble de Georgetown. Une petite affaire, un cabinet d'architectes qui venait de se rééquiper avec quinze ou vingt ordinateurs et d'autres machines, des imprimantes, des fax. C'est le fournisseur qui m'a passé le tuyau : il devait me racheter le matériel et le leur revendre quand ils auraient touché l'argent de l'assurance. Ça m'aurait rapporté dix mille dollars.

— Je ne veux pas que mes fils t'entendent, déclara Patty.

Elle s'assura qu'ils n'étaient pas dans le couloir, puis ferma la porte. Jeannie dit à son père :

— Alors, qu'est-ce qui a mal tourné ?

— J'ai amené la camionnette en marche arrière derrière l'immeuble, j'ai débranché l'alarme et j'ai ouvert la porte coulissante. Là-dessus j'ai commencé à me demander ce qui arriverait si un flic passait. Au bon vieux temps, je m'en foutais éperdument. Mais ça devait bien faire dix ans que je n'avais pas fait de casse. Bref, j'ai eu une telle frousse que je me suis mis à trembler. Je suis entré, j'ai débranché un ordinateur, je l'ai emporté, je l'ai fourré dans la camionnette et je suis parti. Le lendemain, j'ai débarqué chez toi.

— Et tu m'as cambriolée.

— Je n'en avais pas l'intention, mon chou. Je croyais que tu allais m'aider à retomber sur mes pieds et à trouver un travail sérieux. Et puis, quand tu es sortie, j'ai retrouvé mes vieilles habitudes. Je suis assis là, je regarde la chaîne stéréo et je me dis : « Je pourrais en tirer deux cents dollars, peut être cent pour la télé. » Et voilà. Après avoir fourgué le tout, j'aurais voulu me tuer, je te jure.

— Mais tu ne l'as pas fait.

— Jeannie ! fit Patty.

— J'ai bu deux ou trois verres. Je me suis lancé dans une partie de poker et, le lendemain matin, j'étais de nouveau sans un.

— Alors, tu es venu voir Patty.

— Je ne te ferai pas ça, Patty. Je ne le ferai plus jamais à personne. Je vais me ranger.

— Tu aurais intérêt ! fit Patty.

— Il le faut, je n'ai pas le choix.

— Pas encore, lança Jeannie.

Tous deux la regardèrent. Patty demanda d'un ton un peu nerveux :

— Jeannie, qu'est-ce que tu racontes ?

— Il faut que tu fasses encore un coup, papa. Pour moi. Un cambriolage. Ce soir.

42

La nuit tombait quand ils pénétrèrent sur le campus de Jones Falls.

— Dommage que nous n'ayons pas une voiture moins voyante, dit son père tandis que Jeannie garait la Mercedes rouge dans le parking des étudiants. Une Ford Taunus, c'est bien, ou une Buick Royal. On en voit cinquante chaque jour, personne ne s'en souvient.

Il descendit de voiture, tenant à la main un porte-documents en cuir fauve qui avait connu des jours meilleurs. Avec sa chemise à carreaux, son pantalon froissé, ses cheveux en désordre et ses chaussures usées, il avait l'air d'un professeur comme un autre.

Jeannie éprouvait une impression bizarre. Elle savait depuis des années que son père était un voleur, mais elle-même n'avait jamais rien fait de plus illégal que de conduire à cent dix à l'heure. Et voilà qu'elle allait pénétrer par effraction dans un bâtiment ! Elle avait le sentiment de franchir un pas. Elle ne pensait pas mal agir ; malgré tout, l'image qu'elle se faisait d'elle-même s'en trouvait ébranlée. Elle s'était jusqu'à présent considérée comme une citoyenne respectueuse des lois. Les criminels, son père compris, lui avaient toujours paru appartenir à une autre espèce. Et voilà qu'aujourd'hui elle ralliait leurs rangs.

La plupart des étudiants et des enseignants étaient rentrés chez eux, mais il y avait encore un certain nombre de gens qui passaient par là : des professeurs qui travaillaient tard, des étudiants qui allaient à une soirée, des concierges qui fermaient les serrures et des gardiens qui patrouillaient.

Elle était tendue comme une corde de guitare près de se rompre. Elle avait davantage peur pour son père que pour elle-même. S'ils étaient pris, ce serait profondément humiliant pour elle, mais sans plus : on ne vous jetait pas en prison pour avoir pénétré par effraction dans votre propre bureau. Mais son père, avec son passé, écoperait de Dieu sait combien d'années. Quand il sortirait, ce serait un vieil homme.

Les lampadaires et l'éclairage extérieur des immeubles commençaient à s'allumer. Jeannie et son père passèrent devant le court de tennis où deux femmes jouaient à la lueur des projecteurs. Jeannie se souvint de Steve lui adressant la parole après la partie, le dimanche précédent. Il avait un air si assuré et si content de lui qu'elle l'avait machinalement éconduit. Comme elle l'avait mal jugé !

De la tête, elle désigna le pavillon de psychologie Ruth W. Acorn.

— C'est là. Tout le monde l'appelle le pavillon des dingues.

— Continue à marcher à la même allure. Comment franchis-tu cette porte ?

— Avec une carte en plastique, comme pour mon bureau. Ma carte ne fonctionne plus. Je pourrais peut-être en emprunter une.

— Pas la peine. J'ai horreur des complices. Comment passe-t-on par-derrière ?

— Je vais te montrer.

Une allée menait de l'autre côté du pavillon des dingues, au parking des visiteurs. Jeannie s'y engagea puis s'avança dans une cour pavée à l'arrière du bâtiment. Son père inspecta les lieux d'un regard de professionnel.

— Qu'est-ce que c'est, cette porte ? demanda-t-il en tendant le doigt.

— Je crois que c'est une sortie de secours.

Il hocha la tête.

— Il doit y avoir une barre transversale au niveau de la taille, du genre de celles qui permettent d'ouvrir la porte si on appuie dessus.

— Je crois que oui. C'est par là que nous allons entrer ?

— Oui.

Jeannie se rappela un panneau intérieur qui annonçait CETTE PORTE EST ÉQUIPÉE D'UN SIGNAL D'ALARME.

— Tu vas déclencher une alarme.

— Sûrement pas, répondit-il. — Il regarda autour de lui. — Il y a beaucoup de gens qui passent par ici ?

— Non. Surtout pas le soir.

— Bon. Au travail.

Il sortit de son porte-documents une petite boîte en plastique noir avec un cadran. Il pressa un bouton puis promena la boîte tout autour du chambranle en surveillant le cadran. Arrivée dans le coin supérieur droit, l'aiguille fit un saut. Il poussa un grognement satisfait.

Il rangea le boîtier dans sa serviette et en prit un autre, ainsi qu'un rouleau de chatterton. Il fixa l'appareil au coin supérieur droit de la porte et abaissa une manette. Un bourdonnement sourd fit sursauter Jeannie.

— Ça devrait brouiller l'alarme, la rassura-t-il.

Il saisit un long fil de fer — autrefois un cintre de blanchisserie. Il le courba soigneusement puis l'inséra dans la fente de la porte. Il l'agita quelques secondes, puis tira. La porte s'ouvrit. L'alarme ne se déclencha pas. Il ramassa son porte-documents et entra.

— Attends, fit Jeannie. On ne peut pas faire ça. Ferme la porte et rentrons.

— Mais non, viens, n'aie pas peur.

— Si tu te fais prendre, tu te retrouveras en prison jusqu'à soixante-dix ans.

— Jeannie, je tiens à le faire. J'ai été trop longtemps un mauvais père. Pour une fois, j'ai l'occasion de t'aider. Et ça en vaut la peine. Viens !

Jeannie le suivit. Il referma la porte.

— Montre-moi le chemin.

Elle monta l'escalier de secours jusqu'au premier étage et se précipita dans le couloir jusqu'à son bureau, son père sur ses talons. Elle désigna la porte. Il chercha dans sa serviette une plaque de métal de la taille d'une carte de crédit reliée à un boîtier par des fils électriques. Il l'introduisit dans le lecteur de carte et mit en route l'instrument.

— Ça essaie toutes les combinaisons possibles, expliqua-t-il.

Elle était stupéfaite de la facilité avec laquelle il avait pénétré dans un bâtiment protégé par des systèmes de sécurité sophistiqués.

— Tu sais, fit-il. Je n'ai pas peur !

— Seigneur ! fit Jeannie. Moi, si.

— Non, sérieusement, j'ai retrouvé la main parce que tu es avec moi. — Il sourit. — Ah ! on pourrait faire une belle équipe.

Elle secoua la tête.

— N'y pense pas. Je ne pourrais pas supporter la tension.

L'idée lui vint que Berrington avait pu emporter son ordinateur et toutes ses disquettes. Ce serait épouvantable si elle avait couru ce risque pour rien.

— Combien de temps ça va prendre ? demanda-t-elle avec impatience.

— C'est l'affaire d'une seconde.

Quelques instants plus tard, la porte s'entrouvrait doucement.

— Si tu veux bien entrer..., dit-il avec fierté.

Elle franchit le seuil et alluma. Tout était en place. Jeannie ouvrit le tiroir de son bureau. Elle inspecta fébrilement ses disquettes de sauvegarde. Celle marquée LISTE DE COURSES était toujours là. Elle la sortit en hâte.

— Dieu soit loué ! s'exclama-t-elle.

Maintenant qu'elle avait la disquette en main, elle était impatiente de lire les informations qui y étaient inscrites. Son désir de consulter le dossier était plus pressant que sa hâte de sortir du pavillon des dingues. Son père avait vendu son ordinateur ; pour lire la disquette, elle devrait en emprunter un. Cela exigerait du temps et des explications. Elle décida de risquer le tout pour le tout.

Elle alluma l'ordinateur de son bureau.

— Qu'est-ce que tu fais ? demanda son père.

— Je veux regarder le dossier.

— Tu ne peux pas le faire chez toi ?

— Papa, je n'ai pas d'ordinateur à la maison. On me l'a volé.

L'ironie lui échappa.

— Fais vite, alors !

Il s'approcha de la fenêtre et regarda dehors.

L'écran s'alluma. Elle introduisit la disquette dans la machine et brancha son imprimante.

Les alarmes se déclenchèrent toutes en même temps. Jeannie crut que son cœur avait cessé de battre. Le bruit était assourdissant.

— Qu'est-ce qui s'est passé ? cria-t-elle.

Son père était blanc de peur.

— Cette saloperie d'émetteur a dû foirer, ou bien quelqu'un l'a ôté de la porte. Nous sommes foutus, Jeannie, file !

Elle avait envie d'arracher la disquette de l'ordinateur et de décamper, mais elle s'obligea à réfléchir froidement. Si elle se faisait prendre maintenant et qu'on lui confisque la disquette, elle aurait tout perdu. Elle devait absolument consulter la liste pendant qu'elle le pouvait. Elle saisit son père par le bras.

— Juste quelques secondes encore !

Il jeta un coup d'œil par la fenêtre.

— Merde ! Un gardien !

— Il faut juste que j'imprime ça ! Attends-moi !

Il tremblait.

— Je ne peux pas, Jeannie, je ne peux pas ! Je suis désolé !

S'emparant de sa serviette, il partit en courant.

Jeannie éprouvait de la pitié pour lui, mais elle était incapable de le suivre. Elle cliqua sur Imprimer. Rien. Son imprimante chauffait encore. Jeannie étouffa un juron.

Elle se dirigea vers la fenêtre. Deux gardiens pénétraient dans l'immeuble. Elle ferma la porte de son bureau et fixa des yeux son imprimante.

— Allons, allons.

La machine répondit par un déclic, un ronronnement, puis elle aspira une feuille dans le plateau à papier. Jeannie éjecta la disquette et la fourra dans la poche de son blouson. L'imprimante régurgita quatre feuilles de papier puis s'arrêta.

Le cœur battant, Jeannie saisit les pages et parcourut les lignes imprimées. Il y avait trente ou quarante paires de noms. Pour la plupart des noms d'hommes, ce qui n'avait rien d'étonnant : presque tous les criminels étaient des hommes. Dans certains cas, l'adresse était celle d'une prison. La liste correspondait exactement à ce qu'elle espérait. Mais ce n'était pas tout : elle chercha « Steve Logan » ou « Dennis Pinker ». Ils y étaient tous les deux.

Elle en découvrit un troisième sur la même ligne : Wayne Stattner avec une adresse à New York et un numéro de téléphone.

— Oui ! s'écria Jeannie, triomphante.

Elle fixa ce nom. Wayne Stattner. C'était l'homme

qui avait violé Lisa et qui avait attaqué Jeannie à Philadelphie.

— Salaud ! murmura-t-elle d'un ton vengeur. On va t'avoir.

Tout d'abord, il fallait s'enfuir avec l'information. Elle fourra les papiers dans sa poche, éteignit les lumières et ouvrit la porte. Dans le couloir, elle perçut des voix qui s'efforçaient de dominer le hurlement de l'alarme. Trop tard. Elle referma la porte avec précaution. Ses jambes se dérobèrent sous elle et elle s'appuya au chambranle, l'oreille aux aguets. Elle entendit une voix d'homme crier :

— Je suis sûr qu'il y avait une lumière dans un de ces bureaux.

Une autre répondit :

— On ferait mieux de les vérifier tous.

Jeannie jeta un coup d'œil dans sa petite pièce à peine éclairée par la lueur des lampadaires. Impossible de s'y cacher. Elle entrebâilla la porte. Elle ne voyait rien, n'entendait rien. Elle passa la tête dans le couloir. Tout au fond, de la lumière filtrait par une porte ouverte. Elle attendit, aux aguets. Les gardiens sortirent, éteignirent, fermèrent la porte et passèrent dans la pièce voisine, le laboratoire. Il leur faudrait une minute ou deux pour le fouiller. Parviendrait-elle à se glisser devant la porte sans être vue et à gagner l'escalier ?

Jeannie avança dans le couloir et d'une main tremblante referma la porte derrière elle. Elle fit quelques pas. Au prix d'un terrible effort de volonté, elle parvint à s'empêcher de courir.

Elle passa devant le labo. Elle jeta un coup d'œil à l'intérieur. Les gardiens lui tournaient le dos : l'un inspectait l'intérieur d'un placard à fournitures et l'autre contemplait avec curiosité une rangée de films d'ADN sur une table lumineuse. Ils ne la virent pas. Elle y était presque. Elle s'avança jusqu'au bout du couloir et ouvrit la porte battante. Elle allait la franchir quand quelqu'un cria :

— Hé ! vous ! arrêtez !

Elle aurait voulu s'enfuir à toutes jambes, mais elle se maîtrisa. Laissant le battant se refermer, elle se retourna en souriant. Deux gardiens se précipitèrent. Des hommes frisant la soixantaine, sans doute des retraités de la police.

Elle avait la gorge serrée et du mal à respirer.

— Bonsoir, fit-elle. En quoi puis-je vous aider, messieurs ?

Le hurlement de la sirène masquait le tremblement de sa voix.

— Une alarme s'est déclenchée dans le bâtiment.

C'était une remarque idiote, mais elle ne releva pas.

— Vous croyez que c'est un voleur ?

— Ça se pourrait. Avez-vous vu ou entendu quelque chose d'anormal, professeur ?

Les gardiens supposaient qu'elle faisait partie du corps enseignant : tant mieux.

— À vrai dire, j'ai cru entendre un bruit de verre brisé. Ç'avait l'air de venir de l'étage supérieur, mais je ne pourrais pas l'affirmer.

Les deux hommes échangèrent un coup d'œil.

— On va vérifier, dit l'un d'eux.

L'autre était moins influençable.

— Puis-je vous demander ce que vous avez dans votre poche ?

— Des papiers.

— Évidemment. Est-ce que je peux les voir ?

Jeannie n'allait certainement pas les lui remettre ; ils étaient bien trop précieux. Improvisant, elle fit semblant d'être d'accord puis de changer d'avis.

— Bien sûr, dit-elle en les sortant. — Puis elle les replia et les remit dans sa poche. — À la réflexion, non : c'est personnel.

— Je dois insister. On nous a toujours dit que, dans un endroit comme celui-ci, les papiers peuvent avoir de la valeur.

— Malheureusement, je ne vais pas vous laisser

lire ma correspondance privée simplement parce qu'une alarme se déclenche.

— Dans ce cas, je dois vous demander de m'accompagner au bureau pour parler à mon chef.

— Très bien. Je vous retrouve dehors.

Elle recula rapidement jusqu'à la porte battante et descendit l'escalier d'un pas rapide. Les gardes se précipitèrent à sa suite.

— Attendez !

Elle les laissa la rattraper dans le hall du rez-de-chaussée. L'un d'eux lui prit le bras tandis que l'autre ouvrait la porte. Ils sortirent.

— Inutile de me tenir.

— Je préfère.

Elle était déjà venue ici. Elle saisit le poignet du gardien qui la tenait et le tordit de toutes ses forces. L'homme poussa un cri de douleur et la lâcha. Elle partit en courant.

— Hé ! petite garce, arrêtez !

Ils se lancèrent à sa poursuite. Ils n'avaient aucune chance. Elle avait vingt-cinq ans de moins qu'eux et elle était aussi en forme qu'un cheval de course. Elle sentit sa peur l'abandonner à mesure que grandissait la distance qui la séparait des deux hommes. Elle filait comme le vent. Ils la poursuivirent quelques dizaines de mètres, puis renoncèrent. Se retournant, elle les vit pliés en deux, hors d'haleine.

Elle courut jusqu'au parking. Son père l'attendait près de la voiture. Elle déverrouilla la portière et tous deux se précipitèrent à l'intérieur. Elle quitta le parking en trombe, tous feux éteints.

— Pardonne-moi, Jeannie. Je croyais que je pourrais le faire pour toi. Mais ça ne marche pas. J'ai perdu la main. Je ne volerai plus jamais.

— Bonne nouvelle ! Et moi, j'ai trouvé ce que je cherchais !

— J'aurais voulu être un bon père pour toi. Je pense qu'il est trop tard pour m'y mettre.

Elle déboucha dans la rue et alluma ses phares.

— Il n'est pas trop tard, papa. Absolument pas.

— Peut-être. En tout cas, j'ai essayé pour toi, n'est-ce pas ?

— Tu as essayé, et tu as réussi ! Tu m'as fait entrer ! Je n'aurais pas pu y arriver toute seule.

— Oui, tu as raison.

Elle rentra chez elle à toute allure. Elle avait hâte de vérifier le numéro de téléphone sur la sortie imprimante, d'entendre la voix de Wayne Stattner.

À peine arrivée chez elle, elle décrocha le téléphone et composa le numéro. Un homme répondit.

— Allô ?

Un seul mot ne lui suffisait pas. Elle demanda :

— Puis-je parler à Wayne Stattner, je vous prie ?

— Oui, c'est Wayne. Qui est à l'appareil ?

On aurait vraiment dit la voix de Steve. *Espèce d'enfant de salaud !* Elle réprima sa fureur et dit :

— Monsieur Stattner, j'appartiens à une société d'études de marché qui vous a choisi pour bénéficier d'une offre spéciale...

— Allez vous faire foutre ! dit Wayne en raccrochant.

— C'est lui, annonça Jeannie à son père. Il a la même voix que Steve, sauf que Steve est plus poli.

Elle lui avait brièvement expliqué l'histoire. Il en avait compris les grandes lignes, même si tout cela lui paraissait confus.

— Qu'est-ce que tu vas faire ?

— Appeler la police.

Elle composa le numéro de la brigade des crimes sexuels et demanda le sergent Delaware. Son père, stupéfait, secouait la tête.

— J'ai du mal à me faire à l'idée de travailler avec la police. J'espère en tout cas que ce sergent n'est pas comme les autres flics auxquels j'ai eu affaire.

— Je la crois différente, en effet.

Elle ne s'attendait pas à trouver Mish à son bureau : il était neuf heures du soir. Elle comptait demander qu'on lui transmette un message urgent. Mais, par chance, Mish était présente.

— Je mets ma paperasserie à jour, expliqua-t-elle. Qu'est-ce qui se passe ?

— Steve Logan et Dennis Pinker ne sont pas jumeaux.

— Mais je croyais...

— Ce sont des triplés.

Un long silence. Quand Mish reprit la parole, ce fut d'un ton circonspect.

— Comment le savez-vous ?

— Vous vous souvenez que j'ai trouvé Steve et Dennis en fouillant une banque de données dentaires pour repérer des paires ayant des dossiers analogues.

— Oui.

— Cette semaine, j'ai balayé les dossiers des empreintes digitales du FBI. Le balayage a réuni Steve, Dennis et un troisième homme.

— Ils ont les mêmes empreintes ?

— Pas exactement. Mais similaires. Je viens d'appeler le troisième homme. Il a la même voix que Steve. Je parierais qu'ils se ressemblent. Mish, il faut me croire.

— Vous avez une adresse ?

— Oui. À New York.

— Donnez.

— À une condition.

La voix de Mish se durcit.

— Jeannie, je suis de la police. Vous ne posez pas de condition, vous répondez simplement aux questions qu'on vous pose ! Et maintenant, donnez-moi l'adresse.

— Il faut me promettre une chose : je veux le voir.

— « Est-ce que j'ai envie d'aller en prison ? » Voilà la question que vous devriez vous poser... Vous feriez mieux de me donner cette adresse.

— Je veux que nous allions le voir toutes les deux demain.

Un silence.

— Je devrais vous flanquer au trou pour complicité avec un criminel.

— On pourrait prendre le premier avion pour New York.

— D'accord.

43

Elles prirent l'avion pour New York à six heures quarante du matin.

Jeannie était pleine d'espoir. Ce pourrait bien être la fin du cauchemar de Steve. Elle l'avait appelé la veille au soir pour le mettre au courant des derniers développements. Il était aux anges. Il aurait voulu les accompagner à New York, mais Jeannie savait que Mish ne le permettrait pas. Elle avait promis de téléphoner dès qu'elle aurait d'autres nouvelles.

Mish affichait une sorte de scepticisme tolérant. Elle avait du mal à croire à l'histoire de Jeannie, mais il lui fallait bien la vérifier. Les données recueillies par Jeannie ne révélaient pas pourquoi les empreintes de Wayne Stattner se trouvaient dans les archives du FBI, mais Mish avait enquêté pendant la nuit et elle raconta l'histoire à Jeannie tandis qu'elles décollaient de l'aéroport international de Baltimore-Washington. Quatre ans auparavant, les parents d'une fillette de quatorze ans qui avait disparu avaient retrouvé sa trace dans l'appartement new-yorkais de Stattner. Accusé de kidnapping, il avait nié, prétendant que la petite n'avait subi aucune contrainte. Elle-même avait affirmé être amoureuse de lui. Wayne n'avait que dix-neuf ans à l'époque ; il n'y avait pas eu de poursuites.

Jeannie n'avait pas parlé à Mish de l'homme qui

l'avait attaquée à Philadelphie. Elle savait que Mish ne la croirait pas quand elle affirmerait qu'il ne s'agissait pas de Steve. Mish voudrait l'interroger elle-même et Steve n'avait pas besoin d'une nouvelle épreuve. Elle ne devait donc pas souffler mot de l'homme qui l'avait menacée la veille au téléphone. Elle n'en avait parlé à personne, pas même à Steve.

Jeannie aurait bien voulu trouver Mish sympathique, mais il régnait toujours une certaine tension entre elles. Mish, en tant que policier, s'attendait à être obéie. Jeannie ne supportait pas ce trait de caractère. Pour essayer de mieux la comprendre, Jeannie lui demanda comment elle était arrivée à faire ce métier.

— J'étais secrétaire et j'ai trouvé une place au FBI. J'y ai passé dix ans. J'ai fini par me dire que je me débrouillerais mieux que l'agent pour lequel je travaillais. J'ai donc demandé à faire un stage. Je suis allée à l'école de police, je suis devenue gardien de la paix, puis je me suis portée volontaire pour travailler dans la clandestinité avec la brigade des stups. J'avais la frousse, mais j'ai prouvé que j'étais coriace.

Jeannie ressentit une bouffée d'antipathie pour sa compagne de voyage. Il lui arrivait de fumer un peu d'herbe de temps en temps et elle n'aimait pas ceux qui voulaient la jeter en prison pour ça.

— Ensuite, je suis passée à l'unité de protection de l'enfance. Je n'ai pas tenu le coup. Personne ne tient. C'est un travail essentiel, mais qu'on ne peut pas supporter longtemps. On devient fou. J'ai fini par atterrir à la brigade des crimes sexuels.

— Ça ne m'a pas l'air tellement mieux.

— Là, au moins, les victimes sont généralement des adultes. Au bout de deux ans, on m'a nommée sergent et on m'a confié la direction de cette unité.

— Tous les policiers qui s'occupent d'affaires de viol devraient être des femmes, fit Jeannie.

— Je ne suis pas d'accord.

Jeannie fut étonnée.

— Vous ne pensez pas que les victimes parleraient plus facilement à une femme ?

— Des victimes d'un certain âge, peut-être. Disons des femmes de plus de soixante-dix ans.

Jeannie frémit à l'idée que de frêles vieilles dames pouvaient se faire violer. Mish poursuivit :

— Mais, à vrai dire, la plupart des victimes seraient prêtes à raconter leur histoire à un lampadaire.

— Les hommes ont toujours l'impression que la femme l'a cherché.

— Pour qu'il y ait un procès équitable, il faut, à un moment, contester la plainte pour viol. Et quand on en arrive à ce genre de contre-interrogatoire, les femmes peuvent être plus brutales que les hommes.

Jeannie avait du mal à le croire. Mish ne défendait-elle pas tout simplement ses collègues masculins devant une étrangère ?

Elles épuisèrent les sujets de conversation. Jeannie tomba dans une vague rêverie, en se demandant ce que l'avenir lui réservait. Elle ne parvenait pas à s'habituer à l'idée de ne pas continuer à faire de la recherche. Quand elle imaginait l'avenir, elle voyait une vieille femme célèbre, aux cheveux gris et au caractère acariâtre à qui ses travaux avaient valu une renommée mondiale et dont on disait : « Avant la publication de l'ouvrage révolutionnaire de Jean Ferrami, en l'an 2000, le comportement des criminels était un mystère. »

Ce rêve ne se réaliserait jamais...

Elles arrivèrent à La Guardia peu après huit heures. Un taxi jaune et délabré les emmena au cœur de New York. Sur des amortisseurs inexistants, il traversa en bringuebalant les avenues du Queens avant de prendre le tunnel pour gagner Manhattan. Même dans une Cadillac, Jeannie n'aurait pas été à l'aise : elle allait voir l'homme qui l'avait agressée dans sa voiture et en avait l'estomac noué.

Wayne Stattner habitait un immeuble du bas de la ville juste au-dessus de Houston Street. C'était un samedi matin ensoleillé. Des jeunes gens s'achetaient des beignets et buvaient des cappuccinos aux terrasses des cafés, ou bien flânaient devant les galeries d'art.

Un inspecteur du commissariat les attendait, garé en double file devant l'immeuble, au volant d'une Ford Escort marron à la portière arrière cabossée. Il leur serra la main et se présenta d'un air maussade : Herb Reitz. Jeannie sentit que jouer les babysitters pour des inspecteurs venant d'une autre ville était une corvée.

— Merci de vous être dérangé un samedi pour nous aider, dit Mish en le gratifiant d'un sourire enjôleur. Il se détendit.

— Pas de problème.

— Le jour où vous aurez besoin d'un coup de main à Baltimore, je tiens à ce que vous m'appeliez personnellement.

— Je n'y manquerai pas.

Jeannie avait envie de crier : « Au nom du ciel, finissons-en ! » Ils entrèrent dans l'immeuble, prirent un monte-charge jusqu'au loft du dernier étage.

— Un appartement par étage, précisa Herb. C'est un suspect qui a les moyens. Qu'est-ce qu'il a fait ?

— Viol.

L'ascenseur s'arrêta. Il donnait directement dans l'appartement, si bien qu'on ne pouvait pas en sortir. Mish sonna. Un long silence. Herb maintint ouvertes les portes du monte-charge. Jeannie priait le ciel que Wayne ne fût pas parti pour le week-end. Elle ne pourrait pas supporter la déception. Mish sonna encore, gardant le doigt appuyé sur le bouton. Enfin une voix cria :

— Merde, qui est là ?

C'était lui.

— La police, connard ! Ouvre !

Le ton changea aussitôt.

— Veuillez montrer votre carte par le panneau vitré devant vous.

Herb exhiba sa plaque d'inspecteur.

— Bon, une minute.

Ça y est. Je vais le voir.

Un jeune homme pieds nus, ébouriffé, drapé dans un peignoir de bain noir fané, vint ouvrir la porte.

Jeannie le dévisagea, déconcertée.

C'était le sosie de Steve... sauf qu'il avait les cheveux noirs.

— Wayne Stattner ? dit Herb.

— Oui.

Il a dû se teindre. Il a dû se teindre les cheveux hier ou jeudi soir.

— Je suis l'inspecteur Herb Reitz du commissariat du premier.

— Je suis toujours prêt à coopérer avec la police, Herb, dit Wayne.

Il jeta un coup d'œil à Mish et à Jeannie. De toute évidence, il ne reconnaissait pas cette dernière.

— Vous voulez entrer ?

Ils pénétrèrent dans l'appartement. Le vestibule, peint en noir, ouvrait sur trois portes rouges. Dans un coin, un squelette humain comme on en utilise dans les écoles de médecine. Mais celui-là était bâillonné avec un foulard rouge et ses poignets osseux étaient enserrés dans des menottes.

Wayne les conduisit dans un grand loft haut de plafond. Des rideaux de velours noir étaient tirés devant les fenêtres et la pièce était éclairée par des lampes posées par terre. Sur un mur, un drapeau nazi. Une collection de fouets dans un porte-parapluies, sous un projecteur. Sur un chevalet, une grande peinture à l'huile représentant une crucifixion. En regardant de plus près, Jeannie constata que le supplicié nu n'était pas le Christ mais une voluptueuse créature aux longs cheveux blonds. Elle eut un frisson de dégoût.

C'était la résidence d'un sadique. Ce n'aurait pas pu être plus évident s'il avait affiché une pancarte. Herb promenait autour de lui un regard stupéfait.

— Qu'est-ce que vous faites dans la vie, monsieur Stattner ?

— Je suis propriétaire de deux boîtes de nuit new-yorkaises. À vrai dire, c'est pour cette raison que je tiens tellement à coopérer avec la police. Pour mes affaires, je dois rester parfaitement *clean*.

Herb fit claquer ses doigts.

— Wayne Stattner, mais bien sûr ! J'ai lu un article sur vous dans le *New York Magazine*. « Les jeunes millionnaires de Manhattan. » J'aurais dû reconnaître le nom.

— Vous ne voulez pas vous asseoir ?

Jcannie s'approcha d'un siège, puis s'aperçut que c'était une chaise électrique comme on en utilise pour les exécutions. Elle se ravisa, fit une grimace et alla s'asseoir ailleurs.

— Voici le sergent Michelle Delaware, de la police de Baltimore, dit Herb.

— Baltimore ? fit Wayne, l'air surpris.

Jeannie guettait sur son visage des signes d'appréhension, mais il était bon comédien.

— On commet des crimes à Baltimore ? dit-il d'un ton sarcastique.

— Vous avez les cheveux teints, non ? lui demanda Jeannie.

Mish lui jeta un regard agacé ; Jeannie était censée observer, non pas interroger les suspects. Wayne toutefois ne parut pas gêné par cette question.

— C'est bien de l'avoir remarqué.

J'avais raison. C'est bien lui. Elle regarda les mains de Wayne et crut les revoir en train de déchirer ses vêtements. *Tu es coincé, salaud.*

— Quand les avez-vous teints ?

— Quand j'avais quinze ans.

Menteur.

— Le noir a toujours été à la mode.

Tu avais les cheveux blonds jeudi, quand tu as glissé tes grosses pattes sous ma jupe, et dimanche quand tu as violé mon amie Lisa au gymnase de JFU.

Mais pourquoi mentait-il ? Savait-il que leur suspect était blond ?

— Qu'est-ce que tout ça veut dire ? fit-il. Est-ce que ma couleur de cheveux est un indice ? J'adore les romans policiers.

— Nous n'allons pas vous retenir longtemps, déclara sèchement Mish. Nous avons besoin de savoir où vous étiez dimanche dernier à huit heures du soir.

A-t-il un alibi ? Ce serait facile pour lui de prétendre qu'il était en train de jouer aux cartes avec des petits truands, et puis de les payer pour qu'ils confirment, ou bien de raconter qu'il était au lit avec une putain prête à se parjurer pour une dose de came. Mais il l'étonna.

— C'est simple, j'étais en Californie.

— Quelqu'un peut le confirmer ?

Il éclata de rire.

— Une centaine de millions de personnes, à mon avis.

Jeannie commençait à avoir des sueurs froides. *Il ne peut pas avoir de véritable alibi. C'est lui le violeur.*

— Que voulez-vous dire ? fit Mish.

— J'étais aux Emmy's.

Jeannie se souvint : dans la chambre d'hôpital de Lisa, la télé retransmettait le dîner suivant la remise des Emmy's. Comment Wayne avait-il pu se trouver à la cérémonie ? Il n'aurait même pas eu le temps d'aller jusqu'à l'aéroport pendant que Jeannie se rendait à l'hôpital.

— Bien sûr, je n'ai rien gagné, ajouta-t-il. Je ne suis pas dans le métier. Mais Salina Jones, si, et c'est une vieille copine.

Il jeta un coup d'œil à la toile et Jeannie se rendit compte que la femme du tableau ressemblait à l'actrice vedette d'un feuilleton de télévision. Elle avait dû poser pour la toile.

— Salina a remporté le prix de la meilleure actrice de comédie et je l'ai embrassée sur les deux joues quand elle est descendue de scène avec son trophée à la main. Un moment magnifique, immortalisé par les caméras de télévision et retransmis aussitôt au monde entier. Je l'ai sur une cassette. Et il y a une photo dans *People* de cette semaine.

Il désigna un hebdomadaire jeté sur la moquette.

Le cœur serré, Jeannie le ramassa. Sur une photo, Wayne, superbe en smoking, embrassait Salina, qui serrait contre elle sa statuette d'Emmy's.

Il avait les cheveux noirs.

La légende précisait : « Wayne Stattner, impresario d'un cabaret new-yorkais, félicite son amour d'antan, Salina Jones, pour l'Emmy qu'elle a remporté dimanche soir à Hollywood. »

On ne faisait pas plus solide, comme alibi.

Comment est-ce possible ?

— Eh bien, monsieur Stattner, reprit Mish, nous n'allons pas vous retenir plus longtemps.

— De quoi me suspectiez-vous ?

— Nous enquêtons sur un viol qui a eu lieu à Baltimore dimanche soir.

— Je n'en suis pas responsable, dit Wayne.

Mish jeta un coup d'œil à la crucifixion. Il suivit son regard.

— Toutes mes victimes sont volontaires, déclara-t-il en lui lançant un long regard appuyé.

Elle rougit jusqu'aux oreilles et tourna les talons.

Jeannie était consternée. Tous ses espoirs s'écroulaient. Mais son cerveau continuait à fonctionner et, comme ils se levaient tous pour prendre congé, elle dit :

— Je peux vous demander quelque chose ?

— Bien sûr, fit Wayne, toujours obligeant.

— Avez-vous des frères ou des sœurs ?

— Je suis enfant unique.

— À l'époque de votre naissance, votre père était dans l'armée, je ne me trompe pas ?

— Oui, il était pilote instructeur d'hélicoptère à Fort Bragg.

— Sauriez-vous par hasard si votre mère a eu des difficultés à concevoir ?
— En voilà de drôles de questions pour quelqu'un de la police.
Mish intervint :
— Le docteur Ferrami est chercheuse à l'université Jones Falls. Ses travaux ont un étroit rapport avec l'enquête que je mène.
— Est-ce que votre mère vous a parlé d'un traitement contre la stérilité ? insista Jeannie.
— Pas à moi.
— Je pourrais lui poser la question ?
— Elle est morte.
— Je suis navrée de l'apprendre. Et votre père ?
Il haussa les épaules.
— Vous pourriez l'appeler.
— J'aimerais bien.
— Il habite Miami. Je vais vous donner son numéro.
Jeannie lui tendit un stylo. Il griffonna quelques chiffres sur une page de *People* et en arracha le coin.
Ils se dirigèrent vers la porte.
— Monsieur Stattner, dit Herb, merci de votre coopération.
— À votre service.
Comme ils descendaient, Jeannie fit d'un ton désolé :
— Vous croyez à son alibi ?
— Je vais le vérifier, dit Mish. Mais il m'a l'air solide.
Jeannie secoua la tête.
— Je n'arrive pas à croire à son innocence.
— Il est tout ce qu'il y a de plus coupable, mon chou... mais pas de ce viol-là.

44

Steve attendait près du téléphone. Assis dans la grande cuisine de la maison de ses parents, à Georgetown, il regardait sa mère préparer un pâté en attendant que Jeannie appelle. Wayne Stattner était-il vraiment son sosie ? Jeannie et le sergent Delaware le trouveraient-elles à son adresse new-yorkaise ? Wayne allait-il avouer le viol de Lisa Hoxton ?

Sa mère hachait des oignons. Elle avait été surprise, stupéfaite même, en s'entendant raconter les événements auxquels elle avait involontairement participé à la clinique de l'Aventin, en décembre 1972. Elle n'y croyait pas vraiment, mais l'avait momentanément accepté, dans l'intérêt de la discussion, pendant qu'ils s'entretenaient avec l'avocat. La veille au soir, Steve avait veillé tard avec ses parents, à discuter de leur étrange histoire. Sa mère s'était mise en colère : l'idée que des médecins puissent faire des expériences sur des patientes sans leur autorisation la mettait en rage. Dans sa chronique, elle parlait souvent du droit des femmes à disposer de leur corps.

Chose étonnante, son père était plus calme. Steve se serait attendu à voir un homme réagir plus violemment en apprenant le rôle qu'on lui avait fait jouer. Mais il avait montré un rationalisme sans faille : il avait examiné le raisonnement de Jeannie, avait envisagé d'autres explications pour le phénomène des triplés... pour finir par conclure que Jeannie avait sans doute raison. Il est vrai que réagir calmement faisait partie du code de conduite de son père ; cela ne révélait pas nécessairement ses sentiments profonds. Pour l'instant, il était dans la cour à arroser paisiblement un massif de fleurs, mais peut-être bouillait-il d'une rage intérieure.

Sa mère mit à frire des oignons dont l'odeur faisait venir l'eau à la bouche.

— Du pâté de viande avec de la purée de pommes de terre et du ketchup ? hasarda-t-il. Un festin.

— Quand tu avais cinq ans, tu en aurais voulu tous les jours.

— Je me rappelle. Dans la petite cuisine de Hoover Tower.

— Tu t'en souviens encore ?

— À peine. Je me rappelle le déménagement et quelle drôle d'impression ça faisait d'avoir une maison au lieu d'un appartement !

— C'est à peu près à cette époque que j'ai commencé à gagner de l'argent avec mon premier livre, *Que faire quand on n'arrive pas à être enceinte.* — Elle soupira. — Si jamais on découvre comment ça m'est arrivé à moi, ce livre va paraître ridicule.

— J'espère que tous les gens qui l'ont acheté ne vont pas demander à être remboursés.

Elle mit le bœuf haché dans la poêle avec les oignons et s'essuya les mains.

— J'ai pensé à cette histoire toute la nuit, et tu sais quoi ? Je suis contente de ce qu'on m'a fait à la clinique de l'Aventin.

— Pourquoi ? Hier soir, tu étais furieuse.

— Tu sais, dans une certaine mesure, je le suis encore, à l'idée qu'on se soit servi de moi comme d'une guenon de laboratoire. Mais je me suis rendu compte d'une chose bien simple : si on n'avait pas fait d'expérience sur moi, je ne t'aurais pas. Rien d'autre ne compte.

— Ça ne t'ennuie pas que je ne sois pas vraiment ton enfant ?

Elle le prit dans ses bras.

— Mais tu l'es, Steve. Rien ne peut changer cela.

Le téléphone sonna et Steve se précipita.

— C'est Jeannie.

— Qu'est-ce qui s'est passé ? Il était là ?

— Oui, et c'est votre sosie, sauf qu'il se teint les cheveux en noir.

— Mon Dieu ! Nous sommes bien trois...

— Oui. La mère de Wayne est morte, mais je viens de parler à son père, en Floride : il m'a confirmé qu'elle avait été traitée à la clinique de l'Aventin.

C'était une bonne nouvelle, mais Jeannie semblait abattue, ce qui refroidit l'enthousiasme de Steve.

— Vous n'avez pas l'air très contente.

— Il a un alibi pour dimanche.

— Merde ! — De nouveau il perdait espoir. — Comment peut-il ? Quelle sorte d'alibi ?

— Irréfutable. Il était à la cérémonie des Emmy's à Los Angeles. Il y a des photos.

— Il est dans le cinéma ?

— Propriétaire de boîtes de nuit. Une petite célébrité dans son domaine.

Steve comprenait pourquoi elle était si abattue. Ç'avait été brillant de découvrir Wayne... mais ça ne les avait pas avancés à grand-chose. Cela dit, il était aussi intrigué que découragé.

— Alors, qui a violé Lisa ?

— Vous vous souvenez de ce que dit Sherlock Holmes ? « Quand on a éliminé l'impossible, ce qui reste — si improbable que ce soit — est la vérité. » Ou peut-être que c'était Hercule Poirot.

Son cœur se glaça. Elle ne croyait tout de même pas que c'était lui qui avait violé Lisa ?

— Mais alors, quelle est la vérité ?

— Il y a quatre jumeaux.

— Des quadruplés ? Jeannie, ça devient dingue.

— Pas des quadruplés. Je n'arrive pas à croire que l'embryon se soit divisé accidentellement en quatre. Il a fallu que ce soit délibéré, que ça fasse partie de l'expérience.

— C'est possible ?

— Ça l'est aujourd'hui. Vous avez entendu parler des clones. Dans les années soixante-dix, ça n'était qu'une idée. Mais Genetico semble avoir eu des lustres d'avance dans ce domaine : peut-être parce qu'ils travaillaient en secret et pouvaient faire des expériences sur des humains.

— Vous êtes en train de me dire que je suis un clone ?

— Vous devez l'être. Je suis désolée, Steve. Je passe mon temps à vous assener des nouvelles épouvantables. Heureusement que vous avez des parents comme les vôtres.

— Ça, oui. Comment est-il, ce Wayne ?

— Bizarre. Il a chez lui un tableau qui représente Salina Jones crucifiée nue. J'avais hâte de sortir de son appartement.

Steve restait silencieux. *Un de mes clones est un meurtrier, l'autre est un sadique et l'hypothétique quatrième un violeur. On peut dire que je suis bien loti !*

— Le clonage explique pourquoi vous avez tous une date de naissance différente, reprit Jeannie. On a conservé les embryons en laboratoire pendant des périodes plus ou moins longues avant de les implanter dans la matrice de différentes femmes.

Pourquoi a-t-il fallu que ça m'arrive à moi ? Pourquoi est-ce que je ne peux pas être comme tout le monde ?

— On termine l'embarquement, il faut que j'y aille.

— Je veux vous voir. Je vais venir en voiture à Baltimore.

— D'accord. Au revoir.

Steve raccrocha.

— Tu as entendu ? demanda-t-il à sa mère.

— Oui. C'est ton sosie, mais il a un alibi, alors elle pense que vous devez être quatre et que vous êtes des clones.

— Si nous sommes des clones, je dois être comme eux.

— Non. Tu es différent, parce que tu es à moi.

— Non ! — Il vit un spasme douloureux crisper le visage de sa mère, mais lui aussi avait mal. — Je suis l'enfant de deux complets étrangers choisis par les chercheurs de Genetico. Voilà mon ascendance.

— Tu dois être différent des autres, tu as un comportement différent.

— Mais est-ce que ça prouve que j'ai un caractère différent du leur ? Ou simplement que j'ai appris à le dissimuler, comme un animal domestiqué ? Est-ce que c'est toi qui m'as fait comme je suis ? Ou bien Genetico ?

— Je ne sais pas, mon fils, dit sa mère. Je ne sais vraiment pas.

45

Jeannie prit une douche, se lava les cheveux, puis se maquilla les yeux avec soin. Elle décida de ne pas mettre de rouge à lèvres ni de fond de teint. Elle passa un chandail violet à col en V et un caleçon collant gris, pas de dessous ni de chaussures. Elle choisit pour son nez son bijou favori, un petit saphir monté sur argent. Dans la glace, elle se trouva follement sexy. Elle se fit un clin d'œil et passa dans le salon.

Son père était reparti. Il aimait mieux être chez Patty où ses trois petits-enfants le distrayaient. Patty était venue le chercher pendant que Jeannie était à New York.

Elle n'avait plus qu'à attendre Steve. Elle s'efforça de ne pas penser à sa grande déception de la journée. Elle en avait assez. Elle avait faim : elle tenait depuis ce matin grâce au café. Allait-elle manger quelque chose maintenant ou attendre l'arrivée de Steve ? Elle sourit en se rappelant comment il avait dévoré huit beignets à la cannelle pour son petit déjeuner. Était-ce seulement hier ? Elle avait l'impression qu'il y avait une semaine de cela.

Elle s'avisa soudain que le réfrigérateur était vide. Quelle horreur s'il arrivait affamé et qu'elle soit incapable de le nourrir ! Elle chaussa une paire de bottes et se précipita dehors. En voiture, elle fila jusqu'au supermarché au coin de Falls Road et de la 36e Rue. Elle acheta des œufs, du bacon, du lait, un pain aux sept céréales, de la salade sous emballage plastique, de la bière, une glace et quatre autres paquets de beignets à la cannelle congelés.

Elle attendait à la caisse quand elle se rendit compte qu'il risquait d'arriver pendant qu'elle était sortie. Peut-être même repartirait-il ! Elle sortit du magasin les bras chargés et rentra en roulant comme une folle, l'imaginant qui attendait avec impatience sur le pas de sa porte.

Personne devant son immeuble. Pas trace de sa Datsun rouillée. Elle entra et rangea ses provisions dans le réfrigérateur. Elle ôta les œufs de leur boîte pour les disposer sur le plateau à œufs, déballa les canettes de bière et prépara la cafetière. Et puis elle se retrouva de nouveau sans rien à faire.

L'idée lui vint que son comportement était inhabituel. Jamais encore elle ne s'était souciée de savoir si un homme pouvait avoir faim. Normalement, même avec Will Temple, elle se disait : « S'il a faim, il se préparera quelque chose et, si le réfrigérateur est vide, il descendra chez l'épicier. » Mais la voilà qui jouait la femme au foyer... Même si elle ne connaissait Steve que depuis quelques jours, il avait beaucoup plus d'influence sur elle que les autres hommes.

La sonnerie de la porte d'entrée lui fit l'effet d'une explosion. Elle se leva d'un bond, le cœur battant, et décrocha l'interphone :

— Oui ?

— Jeannie ? C'est Steve.

Elle pressa le bouton, puis resta immobile, se sentant stupide. Elle se conduisait vraiment comme une collégienne.

Elle vit Steve monter l'escalier en T-shirt gris et jean délavé. Se lisaient sur son visage la souffrance et la déception des dernières vingt-quatre heures. Elle se jeta à son cou et le serra contre elle. Le corps musclé du jeune homme lui parut tendu, crispé.

Elle l'entraîna dans le salon. Il s'assit sur le canapé et elle brancha la cafetière. Elle se sentait très proche de lui. Ils n'avaient pas suivi la routine habituelle : les rendez-vous, les dîners au restaurant, les soirées au cinéma, tout ce par quoi Jeannie était précédemment passée pour connaître un homme. Au lieu de cela, ils avaient mené des combats côte à côte, s'étaient penchés ensemble sur des mystères et avaient été persécutés par des ennemis à demi dissimulés. Cela avait très vite fait d'eux des amis.

— Vous voulez du café ?

Il secoua la tête.

— J'aimerais mieux vous tenir la main.

Elle s'assit près de lui et lui prit la main. Il se pencha vers elle. Elle leva la tête. Il l'embrassa sur les lèvres. Leur premier vrai baiser. Elle lui serra fort la main et entrouvrit les lèvres. Sa bouche avait un goût de feu de bois. Un instant, elle oublia sa passion pour se demander si elle s'était brossé les dents, puis elle se rappela que oui et se détendit. À travers le doux lainage de son chandail, il lui toucha les seins, avec ses grandes mains étonnamment douces. Elle fit de même, glissant ses paumes contre la poitrine robuste. Très vite, ça devint sérieux.

Il s'écarta pour la regarder. Il scruta son visage comme pour en graver les traits dans sa mémoire. Du bout des doigts, il effleura ses sourcils, ses pommettes, le bout de son nez et ses lèvres, très doucement, comme s'il craignait de casser quelque chose.

Dans son regard, elle lut un désir profond. De tout son être, ce garçon avait envie d'elle. Cela l'excita. Sa passion se leva comme une rafale, comme une tempête brûlante. Elle éprouva dans ses reins une sensation qu'elle n'avait pas connue depuis un an et demi. Elle le voulait, tout de suite.

Elle lui prit la tête et attira son visage vers le sien, puis l'embrassa de nouveau, à pleine bouche. Elle se renversa sur le canapé jusqu'au moment où il fut à demi allongé sur elle, son poids lui écrasant la poitrine. Elle finit par le repousser en murmurant, hors d'haleine :

— La chambre.

Elle le précéda dans la pièce, ôta son chandail et le jeta sur le sol. Il entra derrière elle et referma la porte d'un coup de talon. En la voyant se déshabiller, il ôta précipitamment son T-shirt.

Ils font tous ça. Ils ferment tous la porte d'un coup de talon.

Il avait un corps parfait, des épaules larges, un torse musclé et des hanches étroites dans son caleçon blanc.

Mais lequel est-ce ?

Il s'approcha. Elle recula de deux pas.

L'homme au téléphone a dit : « Il pourrait revenir vous voir. »

Il fronça les sourcils.

— Qu'est-ce qu'il y a ?

Elle s'affola soudain.

— Je ne peux pas.

Il prit une profonde inspiration et exhala bruyamment.

— Merde ! — Il détourna le regard. — Merde !

Elle croisa les bras sur sa poitrine pour se couvrir les seins.

— Je ne sais pas qui vous êtes.

Tout d'un coup il comprit.

— Oh ! mon Dieu !

Il s'assit sur le lit, lui tournant le dos, courbant d'un air accablé ses larges épaules.

Il peut me jouer la comédie.

— Vous pensez que je suis celui que vous avez rencontré à Philadelphie ?

— J'avais cru alors que c'était Steve.

— Mais pourquoi ferait-il semblant d'être moi ?

— Je ne sais pas...

— Il ne ferait pas ça juste pour tirer un coup à la sauvette. Mes doubles ont une façon bien à eux de prendre leur pied : s'ils voulaient vous sauter, ils vous menaceraient d'un couteau, ils déchireraient vos bas ou mettraient le feu à l'immeuble, non ?

— J'ai reçu un coup de téléphone, fit Jeannie d'une voix tremblante. Anonyme. On m'a dit : « Celui que vous avez rencontré à Philadelphie était censé vous tuer. Il s'est laissé emporter et il a tout gâché. Mais il pourrait revenir vous voir. » C'est pour ça qu'il faut que vous partiez. Maintenant.

Elle ramassa son chandail et l'enfila précipitamment. Elle ne se sentait pas rassurée pour autant. Il la regardait d'un air compatissant.

— Pauvre Jeannie. Ces salauds vous ont vraiment terrifiée. Je suis désolé.

Il se releva et enfila son jean. Soudain, elle eut la certitude de se tromper. Le clone de Philadelphie, le violeur, ne se rhabillerait pas dans ce genre de situation. Il la jetterait sur le lit, lui arracherait ses vêtements et essaierait de la prendre de force. Cet homme était différent. C'était Steve. Elle éprouvait une irrésistible envie de se jeter dans ses bras et de lui faire l'amour.

— Steve...

Il sourit.

— C'est moi.

Mais n'était-ce pas le but qu'il recherchait ? Quand il aurait gagné sa confiance, qu'ils seraient nus sur le lit et qu'il serait allongé sur elle, n'allait-il pas changer et révéler sa vraie nature, cette nature qui aimait voir souffrir les femmes ? Elle frissonna. Inutile d'insister. Elle détourna les yeux.

— Vous feriez mieux de partir.

— Vous pourriez me poser des questions, répliqua-t-il.

— Très bien. Où est-ce que j'ai pour la première fois rencontré Steve ?

— Au court de tennis.

C'était la bonne réponse.

— Mais aussi bien Steve que le violeur étaient à JFU ce soir-là.

— Posez-moi une autre question.

— Combien de beignets à la cannelle est-ce que Steve a mangés vendredi matin ?

Il eut un grand sourire.

— Huit. J'ose à peine le dire.

Désemparée, elle secoua la tête.

— Il pourrait y avoir des micros cachés dans cette pièce. On a fouillé mon bureau, déchargé mon courrier électronique, on pourrait très bien nous écouter. Ça ne marche pas. Je ne connais pas assez bien Steve Logan. Ce que je sais, d'autres pourraient le savoir aussi.

— Vous avez raison.

Il s'assit sur le lit et enfila ses chaussures. Elle passa dans le salon ; elle ne voulait pas rester dans la chambre à le regarder s'habiller. S'agissait-il d'une épouvantable erreur ? Ou bien était-ce la décision la plus sage ? Elle se sentait les reins endoloris tant avait été forte son envie de faire l'amour avec Steve. Mais l'idée de se retrouver au lit avec quelqu'un comme Wayne Stattner la faisait trembler de peur.

Il revint tout habillé. Elle le regarda dans les yeux, cherchant un signe qui apaiserait ses doutes. Mais elle ne trouva rien. *Je ne sais pas qui vous êtes, je ne sais vraiment pas !* Il lut dans ses pensées.

— C'est inutile, je le sens bien. La confiance, c'est la confiance, et, quand elle n'est pas là, il n'y a rien à faire. — Un instant il laissa s'exprimer sa rancœur. — Quelle déception, quelle putain de déception !

Sa colère effraya Jeannie. Elle était forte, mais lui était plus fort. Elle voulait le voir quitter l'appartement, et vite. Il sentit son affolement.

— Bon, je m'en vais. — Il se dirigea vers la porte. — Vous vous rendez compte que l'autre ne partirait pas.

Elle hocha la tête. Il devinait ce qu'elle pensait.

— Mais, tant que je ne suis pas vraiment parti, vous ne pouvez pas en être certaine. Et si je m'en vais et que je revienne tout de suite, ça ne compte pas non plus. Pour que vous sachiez que c'est bien moi, il faut que je m'en aille.

— Oui.

Elle était certaine que c'était Steve, mais, tant qu'il ne partait pas vraiment, ses doutes ne se dissiperaient pas.

— Il nous faut un code secret pour que vous sachiez que c'est bien moi.

— D'accord.

— Je vais réfléchir à quelque chose.

— D'accord.

— Au revoir. Je n'essaierai pas de vous embrasser.

Il descendit l'escalier.

— Appelez-moi ! cria-t-il.

Elle resta immobile, figée sur place, jusqu'au moment où elle entendit claquer la porte de la rue. Elle se mordit la lèvre, avec l'envie d'éclater en sanglots. Elle passa dans la cuisine et se versa une tasse de café. Elle la porta à ses lèvres, mais la tasse lui échappa des doigts et se fracassa sur le carrelage.

— Et merde !

Ses jambes se dérobèrent sous elle. Elle s'affala sur le canapé. Elle avait eu l'impression de courir un terrible danger. Elle savait qu'il était imaginaire, mais elle éprouvait tout de même un profond soulagement. Son corps était gonflé de désir insatisfait.

— Bientôt, murmura-t-elle. Bientôt.

Elle imagina leur prochaine rencontre, leurs baisers, leurs étreintes, les excuses qu'elle lui présenterait et avec quelle tendresse il lui pardonnerait.

46

Berrington se sentait humilié. Il ne cessait de marquer des points contre Jeannie Ferrami, mais il n'en éprouvait aucune satisfaction. Elle l'avait obligé à agir sournoisement, comme un petit voleur. Il avait laissé filtrer des ragots jusqu'à un quotidien, il s'était introduit furtivement dans son bureau pour fouiller ses tiroirs, et maintenant il surveillait sa maison. La peur le poussait. Il avait l'impression que tout son monde était sur le point de s'écrouler autour de lui. Il était désespéré.

Jamais il n'aurait cru se retrouver en train de faire ça, à quelques semaines de son soixantième anniversaire : être assis dans sa voiture, garé le long du trottoir, à surveiller la porte de quelqu'un comme un détective de bas étage. Qu'en penserait sa mère ? Elle vivait encore. C'était une femme élégante et mince de quatre-vingt-quatre ans, qui habitait une petite ville du Maine, écrivait des lettres spirituelles au journal local et se cramponnait avec acharnement à son poste de responsable de l'arrangement floral de l'église épiscopalienne. Elle frémirait de honte si elle savait à quelles extrémités son fils en était réduit.

Dieu fasse que personne de connaissance ne le voie ! Il évitait les regards des passants. Sa voiture, hélas, se remarquait. Il la considérait comme une automobile d'une élégance discrète, mais il y avait peu de Lincoln Town Car dans cette rue : on y voyait surtout de petites voitures japonaises vieillissantes et des Pontiac Firebird entretenues avec amour. Berrington, d'ailleurs, n'était pas le genre de personnage à se fondre dans le décor, avec ses cheveux au grisonnement distingué. Un moment, il avait gardé un plan ouvert devant lui, posé sur le volant, en guise de camouflage. Mais les gens étaient complaisants dans ce quartier : deux personnes avaient frappé à sa vitre en proposant de lui indiquer son chemin et il avait dû ranger sa carte. Il se consola en se disant que personne d'important ne pouvait habiter une rue aussi modeste.

Il ignorait ce que préparait Jeannie. Le FBI n'avait pas réussi à retrouver la liste dans son appartement. Berrington avait dû supposer le pire : la liste l'avait conduite à un autre clone. Si c'était le cas, le désastre n'était pas loin. Berrington, Jim et Preston étaient au bord du scandale, du déshonneur et de la ruine.

C'était Jim qui avait suggéré que Berrington surveille l'immeuble de Jeannie. « Il faut que nous sachions ce qu'elle mijote, quelles sont les allées et venues chez elle », avait-il déclaré. Et à contrecœur Berrington avait accepté. Il était arrivé ici de bonne heure. Rien ne s'était passé jusqu'à environ midi, quand Jeannie s'était fait déposer par une femme noire qu'il reconnut comme l'un des policiers enquêtant sur le viol. Elle l'avait interrogé brièvement lundi. Il l'avait trouvée séduisante. Il se rappelait même son nom : le sergent Delaware.

Il appela Proust d'un téléphone public au McDonald's du coin. Celui-ci promit de demander à son ami du FBI qui elles étaient allées voir. Berrington imaginait déjà l'homme du FBI disant à l'un de ses subordonnés : « Le sergent Delaware a pris contact aujourd'hui avec l'un de nos suspects. Pour des raisons de sécurité, je ne peux vous en révéler davantage, mais cela nous aiderait de savoir exactement ce qu'elle a fait ce matin et sur quelle affaire elle travaillait. »

Environ une heure plus tard, Jeannie était sortie précipitamment, terriblement sexy dans un chandail violet. Berrington n'avait pas suivi sa voiture : malgré ses appréhensions, il ne pouvait pas se résoudre à un acte aussi indigne. Elle était revenue quelques minutes plus tard, portant deux sacs à provisions. Puis était arrivé un des clones, sans doute Steve Logan.

Il n'était pas resté longtemps. *Si j'avais été à sa place, avec Jeannie habillée comme ça, je serais resté toute la nuit et presque tout le dimanche.*

Pour la vingtième fois, il consulta la montre de sa voiture et décida de rappeler Jim. Peut-être aurait-il des nouvelles du FBI.

Berrington marcha jusqu'au coin de la rue. L'odeur des frites lui donnait faim, mais il n'aimait pas les hamburgers dans des emballages en plastique. Il prit une tasse de café et se dirigea vers un téléphone.

— Elles sont allées à New York, lui annonça Jim.

C'était ce que craignait Berrington.

— Wayne Stattner, dit-il.

— Tout juste.

— Merde ! Qu'est-ce qu'elles ont fait ?

— Elles lui ont demandé son emploi du temps de dimanche dernier, des choses comme ça. Il était à la soirée des Emmy's. Sa photo était dans *People*. Fin de l'histoire.

— Aucun indice sur ce que Jeannie se propose de faire ensuite ?

— Non. Qu'est-ce qui se passe là-bas ?

— Pas grand-chose. D'ici, je peux voir sa porte. Elle a fait quelques courses, Steve Logan est venu et reparti, rien d'autre. Peut-être qu'ils sont à court d'idées.

— Et peut-être pas. Tout ce dont nous sommes sûrs, c'est que ton projet de la virer ne l'a pas fait taire.

— D'accord, Jim, n'insiste pas. Attends... elle sort.

Elle s'était changée. Elle portait un jean blanc et un corsage bleu royal sans manches qui révélait ses bras robustes.

— Suis-la.

— Pas question ! Elle prend sa voiture.

— Berry, il faut savoir où elle va.

— Bon sang, je ne suis pas un flic !

Une petite fille qui allait aux toilettes avec sa mère observa :

— Maman, le monsieur a crié.

Berrington baissa le ton.

— Elle démarre.

— Monte dans ta voiture, bon Dieu !

— Jim, tu m'emmerdes.

— Suis-la !

Jim raccrocha.

Berrington reposa le combiné.

La Mercedes rouge de Jeannie passa et tourna à droite sur Falls Road.

Berrington se précipita vers sa voiture.

47

Jeannie examina le père de Steve. Charles avait les cheveux bruns et une ombre de barbe. Un air sévère, des manières un peu raides. On était samedi et il avait jardiné, mais il portait un pantalon au pli impeccable et une chemise à manches courtes au col boutonné. Il ne ressemblait absolument pas à Steve. Le seul trait que Steve tenait peut-être de lui, c'était un certain conservatisme dans sa façon de s'habiller. La plupart des étudiants de Jeannie portaient des jeans savamment déchirés et des blousons de cuir noir, mais Steve préférait les pantalons kaki et les chemises à col boutonné.

Steve n'était pas encore rentré. Charles pensait qu'il avait pu passer à la bibliothèque de la faculté de droit pour se documenter sur les procès pour viol. La mère de Steve était allée s'allonger. Charles prépara de la citronnade, puis Jeannie et lui sortirent dans le patio de leur maison et allèrent s'asseoir dans des fauteuils de jardin.

Jeannie s'était réveillée avec une brillante idée : elle avait trouvé un moyen de découvrir le quatrième clone. Mais elle aurait besoin de l'aide de Charles. *Est-il prêt à faire ce que je vais lui demander ?*

Charles lui tendit un grand verre bien glacé, en prit un à son tour et s'assit.

— Puis-je vous appeler par votre prénom ?

— Je vous en prie.

— J'espère que vous ferez de même.

— Certainement.

Ils burent une gorgée de citronnade puis il reprit :

— Jeannie... qu'est-ce que c'est que toute cette histoire ?

Elle reposa son verre.

— Je crois qu'il s'agit d'une expérience. Berrington et Proust étaient tous deux dans l'armée juste avant de fonder Genetico. À l'origine, la société servait de couverture à un projet militaire.

— J'ai été soldat durant toute ma vie d'adulte et je crois l'armée capable d'à peu près n'importe quoi de dément. Mais pour quelle raison les militaires s'intéresseraient-ils aux problèmes de fécondité ?

— Réfléchissez. Steve et ses doubles sont grands, forts, beaux et en pleine santé. Ils sont aussi très intelligents, même si leur tendance à la violence les gêne dans leur réussite. Steve et Dennis ont des QI au-dessus de la moyenne, et je suis persuadée qu'il en va de même des deux autres : Wayne est déjà milliardaire à vingt-deux ans, le quatrième a été assez malin pour éviter d'être repéré.

— Où est-ce que ça vous mène ?

— Je ne sais pas. Je me demande si l'armée n'essayait pas de produire de parfaits soldats.

Ce n'était qu'une hypothèse et elle la lança comme ça, mais Charles parut électrisé.

— Oh ! mon Dieu ! — Il eut soudain l'air bouleversé. — Je crois me souvenir d'avoir entendu parler d'une histoire de ce genre.

— Que voulez-vous dire ?

— Dans les années soixante-dix, une rumeur courait chez les militaires. Les Russes avaient un véritable programme d'élevage, disait-on. Ils produisaient des soldats parfaits, des athlètes parfaits, des joueurs d'échecs parfaits... Certains demandaient à ce que nous les imitions. D'autres affirmaient que nous le faisions déjà.

— C'est donc ça !

Jeannie avait le sentiment qu'enfin elle commençait à comprendre.

— On choisissait un homme et une femme blancs, sains, agressifs, intelligents, et on leur faisait donner le sperme et l'ovule qui formeraient l'embryon. Mais ce qui intéressait vraiment les militaires, c'était la possibilité de multiplier les exemplaires du parfait soldat dès l'instant où on l'avait créé. L'élément crucial de l'expérience, c'était la division multiple de l'embryon et l'implantation chez des mères porteuses. Et ça a marché !

Elle prit un air songeur.

— Je me demande ce qui s'est passé ensuite.

— Je peux vous répondre : ces plans secrets, et fous, ont été annulés.

— Genetico est devenue une entreprise comme une autre. Ils ont découvert le moyen de fabriquer des bébés-éprouvettes, et la société a fait des bénéfices. Cet argent a financé les recherches en génie génétique auxquelles elle s'attache depuis lors. Je suis convaincue que mes travaux font partie de leur grand projet.

— Qui consiste en quoi ?

— Créer une race d'Américains parfaits : intelligents, agressifs, blancs. Une race de seigneurs. — Elle haussa les épaules. — C'est une vieille idée, mais, avec la génétique moderne, elle est réalisable.

— Alors pourquoi voudraient-ils vendre la société ? Ça ne rime à rien.

— Peut-être que si. Quand on leur a présenté cette OPA, peut-être ont-ils vu là l'occasion de passer à la vitesse supérieure. L'argent servira à financer la campagne présidentielle de Proust. S'ils mettent le pied à la Maison-Blanche, ils pourront faire toutes les recherches qu'ils veulent et mettre leurs idées en pratique.

Charles acquiesça.

— Dans le *Washington Post* d'aujourd'hui il y a un article sur les idées de Proust. Je n'ai aucune envie de vivre dans le monde dont il rêve. Si nous sommes tous des soldats agressifs et disciplinés, qui écrira des poèmes, jouera des blues et participera à des marches de protestation contre la guerre ?

Jeannie haussa les sourcils. Ces propos, dans la bouche d'un militaire de carrière, étaient surprenants.

— Ce n'est pas tout, poursuivit-elle. Les variations humaines ont un but. Il y a une raison pour laquelle nous naissons différents de nos parents. L'évolution est affaire de tâtonnements. On ne peut pas éliminer les expériences ratées de la nature sans éliminer aussi celles qui sont réussies.

Charles soupira.

— Et tout ça signifie que je ne suis pas le père de Steve.

— Ne dites pas ça.

Il ouvrit son portefeuille et y prit une photo.

— Il faut que je vous avoue une chose, Jeannie. Je ne me suis jamais douté de cette histoire de clones, mais j'ai souvent regardé Steve en me demandant s'il avait en lui quoi que ce soit de moi.

— Vous ne le voyez donc pas ? fit-elle.

— Vous trouvez une ressemblance ?

— Pas une ressemblance physique. Mais Steve a un sens profond du devoir. Tous les autres clones se fichent éperdument du devoir. Il le tient de vous !

Charles gardait un air sinistre.
— Il a de mauvais côtés. Je le sais.
Elle lui prit le bras.
— Écoutez-moi. Steve a été un enfant difficile — désobéissant, impulsif, téméraire, débordant d'énergie. Je me trompe ?
Charles eut un sourire attristé.
— C'est vrai.
— Tout comme Dennis Pinker et Wayne Stattner. Il est presque impossible d'élever convenablement des enfants pareils. C'est pourquoi Dennis est un meurtrier et Wayne un sadique. Mais Steve n'est pas comme eux : et c'est grâce à vous. Seuls les parents les plus patients, les plus compréhensifs et les plus dévoués peuvent faire de ces enfants des êtres humains normaux. Steve est normal.
— Je prie le ciel que vous ayez raison.
Charles reprit son portefeuille pour y ranger la photo. Jeannie l'arrêta.
— Je peux la voir ?
— Bien sûr.
Jeannie examina le cliché. Il avait été pris très récemment. Steve portait une chemise à carreaux bleus et ses cheveux étaient un peu trop longs. Il souriait timidement à l'objectif.
— Je n'ai pas de photo de lui, dit Jeannie d'un ton de regret.
— Gardez celle-ci.
— Je ne pourrais pas. Vous la conservez contre votre cœur.
— J'en ai un million. J'en mettrai une autre dans mon portefeuille.
— Merci, je vous suis vraiment reconnaissante.
— Vous semblez très attachée à lui.
— Je l'aime, Charles.
— Vraiment ?
Jeannie hocha la tête.
— Quand je pense qu'il pourrait être envoyé en

prison pour viol, je suis prête à proposer d'y aller à sa place.

Charles eut un sourire amer.

— Moi aussi.

— C'est de l'amour, non ?

— Je pense bien.

Jeannie se sentait gênée. Il n'était pas du tout dans ses intentions de révéler tout cela au père de Steve. C'était sorti comme ça, et puis elle avait compris que c'était sincère.

— Quels sont les sentiments de Steve à votre égard ? demanda-t-il.

Elle sourit.

— Je pourrais être modeste...

— Pas la peine.

— Il est fou de moi.

— Ça ne m'étonne pas. Pas simplement parce que vous êtes belle, et Dieu sait que vous l'êtes. Vous êtes forte aussi. Il a besoin de quelqu'un de fort.

Jeannie le regarda longuement. C'était le moment.

— Il y a une chose que vous pourriez faire, vous savez.

— Dites-moi ce que c'est.

Jeannie avait répété son discours dans la voiture pendant tout le trajet jusqu'à Washington.

— Si je pouvais balayer une autre banque de données, peut-être que je pourrais trouver le vrai violeur. Mais, après la publicité que m'a faite le *New York Times*, aucune agence gouvernementale, aucune compagnie d'assurances ne va prendre le risque de travailler avec moi. À moins...

Elle se pencha dans son fauteuil de jardin.

— Genetico a pratiqué des expériences sur les épouses des soldats. La plupart de ces clones, sinon tous, sont probablement nés dans des hôpitaux militaires.

Il hocha lentement la tête.

— Les bébés ont dû avoir des dossiers médicaux

militaires voilà vingt-deux ans. Ces dossiers existent peut-être encore.

— Je suis sûr que oui. L'armée ne jette jamais rien.

Jeannie sentit ses espoirs renaître.

— Il y a longtemps de cela : ils devaient être sur papier. Ont-ils pu être transférés sur ordinateur ?

— Je suis sûr que oui. C'est le seul moyen de tout stocker.

— Alors, c'est possible, dit Jeannie, maîtrisant son excitation.

Il semblait songeur. Elle le regarda dans les yeux.

— Charles, pouvez-vous m'obtenir l'accès à cette banque de données ?

— Que vous faut-il exactement ?

— Il faut que je charge mon programme dans l'ordinateur, puis que je le laisse balayer tous les dossiers.

— Combien de temps ça prend-il ?

— Pas moyen de le savoir. Ça dépend des dimensions de la banque de données et de la puissance de l'ordinateur.

— Est-ce que ça influe sur la récupération normale des données ?

— Ça pourrait la ralentir.

Il fronça les sourcils.

— Vous voulez bien le faire ? dit Jeannie avec impatience.

— Si on nous prend, c'est la fin de ma carrière.

— Vous voulez bien ?

— Oui.

48

Steve fut ravi de trouver Jeannie assise dans le patio, buvant de la citronnade et en grande conversation avec son père. *C'est ça que je veux. Je veux Jeannie dans ma vie. Alors, je pourrai faire face à n'importe quoi.*

Il traversa la pelouse en souriant et posa un baiser léger sur les lèvres de Jeannie.

— Vous avez l'air de deux conspirateurs.

Jeannie expliqua ce qu'ils préparaient. Steve se laissa regagner par l'espoir. Son père dit à Jeannie :

— Je ne suis pas un expert en informatique. J'aurai besoin qu'on m'aide pour charger votre programme.

— Je viendrai avec vous.

— Je parie que vous n'avez pas votre passeport sur vous.

— Bien sûr que non.

— Je ne peux pas vous faire entrer dans le centre informatique sans pièce d'identité.

— Je pourrais aller le chercher chez moi.

— C'est moi qui t'accompagnerai, dit Steve. J'ai mon passeport là-haut. Je suis sûr de pouvoir charger le programme.

Le père de Steve interrogea Jeannie du regard. Elle acquiesça.

— L'opération est simple. S'il y a le moindre problème, vous m'appelez du centre informatique et je vous explique par téléphone.

— Très bien.

Le père de Steve passa dans la cuisine et décrocha le combiné. Il composa un numéro.

— Don, ici Charles. Qui a gagné au golf?... Je savais que tu en étais capable. Mais attention, je te battrai la semaine prochaine ! Écoute, j'ai besoin que tu me rendes un service, un service un peu inhabituel. Il faut que je consulte le dossier médical de mon fils depuis l'époque où... oui, il a une de ces affections assez rares, ça ne met pas sa vie en danger, mais c'est quand même sérieux et il y a peut-être un indice dans ses premières années. Voudrais-tu m'obtenir l'autorisation d'aller au centre informatique militaire ?

Un long silence. Steve ne lisait rien sur le visage de son père. Celui-ci dit enfin :

— Merci, Don, je te suis vraiment reconnaissant.

Steve brandit son poing en criant :

— Ouais !

Son père posa un doigt sur ses lèvres, puis continua à parler.

— Steve m'accompagnera. Nous serons là dans un quart d'heure, vingt minutes, si ça te convient... merci encore.

Il raccrocha. Steve monta en courant dans sa chambre et revint avec son passeport. Jeannie avait les disquettes dans un boîtier en plastique. Elle les remit à Steve.

— Introduisez celle qui porte le numéro 1 dans la machine et les instructions apparaîtront sur l'écran.

Il regarda son père.

— Prêt ?

— Allons-y.

— Bonne chance.

Ils prirent la route du Pentagone. Ils garèrent la Lincoln dans le plus grand parking du monde — dans le Middle West, certaines villes étaient plus petites que le parking du Pentagone. Ils gravirent une volée de marches jusqu'à une entrée au premier étage.

À l'âge de treize ans, Steve avait fait une visite guidée des lieux, sous la houlette d'un grand jeune homme aux cheveux incroyablement courts. Le bâtiment comprenait cinq anneaux concentriques reliés par dix couloirs comme les rayons d'une roue. Cinq étages et pas d'ascenseur. En quelques secondes, il avait perdu tout sens de l'orientation. Ce dont il se souvenait, c'était qu'au milieu de la cour centrale se trouvait un édifice appelé niveau zéro où l'on vendait des hot dogs.

Son père le fit passer devant un salon de coiffure fermé, un restaurant et une bouche de métro, jusqu'à un point de contrôle. Steve exhiba son passeport, signa le registre des visiteurs et reçut un laissez-passer à coller sur le devant de sa chemise.

Un samedi soir, il n'y avait pas grand monde. Les couloirs étaient déserts à l'exception de quelques employés attardés, pour la plupart en uniforme, et d'un ou deux chariots de golf qui servaient à transporter les objets encombrants. La dernière fois qu'il était venu ici, Steve avait été rassuré par l'imposante construction. Aujourd'hui, il avait une impression différente. Quelque part dans ce labyrinthe, on avait tramé un complot, le complot qui l'avait créé avec ses doubles. Ce gigantesque ensemble bureaucratique dissimulait la vérité qu'il recherchait. Les hommes et les femmes en uniforme impeccable étaient ses ennemis.

Ils suivirent un couloir, montèrent un escalier, passèrent un nouveau point de contrôle. Là, cela prit plus longtemps ; il fallut entrer dans la machine le nom et l'adresse de Steve et attendre une minute ou deux que l'ordinateur l'autorise à passer. Pour la première fois de sa vie, il avait l'impression qu'un contrôle de sécurité le visait personnellement. Il n'avait pourtant rien fait de mal, mais il se sentait coupable. Drôle de sensation. *Les criminels doivent l'éprouver en permanence*, songea-t-il. *Comme les espions, les contrebandiers et les maris infidèles.*

Ils tournèrent encore quelques coins et arrivèrent devant une double porte vitrée. De l'autre côté, une douzaine de jeunes soldats étaient assis devant des écrans informatiques, à entrer des données ou à introduire des documents sur papier dans des lecteurs optiques. À la porte, un garde vérifia une nouvelle fois le passeport de Steve, puis les laissa entrer.

Le sol était recouvert de moquette, tout était silencieux. Pas de fenêtre, un éclairage tamisé, un air filtré. Un colonel aux cheveux gris, avec une petite moustache attendait le père de Steve. Il les mena prestement au terminal qu'ils allaient utiliser.

— Nous avons besoin de faire des recherches dans les dossiers médicaux de bébés nés dans des hôpitaux militaires voilà environ vingt-deux ans, expliqua le père de Steve.

— Nous n'avons pas ces dossiers ici.

Le cœur de Steve se serra. Il n'allait quand même pas être vaincu comme ça ?

— Où se trouvent-ils ?

— À Saint Louis.

— Peut-on y avoir accès d'ici ?

— Il vous faudrait une autorisation prioritaire pour utiliser cette liaison informatique. Vous ne l'avez pas.

— Je n'avais pas prévu ce problème, colonel, dit le père de Steve d'un ton agacé. Voulez-vous que je rappelle le général Krohner ? Il ne sera peut-être pas ravi d'être dérangé inutilement un samedi soir, mais je le ferai si vous insistez.

Le colonel soupesa une minime infraction au règlement face au risque d'irriter un général.

— C'est faisable. On n'utilise pas la ligne en ce moment, et de toute façon il faudra la tester pendant ce week-end.

— Merci.

Le colonel appela une femme en uniforme de lieutenant et fit les présentations. Elle s'appelait Caroline Gambol, elle avait cinquante ans, une surcharge pondérale, un corset et des manières de maîtresse d'école. Le père de Steve répéta ce qu'il avait dit au colonel.

— Savez-vous, monsieur, que ces dossiers sont sous le coup des lois sur la vie privée ? dit le lieutenant Gambol.

— Oui, et nous avons l'autorisation nécessaire.

Elle s'assit devant le terminal et se mit à pianoter sur le clavier. Au bout de quelques minutes, elle demanda :

— Quel genre de recherche voulez-vous effectuer ?

— Nous avons notre propre programme de recherche.

— Bien, monsieur. Je me ferai un plaisir de le charger pour vous.

Son père regarda Steve. Le jeune homme haussa les épaules et remit les disquettes à la femme. Tout en entrant le programme, elle lança à Steve un regard intrigué.

— Qui est l'auteur de ce logiciel ?

— Un professeur de Jones Falls.

— C'est astucieux. Je n'ai jamais rien vu de pareil.

Elle regarda le colonel qui surveillait l'opération par-dessus son épaule.

— Et vous, colonel ?

Il hocha la tête.

— C'est chargé. Je commence la recherche ?

— Allez-y.

Le lieutenant Gambol pressa la touche Entrée.

49

Une intuition amena Berrington à suivre la Lincoln noire du colonel Logan. Il n'était pas sûr que Jeannie fût dans la voiture. Il n'apercevait que le colonel et Steve, mais c'était un coupé et Jeannie aurait fort bien pu être assise à l'arrière.

Il n'était pas mécontent d'avoir une occupation. Les effets combinés de l'inaction et d'une angoisse croissante étaient épuisants. Il avait des courbatures dans le dos et les jambes engourdies. Il aurait bien voulu renoncer à tout cela et s'en aller. Dire qu'il pourrait être installé dans un restaurant avec une bonne bouteille de vin, chez lui, à écouter la Neuvième Symphonie de Mahler ou à déshabiller Tippa Hartenden ! Là-dessus, il pensa à ce qu'allait lui rapporter l'OPA. L'argent, soixante millions de dollars. Le pouvoir politique, avec Jim Proust à la Maison-Blanche et lui ministre de la Santé. Une nouvelle Amérique, une Amérique comme elle était jadis, forte, courageuse et pure. Il serra donc les dents et poursuivit sa minable surveillance.

Un moment, il trouva relativement facile de filer Logan dans la circulation peu rapide de Washington. Il restait à deux voitures derrière lui, comme dans les films policiers. *Élégante voiture, cette Lincoln,* songea-t-il. Peut-être devrait-il changer la sienne. La limousine avait de la classe, mais elle faisait sexagénaire. Le coupé avait plus de gueule. Il se demanda quelle reprise il pourrait tirer de sa voiture. Puis il se rappela que lundi soir il serait riche. S'il avait envie de faire le jeune homme, il pourrait s'acheter une Ferrari.

La Lincoln tourna à un carrefour, le feu passa au rouge, la voiture devant Berrington s'arrêta et il perdit de vue celle de Logan. Il poussa un juron et s'appuya sur le volant. Il rêvassait : il secoua la tête pour s'éclaircir les idées. Cette assommante surveillance nuisait à sa concentration. Quand le feu passa au vert, il vira sur les chapeaux de roue et accéléra à fond.

Quelques instants plus tard, il aperçut le coupé noir à un feu. Il respira.

Ils franchirent le Potomac par le pont d'Arlington. Se dirigeaient-ils vers l'aéroport ? Ils empruntèrent Washington Boulevard. Berrington comprit que leur destination devait être le Pentagone.

Il les suivit sur la bretelle qui donnait accès à l'immense parking, trouva une place, arrêta son moteur. Steve et son père descendirent de voiture et se dirigèrent vers l'immeuble.

Il inspecta la Lincoln : personne à l'intérieur. Jeannie avait dû rester à Georgetown. Que venaient donc chercher Steve et son père ? Et que comptait faire Jeannie ?

Il marchait à vingt ou trente mètres derrière eux. Il avait horreur de ça. Il redoutait de se faire repérer. Que dirait-il s'ils le voyaient ? Ce serait affreusement humiliant. Dieu merci, aucun d'eux ne se retourna. Ils gravirent une volée de marches et entrèrent dans le bâtiment. Il les suivit jusqu'au moment où ils franchirent une barrière de sécurité. Là, il dut faire demi-tour. Il trouva une cabine téléphonique et appela Jim Proust.

— Je suis au Pentagone. J'ai suivi Jeannie jusqu'à la maison des Logan, puis j'ai filé Steve Logan et son père jusqu'ici. Jim, je suis inquiet.

— Le colonel travaille au Pentagone, n'est-ce pas ?

— Oui.

— Ça pourrait être parfaitement innocent.

— Mais pourquoi irait-il à son bureau un samedi soir ?

— Pour une partie de poker dans le bureau du général, si je me souviens de mon temps dans l'armée.

— Quel que soit son âge, on n'emmène pas son gosse à une partie de poker.

— Qu'y a-t-il au Pentagone qui pourrait nous gêner ?

— Des dossiers.

— Non. L'armée ne possède aucun dossier sur nos expériences. J'en suis certain.

— Il faut savoir ce qu'ils font. Tu n'as aucun moyen de le découvrir ?

— Sans doute que si. Si je n'ai pas d'amis au Pentagone, alors, je n'en ai nulle part. Je vais passer quelques coups de fil. Ne bouge pas.

Berrington raccrocha. Cette attente l'exaspérait. Le travail de toute sa vie était en péril, et que faisait-il ? Il filait des gens comme un miteux de détective privé. Bouillant d'une impatience impuissante, il tourna les talons et regagna sa voiture.

50

Steve attendait avec une impatience fébrile. Si l'opération réussissait, il saurait qui avait violé Lisa Hoxton et il aurait alors une chance de prouver son innocence. Mais si elle échouait ?

Une sonnerie retentit sur le terminal. La recherche était terminée. Sur l'écran s'affichait une liste de noms et d'adresses groupés par paires. Le programme de Jeannie avait fonctionné. Mais les clones se trouvaient-ils sur cette liste ?

Il se concentra. Première priorité : faire une copie de la liste.

Il trouva dans un tiroir une boîte de disquettes neuves et en introduisit une dans la machine. Il copia la liste sur la disquette, l'éjecta et la fourra dans la poche de son jean. Alors seulement il étudia les noms.

Il n'en reconnut aucun. Il déroula la liste : il semblait y en avoir plusieurs pages. Ce serait plus facile de la parcourir sur papier. Il appela le lieutenant Gambol.

— Est-ce que je peux faire une sortie imprimante à partir de ce terminal ?

— Bien sûr. Vous pouvez utiliser cette imprimante laser.

Elle s'approcha de la machine et lui en montra le fonctionnement. Steve surveilla avidement la sortie des pages. Il espérait voir son propre nom auprès de trois autres : Dennis Pinker, Wayne Stattner et l'homme qui avait violé Lisa Hoxton. Son père regardait par-dessus son épaule.

La première page ne contenait que des paires, aucun groupe de trois ou de quatre. « Steve Logan » apparut au milieu du second feuillet. Son père le repéra en même temps que lui.

— Te voilà, dit-il en réprimant son excitation.

Quelque chose n'allait pas. Il y avait trop de noms regroupés. Auprès de « Steve Logan », « Dennis Pinker » et « Wayne Stattner » apparaissaient « Henry Irwin King », « Per Ericson », « Murray Claud », « Harvey John Jones » et « George Dassault ». L'enthousiasme de Steve se changea en stupéfaction. Son père fronça les sourcils.

— Qui sont tous ces gens ?

Steve compta.

— Il y a huit noms.

— Huit ?

Puis Steve comprit.

— C'est ce qu'a produit Genetico. Nous sommes huit.

— Huit clones ! fit son père, abasourdi. Mais qu'est-ce qu'il leur a pris ?

— Je me demande comment le programme de recherche les a trouvés.

Il regarda la dernière feuille sortie de l'imprimante. Au bas de la page, on lisait : « Caractéristique commune : électrocardiogramme. »

— Je me souviens, déclara son père. On t'a fait un électrocardiogramme quand tu avais une semaine. Je n'ai jamais compris pourquoi.

— On nous l'a fait à tous. Les vrais jumeaux ont des cœurs similaires.

— Je n'arrive toujours pas à y croire. Il y a huit garçons au monde exactement comme toi !

— Regarde ces adresses. Rien que des bases militaires.

— La plupart de ces personnes ne seront plus à ces adresses aujourd'hui. Le programme n'obtient pas d'autres informations ?

— Non. Elles sont protégées contre les atteintes à la vie privée.

— Alors, comment Jeannie les repère-t-elle ?

— Je lui ai posé la question. À l'université, ils ont tous les annuaires téléphoniques sur CD-ROM. Si ça ne donne rien, ils utilisent les registres des permis de conduire, les agences de références de crédit et d'autres sources.

— Au diable la vie privée ! Je vais extraire tout le dossier médical de ces hommes, voir si nous obtenons des indices.

— Je prendrais bien une tasse de café. Il y a un distributeur par là ?

— Aucune boisson n'est autorisée au centre informatique. Des liquides renversés sur les ordinateurs y feraient des ravages. Au bout du couloir, il y a une petite salle de repos avec une machine à café et un distributeur de Coca.

— Je reviens tout de suite.

Steve sortit en saluant au passage le garde à la porte. La zone de repos comprenait deux ou trois tables et quelques chaises, ainsi que des distributeurs de boissons gazeuses et de confiseries. Il croqua deux tablettes de chocolat, but une tasse de café, puis regagna le centre informatique.

Il s'arrêta soudain devant les portes vitrées. De nouvelles personnes étaient dans la salle, dont un général et deux hommes armés de la police militaire. Le général était en grande discussion avec le père de Steve, et le colonel à la petite moustache semblait parler en même temps. À voir leurs gestes, Steve s'inquiéta. Il se passait quelque chose d'ennuyeux. Son instinct lui disait de ne pas se faire remarquer. Il resta près de la porte et tendit l'oreille.

Il entendit le général déclarer :

— J'ai mes ordres, colonel Logan. Vous êtes en état d'arrestation.

Le sang de Steve se glaça. Comment était-ce arrivé ? Ce n'était pas uniquement parce qu'on avait découvert que son père consultait des dossiers médicaux. Ça pouvait être sérieux, mais pas suffisamment pour qu'on l'arrête. Il y avait autre chose. D'une façon ou d'une autre, Genetico avait dû intervenir.

Que dois-je faire ?

Son père s'exclama d'un ton furieux :

— Vous n'avez pas le droit!

Le général répliqua.

— Colonel, vous n'allez pas me faire la leçon sur mes droits!

Steve hésita à se joindre à la discussion. Son père semblait avoir des problèmes, mais il était assez grand pour se débrouiller seul. Puisque Steve avait dans sa poche la disquette avec la liste de noms, il n'avait plus qu'à sortir de là avec les renseignements. Il tourna les talons et franchit les portes vitrées.

Il marchait d'un pas vif, essayant de donner l'impression de savoir où il allait. Il essayait désespérément de se rappeler comment il était arrivé ici. Il tourna à deux reprises et franchit un poste de contrôle.

— Un instant, monsieur! dit le garde.

Steve s'arrêta et se retourna, le cœur battant.

— Oui? fit-il, du ton de quelqu'un d'occupé, impatient de reprendre son travail.

— Il faut que je vous fasse sortir de l'ordinateur. Puis-je voir vos papiers d'identité?

— Bien sûr.

Steve lui tendit son passeport. Le garde vérifia sa photo, puis tapa son nom sur le clavier.

— Merci, monsieur, dit-il en lui rendant le passeport.

Steve s'éloigna dans le couloir. Encore un contrôle et il serait dehors. Il entendit derrière lui la voix de Caroline Gambol.

— Monsieur Logan! Un instant, je vous prie!

Il jeta un coup d'œil par-dessus son épaule. Elle arrivait derrière lui en courant, toute rouge et hors d'haleine.

— Oh, merde!

Il tourna précipitamment au coin d'un couloir, trouva un escalier, en dévala les marches jusqu'à l'étage inférieur. Il tenait les noms qui pouvaient le laver de l'accusation de viol: personne ne l'empêcherait de sortir d'ici avec cette information, pas même l'armée américaine.

Pour quitter le bâtiment, il fallait aller jusqu'à l'anneau E, le plus extérieur. Il s'engouffra dans un couloir qui partait du centre, dépassa le cercle C, croisa un chariot de golf où s'entassaient des produits d'entretien. Il était à mi-chemin du cercle B quand il entendit de nouveau la voix du lieutenant Gambol. Elle le suivait toujours, criant :

— Le général veut vous parler !

Par la porte d'un bureau, un homme en uniforme d'aviateur lui lança un regard surpris. Heureusement, un samedi soir, il y avait peu de monde dans les parages.

Steve trouva un escalier et grimpa les marches quatre à quatre. Voilà qui devrait ralentir la rondelette Caroline Gambol.

À l'étage suivant, il se précipita dans le couloir en direction du cercle D, suivit le couloir circulaire en franchissant deux carrefours, puis redescendit. Plus trace du lieutenant Gambol. *Je l'ai semée,* pensa-t-il avec soulagement.

Il était pratiquement sûr d'être au niveau de la sortie. Il suivit le cercle C dans le sens des aiguilles d'une montre jusqu'au couloir suivant. Il crut reconnaître le chemin par lequel il était entré. Il suivit le couloir vers l'extérieur et arriva au poste de contrôle qu'il avait franchi en arrivant. Il était presque libre.

Il aperçut alors le lieutenant Gambol. Rouge et essoufflée, elle était plantée au point de contrôle avec le garde.

Steve poussa un juron. Il ne l'avait pas semée. Elle était simplement arrivée à la sortie avant lui. Il décida de bluffer.

Il s'approcha du garde et ôta son badge de visiteur.

— Vous pouvez le garder, dit le lieutenant Gambol. Le général aimerait vous parler.

Steve posa le badge sur le comptoir. Dissimulant

son appréhension sous une assurance feinte, il déclara :

— Je n'ai malheureusement pas le temps. Au revoir, lieutenant, et merci de votre coopération.

— Je dois insister, fit-elle.

Steve fit semblant de s'impatienter.

— Vous n'êtes pas en mesure d'insister. Je suis un civil, vous n'avez pas d'ordres à me donner ! Je n'ai rien fait de mal, alors vous ne pouvez pas m'arrêter. Comme vous le voyez, je n'emporte rien qui appartienne à l'armée. — Il espérait qu'on ne voyait pas la disquette dans la poche de son jean. — Ce serait illégal de votre part de tenter de me retenir.

Elle s'adressa au garde, un homme d'une trentaine d'années qui mesurait huit ou dix centimètres de moins que Steve.

— Ne le laissez pas partir, ordonna-t-elle.

Steve regarda le garde en souriant.

— Soldat, si vous me touchez, vous vous rendrez coupable de voies de fait. Je serai parfaitement en droit de vous envoyer mon poing dans la figure et, croyez-moi, je n'y manquerai pas.

Le lieutenant Gambol chercha autour d'elle des renforts, mais elle ne vit que deux femmes de ménage et un électricien qui réparait une rampe d'éclairage. Steve se dirigea vers l'entrée.

— Arrêtez-le ! lança le lieutenant.

Derrière lui, il entendit le garde crier :

— Arrêtez, ou je tire !

Steve se retourna. Le garde avait dégainé un pistolet qu'il braquait sur lui.

Pétrifiés, les femmes de ménage et l'électricien observaient la scène. Le pistolet braqué sur Steve, le garde avait les mains qui tremblaient. Steve sentit ses muscles se crisper. Au prix d'un grand effort, il secoua sa paralysie. Un garde du Pentagone n'ouvrirait pas le feu sur un civil désarmé, il en était certain.

— Vous n'allez pas tirer, ce serait un meurtre.

Il tourna les talons et se dirigea vers la porte.

Ce fut le plus long trajet de toute son existence. Il n'avait que trois ou quatre mètres à parcourir, mais il avait l'impression que cela lui prenait des années.

Comme il posait la main sur la porte, un coup de feu claqua. Quelqu'un poussa un hurlement. Une pensée traversa l'esprit de Steve. *Il a tiré au-dessus de ma tête.* Il ne se retourna pas, s'engouffra par la porte et dévala l'escalier.

La nuit était tombée et le parking était éclairé par des lampadaires. Il entendit crier derrière lui, puis un nouveau coup de feu. Il arriva au pied de l'escalier et quitta l'allée pour se jeter dans les buissons.

Il déboucha sur une route et continua à courir. Un bus stoppa à un arrêt. Deux soldats en descendirent et une femme y monta. Steve lui emboîta le pas. Le véhicule démarra, sortit du parking, puis s'engagea sur l'autoroute, laissant le Pentagone derrière lui.

51

Au bout de deux heures, Jeannie en était arrivée à trouver Lorraine Logan extrêmement sympathique.

Elle était beaucoup plus forte qu'elle ne paraissait sur la photographie publiée en tête de sa chronique du cœur. Elle souriait beaucoup, ce qui sillonnait de rides son visage poupin. Pour oublier et faire oublier à Jeannie leurs soucis, elle parla des problèmes à propos desquels on lui écrivait : belle-famille dominatrice, maris violents, petits amis impuissants, patrons aux mains baladeuses, filles qui se droguaient. Sur tous les sujets, Lorraine parvenait à trouver quelque chose qui faisait dire à Jeannie : « Bien sûr... comment est-ce que je n'y ai pas pensé plus tôt ? »

Assises dans le patio, dans la fraîcheur du soir qui

tombait, elles attendaient avec impatience le retour de Steve et de Charles. Jeannie parla à Lorraine du viol de Lisa.

— Elle essaiera aussi longtemps qu'elle le pourra d'agir comme si ça n'était jamais arrivé, dit Lorraine.

— Oui, elle agit exactement ainsi en ce moment.

— Cette phase peut durer six mois. Mais, tôt ou tard, elle se rendra compte qu'elle doit cesser de nier ce qui s'est passé et s'en accommodera. Ce stade commence souvent quand la femme essaie de reprendre une vie sexuelle normale et qu'elle constate qu'elle n'éprouve pas les mêmes sensations qu'autrefois. C'est à ce moment-là qu'elles m'écrivent.

— Que leur conseillez-vous ?

— La psychothérapie. Il n'y a pas de solution facile. Le viol cause des dégâts, et il faut les réparer.

— Le sergent lui a conseillé une psychothérapie.

Lorraine haussa les sourcils.

— Il est plutôt futé, ce policier.

Jeannie sourit.

— Elle.

Lorraine éclata de rire.

— Et nous reprochons aux hommes leurs attitudes sexistes ! Je vous en prie, ne répétez à personne ce que je viens de dire.

— Promis.

Il y eut un bref silence, puis Lorraine dit :

— Steve vous aime.

Jeannie hocha la tête.

— Oui, je crois que oui.

— Une mère sent ces choses-là.

— Alors, il a déjà été amoureux.

— Rien ne vous échappe, hein ? fit Lorraine en souriant. Oui, c'est vrai. Mais juste une fois.

— Parlez-moi d'elle... si vous croyez que ça ne l'ennuierait pas.

— Elle s'appelait Fanny Gallaher. Elle avait les yeux verts et de longs cheveux roux. Elle était vive et insouciante, et c'était la seule fille du lycée qui ne s'intéressait pas à Steve. Il lui courait après et elle lui a résisté pendant des mois. Mais il a fini par la convaincre et ils sont sortis pendant environ un an.

— Vous pensez qu'ils ont couché ensemble ?

— Oui. Ils passaient la nuit ici tous les deux. Je ne veux pas que les gosses soient obligés de s'aimer dans des parkings.

— Et ses parents ?

— J'ai parlé à la mère de Fanny. Elle était du même avis que moi.

— J'ai perdu ma virginité à quatorze ans, dans une ruelle derrière une boîte punk. Ç'a été une expérience si déprimante que je n'ai plus eu de rapports sexuels avant vingt et un ans. Je regrette que ma mère n'ait pas été comme vous.

— Que les parents soient sévères ou indulgents n'a pas vraiment d'importance, dès lors qu'ils conservent toujours la même attitude. Les enfants peuvent supporter à peu près n'importe quel code de conduite s'ils le comprennent. C'est l'arbitraire qui les embrouille.

— Pourquoi Steve et Fanny ont-ils rompu ?

— Il a eu un problème... il devrait sans doute vous expliquer ça lui-même.

— Vous parlez de sa bagarre avec Tip Hendricks ?

Lorraine haussa les sourcils.

— Il vous l'a racontée ? Il vous fait vraiment confiance.

Elles entendirent une voiture. Lorraine se leva et alla jusqu'au coin de la maison.

— Steve est rentré en taxi, dit-elle d'un ton surpris.

Jeannie se leva à son tour.

— Quel air a-t-il ?

Lorraine n'eut pas le temps de répondre : Steve débouchait dans le patio.

— Où est ton père ? lui demanda-t-elle.

— Papa s'est fait arrêter.

— Oh, mon Dieu ! fit Jeannie. Pourquoi ?

— Je ne sais pas au juste. Je crois que les gens de Genetico ont, d'une façon ou d'une autre, découvert ou deviné où nous voulions en venir, et ils ont fait jouer leurs relations. On a envoyé deux hommes de la police militaire pour l'appréhender. Moi, j'ai réussi à m'enfuir.

— Sans trop de casse ? demanda Lorraine d'un ton inquiet.

— Un garde a tiré deux coups de feu.

Lorraine poussa un petit cri.

— Je crois qu'il visait au-dessus de ma tête. En tout cas, je n'ai rien.

Jeannie avait la bouche sèche. L'idée qu'on ait pu ouvrir le feu sur Steve l'horrifiait. Il aurait pu se faire tuer !

— Le programme a fonctionné, fit Steve en sortant la disquette de sa poche. Voilà la liste. Et attendez un peu de voir ce qu'il y a dessus !

Jeannie avala péniblement sa salive.

— Qu'est-ce qu'il y a ?

— Il n'y a pas quatre clones.

— Comment ?

— Il y en a huit.

Jeannie resta bouche bée.

— Vous êtes sûr ?

— Nous avons trouvé huit électrocardiogrammes identiques.

Genetico avait fractionné à sept reprises l'embryon et fécondé à leur insu huit femmes avec des enfants d'étrangers. C'était d'une arrogance incroyable.

Les soupçons de Jeannie se confirmaient : c'était cela que Berrington tenait tant à dissimuler. Quand la nouvelle serait connue, Genetico serait déshonorée, Jeannie disculpée, et Steve serait innocenté.

— Vous y êtes arrivé ! — Elle le serra dans ses bras. Puis une idée la frappa. — Mais lequel des huit a commis le viol ?

— Il va falloir le découvrir. Et ça ne va pas être facile. Les adresses que nous avons sont celles des parents à l'époque des accouchements. Elles ont certainement changé.

— Nous pouvons essayer de retrouver leurs traces. C'est la spécialité de Lisa. — Jeannie se leva. — Je ferais mieux de rentrer à Baltimore. Ça va prendre presque toute la nuit.

— Je vous accompagne.

— Et votre père ? Il faut le tirer des mains de la police militaire.

— On a besoin de toi ici, Steve, dit Lorraine. Je vais tout de suite appeler notre avocat, mais il va falloir que tu lui racontes ce qui s'est passé.

— Très bien, dit-il à contrecœur.

— Il faudrait que j'appelle Lisa avant de partir pour qu'elle puisse se préparer, fit Jeannie. — Le téléphone était sur la table du patio. — Je peux ?

— Bien sûr.

Elle composa le numéro de Lisa. Il y eut quatre sonneries, puis le déclic caractéristique d'un répondeur qui se mettait en marche.

— La barbe ! s'exclama Jeannie. Lisa, je t'en prie, appelle-moi. Je serai chez moi vers dix heures. Il s'est passé quelque chose de vraiment important.

Elle raccrocha.

— Je vous raccompagne jusqu'à votre voiture, déclara Steve.

Jeannie dit au revoir à Lorraine, qui l'étreignit avec chaleur. Dehors, Steve lui remit la disquette.

— Prenez-en soin. Je n'en ai pas de copie et nous n'aurons pas d'autre occasion de nous en procurer.

Elle la fourra dans son sac.

— Ne vous inquiétez pas. C'est mon avenir aussi.

Elle l'embrassa avec fougue.

— Oh ! mon Dieu, dit-il au bout d'un moment. Est-ce qu'on pourrait refaire ça très bientôt ?

— Oui. Mais d'ici là ne prenez pas de risques. Je ne veux pas vous perdre. Soyez prudent.

Il sourit.

— J'aime l'idée que vous vous inquiétiez pour moi.

Elle l'embrassa de nouveau, doucement cette fois.
— Je vous appelle.
Elle monta dans la voiture et démarra. Elle roula vite ; en moins d'une heure, elle était chez elle.
Elle fut déçue de constater qu'il n'y avait pas de message de Lisa sur son répondeur. Elle s'inquiéta à l'idée que celle-ci s'était peut-être endormie, ou qu'elle regardait la télé et qu'elle n'avait pas écouté ses messages. *Pas d'affolement, réfléchis.* Elle ressortit en courant et se précipita chez son amie. Elle sonna à la porte ; pas de réponse. Où était partie Lisa ? Elle n'avait pas de petit ami pour la sortir un samedi soir. *Mon Dieu, faites qu'elle ne soit pas allée voir sa mère à Pittsburgh.*
Lisa habitait le 12B. Jeannie sonna au 12A. Pas de réponse non plus. Peut-être que l'installation était en panne. Bouillant d'agacement, elle essaya le 12C. Une voix d'homme bougonna :
— Ouais, qui est-ce ?
— Je suis désolée de vous déranger, mais je suis une amie de Lisa Hoxton, votre voisine, et j'ai besoin de la joindre de façon urgente. Vous ne sauriez pas où elle est, par hasard ?
La voix répondit :
— Où est-ce que vous vous croyez, ma petite dame… À Ploucville ? Je ne sais même pas à quoi elle ressemble, ma voisine. *Clic.*
— Et vous, vous êtes d'où, de New York ? lança-t-elle, furieuse, au micro indifférent.
Elle rentra chez elle, en conduisant comme si elle faisait un rallye, et appela de nouveau le répondeur de Lisa.
— Lisa, je t'en prie, appelle dès que tu rentres, à n'importe quelle heure de la nuit. J'attendrai à côté du téléphone.
Elle ne pouvait pas faire davantage. Sans Lisa, elle ne pouvait même pas pénétrer dans le pavillon des dingues.
Elle prit une douche et s'enveloppa dans son pei-

gnoir fuchsia. Elle avait faim. Elle passa au micro-ondes un beignet à la cannelle congelé, mais l'idée de manger lui donna la nausée. Elle le jeta à la poubelle et but une tasse de café au lait. Elle regrettait de ne pas avoir la télé pour la distraire.

Elle prit la photo de Steve que Charles lui avait donnée. Il faudrait qu'elle la fasse encadrer. Elle la colla sur la porte du réfrigérateur avec un aimant. Puis elle se mit à regarder ses albums de photos. Elle sourit en voyant son père dans un costume marron à rayures blanches, avec de larges revers et un pantalon à pattes d'éléphant, debout auprès de la Thunderbird turquoise... Plusieurs pages de photos de Jeannie en tenue de tennis, brandissant triomphalement une série de coupes en argent et de médailles... Sa mère poussant Patty dans une voiture d'enfant démodée. Will Temple coiffé d'un chapeau de cow-boy, en train de casser du bois devant Jeannie qui riait...

Le téléphone sonna. Elle se leva d'un bond, laissant tomber l'album par terre, et saisit le combiné.

— Lisa ?

— Salut, Jeannie. Que se passe-t-il ?

Elle s'effondra sur le canapé, éperdue de soulagement.

— Dieu soit loué ! Il y a des heures que je t'ai appelée... où étais-tu ?

— Je suis allée au cinéma avec Catherine et Bill. C'est un crime ?

— Pardonne-moi, je n'ai aucun droit de t'interroger comme ça...

— Ce n'est pas grave. Je suis ton amie. Tu as le droit d'être désagréable avec moi. Je te referai le coup un de ces jours.

Jeannie se mit à rire.

— Merci bien. Écoute, j'ai une liste de cinq noms d'hommes qui pourraient être les doubles de Steve. — Elle minimisait délibérément l'affaire : la vérité était trop dure à avaler. — Il faut que je retrouve leurs traces ce soir. Tu veux bien m'aider ?

Il y eut un silence.

— Jeannie, j'ai failli avoir de graves ennuis quand j'ai essayé d'entrer dans ton bureau. J'aurais pu me faire renvoyer comme le garde de la sécurité. Je veux bien t'aider, mais j'ai besoin de cette place.

Jeannie sentit la peur la glacer. *Non, tu ne peux pas me laisser tomber, pas quand je suis si près du but.*

— Je t'en prie.

— J'ai la frousse.

Chez Jeannie, la détermination farouche vint remplacer la crainte. *Oh, je ne vais pas te laisser t'en tirer comme ça.*

— Lisa, on est presque dimanche. — *Ça ne me plaît pas de te faire ça, mais il le faut.* — Il y a une semaine, je suis venue te chercher dans un immeuble en feu.

— Je sais, je sais.

— J'avais la frousse aussi à ce moment-là.

Un long silence.

— Tu as raison. Je vais t'aider.

Jeannie réprima un cri de victoire.

— Dans combien de temps peux-tu être là-bas ?

— Un quart d'heure.

— Je te retrouve dehors.

Jeannie raccrocha. Elle se précipita dans sa chambre, laissa tomber son peignoir pour passer un jean noir et un T-shirt turquoise. Elle enfila un blouson de toile noire et dévala l'escalier.

À minuit, elle quittait la maison.

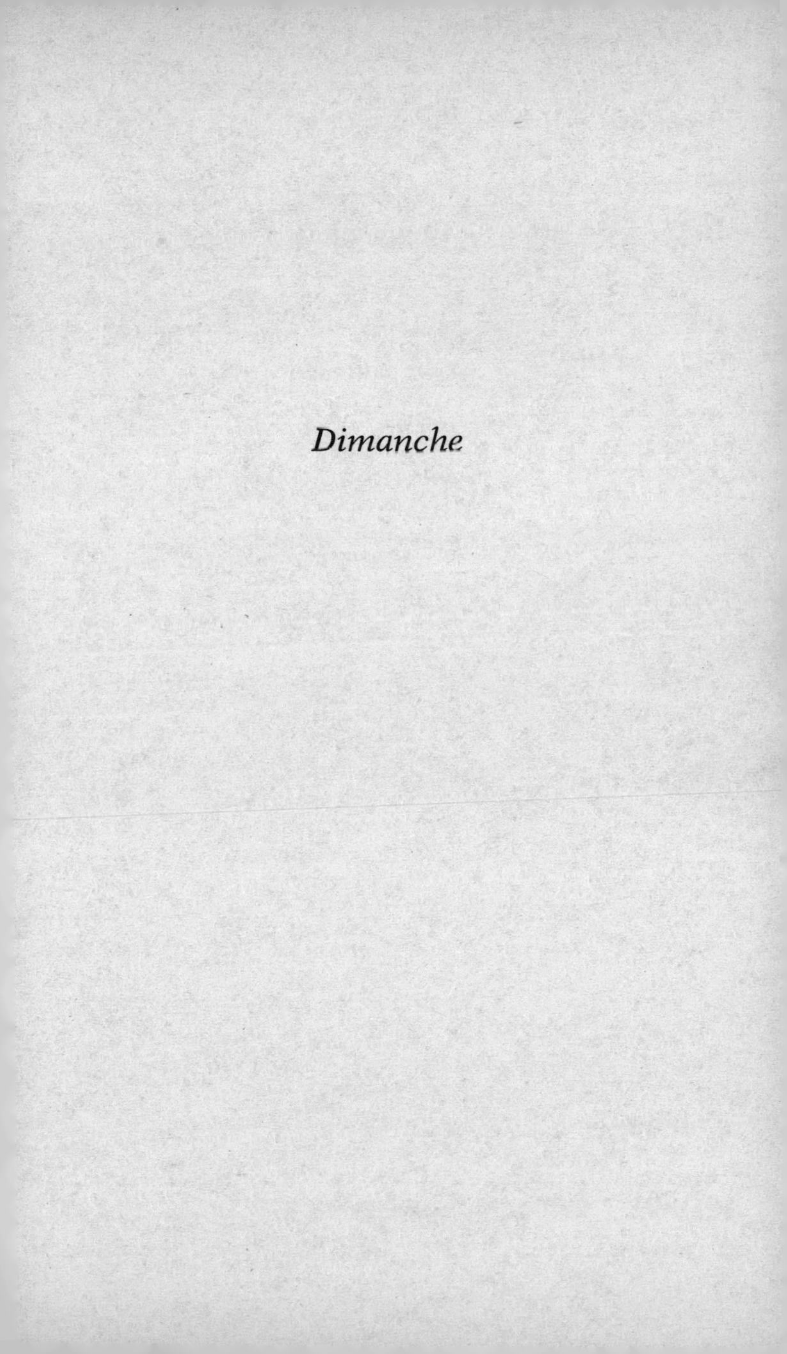

Dimanche

52

Elle arriva à l'université avant Lisa. Elle se gara sur le parking des visiteurs, ne voulant pas qu'on repère sa voiture bien reconnaissable devant le pavillon des dingues, puis elle traversa le campus sombre et désert. Tout en attendant avec impatience devant le bâtiment, elle regretta de ne pas s'être arrêtée en route pour acheter quelque chose à manger. Elle n'avait rien avalé de la journée. Elle songea avec nostalgie à un hamburger avec des frites, à une part de pizza avec des poivrons, à une tarte aux pommes avec de la glace à la vanille, ou même à une énorme salade bien aillée. Lisa arriva enfin au volant de son élégante Honda blanche.

Elle descendit de voiture et prit les mains de Jeannie.

— J'ai honte. Tu n'aurais pas dû avoir à me rappeler quelle amie tu as été pour moi.

— Oh ! je te comprends.

— Je te demande pardon.

Jeannie la serra dans ses bras.

Elles entrèrent dans le labo. Jeannie brancha la cafetière tandis que Lisa chargeait son ordinateur. Ça faisait bizarre de se trouver là au milieu de la nuit. Le décor d'un blanc aseptisé, l'éclairage cru et les machines silencieuses alentour lui faisaient penser à une morgue.

D'un instant à l'autre elles allaient sans doute

avoir la visite de la sécurité. Après la récente entrée par effraction, on devait surveiller de près le pavillon des dingues et on y verrait de la lumière. Mais il n'était pas rare de voir des chercheurs travailler au labo à de drôles d'heures et il ne devrait pas y avoir de problème, à moins qu'un garde ne reconnaisse Jeannie.

— Si on vient nous contrôler, j'irai me cacher dans le placard aux fournitures, annonça-t-elle à Lisa. Au cas où ce serait quelqu'un qui sait que je ne suis pas censée être ici.

— J'espère qu'il ne va pas nous tomber dessus à l'improviste, fit Lisa, nerveuse.

— Nous devrions installer une sorte d'alarme.

Jeannie avait hâte de poursuivre ses recherches pour trouver les clones, mais elle maîtrisa son impatience ; ce serait une précaution raisonnable. Elle promena autour du labo un regard scrutateur qui s'arrêta sur un petit bouquet posé sur le bureau de Lisa.

— Tu tiens beaucoup à ce vase ?

Lisa haussa les épaules.

— Je l'ai acheté au Prisunic. Je peux en trouver un autre.

Jeannie jeta les fleurs dans une corbeille et vida l'eau dans l'évier. Elle prit sur un rayonnage un exemplaire de *Vrais jumeaux élevés séparément* de Susan L. Farber, alla au bout du couloir, où des doubles portes donnaient sur l'escalier, en poussa légèrement les battants vers l'intérieur, utilisa le livre pour les coincer, puis posa le vase en équilibre sur l'entrebâillement. Personne ne pourrait entrer sans faire tomber le vase, qui viendrait se fracasser sur le carrelage. Tout en l'observant, Lisa demanda :

— Qu'est-ce que je dirai si on me demande pourquoi j'ai fait ça ?

— Tu ne voulais pas être surprise à l'improviste, répondit Jeannie.

Lisa acquiesça.

— Dieu sait que j'ai des raisons d'être paranoïaque.

— Allons-y.

Elles revinrent dans le labo, en laissant la porte ouverte pour être bien sûres d'entendre le verre se briser. Jeannie introduisit la précieuse disquette dans l'ordinateur de Lisa et imprima la liste du Pentagone. Apparurent les noms de huit bébés dont les électrocardiogrammes étaient aussi semblables que s'ils provenaient tous d'une seule personne. Huit petits cœurs qui battaient exactement au même rythme. Berrington s'était arrangé pour faire passer ces examens dans des hôpitaux militaires. Sans aucun doute des copies avaient été envoyées à la clinique de l'Aventin, où elles étaient restées jusqu'à leur destruction, vendredi. Mais Berrington avait oublié, ou ne s'était peut-être jamais rendu compte, que l'armée conserverait les documents originaux.

— Commençons par Henry King. Le nom complet est Henry Irwin King.

Sur le bureau de Lisa étaient posés deux lecteurs de CD-ROM. Elle prit deux disques dans le tiroir de son bureau et en plaça un dans chaque lecteur.

— Sur ces deux disques nous avons le téléphone de tous les habitants des États-Unis. Et nous avons un logiciel qui nous permet d'utiliser les deux disques en même temps. Malheureusement, les gens ne font pas toujours figurer leur nom complet dans l'annuaire. Voyons déjà combien de H. King il y a aux États-Unis.

Elle tapa

H* KING

Elle cliqua sur Compter. Au bout d'un moment, le chiffre 1 129 apparut dans une fenêtre.

Jeannie était découragée.

— Ça va nous prendre toute la nuit d'appeler autant de numéros !

— Attends, on peut peut-être faire mieux.
Lisa tapa

HENRY I. KING OU BIEN HENRY IRWIN KING

Puis elle cliqua sur l'icône Chercher. Au bout d'un moment, une liste apparut sur l'écran.
— Nous avons trois Henry Irwin King et dix-sept Henry I. King. Quelle est sa dernière adresse connue ?
Jeannie consulta son listing.
— Fort Devens, Massachusetts.
— Bon, nous avons un Henry Irwin King à Amherst et quatre Henry I. King à Boston.
— Appelons-les.
— Tu te rends compte qu'il est une heure du matin ?
— Je ne peux pas attendre demain.
— Les gens ne te répondront pas à cette heure.
— Bien sûr que si. — C'était de la pure bravade, mais elle n'était pas disposée à attendre le matin. — Je dirai que je suis de la police et qu'on recherche un tueur en série.
— Ça doit être illégal.
— Donne-moi le numéro d'Amherst.
Lisa fit apparaître le listing et pressa F2, ce qui provoqua une rapide série de bips provenant du modem de l'ordinateur. Jeannie décrocha le téléphone. Elle entendit sept sonneries, puis une voix ensommeillée :
— Oui ?
— Ici l'inspecteur Susan Farber de la police d'Amherst. — Elle s'attendait à entendre son interlocuteur lancer : « Qu'est-ce que vous voulez que ça me foute ? », mais il ne réagit pas et elle continua avec entrain : — Nous sommes désolés de vous appeler au milieu de la nuit. C'est bien à Henry Irwin King que je parle ?
— Oui... que s'est-il passé ?
Cela semblait être la voix d'un homme d'un cer-

tain âge, mais Jeannie insista, pour être bien certaine.

— Il s'agit d'une enquête de routine.

Ça, c'était une gaffe.

— De routine ? fit-il d'un ton agacé. À cette heure-ci ?

Improvisant précipitamment, elle poursuivit :

— Nous enquêtons sur un crime, et nous voulons vous rayer de la liste des suspects, monsieur. Pourriez-vous me donner votre date et lieu de naissance ?

— Je suis né à Greenfield, Massachusetts, le 4 mai 1945. Ça vous va ?

— Vous n'avez pas un fils qui porte le même nom, n'est-ce pas ?

— Non, j'ai trois filles. Est-ce que je peux me rendormir maintenant ?

— Nous n'avons plus besoin de vous déranger. Merci d'avoir coopéré avec la police, et dormez bien.

Elle raccrocha et regarda Lisa d'un air triomphant.

— Tu vois ? Il m'a parlé. Ça ne lui a pas plu, mais il a parlé.

Lisa éclata de rire.

— Docteur Ferrami, vous avez le don de tromper votre monde.

Jeannie sourit.

— Il suffit d'avoir un peu de culot. Finissons-en avec les Henry I. King. J'appelle les deux premiers ; toi, tu prends les deux derniers.

Une seule d'entre elles pouvait utiliser le système d'appel automatique. Jeannie griffonna les deux numéros sur un bloc, puis elle prit un téléphone et composa manuellement le numéro. Une voix masculine répondit et Jeannie se lança dans son boniment.

— Ici l'inspecteur Susan Farber de la police de Boston...

— Qu'est-ce que vous foutez à m'appeler à une heure pareille ? Vous savez qui je suis ?

— Je suppose que vous êtes Henry King...

— Supposez plutôt que vous avez perdu votre

poste, connasse ! fit-il, furibond. Vous avez dit Susan qui ?

— J'ai simplement besoin de vérifier votre date de naissance, monsieur King...

— Passez-moi tout de suite votre lieutenant.

— Monsieur King...

— Faites ce que je vous dis !

— Quel foutu gorille, dit Jeannie. — Et elle raccrocha, tremblante. — J'espère que je ne vais pas avoir toute la nuit des conversations de ce genre !

Lisa avait déjà raccroché.

— Le mien était jamaïcain, ça s'entendait à son accent. On dirait que le tien était désagréable.

— Très.

— On pourrait s'arrêter maintenant et reprendre demain matin.

Jeannie n'allait pas se laisser impressionner par un interlocuteur grossier.

— Pas question ! Ce ne sont pas quelques injures qui vont me retenir.

— Comme tu voudras...

— Il paraissait avoir plus que vingt-deux ans, alors nous pouvons l'oublier. Essayons les deux autres.

Rassemblant son courage, elle composa un nouveau numéro.

Son troisième Henry King n'était pas encore couché : on entendait de la musique en fond sonore et d'autres voix dans la pièce.

— Oui, fit-il, qui est à l'appareil ?

À l'entendre, il semblait avoir le bon âge et Jeannie reprit espoir. Elle recommença son numéro de flic, mais l'homme était méfiant.

— Comment est-ce que je sais que vous êtes bien de la police ?

Il avait la même voix que Steve. Le cœur de Jeannie battit plus fort. Ça pourrait être l'un des clones... Mais comment apaiser ses soupçons ? Elle décida de bluffer.

— Voudriez-vous me rappeler au commissariat? proposa-t-elle témérairement.

Un silence.

— Non, laissez tomber.

Jeannie respira.

— Je suis Henry King. On m'appelle Hank. Qu'est-ce que vous voulez?

— Pourrais-je vérifier votre date et votre lieu de naissance?

— Je suis né à Fort Devens il y a exactement vingt-deux ans. C'est mon anniversaire. Enfin, c'était hier, samedi.

Jeannie venait de trouver un clone. Il lui fallait maintenant découvrir s'il était à Baltimore le dimanche précédent. Elle s'efforça de maîtriser son excitation et demanda :

— Pourriez-vous me dire quand vous avez voyagé hors de l'État pour la dernière fois?

— Attendez un peu... en août. Je suis allé à New York.

Son instinct soufflait à Jeannie qu'il disait la vérité, mais elle continua à l'interroger.

— Que faisiez-vous dimanche dernier?

— Je travaillais.

— Quel travail faites-vous?

— Oh! je suis étudiant au MIT, mais le dimanche je suis barman au Blue Note, à Cambridge.

Jeannie griffonna sur son bloc.

— Et vous y étiez dimanche dernier?

— Oui. J'ai servi au moins cent personnes.

— Je vous remercie, monsieur King. — S'il disait vrai, ce n'était pas lui qui avait violé Lisa. — Voudriez-vous simplement me donner le numéro de téléphone de votre travail pour que je puisse avoir confirmation de votre alibi?

— Je ne me rappelle pas le numéro, mais il est dans l'annuaire. Qu'est-ce que je suis censé avoir fait?

— Nous enquêtons sur une affaire d'incendie volontaire.

— Heureusement que j'ai un alibi.

Elle trouvait déconcertant d'entendre la voix de Steve et de savoir qu'elle écoutait un inconnu. Elle aurait voulu voir Henry King, vérifier la ressemblance. À regret, elle mit un terme à la conversation.

— Encore merci, monsieur. Bonsoir.

Elle raccrocha et souffla, épuisée par l'effort que lui avait imposé son numéro. Lisa avait écouté.

— Tu l'as trouvé ?

— Oui. Il est né à Fort Devens et il a vingt-deux ans aujourd'hui. C'est le Henry King que nous cherchons, j'en suis certaine.

— Beau travail !

— Mais il semble avoir un alibi. Il dit qu'il travaillait ce soir-là dans un bar de Cambridge. Le Blue Note.

— Tu veux qu'on vérifie ?

Cette conversation avait éveillé l'instinct de chasseresse de Lisa et elle ne voulait pas lâcher la piste. Jeannie acquiesça.

— Il est tard, mais je pense qu'un bar devrait être encore ouvert, surtout un samedi soir. Peux-tu trouver le numéro sur ton CD-ROM ?

— Il ne contient que des numéros résidentiels. Les listings commerciaux sont sur un autre.

Jeannie appela les renseignements, obtint le numéro et le composa. On répondit aussitôt.

— Ici l'inspecteur Susan Farber, de la police de Boston. Passez-moi le directeur, je vous prie.

— Je suis le directeur : qu'est-ce qui se passe ?

L'homme avait un accent hispanique et paraissait inquiet.

— Avez-vous un employé du nom de Henry King ?

— Hank, oui, qu'est-ce qu'il a encore fait ?

Henry King semblait avoir déjà eu des problèmes avec la police.

— Peut-être rien. Quand l'avez-vous vu pour la dernière fois ?

— Aujourd'hui. Je veux dire hier, samedi : il travaillait de jour.

— Et avant cela ?

— Attendez un peu… dimanche dernier, il a fait quatre heures-minuit.

— Pourriez-vous le répéter sous serment si c'était nécessaire, monsieur ?

— Bien sûr, pourquoi pas ? Si quelqu'un a été tué, ça n'est pas Hank qui a fait le coup.

— Merci de votre coopération, monsieur.

— Hé, pas de problème.

Le directeur semblait soulagé. *Si j'étais un vrai policier*, se dit Jeannie, *je me dirais qu'il n'a pas la conscience tranquille.*

— À votre disposition, ajouta-t-il, et il raccrocha.

Jeannie semblait déçue

— Son alibi tient.

— Ne sois pas découragée. Nous avons très bien fait de l'éliminer aussi rapidement, surtout un nom aussi commun. Essayons Per Ericson. Il ne doit pas y en avoir tellement.

La liste du Pentagone indiquait que Per Ericson était né à Fort Rucker, mais vingt-deux ans plus tard il n'y avait pas de Per Ericson en Alabama. Lisa essaya

P* ERICS?ON

au cas où cela s'écrirait avec deux *s*, puis

P* ERIC$N

pour inclure des orthographes comme « Ericsen » et « Ericsan », mais l'ordinateur ne trouva rien.

— Tente Philadelphie, suggéra Jeannie. C'est là qu'il m'a attaquée.

À Philadelphie, il y en avait trois. Le premier se révéla être un Peter, le second n'était qu'une voix frêle et âgée sur un répondeur et le troisième, une femme, Petra. Jeannie et Lisa se mirent à rechercher tous les P. Ericson des États-Unis.

Le second P. Ericson de Lisa était coléreux et grossier. Elle était blême quand elle raccrocha, mais elle but une tasse de café et se remit au travail avec détermination.

Chaque appel était un petit drame. Jeannie devait rassembler tout son courage pour faire semblant d'être de la police. C'était un supplice de se demander si la voix qui répondrait au téléphone allait être celle de l'homme qui lui avait déclaré : « Maintenant, fais-moi une branlette, sinon je te casse la gueule. » Et continuer à tenir son rôle d'inspecteur de police devant le scepticisme ou la grossièreté des personnes qui répondaient la soumettait à une tension très importante. En outre, la plupart des appels se terminaient de façon décevante.

Jeannie raccrochait après sa sixième tentative infructueuse quand elle entendit Lisa :

— Oh ! je suis désolée. Nos renseignements ne doivent pas être à jour. Je vous en prie, madame Ericson, pardonnez-moi de vous avoir dérangée. Au revoir. — Elle raccrocha, accablée. — C'est bien lui, mais il est mort l'hiver dernier. C'était sa mère. Elle a éclaté en sanglots quand je l'ai demandé au téléphone.

Comment était Per Ericson de son vivant ? Un psychopathe comme Dennis ou bien un homme comme Steve ?

— Comment est-il mort ?

— Apparemment, c'était un champion de ski et il s'est tué en tentant quelque chose de risqué. Un téméraire qui n'avait peur de rien, ça ressemble à notre homme.

Jusqu'à présent, l'idée n'était jamais venue à Jeannie qu'ils pourraient ne pas être en vie tous les huit. Elle en prenait conscience, et se rendait compte qu'il avait dû y avoir plus de huit implants. Même aujourd'hui, avec une technique bien au point, de nombreux implants ne « prenaient » pas. Genetico avait peut-être tenté l'expérience sur quinze ou vingt femmes, voire davantage.

— C'est dur de passer ces coups de fil, dit Lisa.

— Tu veux souffler un peu ?

— Non. — Lisa se secoua. — Ça ne marche pas mal. Nous en avons éliminé deux sur cinq et il n'est pas encore trois heures du matin. Qui est le suivant ?

— George Dassault.

Jeannie commençait à être persuadée qu'elles allaient trouver le violeur, mais elles n'eurent pas cette chance avec le nom suivant. Sur les sept George Dassault des États-Unis, trois ne répondirent pas au téléphone. Aucun n'avait de lien ni avec Baltimore ni avec Philadelphie — le premier était de Buffalo, le deuxième de Sacramento et le troisième de Houston —, mais cela ne prouvait rien. Lisa imprima la liste des numéros de téléphone afin qu'elles puissent essayer de nouveau plus tard.

Il y avait encore un hic.

— Rien ne nous garantit que l'homme que nous recherchons soit sur le CD-ROM, avança Jeannie.

— C'est vrai. Il pourrait ne pas avoir le téléphone. Ou bien être sur liste rouge.

— Ou il pourrait être abonné sous un surnom, Spike Dassault ou Flip Jones.

Lisa pouffa.

— Il aurait pu devenir chanteur de rap, changer de nom et se faire appeler Crémo la Crème.

— Ou être un lutteur et s'appeler Billy Bras de fer.

— Il pourrait écrire des westerns sous le nom de Buck Remington.

— Ou de la pornographie sous le pseudonyme de Heidi la Cravache.

— Ou bien Jules Presto.

— Charlotte Minette.

Un fracas de verre brisé interrompit brusquement leurs rires. Jeannie se leva d'un bond et se précipita dans le placard à fournitures. Elle referma la porte derrière elle et resta dans le noir, l'oreille tendue. Elle entendit Lisa demander d'un ton nerveux :

— Qui est-ce ?

— Sécurité. C'est vous qui avez mis ce vase là-haut ?

— Oui.

— Puis-je vous demander pourquoi ?

— Pour que personne ne puisse arriver à l'improviste. Ça me rend nerveuse de travailler tard ici.

— Eh bien, ne comptez pas sur moi pour balayer. Je ne suis pas femme de ménage.

— Bon, vous n'avez qu'à le laisser.

— Vous êtes tout seule, mademoiselle ?

— Oui.

— Je vais juste jeter un coup d'œil.

— Je vous en prie.

Jeannie se cramponna des deux mains à la poignée de la porte. S'il essayait de l'ouvrir, elle l'en empêcherait.

— Vous travaillez sur quoi, au fait ?

La voix de l'homme était toute proche, celle de Lisa plus lointaine.

— J'aimerais bien bavarder, mais je n'ai vraiment pas le temps : je suis très occupée.

Si elle n'était pas occupée, mon bonhomme, elle ne serait pas ici au milieu de la nuit, alors tu devrais foutre le camp et la laisser tranquille, non ?

— Bon, pas de problème. — Elle entendit sa voix juste derrière la porte. — Qu'est-ce qu'il y a là-dedans ?

Jeannie serra fermement la poignée, prête à résister à toute tentative d'ouverture.

— C'est là qu'on range les chromosomes de virus radioactifs. Mais ça ne risque sans doute rien. Vous pouvez ouvrir si ça n'est pas fermé à clef

Jeannie réprima un rire nerveux. Des chromosomes de virus radioactifs, ça n'existait pas.

— Oh, pas la peine ! dit le garde. — Jeannie allait relâcher son emprise sur la poignée quand elle sentit qu'on tirait. Elle se crispa de toutes ses forces. — D'ailleurs, c'est fermé à clef, ajouta-t-il.

Après un silence, il reprit la parole de plus loin, et Jeannie se détendit.

— Si vous vous sentez seule, passez au poste de garde. Je vous ferai une tasse de café.

— Merci, dit Lisa.

Jeannie commençait à se sentir moins tendue, mais elle resta prudemment où elle était, attendant le signal de fin d'alerte. Au bout de deux minutes, Lisa ouvrit la porte.

— Il est parti.

Elles se remirent à leur téléphone.

Murray Claud était un autre nom peu commun, et elles eurent tôt fait de retrouver sa trace. Jeannie appela, Murray Claud Senior lui déclara d'une voix vibrante d'amertume que son fils avait été emprisonné à Athènes voilà trois ans, à la suite d'une rixe au couteau dans une taverne, et qu'il ne serait pas libéré avant janvier au plus tôt.

— Ce garçon aurait pu devenir n'importe quoi. Astronaute, prix Nobel. Vedette de cinéma. Président des États-Unis. Il est intelligent, il a du charme et il est beau. Et il a tout gâché. Tout gâché.

Jeannie comprenait la douleur de ce père. Il s'estimait responsable. Elle fut tentée de lui révéler la vérité, mais elle ne s'y sentait pas prête et, d'ailleurs, elle n'avait pas le temps. Elle se promit de le rappeler un jour pour le consoler comme elle pourrait. Puis elle raccrocha.

Elles gardèrent Harvey Jones pour la fin car elles savaient que ce serait le plus dur.

Jeannie fut accablée de découvrir qu'il y avait près d'un million de Jones en Amérique et que H était une initiale très commune. Son second prénom était John. Il était né à l'hôpital Walter Reed de Washington. Jeannie et Lisa commencèrent par appeler tous les Harvey Jones, tous les H.J. Jones et même tous les H. Jones de l'annuaire téléphonique de Washington. Elles n'en trouvèrent aucun qui fût né approximativement vingt-deux ans auparavant au Walter Reed. Mais, ce qui était plus grave, elles accumulèrent une longue liste de « peut-être » : ceux qui ne répondaient pas au téléphone.

Une fois de plus, Jeannie se mit à douter. Elles avaient trois George Dassault et vingt ou trente H. Jones qui ne répondaient pas. Sa méthode était théoriquement bonne, mais si elle ne parvenait pas à les joindre, elle ne pourrait pas les interroger. Elle commençait à avoir les yeux irrités et à être énervée à force d'avoir bu trop de café et par le manque de sommeil.

À quatre heures du matin, Lisa et elle s'attaquèrent aux Jones de Philadelphie.

À quatre heures et demie, Jeannie faillit tomber sur un autre « peut-être ». Le téléphone sonna quatre fois avant la pause caractéristique et le déclic d'un répondeur. « Vous êtes bien chez Harvey Jones... » La voix était étrangement familière. « ... Je ne peux pas vous répondre pour l'instant, alors veuillez laisser un message après le bip. » Jeannie sentit ses cheveux se hérisser sur sa nuque. Elle avait l'impression d'écouter Steve : le timbre de la voix, la diction, la façon de s'exprimer... tout lui rappelait Steve.

Elle raccrocha et vérifia l'adresse ; Spruce Street, à University City, non loin de la clinique de l'Aventin. Ses mains tremblaient tant elle avait envie de saisir cet individu à la gorge.

— Je l'ai trouvé, annonça-t-elle à Lisa.

— Oh ! mon Dieu !

— Il a un répondeur, mais c'est bien sa voix, et il habite Philadelphie, près de l'endroit où j'ai été attaquée.

— Laisse-moi écouter.

Lisa composa le numéro. En entendant le message, ses joues roses devinrent blafardes.

— C'est lui, dit-elle. — Elle raccrocha. — Je crois

l'entendre : « Ôte donc cette jolie petite culotte. » Oh ! mon Dieu !

Jeannie décrocha le téléphone et appela le commissariat central.

53

Le samedi soir, Berrington Jones ne dormit pas. Il resta jusqu'à minuit au parking du Pentagone, à surveiller la Lincoln du colonel Logan. Puis il appela Proust et apprit que Logan avait été arrêté mais que Steve s'était échappé, en prenant sans doute le métro ou un bus puisqu'il avait abandonné la voiture de son père.

— Qu'est-ce qu'ils fichaient au Pentagone ? demanda-t-il à Jim.

— Ils étaient au centre informatique. Je suis en train de me renseigner pour savoir exactement ce qu'ils cherchaient. Essaie de retrouver la trace du garçon ou de la petite Ferrami.

Berrington ne voyait plus d'objection à faire de la surveillance. La situation était désespérée. Il n'était plus temps de se draper dans sa dignité : s'il ne parvenait pas à arrêter Jeannie, il ne lui resterait plus de dignité du tout.

Quand il revint devant la maison des Logan, tout était sombre et la Mercedes rouge de Jeannie n'était plus là. Il attendit encore une heure, mais personne ne se montra. Supposant qu'elle était rentrée chez elle, il repartit pour Baltimore et patrouilla dans sa rue, mais la voiture n'était pas en vue.

Le jour se levait quand il s'arrêta enfin devant chez lui. Il appela Jim ; celui-ci ne répondit ni chez lui ni à son bureau. Berrington s'allongea sur son lit tout habillé. Il ferma les yeux, mais ne parvint pas à dormir, malgré son épuisement.

À sept heures, il se leva et appela de nouveau Jim, sans succès. Il prit une douche, se rasa, passa un pantalon de coton noir et un polo à rayures. Il se pressa un grand verre de jus d'orange qu'il but debout dans la cuisine. Il jeta un coup d'œil à l'édition dominicale du *Baltimore Sun*, mais les titres ne lui disaient rien : ils auraient aussi bien pu être rédigés en chinois.

À huit heures, Proust téléphona. Il avait passé la moitié de la nuit au Pentagone avec un ami général, à questionner le personnel du centre informatique sous prétexte d'un manquement à la sécurité. Le général, un copain de Jim du temps où celui-ci était à la CIA, savait seulement que Logan essayait de découvrir la vérité sur une opération clandestine des années soixante-dix et que Jim voulait l'en empêcher.

Le colonel Logan, toujours en état d'arrestation, refusait de prononcer un mot, à l'exception de : « Je veux un avocat. » Toutefois, les résultats des recherches de Jeannie étaient sur le terminal d'ordinateur utilisé par Steve. Jim put donc découvrir les informations qu'ils avaient exhumées.

— Tu as dû faire faire des électrocardiogrammes à tous les bébés, dit-il à Berrington.

— Oui, en effet.

— Logan les a retrouvés.

— Tous ?

— Tous les huit.

C'était la pire nouvelle possible. Les électrocardiogrammes étaient aussi semblables que si on les avait pris sur la même personne à des jours différents. Steve et son père, et sans doute Jeannie, devaient maintenant savoir que Steve était un des huit clones.

— Bon sang ! s'exclama Berrington. Nous avons gardé ce secret vingt-deux ans et voilà que cette petite garce l'a découvert.

— Je t'avais prévenu que tu aurais dû la faire disparaître.

Quand il était sous pression, Jim se montrait extrêmement désagréable. Après une nuit sans sommeil, Berrington n'avait plus aucune patience.

— Si j'entends encore une fois «Je t'avais prévenu», je jure que je te fais sauter la cervelle!

— Calme-toi!

— Preston est au courant?

— Oui. Il dit que nous sommes finis, mais ça ne change pas de son refrain habituel.

— Cette fois-ci, il pourrait avoir raison.

Jim prit un ton grinçant.

— Tu es peut-être prêt à te dégonfler, Berry, mais pas moi. Nous devons étouffer cette affaire jusqu'à la conférence de presse de demain. Si nous y arrivons, l'OPA se fera.

— Et après?

— Après, nous aurons cent quatre-vingts millions de dollars. De quoi acheter pas mal de silences.

Berrington ne demandait qu'à le croire.

— Puisque tu es si malin, dis-moi ce que nous devons faire maintenant.

— Découvrir ce qu'ils savent. On ignore si Steve Logan avait une copie de la liste des noms et des adresses quand il a filé. Le lieutenant du centre informatique jure que non, mais sa parole ne me suffit pas. Bien sûr, les adresses datent de vingt-deux ans. Ma question est la suivante: même si elle n'a que les noms, Jeannie Ferrami peut-elle retrouver leurs traces?

— La réponse est oui. Si elle a eu cette liste hier soir, elle aurait déjà pu en retrouver quelques-uns.

— C'est bien ce que je craignais. Existe-t-il un moyen de vérifier?

— Je pourrais les appeler et savoir s'ils ont eu de ses nouvelles.

— Sois discret.

— Tu m'agaces, Jim. Tu te conduis parfois

comme si tu étais le seul en Amérique à avoir la moitié d'un cerveau. Bien sûr que je serai discret. Je te rappelle.

Il raccrocha violemment.

Les noms des clones et leurs numéros de téléphone, rédigés dans un code simple, étaient dans son ordinateur de poche. Il le prit dans le tiroir de son bureau et l'alluma.

Il les avait suivis à la trace au cours des années. Il éprouvait envers eux des sentiments plus paternels que Preston et Jim. Les premiers temps, il écrivait même de temps en temps à leurs mères depuis la clinique de l'Aventin, sous prétexte de suivre leur traitement hormonal. Plus tard, quand c'était devenu invraisemblable, il avait eu recours à toutes sortes de subterfuges : par exemple, il prétendait être un agent immobilier et demandait si la famille envisageait de vendre la maison, ou bien si les parents seraient intéressés par un livre énumérant les bourses dont pouvaient bénéficier les enfants d'anciens militaires. Avec une consternation croissante, il avait vu la plupart des clones évoluer du stade d'enfants intelligents mais indisciplinés à celui de jeunes délinquants ne reculant devant rien. Adultes brillants et instables, ils étaient les sous-produits malchanceux d'une expérience historique. Cette expérience, Berrington ne l'avait jamais regrettée, mais il éprouvait des remords envers ces garçons. Il avait pleuré lorsque Per Ericson s'était tué en faisant des sauts périlleux sur une piste de ski.

Tout en cherchant un prétexte pour téléphoner, il regardait la liste. Puis il décrocha et appela le père de Murray Claud. Le téléphone sonna et sonna, mais personne ne répondit. Berrington finit par penser que ce devait être le jour où il allait rendre visite à son fils en prison.

Chez George Dassault, lui répondit une voix jeune et familière.

— Oui, qui est à l'appareil ?

— Ici la compagnie du téléphone Bell, monsieur. Nous enquêtons sur des communications téléphoniques frauduleuses. Avez-vous reçu au cours des dernières vingt-quatre heures des appels bizarres ou insolites ?

— Je ne peux pas dire. Je suis absent depuis vendredi, alors de toute façon je n'étais pas là pour répondre au téléphone.

— Merci d'avoir coopéré à notre enquête, monsieur. Au revoir.

Jeannie avait peut-être le nom de George, mais elle ne l'avait pas contacté. Pour l'instant, il n'était pas plus avancé. Il essaya ensuite Hank King à Boston.

— Oui, qui est à l'appareil ?

C'est stupéfiant comme ils répondent tous au téléphone avec la même absence de charme. Il ne peut tout de même pas y avoir un gène pour la façon de se comporter au téléphone. Mais les recherches sur les jumeaux apportaient leur moisson de phénomènes étranges.

— Ici la compagnie AT & T. Nous procédons à une enquête sur l'utilisation frauduleuse de nos lignes, et nous aimerions savoir si au cours des dernières vingt-quatre heures vous avez reçu des appels étranges ou suspects.

Hank avait la voix un peu pâteuse.

— Seigneur ! j'ai tellement fait la fête que je ne m'en souviendrais pas. — Berrington leva les yeux au ciel. Évidemment, c'était hier l'anniversaire de Hank ; il était sûrement ivre, drogué, ou les deux. — Si, attendez une minute ! Il y a eu quelque chose. Je me souviens. En plein milieu de la nuit. Elle a dit qu'elle était de la police de Boston.

— Elle ?

Peut-être Jeannie, se dit Berrington, pressentant une mauvaise nouvelle.

— Oui, c'était une femme.

— Elle a donné son nom ? Ça nous permettrait de vérifier sa bonne foi.

— Bien sûr, mais je n'arrive pas à m'en souvenir. Sarah, ou Carole, ou Margaret ou... Susan ! Inspecteur Susan Farber.

Voilà qui réglait le problème. Susan Farber était l'auteur de *Vrais jumeaux élevés séparément*, le seul livre existant sur le sujet. Jeannie avait utilisé le premier nom qui lui était venu à l'esprit. Elle était donc en possession de la liste. Berrington était horrifié. Accablé, il continua ses questions.

— Qu'a-t-elle dit, monsieur ?

— Elle m'a demandé ma date et mon lieu de naissance.

Pour être sûre qu'elle parlait au bon Henry King.

— Ça m'a paru un peu bizarre, poursuivit Hank. C'était une arnaque ?

Sur le coup, Berrington inventa quelque chose.

— Elle faisait de la prospection pour une compagnie d'assurances. C'est illégal, mais ils le font tous. AT & T est désolé qu'on vous ait dérangé, monsieur King, et nous vous remercions d'avoir coopéré à notre enquête.

— Il n'y a pas de quoi.

Berrington raccrocha, absolument consterné. Jeannie avait les noms. Ce n'était plus qu'une question de temps avant qu'elle les ait tous retrouvés.

Berrington n'avait jamais été dans un tel pétrin.

54

Mish Delaware refusa tout net de partir pour Philadelphie interroger Harvey Jones.

— Nous l'avons fait hier, mon chou, déclara-t-elle quand Jeannie finit par l'avoir au téléphone, à sept heures et demie du matin. Aujourd'hui, c'est le premier anniversaire de ma petite fille. J'ai une vie privée, vous savez ?

— Mais vous savez que j'ai raison ! protesta Jeannie. J'avais raison pour Wayne Stattner : il était bien le double de Steve.

— À l'exception de ses cheveux. Et il avait un alibi.

— Qu'est-ce que vous allez faire ?

— Appeler la police de Philadelphie, parler là-bas à quelqu'un qui appartient à la brigade des crimes sexuels et leur demander d'aller le voir. Je leur faxerai le portrait-robot du violeur. Ils vérifieront si Harvey Jones ressemble au portrait, et ils lui demanderont s'il peut justifier de ses mouvements dimanche dernier dans l'après-midi. Si les réponses sont respectivement « oui » et « non », nous tenons un suspect.

Jeannie raccrocha, furieuse. Après tout ce qu'elle avait subi ! Après avoir veillé toute la nuit pour retrouver la trace des clones ! Elle n'allait sûrement pas rester assise à attendre que la police agisse. Elle décida de se rendre à Philadelphie et d'enquêter sur Harvey. Pas question de l'accoster ni même de lui adresser la parole. Mais elle pouvait se garer devant sa maison et voir s'il sortait. Elle pourrait aussi s'adresser à ses voisins et leur montrer la photo de Steve que Charles lui avait donnée. Quoi qu'il arrive, elle établirait qu'il était le double de Steve.

Elle arriva à Philadelphie vers dix heures et demie. À University City, des familles noires sur leur trente et un étaient rassemblées devant les temples, et des adolescents désœuvrés fumaient sur les vérandas des vieilles maisons. Mais les étudiants étaient encore au lit. Il n'y avait, pour trahir leur présence, que des Toyota rouillées et des Chevrolet fatiguées portant des autocollants vantant les mérites des équipes sportives de l'université et des stations de radio locales.

Harvey Jones habitait une grande maison victorienne divisée en appartements. Jeannie trouva une place pour se garer de l'autre côté de la rue et surveilla la porte d'entrée. À onze heures, elle entra à l'intérieur.

L'immeuble se cramponnait désespérément à des vestiges de respectabilité. Un tapis usé jusqu'à la corde recouvrait l'escalier et, sur le rebord des fenêtres, des fleurs en plastique poussiéreuses semblaient se dessécher dans des vases de pacotille. Des avis, rédigés d'une écriture de vieillard, priaient les locataires de ne pas faire de bruit en refermant leur porte, de mettre leurs ordures dans des sacs en plastique bien fermés et de ne pas laisser les enfants jouer dans les couloirs.

C'est ici qu'il habite. Elle en avait la chair de poule. *Je me demande s'il est chez lui en ce moment.*

L'adresse de Harvey était le 5B : au dernier étage, donc. Elle frappa à la première porte du rez-de-chaussée. Un homme aux yeux fatigués, avec de longs cheveux et une barbe mal peignée, vint ouvrir, pieds nus. Elle lui montra la photo. Il secoua la tête et claqua la porte. Elle se souvint du locataire de l'immeuble de Lisa qui lui avait déclaré : « Où est-ce que vous vous croyez, ma petite dame ? À Ploucville ? Je ne sais même pas de quoi a l'air mon voisin. »

Elle serra les dents et gravit les étages jusqu'en haut. Sur la porte du 5B, une carte dans un petit cadre métallique annonçait simplement « Jones. »

Jeannie resta dehors, l'oreille tendue. Elle n'entendit que le battement affolé de son cœur. Pas un son ne provenait de l'intérieur. Il était sans doute absent.

Elle frappa à la porte du 5A. Au bout d'un moment, on ouvrit et un Blanc d'un certain âge sortit sur le palier. Il portait un costume à rayures qui avait jadis été d'une grande élégance et ses cheveux très roux devaient être teints. Il avait l'air aimable.

— Salut, dit-il.

— Salut. Votre voisin est chez lui ?

— Non.

Jeannie fut tout à la fois soulagée et déçue. Elle prit la photo de Steve que Charles lui avait donnée.

— Est-ce que ça lui ressemble ?

Le voisin l'examina.

— Oui, c'est lui.

J'avais raison ! Une fois de plus ! Mon programme informatique fonctionne.

— Superbe, hein ?

Le voisin doit être homo. Une élégante vieille tante. Elle sourit.

— Je trouve aussi. Vous n'avez aucune idée de l'endroit où il pourrait être ?

— Il sort presque tous les dimanches. Il part vers dix heures et revient après le dîner.

— Il est sorti dimanche dernier ?

— Oui. Je crois que oui.

C'est bien lui, ce doit être lui.

— Savez-vous où il va ?

— Non.

Moi, si. Il va à Baltimore.

L'homme reprit :

— Il n'est pas très causant. En fait, il ne parle pas du tout. Vous êtes de la police ?

— Non, mais c'est tout comme.

— Qu'est-ce qu'il a fait ?

Jeannie hésita, puis songea : *Pourquoi ne pas dire la vérité ?*

— Je crois que c'est un violeur.

L'homme n'eut pas l'air surpris.

— Ça ne m'étonne pas. Il est bizarre. J'ai vu des filles partir d'ici en sanglotant. Deux fois, c'est arrivé.

— J'aimerais bien pouvoir jeter un coup d'œil à l'intérieur.

Elle pourrait trouver quelque chose qui le rattacherait au viol.

Il lui lança un regard complice.

— J'ai une clé. Le locataire précédent me l'a donnée. Nous étions amis. Après son départ, je ne l'ai jamais rendue. Ce type n'a pas changé la serrure quand il a emménagé. Il est sans doute trop grand et trop fort pour se faire cambrioler.

— Vous voudriez bien me laisser entrer ?

Il hésita.

— Ça m'intrigue aussi de jeter un coup d'œil. Mais s'il revient pendant que nous y sommes ? Il est plutôt costaud, je n'aimerais pas qu'il s'en prenne à moi.

Cette idée effrayait également Jeannie, mais sa curiosité finit par l'emporter.

— Je prends le risque avec vous.

— Attendez là. Je reviens tout de suite.

Qu'allait-elle trouver à l'intérieur ? Un temple du sadisme comme l'appartement de Wayne Stattner ? Un abominable taudis, envahi de restes de pizzas et de linge sale ? Ou bien l'ordre maniaque d'un obsédé ?

Le voisin réapparut.

— Au fait, je m'appelle Maldwyn.

— Moi, c'est Jeannie.

— En vérité, je m'appelle Bert, mais c'est vraiment banal, vous ne trouvez pas ? Je me suis toujours fait appeler Maldwyn.

Il tourna une clé dans la serrure du 5B et entra. Jeannie le suivit.

C'était un classique appartement d'étudiant. Une chambre avec un coin cuisine et une petite salle de bains. Meublée de façon hétéroclite. Une coiffeuse en bois blanc, une table peinte, trois chaises dépareillées, un divan défoncé et un vieux poste de télé. Ça faisait quelque temps qu'on n'avait pas fait le ménage et le lit était défait. D'une consternante banalité.

Jeannie referma derrière elle la porte de l'appartement.

— Ne touchez à rien, dit Maldwyn, contentez-vous de regarder. Je ne veux pas qu'il se doute que je suis entré.

Que s'attendait-elle à trouver ? Un plan du bâtiment du gymnase, avec le local technique de la piscine et l'inscription « La violer ici » ? Il n'avait pas emporté les sous-vêtements de Lisa. Peut-être l'avait-il suivie et photographiée pendant des semaines avant de l'agresser. Il pourrait avoir une petite collection de souvenirs piqués ici et là : un bâton de rouge à lèvres, un note de restaurant, un emballage de chocolat, un prospectus avec son adresse dessus.

Regardant autour d'elle, elle commença à distinguer quelques détails de la personnalité de Harvey. Sur un mur était accrochée une photo arrachée à un magazine pour hommes qui montrait une femme nue à la toison pubienne rasée, avec un anneau passé dans la vulve. Jeannie frissonna.

Elle examina les étagères. *Les 120 journées de Sodome* du marquis de Sade et une série de cassettes vidéo de films X avec des titres comme *Souffrance* et *Extrême*. Quelques manuels d'économie et de gestion. Harvey avait l'air de préparer un diplôme commercial.

— Est-ce que je peux regarder ses vêtements ? demanda-t-elle.

Elle ne voulait pas offenser Maldwyn.

— Bien sûr, pourquoi pas ?

Elle ouvrit ses tiroirs et ses placards. Comme Steve, Harvey s'habillait dans un style un peu classique pour son âge : pantalons de coton et polos, vestes de sport en tweed et chemises à col boutonné, richelieus et mocassins. Le réfrigérateur était vide à l'exception de deux paquets de six boîtes de bière et d'une bouteille de lait. Harvey prenait ses repas dehors. Sous le lit, un sac de sport contenant une raquette de squash et une serviette sale.

Jeannie était déçue. C'est ici que vivait le monstre, mais ce n'était pas un palais de la perversion, juste une chambre crasseuse avec un peu de pornographie de bas étage.

— J'ai fini, dit-elle à Maldwyn. Je ne sais pas très bien ce que je cherchais, mais ce n'est pas ici.

Là-dessus, elle l'aperçut. Une casquette de base-ball rouge. Accrochée à une patère derrière la porte d'entrée.

J'avais raison. J'ai bien trouvé ce salaud : en voici la preuve ! Elle regarda de plus près. Le mot SÉCURITÉ y était imprimé en lettres blanches. Elle ne put résister à l'envie d'esquisser une danse guerrière triomphante dans l'appartement de Harvey Jones.

— Vous avez trouvé quelque chose ?

— Ce salaud portait cette casquette quand il a violé mon amie. Fichons le camp d'ici.

Ils quittèrent l'appartement en refermant la porte derrière eux. Jeannie serra la main de Maldwyn.

— Je ne sais comment vous remercier. C'est vraiment important pour moi.

— Qu'est-ce que vous allez faire ?

— Retourner à Baltimore et prévenir la police.

En rentrant chez elle par la I-95, elle pensait à Harvey Jones. Pourquoi allait-il à Baltimore le dimanche ? Pour voir une petite amie ? Peut-être. Mais l'explication la plus probable était que ses parents y habitaient. Un tas d'étudiants apportaient leur linge sale à la maison pendant les week-ends. Il devait être en ville, à dévorer le bœuf mode de sa mère ou à regarder un match de football à la télé avec son père. Allait-il attaquer une autre fille en rentrant chez lui ?

Combien de Jones y avait-il à Baltimore : un millier ? Elle en connaissait un : son ancien patron, le professeur Berrington Jones...

Oh ! mon Dieu ! Jones !

Le choc fut tel qu'elle dut s'arrêter sur la bande d'urgence.

Harvey Jones pourrait être le fils de Berrington.

Elle se rappela soudain le petit geste de Harvey dans le café de Philadelphie où elle l'avait rencontré : il s'était lissé les sourcils du bout de l'index. Sur le moment, ça l'avait agacée, car elle se rappelait avoir déjà vu ce geste. Mais chez qui ? Elle avait vaguement pensé que ce devait être Steve ou Dennis, car les clones avaient les mêmes tics. Mais maintenant elle s'en souvenait. C'était Berrington. Berrington se lissait les sourcils du bout de l'index. Il y avait quelque chose dans ce geste qui avait toujours irrité Jeannie, comme une manifestation de contentement de soi, de vanité. Ce n'était pas un geste que tous les clones avaient en commun, comme refermer la porte du talon quand ils entraient dans une pièce. Harvey avait appris de son père cette expression d'autosatisfaction.

Harvey était sans doute chez Berrington.

55

Preston Barck et Jim Proust arrivèrent chez Berrington vers midi et s'installèrent dans son bureau pour l'apéritif. Aucun d'eux n'avait beaucoup dormi ; ils avaient l'air, et ils se sentaient, dans un triste état. Marianne, l'employée de maison, préparait le déjeuner dominical, et les savoureux relents de sa cuisine flottaient jusqu'à eux. Mais rien ne pouvait tirer de leur torpeur les trois associés.

— Jeannie a parlé à Hank King et à la mère de Per Ericson, annonça Berrington, accablé. Je n'ai pas pu vérifier pour les autres, mais avant longtemps elle les retrouvera tous.

— Soyons réalistes, déclara Jim, que peut-elle faire exactement d'ici à demain ?

Preston Barck était d'humeur quasi suicidaire.

— Je vais vous dire ce que je ferais à sa place : je voudrais montrer ma découverte en public. Alors, si je pouvais mettre la main sur deux ou trois des garçons, je les amènerais à New York et je les ferais passer à « *Good Morning America* ». À la télévision, on adore les jumeaux.

— Dieu nous en garde ! fit Berrington.

Une voiture s'arrêta dans la rue. Jim lança un coup d'œil par la fenêtre.

— Une vieille Datsun rouillée.

— La première idée de Jim commence à me plaire, fit Preston. Les faire tous disparaître.

— Je ne veux pas entendre parler de meurtre ! s'exclama Berrington.

— Ne crie pas, Berry, fit Jim avec une étonnante douceur. À dire vrai, je me vantais un peu quand j'évoquais la possibilité de faire disparaître des individus. À une époque, j'avais peut-être le pouvoir de supprimer des gêneurs, mais plus aujourd'hui. J'ai demandé quelques services à de vieux amis ces derniers jours : même s'ils ont accepté, je me suis rendu compte qu'il y a des limites.

Dieu soit loué ! songea Berrington.

— Mais j'ai une autre idée.

Preston et Berrington le dévisagèrent.

— Nous contactons discrètement chacune des huit familles. Nous avouons qu'à ses débuts la clinique a commis quelques erreurs. Rien de grave, mais nous tenons à éviter toute publicité de mauvais aloi. Nous leur offrons à chacune un million de dollars de dommages et intérêts, payables sur dix ans, et nous les prévenons que les versements s'interrompront s'ils parlent... à qui que ce soit : à la presse, à Jeannie Ferrami, à des chercheurs, à n'importe qui.

Berrington hocha lentement la tête.

— Ça pourrait marcher. Qui refuserait un million de dollars ?

— Lorraine Logan, répondit Preston. Elle tient à prouver l'innocence de son fils.

— C'est juste. Elle ne marcherait pas pour dix millions.

— Chacun a son prix, dit Jim, retrouvant un peu de sa faconde habituelle. De toute façon, elle ne peut pas faire grand-chose sans la coopération d'un ou deux des autres.

Preston hochait la tête. Berrington reprenait espoir. Il pourrait y avoir un moyen de faire taire les Logan. Mais il y avait un risque plus sérieux.

— Et si Jeannie fait une déclaration publique au cours des prochaines vingt-quatre heures ? Landsmann voudra probablement retarder l'OPA en attendant qu'on enquête sur ces allégations. Alors nous n'aurons pas des millions de dollars à distribuer.

— Il faut absolument savoir quelles sont ses intentions, dit Jim. Ce qu'elle a déjà découvert et ce qu'elle compte faire.

— Je ne vois aucun moyen d'y parvenir, murmura Berrington.

— Moi, si. Nous connaissons quelqu'un qui pourrait sans mal gagner sa confiance et découvrir ses projets.

Berrington sentit la colère monter en lui.

— Je sais à qui tu penses...

— Le voilà.

On entendit des pas dans le vestibule et le fils de Berrington entra.

— Bonjour, papa ! Tiens, oncle Jim, oncle Preston, comment ça va ?

Berrington le regarda avec un mélange d'orgueil et de tristesse. Il était charmant, ce garçon, avec son pantalon de velours bleu marine et son chandail bleu ciel. *En tout cas, il a mon sens de l'élégance.*

— Harvey, annonça-t-il, il faut qu'on parle.

Jim se leva.

— Tu veux une bière, mon petit ?

— Bien sûr.

Jim avait une déplaisante tendance à encourager les mauvaises habitudes de Harvey.

— Oublie cette bière, déclara Berrington d'un ton sec. Jim, si Preston et toi passiez dans le salon et nous laissiez discuter tous les deux...

Le salon était une pièce à l'atmosphère extrêmement guindée que Berrington n'utilisait jamais.

Preston et Jim sortirent. Berrington se leva et serra Harvey dans ses bras.

— Je t'aime, fiston. Même si tu te conduis mal.

— Je me conduis mal ?

— Ce que tu as fait à cette pauvre fille dans le sous-sol du gymnase, c'était vraiment très vilain.

Harvey haussa les épaules.

Je n'ai pas réussi à lui inculquer le moindre sens du bien et du mal. Mais il était trop tard pour de tels regrets.

— Assieds-toi et écoute une minute.

Harvey s'assit.

— Ta mère et moi avons essayé pendant des années d'avoir un bébé, mais nous avions des problèmes. À l'époque, Preston travaillait sur la fécondation in vitro : on réunit en laboratoire le sperme et l'ovule, puis on implante l'embryon dans la matrice.

— Tu es en train de me dire que j'étais un bébé-éprouvette ?

— C'est un secret. Tu ne dois jamais le révéler. Jamais. Pas même à ta mère.

— Elle ne le sait pas ? fit Harvey, stupéfait.

— Ce n'est pas tout. Preston a pris un embryon vivant et l'a scindé pour former des jumeaux.

— C'est le type qui a été arrêté pour le viol ?

— Il a scindé cet embryon plusieurs fois.

Harvey hocha la tête ; tous les clones avaient la même vivacité intellectuelle.

— Combien de fois ? demanda-t-il.

— Huit.

— Nom de Dieu ! J'imagine que le sperme ne venait pas de toi.

— Non.

— De qui ?

— D'un lieutenant de Fort Bragg : grand, fort, athlétique, intelligent, agressif et beau garçon.

— Et la mère ?

— Une dactylo de West Point, tout aussi douée par la nature.

Un sourire peiné crispa le beau visage du jeune homme.

— Mes vrais parents.

Berrington tressaillit.

— Non, pas du tout ! Tu as grandi dans le ventre de ta mère. C'est elle qui t'a mis au monde et, crois-moi, ça n'a pas été sans douleur. Nous t'avons regardé faire tes premiers pas, essayer de porter à ta bouche une cuillerée de purée et balbutier tes premiers mots.

À observer le visage de son fils, Berrington était incapable de dire si Harvey le croyait ou non.

— Bon sang ! Nous t'adorions de plus en plus à mesure que tu devenais moins adorable. Chaque année, les mêmes mentions dans ton livret scolaire : « Très agressif. N'a pas encore appris à partager. Frappe ses camarades et participe difficilement aux jeux d'équipe. Trouble l'ordre de la classe. Doit apprendre à respecter les membres du sexe opposé. » Chaque fois qu'on te mettait à la porte d'une école, nous venions supplier qu'on t'inscrive dans une autre. Nous avons tout essayé : te cajoler, te flanquer des rossées, te priver de ceci et de cela. Nous t'avons emmené chez trois différents psychologues pour enfant. Tu nous as gâché la vie.

— C'est moi qui ai ruiné ton mariage ?

— Non, fiston. Ça, je l'ai fait seul. Ce que j'essaie de te dire, c'est que, quoi que tu fasses, je t'aime.

Harvey était troublé.

— Pourquoi tu me dis ça aujourd'hui ?

— Steve Logan, un de tes doubles, a été l'objet d'une étude menée dans mon département. Comme tu peux l'imaginer, J'ai eu un sacré choc quand je l'ai vu. Là-dessus, la police l'a arrêté pour le viol de Lisa Hoxton. Mais un des professeurs, Jeannie Ferrami, a commencé à avoir des doutes. Bref, elle est remontée jusqu'à toi. Elle veut absolument prouver l'innocence de Steve Logan. Et elle veut révéler toute l'histoire des clones et me ruiner.

— C'est la femme que j'ai rencontrée à Philadelphie ?

Berrington eut l'air surpris.

— Tu l'as rencontrée ?

— Oncle Jim m'a appelé pour me demander de lui flanquer la frousse.

Berrington était furieux.

— Le salopard ! Je vais lui casser la gueule

— Calme-toi, papa, il n'est rien arrivé. J'ai fait un tour avec elle dans sa voiture. Elle est mignonne, d'ailleurs.

Au prix d'un effort Berrington se maîtrisa.

— Ton oncle Jim a toujours eu à ton égard une attitude irresponsable. Il aime ton côté sauvage, sans doute parce que lui-même est si coincé.

— Je l'aime bien.

— Parlons plutôt de ce qu'il faut faire. Nous avons besoin de savoir quelles sont les intentions de Jeannie Ferrami pour les prochaines vingt-quatre heures. Tu dois vérifier si elle possède la moindre preuve qui te relie à Lisa Hoxton. Nous ne pouvons trouver aucun moyen de parvenir jusqu'à elle... sauf un.

Harvey hocha la tête.

— Tu veux que j'aille lui parler en faisant semblant d'être Steve Logan.

— Voilà.

Il sourit.

— C'est marrant, comme idée.

— Je t'en prie, pas de bêtises. Contente-toi de lui parler.

— Tu veux que j'y aille tout de suite ?

— Oui, s'il te plaît. Ça m'ennuie de te demander ça... mais c'est autant pour toi que pour moi.

— Détends-toi, papa... Que veux-tu qu'il arrive ?

— Peut-être que je m'inquiète trop. Je pense qu'il n'y a pas grand risque à aller voir une fille chez elle.

— Et si le vrai Steve est là ?

— Inspecte les voitures dans la rue. Il a une Datsun comme la tienne : une raison de plus pour que la police le suspecte d'être le criminel.

— Sans blague !

— Vous êtes comme des vrais jumeaux, vous avez les mêmes goûts. Si sa voiture est là, tu n'entres pas. Appelle-moi et nous essaierons de trouver un moyen de le faire partir.

— Et imagine qu'il arrive pendant que je suis là ?

— Il habite Washington.

— Bon. — Harvey se leva. — Quelle est l'adresse de la fille ?

— Elle habite Hampden. — Berrington griffonna l'adresse sur une fiche et la lui tendit. — Tu feras attention, d'accord ?

— Bien sûr. À bien tôle ondulée.

Berrington se força à sourire.

— À tout de suite de Bach.

56

Harvey patrouillait dans le quartier de Jeannie, en quête d'une voiture ressemblant à la sienne. Il y avait un tas de vieilles bagnoles, mais pas de Datsun claire et rouillée. Steve Logan n'était pas dans les parages.

Il trouva une place non loin de chez elle et arrêta le moteur. Il resta un moment à réfléchir. Il allait avoir besoin de tous ses moyens et se félicitait d'avoir refusé la bière que lui avait offerte oncle Jim.

Il savait qu'elle le prendrait pour Steve : c'était déjà arrivé une fois, à Philadelphie. Ils avaient tous les deux exactement le même physique. Pour la conversation, ce serait plus délicat. Elle ferait allusion à toutes sortes de choses qu'il était censé connaître. Il lui faudrait répondre sans trahir son ignorance. Il était nécessaire qu'elle lui fasse confiance assez longtemps pour qu'il découvre quelles preuves elle détenait contre lui et comment elle comptait utiliser les informations qu'elle possédait. Faire une gaffe et se trahir serait très facile.

Tout en réfléchissant sérieusement à ce qu'il y aurait d'intimidant à jouer le rôle de Steve, il avait du mal à maîtriser son excitation à l'idée de la revoir. Ce qu'il avait connu dans la voiture de la jeune femme avait été une expérience sexuelle sensationnelle. Encore mieux que dans le vestiaire des filles quand elles s'affolaient toutes. Il était tout excité chaque fois qu'il pensait à la façon dont il lui avait arraché ses vêtements pendant que la voiture zigzaguait sur l'autoroute.

Il savait qu'il devait se concentrer sur sa tâche et ne pas penser au visage crispé de terreur de la jeune femme, à ses jambes musclées qui se débattaient. Il fallait lui arracher le renseignement dont il avait besoin et partir. Mais il n'avait jamais été capable de choisir la solution raisonnable.

À peine rentrée chez elle, Jeannie appela le commissariat central. Elle savait que Mish n'y serait pas, mais elle laissa un message lui demandant de la rappeler d'urgence.

— Vous ne lui avez pas déjà laissé un message ? lui demanda-t-on.

— Si, mais c'en est un autre, tout aussi important.

— Je ferai de mon mieux pour le lui transmettre, dit la voix sans conviction.

Puis elle appela chez Steve, mais on ne répondait pas. Lorraine et son fils devaient être chez leur avocat, pour essayer de faire libérer Charles ; il appellerait quand il pourrait.

Elle était quand même déçue : elle aurait voulu annoncer la bonne nouvelle à quelqu'un.

L'excitation d'avoir trouvé l'appartement de Harvey se dissipait et elle se sentait déprimée. De nouveau, elle songeait à l'avenir qui l'attendait, sans argent, sans situation et sans aucun moyen d'aider sa mère.

Pour se réconforter, elle se prépara des œufs brouillés, fit griller le bacon qu'elle avait acheté la veille pour Steve, et dévora le tout avec un toast et du café. Elle rangeait les assiettes dans le lave-vaisselle quand on sonna à la porte.

Elle décrocha le combiné.

— Oui ?

— Jeannie ? C'est Steve.

— Entrez ! dit-elle, tout heureuse.

Avec un chandail de la couleur de ses yeux, il était mignon à croquer. Elle l'embrassa, le serra fort contre ses seins. Elle sentit la main de Steve qui glissait le long de son dos et la pressait contre lui. Il avait encore une autre odeur aujourd'hui : il avait dû utiliser une lotion après rasage parfumée aux herbes. Il avait un goût différent aussi, un peu comme s'il avait bu du thé.

Au bout d'un moment, elle se dégagea.

— N'allons pas trop vite, murmura-t-elle, haletante. — Elle voulait savourer ce moment. — Venez vous asseoir. J'ai plein de choses à vous raconter !

Il s'assit sur le canapé. Elle se dirigea vers le réfrigérateur.

— Vin, bière, café ?

— Du vin, ça me paraît bien.

— Vous pensez qu'il sera bon ?

Qu'est-ce qu'elle veut dire par là ? « Vous pensez qu'il sera bon ? »

— Je ne sais pas, dit-il.

— Quand l'avons-nous ouvert ?

Bon, ils ont partagé une bouteille de vin mais ils ne l'ont pas terminée, alors elle a remis le bouchon et rangé la bouteille au réfrigérateur, et elle se demande maintenant s'il s'est oxydé. Et elle veut que ce soit moi qui décide.

— Voyons, quand était-ce ?

— Mercredi. Ça fait quatre jours.

Il ne voyait même pas si c'était du rouge ou du blanc. *Merde.*

— Bah ! versez-en juste un verre et on va le tester.

— Excellente idée.

Elle remplit un verre et le lui tendit. Il le dégusta.

— Il est buvable.

Elle se pencha par-dessus le dossier du canapé.

— Laissez-moi tester. — Elle lui posa un baiser sur la bouche. — Ouvrez les lèvres, je veux goûter le vin.

Il eut un petit rire et s'exécuta. *Mon Dieu, que cette femme est sexy !*

— Vous avez raison, dit-elle. Il est buvable.

En riant, elle s'en versa un peu à son tour.

Il commençait à s'amuser.

— Mettez donc un peu de musique, suggéra-t-il.

— Avec quoi ?

Il n'avait pas la moindre idée de ce qu'elle voulait dire. *Oh ! merde, j'ai fait une gaffe.* Il regarda autour de lui : pas de chaîne stéréo. *Crétin.*

— Mon père m'a volé ma chaîne, vous vous rappelez ? Je n'ai rien pour passer un disque. Attendez un peu ! Mais si !

Elle disparut dans la pièce voisine — sans doute la chambre — et revint avec une de ces radios étanches qu'on accroche dans la douche.

— C'est un truc idiot que maman m'a offert pour Noël avant de commencer à perdre la tête.

Son père lui a volé sa chaîne, sa mère est dingue... qu'est-ce que c'est que cette famille ?

— Le son n'est pas terrible, mais c'est tout ce que j'ai. — Elle l'alluma. — Je le laisse toujours branché sur FM96.

— Jazz à gogo, énonça-t-il machinalement.

— Comment le savez-vous ?

Oh ! merde, Steve ne connaîtrait pas les stations de Baltimore.

— Je l'ai entendu dans ma voiture en venant ici.

— Quel genre de musique est-ce que vous aimez ?

Je n'ai aucune idée de ce qu'aime Steve, mais, à mon avis, elle non plus. Alors autant dire la vérité.

— Plutôt le rap... Doggy Dog, Ice Cube, ce genre de trucs.

— Vous me donnez l'impression d'être une vieille.

— Qu'est-ce que vous aimez ?

— Les Ramones, les Sex Pistols. Quand j'étais gosse, vraiment gosse, vous voyez, ma mère écoutait de la musique sirupeuse des années soixante qui ne me faisait aucun effet. Et puis, vers onze ans, tout d'un coup, bang ! j'ai découvert des nouveaux groupes. Vous vous rappelez Psycho Killer ?

— Pas du tout !

— Oh ! votre mère avait raison, je suis trop vieille pour vous.

Elle vint s'asseoir à côté de lui, posa la tête sur son épaule et glissa une main sous le chandail bleu ciel. Elle lui caressa la poitrine du bout des doigts. C'était bon.

— Je suis tellement contente que vous soyez ici, murmura-t-elle.

Il aurait bien voulu lui caresser les seins, lui aussi, mais il avait des choses plus importantes à faire. Au prix d'un immense effort de volonté, il déclara :

— Il faut qu'on parle sérieusement.

— Vous avez raison. — Elle se redressa et but une gorgée de vin. — Vous d'abord. Votre père est toujours en état d'arrestation ?

Seigneur, qu'est-ce que je lui réponds ?

— Non, vous d'abord. Vous disiez que vous aviez plein de choses à me raconter.

— Bon. Premièrement, je sais qui a violé Lisa. Il s'appelle Harvey Jones et il habite Philadelphie.

Merde ! Harvey s'efforça de garder un air impassible. *Heureusement que je suis venu.*

— On a une preuve que c'est lui ?

— Je suis allée dans son appartement. Son voisin m'a fait entrer avec un double de la clé.

Sale vieux pédé, je vais briser ton cou de poulet.

— J'ai trouvé la casquette de base-ball qu'il portait dimanche dernier accrochée derrière la porte. *J'aurais dû la jeter. Mais je n'aurais jamais pensé qu'on me retrouverait !*

— Vous avez fait du sacrément bon travail. — *Steve serait tout excité par cette nouvelle : ça le tire d'affaire.* — Je ne sais pas comment vous remercier.

— Vous trouverez bien une idée, dit-elle avec un petit sourire.

Est-ce que j'ai le temps de rentrer à Philadelphie pour me débarrasser de cette casquette avant que la police débarque là-bas ?

— Vous avez tout raconté à la police ?

— Non. J'ai laissé un message pour Mish, mais elle n'a pas encore rappelé.

Alléluia ! J'ai encore une chance.

— Ne vous en faites pas, reprit Jeannie. Il ne se doute absolument pas que nous sommes sur sa piste. Mais vous ne savez pas la meilleure ? Qui d'autre connaissons-nous qui s'appelle Jones ?

Est-ce que je dis « Berrington » ? Est-ce que Steve y penserait ?

— C'est un nom très répandu...

— Berrington, bien sûr ! Je pense que Harvey a été élevé comme le fils de Berrington !

Je suis censé être stupéfait.

— Incroyable !

Ensuite, qu'est-ce que je fais ? Peut-être que papa aurait une idée. Il faut que je lui en parle. Il me faut une excuse pour passer un coup de fil.

Elle lui prit la main.

— Hé, regardez vos ongles !

Oh ! qu'est-ce qu'il y a encore ?

— Qu'est-ce qu'ils ont ?

— Ils poussent vite ! Quand vous êtes sorti de prison, ils étaient tous cassés. Maintenant, ils sont superbes !

— Je cicatrise rapidement.

Elle lui retourna la main et lui lécha la paume.

— Vous êtes déchaînée aujourd'hui.

— Oh! mon Dieu! vous trouvez que je vous saute dessus, c'est ça? — D'autres hommes le lui avaient dit. Steve se montrait un peu réticent depuis son arrivée; elle comprenait maintenant pourquoi. — Je sais ce que vous pensez. Toute la semaine dernière, je vous ai repoussé, et maintenant vous avez l'impression que je vais vous dévorer tout cru.

Il hocha la tête.

— Oui, un peu.

— Je suis comme ça. Dès l'instant où je me décide pour un garçon, ça y est. — Elle se leva d'un bond. — Bon, je me calme!

Elle passa dans le coin cuisine et prit une poêle dans un placard. Elle était si lourde que Jeannie dut la saisir à deux mains.

— J'ai acheté des provisions pour vous hier. Vous avez faim?

La poêle était poussiéreuse — elle ne devait pas souvent faire la cuisine; elle l'essuya avec un torchon.

— Vous voulez des œufs?

— Pas vraiment. Alors comme ça vous avez eu votre période punk?

Elle reposa la poêle.

— Oui, un moment. Les vêtements déchirés, les cheveux verts.

— De la drogue?

— Chaque fois que j'avais l'argent, je prenais des amphétamines au lycée.

— Sur quelle partie du corps vous mettiez-vous des anneaux?

Soudain, elle se rappela la photo épinglée au mur de Harvey Jones — la femme rasée avec un anneau à l'entrejambe — et elle frissonna.

— Juste le nez. À quinze ans, j'ai renoncé au style punk pour le tennis.

— J'ai connu une fille qui avait un anneau au bout d'un sein.

La jalousie aiguillonna Jeannie.

— Vous avez couché avec elle ?
— Bien sûr.
— Salaud !
— Hé, vous pensiez que j'étais vierge ?
— Ne me demandez pas de raisonner !
Il leva les mains comme pour se défendre.
— Bon, entendu.
— Vous ne m'avez toujours pas dit ce qui est arrivé à votre père. Il a été relâché ?
— Tiens, si je téléphonais à la maison pour avoir les dernières nouvelles ?
Si elle l'entendait composer un numéro à sept chiffres, elle devinerait qu'il passait un coup de fil local alors que son père avait mentionné que Steve Logan habitait Washington. Il garda un doigt appuyé sur le combiné tandis qu'il pianotait trois chiffres au hasard pour simuler un code régional puis il relâcha sa pression et composa le numéro de son père. Berrington répondit et Harvey dit :
— Bonjour, maman.
Sa main étreignit le combiné. Il espérait que son père n'allait pas demander : « Qui est à l'appareil ? Vous avez dû faire un faux numéro. » Mais son père comprit immédiatement.
— Tu es avec Jeannie ?
Bien joué, papa.
— Oui. Je téléphonais pour savoir si papa était sorti de prison.
— Le colonel Logan est toujours en état d'arrestation, mais pas en prison. Il est avec la police militaire.
— Dommage, j'espérais qu'on l'avait relâché.
D'un ton hésitant, son père reprit :
— Est-ce que tu peux me dire… quelque chose ?
Harvey éprouvait la tentation de jeter un coup d'œil vers Jeannie pour voir si elle gobait son numéro. Mais il savait qu'il aurait un air coupable ; il se força donc à fixer le mur.
— Jeannie a fait des merveilles, maman. Elle a découvert le vrai violeur. — Il fit un effort pour

prendre un ton ravi. — Il s'appelle Harvey Jones. Nous attendons que la police la rappelle pour qu'elle puisse annoncer la nouvelle.

— Seigneur ! c'est terrible !

— N'est-ce pas que c'est formidable !

Ne prends pas un ton aussi ironique, idiot !

— En tout cas, nous voilà prévenus. Est-ce que tu peux l'empêcher de parler à la police ?

— Je crois qu'il va bien falloir.

— Et Genetico ? Est-ce qu'elle compte révéler ce qu'elle a découvert ?

— Je ne sais pas encore.

Laisse-moi raccrocher avant que je dise quelque chose qui me trahira.

— Tâche de t'en assurer. C'est important aussi.

Très bien !

— Bon. Eh bien, j'espère que papa va bientôt sortir. Appelle-moi ici si tu as des nouvelles, d'accord ?

— Ça n'est pas risqué ?

— Tu n'as qu'à demander Steve.

Il se mit à rire comme s'il avait fait une plaisanterie.

— Jeannie risquerait de reconnaître ma voix. Mais je pourrais demander à Preston de le faire à ma place.

— Exactement.

— Entendu.

— Au revoir.

Harvey raccrocha.

— Il faudrait que je rappelle la police, dit Jeannie. Ils n'ont peut-être pas compris à quel point c'était urgent.

Elle décrocha l'appareil.

Il allait devoir la tuer.

— Embrassez-moi d'abord, fit-il.

Elle glissa dans ses bras, adossée au comptoir de la cuisine. Elle entrouvrit la bouche pour se laisser embrasser. Il lui caressa le flanc.

— Joli chandail, murmura-t-il, puis il lui serra le sein dans sa grande main.

Elle sentit son sein durcir mais, bizarrement, ça n'était pas aussi agréable que ce à quoi elle s'attendait. Elle essaya de se détendre et de savourer l'instant. Il glissa les mains sous son chandail et elle se cambra un peu tandis qu'il lui prenait les deux seins. Comme toujours, elle éprouva un instant de gêne, craignant qu'il ne soit déçu. Tous ses amants avaient aimé ses seins, mais elle restait persuadée qu'ils étaient trop petits. Pourtant, comme les autres, Steve ne manifesta aucune déception. Il remonta le chandail, pencha la tête sur la poitrine de Jeannie et se mit à lui sucer les tétons.

Elle le regarda. La première fois qu'un garçon lui avait fait ça, elle avait trouvé cela absurde, comme une régression vers l'enfance. Mais elle n'avait pas tardé à y prendre plaisir, et même à aimer le faire à un homme. Aujourd'hui, pourtant, rien ne marchait. Son corps réagissait, mais un doute subsistait au fond de son esprit et elle n'arrivait pas à se concentrer sur son plaisir. C'était agaçant. *Hier, j'ai tout gâché à force d'être paranoïaque. Je ne vais pas recommencer aujourd'hui.*

Il perçut son malaise. Se redressant, il dit :

— Vous n'êtes pas à votre aise. Asseyons-nous sur le canapé.

Croyant qu'elle acceptait, il s'assit. Elle le suivit. Du bout de son index, il se lissa les sourcils et tendit la main vers elle.

Elle recula.

— Que se passe-t-il ?

Non ! Ça n'est pas possible !

— Vous... vous... vous avez fait ce geste, avec votre index.

— Quel geste ?

— Saligaud ! hurla-t-elle. Comment osez-vous !

— Enfin, qu'est-ce qui se passe ? dit-il, mais il jouait mal la comédie. — Elle lisait la vérité sur son visage.

— Foutez-moi le camp d'ici ! cria-t-elle.

Il essaya de sauver les apparences.

— Enfin, qu'est-ce qui se passe ? Vous commencez par me sauter dessus, ensuite vous me faites une scène !

— Je sais qui vous êtes, salaud. Vous êtes Harvey !

Il renonça à son numéro.

— Comment l'avez-vous su ?

— Vous vous êtes touché le sourcil du bout du doigt, exactement comme Berrington.

— Bah ! qu'est-ce que ça fait ? fit-il en se redressant. Si nous nous ressemblons tant que ça, vous n'avez qu'à faire comme si j'étais Steve.

— Foutez le camp d'ici !

Il toucha sa braguette pour lui montrer son érection.

— Je ne vais pas partir dans cet état.

Oh ! Seigneur, me voilà dans un drôle de pétrin.

— Ne me touchez pas !

Il s'avança vers elle en souriant.

— Je vais vous ôter ce jean moulant et voir ce qu'il y a dessous.

Elle se rappela ce que lui avait déjà dit Mish : les violeurs savourent la terreur de leurs victimes.

— Vous ne me faites pas peur, déclara-t-elle en s'efforçant de garder un ton calme. Mais si vous me touchez, je jure que je vous tuerai.

Il s'avança avec une effrayante rapidité. D'un geste, il l'empoigna, la souleva et la projeta sur le sol.

La sonnerie du téléphone retentit.

Elle hurla :

— Au secours ! Monsieur Oliver ! Au secours !

Harvey attrapa le torchon posé sur le comptoir et le lui enfonça brutalement dans la bouche, lui meurtrissant les lèvres. Elle suffoqua et se mit à tousser. Il lui prit les poignets pour qu'elle ne puisse pas retirer le torchon de sa bouche. Elle essaya de le repousser avec sa langue, mais sans y parvenir : il était trop gros. Son voisin l'avait-il entendue crier ?

Il était vieux et il poussait toujours à fond le volume de sa télé.

Le téléphone continuait à sonner.

Harvey la saisit par la ceinture de son pantalon. Elle se débattit. Il la gifla avec violence. Profitant de ce qu'elle était sonnée, il lui lâcha les poignets pour tirer sur son jean et sur sa culotte.

— C'est qu'on est poilue !

Jeannie arracha le torchon de sa bouche et hurla :

— Au secours, au secours !

Harvey lui couvrit la bouche de sa grosse patte, étouffant ses cris. Il s'abattit sur elle, lui coupant le souffle. Elle resta quelques instants impuissante, luttant pour respirer. Il lui meurtrissait les cuisses tout en s'efforçant d'une main de déboutonner sa braguette. Puis il se remit à pousser, cherchant à forcer le passage. Elle se débattait désespérément, mais il était lourd.

Le téléphone continuait de sonner. Puis la sonnette de la porte retentit.

Jeannie ouvrit la bouche. Harvey lui glissa les doigts entre les mâchoires. Elle mordit de toutes ses forces ; peu lui importait si elle se cassait les dents sur les os de son agresseur. Du sang jaillit dans sa bouche. Elle l'entendit pousser un cri de douleur en retirant sa main.

On sonnait toujours à la porte, avec insistance.

Jeannie recracha le sang de Harvey et se remit à hurler.

— Au secours, au secours, au secours, au secours !

On frappa bruyamment en bas, puis il y eut un grand fracas et un bruit de boiserie qui volait en éclats.

Harvey se remit debout, serrant sa main blessée.

Jeannie roula sur le côté, se releva et fit trois pas en arrière.

La porte s'ouvrit toute grande. Harvey pivota sur ses talons, tournant le dos à Jeannie.

Steve fit irruption dans la pièce.

Pendant un instant, Steve et Harvey se dévisagèrent, stupéfaits.

Ils étaient exactement pareils. Que se passerait-il s'ils se battaient ? Ils avaient la même taille, le même poids, la même force. Le combat pourrait durer indéfiniment.

Poussée par une brusque impulsion, Jeannie saisit la poêle à deux mains. Imaginant qu'elle expédiait son fameux revers croisé à deux mains, elle prit appui sur son pied avant, bloqua ses poignets et de toutes ses forces abattit la lourde poêle.

Elle frappa de plein fouet la nuque de Harvey. Il y eut un bruit sourd et écœurant. Les jambes de Harvey parurent se dérober sous lui. Il s'effondra à genoux. Comme si elle montait au filet pour claquer une volée, Jeannie souleva bien haut la poêle de la main droite et l'abattit aussi fort qu'elle le pouvait sur le crâne de Harvey. Les yeux roulant dans leurs orbites, il s'écroula sur le sol.

— Quelle force ! Je suis bien content que vous ne vous soyez pas trompée de jumeau.

Jeannie se mit à trembler. Elle lâcha la poêle et s'assit sur un tabouret de cuisine. Steve la prit dans ses bras.

— C'est fini.

— Oh non ! répondit-elle. Ça ne fait que commencer.

Le téléphone sonnait toujours.

57

— Vous l'avez mis KO, le salaud. Qui est-ce ?

— Harvey Jones, le fils de Berrington Jones.

Steve était abasourdi.

— Berrington a élevé un des huit comme son fils ? Ça, alors !

Jeannie contemplait la silhouette inconsciente allongée sur le sol.

— Qu'est-ce que nous allons faire ?

— Pour commencer, si on répondait au téléphone ?

Machinalement, Jeannie décrocha. C'était Lisa.

— Ça a failli m'arriver, dit Jeannie sans préambule.

— Oh non !

— Le même type.

— Je n'arrive pas à y croire ! Tu veux que je vienne ?

— Oui, merci.

Jeannie raccrocha. Elle était meurtrie de partout et avait la bouche endolorie là où il avait tenté de la bâillonner. Elle sentait encore le goût du sang de Harvey. Elle se versa un verre d'eau, se rinça la bouche et recracha dans l'évier. Puis elle dit :

— Steve, c'est dangereux, ici. Les gens à qui nous avons affaire ont des amis puissants.

— Je sais.

— Ils vont peut-être essayer de nous tuer.

— Racontez-moi.

Jeannie avait du mal à rassembler ses idées. *Ne te laisse pas paralyser par la peur.*

— Pensez-vous que, si je promets de ne jamais révéler ce que je sais, ils me laisseraient tranquille ?

Steve réfléchit un moment.

— Non, je ne pense pas.

— Moi non plus. Alors, je n'ai pas le choix : il faut que je me batte.

On entendit un pas dans l'escalier. M. Oliver passa la tête par l'entrebâillement de la porte.

— Bon sang ! Que s'est-il passé ici ? — Son regard alla du corps inconscient de Harvey sur le tapis à Steve, pour revenir à Harvey. — Eh ben ! eh ben !

Steve ramassa le jean de Jeannie et le lui tendit.

Elle s'empressa de l'enfiler pour couvrir sa nudité. Si M. Oliver la remarqua, il avait trop de tact pour le laisser paraître. Désignant Harvey, il dit :

— Ce doit être le type de Philadelphie. Pas étonnant que vous l'ayez pris pour votre copain. Ils doivent être jumeaux !

Steve déclara :

— Je vais le ligoter avant qu'il ne revienne à lui. Jeannie, vous avez une corde ?

— J'ai du fil électrique, annonça M. Oliver. Je vais chercher ma boîte à outils.

Jeannie étreignit Steve avec reconnaissance. Elle avait l'impression de s'éveiller d'un cauchemar.

— J'ai cru que c'était vous. Exactement comme hier, mais cette fois je n'étais pas paranoïaque. J'avais raison.

— Nous avions décidé de mettre au point un code, mais on ne s'en est pas préoccupés.

— Faisons-le maintenant. Quand vous vous êtes approché de moi sur le court de tennis, dimanche dernier, vous avez dit : « Je joue un peu au tennis moi aussi. »

— Et vous avez répondu modestement : « Si vous ne jouez qu'un peu au tennis, vous n'êtes sans doute pas dans ma catégorie. »

— Voilà le code. Si l'un de nous donne la première réplique, l'autre doit lui répondre la seconde.

— Entendu.

M. Oliver revint avec sa boîte à outils. Il fit rouler Harvey et entreprit de lui attacher les mains devant, les paumes l'une contre l'autre, mais en laissant les doigts libres.

— Pourquoi ne pas lui attacher les mains derrière le dos ? demanda Steve.

M. Oliver prit un air gêné.

— Pardonnez-moi de dire ça, mais de cette façon il peut se tenir la queue quand il pisse. J'ai appris ça en Europe pendant la guerre. — Il attacha les chevilles de Harvey. — Le type ne vous causera plus d'ennuis. Maintenant, qu'est-ce que vous comptez faire pour la porte d'entrée ?

Jeannie regarda Steve.

— Je l'ai pas mal bousillée, en effet.

— Je ferais mieux d'appeler un menuisier.

— J'ai quelques planches dans la cour, proposa M. Oliver. Je vais l'arranger pour qu'on puisse la fermer à clé ce soir. Demain, on fera venir quelqu'un pour la réparer.

— Merci, c'est très gentil, lui dit Jeannie avec reconnaissance.

— Je vous en prie. Il ne m'était rien arrivé d'aussi intéressant depuis la dernière guerre.

— Je vais vous donner un coup de main, proposa Steve.

M. Oliver secoua la tête.

— Vous avez quantité de choses à discuter, tous les deux, je le vois bien. Par exemple, voir si vous appelez les flics pour ce type que vous avez ficelé sur le tapis.

Sans attendre de réponse, il reprit sa boîte à outils et disparut dans l'escalier.

Jeannie rassembla ses pensées.

— Demain, Genetico sera vendue cent quatre-vingts millions de dollars et Proust va être candidat aux élections présidentielles. Moi, je n'ai plus de travail et ma réputation est fichue. Je ne retrouverai jamais un poste de chercheuse. Avec ce que je sais, je pourrais retourner ces deux situations...

— Comment allez-vous vous y prendre ?

— Eh bien... je pourrais publier un communiqué sur les expériences.

— Vous n'auriez pas besoin de preuves ?

— Harvey et vous, vous représentez une preuve assez spectaculaire. Surtout si on pouvait vous faire passer ensemble à la télé.

— Oui... à « Soixante Minutes » ou à une émission de ce genre. L'idée me plaît bien. — Son visage de nouveau se rembrunit. — Mais Harvey ne voudra pas coopérer.

— On peut le filmer ligoté. Ensuite, on appelle les flics. On peut aussi filmer leur arrivée.

Steve hocha la tête.

— L'ennui, c'est qu'il faudra agir avant que Landsmann et Genetico règlent les détails de l'OPA. Dès l'instant où ils auront l'argent, ils arriveront sans doute à contrer toute mauvaise publicité que nous pourrions déclencher. Mais je ne vois pas comment vous pouvez vous arranger dans les heures qui viennent pour passer à la télé. D'après le *Wall Street Journal*, leur conférence de presse est pour demain matin.

— Nous pourrions peut-être en tenir une nous aussi.

Steve claqua des doigts.

— J'ai trouvé ! On va débarquer à leur conférence de presse.

— Mais oui ! Alors, les gens de Landsmann décideront peut-être de ne pas signer et l'OPA sera annulée !

— Et Berrington n'empochera pas tous ces millions de dollars...

— Et Jim Proust ne sera pas candidat à la présidence...

— Ils vont être dingues. Il s'agit des quelques individus les plus puissants d'Amérique et nous envisageons de leur mettre des bâtons dans les roues.

D'en bas montait un bruit de coups de marteau ; M. Oliver commençait à réparer la porte.

— Vous savez, reprit Jeannie, ils détestent les Noirs. Tout leur baratin sur les bons gènes et sur les Américains de second ordre, c'est de la foutaise. Ils vantent la suprématie des Blancs sous couvert de science moderne. Ils veulent faire de M. Oliver un citoyen de seconde classe. Je ne vais tout de même pas rester là à les regarder !

— Il nous faut un plan, dit Steve, toujours pratique.

— Voici ce que nous allons faire. D'abord, il faut trouver où a lieu la conférence de presse de Genetico.

— Sans doute dans un hôtel de Baltimore.

— Si besoin en est, on les appellera tous.

— Nous devrions sans doute prendre une chambre dans l'hôtel même.

— Bonne idée. Ensuite, je trouve un moyen de me glisser à la conférence de presse. Je me lève au beau milieu et je fais un discours aux médias rassemblés.

— On vous fera taire.

— Il faudrait que j'aie un communiqué que je puisse distribuer. Là-dessus, vous arriverez avec Harvey. Les jumeaux, c'est si photogénique que tous les objectifs seront braqués sur vous.

Steve fronça les sourcils.

— Qu'est-ce que vous prouvez en nous faisant venir là-bas, Harvey et moi ?

— Comme vous êtes des vrais jumeaux, vous produirez le genre d'effet qui amènera la presse à poser des questions. Il ne faudra pas longtemps aux journalistes pour s'apercevoir que vous avez des mères différentes. Dès l'instant où ils le sauront, ils se douteront, tout comme moi, qu'il y a un mystère. Et vous savez combien ils enquêtent sur les candidats à la présidence.

— Quand même, trois, ce serait mieux que deux. Pensez-vous que nous pourrions amener un des autres là-bas ?

— Essayons toujours. Invitons-les tous, et espérons qu'un au moins viendra.

Sur le sol, Harvey ouvrit les yeux et se mit à geindre. Jeannie l'avait presque oublié. Elle le regarda, en espérant que sa tête le faisait souffrir. Puis elle se sentit coupable d'être aussi vindicative.

— Après les coups que je lui ai donnés, il devra sans doute voir un docteur.

Harvey reprit rapidement ses esprits.

— Détachez-moi, espèce de garce!

— Oublions le docteur.

— Détachez-moi tout de suite ou je vous jure que, dès que je serai libre, je vous tailladerai les seins à coups de rasoir.

Jeannie lui fourra le torchon dans la bouche.

— Taisez-vous, Harvey.

Steve déclara d'un ton songeur:

— Ça va être intéressant d'essayer de l'introduire discrètement dans un hôtel ficelé comme il est.

En bas, Lisa disait bonjour à M. Oliver. Quelques instants plus tard, elle arrivait, en jean et grosses bottes. Elle regarda Steve et Harvey.

— Mon Dieu! mais c'est vrai.

Steve s'avança.

— C'est moi que vous avez désigné à la séance d'identification. Mais c'est lui qui vous a attaquée.

— Harvey a essayé de me violer moi aussi, expliqua Jeannie. Steve est arrivé juste à temps et il a enfoncé la porte en bas.

Lisa se pencha sur Harvey. Elle le dévisagea longuement puis, d'un geste délibéré, elle prit son élan et lui envoya un coup de pied dans les côtes avec toute la force dont elle était capable. Il poussa un gémissement et se tordit de douleur. Elle recommença.

— Bon sang! Ça fait du bien! s'exclama-t-elle.

Jeannie s'empressa de mettre Lisa au courant des derniers développements.

— Il s'en est passé, des choses, pendant que je dormais!

— Lisa, ça fait un an que vous êtes à JFU, commença Steve. Je suis surpris que vous n'ayez jamais rencontré le fils de Berrington.

— Berrington ne fréquente pas ses collègues de l'université. Il est bien trop célèbre Il est tout à fait possible qu'à JFU personne n'ait jamais vu Harvey.

Jeannie exposa son plan pour interrompre la conférence de presse.

— Nous disions justement que nous nous sentirions plus sûrs de nous si un des autres clones se trouvait là.

— Voyons... Per Ericson est mort, Dennis Pinker et Murray Claud sont en prison. Ça nous laisse encore trois possibilités : Henry King à Boston, Wayne Stattner à New York et George Dassault. Celui-là pourrait être à Buffalo, à Sacramento ou à Houston, nous n'en savons rien, mais nous pourrions essayer de nouveau. J'ai gardé tous les numéros de téléphone.

— Moi aussi, fit Jeannie.

— Est-ce qu'ils pourraient arriver ici à temps ? demanda Steve.

— On pourrait vérifier les vols sur Internet. Où est ton ordinateur, Jeannie ?

— Volé.

— J'ai mon portable dans le coffre, je vais le chercher.

Pendant qu'elle était sortie, Jeannie dit :

— Il va falloir bien réfléchir à la façon de persuader ces types de prendre l'avion pour Baltimore au pied levé. Il faudra proposer de payer leur billet. Je ne suis pas sûre que ma carte de crédit tiendra le coup.

— J'ai une carte American Express que ma mère m'a donnée en cas d'urgence. Je sais qu'elle considérera que c'en est une.

— Elle est formidable, votre mère, murmura Jeannie d'un ton d'envie.

— C'est vrai.

Lisa revint et brancha son ordinateur sur le modem de Jeannie.

— Attendez, fit Jeannie. Organisons-nous un peu.

58

Jeannie rédigea le communiqué. Lisa vérifia les horaires d'avion sur son ordinateur. Steve consulta les pages jaunes et appela tous les grands hôtels de la ville en disant : « Avez-vous une conférence de presse prévue pour demain aux noms de la société Genetico et de Landsmann ? »

Après six tentatives infructueuses, l'idée lui vint que la conférence de presse n'aurait pas nécessairement lieu dans un hôtel. Elle pouvait se tenir dans un restaurant ou même dans un cadre plus original — à bord d'un bateau, par exemple. Ou bien peut-être y avait-il une salle assez grande dans les locaux de Genetico, au nord de la ville. Mais, au septième coup de téléphone, un réceptionniste complaisant répondit :

— Oui, monsieur, à midi dans le salon Régence.

— Parfait !

Jeannie lança à Steve un regard interrogateur. Il eut un grand sourire et leva le pouce.

— Est-ce que je pourrais réserver une chambre pour ce soir ?

— Je vous passe la réservation. Ne quittez pas.

Il retint une chambre et régla avec la carte American Express de sa mère. Au moment où il raccrochait, Lisa annonça :

— Trois vols amèneraient Henry King ici à l'heure, tous sur US Air. Ils partent à 6 h 20, 7 h 40 et 9 h 45. Il y a des places sur les trois.

— Retiens une place sur le 9 h 45, dit Jeannie.

Steve passa sa carte de crédit à Lisa.

— Je ne sais toujours pas comment le persuader de venir, reprit Jeannie.

— C'est l'étudiant qui travaille dans un bar ? demanda Steve.

— Oui.

— Il a besoin d'argent. Laissez-moi essayer quelque chose. Vous avez son numéro ?

Jeannie le lui donna.

— Il s'appelle Hank, précisa-t-elle.

Steve composa le numéro. Pas de réponse. Il secoua la tête, déçu.

— Il n'y a personne chez lui.

Jeannie parut un moment découragée, puis elle claqua des doigts.

— Peut-être qu'il travaille à ce bar.

Elle indiqua le numéro à Steve.

Ce fut un homme à l'accent hispanique qui répondit.

— Ici le Blue Note.

— Est-ce que je peux parler à Hank ?

— Vous savez, il est censé travailler, fit l'homme d'un ton agacé.

Steve fit un sourire à Jeannie et murmura : « Il est là ! »

— C'est très important, je ne le retiendrai pas longtemps.

Une minute plus tard, une voix identique à celle de Steve se fit entendre.

— Oui, qui est à l'appareil ?

— Salut, Hank, je m'appelle Steve Logan, et nous avons quelque chose en commun.

— Vous vendez quoi ?

— Avant notre naissance, votre mère et la mienne ont toutes deux suivi un traitement dans un endroit qui s'appelle la clinique de l'Aventin. Vous pouvez vérifier auprès d'elle.

— Ah oui, et alors ?

— Pour faire court, je demande à la clinique dix millions de dollars de dommages et intérêts, et j'aimerais que vous portiez plainte avec moi.

Il y eut un silence songeur.

— Je ne sais pas si vous me racontez des craques

ou quoi, mon vieux. Mais, quoi qu'il en soit, je n'ai pas d'argent pour engager un procès.

— Je réglerai tous les frais. Je ne veux pas de votre argent.

— Alors pourquoi me téléphonez-vous ?

— Parce que ça renforcerait mon dossier de vous avoir à mes côtés.

— Vous feriez mieux de me donner tous les détails par écrit...

— C'est là le problème. J'ai besoin que vous soyez demain à midi à Baltimore, à l'hôtel Stouffer. Je tiens une conférence de presse avant d'attaquer, et je veux que vous soyez présent.

— Qui a envie d'aller à Baltimore ? Ça n'est pas Honolulu...

Sois sérieux, trou du cul.

— Vous avez une réservation sur le vol US Air qui part à neuf heures quarante-cinq. Votre billet est payé, vous pouvez vous en assurer auprès de la compagnie aérienne. Vous n'aurez qu'à le retirer à l'aéroport.

— Vous m'offrez de partager dix millions de dollars avec vous ?

— Oh non ! Vous aurez vos dix millions.

— Pour quelle raison les attaquez-vous ?

— Rupture frauduleuse de contrat implicite.

— Je suis étudiant en gestion. Est-ce qu'il n'y a pas prescription pour ce genre de chose ? Une histoire qui s'est passée voilà vingt-trois ans...

— Il y a bien un délai de prescription, mais il court à partir du moment où on a découvert la fraude. En l'occurrence, c'était la semaine dernière.

En fond sonore, une voix à l'accent hispanique cria : « Dis donc, Hank ! Tu as une centaine de clients qui t'attendent ! »

— Vous commencez à me paraître un peu plus convaincant.

— Ça veut dire que vous allez venir ?

— Non. Ça veut dire que je vais y réfléchir après

le travail. Pour l'instant, il faut que je serve les consommations.

— Vous pouvez me joindre à l'hôtel.

Trop tard : Hank avait raccroché. Jeannie et Lisa se tournèrent vers lui. Il haussa les épaules.

— Je ne sais pas, fit-il, déçu. Je ne sais pas si je l'ai convaincu ou non.

— Il va falloir attendre de voir s'il se présente.

— Qu'est-ce que fait Wayne Stattner, dans la vie ?

— Il possède des boîtes de nuit. Il a probablement déjà dix millions de dollars.

— Alors, il va falloir piquer sa curiosité. Vous avez un numéro ?

— Non.

Steve appela les renseignements.

— Si c'est quelqu'un de connu, il est peut-être sur liste rouge.

— Il peut y avoir un numéro de bureau.

Il obtint les renseignements. Quelques instants plus tard, il avait le numéro. Il appela et tomba sur un répondeur.

— Salut, Wayne, je m'appelle Steve Logan et vous remarquerez peut-être que j'ai exactement la même voix que vous. C'est parce que nous sommes de vrais jumeaux. Je mesure un mètre quatre-vingt-cinq, je pèse quatre-vingt-cinq kilos et j'ai exactement le même physique que vous à part la couleur des cheveux. Quelques autres points que nous avons sans doute en commun : je suis allergique aux noix de cajou ; je n'ai pas d'ongle au petit doigt de pied ; quand je réfléchis, je me gratte le dos de la main gauche avec les doigts de la main droite. Maintenant, voici le hic : nous ne sommes pas jumeaux. Nous sommes plusieurs. L'un d'eux a commis un crime dimanche dernier à l'université Jones Falls, c'est pourquoi vous avez reçu hier la visite de la police de Baltimore. Demain, nous nous retrouvons à midi à l'hôtel Stouffer, à Baltimore. Ça peut vous sembler bizarre, Wayne, mais je vous jure que c'est vrai. Appelez-moi, ou téléphonez au docteur Jean Ferrami à l'hôtel, ou bien venez tout simplement. Ce sera intéressant.

Il raccrocha et regarda Jeannie.

— Qu'est-ce que vous en pensez ?

Elle haussa les épaules.

— Il a les moyens de satisfaire ses caprices. Il sera peut-être intrigué. Et un propriétaire de boîtes de nuit n'a probablement rien d'urgent à faire un lundi matin. D'un autre côté, je ne prendrais pas un avion sur la foi d'un tel message téléphonique.

La sonnerie du téléphone retentit. Steve décrocha machinalement.

— Allô ?

— Puis-je parler à Steve ? fit une voix qu'il ne connaissait pas.

— Steve à l'appareil.

— Ici, oncle Preston. Je te passe ton père.

Steve n'avait pas d'oncle Preston. Il fronça les sourcils, intrigué. Quelques instants plus tard, il entendit au bout du fil une autre voix.

— Il y a quelqu'un avec toi ? Elle écoute ?

Steve comprit soudain. La perplexité le céda au choc.

— Un instant. — Il posa la main sur le micro. — Je crois que c'est Berrington Jones, souffla-t-il à Jeannie. Il me prend pour Harvey. Qu'est-ce que je fais ?

Jeannie eut un geste d'impuissance.

— Improvisez.

— Merci du conseil ! — Steve reprit l'appareil. — Euh, oui, ici Steve.

— Qu'est-ce qui se passe ? Ça fait des heures que tu es là-bas !

— Oui, c'est vrai...

— As-tu découvert ce que Jeannie compte faire ?

— Euh, oui, en effet.

— Alors, rapplique ici et dis-le-nous !

— D'accord.

— Rien ne te retient ?

— Non.
— J'imagine que tu l'as baisée.
— On pourrait dire ça.
— Remets ton pantalon et rentre ! Nous sommes dans un sale pétrin !
— Entendu.
— Tu lui expliqueras que c'était un collaborateur de l'avocat de tes parents qui appelait parce qu'on a besoin de toi à Washington le plus vite possible. C'est ta couverture et ça te donne une raison de faire vite. D'accord ?
— D'accord. J'arrive tout de suite.

Berrington raccrocha. Steve poussa un soupir de soulagement.

— Je crois que je l'ai bien eu.
— Qu'est-ce qu'il a dit ?
— C'était très intéressant. Il semble que Harvey a été envoyé ici pour découvrir vos intentions. Ils sont inquiets à l'idée de ce que vous pourriez faire avec ce que vous avez découvert.
— Qui ça, *ils* ?
— Berrington et quelqu'un qui se fait appeler oncle Preston.
— Preston Barck, le président de Genetico. Pourquoi ont-ils appelé ?
— Par impatience. Berrington en a eu assez d'attendre. Je pense que ses copains et lui ont hâte d'être fixés pour trouver un moyen de réagir. Il m'a dit de vous raconter que je devais aller à Washington voir l'avocat, puis de rentrer chez lui le plus vite possible.

Jeannie avait un air soucieux.

— C'est très embêtant. En ne voyant pas Harvey, Berrington va comprendre que quelque chose ne tourne pas rond. Les gens de Genetico seront sur leurs gardes. Dieu sait ce qu'ils sont capables de faire : changer le lieu de la conférence de presse, renforcer la sécurité pour nous empêcher d'entrer, peut-être même annuler le tout et signer les papiers dans le cabinet d'un avocat.

Fixant le sol, Steve plissait le front. Il avait une idée, mais il hésitait à en faire part. Il finit par dire :

— Alors, Harvey doit rentrer chez lui.

— Il est allongé là par terre à nous écouter. Il leur racontera tout.

— Pas si j'y vais à sa place.

Jeannie et Lisa le dévisagèrent, abasourdies.

Il n'avait rien préparé : il pensait tout haut.

— Je vais chez Berrington et je ferai semblant d'être Harvey. Je les rassurerai.

— Steve, c'est très risqué. Nous ne connaissons rien de leur vie. Vous ne saurez même pas où se trouve la salle de bains.

— Si Harvey a pu vous tromper, je pense que je pourrai tromper Berrington.

Steve s'efforçait d'avoir l'air plus assuré qu'il ne l'était.

— Harvey ne m'a pas trompée : je l'ai démasqué.

— Vous y avez quand même cru.

— Moins d'une heure. Il vous faudra rester là-bas plus longtemps.

— Pas tellement. En général, Harvey rentre à Baltimore le dimanche soir. Je serai de retour ici pour minuit.

— Mais Berrington est le père de Harvey. C'est impossible.

Elle avait raison.

— Vous avez une meilleure idée ?

Jeannie réfléchit un long moment.

— Non.

59

Steve enfila le pantalon de velours et le chandail bleu clair de Harvey, emprunta sa Datsun, et se rendit chez Berrington. Quand il arriva devant la maison, la nuit était tombée. Il se gara derrière une Lincoln argent et resta assis un moment, à rassembler son courage.

Il fallait bien manœuvrer. S'il était démasqué, Jeannie était fichue. Mais il ne pouvait s'appuyer sur rien. Il devait être à l'affût de la moindre allusion, sensible à la moindre nuance, détendu s'il se trompait. Ah ! Que n'était-il comédien !

De quelle humeur est Harvey ? Son père l'avait convoqué de façon assez péremptoire alors qu'il aurait pu s'amuser un peu avec Jeannie. *Je pense qu'il est de mauvaise humeur.*

Il poussa un soupir. *Impossible de reculer plus longtemps.* Il descendit de voiture et se dirigea vers la porte d'entrée.

Plusieurs clés pendaient au trousseau de Harvey. Il inspecta la serrure. Il crut distinguer le mot « Yale » et chercha une clé Yale. Il n'avait pas eu le temps d'en trouver une que Berrington ouvrait la porte.

— Pourquoi restes-tu planté là ? fit-il d'un ton irrité. Entre donc.

Steve pénétra à l'intérieur.

— Va dans le bureau.

Où est le bureau ? Steve réprima une vague de panique. La maison était une classique construction de banlieue à deux niveaux, bâtie dans les années soixante-dix. Sur sa gauche, derrière une voûte, il apercevait un salon au mobilier guindé. Droit devant lui, un couloir avec plusieurs portes qui devaient donner sur des chambres. Sur sa droite, deux portes fermées. L'une d'elles était sans doute le bureau... mais laquelle ?

— Va dans le bureau, répéta Berrington comme si son fils ne l'avait pas entendu la première fois.

Steve choisit une porte au hasard. La mauvaise : c'était une salle de bains.

Berrington le regarda avec agacement. Steve

hésita un moment, puis se rappela qu'il était censé être de mauvaise humeur.

— Je peux aller pisser d'abord, non ?

Sans attendre de réponse, il entra et referma la porte.

C'étaient des toilettes d'invités, avec juste un siège et un lavabo. Il se pencha pour se regarder dans le miroir.

— Tu es vraiment dingue, murmura-t-il à son reflet.

Il tira la chasse, se lava les mains et sortit.

Plus loin dans la maison, des hommes discutaient. Il ouvrit la porte à côté de la salle de bains : c'était bien le bureau. Il entra, referma derrière lui et jeta un rapide coup d'œil alentour. Une table de travail, un classeur en bois, de nombreux rayonnages, un poste de télé et des canapés. Sur le bureau, la photographie d'une jolie femme blonde d'une quarantaine d'années habillée comme il y a vingt ans et tenant un bébé dans ses bras. *L'ex-femme de Berrington ? Ma « mère » ?* Il ouvrit l'un après l'autre les tiroirs du bureau, en inspecta rapidement l'intérieur, puis il regarda dans le classeur. Une bouteille de whisky et des verres en cristal étaient dissimulés dans le dernier tiroir. Peut-être un caprice de Berrington. Comme il refermait le tiroir, la porte s'ouvrit. Berrington entra, suivi de deux hommes. Steve reconnut le sénateur Proust, dont il avait souvent vu la grosse tête chauve et le grand nez au journal télévisé. L'homme discret et aux cheveux noirs devait être « oncle » Preston Barck, le président de Genetico.

Il se rappela qu'il était de mauvaise humeur.

— Ça n'était pas la peine de me faire courir jusqu'ici comme ça.

Berrington adopta un ton conciliant.

— Nous venons de dîner. Tu veux quelque chose ? Marianne peut te préparer un plateau.

Steve avait l'estomac noué par la tension, mais Harvey aurait sûrement voulu dîner, et Steve devait paraître aussi naturel que possible. Il fit donc semblant de se radoucir.

— Ouais, je prendrais bien quelque chose.

Berrington cria :

— Marianne ! — Une jolie Noire à l'air nerveux apparut sur le seuil. — Apportez à dîner à Harvey sur un plateau.

— Tout de suite, monsieur.

Steve la regarda sortir, remarquant qu'elle traversait le salon pour se rendre dans la cuisine. Sans doute la salle à manger était-elle aussi de ce côté-là, à moins qu'ils n'aient dîné dans la cuisine.

Proust se pencha en avant.

— Alors, mon garçon, qu'as-tu découvert ?

Steve avait inventé un plan d'action.

— Vous pouvez vous détendre, en tout cas pour le moment. Jeannie Ferrami compte intenter une action contre l'université Jones Falls pour licenciement abusif. Elle estime qu'elle pourra mentionner l'existence des clones au cours de cette procédure. Jusque-là, elle ne prévoit aucune déclaration publique. Elle a rendez-vous avec un avocat mercredi.

Les trois hommes parurent soulagés.

— Une plainte pour licenciement abusif ! fit Proust. Ça prendra au moins un an. Nous avons largement le temps de faire ce qu'il faut d'ici là.

Je vous ai bien eus, vieux salauds.

— Et l'affaire Lisa Hoxton ? fit Berrington.

— Elle sait qui je suis et elle pense que c'est moi le coupable, mais elle n'a pas de preuve. Elle va sans doute m'accuser mais, à mon avis, on considérera cela comme une accusation sans fondement lancée par une ancienne employée qui veut se venger.

Berrington hocha la tête.

— Tant mieux. Mais il te faut quand même un avocat. Tu sais ce que nous allons faire ? Tu vas rester ici ce soir... De toute façon, il est trop tard pour rentrer à Philadelphie.

Je ne veux pas passer la nuit ici !

— Je ne sais pas…

— Tu viendras avec moi à la conférence de presse demain matin et, tout de suite après, nous irons voir Henry Quinn.

C'est trop risqué!

Pas d'affolement, réfléchis.

Si je restais ici, je saurais exactement ce que mijotent ces trois salopards. Ça vaut la peine de prendre quelques risques. Je ne pense pas qu'il puisse m'arriver grand-chose dans mon sommeil. Je pourrais appeler discrètement Jeannie pour la tenir au courant. Sa décision était prise.

— D'accord.

Proust reprit:

— Eh bien, nous nous sommes rongés d'inquiétude pour rien.

Barck n'était pas disposé à accepter si vite la bonne nouvelle. Il demanda d'un ton méfiant:

— L'idée n'est donc pas venue à cette fille d'essayer de saboter l'OPA sur Genetico?

— Elle est intelligente, mais je ne crois pas qu'elle ait le sens des affaires.

Proust lui lança un clin d'œil.

— Comment est-elle au lit?

— Superbe, dit Steve avec un grand sourire, et Proust éclata de rire.

Marianne arriva avec un plateau: une cuisse de poulet, une salade avec des oignons, du pain et une bière.

— Merci, dit-il. Ça m'a l'air formidable.

Elle regarda Steve d'un air stupéfait et il comprit que Harvey ne remerciait sans doute jamais. Il surprit le regard de Preston Barck qui fronçait les sourcils.

Attention, attention! Tu ne vas pas tout gâcher maintenant, tu les as bien en main. Il suffit que tu tiennes encore une heure jusqu'au moment d'aller te coucher.

Il attaqua son dîner.

— Te souviens-tu du jour ou je t'ai emmené déjeuner au Plaza, à New York, quand tu avais dix ans ? fit Barck.

Steve s'apprêtait à répondre « Oui » lorsqu'il surprit l'expression étonnée de Berrington. *Est-ce que c'est un test ? Est-ce que Barck se méfie ?*

— Au Plaza ? demanda-t-il, l'air intrigué. — De toute façon, il ne pouvait donner qu'une seule réponse. — Ma foi, oncle Preston, je ne m'en souviens pas.

— C'était peut-être mon neveu, après tout.

Ouf.

Berrington se leva.

— Toute cette bière me donne envie de pisser, annonça-t-il en sortant.

— Il me faut un scotch, dit Proust.

— Essayez le dernier tiroir du classeur, suggéra Steve. C'est généralement là que papa le planque.

Proust se dirigea vers le classeur et ouvrit le tiroir.

— Bien joué, mon garçon !

Il prit la bouteille et des verres.

— Je connais cette cachette depuis l'âge de douze ans. C'est à cette époque que j'ai commencé à en voler.

Proust éclata de rire. Steve jeta un coup d'œil à la dérobée à Barck. Son visage avait perdu son expression méfiante.

60

M. Oliver exhiba un énorme pistolet qu'il gardait depuis la Seconde Guerre mondiale.

— Je l'ai pris sur un prisonnier allemand. À cette époque-là, on ne laissait pas les soldats de couleur posséder des armes à feu.

Il s'installa au milieu du canapé de Jeannie, son arme braquée sur Harvey. Au téléphone Lisa essayait de joindre George Dassault.

— Je vais m'installer à l'hôtel, annonça Jeannie, et reconnaître les lieux.

Elle fourra quelques affaires dans une valise et partit pour l'hôtel Stouffer, en se demandant comment ils allaient amener Harvey jusqu'à une chambre sans attirer l'attention de la sécurité.

Le Stouffer avait un garage en sous-sol. Bon début. Elle y laissa sa voiture et prit l'ascenseur. Il n'allait que jusqu'au hall d'entrée, observa-t-elle, pas dans les étages. Pour accéder aux chambres, il fallait en emprunter un autre. Cependant, tous les ascenseurs étaient groupés dans un couloir à côté du grand hall, hors de vue de la réception, et il ne faudrait que quelques secondes pour passer de l'ascenseur du garage à celui qui menait dans les chambres. Faudrait-il porter Harvey, le traîner, ou bien se montrerait-il coopératif et marcherait-il ?

Elle s'inscrivit à la réception, monta jusqu'à sa chambre, déposa sa valise puis repartit aussitôt et rentra chez elle.

Lisa lui annonça d'un ton excité :

— J'ai contacté George Dassault !

— Formidable ! Où ça ?

— J'ai trouvé sa mère à Buffalo et elle m'a donné son numéro à New York. Il joue dans une pièce d'avant-garde à Broadway.

— Il viendra demain ?

— Oui. « Je ferais n'importe quoi pour de la publicité », a-t-il dit. J'ai réservé son billet et je lui ai expliqué que je le retrouverais à l'aéroport.

— Formidable !

— Nous allons avoir trois clones : ça va faire un effet bœuf à la télé.

— Si on peut amener Harvey dans l'hôtel. — Jeannie se tourna vers M. Oliver. — Nous pouvons éviter le concierge. En entrant par le garage en sous-sol. L'ascenseur du garage ne va que jusqu'au rez-de-chaussée. De là, il faut sortir et en prendre un autre pour monter dans les chambres. Mais la batterie d'ascenseurs est un peu à l'écart.

— Tout de même, fit M. Oliver d'un ton hésitant, il va falloir le faire tenir tranquille pendant cinq bonnes minutes, peut-être dix, le temps de l'emmener de la voiture à la chambre. Et si les clients de l'hôtel le voient ficelé comme ça ? Ils pourraient poser des questions ou appeler la sécurité.

Jeannie regarda Harvey, allongé sur le sol, ligoté et bâillonné. Il les observait, ne perdant pas un mot de leur discussion.

— J'y ai pensé, et j'ai quelques idées. Pouvez-vous lui attacher les pieds de façon qu'il puisse marcher, mais pas très vite ?

— Bien sûr.

Pendant que M. Oliver s'en occupait, Jeannie passa dans sa chambre. Elle prit dans sa penderie un sarong aux couleurs vives qu'elle avait acheté pour la plage, un grand châle, un mouchoir et un masque de Nancy Reagan qu'on lui avait offert à une soirée et qu'elle avait oublié de jeter.

M. Oliver était en train de remettre Harvey sur ses pieds. À peine debout, Harvey, de ses mains liées, lui expédia un crochet. Jeannie en eut le souffle coupé et Lisa poussa un cri. Mais M. Oliver semblait s'y attendre. Il esquiva sans mal le coup de poing puis, de la crosse de son pistolet, frappa Harvey au creux de l'estomac. Celui-ci poussa un gémissement et se plia en deux. M. Oliver le frappa de nouveau avec la crosse, cette fois sur la tête. Harvey tomba à genoux. M. Oliver l'obligea à se relever. Il semblait maintenant docile.

— Il faut que je le déguise, dit Jeannie.

— Allez-y. Je reste là et je le cognerai de temps en temps pour qu'il se montre coopératif.

Avec des gestes nerveux, Jeannie enroula le sarong autour de la taille de Harvey et le noua à la ceinture comme une jupe. Ses mains tremblaient : cela lui faisait horreur d'être aussi près de ce type. La jupe était longue et couvrait les chevilles de Harvey, dissimulant le fil électrique qui les entravait. Elle drapa le châle par-dessus ses épaules et le fixa avec une épingle de sûreté aux liens qui lui ligotaient les poignets, si bien qu'il avait l'air de tirer sur les coins du châle comme une vieille dame. Elle roula ensuite le mouchoir et l'attacha en travers de sa bouche ouverte, en le nouant sur sa nuque. Elle lui passa ensuite le masque de Nancy Reagan.

— Il est allé à un bal costumé déguisé en Nancy Reagan et il est ivre, expliqua-t-elle.

— Pas mal du tout ! s'exclama M. Oliver.

Le téléphone sonna. Jeannie alla décrocher.

— Ici Mish Delaware.

Jeannie l'avait complètement oubliée. Cela faisait quatorze ou quinze heures qu'elle essayait désespérément de la contacter.

— Bonjour.

— Vous aviez raison. C'est Harvey Jones qui a fait le coup.

— Comment le savez-vous ?

— La police de Philadelphie n'a pas traîné. Ils sont allés à son appartement. Il n'était pas là, mais un voisin les a fait entrer. Ils ont trouvé la casquette de base-ball et se sont aperçus que c'était celle du signalement.

— C'est formidable !

— Je suis prête à l'arrêter, mais je ne sais pas où il est. Et vous ?

Jeannie regarda son prisonnier, déguisé comme une Nancy Reagan d'un mètre quatre-vingt-cinq.

— Aucune idée. Mais je peux vous dire où il sera demain à midi.

— Je vous écoute.

— Salon Régence, hôtel Stouffer, à une conférence de presse.

— Merci.

— Mish, vous voulez me rendre un service ?
— Quoi donc ?
— Ne l'arrêtez pas avant la fin de la conférence de presse, C'est vraiment important pour moi qu'il soit là.
Elle hésita, puis dit :
— Entendu.
— Merci. Merci beaucoup. — Jeannie raccrocha. — Bon, descendons-le dans la voiture.
— Passez devant, fit M. Oliver, et ouvrez les portes. Je vais l'amener.
Jeannie descendit en courant. La nuit était tombée, les étoiles brillaient, les lampadaires étaient allumés. Elle inspecta la rue. Main dans la main, un jeune couple en jean déchiré s'éloignait dans la direction opposée. Sur le trottoir d'en face, un homme en chapeau de paille promenait un labrador jaune. Ils pourraient tous apercevoir distinctement ce qui se passait. Allaient-ils regarder ? Feraient-ils attention ?
Jeannie déverrouilla sa voiture et ouvrit une portière arrière. Harvey et M. Oliver sortirent de la maison, blottis l'un contre l'autre. M. Oliver poussait devant lui son prisonnier, qui trébuchait un peu. Lisa les suivait.
Un instant, Jeannie trouva la scène absurde. Un rire nerveux lui monta à la gorge. Elle s'enfonça le poing dans la bouche pour le réprimer.
Harvey atteignit la voiture, M. Oliver le poussa une dernière fois, Harvey s'affala sur la banquette. M. Oliver claqua la portière.
Le moment d'hilarité de Jeannie était passé. Elle inspecta une nouvelle fois les passants. L'homme au chapeau de paille regardait son chien uriner sur le pneu d'une Subaru. Le jeune couple ne s'était même pas retourné.
Pour l'instant, ça va.
— Je vais monter derrière avec lui, dit M. Oliver.
— D'accord.
Lisa s'installa devant, Jeannie au volant. Elle

entra dans le garage en sous-sol de l'hôtel et trouva une place aussi près que possible de l'ascenseur. Le garage n'était pas désert. Ils durent attendre dans la voiture pendant qu'un couple sur son trente et un descendait d'une Lexus et montait vers l'hôtel. Quand il n'y eut plus personne en vue, ils sortirent de la voiture.

Jeannie prit dans son coffre une clé anglaise, la montra à Harvey, puis la fourra dans la poche de son jean. M. Oliver avait son pistolet à la ceinture, dissimulé par le pan de sa chemise. Ils s'employèrent à extraire Harvey de la voiture. Jeannie s'attendait à tout moment à le voir devenir violent, mais il s'avança paisiblement jusqu'à l'ascenseur.

Comme ils montaient, M. Oliver donna un nouveau coup de poing à l'estomac de Harvey. Jeannie fut choquée : il n'y avait pas eu de provocation.

Harvey gémit et se plia en deux juste au moment où les portes s'ouvraient. Deux hommes qui attendaient l'ascenseur le dévisagèrent, M. Oliver l'entraîna dehors en disant :

— Excusez-moi, messieurs, ce jeune homme a un verre de trop dans le nez.

Ils s'empressèrent de s'écarter.

Ils firent entrer Harvey dans l'autre ascenseur et Jeannie pressa le bouton du septième étage. Elle poussa un soupir de soulagement quand les portes se refermèrent.

Ils gagnèrent sans incident leur étage. Harvey se remettait du dernier coup de poing de M. Oliver, mais ils étaient presque arrivés à destination. Jeannie les précéda jusqu'à la chambre qu'elle avait retenue. En y arrivant, elle s'aperçut avec consternation que la porte était ouverte et qu'une pancarte accrochée à la poignée annonçait « La femme de chambre est à l'intérieur ». Jeannie étouffa un grognement.

Soudain, Harvey se mit à se débattre, émettant des protestations étouffées, agitant violemment ses mains ligotées. M. Oliver tenta de le frapper, mais il esquiva le coup et fit trois pas dans le couloir.

Jeannie se pencha, saisit à deux mains la corde qui lui ligotait les chevilles et tira. Harvey trébucha. Jeannie tira encore. *Mon Dieu, qu'il est lourd.* Il leva les mains pour la frapper. Elle rassembla son énergie et tira de toutes ses forces. Harvey dégringola avec fracas.

— Qu'est-ce qui se passe ? fit une voix sévère.

La domestique, une Noire d'une soixantaine d'années en uniforme immaculé, venait de sortir de la chambre. M. Oliver, agenouillé près de Harvey, lui soulevait les épaules.

— Ce jeune homme a trop fait la fête, déclara-t-il. Il a vomi sur le capot de ma limousine.

Je comprends. Pour la femme de chambre, c'est notre chauffeur.

— La fête ? reprit la domestique. On dirait plutôt qu'il s'est battu.

S'adressant à Jeannie, M. Oliver dit :

— Pourriez-vous lui soulever les pieds, madame ?

Jeannie obéit.

Ils soulevèrent Harvey, qui se tortillait. Tout en faisant semblant de le laisser tomber, M. Oliver lui glissa son genou sous le dos si bien que Harvey s'écrasa dessus, ce qui lui coupa le souffle.

— Attention, vous allez lui faire mal ! fit la femme de chambre.

— Encore une fois, madame, dit M. Oliver.

Ils le portèrent ainsi dans la chambre et le laissèrent tomber sur le plus proche des deux lits. La domestique les suivit.

— J'espère qu'il ne va pas vomir dans la chambre.

M. Oliver la regarda en souriant.

— Comment se fait-il que je ne vous aie jamais vue par ici avant ? J'ai l'œil pour une jolie fille, mais je ne me rappelle pas vous avoir remarquée.

— Pas d'insolence, lança-t-elle, mais elle se détendait. Je ne suis plus une jeune fille.

— J'ai soixante et onze ans et vous ne pouvez pas avoir plus de quarante-cinq ans.

— J'en ai cinquante-neuf. Je suis trop vieille pour écouter votre bla-bla.

Il la prit par le bras et l'entraîna doucement dans le couloir.

— Dites donc, j'ai presque fini avec ces gens, vous ne voulez pas venir faire un tour dans ma limousine ?

— Avec des vomissures partout ? Pas question ! répondit-elle en gloussant.

— Je pourrais la faire nettoyer.

— J'ai un mari qui m'attend à la maison. S'il vous entendait, ce ne serait pas seulement du vomi qu'il y aurait sur votre capot, monsieur le chauffeur.

— Oh ! oh ! — M. Oliver leva les mains dans un geste de protestation. — C'était sans mauvaise intention.

Feignant la peur, il recula dans la chambre et referma la porte. Jeannie se laissa tomber dans un fauteuil.

— Mon Dieu ! nous y sommes arrivés !

61

Dès que Steve eut fini son repas, il se leva en annonçant :

— Je vais me coucher.

Il tenait à se retirer le plus tôt possible dans la chambre de Harvey. Une fois seul, il ne risquerait plus d'être démasqué.

Ce fut la fin de la soirée. Proust avala ce qui restait de son whisky, Berrington raccompagna ses deux invités jusqu'à leur voiture.

Steve vit là l'occasion de téléphoner à Jeannie

pour lui raconter ce qui se passait. Il appela les renseignements. On mit longtemps à lui répondre. *Grouillez-vous !* Il obtint enfin une opératrice et demanda le numéro de l'hôtel. La première fois, il se trompa et ce fut un restaurant qui répondit. Frénétiquement, il recommença et obtint enfin l'hôtel.

— J'aimerais parler au docteur Jean Ferrami.

Berrington revint dans le bureau au moment où Jeannie répondait.

— Salut, Linda, c'est Harvey.

— Steve, c'est vous ?

— Oui, j'ai décidé de rester chez mon père. Il est un peu tard pour faire un long trajet.

— Steve, ça va ?

— Juste quelques affaires à régler, mais rien d'important. Comment s'est passée ta journée, mon chou ?

— Nous l'avons amené jusque dans la chambre d'hôtel. Ça n'a pas été facile, mais nous y sommes arrivés. Lisa a contacté George Dassault. Il a promis de venir, nous devrions donc en avoir au moins trois.

— Bon. Je vais me coucher. J'espère te voir demain, mon chou, d'accord ?

— Bonne chance.

— Toi aussi. Bonne nuit.

Berrington lui fit un clin d'œil.

— Une petite que tu fais attendre ?

— Bien au chaud.

Berrington prit des comprimés qu'il avala avec une gorgée de scotch. Surprenant le regard de Steve, il expliqua :

— Des somnifères. Il me faut quelque chose pour dormir, après tout ça.

— Bonne nuit, papa.

Berrington passa son bras autour des épaules de Steve.

— Bonne nuit, fiston. Ne t'inquiète pas, on va s'en sortir.

Il aime vraiment ce fils pourri ! Un moment, il se

sentit stupidement coupable de tromper un père aussi affectueux.

Brusquement, il se rendit compte qu'il ne savait pas où était sa chambre. Il fit quelques pas dans le couloir qui, à son avis, menait aux chambres. Se retournant, il constata que Berrington ne pouvait pas le surveiller de son bureau. Il ouvrit rapidement la porte la plus proche, en s'efforçant d'agir sans bruit. Il se retrouva dans une salle de bains. Il referma doucement. À côté, un placard plein de linge et de serviettes. Il essaya la porte d'en face. Elle donnait sur une vaste chambre à coucher avec un grand lit et un tas de placards, Un costume à rayures dans une housse de teinturier était accroché à une poignée de porte. Il ne pensait pas que Harvey portait de costume à rayures. Il allait refermer avec précaution quand il eut la surprise d'entendre juste derrière lui la voix de Berrington.

— Tu as besoin de quelque chose dans ma chambre ?

Il eut un sursaut coupable. Un moment, il resta sans voix. *Bon sang, qu'est-ce que je peux dire ?* Puis les mots lui vinrent.

— Je n'ai rien pour dormir.

— Depuis quand t'es-tu mis à porter des pyjamas ?

Le ton de Berrington aurait pu être méfiant ou simplement étonné, Steve n'aurait pu le dire. Improvisant, il lança :

— J'ai pensé que tu aurais peut-être un T-shirt trop grand.

— Rien qui aille à des épaules comme les tiennes, mon garçon.

Au grand soulagement de Steve, Berrington éclata de rire. Steve eut un geste désabusé et poursuivit son chemin.

Au bout du couloir, deux portes se faisaient face : la chambre de Harvey et sans doute celle de la femme de chambre.

Mais laquelle est la bonne ?

Steve s'attarda, espérant que Berrington allait disparaître dans sa chambre. Au bout du couloir, il jeta un coup d'œil derrière lui. Berrington l'observait.

— Bonne nuit, papa.

— Bonne nuit.

Droite ou gauche ? Pas moyen de savoir. Choisis-en une au hasard.

Steve ouvrit la porte sur sa droite.

Un maillot de rugby sur le dossier d'une chaise, une pochette de disc rock sur le lit, *Playboy* sur le bureau.

Une chambre de garçon. Dieu soit loué !

Il entra et du talon referma la porte derrière lui. Soulagé, il s'y adossa.

Au bout d'un moment, il se déshabilla et se glissa dans le lit. Ça lui faisait une drôle d'impression de se retrouver dans le lit de Harvey, dans la chambre de Harvey, dans la maison du père de Harvey. Il éteignit et resta éveillé, guettant les bruits de cette maison inconnue. Un moment, il entendit des pas, des portes qui claquaient, de l'eau qui coulait, puis le silence retomba.

Il s'assoupit et s'éveilla brusquement. *Il y a quelqu'un dans la chambre.*

Il perçut l'odeur bien reconnaissable d'un parfum de fleurs mêlé d'ail et d'épices, puis il aperçut la silhouette de Marianne qui se découpait devant la fenêtre.

Il n'avait pas eu le temps de dire un mot qu'elle se coulait dans le lit auprès de lui.

— Hé ! murmura-t-il.

— Je vais vous sucer comme vous aimez.

Il sentit la peur dans sa voix.

— Non, dit-il en la repoussant tandis qu'elle plongeait sous les couvertures.

Elle était nue.

— Je vous en prie, ne me faites pas de mal ce soir, je vous en prie, Harvey ! supplia-t-elle avec un accent français.

Steve comprit. Marianne était une immigrée et Harvey l'avait terrifiée au point que non seulement elle faisait tout ce qu'il lui demandait, mais qu'elle prévenait même ses exigences. Comment réussissait-il à rosser la pauvre fille quand son père était dans la pièce voisine ? Elle ne faisait donc pas de bruit ? Puis Steve se souvint du somnifère. Berrington dormait d'un sommeil si lourd que les cris de Marianne ne le réveillaient pas.

— Je ne te ferai pas de mal, Marianne. Détends-toi.

Elle lui couvrit le visage de baisers.

— Soyez gentil, je vous en prie, soyez gentil. Je ferai tout ce que vous voulez, mais ne me faites pas de mal.

— Marianne, reste tranquille.

Elle s'immobilisa. Il passa un bras autour de ses frêles épaules. Sa peau était douce et tiède.

— Allonge-toi un moment et calme-toi, murmura-t-il en lui caressant le dos. Plus personne ne va te faire de mal, je te promets.

Elle était tendue — elle s'attendait à des coups —, mais peu à peu elle s'apaisa et se blottit tout contre lui.

Il ne pouvait pas s'en empêcher : il avait une érection. Il savait qu'il pourrait sans peine lui faire l'amour. Allongé là, tenant contre lui son petit corps tremblant, il était grandement tenté. Personne n'en saurait jamais rien. Comme ce serait délicieux de la caresser. Elle serait si surprise, si ravie qu'on lui fasse l'amour avec douceur, avec égards. Ils s'embrasseraient et se caresseraient toute la nuit.

Il soupira. Mais ce serait mal. Elle n'était pas là de son plein gré. C'étaient l'insécurité et la peur qui l'avaient amenée jusqu'à ce lit, pas le désir. *Oui, Steve, tu peux la sauter — tu ne feras qu'exploiter une immigrée affolée qui s'imagine qu'elle n'a pas le choix. Et ce serait honteux. Tu mépriserais un homme capable de ça.*

— Tu te sens mieux, maintenant ?

— Oui…
— Alors, retourne dans ton lit.
Elle lui toucha le visage, puis l'embrassa doucement sur la bouche. Il garda les lèvres fermées mais lui tapota amicalement les cheveux.
Elle le dévisagea dans la pénombre.
— Vous n'êtes pas lui, n'est-ce pas ? dit-elle.
— Non, je ne suis pas lui.
Quelques instants plus tard, elle avait disparu.
Pourquoi est-ce que je ne suis pas lui ? À cause de la façon dont j'ai été élevé ?
Non.
J'aurais pu la baiser. Je pourrais être Harvey. Je ne suis pas lui parce que je choisis de ne pas l'être. Ce ne sont pas mes parents qui viennent de prendre cette décision : c'est moi. Merci de votre aide, papa et maman, mais c'est moi, pas vous, qui l'ai renvoyée dans sa chambre.
Ce n'est pas Berrington qui m'a fait, ni vous.
C'est moi.

Lundi

62

Steve s'éveilla en sursaut.

Où suis-je?

Quelqu'un le secouait par l'épaule, un homme en pyjama rayé. Berrington Jones. Un instant il se sentit désorienté, puis tout lui revint.

— Sois élégant pour la conférence de presse. Dans la penderie, tu trouveras une chemise que tu as laissée ici voilà deux semaines. Marianne l'a lavée. Viens dans ma chambre choisir une cravate.

Berrington s'adresse à son fils comme à un enfant difficile et indiscipliné, se dit Steve en se levant. Chacun de ses propos s'accompagnait tacitement de la formule « Ne discute pas, fais-le ». Mais ses manières abruptes rendaient la conversation beaucoup plus facile pour Steve. Il pouvait s'en tirer en répondant par des monosyllabes qui ne risquaient pas de trahir son ignorance.

Huit heures. En caleçon, il traversa le couloir jusqu'à la salle de bains. Il prit une douche, puis se rasa avec un rasoir jetable qu'il trouva dans l'armoire à pharmacie. Il ne se pressait pas, reculant le moment où il allait prendre des risques en conversant avec Berrington.

Drapé dans une serviette de bain, il se rendit dans la chambre de Berrington. Celui-ci n'y était pas. Steve ouvrit la penderie. Berrington possédait un impressionnant choix de cravates : à rayures, à pois, avec des motifs, toutes en soie. Rien au goût du jour. Il en choisit une à larges bandes horizontales. Il lui fallait du linge, aussi. Il examina les caleçons de Berrington ; même s'il était beaucoup plus grand, ils avaient le même tour de taille. Il en choisit un bleu uni.

Quand il fut habillé, il se prépara à une nouvelle épreuve. Encore quelques heures à jouer la comédie et tout serait fini. Il lui fallait dissiper les soupçons de Berrington jusqu'au moment, quelques minutes après midi, où Jeannie interromprait la conférence de presse.

Il prit une profonde inspiration et sortit. Il suivit l'odeur du bacon grillé jusqu'à la cuisine. Marianne était devant le fourneau. Elle considéra Steve avec de grands yeux. Celui-ci eut un moment d'affolement : si Berrington remarquait l'expression de la domestique, il pourrait lui demander ce qui n'allait pas — et la pauvre fille était si terrifiée qu'elle le lui avouerait. Mais Berrington regardait CNN sur un petit poste de télé, et il n'était pas le genre à s'intéresser aux domestiques.

Marianne lui servit du café et du jus de fruits. Il lui fit un sourire rassurant pour la calmer.

Berrington leva une main pour réclamer le silence — bien inutilement car Steve n'avait aucune intention de faire la conversation — et le présentateur lut un communiqué concernant l'OPA sur Genetico.

« Michael Madigan, PDG de Landsmann pour l'Amérique du Nord, a annoncé hier soir que la phase préliminaire s'était terminée à la satisfaction de tous et que l'accord allait être signé aujourd'hui à Baltimore au cours d'une conférence de presse. Ce matin, à l'ouverture, les actions de Landsmann ont monté de cinquante pfennigs à la Bourse de Francfort. La General Motors... »

On sonna à la porte. Berrington coupa le son. Il regarda par la fenêtre de la cuisine et déclara :

— Il y a une voiture de police dehors.

Une terrible pensée frappa Steve : si Jeannie avait joint Mish Delaware et lui avait raconté ce qu'elle avait découvert, la police aurait fort bien pu décider d'arrêter Harvey. Et Steve allait avoir du mal à nier être Harvey Jones alors qu'il portait les vêtements de Harvey, qu'il était assis dans la cuisine du père de Harvey et qu'il mangeait des beignets aux airelles confectionnés par la cuisinière du père de Harvey.

Il n'avait pas envie de retourner en prison.

Et il y avait pire : si on l'arrêtait maintenant, il manquerait la conférence de presse. Si aucun des autres clones ne se présentait, Jeannie n'aurait que Harvey. Et un seul jumeau ne prouvait rien.

Berrington se dirigea vers la porte.

— Et si c'est moi qu'ils recherchent ?

Marianne semblait près de défaillir.

— Je leur dirai que tu n'es pas ici, déclara Berrington.

Puis il sortit. Steve ne put entendre la conversation sur le pas de porte. Il resta figé sur sa chaise, sans rien manger ni boire. Marianne était plantée comme une statue devant son fourneau, une cuillère en bois à la main.

Berrington finit par revenir.

— Trois de nos voisins ont été cambriolés la nuit dernière. Nous avons eu de la chance.

Jeannie et M. Oliver s'étaient relayés toute la nuit, l'un surveillant Harvey pendant que l'autre s'allongeait, mais aucun des deux n'avait pris beaucoup de repos. Seul Harvey avait dormi, ronflant derrière son bâillon.

Le matin, ils utilisèrent à tour de rôle la salle de bains. Jeannie passa les vêtements qu'elle avait apportés dans sa valise : un corsage blanc et une jupe noire. On pourrait ainsi la prendre pour une serveuse.

Ils commandèrent le petit déjeuner. Pas question de laisser le serveur entrer dans la chambre, M. Oliver signa donc l'addition à la porte en disant :

— Ma femme n'est pas prête, je vais prendre le chariot moi-même.

Il fit boire un jus d'orange à Harvey, en lui tenant le verre devant la bouche pendant que Jeannie restait plantée derrière, prête à le frapper avec sa clé à molette s'il tentait quoi que ce soit.

Elle attendait avec impatience le coup de téléphone de Steve. Que lui était-il arrivé ? Continuait-il à jouer son rôle ?

Lisa arriva à neuf heures, avec une brassée d'exemplaires du communiqué, puis elle partit pour l'aéroport accueillir George Dassault et tous les clones susceptibles de venir.

Steve téléphona à neuf heures et demie.

— Il faut que je fasse vite. Berrington est dans la salle de bains. Tout va bien, je l'accompagne à la conférence de presse.

— Il ne se doute de rien ?

— Non... mais j'ai eu des moments tendus. Comment va mon double ?

— Il est calme.

— Il faut que j'y aille.

— Steve ?

— Faites vite !

— Je vous aime.

Elle raccrocha. *Je n'aurais pas dû le lui dire. Ça n'est pas à une fille de faire les premiers pas. Bah ! tant pis.*

À dix heures, elle partit en reconnaissance dans le salon Régence. C'était une pièce d'angle avec un petit vestibule et une porte qui ouvrait sur une antichambre. Une publiciste était déjà là, à monter un rideau avec le logo de Genetico pour les caméras de télé.

Jeannie jeta un rapide coup d'œil, puis regagna sa chambre. Lisa appela de l'aéroport.

— Mauvaise nouvelle. Le vol de New York a du retard.

— Oh non ! Pas trace des autres, Wayne ou Hank ?

— Non.
— Combien l'avion de George a-t-il de retard ?
— Il est attendu pour onze heures et demie.
— Tu pourrais encore être ici dans les temps.
— Si je file comme le vent.

À onze heures, Berrington émergea de sa chambre. Il portait un costume bleu à rayures blanches, avec un gilet et une chemise blanche à poignets mousquetaire ; un peu démodé, mais élégant.

— Allons-y.

Steve enfila la veste de tweed de Harvey. Évidemment, elle lui allait à merveille : Steve en possédait d'ailleurs une à peu près semblable.

Ils sortirent. Ils étaient tous les deux trop couverts pour le temps. Ils s'engouffrèrent dans la Lincoln argent et branchèrent la climatisation. Berrington prit la direction du centre, en roulant rapidement. Au grand soulagement de Steve, il ne dit pas grand-chose pendant le trajet. Il gara sa voiture dans le parking de l'hôtel.

— Genetico a engagé une boîte de relations publiques pour organiser la cérémonie, dit-il comme ils prenaient place dans l'ascenseur. Notre service de publicité ne s'est jamais occupé d'un aussi gros coup.

Ils se dirigeaient vers le salon Régence quand une femme en tailleur noir, élégamment coiffée, les intercepta.

— Je suis Caren Beamish, de Total Communications, déclara-t-elle avec entrain. Voudriez-vous me suivre dans le salon d'honneur ?

Elle les conduisit dans une petite pièce où un buffet était dressé.

Steve était un peu ennuyé : il aurait aimé jeter un coup d'œil à la disposition de la salle de conférences. Mais peut-être que cela ne changeait rien. Tant que Berrington continuait à croire qu'il était Harvey

— au moins jusqu'à l'apparition de Jeannie —, rien n'avait d'importance.

Il y avait déjà cinq ou six personnes dans le salon d'honneur, dont Proust et Barck. Proust était escorté d'un jeune homme musclé en costume noir qui avait l'air d'un garde du corps. Berrington présenta Steve à Michael Madigan, le chef des opérations de Landsmann pour l'Amérique du Nord.

Berrington, nerveux, but d'un trait un verre de vin blanc. Steve aurait bien pris un Martini — il avait beaucoup plus de raisons que Berrington d'avoir le trac —, mais il devait garder toute sa présence d'esprit et ne pouvait pas se permettre de se détendre un instant. Il consulta la montre qu'il avait prise au poignet de Harvey : midi moins cinq.

Encore quelques minutes. Et quand ce sera fini, alors, je prendrai un Martini.

Caren Beamish claqua dans ses mains pour réclamer le silence.

— Messieurs, nous sommes prêts ?

Il y eut des hochements de tête et des affirmations étouffées.

— Alors, que chacun prenne sa place, sauf ceux qui doivent s'installer sur l'estrade.

Ça y est. J'ai réussi. C'est fini.

Berrington se tourna vers Steve.

— Ne tarde patin à glace.

Il avait l'air d'attendre quelque chose.

— Mais oui, dit Steve.

Berrington eut un grand sourire.

— Comment ça : mais oui ? Réponds-moi comme il faut !

Steve sentit son sang se glacer. Il ne savait absolument pas à quoi Berrington faisait allusion. À un calembour du genre « Comme vas-tu yau de poêle » ? Il y avait manifestement une réponse. « *À toute suite, ma truite.* » *Non. Sûrement pas.* Qu'est-ce que ça pouvait être ? Steve jura sous cape. La conférence de presse allait commencer : il n'avait besoin de faire semblant que quelques secondes encore !

Berrington le dévisagea d'un air surpris. La sueur perla au front de Steve.

— Tu n'as pas pu oublier, dit Berrington.

Steve vit la méfiance apparaître dans son regard.

— Bien sûr que non, répondit-il précipitamment ; trop précipitamment.

Le sénateur Proust tendait l'oreille. Berrington reprit :

— Alors, donne-moi la réplique.

Steve le vit lancer un coup d'œil au garde du corps de Proust ; l'homme se crispa. Désespéré, Steve lança :

— À tout à l'heure, Eisenhower.

Il y eut un silence. Puis Berrington éclata de rire.

— Elle est bonne, celle-là !

Steve se détendit. Ça devait être ça le jeu : il fallait inventer une nouvelle réplique à chaque fois. Il remercia sa bonne étoile. Pour dissimuler son soulagement, il tourna les talons.

— Attention, dit la publiciste, c'est l'heure.

— Par ici, dit Proust à Steve. Tu ne veux pas te retrouver sur l'estrade.

Il ouvrit une porte. Steve se retrouva dans une salle de bains. Il se retourna et dit :

— Mais non, c'est...

Le garde du corps de Proust était juste derrière lui. Sans laisser à Steve le temps de comprendre ce qui se passait, l'homme lui bloqua les bras.

— Fais un bruit et je te les pète tous les deux.

Berrington entra dans la salle de bains derrière le garde du corps. Jim Proust lui emboîta le pas et referma la porte.

Le garde du corps tenait toujours solidement le jeune homme.

Berrington était fou de rage.

— Espèce de petit salaud, siffla-t-il. Lequel es-tu ? Steve Logan, je suppose.

Steve essaya de continuer à jouer le jeu.

— Papa, qu'est-ce que tu fais ?

— Laisse tomber, on ne joue plus... Maintenant, où est mon fils ?

Steve ne répondit pas.

— Berry, fit Jim, que se passe-t-il ?

Berrington essaya de se calmer.

— Ce n'est pas Harvey. C'est un des autres, sans doute le petit Logan. Il se fait passer pour Harvey depuis hier soir. Et Harvey doit être bouclé quelque part.

Jim pâlit.

— Ça signifie que ce qu'il nous a raconté sur les intentions de Jeannie Ferrami, c'était n'importe quoi !

Berrington acquiesça.

— Elle projette sans doute de protester à la conférence de presse.

— Merde ! Pas devant les caméras !

— À sa place, c'est ce que je ferais... Pas toi ?

Proust réfléchit un moment.

— Est-ce que Madigan va tenir le coup ?

Berrington secoua la tête.

— Je ne pourrais pas te dire. Il aurait l'air idiot d'annuler l'OPA à la dernière minute. D'un autre côté, il aurait l'air encore plus ridicule de payer cent quatre-vingts millions de dollars une société qui va tout perdre en procès. Il pourrait pencher soit d'un côté, soit de l'autre.

— Alors, il faut trouver Jeannie Ferrami et l'empêcher d'agir !

— Elle a pu prendre une chambre à l'hôtel. — Berrington saisit le téléphone posé près des toilettes. — Ici le professeur Jones à la conférence de presse Genetico dans le salon Régence, dit-il de son ton le plus autoritaire. Nous attendons le docteur Ferrami... dans quelle chambre est-elle ?

— Je suis désolée, monsieur, nous ne sommes pas autorisés à révéler les numéros de chambres de nos clients. — Berrington allait exploser quand elle ajouta : — Voudriez-vous que je lui passe la communication ?

— Oui, bien sûr.

Après une brève attente, il eut en ligne un homme qui paraissait d'un certain âge. Improvisant, Berrington déclara :

— Monsieur Blenkinsop, votre linge est prêt.

— Je n'ai pas donné de linge.

— Oh, je vous demande pardon, monsieur... dans quelle chambre êtes-vous ?

Il retint son souffle.

— 821.

— Je voulais la 812. Toutes mes excuses.

— Pas de problème.

Berrington raccrocha.

— Ils sont dans la 821. Je parie que Harvey est là-bas.

— La conférence de presse va commencer, dit Proust.

— Nous n'aurons peut-être pas le temps.

Déchiré, Berrington hésitait. Il ne voulait pas reculer d'une seconde l'annonce de l'OPA, mais il avait besoin de faire échec au projet de Jeannie. Au bout d'un moment, il dit à Jim :

— Pourquoi ne vas-tu pas sur l'estrade avec Madigan et Preston ? Je vais faire de mon mieux pour retrouver Harvey et bloquer Jeannie Ferrami.

— D'accord.

Berrington regarda Steve.

— Je préférerais pouvoir emmener ton type de la sécurité avec moi. Mais nous ne pouvons pas lâcher Steve dans la nature.

— Pas de problème, monsieur, dit le garde du corps. Je peux l'enchaîner à un tuyau.

— Parfait. Faites-le donc.

Berrington et Proust regagnèrent le salon d'honneur. Madigan les regarda d'un air curieux.

— Quelque chose ne va pas, messieurs ?

— Un petit problème de sécurité. Berrington va le régler pendant que nous annonçons l'OPA.

Madigan semblait inquiet.

— De sécurité ?

— Une femme que j'ai congédiée la semaine dernière, Jean Ferrami, se trouve dans l'hôtel, dit Berrington. Elle peut tenter de faire un esclandre. Je vais l'intercepter.

Madigan se contenta de cette réponse.

— Entendu. Allons-y.

Madigan, Barck et Proust entrèrent dans le salon. Le garde du corps sortit de la salle de bains. Berrington et lui coururent vers les ascenseurs. Berrington était soucieux. Il n'était pas un homme d'action ; il ne l'avait jamais été. Le genre de combat dont il avait l'habitude se déroulait dans les commissions universitaires. Il espérait qu'il n'allait pas se trouver entraîné dans une bagarre à coups de poing.

Ils montèrent jusqu'au huitième étage et se précipitèrent vers la chambre 821. Berrington frappa à la porte. Une voix d'homme cria :

— Qui est là ?

— Service d'entretien dit Berrington.

— Tout va bien, merci, monsieur.

— Pardonnez-moi, mais il faut que je vérifie votre salle de bains.

— Revenez plus tard.

— Monsieur, il y a un problème.

— Je suis occupé pour l'instant. Revenez dans une heure.

Berrington regarda le garde du corps.

— Pouvez-vous enfoncer cette porte ?

L'homme parut ravi. Puis il jeta un coup d'œil par-dessus l'épaule de Berrington et hésita. Suivant la direction de son regard, Berrington aperçut un couple d'un certain âge qui sortait de l'ascenseur, chargé de sacs. Ils suivirent lentement le couloir en direction de la chambre 821. Berrington attendit qu'ils fussent passés. Ils s'arrêtèrent devant le 830.

Le mari posa ses emplettes, chercha sa clé, trifouilla dans la serrure et ouvrit la porte. Enfin le couple disparut dans la chambre.

Le garde du corps donna un coup de pied. Le battant vola en éclats, mais la porte tint bon. On entendit à l'intérieur un bruit de pas précipités. Il recommença, la porte s'ouvrit toute grande. Il fonça à l'intérieur, Berrington sur ses talons.

Ils s'arrêtèrent net en voyant un Noir d'un certain âge braquer sur eux un énorme vieux pistolet.

— Les mains en l'air, fermez cette porte, entrez et allongez-vous à plat ventre, ou bien je vous abats tous les deux. Après la façon dont vous avez fait irruption ici, il n'y a pas un jury à Baltimore qui me condamnera pour vous avoir tués.

Berrington leva les mains.

Une silhouette bondit du lit. Berrington eut tout juste le temps de constater que c'était Harvey, les poignets ligotés et avec une sorte de bâillon sur la bouche. Le vieil homme braqua son arme sur lui. Berrington était terrifié à l'idée qu'on allait abattre son fils. Il cria :

— Non !

Le vieil homme réagit une fraction de seconde trop tard. De ses bras ligotés, Harvey lui fit sauter le pistolet des mains. Le garde du corps se précipita et le ramassa sur la moquette. Puis il le dirigea vers le vieil homme.

Berrington respira de nouveau.

Le vieil homme leva lentement les bras.

Le garde du corps décrocha le téléphone.

— Envoyez la sécurité chambre 821. Il y a ici un client armé.

Berrington regarda autour de lui : pas trace de Jeannie.

Jeannie déboucha de l'ascenseur, en corsage blanc et jupe noire, portant un plateau de thé qu'elle avait commandé au service de chambres. Son cœur battait à tout rompre. Marchant d'un pas vif de serveuse, elle entra dans le salon Régence.

Dans la petite antichambre, deux femmes étaient assises devant des listes d'invités. Un garde de la sécurité de l'hôtel, debout auprès d'elles, leur faisait la conversation. Apparemment, personne n'était censé entrer sans invitation, mais Jeannie était persuadée qu'on n'allait pas interpeller une serveuse avec un plateau. Elle se força à lui sourire tout en se dirigeant vers la porte du fond.

— Hé ! fit l'homme.

Elle se retourna.

— Ils ont du café et de quoi boire, là-dedans.

— C'est du thé au jasmin, qu'on m'a commandé.

— Pour qui ?

Elle réfléchit rapidement.

— Pour le sénateur Proust.

Elle priait le ciel qu'il fût là.

— D'accord, allez-y.

Avec un nouveau sourire, elle ouvrit la porte et entra dans la salle de conférences.

Tout au fond, trois hommes en costume croisé étaient assis derrière une table sur une estrade. Devant eux, une pile de documents. Un des hommes prononçait un discours. Le public était composé d'une quarantaine de personnes avec des carnets, de petits magnétophones et des caméras de télévision.

Elle s'avança jusqu'au premier rang. Une femme en tailleur noir et grosses lunettes était debout près de l'estrade. Elle portait un badge annonçant

CAREN BEAMISH
TOTAL COMMUNICATIONS !

C'était la chargée de presse. Elle lança à Jeannie un regard intrigué, mais ne chercha pas à l'arrêter, supposant — comme Jeannie l'avait pensé — que quelqu'un avait commandé quelque chose.

Les hommes installés sur l'estrade avaient des

cartes devant eux. Elle reconnut à droite le sénateur Proust. À gauche, Preston Barck. Celui du milieu, qui était en train de parler, était Michael Madigan.

— Genetico n'est pas seulement une passionnante entreprise de biologie, récitait-il d'un ton morne.

Jeannie sourit et déposa le plateau devant lui. Il la regarda d'un air un peu surpris et interrompit un instant son discours. Jeannie se tourna vers l'assistance.

— J'ai une annonce très spéciale à faire, déclara-t-elle.

Steve était assis sur le carrelage de la salle de bains, la main gauche attachée par une menotte au tuyau d'écoulement du lavabo. Il était furieux et désespéré. Berrington l'avait démasqué quelques secondes avant l'heure. Il devait maintenant être en train de chercher Jeannie et, s'il la trouvait, il pourrait réduire à néant tout leur plan. Steve devait absolument se libérer pour la prévenir.

À sa partie supérieure, le tuyau était fixé au lavabo. Il faisait un S puis disparaissait dans le mur. En se tortillant, Steve posa son pied sur la canalisation, prit son élan et détendit sa jambe. Tout l'appareil sanitaire trembla. Il recommença. À l'endroit où la canalisation s'enfonçait dans le mur, le mortier commença à s'effriter. Steve donna encore quelques coups de pied. Le mortier cédait, mais le tuyau était solide.

Déçu, il se pencha pour observer l'endroit où la canalisation rejoignait la cuvette. Peut-être la soudure était-elle plus faible. Il empoigna la canalisation à deux mains et secoua de toutes ses forces. Une nouvelle fois, l'ensemble trembla mais ne céda pas.

Il regarda le coude que faisait le tuyau. Il y avait un collier autour du tuyau, juste au-dessus de la courbure. Les plombiers le dévissaient quand ils devaient déboucher le siphon, mais ils utilisaient une clé à molette. Il posa la main gauche sur le collier, serra de toutes ses forces et essaya de tourner.

Ses doigts glissèrent et il s'érafla douloureusement les jointures.

Il tâta le dessous du lavabo : une sorte de marbre artificiel, très solide. Il inspecta de nouveau l'endroit où le tuyau rejoignait l'écoulement. S'il parvenait à faire sauter cette soudure, il pourrait peut-être arracher la canalisation. Ensuite il réussirait sans mal à faire glisser la menotte par-dessus l'extrémité et à se libérer.

Il changea de position, recula le pied et se remit à frapper.

— Il y a vingt-trois ans, commença Jeannie, Genetico a pratiqué des expériences illégales, et au mépris de toute éthique, sur huit Américaines qui ne se doutaient de rien. — Essoufflée, elle s'efforçait de parler normalement et de bien se faire entendre. — Toutes étaient des épouses d'officiers.

Elle chercha du regard Steve dans l'assistance mais ne le vit pas. Où était-il ? Il était censé être ici ; c'était lui, la preuve !

Caren Beamish dit d'une voix tremblante :

— Il s'agit d'une réception privée, je vous prie de sortir immédiatement.

Jeannie l'ignora.

— Les femmes se sont rendues à la clinique de Genetico à Philadelphie pour suivre un traitement hormonal contre la stérilité. — Elle laissa sa colère éclater. — Sans leur accord, on leur a introduit dans la matrice des embryons provenant de parfaits étrangers,

Il y eut un murmure parmi les journalistes rassemblés. Jeannie sentit qu'elle les intéressait. Elle haussa le ton.

— Preston Barck, qui était censé être un savant responsable, était si obsédé par ses recherches d'avant-garde concernant le clonage qu'il a divisé à sept reprises un embryon, obtenant huit embryons identiques qu'il a inséminés chez huit femmes à leur insu.

Jeannie aperçut Mish Delaware qui l'observait d'un air plutôt amusé. Mais Berrington n'était pas dans la salle. C'était surprenant — et inquiétant.

Preston Barck se leva et déclara :

— Mesdames et messieurs, je vous prie d'excuser cet incident...

Jeannie l'interrompit :

— On a gardé le secret sur ce scandale pendant vingt-trois ans. Les trois auteurs de ce crime — Preston Barck, le sénateur Proust et le professeur Berrington Jones — étaient prêts à tout pour le dissimuler. L'expérience me l'a prouvé.

Caren Beamish avait décroché un téléphone. Jeannie l'entendit dire :

— Je vous en prie, faites tout de suite venir le personnel de la sécurité.

Sous le plateau, Jeannie avait glissé une liasse des exemplaires du communiqué de presse qu'elle avait rédigé et dont Lisa avait fait des photocopies.

— Vous trouverez tous les détails dans ce texte. — Elle commença à le distribuer tout en parlant. — Ces huit embryons étrangers se sont développés. Ils sont nés. Sept d'entre eux sont aujourd'hui en vie. Vous les reconnaîtrez car ils se ressemblent tous.

Elle voyait à l'expression des journalistes qu'elle retenait leur attention. Un coup d'œil à l'estrade lui montra que Proust arborait un air extrêmement sombre et que Preston Barck semblait avoir envie de mourir sur place.

M. Oliver était censé entrer à cet instant avec Harvey, si bien que tout le monde pourrait constater sa ressemblance avec Steve. Peut-être George Dassault allait-il arriver aussi. Mais pas trace d'aucun d'eux.

Mon Dieu, faites qu'il ne soit pas trop tard !

Jeannie poursuivit :

— On les prendrait pour de vrais jumeaux — et, en vérité, ils ont un ADN identique —, mais ils sont nés de huit mères différentes. J'étudie les jumeaux, et l'énigme des jumeaux ayant des mères différentes est ce qui m'a tout d'abord poussée à enquêter sur cette scandaleuse histoire.

La porte du fond de la salle s'ouvrit brusquement. Jeannie leva les yeux, espérant apercevoir l'un des clones. C'était Berrington qui entrait en trombe. Hors d'haleine, comme s'il venait de courir, Berrington déclara :

— Mesdames et messieurs, cette personne souffre d'une dépression nerveuse et elle a récemment été renvoyée de son poste. Elle faisait des recherches dans le cadre d'un projet financé par Genetico et elle en veut à l'entreprise. La sécurité de l'hôtel vient d'arrêter un de ses complices à un autre étage. Je vous prie de bien vouloir patienter le temps qu'on lui fasse quitter l'immeuble, après quoi notre conférence de presse pourra reprendre.

Jeannie était abasourdie. Où étaient M. Oliver et Harvey ? Et qu'était-il arrivé à Steve ? Sans preuve, son discours et son prospectus n'avaient aucun sens. Il ne lui restait que quelques secondes. Il était arrivé quelque chose de terrible : Berrington avait fait échouer son plan.

Un homme en uniforme de la sécurité fit irruption dans la pièce et vint parler à Berrington.

Désespérée, Jeannie se tourna vers Michael Madigan. Il avait un air glacial ; elle sentit que c'était le genre d'homme à détester toute interruption dans sa routine bien organisée. Elle essaya quand même.

— Monsieur Madigan, je vois que vous avez des documents devant vous. Ne croyez-vous pas que vous devriez vérifier cette histoire avant de signer ? Supposez un instant que j'aie raison : imaginez quelles sommes ces femmes pourraient vous réclamer en dommages et intérêts !

— Je n'ai pas l'habitude de prendre des décisions commerciales fondées sur des informations fournies par des déséquilibrés, répondit calmement Madigan.

Les journalistes éclatèrent de rire. Berrington commença à reprendre quelque assurance. Le garde s'approcha de Jeannie. Elle lança à l'assistance :

— J'espérais vous montrer deux ou trois des clones à titre de preuve. Mais... ils ne sont pas arrivés.

Les rires reprirent chez les journalistes. Jeannie se rendit compte qu'elle était ridicule. Tout était fini. Elle avait perdu.

Le garde l'empoigna fermement par le bras et la poussa vers la porte. Elle aurait pu se débattre, mais à quoi bon ?

Elle passa devant Berrington et le vit sourire. Elle sentit les larmes lui monter aux yeux, mais elle les ravala et garda la tête haute. *Allez tous au diable ! Un jour, vous constaterez que j'avais raison.*

Derrière elle, elle entendit Caren Beamish déclarer :

— Monsieur Madigan, si vous vouliez bien reprendre vos remarques ?

Au moment où Jeannie et le garde atteignaient la porte, celle-ci s'ouvrit pour livrer passage à Lisa. Jeannie sursauta en voyant que, juste derrière elle, se trouvait un des clones.

Ce devait être George Dassault. Il était venu ! Mais un seul ne suffisait pas : il lui en fallait deux pour appuyer sa démonstration. Si seulement Steve arrivait, ou M. Oliver avec Harvey !

Là-dessus, avec une joie sans mélange, elle vit apparaître un second clone. Henry King probablement. Elle échappa à l'emprise du garde.

— Regardez ! cria-t-elle. Regardez par ici !

Comme elle parlait, un troisième clone entra. À ses cheveux noirs, elle reconnut Wayne Stattner.

— Vous voyez ! hurla Jeannie. Les voilà ! Ils sont identiques !

Toutes les caméras pivotèrent vers les nouveaux venus. Les flashes jaillirent. Les photographes enregistrèrent l'incident.

— Je vous le disais ! fit Jeannie, triomphante, à l'adresse des journalistes. Maintenant, demandez-leur quels sont leurs parents. Ce ne sont pas des triplés : leurs mères ne se sont jamais rencontrées ! Demandez-leur. Allez-y, demandez-leur !

Elle se rendit compte qu'elle était trop excitée et fit un effort pour se calmer. C'était difficile : elle était si heureuse. Les journalistes se précipitèrent vers les trois clones, impatients de leur poser des questions. Le garde reprit le bras de Jeannie, mais elle était cernée par la foule et il ne parvenait plus à la faire bouger.

En arrière-fond, elle entendit Berrington élever la voix pour tenter de dominer le brouhaha.

— Mesdames et messieurs, si nous pouvions avoir votre attention, je vous prie ! — Son ton, d'abord violent, se fit bientôt irrité. — Nous aimerions poursuivre la conférence de presse !

C'était inutile. La meute avait flairé l'histoire vraie et ne s'intéressait plus aux discours.

Du coin de l'œil, Jeannie vit le sénateur Proust s'éclipser discrètement.

Un jeune homme brandit vers elle un micro.

— Comment avez-vous découvert ces expériences ?

— Je suis le docteur Jean Ferrami. Je suis chercheuse à l'université Jones Falls, au département de psychologie. Dans le cadre de mes travaux, je suis tombée sur ce groupe de personnes qui ont l'air d'être des jumeaux identiques mais qui ne sont pas apparentées. J'ai mené une enquête. Berrington Jones a tenté de me faire congédier pour m'empêcher de trouver la vérité. Malgré cela, j'ai découvert que les clones étaient le résultat d'une expérience militaire menée par Genetico.

Son regard balaya la salle.

Où est Steve ?

Steve donna un nouveau coup de pied : le tuyau d'écoulement se détacha dans un déluge de mortier et d'éclats de marbre. Tirant sur la canalisation, Steve l'arracha du lavabo. Il fit glisser la menotte. Libéré, il se mit debout. Il enfonça sa main gauche dans sa poche pour dissimuler la menotte qui lui pendait au poignet, puis sortit de la salle de bains.

Le salon d'honneur était vide.

Ne sachant trop ce qu'il pourrait trouver dans la salle de conférences, il sortit dans le couloir.

À côté du salon d'honneur, une porte indiquait « Salon Régence ». Plus loin dans le couloir, attendant l'ascenseur, se trouvait un de ses doubles.

Qui était-ce ? L'homme se frottait les poignets comme s'ils étaient endoloris. Il portait sur les deux joues une marque rouge qui pourrait bien avoir été faite par un bâillon serré. C'était Harvey.

Il leva les yeux et surprit le regard de Steve.

Ils se contemplèrent un long moment. C'était comme se regarder dans un miroir. Steve chercha à voir au delà de l'apparence de Harvey, à déchiffrer son expression, à scruter son cœur et à discerner le cancer qui en faisait un être maléfique. Mais il n'y parvint pas. Il ne vit qu'un homme exactement comme lui, qui avait suivi la même route mais pris un autre virage.

Il détourna les yeux et entra dans le salon Régence.

Jeannie et Lisa étaient au milieu d'une foule d'opérateurs de télévision. Il aperçut près d'elles un... non, deux, trois clones. Il se fraya un chemin jusqu'à elles.

— Jeannie ! cria-t-il.

Elle leva les yeux vers lui.

— Je suis Steve ! lança-t-il.

Mish Delaware était à ses côtés. Steve lui dit :

— Si vous cherchez Harvey, il est dehors, il attend l'ascenseur.

— Pouvez-vous me dire lequel est celui-ci ? demanda Mish à Jeannie.

— Bien sûr. — Jeannie le regarda et déclara : — Je joue un peu au tennis moi aussi.

Il eut un grand sourire.

— Si vous ne jouez qu'un peu au tennis, vous n'êtes sans doute pas dans ma catégorie.

Elle se jeta à son cou. Il sourit, se pencha vers elle et ils échangèrent un baiser.

Tous les objectifs se tournèrent vers eux, les flashes jaillirent de partout. Ce fut la photo qui fit la une des quotidiens du monde entier le lendemain matin.

Juin suivant

63

Forest Lawns était comme un charmant hôtel un peu démodé. Il y avait du papier mural à fleurs, des petits objets en porcelaine dans des vitrines et des guéridons aux pieds fragiles. Cela sentait les fleurs séchées, et non le désinfectant. Le personnel appelait la mère de Jeannie « Madame Ferrami » et non pas « Maria » ou « mon chou ». Sa mère occupait une petite suite avec un salon où les visiteurs pouvaient s'asseoir pour prendre le thé.

— Maman, dit Jeannie, je te présente mon mari.

Steve lui fit son plus charmant sourire et lui serra la main.

— Quel charmant garçon! Qu'est-ce que vous faites dans la vie, Steve?

— Je suis étudiant en droit.

— En droit. C'est une bonne carrière.

Elle avait des éclairs de bon sens entrecoupés de périodes plus longues de confusion mentale.

Jeannie reprit :

— Papa a assisté à notre mariage.

— Comment va-t-il?

— Bien. Il est trop vieux pour continuer à cambrioler les gens, alors il les protège. Il a monté sa propre agence de sécurité. Ça marche bien.

— Voilà vingt ans que je ne l'ai pas vu.

— Mais si, tu l'as vu, maman. Il vient te rendre visite. Mais tu oublies. — Jeannie changea de sujet.

— Tu as l'air en pleine forme. — Sa mère portait une jolie robe de cotonnade, elle avait une permanente et les ongles soignés. — Tu te plais ici ? C'est mieux que Bella Vista, tu ne trouves pas ?

Sa mère prit un air soucieux.

— Comment allons-nous payer, Jeannie ? Je n'ai pas d'argent.

— J'ai un nouveau travail, maman. Je peux me le permettre.

— Quel genre de travail ?

Jeannie savait qu'elle ne le comprendrait pas, mais elle le lui expliqua tout de même.

— Je suis directrice de la recherche génétique pour une grosse compagnie qui s'appelle Landsmann.

Michael Madigan lui avait offert le poste quand quelqu'un lui avait expliqué les avantages du logiciel de recherche qu'elle avait mis au point. Son salaire était trois fois plus élevé que celui qu'elle gagnait à Jones Falls. Mais le plus excitant, c'était son travail : de la recherche de pointe en génétique.

— C'est bien, dit sa mère. Oh ! avant que j'oublie... il y avait une photo de toi dans le journal. Je l'ai gardée.

Elle fouilla dans son sac et en tira une coupure de presse qu'elle déplia avant de la tendre à Jeannie.

Jeannie l'avait déjà vue, mais elle l'examina comme si c'était la première fois. On la voyait à l'enquête du Congrès sur les expériences menées à la clinique de l'Aventin. La commission d'enquête n'avait pas encore publié son rapport, mais on n'avait guère de doute sur ce qu'en serait le contenu. L'interrogatoire de Jim Proust, retransmis par toutes les chaînes de télévision, avait été une humiliation publique comme on n'en avait jamais vu. Proust avait balbutié, crié, menti, et chacune de ses paroles n'avait fait que certifier sa culpabilité. La séance terminée, il avait donné sa démission de sénateur.

On n'avait pas laissé Berrington Jones démissionner. Le conseil de discipline de Jones Falls l'avait congédié. Jeannie avait entendu dire qu'il s'était installé en Californie, où il vivait de la modeste pension que lui allouait son ex-femme.

Preston Barck avait donné sa démission de président de Genetico. On avait mis la société en liquidation pour verser des indemnités aux huit mères des clones. On avait réservé une petite somme pour payer les psychologues chargés d'aider chacun des clones.

Harvey Jones purgeait une peine de cinq années de prison pour incendie volontaire et viol.

La mère de Jeannie reprit :

— Le journal dit que tu as dû témoigner. Tu n'as pas eu d'ennuis, n'est-ce pas ?

Jeannie échangea un sourire avec Steve.

— Pendant une semaine, en septembre, j'ai eu quelques ennuis, maman. Mais ça a fini par s'arranger.

— Tant mieux.

Jeannie se leva.

— Il faut que nous partions maintenant. C'est notre lune de miel. Nous avons un avion à prendre.

— Où allez-vous ?

— Sur une petite plage des Caraïbes. Le plus bel endroit du monde.

Steve lui serra la main et Jeannie l'embrassa pour lui dire au revoir.

— Repose-toi bien, mon chou, lui dit sa mère comme ils partaient. Tu le mérites.

Remerciements

Je tiens à exprimer ma profonde reconnaissance aux personnes suivantes pour l'aide qu'elles m'ont apportée.

Dans la police municipale de Baltimore : le lieutenant Frederic Tabor, le lieutenant Larry Leeson, le sergent Sue Young, l'inspecteur Alexis Russell, l'inspecteur Aaron Stewart, l'inspecteur Andrea Nolan, l'inspecteur Leonard Douglas.

Dans la police du comté de Baltimore : le sergent David Moxely et l'inspecteur Karen Gentry.

Le commissaire Cheryl Alston, le juge Barbara Baer Waxman et le procureur adjoint Mark Cohen.

Carole Kimmell, infirmière diplômée à l'hôpital de la Miséricorde ; le professeur Trish VanZandt et ses collègues de l'université John Hopkins ; Mme Bonnie Ariano, directrice du Centre de répression de la violence et des abus sexuels de Baltimore.

À l'université du Minnesota : le professeur Thomas Bouchard, le professeur Matthew McGue, le professeur David Lykken.

Au Pentagone : le lieutenant-colonel Letwich, le capitaine Regenor.

À Fort Detrick, à Frederick : les docteurs Eileen Mitchell, Chuck Dasey, le médecin-colonel David Franz.

Peter Martin, du Laboratoire municipal de médecine légale de la police métropolitaine.

Les experts en informatique Wade Chambers, Rob Cook et Alan Gold.

Et surtout le chercheur Dan Starer, de Research for Writers, à New York, qui m'a mis en contact avec la plupart des personnes citées plus haut.

Je suis également reconnaissant à mes éditeurs, Suzanne Baboneau, Marjorie Chapman et Ann Patty ; aux amis et membres de ma famille qui ont lu diverses versions de ce livre et qui ont fait des commentaires, et notamment Barbara Follett, Emanuele Follett, Katya Follett, Jann Turner, Kim Turner, John Evans, George Brennan et Ken Burrows ; à mes agents, Amy Berkower, Bob Bookman, et — tout particulièrement — à mon plus ancien collaborateur et au critique qui ne laisse rien passer. Al Zuckerman.

Du même auteur

L'Arme à l'œil, Laffont, 1980.

Triangle, Laffont, 1980.

Le Code Rebecca, Laffont, 1981.

L'Homme de Saint-Pétersbourg, Laffont, 1982.

Comme un vol d'aigles, Stock, 1983.

Les Lions du Panshir, Stock, 1987.

Les Piliers de la terre, Stock, 1989.

La Nuit de tous les dangers, Stock, 1992.

La Marque de Windfield, Laffont, 1994.

Le Pays de la liberté, Laffont, 1996.

Composition réalisée par INTERLIGNE

IMPRIMÉ EN FRANCE PAR BRODARD ET TAUPIN
Usine de La Flèche (Sarthe).
LIBRAIRIE GÉNÉRALE FRANÇAISE - 43, quai de Grenelle - 75015 Paris.
ISBN : 2-253-14505-X

31/4505/9